Ein zu normaler Mord

Dieses Buch ist reine Erfindung. Die fiktive Polizei von Fort Worth, das fiktive Gefängnis von Tarrant County oder die fiktive Staatsanwaltschaft von Tarrant County sollen in keiner Weise die wirkliche Polizei von Fort Worth, das wirkliche Gefängnis von Tarrant County oder die wirkliche Staatsanwaltschaft von Tarrant County darstellen. Besonders sollte ich betonen, daß die Isolationszelle, die ich beschreibe, eine wirkliche Zelle in einem wirklichen Gefängnis ist, und ich habe sie wirklich gesehen und gerochen, aber sie befindet sich nicht in Tarrant County, Texas.

Das Einschußloch im Aufzug andererseits gibt es wirklich.

Kein Charakter in diesem Buch soll irgendeine wirkliche Person in irgendeiner wirklichen Behörde darstellen. Olead Baker wie auch Deb Ralston entstammen vollständig meinem eigenen Kopf.

Vielleicht sagt das ja etwas über mich aus.

Kapitel 1

Er wollte sein Murmelsäckchen.

Das sagte er jedenfalls.

Stellen Sie sich einmal vor: Im Haus liegen vier Leichen, zwei – mindestens zwei – Menschen, die außerdem noch da sein müßten, sind noch nicht gefunden worden, und vor Ihnen steht ein sechsundzwanzigjähriger Mann und will sein Murmelsäckchen.

Dabei war er durchaus kein Schwachsinniger. Es mußte etwas anderes sein, das nicht stimmte.

Als er mir das erste Mal seinen Namen sagte, verstand ich Lee. Beim zweiten Mal meinte ich, er habe Olee gesagt, und beim dritten Mal buchstabierte er O-L-E-A-D. Er sprach es Ohlied aus.

Ich versicherte ihm, ich hätte diesen Namen noch nie gehört, und er meinte, das gehe den meisten Leuten so; es sei wohl ein Familienname.

Später fragte er mich, was ich da mache.

»Ich mache meine Arbeit«, antwortete ich.

»Sieht so aus, als hätte sich vor Ihnen schon jemand Arbeit gemacht«, sagte er und kicherte. »Das war wohl nicht komisch, was?«

»Nein«, gab ich zurück, »das war nicht komisch.«

Es war so ungefähr das am wenigsten Komische, das ich je im Leben gesehen oder gehört hatte. Ein Nachbar hatte angerufen und gemeldet, im Haus nebenan einen Schuß gehört zu haben. Ein Streifenpolizist fuhr hin, ihm folgten Beamte des Morddezernats, und dann rief man die Sonderkommission.

Hier hatte ich meinen Einsatz.

Captain Millner traf mich vor dem Haus, die Hände in den Taschen seines grauen Mantels und die Schultern hochgezogen, um sich vor dem Wind zu schützen. Es war eine kalte, stürmische

Januarnacht; um genau zu sein, es war 3 Uhr 45 am ersten Januar, dem Neujahrstag. Ich war froh, daß wir uns die Silvesterfeier geschenkt hatten, und ich hatte so eine Ahnung, daß ich um zehn Uhr nicht vor dem Fernseher sitzen und mir die Umzüge ansehen würde wie wir es an Neujahr normalerweise tun.

Captain Millner - nein, ich nenne ihn nicht Scott, warum auch? Er ist zwanzig Jahre älter als ich; er war schon Cop, als ich noch in den Kindergarten ging, und er ist stolz auf seinen Rang und seine Position als Chef der Kriminalpolizei. Er ist ein großer Mann, Scott Millner, so zirka einssiebenundneunzig, und er läßt sich immer noch einmal die Woche die Haare schneiden, so wie er es sein Leben lang gehalten hat. Er sieht also auch aus wie ein Cop.

Lieutenant Hollister - ich nenne ihn Gary - ist der Leiter des Morddezernats. Er ist ein kleiner, fuchsschlauer Mann mit rotem Kraushaar und einem Hang zu albernen Scherzen. Damals lag er mit einer Grippe im Bett, deshalb war es Captain Millner, der mir eröffnete, daß im Haus, soweit bisher bekannt, vier Tote lägen.

Ich sagte, das wisse ich bereits; die Einsatzleiterin habe mich verständigt, als sie mich losschickte. Er fragte mich, ob ich schon einmal eine Schrotflinten-Leiche gesehen hätte, und ich antwortete, ja, selbstverständlich, ich sei schließlich schon fünfzehn Jahre Cop. Er betrachtete das geräumige Backsteinhaus, in dem offenbar sämtliche Lichter brannten, mit müdem Blick. »Ich habe auch schon welche gesehen, aber bis jetzt noch nie vier auf einmal. Ich hätte gern diese Ärztin hier, damit sie sich das mal ansieht.«

Natürlich fragte ich, welche Ärztin, und er antwortete: »Die, die gesagt hat, der Junge könne bedenkenlos nach Hause entlassen werden. Diesmal war's 'ne Hirnklempnerin namens Susan Braun. Das ist jetzt das dritte Mal, daß sie ihn nach Hause geschickt haben. Beim ersten Mal war ich noch Lieutenant bei den Uniformierten. Einer von meinen Leuten war gerufen worden.«

Zu Hause hatte der Junge damals keinen Ärger gemacht, wie mir Millner erzählte. Die Sache spielte sich vielmehr in der Toilette der Bücherei ab. Es war die alte Bücherei in der Throckmorton, genau gegenüber dem Polizeirevier. Sie war damals schon heruntergekommen; mittlerweile ist sie geschlossen, und das Gebäude steht zum Verkauf. Wie auch immer, der Junge - er war damals siebzehn - stand splitternackt vor dem Waschbecken der Toilette und wusch seine Jeans und sein Hemd. Als der Streifenpolizist ihn fragte, warum, lächelte er engelsgleich und antwortete: »Sie sind schmutzig geworden.«

»Wie sind sie denn schmutzig geworden?«, fragte der Polizist, bemüht, den Jungen in ein Gespräch zu verwickeln und so lange ruhig zu halten, bis jemand mit einem Häftlingsoverall zur Stelle war. Man kann in der Innenstadt nicht mit einem nackten Siebzehnjährigen über die Straße spazieren, schon gar nicht um zwei Uhr nachmittags.

Nun, da war diese Katze gewesen.

Der Junge mochte Katzen nicht.

Wie sich herausstellte, hatte er die Katze gar nicht angefaßt; er hatte sie bloß die Throckmorton überqueren sehen. Woher sie kam, war nicht herauszukriegen; höchstwahrscheinlich hatte sie jemand vor einem Restaurant aus dem Auto geworfen. Solche Sachen passieren.

Aber als der Junge die Katze sah, kam er sich schmutzig vor, und deshalb wusch er seine Kleider. Außerdem suchte er nach einer Möglichkeit, sich selbst in das Waschbecken zu zwängen, aber dieses Problem hatte er noch nicht ganz gelöst. Das wäre eine beachtliche Leistung gewesen, denn das Waschbecken war schließlich nur fürs Händewaschen ausgelegt, und der Junge maß mit seinen siebzehn Jahren schon über einsachtzig.

Ach so, ja.

Das Ganze passierte in der Damentoilette.

Zwei Jahre später versuchte man zum zweiten Mal, ihn nach Hause zu entlassen. Wohlgemerkt, der Arzt behauptete nicht, er sei geheilt. Bei Schizophrenie gibt es vermutlich keine Heilung. Kontrolle ja, aber keine dauerhafte, hundertprozentige Heilung. Dabei behauptete der Arzt nicht einmal, der Junge sei unter Kontrolle. Er meinte lediglich, es sei wichtig, daß der Junge nicht jeden Kontakt zu der Realität verliere.

Er war mittlerweile größer, kräftiger und wilder geworden. Diesmal wurde die Polizei zu ihm nach Hause gerufen. Er hatte das Haus völlig verwüstet. Ob ich jemals, wollte Millner wissen, einen Schaukelstuhl gesehen hätte, den jemand durch eine Rigipswand gestoßen hat – und zwar richtig durch, so daß er verkehrt herum in einem Haufen von Rigipskrümeln auf dem Doppelbett im Nebenzimmer lag.

Vier Männer brauchte es, um ihn zu bändigen und in den Streifenwagen zu verfrachten. Er kam nicht in die staatliche Klinik in Terrell, weil die Bakers Geld hatten, genug Geld, um ihn in eine Privatklinik zu stecken, wo man ihn einigermaßen diskret und komfortabel unter Verschluß halten konnte.

Aber dieses Mal behielt ihn die Privatklinik lange.

»Ich weiß nicht, seit wann er schon wieder zu Hause ist«, sagte mir Captain Millner, während er versuchte, sich in dem böigen Wind eine Zigarette anzuzünden. »Zuerst habe ich ihn gar nicht erkannt - die Adresse ist neu, und die Namen stimmen nicht überein. Der Junge sieht anders aus als damals, und er benutzt auch einen anderen Vornamen. Damals hat er sich Jimmy genannt. Den alten Nachnamen trägt er immer noch, übrigens als einziger im Haus. Soviel ich weiß, ist sein Daddy tot, und seine Mama hat wieder geheiratet. Einen Burschen namens Jack Carson, mit dem sie zwei Kinder hatte.«

»Und das sind die Toten?« Mir wurde übel. »Die Eltern und die Kinder?« Erwachsene bringen sich nur allzu oft gegenseitig um, aber kein Cop gewöhnt sich je an ermordete Kinder.

Außerdem war ich im Begriff, Großmutter zu werden, und das machte mich vielleicht ein bißchen überempfindlich.

Millner gab es auf, die Zigarette anzünden zu wollen; der Wind war zu stark. Er warf sie auf den Bürgersteig. »Die Eltern, ja«, sagte er. »Die Kinder wahrscheinlich, aber wir haben sie bislang nicht gefunden. Außerdem zwei Erwachsene, die wir noch nicht mit Sicherheit identifiziert haben. Und wir wissen nicht, ob sie auch Kinder haben. Er sagt nein, aber ich weiß nicht, wie weit man ihm glauben kann.«

»Noch nicht gefunden?« Ich mußte noch immer an die Kinder denken.

Mein Gesicht muß meine Ungläubigkeit widergespiegelt haben, denn Millner spuckte ins Gebüsch und meinte: »Sie werden es ja selbst sehen, wenn Sie reingehen.« Er drehte sich zu dem Haus um. »Eigentlich gibt's keinen Zweifel, daß es der Junge war.«

»Warum haben Sie mich dann gerufen?« Die Sonderkommission übernimmt nur dann die Ermittlungen, wenn diese extrem kompliziert oder zeitaufwendig zu werden versprechen. Ein aufgeklärter Mord - auch einer mit vier oder sechs Leichen - fällt nicht unter diese Kategorie.

»Ich weiß nicht«, sagte Millner langsam. »Verdammt noch mal, ich weiß es einfach nicht.«

Das brauchte er nicht zu erklären, jedenfalls nicht mir oder sonst einem erfahrenen Cop. Er wollte damit sagen, daß irgend etwas nicht stimmte, er aber nicht wußte, was; er konnte seine Zweifel nicht auf den Punkt bringen, und deshalb wollte er trotz seiner Gewißheit, daß der Junge den Abzug betätigt hatte, und trotz der Tatsache, daß der Junge als ausgewiesener Schizophrener nie vor Gericht kommen würde, eine umfassende Ermittlung.

Ich nickte und hatte schon einen Fuß auf die erste Stufe der Eingangstreppe gesetzt, als Millner hinter mir ein wenig zu beiläufig hinzufügte: »Ach so, ja. Der Junge ist noch im Haus.«

Ich drehte mich um.

Natürlich weiß Millner genauso gut wie ich, daß der Verdächtige nie, aber auch nie, am Tatort bleiben darf, solange die Ermittlungen andauern.

Deshalb fragte ich nicht, warum. Ich wartete darauf, daß Millner es mir erklärte.

»Er hat darum gebeten, bleiben zu dürfen, bis Brenda und Jeffrey – das sind die vermißten Kinder – auftauchen. Mittlerweile ist er ganz zahm. Ganz gleich, was über ihn gekommen ist, als er's getan hat, jetzt hat er sich wieder gefangen.« Millner nahm seine Brille ab und rieb sich mit Daumen und zwei Fingern den Nasenrücken. »Wenn er vor Gericht käme, könnte ich mir das nicht erlauben. Aber er kommt nicht vor Gericht. Ich will ihn in der Nähe haben. Ich will, daß alle darauf achten, was er sagt. Und noch was, Deb. Ich habe eigens um Sie gebeten. Ich glaube, mit Ihnen kann er. Ich glaube, Sie werden ihn an seine Ärztin erinnern.«

»Glauben Sie oder hoffen Sie?«, fragte ich säuerlich.

Er grinste. »Also gut. Ich hoffe es. Sehen Sie zu, was Sie aus ihm rauskriegen können, ohne daß er zumacht. Er ist auf seine Rechte hingewiesen worden. Nicht, daß das in diesem Fall eine Rolle spielt.«

»Ich werd's versuchen«, meinte ich skeptisch. Verrückte mag ich nicht, und wer mich kennt, weiß das. Aber ich ging die Treppe hinauf, und der Streifenpolizist, der den Eingang bewachte und mit hochgeschlagenem Pelzkragen im Wind stand, griff mit behandschuhten Händen nach dem polierten Messingknauf und ließ mich ein.

In der Eingangshalle war es warm und hell. Der blaßgraue Teppich war sauber – bis auf die Blätter und den Schmutz, den die Polizisten und die Truppe von der Gerichtsmedizin hereingeschleppt hatten. Letztere bestand nur aus einem Untersuchungsbeamten und zwei Leuten von der Transportbereitschaft, denn beide Pathologen hatten die Grippe. Rechts von mir stand ein Garderobentisch aus Walnußholz, darauf ein Messingtablett und zwei Messingleuchter. Die Leuchter waren mit Stechpalmenzweigen umwunden, und es steckten dicke Bienenwachskerzen darauf; auf dem Messingtablett stand eine Messingschale mit glänzenden roten Äpfeln, die so stark gewachst waren, daß man niemals wagen würde, einen davon zu essen.

Im Wohnzimmer gab es zwei identische, zwei Meter lange perlgraue Sofas, die einander gegenüberstanden und so aussahen, als ob nie jemand darauf säße. Es gab Beistelltischchen aus Walnußholz mit großen Lampen darauf, aber keinen Couchtisch. Ich sah keine Bücher, keine Zeitschriften oder Zeitungen, keinen Aschenbecher, nichts, was darauf hindeutete, daß hier Leute wohnten. Keinen Fernseher, keine Stereoanlage – allerdings erinnerte ich mich daran, daß sich dergleichen auch im Familienraum befinden konnte. Es gab einen unpersönlichen Kamin, in dem drei unberührte Scheite lagen, und auf dem weißen Sims weitere Kerzen. Eine Wand neben dem Kamin wurde fast völlig von einem ganz mit künstlichem Schnee bedeckten Christbaum verdeckt, der mit Silberkugeln in drei Größen, silbernen Lamettagirlanden und winzigen, unregelmäßig blinkenden, silbernen Lämpchen geschmückt war.

Die Lämpchen waren immer noch angeschlossen und blinkten.

Offenbar hatten die Leute ihre Weihnachtsdekoration bis Neujahr stehenlassen. Ich mache das nie. Ich sehe darin nur ein Brandrisiko, aber ich bin mir darüber im klaren, daß eine Menge Leute anderer Meinung sind.

Ich fragte mich, warum niemand den Stecker für die Lämpchen herausgezogen hatte. Dann fragte ich mich, warum ich es nicht selbst tat, und bewegte mich auf die Steckdose zu. »Nicht!«, zischte ein Beamter von der Spurensicherung. Ich sah ihn an, und er erklärte: »Wir haben hier drin noch keine Fotos gemacht.«

Wenn ich an einen Tatort komme, mache ich gern als erstes einen Rundgang durch das Gebäude. Damit ich auch ja nichts anfasse, ehe es nicht fotografiert und auf Fingerabdrücke untersucht worden ist, verschränke ich dabei stets die Hände auf dem Rücken. Das macht jeder so, der die Bedeutung von Spuren am Tatort kennt.

Vom vorderen Teil des Hauses gelangte ich ins Eßzimmer, das makellos sauber und aufgeräumt war. Auf dem Walnußtisch lag keine Decke, und die lange Walnußanrichte trug einen Tafelaufsatz mit Chrysanthemen. Was ich an Holz sah, war ausnahmslos Walnuß. Es handelte sich vermutlich um alten Reichtum; Walnußmöbel deuten in aller Regel auf alten Wohlstand hin.

Im Frühstückszimmer fanden sich Überreste der letzten Mahlzeit – insgesamt fünf Gedecke, und zwar Royal-Doulton-Porzellan und Francis-I.-Silber. Im Frühstückszimmer, wohlgemerkt. Auf den Tellern vertrockneten Spiegeleier und Haferflocken, außerdem Toastkrümel. In der Luft hing schwacher Speckgeruch und starker Kaffeeduft.

Frühstück.

Manche Leute nehmen an Silvester um Mitternacht ein spezielles Frühstück zu sich. Aber in Fort Worth, Texas, gehören dazu normalerweise eine bestimmte Sorte Bohnen. Von Bohnen war hier nichts zu sehen.

Das stellte möglicherweise ein kleines Rätsel dar, dachte ich. Warum hatten sie irgendwann vor drei Uhr heute morgen gefrühstückt, ganz normal gefrühstückt?

Ich ging weiter in die Küche und blickte mich dann um. Ich hatte Gesellschaft bekommen.

Er war groß, vielleicht einsachtundachtzig. Er hatte blaue Augen, kurzes, gewelltes braunes Haar und weiße Zähne, die mir sofort auffielen, weil er mich zaghaft anlächelte. Er sah aus wie der typische Privatschulzögling; man konnte ihn sich gut auf einem Tennisplatz vorstellen, mit einer gesunden Bräune, weißen Shorts und umschwirrt von zwei, drei Mädchen. Er war allerdings kein bißchen braun; er trug ausgewaschene Bluejeans, ein orangekariertes Hemd und Cowboystiefel; und er war selbstverständlich allein.

Jedenfalls wenn man den Streifenpolizisten nicht mitrechnete, der ihm schweigend folgte.

»Wer sind Sie?«, fragte er mit ziemlich angenehmer Baritonstimme.

»Deb Ralston. Ich bin von der Kriminalpolizei.«

»Ach ja?«, meinte er interessiert. »Komisch, Sie sehen gar nicht aus wie jemand von der Kriminalpolizei. Sie sehen aus wie – wie – wie jemandes nette kleine Tante. Nichts für ungut«, fügte er hastig hinzu.

Schon gut, meinte ich, ich sei ja mehrfache Tante und Mutter, aber ich sei nun mal auch bei der Kriminalpolizei. Ich fragte ihn, wer er denn sei.

Nachdem wir die Sache mit dem ›Olead‹ auseinanderklamüsert hatten, wollte ich wissen, ob er wirklich so hieß.

Er sagte, es sein sein zweiter Vorname und er habe beschlossen, ihn zu benutzen, weil ihm Jim irgendwie zu gewöhnlich vorkomme. »Jims gibt's jede Menge«, meinte er, und ob ich nicht auch fände, Olead sei ein besserer Name.

»Ich weiß nicht. Ich habe nie darüber nachgedacht.«

»Wie denn auch«, entgegnete er fröhlich wie ein Kind, das einen Erwachsenen bei etwas ertappt. »Sie haben mir gerade gesagt, daß Sie den Namen noch nie gehört hätten. Also haben Sie auch nicht darüber nachdenken können.« Wieder kicherte er.

Einen Moment lang ärgerte ich mich, doch dann wurde mir plötzlich klar, was sich hinter der aufgesetzten Coolheit verbarg. Ohne mich mit der Überlegung aufzuhalten, daß die Frage ihn möglicherweise gegen mich aufbringen und seinen Redestrom unterbrechen könnte, sagte ich ganz spontan:

»Olead, waren Sie fünfzehn, als Sie das erste Mal ausgeflippt sind?«

»Wie haben Sie das erraten? – Ach so, jetzt weiß ich's. Jemand hat's Ihnen erzählt.«

»Nein, es hat mir niemand erzählt. Es ist nur so, daß Sie sich wie ein Fünfzehnjähriger benehmen.«

»Inwiefern benehme ich mich wie ein Fünfzehnjähriger?«, fragte er argwöhnisch.

»Das möchte ich lieber nicht sagen.«

»Doch, sagen Sie's mir«, drängte er. »Ich werd' schon nicht wütend.«

»Es ist typisch für einen Fünfzehnjährigen«, erklärte ich, »daß er in einer heiklen Situation Witzchen reißt und dann noch darüber lacht. Das ist wohl so etwas wie der Versuch, die Situation zu entschärfen.«

»Unpassend.« Sein Gesicht verfinsterte sich, wurde für einen Augenblick erwachsen. »Ja, das sagt meine Psychiaterin auch immer. Ich müßte meine Handlungen der jeweiligen Situation anpassen, ob ich will oder nicht. Aber woher soll ich wissen, was in diesem Fall paßt? Wissen Sie, was da drin ist?« Er blickte in Richtung Familienzimmer, und seine Stimme klang rauh vor unterdrückter Leidenschaft, irgendeiner Empfindung, die ich nicht deuten konnte.

»Nein. Möchten Sie es mir zeigen?«

»Nein, aber ich werd's trotzdem tun.«

Er führte mich in die saubere Küche. Auf der Arbeitsplatte stand eine elektrische Kaffeemaschine mit einer halbvollen Kanne dunklem, abgestandenem Kaffee. Das mandelfarbene Emaille der Herdplatte zeigte ein paar alte Fettspritzer, und in dem mit Wasser gefüllten Spülbecken lagen eine Bratpfanne, ein Pfannenmesser, eine Kasserolle und der Mixbehälter für eine Küchenmaschine.

Eine Frühstückstheke trennte die Küche vom Familienraum. In dem Durchgang dazwischen blieben Olead und ich nebeneinander stehen – ich neben der Frühstückstheke, er rechts von mir an der Wand – und schauten beide in den angrenzenden Raum.

Der Familienraum war ein wenig gemütlicher als das Wohnzimmer oder wäre es doch unter anderen Umständen gewesen. Statt des grauen Teppichbodens der anderen Räume hatte es einen cremefarbenen Fliesenboden. Eine braune Couch, die den Raum effektvoll unterteilte, stand mit der Rückenlehne zur Küche und der Vorderseite zum großen Kamin, in dem verglühte Asche und ein schwacher Pinienduft auf kürzliche Benutzung hindeuteten. Es gab zwei mit braunem Vinyl bezogene Sessel, und auf der kombinierten Fernseh- und Musiktruhe lagen ein paar Zeitungen und Zeitschriften. Auf den Beistelltischchen und dem Couchtisch standen leere Kaffeetassen; offensichtlich hatten sich die Opfer vom Frühstückszimmer direkt hierher begeben.

Einer der Toten, ein Mann mittleren Alters in rotkariertem Hemd, Bluejeans und abgetretenen Cowboystiefeln, lag ausgestreckt in einem der Sessel. Sein Gesicht wirkte verblüfft. »Das ist Jack«, sagte Olead ernst, als er sah, wohin mein Blick ging. »Er ist – er war – mein – der Mann meiner Mutter.«

»Ihr Stiefvater.«

»Ja, stimmt.«

Der andere Mann lag beim Fernseher, und seine Hand umklammerte ein Gewehr, eine alte Bockbüchsflinte. Er hatte sich wehren wollen, dachte ich, war aber sofort gestorben. Dessen war ich mir sicher, denn sein Griff, dieser typische Griff, der für den Laien so schwer von Leichenstarre zu unterscheiden ist, hatte jene gewöhnliche Verkrampftheit, wie sie nur bei augenblicklich eintretendem Tod vorkommt. Ich wußte, daß zwei bis drei Leute nötig sein würden, um ihm die Waffe zu entwinden, die er umklammert hatte, als die Ladung ihn ins Gesicht traf. Es war nicht mehr viel übrig, woran man erkennen konnte, wie er ausgesehen hatte, aber auf seiner Gürtelschnalle stand ›Jake‹. Er trug ein Khakihemd und Khakihosen und hatte Springerstiefel an.

»Das ist wahrscheinlich Jake«, bestätigte Olead. »Ich meine, ich kann ihn nicht erkennen, aber sonst würde keiner Jakes Gürtel tragen. Er – er war Jacks Bruder. Ich hab ihn Onkel Jake genannt, aber eigentlich war er nicht verwandt mit mir.« Sein Blick ging in eine andere Richtung. »Das da ist Tante Edith. Jakes Frau.«

Edith hatte rotes, angegrautes Haar. Ihr Gesichtsausdruck war dazu angetan, daß man nur kurz hinsah und sich dann rasch abwandte; im Gegensatz zu den Männern war sie nicht auf der Stelle tot gewesen. Sie hatte versucht, das Telefon zu erreichen. Sie hatte es vermutlich erreicht, hatte vielleicht sogar den Hörer abgenommen, ehe jemand – Olead? – den Stecker aus der Dose zog.

Über einem blauen Nylonkleid trug sie einen Hauskittel aus dunklem Kaliko, dazu blaue Chenillepantoffeln. Aus der Tasche des Kittels lugte ein Stück rosa Kleenex hervor, und ich konnte trotz des Geruchs von Tod und Schrecken im Zimmer einen leisen Hauch von Wick Vaporub wahrnehmen.

Die Erkältung würde Edith keine Probleme mehr bereiten.

Die letzte Leiche lag neben der Patio-Tür; die Frau mußte versucht haben davonzulaufen, dachte ich, aber sie hatte die Tür noch nicht geöffnet, als die Ladung sie traf, und zwar in breiter Streuung, was bedeutete, daß der Schuß aus einer gewissen Entfernung abgefeuert worden war. Sie trug maßgeschneiderte Baumwollhosen und ein Hemd, ein mittlerweile rotes Hemd, obwohl es ursprünglich vielleicht einmal weiß gewesen war. Ich konnte es nicht erkennen. Jetzt war es jedenfalls rot. Ihr ordentlich frisiertes Haar war blond, ein helles Champagnerblond, wie es dieses Jahr in Mode war, ihr roter Nagellack vollkommen gleichmäßig aufgetragen und ohne jeden Kratzer. Wie ihr in Panik verzerrtes Gesicht zu Lebzeiten ausgesehen haben mochte, war nicht einmal mehr zu erahnen.

Nein, das war doch nicht die letzte Leiche. Es gab noch eine, unmittelbar neben ihren Füßen. Ich drehte mich zu Olead um.

»Meine Mutter«, sagte er emotionslos. Eine nüchterne Tatsachenfeststellung. Dann betrachtete er die andere Leiche, nicht mehr als ein unidentifizierbares blutiges Fellbündel. »Die Katze hat Brenda gehört.«

»Wer ist Brenda?«

»Meine Schwester. Sie ist vier. Wir haben sie noch nicht gefunden.«

»Sie mögen Katzen nicht, stimmt's, Olead?«, fragte ich beiläufig.

»Nicht besonders. Aber ich hab' auch nichts gegen sie, jedenfalls nicht so viel, daß ich rumlaufe und sie umbringe. Ach so.« Er sah mich an. »Sie meinen die Zeit, als ich schizo war. Da habe ich Angst vor ihnen gehabt, aber das ist jetzt vorbei.«

»Was ist vorbei? Die Schizophrenie oder die Angst vor Katzen?«

»Sowohl als auch. Haben Sie das da gesehen?«

Ich nickte. »Ja, ich hab's gesehen.« *Das da* war eine Schrotflinte, eine zwölfkalibrige Remington, die an der Wand gegenüber dem Ende der Frühstückstheke lehnte – sehr nahe bei Oleads rechter Hand.

»Was, glauben Sie, hat die da zu suchen?«

Ich musterte noch einmal den Tatort. »Ich würde sagen, jemand hat sie da stehenlassen. Was meinen Sie?«

»Ich finde das eine ziemlich blöde Stelle, um ein Gewehr abzustellen. Haben Sie Angst vor mir?«

»Nein. Sollte ich?«

Er ruckte den Kopf verächtlich in Richtung des Streifenpolizisten. »Der da hat Angst. Heute morgen um Viertel nach drei hat er gegen die Tür gedonnert und mich geweckt, und wir beide haben zusammen die Leichen gefunden. Seither schleicht er mir unentwegt nach, und ich wette, er hat noch keine fünf Minuten die Hand von der Kanone gelassen. Gucken Sie ihn doch an.«

Ich schaute zu dem Streifenpolizisten. Er war schätzungsweise vier Jahre jünger als Olead. Auf seiner silbernen Namensplakette stand ›Shea‹; sein Gesicht war im Moment ziegelrot, und er hatte tatsächlich die Hand am Revolver. Daß ihn die Person, die möglicherweise das Blutbad in diesem Zimmer angerichtet hatte, ein wenig nervös machte, konnte ich durchaus verstehen, aber er brauchte dem Verdächtigen seine Nervosität ja nicht zu zeigen. »Shea«, versuchte ich es sanft, »machen Sie einen Spaziergang.«

»Aber ich –«

»Shea«, sagte ich, etwas weniger sanft, »machen Sie einen Spaziergang.«

»Jawohl, Ma'am«, druckste Shea, das Gesicht noch stärker gerötet und mittlerweile auch etwas fleckig. Er stakste mit vor Zorn fahrigen Bewegungen in Richtung Wohnzimmer davon. Offenbar hatte ich mir einen Feind gemacht. Es kümmerte mich nicht sonderlich, nicht, wenn er sich so leicht zum Feind machen ließ.

Ich wandte meine Aufmerksamkeit wieder Olead zu. »Und nun zurück zu unserem Gespräch. Sollte ich Angst vor Ihnen haben?«

»Ich bin ein ganzes Stück größer als Sie.« Das war vollkommen richtig. Ich bin einssiebenundfünfzig groß und habe nicht sehr viel Körpermasse. Olead, ich habe es wohl schon erwähnt, war etwa einsachtundachtzig groß und dementsprechend schwer.

»Aber ich kann Judo«, antwortete ich, nicht ganz der Wahrheit entsprechend. Tatsache ist, daß ich vor zehn Jahren auf Drängen meines Mannes einen sechswöchigen Judokurs absolviert habe.

»Ich stehe ganz nah an einer Schrotflinte.«

»Und ich bin noch näher an einem Achtunddreißiger. Und der ist geladen. Ist es die Schrotflinte auch?« Ich kannte diese Art von Spielchen; Olead war wieder fünfzehn geworden. Er spielte seine Variante von »Mein Daddy ist größer als deiner«.

Er betrachtete die Schrotflinte, ohne sie anzufassen. »Woher soll ich wissen, ob sie geladen ist oder nicht?«, fragte er mit bitterer Stimme. »Jack hat sie mich gestern angucken lassen und gesagt, er bringt mir nächstes Jahr das Schießen bei, wenn ich gesund bleibe, aber im Moment wäre ich noch nicht soweit.«

Sauber. Er hatte eine plausible Erklärung für den Fall geliefert, daß sich auf der Schrotflinte seine Fingerabdrücke finden würden. »Hat Ihnen Ihr richtiger Dad mal was über Schußwaffen gesagt?« fragte ich.

»Ja. Er hat mir gesagt, ich dürfe schießen lernen, wenn ich sechzehn bin.«

»Und? Haben Sie's gelernt?«

»Sie machen wohl Witze«, sagte Olead gereizt. »Was glauben Sie denn, wer einem Schizo beibringt, mit einer Schrotflinte umzugehen? Ein anderer Schizo?«

»Vielleicht«, sagte ich freundlich. »Schlafen Sie in den Stiefeln?«

»Natürlich schlafe ich nicht in den Stiefeln. Warum sollte ich in den Stiefeln schlafen?« Jetzt klang die Stimme verächtlich. Er durchlief eine ganze Skala von Gefühlen und kämpfte offensichtlich dagegen an, zu den Leichen hinzusehen.

»Na ja, Sie haben gesagt, Shea hätte Sie geweckt, aber von Anziehen haben Sie nichts gesagt. Warum zeigen Sie mir nicht, wo Sie geschlafen haben, als er Sie geweckt hat?«

»Hier entlang.« An der Schrotflinte offenbar nicht weiter interessiert, geleitete er mich in die Halle hinaus, wo es links zu den

Schlafzimmern und rechts wieder zurück zum Wohnzimmer ging. »Hier schlafe ich.«

Ich folgte ihm in das Zimmer. Daß er hier schlief, glaubte ich ihm aufs Wort, aber ich bezweifelte, daß er sonst noch etwas darin tat. Die weißen, kahlen Wände waren so unpersönlich wie die eines Hotels oder noch unpersönlicher. Es gab keine Bilder, keine Poster, nichts Individuelles. Er hatte eine Kommode, einen Schreibtisch mit einem Bücherbord darüber und ein schmales Kastenbett ohne Kopf- und Fußteil. Auf dem Bett befanden sich ein weißer Überwurf, eine blaue Decke und weiße Laken, alle zerknüllt, als wäre jemand hastig aufgestanden. Am Fußende lag zusammengefaltet ein blauer Pyjama. »Den da hab' ich angehabt«, sagte Olead. »Shea hat gesagt, ich soll mich anziehen und den Schlafanzug liegenlassen. Die Spurensicherung würde ihn mitnehmen. Dürfen die das?«

»Dürfen die was?« Ich faltete den Pyjama auseinander.

»Meine Kleider mitnehmen. Dürfen die das überhaupt?«

»Ja.«

»Auch ohne Durchsuchungsbefehl?«

»Zur Spurensicherung an einem Tatort braucht man keinen Durchsuchungsbefehl«, antwortete ich geistesabwesend. Ja, da war es, was Shea zweifellos auch bemerkt hatte: bräunliche Flecken am rechten Ärmel und der rechten Schulter.

»Was ist das?«, fragte Olead mit beunruhigter Stimme und trat näher. »Das war noch nicht da, als ich schlafen gegangen bin. Was ist das?«

»Blut wahrscheinlich«, antwortete ich und legte die Schlafanzugjacke aufs Bett zurück.

»*Was?* Das ist unmöglich! Ich hab' die – die Leichen überhaupt nicht angefaßt! Wirklich nicht!« Jetzt flehte er mich an – ob bewußt oder nicht –, ihm zu glauben, mich auf seine Seite zu stellen. »Hören Sie, dieser Mann, dieser Captain Sowieso, der glaubt, ich war's, ich hätte meine Mutter umgebracht, aber ich war's nicht, ich könnte nie – *was ist denn das?*« Er hatte bei seinem aufgeregten Hin- und Hergehen die Richtung gewechselt und hinter der Schlafzimmertür etwas bemerkt, das Shea eigentlich hätte sehen müssen, aber wohl nicht gesehen hatte. »Die gehört mir nicht!«

Mittlerweile war er fast panisch. »Beruhigen Sie sich, mein Junge. Beruhigen Sie sich erst mal.«

»Die gehört mir nicht«, sagte er noch einmal, diesmal etwas gelassener.

»Na gut. Sie gehört Ihnen nicht. Wissen Sie denn, wem sie gehört?«

»Keine Ahnung.« Er starrte die Waffe mit weit aufgerissenen Augen an. »Oder doch - ich - Moment mal. Es könnte - sie gehört vielleicht meinem Dad. Hat ihm gehört. Er hatte eine - eine richtig alte Schrotflinte. Ist das eine Schrotflinte? Vielleicht hat meine Mutter sie aufgehoben. Ich - ich -« Er sah mich an. »Entschuldigung. Ich habe Ihren Namen vergessen.«

»Deb.«

»Mein Arzt sagt, ich darf Erwachsene nicht mit dem Vornamen anreden. Das heißt, hat's gesagt. Mein früherer Arzt hat das gesagt. Er ist tot.«

Er hatte genau den Tonfall, den ein kleiner Junge anschlägt, der langweilige Anweisungen seiner Eltern oder Lehrer wiederholt, und ich antwortete: »Da machen Sie sich mal keine Sorgen. Jeder nennt mich Deb.«

»Deb«, sagte er versuchsweise. »Deb, die gehört mir nicht. Und ich hab' sie auch nicht da hingestellt.«

Sein Entsetzen wirkte durchaus echt. Aber das galt auch für das Blut an seinem Schlafanzug, und ich war mir sicher, daß Shea, dieser übertrieben diensteifrige Grünschnabel, ihn nach der offiziellen Auffindung der Leichen nicht mehr in deren Nähe gelassen hatte. Ich sah ihn an, und dabei bemerkte ich, daß er sich die rechte Schulter rieb. »Tut's weh?«

»Tut was weh? Meine Schulter?« Er machte ein verdutztes Gesicht. »Ja, irgendwie tut sie weh, als hätt' ich da einen blauen Fleck oder so was. Ich wüßte allerdings nicht, wovon.«

»Was dagegen, wenn ich sie mir mal ansehe?«, fragte ich, um einen beiläufigen Ton bemüht.

»Das wird schon wieder. Wahrscheinlich habe ich nur ungeschickt draufgelegen.«

»Wahrscheinlich«, pflichtete ich ihm bei, »aber ich würde sie mir trotzdem gern mal ansehen, wenn Sie nichts dagegen haben.« Um ihm Zeit für die Entscheidung zu geben, ob er kooperieren oder sich weigern sollte, drehte ich mich um und besah mir die Bücher auf dem Bord über seinem Schreibtisch. Es gab da mehrere Bücher über Geisteskrankheiten, einige Bücher über Ernährung vom Typ Bioladen und eine offenbar vielgelesene Ausgabe von *The Eden*

Express, dazu eine kleine Auswahl Science-fiction-Romane und ein paar harmlose Krimis.

Als ich hörte, wie er sich hinter mir bewegte, fragte ich: »Wie lange sind Sie denn wieder aus der Klinik heraus?«

»Sechs Monate.« Das war eine kleine Überraschung, wenn man bedachte, wie unpersönlich der Raum immer noch wirkte. Sogar die Bücher waren, mit Ausnahme der sechs oder acht Titel über Geisteskrankheiten und Ernährung, von der Art, wie man sie eher in ein Gästezimmer stellt.

»He«, sagte er mürrisch. »Wollen Sie sich nun meine Schulter ansehen oder nicht? Es wird ein bißchen kalt, so mit halb ausgezogenem Hemd.«

Ich drehte mich um. Seine rechte Schulter zeigte eine rote Druckstelle, die sich irgendwann in einen schlimmen blauen Fleck verwandeln würde. Ich hatte genau die gleiche Art von Druckstelle oft genug an meiner eigenen Schulter gesehen, als ich lernte, mit einer Schrotflinte zu schießen. »Okay«, sagte ich. »Es wird noch eine Zeitlang weh tun, aber eine richtige Verletzung ist das nicht.«

Er knöpfte sich das karierte Flanellhemd wieder zu, und ich setzte mich zwanglos auf seinen Schreibtischstuhl. Das nahm ihm seinen Sitzplatz, falls er sich nicht aufs Bett pflanzen wollte.

»Na dann, mein Junge«, versuchte ich, »möchten Sie mir die Wahrheit sagen?«

Kapitel 2

Er geriet nicht in Panik.

Er fing nicht an zu schreien, und er griff nicht nach der Schrotflinte.

Er sah mich schweigend an, und einen Moment lang wirkte sein Gesicht älter als fünfzehn – und älter als sechsundzwanzig. Dann setzte er sich, und zwar nicht aufs Bett, sondern auf den Boden, in einer einzigen eleganten, flüssigen Bewegung, die damit begann, daß sein linkes Knie einknickte, und damit endete, daß er im Schneidersitz auf dem Boden saß. Er blickte zu mir auf. »Wo soll ich anfangen?«

So leicht war das? »Wie wär's mit gestern abend«, antwortete ich, »sagen wir, zur Essenszeit?«

Er zuckte mit den Achseln. »Zur Essenszeit. Okay. Jake und Edith waren die Woche zu Besuch. Ich nenn' sie nicht gerne Onkel Jake und Tante Edith, ist das okay?« Ich nickte. »Sie sind aus Arkansas. Das haben Sie schon gewußt, oder?« Ich schüttelte den Kopf, denn mir fiel ein, daß der Captain gesagt hatte, die Leichen seien noch nicht eindeutig identifiziert. »Okay«, meinte er. »Also, sie sind aus Arkansas, und sie waren die Woche hier zu Besuch. Aber das hab' ich schon gesagt, oder?«

Er kratzte sich am Kopf und fuhr fort. »Zum Abendessen gab's Pfannkuchen mit angemachtem Thunfisch; in der Thunfischsauce waren Erbsen, und Brenda hat ein bißchen gequengelt, weil sie keine Erbsen mag. Warum, weiß ich nicht; *ich* mag Erbsen, aber sie nicht. Da hat Edith gesagt, brave Kinder essen, was auf den Tisch kommt, und Jack ist wütend geworden und hat zu Brenda gesagt, sie müsse essen, ob es ihr schmecke oder nicht. Da hat sie zu weinen angefangen und die Erbsen gegessen, und dann hat sie sich übergeben, wahrscheinlich wegen dem Geweine, und Jack hat ihr was hintendrauf gegeben und sie ins Bett geschickt. Nur konnte sie natürlich nicht in ihrem Bett schlafen, weil das Jake und Edith hatten, und sie hatte vor dem Bett nur eine Matratze auf dem Fußboden. Sie hat gesagt, sie wollte bei mir schlafen, weil Edith – sie hat natürlich Tante Edith gesagt – schlecht riecht, da hat Jack ihr nochmal welche hintendrauf gegeben, und sie hat gesagt, sie hat gemeint, daß Ediths Medizin schlecht riecht. Und ich hab' gesagt, natürlich könnte sie bei mir schlafen, eigentlich ist es sowieso ihr Zimmer – sie wohnt in Jeffreys Zimmer, seit ich wieder zu Hause bin –, und ich hab' gesagt, ich würde mir Jacks Schlafsack holen und auf dem Boden schlafen. Da hat Edith gemeint, es wäre ganz und gar unpassend, daß Brenda sich ein Zimmer mit einem *Mann* teilt. Die Frau ist echt eine blöde Ziege – Brenda ist meine Schwester, Herrgott nochmal, und erst vier Jahre alt!«

Er hielt inne. »Man darf nichts Schlechtes über die Toten sagen, oder?«

»War sie eine blöde Ziege?«

»Ja, sie war eine blöde Ziege.«

»Dann sagen Sie's ruhig. Und dann, was ist dann passiert?«

»Dann hat Jack gesagt, ich könnte den Schlafsack sowieso nicht haben, er bräuchte ihn selber, weil er und Jake so gegen halb zwei auf die Jagd gehen wollten. Da hab' ich gemeint, sie könnte doch das Bett haben, ich würde auf der Couch schlafen. Edith hat die Nase gerümpft und gesagt, sie wollte keine Umstände machen, und Mutter hat gemeint, ich könnte nicht auf der Couch schlafen, sie würden später eine Party feiern. Und Jack hat gesagt, Brenda könnte da schlafen, wo man's ihr sagt, nämlich auf einer gefalteten Steppdecke auf dem Fußboden. Und da sollte sie auf der Stelle hingehen. Als sie weg war, habe ich zu Jack gesagt, auf dem Boden würde es ziemlich hart werden, und ich hätte mal einen eigenen Schlafsack gehabt, wenn es den noch gäbe. Mutter hat gemeint, ich müsse in meinem Zimmer schlafen, und ich hab' gesagt, wenigstens könnte Brenda meinen Schlafsack haben, wenn es den noch gäbe.«

»Und? Gab's ihn noch?«

»Ja. Jack hat gesagt, er hätte es nicht so gemeint, aber er hätte Geldsorgen. Der alte Schlafsack wäre wohl noch irgendwo auf dem Dachboden; ich bin dann hochgestiegen und hab' ihn gesucht und auch tatsächlich gefunden. Ich hab' ihn in den Trockner gesteckt, damit er warm wird und der Staub ein bißchen abgeht, und dann hab' ich ihn Brenda gebracht. Sie hat immer noch ein bißchen geschnieft. Sie wissen ja, wie's kleine Kinder machen, wenn sie eigentlich nicht mehr weinen, aber auch noch nicht richtig aufhören können. Ich habe ihr gesagt, sie könnte meinen Schlafsack haben und ich würde mich zu ihr setzen, bis sie eingeschlafen ist. Sie hat mich gefragt, ob sie ihn behalten kann, und ich hab' ja gesagt und ihr gezeigt, wie der Reißverschluß funktioniert. Dann habe ich ihr gesagt, jetzt müsse sie aber die Augen zumachen und schlafen. Ich hab' dann da auf dem Boden gesessen, und irgendwann ist Edith reingekommen, hat die Nase gerümpft und ziemlich zickig gesagt, ob ich sie bitte entschuldigen würde, sie wollte sich zurückziehen. Ich hab' gefragt, ob das heißt, daß sie schlafen gehen will, sie hat gesagt ja, und ich hab' sie gefragt, warum sie das nicht gleich sagt. Da hat sie wieder die Nase gerümpft und gemeint, man könnte wohl nicht erwarten, daß *ich* das verstehe. Da hab' ich gesagt: ›Och, ich versteh' das schon, Tantchen.‹ Sie kann es nicht leiden – sie hat es nicht leiden können, wenn man sie Tantchen nennt. Brenda hat gekichert, Edith hat noch ein paarmal die Nase gerümpft, ich hab' Brenda gesagt, sie soll schön schlafen, und dann bin ich in mein Zimmer gegangen.« Er schüttelte den Kopf. »Edith war eine blöde Ziege.«

Falls seine Schilderung zutraf, mußte ich ihm beipflichten. Aber mir war auch bewußt, daß Geistesgestörte mehr noch als wir anderen dazu neigen, alles nur von ihrem Standpunkt aus zu sehen. »Was ist dann passiert?«, fragte ich. »Sie haben von einer Party gesprochen. Hat denn eine stattgefunden?«

»So was Ähnliches. Es war aber nicht besonders viel los. Ich hatte keine Lust mitzumachen. Ich wollte in den Water Garden. Aber Mutter fand das lächerlich, niemand würde mich an Silvester nach Einbruch der Dunkelheit in den Water Garden fahren, schon gar nicht bei so schlechtem Wetter. Ich kann nämlich nicht fahren, wissen Sie.«

Ich sagte ihm, das hätte ich nicht gewußt. »Tja, es ist aber so. Egal, die Party war jedenfalls ein Reinfall. Bei einer Neujahrsparty erwarten die Leute Alkohol, und als sie mitgekriegt haben, daß es keinen gibt, sind sie gerade mal so lange geblieben, wie sie anstandshalber mußten, und haben sich dann wieder verdünnisiert mit der Begründung, sie müßten nach Hause zu ihren Babysittern oder sie hätten versprochen, noch bei einer anderen Party vorbeizuschauen oder so was in der Art.«

»Warum gab's denn keinen Alkohol?«

»Ach, Mutter glaubte, es wäre nicht gut für mich, wenn welcher im Hause wäre. Und dann hat sie großes Theater gemacht, wie ärgerlich das alles ist, und ich hab' ihr einfach nicht klarmachen können, daß es mich überhaupt nicht kratzt, ob sie welchen im Haus hat oder nicht, ich würde sowieso keinen trinken. Hören Sie«, sagte er ernst, »die Schizophrenie ist etwas, was mir zugestoßen ist. Ohne mein Zutun. Ich hab' mir das nicht ausgesucht. Aber in meinem Kopf ist es oft genug chaotisch zugegangen. Da kann ich auf jedes vermeidbare Chaos gern verzichten.«

»Wann hat sich die Party denn aufgelöst?«

»Keine Ahnung. Ich bin schon vorher ins Bett gegangen. Da waren schätzungsweise noch zwölf Leute da, und ich war schon sehr müde.«

»Haben Sie von den zwölf Leuten jemanden gekannt?«

»Ich hab' überhaupt keinen von den Gästen gekannt. Ich hab' allerdings auch nicht groß darauf geachtet. Hauptsächlich waren es Freunde von Jack. Ein paar hab' ich noch aus der Zeit in Erinnerung, ehe mein Vater gestorben ist, sogar noch aus der Zeit, ehe ich krank geworden bin, aber – ich habe oft Elektroschocks verpaßt bekommen. Und selbst wenn nicht, das ist schon lange her. Mein Namensgedächtnis ist sowieso nicht gut.«

»Was ist denn auf der Party so alles passiert?«, fragte ich und hatte keinerlei Anlaß zu der Vermutung, daß irgend etwas davon eine Rolle spielen könnte. Ich stocherte nur ziellos herum.

»Och, die Leute haben sich unterhalten und so. Ich weiß noch, daß Jack was davon gesagt hat, daß er und Jake in aller Herrgottsfrühe auf Kaninchenjagd gehen würden, und irgendwer hat gemeint, dazu hätte er auch Lust, aber warum so früh und noch dazu am Neujahrstag, und da hat Jack gelacht und gesagt: ›Das haben wir schon als Kinder gemacht. Der Neujahrstag ist die beste Zeit zum Jagen, weil die Spinner alle im Bett liegen und ihren Rausch ausschlafen.‹ Da hat mich der Kerl ganz flüchtig angeschaut und wieder weggeguckt, Sie kennen den Blick, als wollte er sagen: ›Guckt nicht hin, aber der Kerl spinnt, nur laßt ihn ja nicht merken, daß ihr das wißt.‹«

»Waren Sie deswegen wütend auf Jack?«

»Nein, nicht auf Jack. Der hat das nicht so gemeint. Er hat die Betrunkenen gemeint. Er nennt Betrunkene immer Spinner. Das war schon immer so. Aber auf den anderen war ich schon sauer, und zwar wegen der Art, wie er mich angelinst hat, so überlegen, als wär' ich absichtlich schizo geworden. Der guckt mich einfach so an, dabei hab' ich nicht mal gewußt, wer das ist. Und es wäre mir egal gewesen, wenn er richtig geglotzt hätte, zum Beispiel aus Neugier. Die Leute sind nun mal neugierig. Das stört mich nicht.«

»Wie lange kennen Sie Jack schon?«

»Mein Leben lang. Er war ein Freund von Dad.«

»Hat es Sie wütend gemacht, daß er Ihre Mutter geheiratet hat, nachdem Ihr Vater gestorben war?«

»Sie reden wie ein Psychoheini, wissen Sie das?«

»Tut mir leid. Keine Absicht. Ich wollte bloß Bescheid wissen.«

»Außerdem stimmt Ihre Chronologie nicht. Mutter hat Jack schon vor Dads Tod geheiratet. Meine Eltern haben sich vor acht Jahren scheiden lassen, und Mutter hat Jack ungefähr sechs Monate später geheiratet.«

»Warum? Die Scheidung, meine ich.«

Er zuckte mit den Achseln. »Woher soll ich das wissen? Ich war nicht da. Dad hat mir gesagt, es wär' nicht meine Schuld, es hätte nichts mit mir zu tun, ich sollte es Jack nicht krummnehmen. Jack wäre mein Freund, und das würde er auch bleiben. Aber er hat mir auch gesagt, ich sollte Mutter oder Jack niemals etwas vorbehaltlos *schenken*. Später, wenn ich dazu in der Lage sein würde, könnte ich sie unterstützen, soviel ich wollte, aber immer nur unter Vorbehalt. Alles sollte auf meinen Namen laufen.«

»Wieso?«, fragte ich. Wie hatte der Mann überhaupt damit rechnen können, daß sein schizophrener Sohn je in der Lage sein würde, seine Mutter und seinen Stiefvater zu unterstützen?

»Och, Mutter hat gern – gern gespielt. Und Jack auch. Und keiner von ihnen hat es besonders gut gekonnt.« Er sah mich mit verwirrter Miene an. »Was hat das alles mit gestern abend zu tun?«

»Keine Ahnung. Genau das versuche ich ja herauszubekommen. Komisch, ich habe keinerlei Anzeichen für eine Party bemerkt, als ich hergekommen bin. Was ist denn nach dem Gespräch passiert? Sind alle nach Hause gegangen?«

»Ich habe Ihnen doch gesagt, ich bin ins Bett gegangen. Zu dem Zeitpunkt waren noch ungefähr zwölf Leute da, und die sind zwischen Wohn- und Familienzimmer hin- und hergewandert. Ich bin sehr müde geworden und ins Bett gegangen. Aber ich kann Ihnen sagen, warum es keine Anzeichen für eine Party gibt. Mutter läßt nie etwas über Nacht stehen; sie macht immer sauber und räumt alles weg, bevor sie schlafen geht, ganz gleich, wie spät es ist. Ich weiß also nicht, wann sie ins Bett gegangen ist oder ob überhaupt. Ich glaub's eigentlich nicht, sie hat nämlich noch dieselben Kleider . . .«

Sein Gesicht erstarrte einen Moment lang. Er wischte sich mit dem Handrücken über die Augen, schluckte und sagte: »Ich bin schlafen gegangen. Und aufgewacht bin ich davon, daß dieser Polizist an die Tür gehämmert hat. Ich hab' natürlich nicht gewußt, daß es ein Polizist war; ich hab bloß gewußt, daß jemand an der Tür ist, und die ganze Zeit damit gerechnet, daß Jack aufsteht und nachsieht, wer es ist. Aber das hat er nicht, also hab' ich geöffnet.«

»Wieso haben Sie damit gerechnet, daß er aufmacht? Angeblich wollte er doch um halb zwei zur Jagd gehen?«

»Das war mir in dem Moment nicht gegenwärtig. Außerdem hab' ich sowieso nicht gewußt, wie spät es war. Ich war richtig weggetreten, zu müde, um mich hochzurappeln, aber schließlich bin ich dann doch aufgestanden.«

»Und Sie sind nicht ins Familienzimmer gegangen?«

»Dazu hatte ich keinen Grund.« Das stimmte natürlich. Der direkte Weg von seinem Zimmer zur Haustür führte nicht über das Familienzimmer. »Ich bin durch den Flur ins Wohnzimmer gegangen und hab' die Haustür aufgemacht; dieser Polizist – Shea – hat gesagt, sie hätten einen Anruf erhalten, daß im Haus ein Schuß gefallen sei, und ob alles okay sei. Ich hab ihm gesagt, ich hätte es hören müssen, wenn ein Schuß gefallen wäre, wär' aber nicht. Er hat mich gefragt, ob er sich mal umsehen dürfe, und ich hab' gesagt, klar, kommen Sie rein. Und dann ist er auf dem gleichen Weg durchs Haus gegangen wie Sie, als Sie gekommen sind, und als wir im Familienzimmer das Licht angemacht haben ...« Er schluckte. »Da mußte ich schleunigst ins Bad, und Shea wollte mich nicht lassen, und ich hab' mir die Hand vor den Mund gehalten, da hat er mich losgelassen, und ich bin ins Bad und – und hab' mich übergeben.«

»Haben Sie gespült?«

Er starrte mich an. »Dazu war mir zu schlecht. Shea hat gespült, ist in mein Zimmer gegangen und eine Weile drin rumgelaufen; dann ist er wieder in den Flur rausgekommen und hat gesagt, ich solle reingehen und mich anziehen. Das hab' ich Ihnen ja schon erzählt. Tja, so war das gestern abend. Mehr weiß ich nicht.«

»Okay. Jetzt will ich Ihnen ein paar Fragen stellen.« Gewissenhaft wies ich ihn nochmals auf seine Rechte hin, und er meinte, das habe »dieser Captain« schon getan und er habe es auch schon unterschrieben. »Sie haben gesagt, Sie hätten nach dem Abendessen nichts mehr gegessen. Stimmt das?«

»Na ja, ich hab' noch ein paar Chips gegessen und ein Dr. Pepper Light getrunken, aber das ist alles.«

»Light?«

»Ich vertrage nicht viel Zucker«, erklärte er. »Moment mal, jetzt fällt mir ein, das war doch nicht alles. Ich hab' noch einen Becher Punsch getrunken. Aber ich fand, er hat widerlich geschmeckt. Ich wollte ihn eigentlich nicht austrinken, aber Mutter hat deswegen ziemlich beleidigt getan, da hab' ich ihn halt getrunken und mir dann das Dr. Pepper geholt. Ich bin etwa dreißig Minuten später ins Bett gegangen.«

»Sie sind später nicht noch einmal aufgestanden und haben gefrühstückt?«

»Wann soll ich denn gefrühstückt haben?«

»Irgendwer hat gefrühstückt!«

»Das waren wahrscheinlich Jack und Jake. Die haben bestimmt noch gefrühstückt, bevor sie auf die Jagd gehen wollten; sie waren ja schon dafür angezogen, das hat man gesehen.«

»Olead, es stehen fünf Teller auf dem Tisch.«

»Na ja, Mutter und Edith. Der fünfte war vielleicht ein Servierteller.« Er klang nicht überzeugt.

»Olead, Sie sind aufgestanden und haben gefrühstückt.«

»Nein.«

»Sie sind aufgestanden und haben gefrühstückt, und dann ist die Streiterei wieder losgegangen, und Sie haben sich eine Schrotflinte gegriffen, die schußbereit herumstand, weil jemand auf Kaninchenjagd gehen wollte, und dann haben Sie zu schießen angefangen.«

»Nein. Außerdem hätte Jack niemals eine Schrotflinte geladen, bevor er nicht dort war, wo er jagen wollte.«

»Irgendwer hat sie aber geladen.«

»Jack war's jedenfalls nicht.«

»Dann haben Sie sie vielleicht selber geladen.«

»Ich weiß gar nicht, wie man eine Schrotflinte lädt.«

»Olead, wissen Sie, warum Ihre Schulter wehtut?«

»Nein«, sagte er.

Ich betrachtete die Schrotflinte in der Ecke. Es war eine alte, zwölfkalibrige Browning, Baujahr wahrscheinlich vor 1920, denn es gab keinerlei Anzeichen dafür, daß sie je eine Seriennummer gehabt hatte. Sie war schlecht gepflegt, und so rostig, wie sie war, würde sie keinerlei Fingerabdrücke aufweisen. Ich konnte sie nachher wieder hinstellen, damit sie fotografiert werden konnte. Ich nahm sie in die Hand und schnupperte daran; der scharfe Schießpulvergeruch ließ darauf schließen, daß sie kürzlich abgefeuert worden war. Ich kontrollierte sie, lud mehrmals durch, so daß drei rote Plastikpatronen auf den Boden fielen, und kontrollierte erneut. Jetzt war sie leer. »Olead, knöpfen Sie nochmal Ihr Hemd auf«, sagte ich.

Mit verwirrtem Gesicht gehorchte er.

»Ziehen Sie den rechten Arm aus dem Ärmel.«

Er zog den Arm aus dem Ärmel.

»Und jetzt sehen Sie sich mal Ihre Schulter an«, sagte ich. »Sehen Sie die rote Druckstelle?«

Er betrachtete sie. »Ja.«

Ich hielt ihm die Schrotflinte so an die Schulter, daß das Schaftende unter seinem Schlüsselbein anlag. »Daher kommt die Druckstelle.«

»Das stimmt nicht.« Er griff nach der Flinte.

»Nicht«, sagte ich und zog das Gewehr weg. »Ich will nicht, daß Sie sie anfassen.«

»Ich werd' schon nicht damit schießen«, sagte er gereizt. »Außerdem geht das sowieso nicht, Sie haben ja alle Patronen rausgenommen. Ich will bloß –«

»Ich will nicht, daß Sie sie jetzt anfassen.« Ich ging zur Tür. »Wer ist von der Spurensicherung da?«

»Ich und Irene«, rief Bob Castle aus dem Wohnzimmer. »Wieso?«

»Habt ihr eine Spurenmetall-Suchausrüstung da?«

»Draußen im Bus, wieso?«

»Kannst du dich mal eben losreißen und sie herbringen?«

»Glaub' schon.«

»Was ist eine Spurenmetall-Suchausrüstung?«, fragte Olead.

»Sie verrät mir, ob Sie eine Schrotflinte abgefeuert haben«, sagte ich und verbesserte mich dann. »Das heißt, sie verrät mir, ob Sie kürzlich eine Schrotflinte in der Hand gehabt haben.«

»Und was soll das beweisen? Ich hab' Ihnen doch gesagt, daß ich gestern abend eine in der Hand gehabt habe. Ich hab' sie mir angesehen.«

Bob kam mit zwei kleinen, dunkelgrauen tragbaren Behältern aus Plastik herein. »Am besten mache ich gleich beides auf einmal«, meinte er. »Wie heißen Sie, Freundchen?«

Olead rief rot an und antwortete steif: »Mein Name ist James Olead Baker.« Er buchstabierte Olead und der Vollständigkeit halber auch noch Baker.

»Okay, Baker, ich sprühe Ihnen jetzt das Zeug da auf Hände, Arme und Gesicht. Es tut nicht weh. Sind Sie Rechts- oder Linkshänder?«

»Rechtshänder. Was ist das für Zeug?«

»Wie es heißt, weiß ich auch nicht. Aber ich kann Ihnen sagen, wie es funktioniert. Wenn Sie Metall berühren, bleibt auf Ihrer Haut eine winzige Spur davon zurück. Diese Chemikalie ist hochempfindlich; wenn wir Schwarzlicht darauf richten, sehen wir, ob und welches Metall Sie kürzlich berührt haben, und wir erkennen außerdem, welche Form die Metallteile hatten, die Sie berührt haben. Klar?«

»Klar.«

Bob griff nach dem Lichtschalter und machte die Deckenlampe aus. Im Dunkeln knipste er den UV-Strahler an, den er in der Hand hielt. Oleads Hände, sein rechter Zeigefinger und der Teil seiner Wange, der sich vermutlich an die in den Flintenschaft eingelegte Metallverzierung geschmiegt hatte, leuchteten unheimlich. Bob machte das Licht wieder an.

»Was bedeutet das?«, fragte Olead und musterte argwöhnisch seine Hände.

»Das bedeutet, daß Sie irgendwann in den letzten zwölf Stunden eine Flinte oder Büchse im Anschlag gehalten haben.«

»Aber das hab' ich nicht«, protestierte Olead. »Das wüßte ich doch noch – was ist das?«

»Das ist ein Schmauchspurennachweis«, erklärte Bob. »Das hier sind ganz normale Wattebäusche. Ich gebe auf jeden ungefähr drei Tropfen zweiprozentige Salpetersäurelösung und betupfe damit Ihre Hände. So können wir feststellen, ob Sie eine Schußwaffe abgefeuert haben. Strecken Sie die Hände vor.«

»Ich habe keine Waffe abgefeuert«, sagte Olead und streckte gehorsam die Hände vor. Dann fragte er: »Wollen Sie mir nicht sagen, was dabei rausgekommen ist?«

»Das muß ins Labor. Ich kann diesen Test nicht selber auswerten.«

»Aha. Und wie lange dauert das?«

»Ungefähr drei Wochen, es sei denn, wir können die überreden, sich ein bißchen zu beeilen.«

»Aha«, sagte Olead noch einmal. »Dann muß ich also drei Wochen im Gefängnis bleiben, bis das Ergebnis da ist?«

»Meiner Meinung nach werden Sie für den Rest Ihres Lebens im Gefängnis bleiben, Freundchen«, erwiderte Bob kalt und ging mit beiden tragbaren Behältern hinaus.

Olead, der sich für die Tests aufs Bett gesetzt hatte, stand auf und ließ sich wieder auf dem Boden nieder. »Deb, bitte versuchen Sie eins zu verstehen: Ich bin nicht geisteskrank. Ich war elf Jahre geisteskrank, und ich weiß, wie sich das bei mir ausgewirkt hat. Ich weiß nicht unbedingt, wie sich Schizophrenie bei anderen auswirkt, aber wie es bei mir war, das weiß ich. Ich hätte niemals, zu keiner Zeit meines Lebens, tun können, was jemand in dem Zimmer da getan hat. Ich war gewalttätig, das will ich gar nicht bestreiten. Ich habe mehrmals versucht, mich umzubringen, aber ich habe nie versucht, jemand anderem das anzutun. Wenn ich jemanden attackiert habe, ging jedesmal ein plötzliches Ausrasten voraus - ich weiß nicht, wie ich's anders nennen soll -, und dann war der Angriff rein körperlich und hat sich gegen eine einzige Person gerichtet, entweder diejenige, die ich zu dem Zeitpunkt für die Situation verantwortlich gemacht habe, oder aber gegen den, der gerade in der Nähe war. Wenn ich gestern nacht so getobt hätte, wäre ich wahrscheinlich auf Edith los. Ja, zugegeben, ich war sauer auf Edith, weil sie meine Schwester schikaniert und es auch mit mir versucht hat. Bloß, ich lasse mich nicht mehr so leicht reizen. Und ich wäre mit den Händen auf sie los, nicht mit einer Schrotflinte. Außerdem wüßte ich es doch. Ich habe es hinterher immer gewußt. Es gab Zeiten, da habe ich mich nicht unter Kontrolle gehabt, und manchmal habe ich nicht mal mehr auseinanderhalten können, was Recht und was Unrecht ist, aber hinterher hat's mir jedesmal leid getan. Und obwohl es mir leid getan hat, war ich imstande, das gleiche nochmal zu tun, wenn ich die betreffende Person wiedergesehen habe, aber ich habe nicht vergessen, daß ich's getan habe. Ich habe es nicht vergessen.«

»Olead, war je eine Waffe in Reichweite, wenn Sie ausgerastet sind?«

Er dachte darüber nach. »Nein.«

»Und haben Sie jemals einen Menschen ernsthaft verletzt?«

Darüber mußte er nicht so lange nachdenken. »Nein«, antwortete er prompt.

»Aber angenommen, Sie wären durchgedreht, und es wäre eine Schrotflinte in Reichweite, und ganz plötzlich lägen da ein paar Tote. Könnten Sie sich daran erinnern? Oder würden Sie sagen, das paßt nicht zu mir, so etwas würde ich nie tun, und die Sache aus Ihrem Gedächtnis streichen?«

Er schüttelte den Kopf. »Ich fühle mich beschissen«, sagte er. »Ich fühle mich zittrig, und so hab' ich mich seit Monaten nicht mehr gefühlt. Aber ich fühle mich nicht so, als wäre ich ausgerastet. Ich fühle mich, als hätte ich zuviel Thorazin geschluckt – und das ist lächerlich, weil ich das Zeug überhaupt nicht mehr nehme. Aber ich fühle mich körperlich sterbenselend, mehr nicht. Ich habe keine schizophrenen Symptome, und damit kenne ich mich weiß Gott aus. Ich weiß nicht, woher die Druckstelle an meiner Schulter kommt, aber ich weiß genau, daß ich gestern abend keine Schrotflinte abgefeuert habe. Außerdem haben Sie sich das Haus noch gar nicht ganz angesehen. Soll ich es Ihnen zeigen?«

Er hatte offenbar seine Rede beendet. »Ja«, sagte ich, »zeigen Sie's mir.«

An einer offenen Badezimmertür vorbei gelangten wir in ein großes Schlafzimmer, in dem nur ein riesiges Bett und eine dreiteilige Frisierkommode standen. »Das ist das Zimmer von Mutter und Jack. Bißchen wenig Möbel drin, finden Sie nicht auch?«

»Ja, stimmt.«

»Hier sehen Sie, warum.«

Das dritte Schlafzimmer im vorderen Teil des Hauses bot den unglaublichsten Anblick, der sich mir je im Leben gezeigt hatte. Am ehesten ähnelte das Ganze den Auswirkungen eines Wirbelsturms. Sämtliche Gegenstände waren hervorgezerrt und durcheinandergeworfen, standen auf dem Kopf, lagen auf der Seite und stapelten sich zu einem wirren Haufen. Möbel aus anderen Zimmern waren angeschleppt und zu dem allgemeinen Chaos hinzugefügt worden. »Ich glaube, daß Brenda und Jeffrey irgendwo da drunter sind, und ich habe Shea zu überreden versucht, daß er mich das Zeug wegschaffen und nach ihnen suchen läßt, aber er wollte nicht. Ihren Captain hab' ich das gleiche gefragt, und er hat gesagt, das hätte Zeit, die seien sowieso tot. Ich glaube allerdings nicht, daß sie tot sind. Ich glaube, jemand wollte mit dem ganzen Zeug das Zimmer verrammeln, damit die beiden auf keinen Fall diejenigen sind, die die anderen finden. Bis jetzt hab' ich mir deswegen noch nicht groß Sorgen gemacht, weil sie um diese Zeit normalerweise noch nicht wach sind und beide einen ziemlich gesunden Schlaf haben. Aber glauben Sie im Ernst, ich könnte das alles gemacht haben und mich dann nicht mehr daran erinnern?«

Ich schwieg. Ich mußte daran denken, was Captain Millner mir erzählt hatte – *haben Sie einmal gesehen, wie jemand einen Sessel durch eine Rigipswand gestoßen hat* –, und sagte: »Tut mir leid, Olead – ja. Ja, das glaube ich.«

Er machte mit den Händen eine hilflose Geste. »Dann tut es mir auch leid. Ich dachte, die Rechtsprechung in diesem Land geht davon aus, daß jemand solange als unschuldig gilt, wie seine Schuld nicht bewiesen ist. *Sie* verlangen von mir, daß ich meine Unschuld beweise, und das kann ich nicht. Ich kann Ihnen nur sagen, daß ich von den Schüssen im Wohnzimmer, das direkt neben meinem Schlafzimmer liegt, nichts mitbekommen habe, genauso wenig wie von dem Radau hier, gegenüber von meinem Schlafzimmer. Aber ich kann Ihnen nicht sagen, warum und wieso. Ich habe niemanden umgebracht.« Er setzte sich im Flur auf den Boden. »Bitte suchen Sie meine Geschwister«, sagte er schlicht.

Bob, der ihn offenbar gehört hatte, rief: »Deb, vorläufig sind wir mit Fotografieren fertig, und da drin wollen wir sowieso nicht nach Fingerabdrücken suchen, du kannst also ruhig anfangen, Möbel zu rücken, wenn du willst.« Er kam auf den Flur hinaus und stellte eine Kamera und ein Fingerabdruck-Set neben mich auf den Boden. »Wir sind total mit Arbeit eingedeckt. Es wäre eine große Hilfe, wenn du das Zimmer da machen könntest.«

»Okay«, sagte ich. Ich war vor Jahren selbst bei der Spurensicherung gewesen und machte gelegentlich noch selbst Tatortuntersuchungen, wenn der Erkennungsdienst überlastet war.

Offenbar würde ich, wenn schon nicht einem Geschworenengericht, zumindest Olead beweisen müssen, daß er es gewesen war. Ich holte schwarzes Fingerabdruckpulver und einen Zephyrpinsel hervor – ich arbeite immer mit einem Zephyrpinsel – und stäubte versuchsweise die Beine eines Stuhls ein, die grotesk in die Luft ragten. Abrupt hielt ich inne und drehte mich zu Olead um. »Haben Sie irgendwelche Handschuhe?«

»Ja, klar.«

»Würden Sie sie bitte holen?« Ich folgte ihm zurück in sein Zimmer, wo er die Handschuhe aus der Tasche einer Steppjacke fischte. Ich nahm sie mit in das andere Zimmer. »Sehen Sie sich die Webart der Handschuhe an.«

Er betrachtete sie. »Und?«

»Jetzt sehen Sie sich das Stuhlbein an.« Ich zeigte ihm die Stelle. »Das sind Handschuhabdrücke, Olead. Das Labor wird nachweisen, daß der Abdruck da von diesem Handschuh stammt. Der Zeigefinger ist beinahe durchgewetzt, sehen Sie? Und die durchgewetzte Stelle können Sie hier auf dem Stuhlbein erkennen, wo das Fingerabdruckpulver die Handschuhabdrücke sichtbar macht.«

»Die Handschuhe hätte jeder anhaben können«, wandte er ein, während er mir zusah, wie ich Fingerabdruckfolie auf dem schwarzen Pulver glattstrich.

»Und dann hat er sie in Ihrem Schlafzimmer wieder in Ihre Jackentasche gesteckt, während Sie geschlafen haben? Nun hören Sie aber auf, Olead.« Ich hob den Handschuhabdruck ab und klebte ihn auf eine Karteikarte, die ich sorgfältig beschriftete. Die Handschuhe steckte ich in eine Plastiktüte, verschloß sie mit Heftklammern und beschriftete sie ebenfalls. Ich unterbrach mich kurz, um den Sachverhalt zu notieren. Das war der Moment, in dem Olead mich fragte, was ich da machte, und dann sein pubertäres Witzchen über die Arbeit riß.

Nach seinem Versuch zur Komik setzte er sich wieder im Schneidersitz auf den Flurboden und sah mir zu. Ich mühte mich, den Stuhl richtig herum zu drehen und in die Halle hinauszuschaffen, damit er nicht mehr im Weg war. »Soll ich Ihnen helfen?«, fragte Olead.

»Nein«, sagte ich, aber er hatte schon die andere Armlehne gefaßt und zerrte den Stuhl auf den Flur hinaus. Wir setzten ihn ab, und ich bedankte mich, weil ich nicht wußte, was ich sonst hätte sagen sollen.

Er sah mir noch eine Weile zu, sah zu, wie ich ein paar weitere Handschuhabdrücke abnahm, und meinte dann: »Deb, wenn Sie da drin ein Säckchen mit Murmeln finden, das sind meine.«

Ich richtete mich auf. »Was?«, frage ich ungläubig.

»Ein Säckchen mit Murmeln«, meinte er ganz beiläufig. »Ein Säckchen aus blauem Baumwollsamt, so wie die von Seagram's Crown Royal, und da sind so zwanzig, fünfundzwanzig Murmeln drin, das sind meine, und die will ich.«

»Wieso?«

Sein Mund bekam jenen störrischen Zug, der den meisten Eltern von Fünfzehnjährigen – ob Jungen oder Mädchen – vertraut ist. »Es sind meine, und ich will sie, weil es meine sind.«

»Ich werd's mir überlegen, wenn ich sie finde«, meinte ich und stellte eine Kommode auf, die mit der Vorderseite nach unten lag. Sie war erstaunlich leicht, hauptsächlich deshalb, weil die Schubladen herausgezogen waren. Als ich sie zur Seite wuchtete, hörte ich Olead heftig einatmen und sah nach unten.

Wir hatten Brenda gefunden.

Kapitel 3

Olead hatte mir gesagt, Brenda sei vier Jahre alt. Nach meiner Schätzung mußte sie knapp fünf sein. Sie steckte mit dem Gesicht nach unten in Schlafhaltung in einem verblichenen, blauen Schlafsack, dessen Reißverschluß bis zu ihrer Hüfte zugezogen war. Ihr Kopf lag auf einem blauen Kissenbezug und war nach links gedreht, so daß er sich von der Zimmertür ab- und der Wand im vorderen Teil des Hauses zuwandte. Sie war ein dünnes, zartgliedriges Kind mit glattem, dunkelblondem Haar. Die kleinen Hände waren offen und entspannt. Neben einer lag ein kleines rosafarbenes Plüscheichhörnchen.

Durch das Loch in ihrem Rücken hätte man eine Faust drücken können, selbst wenn man so groß wie Captain Millner war.

Wer sie erschossen hatte, hatte das nicht aus nächster Nähe getan, denn die Streuung einer Schrotladung vergrößert sich mit ihrer Entfernung von der Laufmündung.

Olead hatte sich aufgerichtet. »Nein«, flüsterte er leise, »nein, nein, nein –« Er trat auf sie zu, hockte sich auf den Boden, strich ihr mit seiner großen Hand über das Haar. Einen ganz und gar erwachsenen Schmerz in den Augen, blickte er zu mir auf und sagte: »Sie glauben, daß ich das war? Sie glauben, ich hätte Brenda das angetan?«

Ich gab keine Antwort. Ich sah ihn nur an.

»Nein, nein, ich war's nicht. Aber eins verspreche ich Ihnen: Sie können hundertmal versuchen, mich in den Knast oder in die Klapsmühle zu stecken, Sie werden mich dort nicht festhalten, denn ich werde rauskriegen, wer Brenda das angetan hat, und wenn ich ihn finde, wird er dafür bezahlen.«

Ich trat auf den Flur hinaus. »Captain Millner«, rief ich, »ich glaube, Olead ist jetzt soweit.«

Millner kam im Eilschritt ins Zimmer; beim Anblick des über die Kinderleiche gebeugten Mannes blieb er wie angewurzelt stehen. »Sie haben sie also gefunden.«

Olead blickte auf. »Sie haben mir versprochen, daß ich dableiben darf, bis wir Jeffrey gefunden haben.« Seine Stimme war nun tränenerstickt. »Ich verspreche, daß ich dann ruhig mitkomme. Aber wenn mich jetzt jemand wegzubringen versucht, muß er sich mit mir prügeln. Ich will Jeffrey finden. Jeffrey lebt. Niemand würde Jeffrey umbringen; er ist noch ein Baby.«

Ich hatte für einen kurzen Moment den Mann gesehen, der irgendwo in ihm stecken mußte, aber jetzt war er wieder ein Kind, das die Erwachsenen anflehte, seine zerbrochene Welt zu kitten.

»Brenda ist auch noch ein Baby«, sagte ich mit einer Stimme, die fast monoton klang.

»Aber Sie verstehen nicht«, sagte er ernst. »Brenda ist alt genug zum Reden. Sie – vielleicht hat sie etwas gesehen. Vielleicht hat sie gesehen, wer's getan hat. Aber Jeffrey – selbst wenn Jeffrey etwas gesehen hätte, er ist noch nicht alt genug, um es zu erzählen. Niemand hätte einen Grund, Jeffrey umzubringen.«

»Brenda hat geschlafen«, sagte ich. »Das erkennt man daran, wie sie liegt. Sie hat nichts gesehen. Das war nicht der Grund, warum sie umgebracht wurde.«

»Nein, Sie verstehen nicht«, insistierte Olead. »Vielleicht – vielleicht hat jemand gedacht, sie hätte etwas gesehen. Niemand würde Jeffrey umbringen. Er ist erst fünfzehn Monate alt. Niemand – niemand – niemand würde Jeffrey umbringen.«

»Wer Brenda umgebracht hat, würde auch Jeffrey umbringen«, sagte Captain Millner barsch. »Machen Sie Ihre Fotos, Deb.« Er wandte sich ab und fügte über die Schulter hinzu: »Setzen Sie sich hin, Olead. Ich habe gesagt, Sie können bleiben, und das können Sie auch, solange Sie nicht im Weg rumstehen. Also schaffen Sie Ihren Hintern hier raus und setzen Sie sich im Flur hin.«

Olead ging wieder auf den Flur hinaus und setzte sich auf den Boden; Captain Millner bewegte sich in Richtung Wohnzimmer. Das ist eine der angenehmen Eigenschaften von Captain Millner: er läßt die Leute in Ruhe ihre Arbeit tun.

Ich machte Fotos von der Leiche und nahm Messungen vor, deren Ergebnisse ich in meinem Notizbuch festhielt, damit ich später genau beschreiben konnte, wie sie bei ihrer Auffindung gelegen hatte. Dann ließ ich die Leute von der Transportbereitschaft der Gerichtsmedizin, die wegen der vier Leichen im Wohnzimmer geholt worden waren, auch das tote Kind wegbringen.

Olead ging aus dem Weg, damit die Leute ins Zimmer konnten. Sie transportierten die kleine Leiche nicht auf einer fahrbaren Trage ab. Sie steckten sie einfach samt Schlafsack, Kissen und allem anderen in einen schwarzen Leichensack aus Plastik. Olead sah ihnen dabei mit völlig teilnahmslosem Gesicht zu. Einer der Träger schaute ihn an, und sein Blick drückte äußerste Verachtung aus. Olead starrte zurück. Als sie mit ihrer Last durch das Wohnzimmer hinausgingen, setzte er sich wieder auf den Boden.

Ich sah auf meine Uhr. Es war erst fünf. Mir kam es vor, als müßte es schon zehn oder elf sein.

Ich ging um das Blut auf dem Boden herum und versuchte, eine zweite Kommode zu verrücken. Sie entglitt mir und krachte auf den Boden. »Deb?«, rief Bob aus dem Wohnzimmer.

»Ich bin okay«, rief ich zurück. »Hab' bloß was fallen lassen.«

Olead war aufgesprungen. »Ruhe!«, brüllte er. »Ruhe, verdammt nochmal!« Bob, Shea und Captain Millner kamen auf uns zugestürzt, Shea erneut mit der Hand am Revolver. Den Kopf lauschend schräg gelegt, stand Olead einen Moment still, dann plötzlich stürmte er an mir vorbei und begann an den Möbeln zu zerren.

Shea packte ihn an den Schultern und versuchte, ihn wegzuziehen; Olead schüttelte ihn ab und schleuderte eine volle Kommodenschublade quer durchs Zimmer. »Zurück, Shea«, rief Millner.

Denn diesmal hatten wir es alle gehört: Da kam ein leises Wimmern aus der linken hinteren Ecke des Zimmers, der Stelle, wo das Chaos offenbar am schlimmsten war. Olead riß an dem Möbelhaufen, Millner und Bob Castle stürzten sich ebenfalls in das Durcheinander und reichten Gegenstände zu Shea in den Flur durch, während das Wimmern zum Geschrei anschwoll.

Ich konnte Olead keuchen hören, sein Atem kam fast schluchzend, und mit jedem Atemzug sagte er: »Jeffrey – Jeffrey – Jeffrey.«

Und dann war er unter der umgedrehten Matratze eines King-Size-Bettes und richtete sich auf, ihr Gewicht samt dem des doppelten Federkernrahmens und eines Sessels auf den Schultern wie Samson in den Trümmern des Tempels der Philister, und ächzte: »Deb, holen Sie ihn, holen Sie ihn!«

Die Lücke, die er geschaffen hatte, war kaum groß genug zum Durchkriechen, obwohl ich mich so klein wie möglich machte.

Das Kinderbettchen war zusammengebrochen, aber die Gitterstäbe waren nach innen über die Matratze geknickt, und der Kleine hatte offenbar einfach auf dem Boden weitergeschlafen. Ich schnappte ihn mir und robbte zurück. Olead kam unter der Matratze hervor und ließ die Möbel wieder auf den Boden krachen. Während das Geräusch noch nachhallte, entriß er mir das Baby und wiegte es in den Armen.

Wieder wollte Shea nach ihm greifen, aber Millner hielt ihn am Arm fest. »Nicht«, sagte er, »lassen Sie ihn.«

Olead nahm offenbar nichts und niemanden um sich herum mehr wahr, während er sanft auf das Baby einsprach. »Ach Gott, du bist ja ganz naß«, sagte er. »Jeffrey, du bist noch was anderes als naß, und ich komme nicht an deine Windeln. Was zieh' ich dir denn jetzt bloß an, mein Kleiner, hm? Was mach' ich bloß mit dir?« Seine Stimme brach, während er wiederholte: »O Gott, Jeffrey, was mach' ich bloß mit dir?«

Millner griff in die Tasche und hielt Shea einen Fünfdollarschein hin. »Suchen Sie ein Geschäft und besorgen Sie ein paar Pampers oder so was.«

Ich war mir nicht sicher, ob Olead ihn gehört hatte. Unentwegt auf das Baby einredend, ging er durch den Flur ins Badezimmer. Ich folgte ihm und sah zu, wie er Wasser in die Wanne einlaufen ließ. Ich schaute zu Millner hinüber, der nickte. »Irgendeiner muß es machen«, meinte er völlig zurecht. Es war nicht zu verkennen, daß Jeffrey noch etwas anderes als bloß naß war. »Bleiben Sie einfach dabei«, fügte Millner hinzu.

Ich setzte mich auf den einzigen verfügbaren Sitz im Badezimmer und sah zu, wie Olead, der auf der Badematte kniete, den Kleinen so hingebungsvoll badete, als wäre es ein ganz normaler Tag. Ohne den Blick von Jeffrey zu wenden, nahm er aus dem Regal unter dem Waschbecken eine Plastikente; ihr folgte ein grüner, wie ein Fisch geformter Schwamm. Olead neckte: »Das Fischlein zwickt dich«, und der Kleine gluckste und plantschte. »Das Fischlein knabbert dir die Ohren sauber – das Fischiein spritzt dir die Haare naß – huch! Da hat die Ente aber einen großen Platsch gemacht!« Er wischte sich etwas Wasser von Gesicht und Brust.

»Patsch«, wiederholte der Kleine vergnügt, und Olead hob ihn aus der Wanne, wickelte ihn in ein Handtuch und ließ das Wasser ab.

Shea, der ein recht saures Gesicht machte, war mit den Windeln zurück; Olead dankte ihm kühl und redete dann weiter mit dem Kleinen. »Du mußt ohne Puder auskommen, mein Lieber, ich weiß nämlich nicht, wo dein Puder ist.« Er windelte das Kind und meinte: »Es ist noch zu früh für dich zum Aufstehen.« Auf dem Weg in die Küche durchschritt er das Familienzimmer, ohne einen Blick auf die immer noch dort beschäftigten Leute von der Spurensicherung, das Blut und die Kreidemarkierungen zu werfen. Er öffnete den Kühlschrank, nahm eine Milchtüte heraus, goß etwas davon in eine Glastasse, stellte sie in die Mikrowelle und gab eine halbe Minute ein; dann, das Baby im Arm, schüttete er gekonnt hantierend die warme Milch in ein Plastikfläschchen und schraubte einen Sauger auf.

Dann runzelte er die Stirn.

Sein Gesicht hellte sich auf, und er ging in das Wohnzimmer, wo Shea sich auf dem Sofa niedergelassen hatte, und bat sehr höflich: »Würden Sie bitte aufstehen?«

Shea sah ihn an.

»Würden Sie bitte aufstehen?«, bat Olead erneut, nicht mehr ganz so höflich und eine Spur lauter.

Shea sah ihn einfach weiter an.

»Shea«, sagte Millner.

Der stand auf, und Olead versuchte mit einer Hand und der Hüfte, das Sofa zu verrücken. Millner begriff, was er vorhatte, und faßte mit an. »Shea«, wiederholte er, und der beteiligte sich mit zutiefst angewidertem Gesicht.

Zusammengeschoben ergaben die beiden Sofas ein sicheres, wenn auch etwas groß geratenes Kinderbett. Olead legte den Kleinen hin und bot ihm die Flasche; der Kleine nahm sie, begann aber sofort zu schreien, als Olead sich abwandte. Ich konnte ein mehrfach wiederholtes »Oyee! Oyee!« heraushören.

Olead sah Millner an. Millner zuckte die Schultern, und Olead kletterte über die Armlehne des Sofas und legte sich neben das Baby. Das Geschrei verstummte.

»Was zum –«, setzte Shea entrüstet an.

»Halten Sie den Mund«, befahl Millner.

»Aber wollen Sie ihn denn einfach –«

»Halten Sie den Mund, Shea«, wiederholte Millner. »Das Baby weiß nicht, was passiert ist. Wir haben das Sozialamt verständigt, und es ist bereits jemand unterwegs, um den Kleinen zu holen. Aber bis dahin kriegt er, was er braucht, und wenn er den großen Bruder braucht, kriegt er eben den großen Bruder. Verstanden?«

»Aber wenn der verrückte Hund –«

»Halten Sie den Mund, Shea«, wiederholte Millner zum dritten Mal. »Deb, Sie bleiben hier.«

Fünf Minuten später kam Olead wieder über die Sofalehne geklettert. »Er schläft«, sagte er und sah mich an. »Normalerweise wacht er erst so gegen halb acht auf. Es war wohl der Krach, der ihn so früh geweckt hat. Werden die Leute vom Sozialamt sich auch gut um ihn kümmern?«

»Sie werden sich gut um ihn kümmern.«

»Kann ich dableiben, bis sie hier sind?«

»Sie wollten nur so lange bleiben, bis wir ihn gefunden haben«, erinnerte ihn Millner.

»Ja, aber – aber – er ist gegen einiges allergisch. Das muß ich denen sagen.«

Millner zuckte die Achseln. »Jetzt sind Sie schon so lange hier, da können Sie ruhig auch noch länger bleiben.«

Olead folgte mir zurück ins Schlafzimmer. »Kann ich Ihnen helfen, die Sachen wegzurücken?«

»Im Moment muß ich nichts davon wegrücken«, sagte ich. Ich hatte die ausgeworfene Hülse der Patrone gefunden, die Brenda getötet hatte. Es war eine sehr alte rote Papphülse. Die im Wohnzimmer gefundenen waren aus Kunststoff. Ich hatte keinen Grund zu der Annahme, daß ich in diesem Zimmer noch irgend etwas Beweiskräftiges finden würde, aber ich mußte meine Untersuchungen in diesem Raum abschließen. Doch damit wollte ich warten, bis Olead nicht mehr da war.

»Kann ich das Zeug dann selber wegrücken?«, fragte er.

»Das möchte ich lieber nicht«, meinte ich. »Wir machen das dann später.«

»Aber ich muß meine Murmeln finden!«, protestierte er hitzig.

Ich sah Millner an. Millner sagte: »Ich will Sie nicht da drin haben, Olead. Wir suchen später nach Ihren Murmeln.«

»Es ist aber wichtig«, widersprach er.

»Sie werden schon auftauchen.«

Hinter Olead zeigte Shea ihm ein Vögelchen. Ich nickte. Trotzdem war es merkwürdig. Er wirkte völlig normal, solange er sich um das Kind kümmerte. Was ihm auch fehlte, die Symptome schienen nur zeitweise aufzutreten.

Die Hände in den Taschen, drehte Olead sich um. »Kann ich dann wenigstens anfangen, das Wohnzimmer sauberzumachen? Ich mag kein Blut überall auf dem Boden.« Er setzte sich in Bewegung.

»Nein, Sie können nicht anfangen, das Wohnzimmer sauberzumachen«, sagte Millner in schon leicht gereiztem Ton.

»Aber –«

»Wir sind noch nicht fertig damit«, erklärte ich Olead.

Er betrachtete die Kreidemarkierungen. »Ach so. Ist es dann okay, wenn ich das Geschirr abwasche?«

»Ja, Herrgott im Himmel, waschen Sie das Geschirr ab«, sagte Millner und bedeutete mir »Bleiben Sie bei ihm«, während Olead die Teller im Eßzimmer einsammelte.

»Kann ich Ihnen dabei helfen?«, fragte ich Olead.

Er schaute auf die Teller in seinen Händen. »Nein, ich - ich denke nur irgendwie, daß ich was tun muß.« Er schaltete die Kaffeemaschine ab und schüttete den abgestandenen Kaffee in den Ausguß. »Außerdem«, fügte er hinzu, »bekäme Mutter einen Anfall, wenn sie wüßte, daß das Haus voller Leute ist und die Küche so aussieht.«

»In meiner Küche sieht es fast immer zehnmal so schlimm aus«, erzählte ich ihm, während er das Silber zusammenräumte.

Er sah mich kurz an. »Aber das ist was anderes. Sie haben noch andere Sachen um die Ohren als die Hausarbeit. Mutter hat - hatte das nicht. Es ist schwer, sich daran zu gewöhnen, so zu reden. In der Vergangenheit, meine ich. Schwer, sich daran zu gewöhnen. Ist es okay, wenn ich meine Vitamine nehme?«

Ich sagte ihm, es sei okay.

»Gut«, meinte er. »Der Doktor sagt, ich muß sie jeden Tag nehmen.«

Als die Frau vom Sozialamt eintraf, war die Küche sauber. Olead musterte die Dame skeptisch und verkündete: »Er ist allergisch gegen parfümierten Babypuder.«

»Das ist bei vielen Babys so«, antwortete sie. »Ich nehme immer Stärkemehl.«

»Tja, äh, und - und er mag keine Eier.«

»Er muß aber Eier essen, außer er ist dagegen allergisch.«

»Ist er nicht. Und der Doktor sagt, er braucht Eier, damit er nicht anämisch wird. Aber er mag sie nicht. Sie müssen sie ihm irgendwie unterjubeln. Ach so, ja, und er darf keine Schokolade bekommen. Davon kriegt er Magenverstimmung.«

»Ich kümmere mich gut um ihn«, versicherte sie Olead mit einer Freundlichkeit, aus der ich den Schluß zog, daß ihr draußen jemand von Oleads Zustand erzählt hatte. »Wer ist sein Hausarzt? Ich brauche eine Kopie seines Impfpasses.«

Jeffrey wachte auf, als sie ihn hochhob, schrie erneut nach ›Oyee‹ und streckte die Arme aus. Olead nahm ihn. »Jeffrey, du mußt jetzt mit der Dame da gehen. Sie wird sich gut um dich kümmern. Ich kann dich nicht bei mir behalten. Jeffrey, wo ich hingehe, würde es dir nicht gefallen.« Er legte ihn wieder der Frau in die Arme und machte ganz sanft die kleinen Finger los, die sich verzweifelt an ihn klammerten. »Er fremdelt ein bißchen«, erklärte er mit wackliger Stimme. »Aber er ist ein braves Baby. Er ist wirklich ein braves Baby.«

»Ganz bestimmt«, pflichtete sie ihm bei. »In dem Alter fremdeln sie alle. Aber ich werde ihm nicht lange fremd bleiben. Es wird ihm gut gehen, ich verspreche es.« Sie nahm einen gelben Spielanzug aus ihrer Tasche, den sie ihm gekonnt anzog.

»Ja«, sagte Olead und sah ihr nach, als sie, das Baby in eine mitgebrachte Decke gehüllt, zur Tür hinausging.

Dann zog er die beiden Sofas an einem Ende auseinander, setzte sich auf eines der beiden und weinte. Es vergingen bestimmt fünf Minuten, ehe er aufhörte. Wir ließen ihn weinen. Es gab keinen Zweifel, daß er das brauchte.

Als er sich wieder beruhigt hatte, sagte Captain Millner: »Olead, Sie müssen jetzt ins Gefängnis gehen. Sie haben versprochen, daß Sie sich nicht wehren.«

»Ja, aber muß es unbedingt Shea sein, der mich hinbringt.«

»Ja«, sagte Millner mit ruhiger Entschiedenheit.

Olead stand auf und wischte sich mit dem Handrücken übers Gesicht.

»Wahrscheinlich wollen Sie mir Handschellen anlegen.«

»Da können Sie sich drauf verlassen«, versetzte Shea grob.

Olead drehte ihm den Rücken zu und streckte die Hände nach hinten. »So?«, fragte er. Shea, vermutete ich, war ein kleines bißchen enttäuscht darüber, daß Olead sich nicht gewehrt hatte. Aber er legte ihm die Handschellen an, führte ihn hinaus zum Streifenwagen, schob ihn auf den durch ein Gitter abgeteilten Rücksitz und fuhr weg.

»Er weiß nicht, daß er's war«, sagte ich. »Er weiß es ehrlich nicht. Wenn Sie ihn an einen Lügendetektor anschlössen, würde alles auf seine Unschuld hindeuten.«

»Keine Frage«, stimmte Millner zu. »Verdammt, trotz allem, was ich da drin gesehen habe, tut er mir einfach leid, ich kann's auch nicht ändern. Irgendwas war in dieser Familie völlig schräg, Deb, nicht nur er. Ist Ihnen aufgefallen, daß der Kleine kein einziges Mal nach seiner Mutter geschrien hat? Immer nur nach Olead.«

»Ja, das ist mir aufgefallen«, sagte ich. »Ich nehme mir das Zimmer noch mal gründlich vor. Ich will wissen, warum er unbedingt dieses Murmelsäckchen wollte. Ich frage mich, ob da irgendwas drin ist.«

»Das wüßte ich auch ganz gern«, meinte Millner. »Ich durchsuche den Schreibtisch. Wir müssen irgendwelche Angehörigen finden.«

Der Nachmittag war weit vorangeschritten, als ich den Wagen in meiner Auffahrt abstellte. Meine Wohnungstür geht auf eine kleine Eingangshalle, die wie ein Teil des Wohnzimmers wirkt. Drinnen hatte sich meine Familie in einem gemütlichen Durcheinander aus Zeitungen, Zeitschriften und Popcorn auf die Football-Übertragung im Fernsehen eingerichtet. Harry, an Arbeitstagen ein äußerst pingeliger Testpilot bei Bell Helicopter, hatte sich nicht rasiert. Da er sich auch an den beiden vorangegangenen Tagen nicht rasiert hatte, sah er entsprechend schmuddelig aus, ein Eindruck, der noch durch seine alten Marine-Corps-Arbeitshosen (er ist schon seit sechzehn Jahren kein Marine mehr), sein farbbespritztes T-Shirt und das Loch in seiner linken Socke verstärkt wurde – letztere gehört zu einem Paar Socken, das ich schon dreimal weggeworfen habe. Er rettet es immer wieder. Becky – sie ist neunzehn und hat ihren ersten Fulltime-Job – studierte den Sears-Katalog, und Hal – er ist der Grund, warum ich so viel über fünfzehnjährige Jungen weiß – spielte mit seiner Pac-Man-Uhr.

Natürlich fragte ich, ob Vicky schon in die Klinik gegangen sei, und natürlich verneinte Harry und erinnerte mich daran, daß sie noch nicht so weit sei. Ich glaubte es einfach nicht. Immerhin hatte Vicky dreißig Pfund zugenommen, und kein Mensch nimmt in nur sieben Monaten dreißig Pfund zu.

Jedenfalls würde ich das Baby gern irgendwann demnächst sehen. Ich habe zu arbeiten angefangen, als Hal erst sechs Monate alt war, weil Harry damals noch studierte und sein Überbrückungsgeld nicht ganz reichte, um alle unsere Bedürfnisse zu decken. Bei der Polizei bin ich eher zufällig gelandet, weil ich damals Arbeit suchte und auf eine Anzeige aufmerksam geworden war. Obwohl Männer in diesem Beruf vergleichsweise schlecht bezahlt werden, verdiene ich mehr, als die meisten Frauen in ihrem Job je bekommen. Zumindest war das damals so. Ich war immer gern bei der Polizei, und das hat auch bestimmt den Kindern nicht geschadet – Hal gibt ziemlich mit seiner Mutter an –, aber ich habe eben nicht soviel Zeit für ihn gehabt wie für die Mädchen. Mit dem Kleinen konnte ich nie ausgiebig spielen; dafür hat Vicky mir versprochen, daß ich ab und zu auf ihr Baby würde aufpassen dürfen.

Als mir diese Gedanken durch den Kopf gingen, blickte Becky auf und murmelte so etwas wie eine Begrüßung. Hal – er blickte nicht auf – rief begeistert: »He, Mom, ich hab' neunhundertzehn geschafft!« Seine Uhr gab ein Gedudel von sich, und er schrie: »Paß auf, gleich hab' ich das Monster! Ah, Mist!« Er legte die Uhr hin. »He, Mom, willst du ein bißchen Popcorn?«

»Nein«, sagte ich, »ich glaube, mir wird gleich schlecht.«

Harry wischte die Zeitung und die Katze von seinem Schoß und folgte mir ins Schlafzimmer, wo ich mich angezogen auf dem Bett zu einem Häufchen Elend zusammengerollt hatte. Er fing an, mir den Rücken zu massieren. »Wer hat das Problem?«, fragte er mich. Wir hatten im vergangenen Jahr Selbsthilfebücher gelesen.

»Im Moment ich«, antwortete ich.

»Ist es der junge Baker? Ist das der Fall, mit dem du zu tun hast?«

»Mhm. War's schon im Fernsehen?«

»Ja. Ich hab' seinen Daddy gekannt. Richtig netter Kerl. Ist vor ungefähr fünf Jahren bei einem Gewitter mit seinem Privatflugzeug in New Mexico in einen Berghang gekracht. Willst du über den Fall reden?«

»Ich weiß, daß er's war, aber ich will nicht, daß er's gewesen ist«, sagte ich, und mir wurde klar, daß ich genau das tat, was ich den Kindern manchmal vorwarf: Ich versuchte, die Welt so zu sehen, wie ich sie gern hätte, anstatt die Tatsachen zu akzeptieren.

Harry massierte mir weiter den Rücken. »Weißt du«, sagte er gleich darauf, »daß dein Verstand sich täuscht, hab' ich schon oft erlebt, aber daß dein Gefühl danebenliegt, ist eigentlich noch nie vorgekommen.«

»Aber all die Indizien –«

»Vielleicht solltest du dich mal fragen, wie sie gefälscht worden sein könnten.«

»Aber wenn er es nicht war, wer war es dann?«

»Madame, es gibt nur einen Detektiv in dieser Familie, und das bin ganz bestimmt nicht ich.« Er massierte mir weiter den Rücken, und nach einer Weile schlief ich ein und erwachte Stunden später, als Becky sich endlich von dem Sears-Katalog hatte losreißen können, um zu Ron's zu fahren und Brathähnchen zu holen. Es gab Brathähnchen und Bier zum Abendessen, und danach bat ich Hal, er solle aufhören, im Wohnzimmer Pac-Man zu spielen.

Eine halbe Stunde später bat ich ihn, die Geräuscheffekte abzustellen, wenn er schon nicht darauf verzichten konnte, im Wohnzimmer Pac-Man zu spielen. Das Gedudel hörte abrupt auf, aber die verbale Begleitung ging weiter.

Becky studierte mittlerweile den Katalog von Ward's.

Harry brachte mir noch ein Bier. Auf Kanal zehn lief eine Zusammenfassung der Neujahrsumzüge, die ich mir nur mit halber Begeisterung ansah.

Becky griff nach dem Katalog von Penney's und fragte in suggestivem Ton: »Mom, kriege ich eine eigene Kreditkarte, wenn ich eine Gehaltserhöhung bekomme?«

»Frag' das Kaufhaus nach einer Kreditkarte, nicht mich.«

Hal stöhnte auf: »Ein Geist hat mich gefressen.« Becky starrte ihn an, und er meinte: »Auf meiner Uhr. Meiner Pac-Man-Uhr. Ein Geist, du weißt doch! Ein kleiner Mann, den es gar nicht gibt.«

Jemand, den es nicht gibt – Olead hatte gesagt, er hätte nicht gefrühstückt. Wir gingen alle davon aus, daß er log oder daß er es vergessen hatte. Aber vielleicht log er nicht, und vielleicht hatte er gar nichts vergessen. Wenn er nicht gefrühstückt hatte, für wen war dann der fünfte Teller? Für jemanden auf der Party, jemanden, der gesagt hatte, er würde auch gern jagen gehen – drei Flinten, drei Flinten im Haus, vielleicht auch drei Männer, die zur Jagd wollten? Nur daß einer von ihnen etwas anderes im Sinn hatte?

Falls Olead nicht gefrühstückt hatte – falls sich irgendwie feststellen ließ, ob Olead gefrühstückt hatte ...

Am Morgen hatte er sich übergeben, und Shea, dieser Vollidiot, hatte gespült – außerdem hätte uns das möglicherweise auch verraten ...

Eine Urinanalyse; vielleicht konnten wir wenigstens noch einen Teil des Beweises sichern, daß Olead möglicherweise nicht log.

Ich griff nach meinen Autoschlüsseln. »Ich muß ins Gefängnis«, sagte ich. »Mir ist gerade was eingefallen.«

Harry machte ein verblüfftes Gesicht. »Du hast zwei Bier getrunken. Kannst du nicht einfach dort anrufen?«

Widerstrebend legte ich die Autoschlüssel wieder hin. »Wahrscheinlich schon«, sagte ich. »Ich fürchte nur, er wird nicht mitspielen.«

»Wer wird nicht mitspielen? Und wieso?«

»Olead. Ich fürchte, er wird es nicht einsehen.«

Harry machte ein Gesicht, als wollte er fragen, wovon ich eigentlich rede; dann zuckte er die Achseln und reichte mir das Telefon. Ich rief im Gefängnis an.

Olead wollte nicht mitspielen. Er verstand nicht, was ich mit Hilfe einer Urinanalyse herausfinden wollte. Ich mußte schließlich mit ihm selbst reden. Und dann sprach ich mit einer Beamtin von der Spurensicherung, die mir sagte, das Ganze müsse an das Labor in Austin geschickt werden und würde ungefähr drei Wochen dauern. Ich fragte, warum es nicht einfach an das Labor in Garland geschickt werden könne, und sie antwortete: »Hauptsächlich deshalb, weil die sowas nicht machen. Die würden einfach mit den Schultern zucken und es an das Labor in Austin schicken, und dann würde es –«

»Noch eine Woche länger dauern. Ich weiß. Okay. Prima. Also schicken Sie es nach Austin.«

Ich legte auf.

Der Teufel sollte Shea holen. Der Teufel sollte diesen Schwachkopf holen. Hatte er denn noch nie etwas von Tatortuntersuchung und Beweissicherung gehört?

Der Teufel sollte Shea holen.

Der Teufel sollte ihn holen.

Harry brachte mir noch ein Bier, und ich mußte mich übergeben.

Shea brachte keinerlei Respekt auf – weder für mein Alter, meinen Dienstrang noch mein Geschlecht oder andere derartige Schwächen. Es war neun Uhr morgens am zweiten Januar, und er hatte – nach einer einigermaßen anstrengenden Nacht – um dreiundzwanzig Uhr am Vorabend seinen Dienst angetreten. Meine Fragen gefielen ihm nicht; jetzt brüllte er: »Wie zum Teufel soll es denn ausgesehen haben? Wie *Kotze* hat es ausgesehen!«

»Okay«, brüllte ich, »hat es wie Eier-mit-Schinken-Haferflokken-und-Toast- oder wie Thunfischsauce-mit-Pfannkuchen-und-Erbsen-Kotze ausgesehen?« Zufällig kann ich dieses Wort nicht ausstehen. Aber ich war mittlerweile soweit, daß ich Shea noch weniger ausstehen konnte.

»Woher zum Teufel soll ich das wissen?«, brüllte er. »Ich laufe schließlich nicht rum und stecke den Kopf in Kloschüsseln! Es hat wie Kotze ausgesehen!« Er murmelte noch etwas in seinen Bart, was sich wie »blöde Kuh« anhörte.

»*Officer* Shea«, sagte ich mit meiner liebenswürdigsten Stimme, »jetzt halten Sie zur Abwechslung mal den Rand und versuchen zuzuhören. Wir haben einen Mordverdächtigen, richtig? Und der bestreitet, daß er gefrühstückt hat, richtig? Aber da waren fünf Teller. Und es besteht die entfernte Möglichkeit, daß er die Wahrheit sagt. Und wenn nicht er gefrühstückt hat, dann war es jemand anders. Und wenn noch jemand im Haus war, der um zwei oder um halb drei gefrühstückt hat, dann könnte dieser Jemand diese fünf Leute erschossen haben. Außerdem bestreitet der Verdächtige, fünf Gewehrschüsse gehört zu haben. Möglicherweise lügt er. Aber wenn er die Wahrheit sagt, dann kann er fünf in seiner unmittelbaren Nähe abgefeuerte Schüsse nur aus einem Grund nicht gehört haben. Und zwar, weil er unter starken Betäubungsmitteln stand. Ist Ihnen vielleicht aufgefallen, daß er ein bißchen benommen wirkte? Und hat er Ihnen zufällig gesagt, daß er sich fühlt, als hätte er eine Überdosis bekommen? Mir hat er's nämlich gesagt. Er glaubt eigentlich nicht, daß er unter Betäubungsmitteln stand, aber die Möglichkeit besteht. Und Sie hatten die Gelegenheit, festzustellen, ob der Verdächtige gefrühstückt hat und ob er unter Betäubungsmitteln stand. Aber Sie haben es nicht für nötig befunden, den Beweis zu sichern. Officer Shea, ich hoffe, es macht Ihnen Spaß, morgens um vier am Viehhof Streife zu gehen, denn das würden Sie in den nächsten paar Monaten tun, wenn es nach mir ginge.«

Er nahm seine Dienstmarke ab, warf sie auf den Schreibtisch und sagte: »Den Teufel werde ich tun!«

Ich verlangte gleich noch seinen Ausweis, ehe er es sich anders überlegen konnte.

Er sagte noch ein paarmal »blöde Kuh«, und daß er nun mal leider kein so hübscher Junge wie Olead Baker sei, und dann stampfte er wütend hinaus.

Captain Millner schaffte es, sich das Lachen so lange zu verbeißen, bis Shea im Fahrstuhl war. Ich fand das anständig von ihm. Aber ehe die Fahrstuhltür zuglitt, guckte jemand aus dem Büro des Betrugsdezernats und fragte: »Ist er in den Fahrstuhl mit dem Einschußloch gestiegen?«

Ich sagte ja, und die Person im Betrugsdezernat – ich konnte nicht erkennen, wer es war – meinte: »Gut. Tät' mir wirklich leid, wenn beide Fahrstühle versaut würden.«

Die Tür schloß sich unter einem neuerlichen Schwall von Flüchen, und Captain Millner schüttelte den Kopf: »Der schlimmste Fall von Grünschnabelitis, den ich seit langem gesehen habe«, verkündete er, dann fügte er hinzu: »Deb, wollen Sie mir sagen, was Sie haben?«

»Nur Hirngespinste, fürchte ich. Aber ich muß noch mal in das Haus zurück.«

»Machen Sie Ihren Papierkram fertig, dann komme ich mit.« Er warf einen Blick zum Fahrstuhl. »Wie lange es wohl dauert, bis Shea dahinterkommt, daß Sie nicht über seine Einsätze zu entscheiden haben?«

»Ich hoffe, es dauert nicht allzu lang. Ich habe keine Lust, den ganzen Tag hier herumzusitzen und auf ihn zu warten.« Ich betrachtete die Marke und den Ausweis auf meinem Schreibtisch. »Weshalb ich ihn angepfiffen habe, ist eigentlich gar nicht der Grund, warum ich so sauer auf ihn bin.«

Millner kicherte. »Das hab' ich mir schon gedacht.« Er setzte sich auf einen freien Stuhl unseres kleinen Büros, das ursprünglich als Verhörzimmer konzipiert worden war. Die vier Schreibtische samt Stühlen, die man mittlerweile hineingequetscht hatte, sorgen für eine ziemlich klaustrophobische Atmosphäre, besonders angesichts der Tatsache, daß die Sonderkommission aus sechs Leuten besteht. »Das hab' ich mir eigentlich schon gedacht«, wiederholte er und begann, den Bericht der Spurensicherung zu lesen. Er blickte auf. »Deb«, sagte er, »ich hätte auch gern, daß es jemand anderes gewesen ist. Aber ganz gleich, was Sie sonst noch wegerklären, wir können nicht über die Prellung an seiner Schulter hinwegsehen, und diese Prellung stammt vom Kolben einer zwölfkalibrigen Schrotflinte.«

»Das weiß ich. Das weiß ich, verdammt, und ich muß rauskriegen, wo er sie herhat.«

»Und wir haben genauso versagt wie Shea«, fügte Millner hinzu.

»Vielleicht sogar noch schlimmer, weil er ein Anfänger ist und wir es eigentlich besser wissen müßten.«

»Was müßten wir besser wissen?«

»Überlegen Sie doch«, sagte Millner. »Angenommen, Olead hat tatsächlich die Wahrheit gesagt. Angenommen, es war noch jemand anderes da. Angenommen, Olead ist schlafen gegangen, und dieser Jemand hat gefrühstückt. Wo hätte er dann Fingerabdrücke hinterlassen? Auf der Kaffeetasse. Und wo ist die Kaffeetasse?« Er beantwortete sich diese Frage selbst. »Wir – ich – habe Olead Baker erlaubt, sie zu spülen. Soviel zu der Kaffeetasse.«

Kapitel 4

Captain Millner war immer noch in meinem Büro, als Shea mit ziemlich einfältigem Gesicht hereinkam. »Kann ich meine Marke und meinen Ausweis wiederhaben?«, fragte er.

»Setzen Sie sich, Shea«, sagte Millner.

Shea setzte sich.

»Niemand mag Erbrochenes«, sagte Millner zu ihm. »Aber bei solchen Untersuchungen kann absolut alles zum Beweismittel werden. Haben Sie je von dem großen Fall im Norden gehört, bei dem eines der Hauptindizien zwei in der Toilettenschüssel schwimmende Zigarettenstummel waren? Das heißt, sie wären ein wichtiges Indiz gewesen, wenn nicht ein Streifenpolizist reingepinkelt und dann gespült hätte. Der Mann, der wegen des Mordes verurteilt wurde, war der Ehemann des Opfers. Er war Nichtraucher, genau wie das Opfer, und es handelte sich um die Badezimmertoilette im ersten Stock, gleich neben dem Elternschlafzimmer. Der Ehemann ist in der Berufungsverhandlung freigesprochen worden, nachdem der Streifenpolizist sich schließlich dazu durchgerungen hatte, seinen Fehler zuzugeben. Aber bis dahin hatte der Mann schon sechs Jahre wegen Mordes abgesessen. Er war mit an Sicherheit grenzender Wahrscheinlichkeit unschuldig. Und er war Arzt, Shea. Er hatte für eine Menge Menschen eine Menge Gutes getan. Er hätte in den sechs Jahren, die er im Gefängnis saß, und in den Jahren danach, in denen er versuchte, seine Approbation wiederzubekommen, noch mehr Gutes tun können.«

Shea gab keine Antwort. Er sah auf seine Hände.

»Ich weiß, Sie kennen die Geschichte, ich habe sie nämlich Ihrem Ausbildungsjahrgang erzählt. Was nun Olead Baker angeht, ist er mit an Sicherheit grenzender Wahrscheinlichkeit schuldig.« Millner warf mir einen kurzen Blick zu, als erwarte er Widerspruch. »Aber es ist ihm nicht bewußt, Shea. Ich würde es ihm gern beweisen können.«

»Es tut mir leid.« Sheas Blick war immer noch auf seine Hände gerichtet.

»Schon gut, Sie haben nicht das Monopol darauf, Mist zu bauen«, sagte Millner. »Wir haben alle Mist gebaut. Wir sind alle reingegangen, haben uns die Sache angesehen, sind zu dem Schluß gekommen, daß es der Junge war, und haben vergessen, unseren Grips anzustrengen, um mögliche Alternativen ins Auge zu fassen. Aber Sie haben noch einen schweren Fehler gemacht.«

»Wieso?«

»Baker sagt, Sie sind in seinem Zimmer herumgelaufen, nachdem er sich übergeben hatte, und dann sind Sie herausgekommen und haben gesagt, er solle reingehen und sich umziehen. Stimmt das in etwa?«

»Ja, so ziemlich«, gab Shea zu.

»Als Sie da drin rumgelaufen sind, haben Sie da auch nach Waffen gesucht?«, fragte Millner beiläufig.

»Na klar«, sagte Shea entrüstet. »Deswegen war ich doch drin; ich bin nicht bloß rumgelaufen, wie er glaubt.«

»Wo haben Sie nachgesehen?«, fragte Millner und zündete sich eine Zigarette an.

»Na ja, in den Schubladen, im Schrank auf dem Einlegeboden, in den Fächern und unter dem Bett.«

»War die Tür auf oder zu?«

»Die Zimmertür? Die wird wohl offen gewesen sein. Ja, sie muß offen gewesen sein, ich hab' ihn nämlich gleichzeitig im Auge behalten. Wieso?«

»Das habe ich mir schon gedacht. Das erklärt, warum Sie die geladene Schrotflinte hinter der Zimmertür nicht gefunden haben.«

»Die *was?* Sie machen Witze! Sie machen Witze, oder?«, fragte er, und sein Gesichtsausdruck ähnelte auf merkwürdige Weise dem Oleads – einem Kind, das die Erwachsenen anfleht, eine plötzlich fremd gewordene Welt wieder ins Lot zu bringen.

»Hinter der Zimmertür stand eine zwölfkalibrige Schrotflinte«, sagte ich ihm. »Ich habe sie gefunden, als ich da drin mit ihm geredet habe – das heißt, er hat sie gefunden, und ich habe sie an mich genommen. Ich habe sie entladen. Es waren drei Schuß drin.«

»Und das wiederum bedeutet folgendes, Shea: wenn Olead tatsächlich der Täter war und sein ›Anfall‹ bei Ihrem Eintreffen noch nicht vorüber gewesen wäre, dann hätte er Sie so gegen drei Uhr gestern morgen umgebracht«, sagte Millner präzise. »Sie haben ihm die Mittel dazu in die Hand gegeben. Shea, es gibt zwei Arten von Cops, die für sich selbst und für andere Cops eine Gefahr darstellen. Einmal die, die nicht denken, und dann die, die sich für schlauer halten als sie sind. Sie gehören zu beiden Kategorien. Haben Sie Verstärkung angefordert, ehe Sie sich Zutritt verschafft habe?«

»Äh, nein, ich –«

»Es war aber Verstärkung unterwegs. Das weiß ich deshalb, weil bei jedem Einsatz – von einer Meldung über eine Schießerei ganz zu schweigen – eine Verstärkung losgeschickt wird. Haben Sie das Eintreffen der Verstärkung abgewartet?«

»Äh, ich –«

»Haben Sie abgewartet, bis die Verstärkung die Hintertür gesichert hatte? Was wäre passiert, wenn er durch die Hintertür abgehauen wäre?«

»Äh –«

Mit einem Gefühl von Übelkeit fragte ich: »Sie können mir nicht mal sagen, ob die Hintertür abgeschlossen war oder nicht, stimmt's?«

»Nein«, sagte er. »Spielt das eine Rolle?«

»Es könnte eine Rolle spielen«, sagte Millner langsam. »Ja, sogar eine sehr große.« Er ließ die Dienstmarke und den Ausweis über den Tisch schlittern. »Machen Sie, daß Sie rauskommen, Shea«, sagte er müde. »Für heute habe ich genug von Ihnen.«

Entgegen meiner Absicht konnte ich nicht noch einmal zu dem Haus fahren, weil jemand von der Staatsanwaltschaft angerufen hatte und ausrichten ließ, daß für elf Uhr ein Haftprüfungstermin anberaumt sei; ich sollte vorher herüberkommen und ein Festnahmeprotokoll unterschreiben. Irgendein hirnloser Wunderknabe von Staatsanwalt hatte beschlossen, Olead anzuklagen; wenn er wolle, könne er ja versuchen, sich unter Berufung auf Unzurechnungsfähigkeit herauszuwinden. Mir erschien das nicht sonderlich sinnvoll.

Aber ob es mir nun sinnvoll erschien oder nicht, es würde ein Haftprüfungstermin allein schon deswegen stattfinden, um zu klären, ob wir hinreichenden Grund hatten, ihn in Haft zu halten, und ob eine Kaution festgesetzt werden sollte. Nach dem Termin würde er selbstverständlich wieder eingesperrt werden, und zwar ohne Kaution. Das Gericht arbeitete eben so.

Was nach dem Termin dann tatsächlich passierte, war nicht so eindeutig wie diese Schlußfolgerung. Mir ist immer noch nicht klar, wie es eigentlich dazu kam. Ein geistesgestörter mutmaßlicher Mörder, jemand, der verdächtigt wird, mit einer Schrotflinte fünf Menschen umgebracht zu haben, spaziert nicht einfach aus dem Gerichtssaal und verschwindet.

Aber genau das tat Olead Baker.

Sie wollten eine Sondermeldung herausgeben, die Stadt nach ihm durchkämmen, aber ich sagte: »Moment mal. Wartet damit noch ein bißchen – nicht nötig, die ganze Stadt in Panik zu versetzen. Ich glaube, ich weiß, wo er hingegangen ist. Laßt mich nach ihm suchen. Gebt mir eine halbe Stunde.«

Captain Millner besprach sich mit dem Sheriff. Dann beschloß er unglücklich: »Eine halbe Stunde. Mehr nicht.«

Ich verließ den Gerichtssaal. Ich stieg nicht in einen Streifenwagen; ich griff mir einfach ein Walkie-talkie und ging auf der Houston Street nach Osten, bis zu dem großen Gebäude der Telefongesellschaft. Dort wandte ich mich nach links, überquerte beim Convention Center die Straße und lief an ihm vorbei, bis ich den Water Garden erreichte, in den ich nach nochmaliger Überquerung der Straße einbog. Jetzt, im Januar, waren die Bäume kahl, nur das Gesträuch ist immergrün; die Springbrunnen sprühten ihre Strahlen in die Luft, und ringsum stürzten die Wasserfälle ihre geometrisch gestalteten Treppen hinunter, die sich immer mehr verengten, bis sich das Wasser schließlich schäumend in einen kleinen Teich in der Mitte ergoß, der kaum zwei Meter im Durchmesser maß. Am Fuß der Wasserfälle, knapp über der Oberfläche des Teichs, gibt es eine kleine, gischtfeuchte Beobachtungsplattform, und auf ihr saß eine vertraute Gestalt. Ich sagte in mein Walkie-talkie: »Ich habe ihn. Alles in Ordnung. Ich gehe mit ihm zum Lunch, bevor ich ihn zurückbringe.«

»Zehn vier«, sagte Captain Millner.

Es war ein ungewöhnliches Vorgehen. Aber es war auch ein ungewöhnlicher Fall.

Ich ging zu den Trittsteinen hinunter, betrat die Plattform und setzte mich neben ihn. Ohne den Kopf zu drehen, sagte er: »Hallo, Deb. Sie hätten nicht nach mir zu suchen brauchen. Ich wäre auch so zurückgekommen.«

»Das weiß ich«, gab ich zurück, nicht ganz aufrichtig. »Aber der Sheriff hat sich ziemlich aufgeregt. Ich fand, es wäre besser, wenn ich bei Ihnen bin.«

»Ja, wahrscheinlich haben Sie Recht«, meinte er geistesabwesend. »Ich bin jetzt wohl ein Ausbrecher. Dabei wollte ich das gar nicht. Ich wollte einfach – einfach einen Spaziergang machen.«

»Hier unten ist es mir zu kühl«, sagte ich. »Haben Sie was dagegen, wenn wir wieder nach oben gehen?«

»Von mir aus«, meinte er gleichgültig. »Ich wollte es bloß noch mal sehen, das ist alles.« Er stürmte mir voran die Trittsteine hinauf. Oben setzte er sich auf eine niedrige Betonmauer. »Ich wollte es bloß noch mal sehen«, wiederholte er. »Wo werden die mich hinschicken, Deb?«

Ich erklärte ihm, daß ich das nicht wüßte.

»Na ja, das spielt wohl sowieso keine große Rolle.«

»Ich habe etwas für Sie.«

»Was denn?«, fragte er; seine Stimme klang nicht sonderlich interessiert.

Ich öffnete meine Handtasche und nahm ein besticktes Säckchen aus blauem Kordsamt heraus, das ich ihm in die Hand legte. Er betrachtete es. Er lockerte die goldfarbene Zugschnur und schüttete sich den Inhalt in die Hand. Ich hatte ihn mir schon mehrmals angesehen, aber nun betrachtete ich ihn noch einmal. Sieben einfarbig gelbe Murmeln und vier einfarbig blaue, klein, offenbar von einem chinesischen Brettspiel. Fünf stählerne Kugellagerkugeln in zwei verschiedenen Größen. Zwei offenbar alte, angeschlagene Glasmurmeln und drei hübsche gemaserte von der Art, die wir Katzenaugen nannten, als ich neun war.

Er tat sie wieder in das Säckchen und zog die Schnur zu. Seine rechte Hand hielt das Säckchen fest umklammert. Er beugte den Kopf darüber, und seine Schultern bebten von heftigem Schluchzen. Er weinte wieder, aber es war nicht der Schmerz eines Kindes; was ich hier miterlebte, war der grausame Kummer eines Mannes. Seine Hände knüllten das Kordsamtsäckchen, während er um Fassung rang.

Dann schließlich kicherte er durch die Tränen hindurch: »Ich wette, Sie haben sich gefragt, warum ich sie unbedingt haben wollte, stimmt's?«

Ich gab zu, daß mir die Frage durch den Kopf gegangen war.

Er betrachtete erneut das Säckchen in seiner Hand. »Ich will versuchen, es zu erklären. Zunächst mal finde ich, daß meine Mutter nie Kinder hätte haben sollen. Sie war kein mütterlicher Typ. Damit will ich nicht sagen, daß ich deswegen schizo geworden bin – das wäre gelogen –, aber es hat mir nicht gerade geholfen. Brenda hat sich praktisch selbst großgezogen, und seit ich vor sechs Monaten nach Hause gekommen bin, habe ich mich ganz allein um Jeffrey und weitestgehend auch um Brenda gekümmert. Tja, daraus können Sie ersehen, wie es für mich gewesen ist, bevor ich in die Klinik gekommen bin. Damals war ich ein Einzelkind. Mutter war entschlossen, ihre Pflicht zu tun, so wie sie sie gesehen hat. Sie hat mich nie mißhandelt, und sie hat mich nie vernachlässigt, aber sie hat mich auch nie geliebt. Nein, das sollte ich vielleicht besser anders formulieren. Sie hat mich geliebt, aber sie hat mich nie gemocht. Dad hat mich wohl schon geliebt, und ich weiß, daß er mich gemocht hat, aber auch er war ziemlich fest entschlossen, seine Pflicht zu tun. Tja, Brenda und Jeffrey haben nicht mal gewußt, daß sie einen großen Bruder – Halbbruder – hatten, bis der Doktor gesagt hat, ich könnte nach Hause gehen. Da haben Mutter und Jack Brenda mitgeteilt – ziemlich steif, könnte ich mir vorstellen, so wie ich Mutter kenne –, daß sie einen großen Bruder habe, der in einer Art Krankenhaus gewesen ist, aber jetzt geht es ihm besser und er kommt nach Hause.«

Wieder betrachtete er das blaue Säckchen und schüttete sich die Murmeln erneut in die Hand. »Die ganze Zeit hatte ich in Fort Worth gewohnt. Aber ich hatte sie noch nie gesehen. Vielleicht war das ja auch gut so. Brenda ist jedenfalls im ganzen Viertel herumgelaufen und hat allen erzählt, daß ihr großer Bruder nach Hause kommt. Sie wollte für ihren großen Bruder ein Geschenk besorgen. Mutter hat gesagt, das wäre nicht nötig. Aber sie wollte es unbedingt. Sie hat ihre Freunde gefragt, was man einem großen Bruder schenken kann. Aber vergessen Sie nicht, Brenda war erst vier Jahre alt. Für sie war ein großer Bruder jemand, der vielleicht sieben, acht Jahre alt ist. Und irgendein Kind hat ihr erzählt, daß einem großen Bruder vielleicht ein Säckchen Murmeln gefiele. Sie hat sich bemüht, eins aufzutreiben. Ein älteres Kind aus der Nachbarschaft, ungefähr zwölf Jahre alt, glaube ich, hat ihr dafür ihre gesamten Ersparnisse abgeknöpft – vier Dollar und dreiundzwanzig Cents, wie sie mir später erzählt hat.

Er blickte auf ihr Geschenk herab, verstaute die Murmeln wieder in dem Säckchen. »Als sie mich dann gesehen hat und ihr aufging, wie alt ich bin, war sie ganz durcheinander. Sie hatte Angst, daß mir ihr Geschenk nicht gefallen würde. Aber sie hat ihr Herz in beide Hände genommen und es mir trotzdem gegeben, und ich habe ihr versprochen, daß ich es immer in Ehren halten würde. Der Grund, warum es in dem Zimmer war – sie ist vor ein paar Tagen zu mir gekommen und hat mir gesagt, daß sie nicht gern mit Tante Edith in einem Zimmer schläft, und ob sie mein Murmelsäckchen borgen könnte, bis Tante Edith wieder weg ist. Sie hat geglaubt, es müßte eine Art Talisman sein, weil ich es immer auf der Fensterbank direkt neben meinem Bett liegen hatte.« Wieder warf er einen Blick darauf. »Tja, es war ein Talisman. Denn es war das einzige Mal in meinem Leben, daß mir jemand aus Liebe, und aus keinem anderen Grund, etwas geschenkt hat.«

Er machte das Säckchen zu und zog die Schnur fest. »Würden Sie das bitte für mich aufbewahren? Ich weiß, daß ich es nicht ins Gefängnis mitnehmen kann. Aber ich will sicher sein, daß es nicht verlorengeht.«

Rückblickend glaube ich, daß ich in diesem Moment zu dem sicheren Schluß gekommen sein muß, daß er es nicht gewesen sein konnte. Davor hatte ich mir bloß gewünscht, daß er es nicht gewesen war, oder vage gedacht, daß es vielleicht noch jemand anderen gab. Aber in diesem Augenblick verdichteten sich Ahnung und Hoffnung zur Gewißheit, und ich begann mich zu fragen, wer es gewesen war, wie ich es beweisen konnte und ob man die Sache absichtlich Olead angehängt hatte. Jeder Gedanke daran, ihm seine Schuld bewußt machen zu wollen, war verflogen.

Er stand auf. »Ich bin jetzt soweit, daß ich zurückgehen kann. Einfach so wegzulaufen, war wohl ziemlich blöd, aber es tut mir kein bißchen leid, daß ich's gemacht hab'. Danke, daß Sie mir das hier mitgebracht haben.« Er legte mir das blaue Säckchen in die Hand.

»Ich habe dem Captain gesagt, daß ich mit Ihnen zum Lunch gehe, bevor ich Sie zurückbringe«, sagte ich. »Wo möchten Sie gern hin?«

Er zuckte die Achseln. »Ist mir egal. Wohin Sie wollen. Ich kenne mich in der Innenstadt nicht aus. Das ist wirklich nett von Ihnen, Deb.«

»Ich gehe immer zur Underground Station«, sagte ich. »Ich bin so was wie ein Salat-Freak. Ist Ihnen das recht?«

»Klar«, sagte er bereitwillig. »Sie kriegen deswegen doch keinen Ärger? Ich will nicht, daß Sie Ärger kriegen.«

»Ich kriege keinen Ärger«, beruhigte ich ihn.

Daß ich nach Möglichkeit immer zur selben Zeit und am selben Ort zu Mittag esse, ist ziemlich bekannt, und diesmal war ich spät dran. Als wir die Houston Street überquerten, sah ich Becky ungeduldig an der Treppe herumlaufen, die zum Restaurant hinunterführt. Natürlich dachte ich sofort an Vicky und beschleunigte meinen Schritt. »Ist Vicky in die Klinik gekommen?«, fragte ich, bei ihr angelangt.

»Nicht, daß ich wüßte«, meinte Becky. »Nein, ich wollte dir was zeigen. Guck mal, Mom, meine eigene *Kreditkarte*!« Ich war nicht direkt überwältigt vor Begeisterung, während sie weiterplapperte: »Ich hab' sie schon vor Wochen beantragt, aber nie geglaubt, daß ich wirklich eine bekäme, und –« Sie verstummte, als sie plötzlich gewahr wurde, daß ich nicht allein war. »Tag«, sagte sie.

»Tag«, antwortete Olead. »Kann ich deine Kreditkarte mal sehen?« Sein Tonfall verriet, daß er sie aufzog, nur nicht ernsthaft; sie gab ihm die Kreditkarte. Er betrachtete sie ernst. »Sehr hübsch«, befand er schließlich und gab sie ihr zurück, und sie lachten zusammen.

»Becky, das ist Olead Baker«, sagte ich und betete beinahe darum, daß sie nicht Zeitung gelesen oder ferngesehen hatte. Aber Becky ist nicht gerade dafür bekannt, daß sie sich auf dem laufenden hält, und so war es auch diesmal.

»Hallo, Olead«, sagte sie, und er lächelte.

»Hallo, Becky«, antwortete er. »Wolltest du mit deiner Mutter essen gehen? Das hatte ich nämlich auch vor.«

»Gut«, sagte sie und stürzte sich, während wir die Treppe hinuntergingen und uns an der Salatbar anstellten, ohne Umschweife in einen komplizierten Sturm im Wasserglas in der Sekretärinnenvermittlung, bei der sie arbeitete. Sie wurde erst fertig, als wir schon saßen, und rief dramatisch aus: »Also, hast du schon mal sowas Gemeines gehört?«

Ohne zu lächeln, antwortete Olead leise: »Ja, ich glaube schon, aber ich will im Moment nicht darüber reden.«

»Olead hat Grund zu der Annahme, daß ihm jemand einen Mord anhängen will.«

Er warf mir einen verblüfften Blick zu. »Aber ich will jetzt nicht darüber reden. Das kannst du alles in der Zeitung nachlesen, und deine Mutter kann dir erzählen, was nicht in der Zeitung steht, doch jetzt will ich nicht darüber reden. Bitte, ich würde lieber was darüber hören, was du so machst.«

Dem Reden ist Becky niemals abgeneigt. Sie redete und redete und redete, Olead und ich warfen gelegentlich ein Wort ein, und dann war das Essen auch schon vorbei. Olead stand auf. »Becky«, sagte er, »ich muß jetzt ins Gefängnis, und das schmeckt mir gar nicht. Aber ich kann's nicht ändern. Darf ich – darf ich dich küssen? Nur ganz kurz? Damit ich etwas habe, woran ich denken kann?« Er sah rasch zu mir herüber. »Es macht Ihnen doch nichts aus, oder?«, fragte er.

Ich versicherte ihm, ich würde nichts sehen, aber das tat ich dann natürlich doch; ich sah die Sanftheit seines Gesichtsausdrucks, ich sah Beckys überraschten Blick, schließlich sagte er leise: »Danke, Becky.« Er sah zu mir herüber. »Ich bin jetzt soweit.«

Er sagte nichts, als wir die Straße zum Polizeirevier überquerten, und ich fragte ihn auch nichts. Wir gingen zu den Fahrstühlen und bekamen den mit dem Einschußloch; er erkundigte sich danach, und ich erzählte es ihm – nichts Dramatisches, nur eine Nachlässigkeit.

Dann ging ich mit ihm in mein Büro. »Setzen Sie sich«, sagte ich. »Sie und ich haben einiges zu überlegen. Wenn Sie es nicht waren, wer war es dann?«

»Keine Ahnung. Glauben Sie etwa, darüber habe ich mir nicht schon selbst den Kopf zerbrochen? Mir fällt einfach nichts dazu ein.«

»Dann wollen wir mal ein bißchen weiter überlegen. Die Morde sehen aus wie das Werk eines Wahnsinnigen.« Er zuckte zusammen. Ich ignorierte das und fuhr fort: »Das heißt, sie wurden entweder von einem Wahnsinnigen begangen oder von jemandem, der wollte, daß sie wie das Werk eines Wahnsinnigen aussehen. Damit will ich folgendes sagen, Olead: Wenn Sie es nicht waren, dann hat Ihnen jemand die Sache absichtlich angehängt, und zwar jemand, der genug über Ihren Lebensweg weiß, um Ihnen die Sache überzeugend anhängen zu können. Und es war jemand, der einen oder alle vier Erwachsenen aus dem Weg haben wollte.«

»Und mich«, antwortete Olead ruhig.

»Wie?« Ich war davon ausgegangen, daß man Olead die Sache angehängt hatte, weil er sich dafür anbot. Wem läßt sich schließlich besser ein Mord in die Schuhe schieben als einem bekanntermaßen Schizophrenen?

»Und mich«, wiederholte Olead. »Deb, verstehen Sie denn noch immer nicht? Wenn Sie nicht herausfinden, wer es wirklich war, dann hat er mich genauso sicher umgebracht wie meine Mutter, meine Schwester und die anderen, nur daß noch so viel von mir am Leben bleibt, daß ich es weiß. Deb, ich bin sechsundzwanzig Jahre alt, und - und - ich hab' nie einen Job gehabt oder ein Auto gefahren oder - oder - Deb, heute war es das erstemal überhaupt, daß ich ein Mädchen geküßt habe, wissen Sie das?«

Er zitterte und holte tief Atem. »Wenn die mich ins Gefängnis oder in die Psychiatrie stecken, komme ich nie mehr raus. Vielleicht kommt es Ihnen egoistisch vor, daß ich mir so große Sorgen um mich mache, wo doch Mutter und Brenda - aber denen tut es nicht mehr weh, Deb; mir schon; mir tut es weh. Seit meinem fünfzehnten Lebensjahr war ich von allen wichtigen Momenten des Lebens ausgeschlossen, und zwar nicht durch Schlösser und Ketten - so oft war ich gar nicht eingesperrt - sondern durch mich selbst, durch ein chemisches Ungleichgewicht in meinem Körper, das es mir unmöglich gemacht hat, am Leben teilzunehmen. Ich - ich habe gerade erst angefangen zu leben, angefangen zu lernen, wie man lebt.«

»Olead«, unterbrach ich, »das verstehe ich ja alles. Aber Sie müssen mir helfen. Ich kann den Fall nicht allein lösen. Sie müssen jetzt nachdenken, mit Gefühlen ist es nicht getan.«

Wieder holte er tief und zitternd Atem, gewann erkennbar mühsam seine Fassung wieder. »Okay«.

»Wer profitiert davon? Das ist eine der ersten Fragen, die wir bei jedem ungeklärten Mord stellen. Olead, wer bekommt jetzt das Geld Ihrer Mutter?«

»Das Geld meiner Mutter?« Er starrte mich an. »Meine Mutter hatte kein Geld.«

Ich runzelte die Stirn. Captain Millner hatte mir doch gesagt, daß die Bakers Geld hatten, und einiges davon hatte sie bestimmt behalten, Scheidung hin oder her. Aber vielleicht hatte ich das auch mißverstanden. »Und Ihr Stiefvater?« Einer von ihnen hatte Geld; das Haus sah nämlich nach Geld aus.

»Jack war Pilot bei der Schädlingsbekämpfung«, sagte Olead. »Das Flugzeug hat ihm gehört, und eine Versicherungspolice hatte er wohl auch, aber das ist alles. Und das wird wohl an Jeffrey gehen.«

»Hören Sie«, sagte ich verwirrt, »das ergibt doch keinen Sinn. Das Haus da oben hat mindestens zweihunderttausend Dollar gekostet. Irgendwer muß das doch bezahlt haben.«

»Klar«, stimmte er zu, »es hat ja auch jemand bezahlt. Das Haus gehört mir.«

»Was?«

»Das Haus gehört mir«, wiederholte er schlicht. »Mom hat es gewollt, also hab' ich's gekauft, allerdings auf meinen Namen.«

»Erklären Sie das bitte genauer.«

Angesichts meiner Verdutztheit etwas verwundert, meinte er: »Ich habe Ihnen doch erzählt, daß meine Eltern sich lange vor dem Tod meines Vaters haben scheiden lassen. Bei der Scheidung hat er sein Testament geändert. Sein gesamtes Geld - nach Abzug der Steuern und so weiter waren es wohl so um die vier Millionen Dollar - ging an mich. Und ich habe Ihnen erzählt, daß er gesagt hat, ich sollte alles auf meinen Namen laufen lassen.«

Mit einemmal sah der Fall erheblich einfacher aus. »Und wenn Sie aus dem Weg wären, wer bekäme dann das Geld?«

»Na, Jeffrey natürlich; er ist mein einziger lebender Angehöriger.«

»Und wer wird Jeffreys Vormund?« Vier Millionen Dollar, dachte ich. Für vier Millionen Dollar würden eine ganze Menge Leute morden - vier Millionen Dollar, die einem durch die Lappen gingen, wenn aus einem schizophrenen Jungen ein gesunder Mann würde, der womöglich heiratete und Kinder bekäme.

»Der Staat wird einen bestimmen müssen«, antwortete Olead, »ich bin nämlich sein einziger lebender Verwandter.«

Ich kam mir vor wie auf einem Karussell, das immer schneller und schneller herumsauste; allmählich wurde mir schwindelig. »Wer - wer verwaltet das Treuhandvermögen?«

»Welches Treuhandvermögen?«

»Wer kümmert sich um Ihr Geld?«

»Das liegt auf der Bank. Das meiste ist in Aktien und solchem Kram angelegt. Dazu kommt etwa eine Dreiviertelmillion in Anleihen, und ein paar hunderttausend halte ich flüssig.«

»Okay, angenommen, es mußte etwas auf eine andere Bank überwiesen werden, wer hat das gemacht? Wer hat die Schecks für Ihre medizinische Behandlung ausgeschrieben?«

»Ich«, antwortete er prompt und seufzte. »Deb, ich glaube, Sie haben nicht viel Ahnung von dem, was ich hatte.«

Ich mußte einräumen, daß ich nicht viel über Schizophrenie wußte.

»Tja, zunächst einmal ist es so, daß es davon verschiedene Ausprägungen gibt«, sagte er. »Die meisten sind unheilbar, jedenfalls soweit man das im Augenblick weiß. Was ich hatte – um ehrlich zu sein, ich weiß noch nicht mal sicher, ob es überhaupt Schizophrenie war. Der Alte hat gesagt ja, Susan sagt nein, aber sie hat mich auch noch nicht behandelt, als ich im akuten Stadium war. Eigentlich kann ich Ihnen im Moment also nur sagen, was ich hatte und wie es sich auf mich ausgewirkt hat.«

»Mehr brauche ich nicht zu wissen.«

»Tja – ich sage oft *tja,* stimmt's?«

Ich bestätigte, daß er oft *tja* sagte. Er sagte es noch einmal und grinste dann. »Meine Krankheit bringt die Emotionen durcheinander. Aber der Verstand bleibt weitgehend unbeeinträchtigt – jedenfalls war es bei mir so. Das heißt, ganz so kann man es eigentlich auch wieder nicht sagen, weil ich Halluzinationen hatte. Aber wenn ich sie hatte, wußte ich meistens, daß es Halluzinationen waren. Das ist unheimlich, in mancher Hinsicht sogar unheimlicher, als wenn man *nicht* weiß, daß es Halluzinationen sind. Und es bringt das verbale Denken durcheinander, aber hauptsächlich wirkt es sich auf die Emotionen aus. Ich glaube, das hab' ich schon gesagt.«

»Ja.«

»Tja, dann will ich es mal anders formulieren. Sie sind Cop. Sie sind daran beteiligt, mich einzusperren. Sie wissen das, und ich weiß das. Sie tun es, weil es Ihr Job ist und weil man mich – verständlicherweise – des Mordes verdächtigt. Ich war es nicht, aber mir ist klar, warum es für andere Leute naheliegt zu glauben, ich sei es gewesen. Wenn ich jetzt akut schizophren wäre, würde ich die Indizien wahrscheinlich völlig ignorieren. Vielleicht würde ich glauben, Sie wären mein Feind. Vielleicht würde ich glauben, Sie stecken mich ins Gefängnis, damit mich jemand umbringen kann. Vielleicht würde ich glauben, Sie sind mit mir essen gegangen, damit ein Koch in diesem Restaurant mich vergiften kann. Vielleicht würde ich glauben, Becky ist gar nicht Ihre Tochter, sondern in Wirklichkeit eine – eine CIA-Agentin oder ein getarntes Wesen irgendeiner außerirdischen Zivilisation, das mir nachspioniert. Vielleicht würde ich auch zu dem Schluß kommen, daß meine Erinnerungen falsch sind, daß ich sie in Wirklichkeit doch umgebracht habe und daß mir jemand mit einer Gedankenstrahlmaschine falsche Erinnerungen eingepflanzt hat. Oder aber ich würde glauben, daß meine Verhaftung nichts mit dem Mord in meinem Haus zu tun hat, sondern in Wirklichkeit deshalb erfolgt, weil ich den Ausbruch des Mount Saint Helen nicht verhindert habe. Verstehen Sie, was ich meine?«

»Aber Sie hätten den Ausbruch des Mount Saint Helen doch gar nicht verhindern können.«

»Nein, aber in der Klinik war einer – das heißt, er ist immer noch dort –, der hat geglaubt, er hätte ihn verhindern können und es wäre alles seine Schuld. Also haben wir anderen, um ihn aufzumuntern und damit es ihm ein bißchen besser geht, angefangen, ihm zu erzählen, es wäre nicht seine Schuld gewesen, sondern unsere.«

»Für mich hört sich das aber schon nach Geisteskrankheit an.«

»In gewisser Weise ist es das auch. Aber vergessen Sie nicht, daß ich zugleich durchaus imstande sein könnte, trigonometrische Funktionen zu berechnen und –«

»Ich habe in meinem ganzen Leben noch keine trigonometrischen Funktionen berechnen können«, unterbrach ich, und Olead lachte.

»Was ich Ihnen damit sagen will, ist folgendes«, meinte er. »Ich war nicht elf Jahre lang in einer vergitterten Zelle oder derartigem eingesperrt. Ich war abwechselnd drinnen und draußen. Ich hatte schlimme Tage und ganz zu Anfang auch ein paar schlimme Wochen – als ich einen andauernden Schub hatte und eingesperrt werden mußte. Ich finde, ich war öfter eingesperrt, als es notwendig gewesen wäre, aber das ist vielleicht nur meine subjektive Meinung. Meistens allerdings war ich fast in Ordnung. Zu Hause habe ich nicht funktioniert, und nach einer Weile hatte der Alte Angst, es mich probieren zu lassen. Dennoch habe ich die High School abgeschlossen, an einer kleinen Privatschule, zusammen mit ein paar anderen emotional gestörten Jungen. Und ich bin aufs College gegangen; die College-Verwaltung hatte Verständnis für die Situation, deswegen habe ich pro Semester nur ungefähr die Hälfte der üblichen Kurse belegen müssen. Ich habe einen Abschluß von der Texas Christian University. Ich war hauptsächlich deshalb in der Klinik, weil ich, solange ich dort war, keinen Schaden anrichten konnte – außer den Mount Saint Helens ausbrechen zu lassen.« Er grinste.

»Und ich war freiwillig hospitalisiert«, fuhr er fort. »Ich habe in der Klinik gelebt, während ich auf die High School und aufs College ging, und formell war ich die ganze Zeit Patient. Immerhin hat mein Vater mir sein gesamtes Vermögen vorbehaltlos vermacht. Sie müssen folgendes verstehen, Deb: Ich bin niemals gerichtlich in irgendeine psychiatrische Einrichtung eingewiesen worden. Ich bin - ich war - medizinisch gesehen schizophren, aber nicht juristisch. Ich bin nicht dort geblieben, weil man mir geholfen hat, sondern weil ich wußte, daß sie mich unter Kontrolle halten, wenn ich ausraste, wenn ich die schlimmen Zeiten durchmache. Ich war dort sicher, und andere Menschen waren sicher vor mir. Aber die ganze Zeit hat mich der Arzt auf traditionelle Weise psychotherapiert. Das hat überhaupt nichts genützt, und wir haben es beide gewußt. Man hat mich vor ernsthaften Schwierigkeiten bewahrt. Aber das war auch alles. Daß er alle meine Scheckhefte in seinem Schreibtisch unter Verschluß gehalten hat«, fügte er nachdenklich hinzu, »hat natürlich auch dazu beigetragen, daß ich dort geblieben bin.«

»Irgendwie hatte ich im Kopf, daß Ihr Arzt eine Frau ist.«

»Der Arzt, den ich zuerst hatte, ist vor ungefähr acht Monaten gestorben. Jetzt hab' ich einen neuen. Susan Braun. Den Alten hab' ich Doktor genannt, und er hat nichts getan, was mir wirklich geholfen hätte. Er hat mich bloß mit Medikamenten vollgepumpt, damit ich nicht soviel Umstände mache. Die Ärztin nenne ich Susan. Und sie hat mir geholfen. Was heißt geholfen«, sagte er. »Mein Gott. Sie hat mir mein Leben zurückgegeben, so sieht's aus.«

»Ach ja?«

»Sie interessiert sich für orthomolekulare Therapie. Wissen Sie, was das ist?«

»So etwa«, sagte ich. »Es hat irgendwas mit Vitaminen zu tun.«

»Ja, es hat mit Vitaminen zu tun. Und sie hat mir von etwa sechs verschiedenen Vitaminen ungefähr das Tausendfache der normalen Dosis gegeben, und ich war praktisch über Nacht gesund. Das heißt, ganz so schnell ging's wohl nicht. Eine Zeitlang hatte ich dort noch ein paar ganz schön heftige Stimmungsumschwünge; einen Tag hab' ich mich total obenauf gefühlt, und am nächsten bin ich mir ganz klein und häßlich vorgekommen. Aber verglichen mit dem, was ich gewesen war -« Er schüttelte den Kopf. »Deb, Schizophrenie - oder jedenfalls die Veranlagung dazu - ist genetisch bedingt. Und das heißt, daß sie auf eine Weise, die noch niemand versteht, eine körperliche Krankheit ist. Sie tut körperlich weh. Ich kann nicht genau erklären wie, aber sie tut es jedenfalls. Und der Schweiß des Schizophrenen ist anders, sein Urin ist anders, seine Haut und sein Haar sehen anders aus. Es ist eine körperliche Krankheit oder eher mehrere körperliche Krankheiten, die alle gleich oder vielleicht auch zusammen wirken. Ich war elf Jahre krank gewesen, bin dann eines Morgens aufgewacht und war gesund, einfach so. Die Klinik hat mich noch zwei Monate behalten, um die Dosierung einzustellen und um mich von den Beruhigungsmitteln und dem anderen Zeug runterzubringen, das ich ständig bekommen hatte, und dann wurde ich heimgeschickt.«

Er drehte die Hände um, schaute auf sie hinunter. »Wegen der seelischen Folgen bin ich immer noch in psychiatrischer Behandlung. Ich habe viel an Entwicklung nachzuholen, viel an sozialer Anpassung; denn in vieler Hinsicht - Sie haben es sicher bemerkt - bin ich seelisch noch fünfzehn; so alt war ich nämlich, als ich effektiv aus der Welt herauskatapultiert worden bin. Aber daher weiß ich auch, daß ich jetzt gesund bin. Und daher weiß ich - ich weiß es, Deb -, daß ich niemanden umgebracht habe. Ich habe weder meine Schwester noch meine Mutter noch meinen Stiefvater, Jake oder Edith umgebracht. Ich habe niemanden umgebracht. Aber wer das getan hat - es wäre viel gnädiger von ihm gewesen, wenn er auch mir die Flinte an den Kopf gehalten hätte - und wenn er es wie einen Mord mit anschließendem Selbstmord hätte aussehen lassen. Es hätte keine Rolle gespielt, ob er mir die Sache in die Schuhe geschoben oder mich auch gleich erledigt hätte.«

»Olead, wenn Sie reingelegt worden sind, finden wir auch eine Möglichkeit, das zu beweisen.«

»Wann, Deb?«, fragte er. »Wie lange wird das dauern? Meine Medizin gibt's nicht auf Rezept. Man kann sie problemlos in jedem Bioladen, in vielen Drugstores und Lebensmittelgeschäften kaufen. Aber es steht keine Rezeptnummer drauf. Kein Gefängnisinsasse bekommt Medikamente, die es nicht im Arzneifläschchen mit Rezeptnummer und Dosierungsanweisung gibt. Meine Ärztin ist im Moment auf einer Kreuzfahrt. Sie kann mir keine Vitamine in ein Arzneifläschchen füllen. Ich brauche sie jeden Tag. Jeden Tag, Deb. Was glauben Sie, wie ich in fünf Tagen dastehe? Ich will gar nicht erst daran denken. Und ich komme von hier nicht wieder in eine Privatklinik, ich komme in eine staatliche. O nein, ich komme nicht ins Gefängnis, Deb, denn wenn es soweit ist, daß ich vor Gericht gestellt werde, kann ich mich, ohne zu lügen, auf Unzurechnungsfähigkeit berufen. Aber staatliche Kliniken tendieren nicht dazu, mit neuen Behandlungsmethoden zu experimentieren. Das heißt, wenn ich dort lande, komme ich nie wieder raus. Verstehen Sie nun, warum ich den Water Garden noch mal sehen wollte?«

Kapitel 5

Ihren Collegeabschluß«, fragte ich, »worin haben Sie den gemacht?«

Er schaute verwirrt. »Was hat denn das mit alledem zu tun?«

»Nichts«, antwortete ich, »ich war bloß neugierig.«

Er zuckte die Achseln. »In Psychologie.« Ich mußte wohl ein ziemlich verblüfftes Gesicht gemacht haben, denn er kicherte. »Schauen Sie«, meinte er, »wenn Ihr Kopf so durcheinander wäre, wie's meiner war, würden Sie alles nur Erdenkliche tun, um herauszufinden, warum. Ich hatte im Nebenfach Biologie belegt. Ich würde alles darum geben, wenn ich Medizin studieren könnte, aber ich weiß, daß das nicht geht. Es wäre auch dann nicht gegangen, wenn das hier nicht passiert wäre.«

»Wieso?«

»Tja, weil die orthomolekulare Therapie nicht bei jedem wirkt, und es besteht wohl immer die Möglichkeit, daß sie auch bei mir irgendwann nicht mehr wirkt. Susan sagt zwar, das stimmt nicht, und ich soll aufhören, mir Sorgen zu machen – sie behauptet sogar, daß ich die Vitamine vielleicht gar nicht so sehr brauche – aber ich versuche, realistisch zu sein. Wenn die Krankheit schleichend über mich käme, würde ich es vielleicht nicht einmal merken. Oder ich könnte ausflippen, wie damals mit fünfzehn. Wenn das passieren würde, während ich gerade einen Patienten behandle ...« Er zuckte vielsagend die Achseln. »Ich selbst würde mich auch nicht zum Medizinstudium zulassen. Also bewerbe ich mich erst gar nicht. Aber ich kann Psychologie weiterstudieren, meinen Doktor machen und in einer Klinik arbeiten – unter kontrollierten Bedingungen und zusammen mit Ärzten.« Er sah auf seine Hände hinunter. »Das heißt, ich hätte können.«

»Olead, geben Sie jetzt um Himmels willen nicht auf«, sagte ich. Er blickte, einmal mehr verblüfft, zu mir auf, und ich überlegte fieberhaft. »Olead, wissen Sie, wo Jack seine Schrotpatronen aufbewahrt hat?«

»Ja, die sind –«

»Nein, sagen Sie's mir nicht«, unterbrach ich ihn rasch. »Sagen Sie mir, daß Sie es mir zeigen.«

»Was machen wir denn jetzt, Spielchen spielen?«

»Wenn Sie es so nennen wollen. Sehen Sie, laut Gesetz darf ich nichts, was nicht in unmittelbarem Zusammenhang mit dem Fall steht, aus dem Haus mitnehmen. Aber Sie dürfen; es ist Ihr Haus. Wenn Sie sich also weigern, mir zu sagen, wo die Schrotpatronen sind, sich aber bereiterklären, es mir zu zeigen, wenn ich mit Ihnen hinfahre; und wenn Sie, während wir dort sind, zufällig ein paar Arzneifläschchen aus dem Schrank, oder wo immer Sie sie aufbewahren, holen und in meine Tasche stecken, und wenn ich dann das Bedürfnis habe, Sie jeden Tag ein paar Minuten im Gefängnis zu besuchen ...«

»Deb«, unterbrach er, »kriegen Sie deswegen Ärger?«

Ich zuckte die Achseln. »Möglich. Aber das ist mein Bier. Ich glaube es eigentlich nicht.«

»Ich will auf keinen Fall, daß Sie Ärger kriegen.«

»Olead«, sagte ich, »es gibt da etwas an mir, was *Sie* verstehen müssen. Ich bin zwar Cop und das seit fünfzehn Jahren, aber Mutter bin ich schon wesentlich länger. Sie sind nicht der erste Junge im Knast, dem ich Sachen mitbringe. Comic-Hefte für einen siebzehnjährigen Vergewaltiger, Zigarettengeld für eine achtzehnjährige Prostituierte, solche Sachen. Bloß weil ich nicht vergesse, daß ich ein Mensch bin, wird nicht gleich das System zusammenbrechen. Und so wie ich es sehe, ist Ihre Medizin erheblich wichtiger als Comic-Hefte oder Zigarettengeld. Ich frage Sie also noch einmal: Wissen Sie, wo Ihr Stiefvater seine Schrotpatronen aufbewahrt hat?«

»Ja«, sagte Olead.

»Nämlich?«

Er sah mich an. Mit übermütigem Blick sagte er gedehnt: »Tja, ich glaube, das will ich Ihnen nicht sagen. Aber ich zeige es Ihnen gern, wenn Sie mit mir hinfahren.«

Das Polizeisiegel klebte immer noch an der Tür, als wir dreißig Minuten später dort eintrafen; wir hatten den Tatort noch nicht freigegeben. Ich öffnete die Tür mit dem Schlüssel, den Bob Castle aus Jack Carsons Tasche genommen hatte, und wir gingen hinein.

Die Schrotpatronen lagen in der Ecke eines Schrankfaches. Es waren insgesamt drei Schachteln der Marke Federal da. Zwei Schachteln enthielten rote, die dritte lilafarbene Patronen mit Kunststoffhülsen. Ich konnte mich nicht entsinnen, je zuvor lila Schrotpatronen gesehen zu haben, und war leicht verwundert, bis mir einfiel, daß die meisten Hersteller die jeweiligen Kaliber mittlerweile durch verschiedene Farben kennzeichnen. Lila war Kaliber zehn. Aber etwas anderes wunderte mich noch mehr.

Die leere Hülse, die ich in dem Zimmer, in dem Brenda getötet worden war, vom Boden aufgehoben hatte, war eine rote Papphülse der Marke Winchester, und sie mußte etwa zwanzig Jahre alt sein, denn so lange ist es ungefähr her, daß irgendwer Pappatronen hergestellt hat. Und im Haus waren weder Pappatronen noch sonst irgendwelche Patronen der Marke Winchester zu finden. Carson hatte offensichtlich Federal bevorzugt.

»Hat er anderswo noch welche aufbewahrt?«, fragte ich Olead.

Er zuckte die Achseln. »Nicht, daß ich wüßte. Im Camper könnten noch ein paar sein, aber ich weiß es nicht.«

Wir gingen in den hinteren Garten durch den Patio und um den Pool herum hinter die Garage. Der Camper war eigentlich kein Camper, sondern ein auf die Ladefläche eines blauen Ford-Kleinlasters montiertes Camper-Gehäuse. Es war nicht abgeschlossen, und wir stiegen ein.

Der Wagen enthielt in Leinwandhüllen verschnürte Schlafsäcke, außerdem Angelgerät, das der Staubschicht nach zu urteilen offenbar ständig hier aufbewahrt wurde. Ferner gab es ein ebenfalls staubbedecktes Zelt, dazu Papp-, Metall- und Kunststoffschachteln verschiedenster Art.

Ich stieg wieder aus.

»Was ist denn los?«, fragte Olead.

»Das gehört strenggenommen nicht zum Tatort«, sagte ich. »Ich habe da drin nichts zu suchen.«

»Aber Sie müssen . . .«

»Ich weiß, daß ich muß. Beruhigen Sie sich, Junge, wir sind noch nicht fertig.« Ich hängte mich ans Funkgerät und bat die Einsatzleitung, mir eine Zwei-Mann-Einheit zu schicken. »Wozu soll denn das gut sein?«, fragte Olead.

»Das werden Sie schon sehen.«

Ich holte meine Aktentasche aus dem Auto und klappte sie auf. »Das hier ist eine Einverständniserklärung zu einer Durchsuchung.

Ich möchte, daß Sie sie unterschreiben, sobald die beiden Beamten da sind und es bezeugen können. Dann kümmern wir uns weiter um den Wagen.«

Es dauerte eine ganze Weile, uns eine Zwei-Mann-Einheit zu schicken, und so verging eine Dreiviertelstunde, bis wir wieder in dem Wagen waren und ich endlich anfangen konnte, Kisten und Schachteln zu durchsuchen. Ich fand Schachteln mit Büchsenmunition, dazu auf dem Fahrzeugboden, in Decken eingehüllt, eine Zweiundzwanziger und eine Dreißig-null-sechs. Ich fand Revolvermunition, aber keinen Revolver, und ich fragte mich, was Jack Carson mit drei Schachteln 45er-Patronen hinten im Wagen angefangen hatte.

Zumal ohne Waffe, um sie zu verfeuern.

Schrotpatronen fand ich keine - ob rote oder andersfarbige, ob aus Pappe oder sonst einem Material, ob von Winchester oder einer anderen Marke.

Mir fiel allerdings auf, daß hinten im Wagen drei und nicht zwei Schlafsäcke lagen und daß nur einer von den dreien staubig war.

Der Killer kam mir allmählich ein bißchen nachlässig vor. Er hatte erwartet, daß wir Olead verdächtigen und nicht weitersuchen würden. Wir hätten ja auch beinahe nicht weitergesucht. Wenn Olead nicht nach seinen Murmeln gefragt und ich sie nicht gefunden hätte ...

Mit Olead im Schlepptau kehrte ich ins Haus zurück und fragte: »Als Sie sich an dem Abend übergeben haben, haben Sie es da bis ganz zur Toilette geschafft?«

Er machte ein verlegenes Gesicht. »Na ja, fast. Wieso?«

»Ist nichts auf den Badezimmerteppich gekleckert?«

»Doch, ein bißchen was schon, glaub' ich. Shea hatte mich aufgehalten, und mir war ziemlich übel.«

»Zeigen Sie mir, wo.«

Er ging ins Badezimmer und deutete mit der Schuhspitze auf eine bestimmte Stelle. »Da«, sagte er. Der ansonsten flauschige gelbe Teppich war an dieser Stelle verfärbt, und der Geruch verriet mir hinlänglich, was die Verfärbung hervorgerufen hatte.

Ich holte mein Taschenmesser aus meiner Handtasche und fing an, den betreffenden Teil des Teppichs herauszuschneiden. »Wozu machen Sie das?«, fragte Olead, der mir gespannt zusah.

»Laboranalyse«, antwortete ich. »Wieso haben Sie wohl so tief geschlafen, daß Sie vier Schrotschüsse im Zimmer nebenan und einen im Zimmer gegenüber nicht gehört haben? Für mich macht das keinen Sinn.«

»Für mich auch nicht. Aber ich sage Ihnen trotzdem die Wahrheit.«

»Das habe ich ja gar nicht bestritten«, sagte ich milde. »Ich will nur wissen, wieso.«

»Ich auch«, stimmte er zu, »aber was hat das Stück Teppich damit zu tun?«

»Sie sind heute ein bißchen schwer von Begriff, Olead. Möglicherweise hat man Ihnen ein Betäubungsmittel verabreicht. Eine chemische Analyse des Erbrochenen könnte das bestätigen.«

»Das haben Sie mir schon gestern bei der Urinprobe gesagt«, wandte er ein, »und ich hab' Ihnen auch da schon gesagt, daß niemand die Möglichkeit hatte, mir ein Betäubungsmittel zu verabreichen.«

»Vielleicht, doch ich will es genau wissen.« Ich steckte das Taschenmesser weg und tat das Teppichstück in einen Plastikbeutel, den ich mit Heftklammern verschloß. »Und jetzt«, sagte ich ihm, »muß ich Sie wieder ins Gefängnis bringen. Haben Sie erledigt, weswegen wir hergekommen sind?«

»Ja. Aber ich kriege die Handtasche nicht mehr zu. Es sind zu viele Röhrchen.«

»Das überlassen Sie ruhig mir; aber Sie sollten mir vielleicht aufschreiben, wie viele Sie wovon brauchen. Was ich ins Gefängnis mitnehme, muß in meine Tasche passen, und ich glaube nicht, daß ich es schaffe, jeden Tag, fünf, sechs Röhrchen hineinzuschmuggeln.«

Er holte einen Schreibblock und einen Stift und begann zu schreiben. Dann riß er das Blatt ab, reichte es mir und fragte in beiläufigem Ton: »Hätten Sie was dagegen, wenn ich Becky ab und zu anrufe.«

»Nein«, sagte ich und gab ihm die Telefonnummer. Der Zettel verschwand in seiner Tasche.

»Kann ich was zum Lesen mitnehmen?«, fragte er. »Gestern abend hab' ich nicht dran gedacht, aber als Sie vorhin von Comic-Heften geredet haben –«

»Nur zu, solange es sich in einem vernünftigen Rahmen bewegt.« Es war nicht damit zu rechnen, daß er sich für Comic-Hefte entscheiden würde.

Ich folgte ihm in sein Zimmer, wo er ein paar Minuten mit sich rang, ob er seinen offensichtlich heißgeliebten *Eden Express* mit ins Gefängnis nehmen sollte. Ich hatte das Buch vor Jahren selbst gelesen und war so neugierig geworden, daß ich mich eingehender damit beschäftigt hatte, mit dem Ergebnis, daß ich einiges darüber wußte, was er, so hatte ich das Gefühl, nicht wußte. Er entschied sich schließlich gegen das Buch und begnügte sich statt dessen mit ein paar Taschenbuchkrimis und einem dicken Psychologie-Wälzer, den er aus einer Kiste im Schrank hervorwühlte.

In der Halle blieb er stehen. »Vermutlich erlauben Sie mir noch nicht, den Boden im Wohnzimmer zu putzen.«

»Sie vermuten richtig. Olead, es hat keinen Sinn, Zeit zu schinden. Ich muß nach Hause, ich habe noch einiges zu tun, und es gibt im Moment einfach keine Möglichkeit, Ihnen das Gefängnis zu ersparen.«

Er zuckte die Achseln. »Okay«, sagte er. »Aber eins will ich Ihnen vorher noch zeigen.« Er führte mich noch einmal in sein Zimmer. Aus einer Schreibtischschublade nahm er einen braunen Umschlag mit einem Foto darin. »Das bin ich«, sagte er, »vor sieben Jahren.«

Ich hätte ihn nicht erkannt, so groß war der Unterschied. Er sah natürlich jünger aus, aber die eigentliche Veränderung hatte nichts mit dem Alter zu tun. Sie lag nicht nur in seinen Augen und seinem Ausdruck, obwohl sie da am offensichtlichsten war, sondern auch in seinem Haar, seinem Gesicht, seiner Haltung. Dem Mann, der er damals gewesen war, hätte ich niemals den Rücken zugekehrt, geschweige denn ihm Zugang zu meiner Handtasche mit der Munition, den Handschellen und den Schlüsseln zu meinem Dienstwagen verschafft. »Ich verstehe«, sagte ich lahm.

Er legte das Foto in die Schublade zurück und schob sie zu. »Ich dachte mir, daß Sie es verstehen würden«, meinte er. »Neuere Fotos gibt es nicht. Es gab keinen Grund, welche zu machen. Aber so werde ich garantiert wieder werden, wenn die medikamentöse Behandlung aufhört.«

Ich brachte ihn ins Gefängnis zurück. Unterwegs meinte ich beiläufig: »Gefällt Ihnen *Eden Express?*«

»Ja, sehr«, sagte er. »Es ist eine Autobiographie. Wahrscheinlich haben Sie das nicht gewußt.«

»Ich habe das Buch gelesen. Wissen Sie, daß der Mann, der es geschrieben hat, heute Arzt ist?«

»Ach ja«, sagte er gedehnt, mit wachen Augen und erstaunter Stimme. »Aber, Deb, er war – er war genauso verrückt wie ich.«

»Ich weiß. Und er hat es überwunden.«

Nach kurzem Schweigen fragte Olead in bemüht nebensächlichem Ton: »Ist er Psychiater?«

»Ich glaube. Ich bin mir nicht sicher.«

Er mußte das eben Gehörte wohl erst verdauen und saß schweigend auf seiner Wagenseite, bis ich ihn wieder ins Gefängnis einlieferte. Er entschuldigte sich bei dem Deputy, dem er entwischt war, und der Deputy antwortete: »Versuchen Sie das ja nicht noch mal.«

»Bestimmt nicht«, versicherte ihm Olead.

Der Deputy klopfte an sein Halfter. »Das will ich Ihnen auch geraten haben.«

»Ich tu's bestimmt nicht«, sagte Olead noch einmal. Er versuchte, sich das Grinsen zu verbeißen. Der Versuch war nicht allzu erfolgreich, und der Deputy köchelte leise, als er Olead in seine Zelle zurückbrachte.

Auf dem Weg in mein Büro wünschte ich, ich hätte Olead nicht dort abliefern müssen, ein Gefühl, das ich noch bei keinem anderen Häftling gehabt hatte. Ich füllte den Laborvordruck für das Stück Teppich aus, wobei ich um vorrangige Behandlung bat, und schickte es zum Erkennungsdienst hinunter, damit sie es zusammen mit den anderen Laborproben absenden konnten. Danach ging ich in Captain Millners Büro.

»Dann erzählen Sie mal«, meinte er.

Ich erzählte.

»Sie liefern überzeugende Argumente für die Verteidigung, Deb«, sagte er gedehnt, »aber die Prellung an seiner Schulter haben Sie immer noch nicht erklärt.«

War es zu fassen? Die Prellung an seiner Schulter hatte ich völlig vergessen.

In fünfzehn Jahren Polizeidienst habe ich eins gelernt, und zwar gründlich: niemals die Arbeit mit nach Hause zu nehmen. Aber diesmal würde es anders laufen, wie mir erneut klar wurde, als ich mit anderthalb Stunden Verspätung nach Hause kam und Becky weinend bei der Zeitungslektüre vorfand. Als sie mich sah, schniefte sie ein paarmal, faltete die Zeitungen zusammen und sah mich vorwurfsvoll an.

Ich sah mir die Zeitungen an. Sie hatte sowohl die Morgen- als auch die Nachmittagsausgabe des *Fort Worth Star-Telegram* ergattert, dazu die beiden größten Tageszeitungen von Dallas sowie ein Sortiment kleinerer Blätter. »Becky«, fragte ich, »meinst du nicht, eine hätte es auch getan?«

»Ich hab' gedacht, die eine weiß vielleicht was, was die andere nicht weiß«, sagte sie und schniefte erneut. Ich mußte an Edith denken und sagte ihr, sie solle sich ein paar Kleenex holen und zu schniefen aufhören.

»Die Zeitungen sind gräßlich«, seufzte sie, und ich sagte ihr, daß Zeitungen nun mal gern dick auftrügen. Ich griff mir eine von dem Stapel. Die Sensationsschlagzeile lautete: MILLIONÄR AUS FORT WORTH SCHLACHTET GANZE FAMILIE AB. Darunter stand: SCHROTFLINTENMORDE ERSCHÜTTERN RIDGLEA.

»Ich für meinen Teil nenne das Verleumdung«, meinte ich und warf die Zeitung wieder auf den Sofatisch.

»Wie meinst du das?«, schniefte Becky, und ich antwortete, daß ich ihr das erst erklären würde, wenn sie sich Kleenex holte.

Was sie tat.

Dann hob ich an: »Bis jetzt hat kein Mensch bewiesen, daß Olead jemanden umgebracht hat. Und der Täter hat auch nicht eine ganze Familie umgebracht; es gibt nämlich ein fünfzehn Monate altes Baby, das keinen Kratzer abbekommen hat.«

»Aber kannst du ihn denn nicht aus dem Gefängnis holen?«, jammerte sie, worauf ich ihr sagte, daß ich es täte, wenn ich könnte, aber ich könnte nun mal nicht. Dann ging ich in die Küche, um Abendessen zu machen.

Hal kam mit seiner Pac-Man-Uhr herein, und Becky schrie ihn an, er solle mit dem gräßlichen Gedudel aus dem Wohnzimmer verschwinden. Ich forderte Becky auf, in ihr Zimmer zu gehen, bis sie sich wieder beruhigt hatte, und sie schrie: »Er muß nicht dauernd im Wohnzimmer Pac-Man spielen.«

»Und du mußt nicht dauernd im Wohnzimmer herumschreien.«

»Ich schreie nicht dauernd herum«, schrie sie.

»Das weiß ich. Und Hal spielt auch nicht dauernd Pac-Man. Und jetzt beruhige dich, Becky, mit solchem Unsinn hilfst du Olead nicht.«

»Wie kann ich ihm denn helfen?«, wollte sie wissen.

»Indem du mir ein bißchen Ruhe und Frieden gönnst, damit ich zu Kräften komme und mein Gehirn morgen richtig funktioniert«, erklärte ich ihr barsch, worauf sie noch einmal schniefte und wieder eine Zeitung aufschlug.

Mir war selbst ein bißchen nach Schreien zumute, während ich ein Pfund Hackfleisch aus dem Kühlschrank nahm und anfing, Zwiebeln für einen Hackbraten zu schneiden. Normalerweise hätte ich Becky gebeten, die Kartoffeln zu schälen, aber ich hatte einfach keine Lust darauf, daß sie mir schniefend durch die Küche nachschlich. Deshalb schälte ich die Kartoffeln selber und holte eine Dose Erbsen aus der Speisekammer. Da klingelte das Telefon.

Ich dachte, es wäre mein Schwiegersohn, der mir mitteilen wollte, daß Vicky sich endlich entschlossen hatte, in die Klinik zu gehen, aber es war nur Harry, der in entschuldigendem Ton meinte, er habe leider vergessen, es mir zu sagen, aber er müsse zur Lodge und beim Bingo helfen; zwei von den Leuten, die es sonst machten, seien weggefahren. Ob ich nicht Lust hätte, rauszukommen und auch ein bißchen zu spielen.

Ich erzählte ihm, ich hätte schon angefangen, das Abendessen zu machen, und außerdem keine Lust zum Bingospielen.

Becky könnte doch das Abendessen für sich und Hal fertigkochen, meinte er, und wir beide könnten vielleicht bei Joe T. Garcia's zu Abend essen. Außerdem, fügte er hilfsbereit hinzu, brächte mich das auf andere Gedanken.

Becky sei offenbar nicht sehr guter Laune, erklärte ich ihm, und wenn wir zu Joe T. Garcia's gingen, würden wir es nie und nimmer rechtzeitig zum Bingo schaffen.

Okay, wenn ich das so sähe, meinte er. Er klang beleidigt.

Natürlich sagte ich Becky, sie solle für sich und Hal den Hackbraten fertigkochen, und dann fuhr ich hinüber zu Joe T. Garcia's, wo Harry und ich draußen zehn und drinnen fünfzehn Minuten Schlange standen. Nun ist der Bestellvorgang bei Joe T. Garcia's stark vereinfacht, hauptsächlich deshalb, weil man überhaupt nicht bestellt; sie bringen jedem das gleiche Essen, und deshalb kamen wir zum Bingo in Elk's Lodge auch nur eine Viertelstunde zu spät. Harry schnappte sich eine Handvoll Papierkarten und zog los, um sie zu verkaufen; ich selbst nahm mir ein paar Karten zum Spielen und setzte mich. Kurze Zeit später stand ich wieder auf und holte mir ein Bier.

Ich rauche nicht, und ich hasse verqualmte Räume, und verqualmt ist die Bingohalle natürlich immer. Hinterher fuhr ich (ohne gewonnen zu haben; ich gewinne nie beim Bingo) geradewegs nach Hause und wusch mir unter der Dusche die Haare, um den Qualmgeruch herauszukriegen. Als ich aus der Dusche kam und gerade anfing, mir die Haare zu föhnen, kam Harry herein und sagte mir, Don habe gerade angerufen und sehr aufgeregt angekündigt, daß er Vicky jetzt ins Glenview Hospital fahre.

Darauf rasten Harry und ich natürlich zum Glenview Hospital, wo wir bis gegen drei Uhr morgens blieben. Zu diesem Zeitpunkt kam der Arzt zu dem Schluß, es sei ein falscher Alarm gewesen, und schickte Vicky wieder nach Hause; sie solle noch ein Weilchen warten.

Muß ich angesichts dieser Uhrzeit eigens betonen, daß ich nicht hellwach war, als um sechs das Telefon klingelte? Ich hätte eigentlich wach sein müssen, aber das war ich nicht, und ich stolperte über die Katze, als ich an den Apparat ging. Es war Captain Millner. Auf Ersuchen des FBI werde die gesamte Sonderkommission alarmiert: Es gehe um die Entführung des Vizepräsidenten einer Bank.

Er solle mich damit verschonen, protestierte ich, ich sei nämlich schon mit einem größeren Fall befaßt. »Bei dem wir bereits einen Verdächtigen in Gewahrsam haben«, erinnerte mich Captain Millner. »Nun machen Sie schon, Deb. Das FBI hat darum ersucht –«

Was das FBI will, bekommt es im allgemeinen auch. Harry machte mir eine Tasse Instant-Kaffee, während ich versuchte, die Augen aufzukriegen. Ich kroch in einen beigen Hosenanzug, dessen Jacke ich dann noch einmal ausziehen mußte, um mein Schulterhalfter überzustreifen. Nach dem, was ich in Büchern lese, tragen manche Polizistinnen in Zivil ihren Revolver immer noch in der Handtasche mit sich herum. Ich nicht. Zum einen deshalb, weil man mir eine Handtasche ein bißchen zu leicht entreißen könnte. Aber der Hauptgrund, warum ich ein Schulterhalfter benutze, geht auf jenen Abend zurück, an dem ich im Mantel Auto gefahren war; und weil ich nicht gleichzeitig Handtasche und Mantel mit mir herumschleppen wollte, hatte ich den Revolver aus der Handtasche genommen und in die Seitentasche meines Mantels gesteckt.

Später wurde es im Auto langsam warm; ich zog den Mantel aus und legte ihn auf den Nebensitz. Etwa eine halbe Stunde danach kam über Funk die Aufforderung, nach dem Verdächtigen für einen Raubüberfall auf einen Schnapsladen in der Berry Street Ausschau zu halten, und kaum war die Meldung durch, als ich einen Wagen sah, auf den die Beschreibung paßte.

Ich schaltete das Blaulicht ein und stoppte den Wagen, griff mir meinen Ausweis aus der Handtasche und ging auf das verdächtige Fahrzeug zu. Ich hatte es fast erreicht, als mir einfiel, wo mein Revolver steckte.

Zum Glück war es nicht das Auto des gesuchten Räubers. Als ich meinen Revolver wieder in die Handtasche steckte, nahm ich mir fest vor, mir ein Schulterhalfter zu besorgen, ehe ich am nächsten Tag meinen Dienst antrat, und das tat ich dann auch. Seither trage ich eins. Es ist bequem. Man spürt kaum, daß man es umhat.

Das Problem dabei ist nur folgendes: Man merkt auch kaum, daß man es nicht trägt, wenn man, so wie ich an diesem Morgen, im Halbschlaf durch die Gegend stolpert.

Wie auch immer, ich hatte es jedenfalls um, als ich vor dem Polizeirevier anhielt und rasch hineinging, um mir den Schlüssel für einen Dienstwagen zu holen, mit dem ich zu der Bank hinausfahren konnte. Ich hatte geglaubt, jede Bank in Fort Worth zu kennen, konnte mich jedoch nicht entsinnen, je von dieser - der First Federated Bank of Ridglea - gehört zu haben.

Nun ja, wenn es eine Bank war, dann hatte sie auch Geld, und wenn es eine Bank in Ridglea war, dann hatte sie höchstwahrscheinlich eine Menge Geld.

Es waren zwei Streifenwagen da, außerdem zwei FBI-Fahrzeuge, drei Zivil-Polizeifahrzeuge, ein Feuerwehrauto und ein weißer Cadillac, das letztjährige Modell. Sie waren allesamt vor dem kleinen Ziegelsteingebäude geparkt. Das Haus beherbergte nur die Bank, was ein bißchen ungewöhnlich war; die meisten Banken scheinen heutzutage riesige Bürokomplexe zu bauen, die sie dann zu neunzig Prozent an diverse Kleinunternehmen vermieten.

Als ich auf den Parkplatz hinter der Bank fuhr, sah ich, daß auch ein Krankenwagen da war. Das erklärte vermutlich das Feuerwehrauto. In Fort Worth herrscht aus Gründen, die mir niemand plausibel machen kann, die wunderliche Sitte, bei fast jedem Notruf nach einem Krankenwagen einen Spritzenwagen loszuschicken (der eigentliche Grund dürfte darin liegen, daß die Feuerwehrleute ausgebildete Sanitäter sind. Aber ich verstehe trotzdem nicht, warum sie die Krankenwagenfahrer nicht ihre Arbeit machen lassen).

An der Tür blieb ich stehen und wartete, bis ein Streifenpolizist von innen aufmachte. Er schloß hinter mir wieder ab.

Drinnen schnupperte ich erst einmal. »Wo kommt denn der Rauch her?«, fragte ich. Vielleicht war die Feuerwehr diesmal ja doch nicht nur wegen des Krankenwagens gekommen.

»Es hat ein bißchen gebrannt«, sagte mir Captain Millner.

Ich weiß nicht, wie er das macht. Er mußte genauso unchristlich früh von zu Hause weggefahren sein wie ich, aber er schaffte es, rasiert, gekämmt und proper wie immer auszusehen. Mir war durchaus bewußt, daß ich an diesem Morgen nicht proper aussah.

Das galt allerdings auch für die First Federated Bank of Ridglea.

Ein Mann in einem ramponierten grauen Nadelstreifenanzug saß zusammengesackt auf dem Boden. Zwei Sanitäter beugten sich über ihn, der eine hielt ihm einen Eisbeutel an die Schläfe. Die Detectives und die FBI-Agenten schlenderten nur herum, ohne etwas Bestimmtes zu tun, und ein Techniker von der Spurensicherung stand knöcheltief in einer Mischung aus Löschwasser und verbranntem Papier, um eine offene Tresortür auf Fingerabdrücke zu untersuchen. Der Gestank nach angekohltem Kunststoff rührte offenbar von mehreren Rollen Magnetbändern her, die sich in dem Teil der Bank befanden, der gebrannt hatte.

Das ist doch lächerlich, dachte ich, als ich sah, wie viele absolut beschäftigungslose Leute schon da herumstanden. Die brauchten mich hier nicht. »Was ist eigentlich passiert?«, fragte ich.

»Muß ich es etwa noch mal erzählen?«, fragte der Mann auf dem Boden gereizt.

»Nein, Sir, Sie müssen es nicht noch mal erzählen«, antwortete Captain Millner. »Jedenfalls nicht jetzt.«

»Wer ist denn das?«, fragte ein FBI-Agent mit, wie er offenbar glaubte, gedämpfter Stimme. Ich kannte ihn zwar nicht, aber er mußte FBI-Agent sein – entweder das oder Mormonenmissionar. Ist Ihnen das auch schon aufgefallen? FBI-Agenten und Mormonenmissionare kleiden sich genau gleich, mit militärischem Kurzhaarschnitten, dunklen Anzügen, weißen Hemden und sehr dezenten Krawatten. Sie sehen aus wie mit Keksformen ausgestochen, die lediglich das Gesicht ungestanzt lassen.

Der Mann war jung genug, um Mormonenmissionar sein zu können, aber Mormonenmissionare tragen keine Schußwaffen.

»Sie ist Detective bei der Sonderkommission«, erklärte ihm Captain Millner.

»Sieht mir nicht wie ein Detective aus«, meinte der FBI-Agent.

Ich machte schon den Mund auf, um ihm zu sagen, er sähe für mich auch nicht wie ein FBI-Agent aus, verkniff es mir dann aber. Ich war zwar müde, aber nicht müde genug, um so leichtsinnig zu sein.

»Bis jetzt haben wir folgendes, Deb«, sagte Millner. »Der Gentleman hier heißt Slade Blackburn. Er ist Vizepräsident – das heißt, einer der Vizepräsidenten – dieser Bank. Nach seiner Aussage hat sich seine Frau heute morgen nicht wohl gefühlt, weshalb er nicht mit ihr zu Hause gefrühstückt hat, sondern statt dessen in ein Waffelrestaurant gehen wollte, um sie nicht zu stören. Er hat das Haus viel früher als sonst verlassen. Als er hinausging, hat ihm jemand eine Kanone ins Kreuz gedrückt, ihm die Wagenschlüssel abgenommen und ihn gezwungen, hinten in einen Wäschereiwagen einzusteigen. Sie sind hierher zur Bank gefahren – ein zweiter folgte mit seinem Wagen – und haben ihm befohlen, die Tür zu öffnen. Dann haben sie ihn gezwungen, den Tresor aufzumachen. Er hat ihnen gesagt, der Tresor habe ein Zeitschloß, das erst um halb neun geöffnet werden könne, daraufhin haben sie ihm gesagt, er solle sich was einfallen lassen, um es aufzukriegen, sie hätten nämlich jemanden bei seiner Frau gelassen, falls er Zicken macht. Also hat er den Tresor geöffnet, und sie haben eine Menge Geld rausgeholt, Papiere und Magnetbänder durcheinandergeworfen, einen Teil davon angezündet und ihm dann eins übergezogen, so daß er k. o. ging. Als er wieder zu sich kam, hat er das FBI angerufen, und das FBI hat uns verständigt.«

»Und ich will jetzt wissen«, ließ sich Slade Blackburn vom Fußboden vernehmen, »wann endlich jemand zu mir nach Hause fährt und nachsieht, ob mit meiner Frau alles in Ordnung ist.«

»Mr. Blackburn, ich habe Sie schon dreimal nach Ihrer Adresse gefragt«, erinnerte ihn einer der FBI-Leute nicht allzu geduldig.

Diesmal nannte er seine Adresse, und ich sagte: »Ich fahre hin.«

»Ich komme mit«, ließ der FBI-Mann verlauten, der fand, ich sähe nicht wie ein Detective aus.

Im Auto meinte er: »Ich wollte nicht unhöflich sein. Aber Sie sehen wirklich nicht wie ein Detective aus.«

»Das weiß ich doch«, versicherte ich ihm und beschloß, da er sich nun etwas freundlicher gab, ihm zu sagen, wie er für mich aussah.

Darüber mußte er lachen. »Ich bin aber kein Mormonenmissionar«, meinte er. »Ich heiße Eddie Cohen, und mein Vater ist Rabbi.«

»Okay«, sagte ich. »Ich habe sowieso noch nie einen Mormonenmissionar mit einer Kanone gesehen. Falls es Ihnen noch niemand gesagt hat, ich bin Deb Ralston.«

Wir saßen in meinem Wagen. Ich bog rechts auf die Lackland und gleich wieder rechts auf die Elizabeth Lane ab und verfuhr mich beinahe, weil ich erst einige Straßen weiter hätte abbiegen dürfen. Irgendwann kam ich dann wieder zurecht und fand das Haus. Es lag praktisch gleich hinter der Ridglea Christian Church, ein großes, ausladendes Ziegelsteinhaus im Ranch-Stil, vielleicht zwanzig Jahre alt. Es hatte einen hübschen Rasen, hübsche Bäume, hübsche Sträucher und einen hübschen weißen Cadillac (das diesjährige Modell), der auf der hübschen, kiesbestreuten Auffahrt geparkt war. Für die Gegend sah das Haus zu schick aus, und es wirkte absolut friedvoll. Auf dem Rasen lag die Zeitung, so fest gefaltet, daß sie wie verschnürt wirkte.

Eddie klopfte an die Tür. »FBI«, rief er. »Mrs. Blackburn, sind Sie da?«

Ich hatte mir von Blackburn sagen lassen, wo sich das Schlafzimmer befand, und klopfte nun an dessen Fenster. »Polizei«, rief ich. »Mrs. Blackburn?«

Eddie versuchte, die Tür zu öffnen. Sie war abgeschlossen. »Ich sehe mal hinten nach«, schlug ich vor.

Auch die Hintertür war abgeschlossen. Ich probierte es mit der Garage, aber die funktionierte mit Fernbedienung und ging nicht auf.

Ich kehrte zur Vordertür zurück.

»Und nun?«, fragte mich Eddie.

Ich hängte mich ans Funkgerät und bat die Zentrale, im Haus anzurufen und Mrs. Blackburn zu bitten, die Tür zu öffnen. Gleich darauf hörte ich das Telefon klingeln, aber drinnen rührte sich niemand. Schließlich sagte die Einsatzleiterin: »Es geht niemand dran.«

Das Klingeln verstummte.

»Wissen Sie, wie man eine Tür eintritt?«, fragte ich Eddie.

»Theoretisch schon«, meinte er. »Aber gemacht hab ich's noch nie.«

»Ich hab's schon mal gesehen, aber ich bin zu klein dafür.«

Er nahm meinen Arm, um sein Gleichgewicht zu halten, dann stemmte er den rechten Fuß gegen die Tür und trat kräftig zu. Die Tür sprang auf.

Wir gingen hinein.

Es war ein schönes Haus, sauber und zu kühl, als hätte jemand die Zentralheizung für die Nacht niedriggestellt und vergessen, sie am Morgen wieder aufzudrehen.

Von der Halle aus wandten wir uns nach rechts und betraten das vordere Eckzimmer, in dem laut Blackburn seine Frau schlief. Und wir fanden heraus, warum Mrs. Blackburn weder aufgemacht hatte noch ans Telefon gegangen war.

Sie lag immer noch im Bett, und zwar auf dem Rücken, in einem rosafarbenen Nylonnachthemd, Cold Cream im Gesicht und das auf Plastiklockenwickler gedrehte Haar von einer rosafarbenen, getüpfelten Rüschenhaube bedeckt. Ihre Zähne lagen in einem Zahnglas auf dem Nachttisch, daneben befand sich eine Schachtel Kleenex, ein Thermometer, ein Wasserglas und ein Röhrchen *Nyquil.*

Sie hatte nicht auf die Türglocke und das Telefon reagiert, weil ein Schuß sie in die rechte Schläfe getroffen hatte.

Kapitel 6

Eddie Cohen war ein Grünschnabel, allerdings ein Grünschnabel mit FBI-Ausbildung. Er schlug sich die Hand vor den Mund und flitzte Richtung Haustür; ich konnte ihn draußen hören, und kurz darauf hörte ich Wasser aus dem Außenhahn laufen. Mit hocherhobenem Kopf kam er wieder herein, und er entschuldigte sich nicht. Ich sagte auch nichts.

Ich holte ein Fingerabdruck-Set aus dem Wagen und bestäubte das Telefon im hinteren Teil des Hauses. Während ich die wenigen verwertbaren Abdrücke abnahm, fragte Eddie: »Macht es Ihnen nichts aus?«

Ich tat nicht so, als wüßte ich nicht, was er meinte. »Nein, nicht viel.«

»Warum macht es dann mir was aus?«, wollte er wissen.

»Weil Sie so etwas noch nie gesehen haben. Beim ersten Mal macht es den meisten Leuten was aus.«

»Aber ich habe Filme der FBI-Katastropheneinsatztruppe gesehen«, wandte er ein.

»Ich auch. Aber das waren Filme. Das hier ist keiner.«

Nun, da ich sicher wußte, daß der Apparat frei von Fingerabdrücken war, rief ich von ihm aus in der Bank an, um Captain Millner darüber zu informieren, was wir gefunden hatten. Ich wollte nicht, daß Blackburn es zuerst über eines der zahlreichen Polizeifunkgeräte in der Bank hörte, obwohl ich irgendwie nicht damit rechnete, daß ihn die Nachricht furchtbar überraschen würde.

Dann läutete ich, ebenfalls über Telefon, die Zentrale an und bat darum, mir jemand von der Gerichtsmedizin und von der Spurensicherung zu schicken.

Der Bankraub gehörte den Feds. Der Mord hier im Haus gehörte uns; genauer gesagt mir, weil ich der erste Detective am Tatort war.

Als Millner – etwa zur gleichen Zeit wie der Ermittler von der Gerichtsmedizin – eintraf, versuchte ich, mit ihm darüber zu diskutieren. Ich gab ihm zu bedenken, daß ich der Sonderkommission angehörte; von Rechts wegen müsse dieser Fall vom Morddezernat bearbeitet werden.

Millner betrachtete mich angeödet, und ich rief mir ins Gedächtnis zurück, daß er ursprünglich weder bei der Sonderkommission noch beim Morddezernat eine Frau hatte haben wollen. Er hatte befürchtet, daß eine Frau diese Art von Arbeit nicht verkraften könne, und er hatte bislang noch nicht zugegeben, daß ich ihn in diesem Punkt widerlegt hatte. »Deb«, sagte er jetzt, »halten Sie die Klappe.«

Ich kam zu dem Schluß, daß ich lieber nicht weiterdiskutieren sollte.

Der Mann von der Gerichtsmedizin erklärte Joan Blackburn für tot. Ich sagte nicht »Ohne Scheiß, Sherlock?«, aber ich dachte es.

Die Leute von der Spurensicherung machten Fotos, und der Ermittler von der Gerichtsmedizin sagte, seinetwegen könne die Leiche abtransportiert werden. »Gleich«, meinte ich. »Captain, ich möchte, daß Sie sich die Leiche mal ansehen.«

Er sah sich die Leiche an. Dann musterte er mich übellaunig. »Und?«, fragte er.

»Sehen Sie, was ich meine?«, fragte ich.

»Ja«, antwortete er.

»Na ja, ich hab's eigentlich auch nicht anders erwartet.«

»Wovon reden Sie?«, wollte Eddie wissen.

»Von etwas, was Sie bei Ihrer geringen Erfahrung wohl nicht erkennen können«, meinte Millner und wandte sich dann an den Ermittler von der Gerichtsmedizin und die Leute von der Transportbereitschaft. »Sanchez«, sagte er, »mal angenommen, ich würde Ihnen erzählen, daß die Frau da heute morgen um sechs noch lebend gesehen wurde, was würden Sie dazu sagen?«

Sanchez betrachtete die Leiche. »Sie machen wohl Witze«, sagte er.

»Dann will ich's mal anders formulieren«, meinte Millner. »Angenommen, ich würde Ihnen erzählen, daß der Ehemann des Opfers sagt, er hätte die Frau heute morgen um sechs noch lebend gesehen, was würden Sie dazu sagen?«

Erneut betrachtete Sanchez die Leiche. »Ich würde sagen, er ist ein Lügner«, meinte er. »Bloß für den Anfang.«

»Das behalten Sie mal schön im Auge«, sagte Millner zu ihm. »Ich werde Sie nämlich um eine offizielle Schätzung bitten. Was meinen Sie, Olsen?«

Olsen, der nur noch so lange bei der Transportbereitschaft bleibt, bis eine Ermittlerstelle frei wird, zog das Thermometer heraus, das er nach seinem Eintreffen in das Rektum der Leiche eingeführt hatte, warf einen Blick darauf und sah dann zu dem Raumthermometer hinüber, das er auf der Frisierkommode aufgestellt hatte. »Spätestens vier Uhr«, sagte er. »Aber das ist schon sehr großzügig geschätzt, und unter Berücksichtigung dessen, daß es hier drin kühl ist. Allerdings lag sie unter zwei Decken. Nicht später als vier Uhr. Aber eher drei, drei Uhr dreißig.«

»Das will ich schriftlich«, sagte Millner.

»Kriegen Sie«, meinte Sanchez.

»Können wir die Leiche jetzt abtransportieren?«, fragte Olsen. »Wir müssen nämlich noch woanders hin.«

Wir waren uns einig, daß wir die Leiche nicht mehr brauchten.

Als sie sie bewegten, war die Ausschußstelle zu sehen, die erheblich größer war als der Einschuß. Das ist nicht ungewöhnlich. Sie warteten, bis Irene die Wunde fotografiert hatte, legten die Leiche in einen schwarzen Plastik-Leichensack, hoben diesen auf eine fahrbare Trage und baten jemanden von der Spurensicherung, nach dem Geschoß zu suchen: Der Pathologe wüßte gern das Kaliber.

Irene Loukas, die ungeduldig darauf gewartet hatte, daß sie die Leiche abtransportierten, damit sie mit der Untersuchung des Tatorts fortfahren konnte, stocherte mit einem Skalpell in der Matratze und fand das Geschoß schließlich. Es war gedrungen, mit einem großen Durchmesser. »Fünfundvierziger«, sagte sie und drehte es neugierig in den behandschuhten Fingern.

»Kannst du sagen, ob es nach Pistole oder Revolver aussieht?«, wollte ich wissen – eine ziemlich alberne Frage, wie mir klar wurde, kaum daß ich sie gestellt hatte.

Irene sah mich mitleidig an und meinte: »Also wirklich, Deb.«

»Pistole«, sagte ihr Partner Bob Castle triumphierend. Er schnappte sich die Kamera, die Irene auf dem Bett hatte liegen lassen, nachdem sie die Ausschußstelle fotografiert hatte, und machte weitere Fotos. Er und Irene nahmen Messungen vor und machten Notizen. Dann hob Bob die vor der Schranktür liegende Patronenhülse vom Boden auf und drehte sie herum. Die kleine Schramme von der Auswerfermechanik war deutlich zu sehen.

»Willst du sie zusammen mit der Kugel mitnehmen?«, fragte er den Ermittler von der Gerichtsmedizin.

»Nee«, meinte Sanchez. »Warte, bis du eine Pistole dazu hast, und schick' das Ganze dann an die Ballistik.«

»Da wären wir von allein nie drauf gekommen, Blödmann«, sagte Irene mit ärgerlichem Blick auf Bob.

»Entschuldige mal, aber das konnte ich schließlich nicht wissen«, protestierte dieser. »Als ich das letztemal einen Mord hatte, wolltest du die Hülse.«

»Da steckte die Kugel auch noch im Kopf«, erinnerte ihn Sanchez. Dann transportierten sie die Leiche ab.

Irene und Bob setzten die Untersuchung des Tatorts fort, und ich machte mich daran, die Nachbarschaft abzuklappern. Eddie kam notgedrungen mit, weil er keine Möglichkeit hatte, zur Bank oder in sein Büro zurückzukommen, solange ich nicht fertig war. Es wäre einfacher gewesen, wenn das Haus in einer Sackgasse gelegen hätte, aber das war nicht der Fall. Es lag an einer Straße, die sich etwa anderthalb Kilometer weit zwischen dem Camp Bowie Boulevard – einer der meistbefahrenen vierspurigen Straßen von Fort Worth – und dem West Freeway – Fort Worths Anteil an einer in ost-westlicher Richtung verlaufenden Hauptverkehrsader – hinzog. Das hieß, daß der oder die Täter nicht unbedingt lange sichtbar gewesen sein mußten und daß ihnen zahlreiche mögliche Fluchtrouten offenstanden. Normalerweise halten sich um vier – oder auch um sechs – Uhr morgens noch nicht allzu viele Leute in ihren Vorgärten auf, um etwaige Beobachtungen zu machen.

Von den Leuten, die wir zu Hause antrafen (etwa in jedem sechsten Haus; trotz Ridglea handelte es sich um ein Arbeiterviertel), hatte niemand etwas gesehen, schon gar keinen Wäschereiwagen, Name der Wäscherei unbekannt. Niemand hatte einen Schuß gehört. Niemand wußte, wovon wir redeten.

Aber alle waren schwer beeindruckt von Eddies Ausweis. Meiner interessierte niemanden groß. Polizisten aus Fort Worth kriegen sie alle Tage zu sehen.

Ich fuhr zur Bank zurück, um Eddie beim FBI abzusetzen und um nach Möglichkeit mit Slade Blackburn zu reden, aber der lag, wie ich erfuhr, im John Peter Smith Hospital und wurde wegen Gehirnerschütterung und Schock behandelt.

Schock, ach du liebes bißchen, dachte ich und fragte mich, warum niemand den Schuß gehört hatte. Eine Fünfundvierziger ist laut, nicht ganz so laut wie eine Schrotflinte, aber immer noch laut genug, und um sechs oder halb sieben, als der Schuß angeblich gefallen war, sind die Leute schon wach und auf den Beinen.

Jemand hätte ihn hören müssen, wenn er zu dieser Zeit gefallen wäre – was nach jetziger Kenntnis nicht der Fall war.

Aus Oleads Haus hatte jemand einen Schuß gehört. Der war zwar aus einer Schrotflinte gekommen, aber um drei Uhr morgens, als alles schlief und die meisten – wegen Neujahr – wahrscheinlich auch allen Anlaß hatten, tief und fest zu schlafen.

Jemand hatte gemeldet, er hätte aus Oleads Haus *einen* Schuß gehört. Keine fünf Schüsse. Keine Salve. *Einen* Schuß.

Und zwischen der Zeit, als der Schuß gehört wurde, und der Zeit, als Shea anrollte und anfing, an die Tür zu hämmern, konnten unmöglich all die Möbel in dem einen Zimmer aufeinandergehäuft worden sein.

Außerdem hätte ich bei meinem Eintreffen um vier Uhr schwören können, daß die Opfer schon seit über zwei Stunden tot waren. Ja, verdammt, da war ich mir sicher, denn sie waren bereits stark abgekühlt. Es hatten sich immerhin Totenflecken ausgebildet, und diese treten zwar vor der Leichenstarre, aber nicht sofort nach Eintritt des Todes auf.

Der Schuß, den der Nachbar gehört hatte, hatte niemanden getötet. Es war ein zusätzlicher Schuß. In dem Haus waren in jener Nacht sechs Schüsse gefallen. Nicht fünf, sondern sechs.

Im Fall Blackburn kam ich im Augenblick nicht weiter, jedenfalls nicht, solange ich nicht mit Blackburn, dem FBI und meinen Kollegen reden und feststellen konnte, was sich sonst noch ergeben hatte und wie alles zueinanderpaßte. Ich wollte Blackburns Haus durchsuchen, aber Tatort war strenggenommen nur das Schlafzimmer, und ich wollte unsere Karten noch nicht aufdecken, indem ich einen Durchsuchungsbefehl beantragte.

Obwohl wir das machen mußten, ehe Blackburn nach Hause kam.

Wahrscheinlich war in seinem Haus nichts versteckt; wahrscheinlich hatte er alles woanders. Gut möglich, daß er alles in einem netten kleinen Schließfach seiner eigenen Bank untergebracht hatte. Andererseits aber könnte er so dumm oder so dreist sein, daß er die Waffe in irgendeinem Schrankfach hatte liegenlassen.

Aber da ich damit im Augenblick nicht weiterkam, kehrte ich in mein Büro zurück und forderte sämtliche Unterlagen zu Oleads Fall an.

Wir führen keine Fallakten im strengen Sinne mehr. Ich finde das schade. Alles ist im Computer gespeichert, und wenn man die Berichte lesen will, läßt man sich Ausdrucke machen. Aber wenn man so gestrickt ist wie ich, will man die Berichte vielleicht noch einmal und noch einmal lesen, und deshalb habe ich normalerweise meine eigene Akte in der Schreibtischschublade, wenn ich stark mit einem Fall beschäftigt bin. Zu Olead hatte ich mir allerdings noch keine angelegt, weil ich so viele andere Sachen um die Ohren gehabt hatte.

Der Anruf war von einem Nachbarn gekommen. Sämtliche in der Zentrale eingehenden Anrufe werden mitgeschnitten; fällt nichts Besonderes vor, werden die Bänder eine Zeitlang routinemäßig aufbewahrt, dann gelöscht und wiederverwendet. Passiert jedoch etwas Größeres, wird das Band zurückbehalten. Irgendwann wird die entscheidende Stelle dann herausgeschnitten, damit der Rest des Bandes wiederverwendet werden kann. Das hat zur Folge, daß ich mir den Anruf in einem solchen Fall selbst anhören kann; ich bin, was Einzelheiten angeht, nicht auf den schriftlichen Bericht oder das möglicherweise lückenhafte Gedächtnisprotokoll eines anderen angewiesen.

Das Band ließ ich mir also vorspielen.

Das Geräusch eines klingelnden Telefons. »Fort Worth Polizeinotruf.« Die Stimme eines jungen Mannes; das Dienstbuch würde mir verraten, wessen Stimme, falls der Tonbandmitschnitt nicht beschriftet war. Ich sah nach; er war beschriftet. Reuben Dakle.

»Hier spricht Arlon Powers. Ich weiß nicht, ob ich die richtige Nummer anrufe oder nicht.«

»Sagen Sie mir doch einfach, worum es geht.« Reuben Dakle war geduldig. Leute, die bei der Polizei anrufen, sind sich oft nicht sicher, ob sie das auch tun sollten, zumal an Silvester.

»Ich bin mir nicht sicher, aber ich glaube, ich habe aus dem Haus nebenan gerade einen Schuß gehört.«

»Ja, Sir, wie war die Adresse? Wie ist Ihre Telefonnummer, falls wir Sie zurückrufen müssen? Wie heißen Sie? Möchten Sie, daß der Beamte sich mit Ihnen in Verbindung setzt?«

Powers hörte sich nicht betrunken an, jedenfalls nicht sehr; er war vielleicht angetrunken nach Hause gekommen, aber einen eventuellen Rausch hatte er zu dieser Zeit bestimmt ausgeschlafen. Er habe nicht das Fenster geöffnet. Sein Haus liege auf der Westseite des Hauses der Carsons, sein Schlafzimmer gehe nach Osten. Er habe nur einen Schuß gehört. Ja, er sei sicher, daß es ein Schuß gewesen sei. Von einer Schrotflinte. Er habe darüber nachgedacht, und, ja, er sei sicher.

Routinemäßig wurde Danny Shea hingeschickt, um die Sache zu überprüfen.

Shea klingelte zuerst bei Powers, ehe er zu den Carsons ging, denn er war nicht allzu scharf darauf, jemanden bloß wegen eines Hirngespinstes um drei Uhr morgens aufzuwecken. Aber auf Befragen war sich Arlon Powers noch sicherer gewesen, als er auf dem Tonband geklungen hatte. Er habe einen Schuß gehört. Von einer Schrotflinte, wahrscheinlich Kaliber zwölf. Er sei sich sicher, daß der Schuß aus Jack Carsons Haus gekommen sei. Wegen dieses Hauses sei er sowieso ein bißchen nervös gewesen, er habe nämlich gehört, daß Mrs. Carsons Sohn eine Art Irrer sei. Reden habe man mit ihm zwar ganz gut können, aber man wisse ja nie.

Ich dachte, daß ich gern mit Arlon Powers sprechen würde.

Eigentlich hätte sich Shea die Firmenadresse und Telefonnummer des Anzeigeerstatters geben lassen müssen, aber das hieß nicht, daß er es auch getan hatte. Falls nicht, mußte ich sie selbst herausfinden. Das Haus der Carsons wurde, so groß und teuer wie es war, von zwei Bungalows eingeklemmt, und natürlich war aus einem davon der Anruf gekommen.

Aber vielleicht hatte ich ja Glück. Vielleicht hatte Danny Shea alle Informationen beschafft, die er hatte beschaffen sollen.

Ich sah nach.

Und hatte Glück.

Arlon Powers war Installations-Vorarbeiter bei Southwestern Bell. Seine Firmenadresse lautete 1116 Houston, und dort war er anzutreffen, wenn er sich nicht gerade auf einer Baustelle aufhielt.

Tja, dachte ich, es wäre doch günstig, wenn er sich nicht auf einer Baustelle aufhielte, weil die Firma gerade mal eine Straße vom Polizeirevier entfernt liegt. Ich rief seine Firmennummer an. Arlon Powers war in seinem Büro und hatte jede Menge Zeit, sich mit mir zu unterhalten.

Sein Büro war übersät mit Arbeitsaufträgen, Kabelrollen und Teilen von Telefonanlagen, teils noch im Karton, teils ausgepackt, und in den ersten fünf Minuten, die ich da war, wollte er darüber meckern, daß die Umstrukturierung der Telefongesellschaft ein heilloses Durcheinander verursacht hätte. Ich stimmte ihm darin zu, daß gerichtliche Verfügungen sich manchmal nicht gerade an der Realität orientierten, und fragte, ob wir über Silvester reden könnten.

Er bemerkte, ich sähe nicht wie ein Detective aus. Ich stimmte wieder einmal zu und meinte: »Was jetzt Silvester angeht –«

Er fragte, ob ich einen Kaffee wollte. Eigentlich nicht, ich müsse mit ihm reden. Er meinte, er würde einen trinken, wenn ich nichts dagegen hätte. Dann machte er sich in aller Ruhe eine Tasse Instantkaffee, und ich sagte mir, daß mein Zahnarzt mir geraten hatte, ich solle aufhören, mit den Zähnen zu knirschen.

»Jetzt zu Silvester«, begann er schließlich. »Irgendwie hatte ich mir schon vorher ein bißchen Sorgen gemacht, ich hatte nämlich gehört, daß der Junge so 'ne Art Irrer ist, aber bei Gerüchten weiß man ja nie, und reden hat man mit ihm eigentlich immer ganz gut können. Und wie er sich um die beiden Kinder kümmert, das ist schon toll, muß ich sagen.«

»Ach ja?«, stieß ich hervor, und Powers sagte: »Ja, er ist mit ihnen spazierengegangen und hat mit ihnen im Garten gespielt. Man sieht einfach nicht oft einen jungen Mann, der sich so mit Kindern beschäftigt. Aber – Sie wollten sich nach dem Schuß erkundigen, den ich gehört habe, stimmt's?«

»Ja, Sir. Sie haben dem Einsatzleiter gesagt, Sie hätten einen einzigen Schuß gehört. Trifft das zu?«

»Ja, genau«, bestätigte er mit fester Stimme. »Ich weiß, in der Zeitung steht, es sind fünf Leute umgebracht worden. Schrecklich, so was! Aber ich habe nur den einen Schuß gehört. Und dafür, daß er im Haus gefallen ist, war er ganz schön laut. Also, wenn Sie mich fragen, ich hätte gesagt, er ist im Garten hinter dem Haus abgefeuert worden, nur habe ich da sofort hingeguckt, als ich ihn gehört habe, und es war niemand zu sehen. Bloß von dem einen Fenster, da war das Fliegengitter ab, deshalb hab' ich gedacht, er muß von dort gekommen sein.«

»Von welchem Fenster war das Fliegengitter ab?«, fragte ich. Es war das erstemal, daß ich davon hörte.

Er dachte darüber nach. »Tja, mein Haus ist etwas weiter zurückgesetzt als das der Carsons, deshalb kann ich von meinem Seitenfenster aus die Rückseite ihres Hauses sehen. Es müßte das – äh – das –« er runzelte die Stirn, legte den Kopf schräg; er dachte nach. Die Runzeln glätteten sich. »Es müßte von mir aus gesehen das dritte Fenster auf der Rückseite gewesen sein.«

Von Westen gesehen das dritte Fenster. Das Fenster von Oleads Zimmer. »Warum haben Sie das nicht dem Polizeibeamten gesagt, als er bei Ihnen war?«

»Hab' ich doch, aber er hat gemeint, das sei nicht wichtig.«

Ich glaube, ich bringe Danny Shea um, ich glaube wirklich, ich bringe ihn um, dachte ich. »Haben Sie ihm noch irgendwas erzählt, wovon er meinte, es sei nicht wichtig?«

»Jawohl, hab' ich. Und das hat mir ganz schön zu denken gegeben, weil ich nämlich schon fand, daß es wichtig war. Ungefähr eine oder anderthalb Minuten nach dem Schuß habe ich hinten am Haus eine Tür zuknallen hören.«

»Konnten Sie sehen, welche Tür?«

»Nein, da war ich nämlich schon am Telefon und habe den Schuß gemeldet. Aber ich würde sagen, es war die Hintertür, die vom Wohnzimmer in den Patio führt.«

Und Shea hatte gemeint, das sei nicht wichtig.

Wir anderen hatten wenigstens gewartet, bis wir das Haus betreten hatten, ehe wir entschieden, daß Olead der Täter war. Aber Shea hatte nicht einmal das nötig gehabt. Er hatte Powers »so 'ne Art Irrer« sagen hören und sich sofort festgelegt; und er hatte niemandem etwas mitgeteilt, was diese Theorie hätte ins Wanken bringen können.

»Mr. Powers, ich bin Ihnen sehr dankbar für das, was Sie mir erzählt haben. Können Sie wohl die Zeit erübrigen, mit ins Polizeirevier zu kommen, damit ich eine schriftliche Aussage aufnehmen kann?«

»Es ist also doch wichtig?«

»Ja, Sir, es ist wichtig«, sagte ich grimmig.

»Tja, ich hab' mir gleich gedacht, daß das doch eigentlich wichtig sein müßte, aber dieser junge Polizist, der hat gemeint –«

»Wir wissen ja beide, Mr. Powers, daß die jungen Leute immer glauben, sie wüßten alles besser«, antwortete ich unter schamloser Ausnutzung meines Alters.

Den ganzen Weg zum Polizeirevier erzählte mir Mr. Powers Geschichten von den Ungerechtigkeiten des Systems und daß junge Leute mit Sachen davonkämen, die man ihnen nie und nimmer durchgehen lassen dürfe, und auf dem Rückweg zum Gebäude der Telefongesellschaft erzählte er mir dieselben Geschichten noch einmal. Aber das war es mir wert. Ich hatte eine Aussage, und ich hatte zum erstenmal einen konkreten Beleg für meine Theorie, daß in jener Nacht noch jemand anderes in dem Haus gewesen sein mußte.

Ich stecke eine Tagesdosis Vitamine für Olead in einen Umschlag, kniff ihn zweimal und stopfte ihn in meine Jackentasche. Dann fuhr ich zum County-Gefängnis und sagte denen, daß ich Olead Baker sprechen müßte.

Der Diensthabende musterte mich säuerlich. »Dann werden Sie in seiner Zelle mit ihm reden müssen«, sagte er. »Wir haben ihn vom Rest der Belegschaft isolieren müssen.«

»Ach ja?«

»Ja«, sagte der Diensthabende und wies jemanden an, mich zu Oleads Zelle zu bringen. Unterwegs machte ich bei einem Getränkeautomaten halt und nahm ihm eingedenk dessen, daß er gesagt hatte, er vertrage keinen Zucker, einen Becher Dr. Pepper Light mit.

Ich hatte noch nie eine Gummizelle gesehen, aber diese hier war eindeutig eine. Sie war klein, sie enthielt keinerlei Mobiliar, und sie war überall, auch an der Decke und am Boden, mit braunen Vinylmatratzen ausgepolstert. Trotz des unglaublichen Gestanks lag Olead, die nackten Füße gegen eine der Matratzen an der Wand gestemmt und einen Arm unterm Kopf, in einem Gefängnisoverall bequem auf dem Boden und las ganz unbekümmert. Als ich hereinkam, legte er das Buch beiseite und setzte sich auf.

»Hämmern Sie ans Gitter, wenn Sie rauswollen«, sagte der Schließer zu mir und schloß die Tür ab.

»Was ist denn mit Ihnen passiert?«, rief ich aus.

Olead hatte ein blaues Auge, eine aufgeplatzte Lippe und diverse andere Beulen und Schrammen, größtenteils im Gesicht. Er grinste mich an. »Das ist ja wohl klar«, antwortete er. »Ich lasse mir einen Bart wachsen, das sieht man doch.«

Ich setzte mich im Schneidersitz auf den Boden. Ich saß nicht gerne da, aber ich hatte keine Lust, auf den Matratzen stehend um mein Gleichgewicht zu kämpfen. Ich fühlte mich wie betrunken dabei.

Ich gab ihm den Drink und den Umschlag mit den Vitaminen, er schluckte sie und trank den Becher leer. »Danke«, sagte er. »Deb, ich hoffe, Sie wissen, wie dankbar ich Ihnen dafür bin.«

»Schon gut«, sagte ich. »Olead, wer war das?«

»Das spielt keine Rolle.«

»Das spielt sehr wohl eine Rolle!«

Er schüttelte den Kopf. »Die Wärter sind dazwischengegangen und haben mich hierher verlegt. Hier kommt niemand an mich heran. Ich war schon öfter in einer Gummizelle, wahrscheinlich sogar schon mal in dieser hier; das stört mich nicht weiter. Es wird nicht wieder vorkommen.«

»Olead, ich will wissen, wer das war.«

»Ich sag's Ihnen aber nicht«, antwortete er. »Sehen Sie, sogar Kriminelle mögen keine Leute, die Kindern etwas tun. Die haben das in dem Glauben getan, ich sei derjenige, der Brenda umgebracht hat, und weil das nur eine kleine Kostprobe dessen ist, was ich gern mit dem wirklichen Täter anstellen würde, werde ich sie nicht verpfeifen. Es gefällt mir gar nicht, daß man mich für einen Kindsmörder hält, aber das sind nicht die einzigen, die sich in diesem Punkt irren, und es gefällt mir durchaus, daß selbst Leuten, die Brenda nicht gekannt haben, soviel an ihr liegt. Also, vergessen Sie's, Deb, von mir erfahren Sie nichts.«

Endgültiger ging es wohl kaum.

»Na gut, dann seien Sie eben stur.« Er grinste erneut. »Eigentlich wollte ich Sie auch etwas anderes fragen. Haben Sie an Ihrem Zimmerfenster das Fliegengitter abgenommen?«

»Nein, warum sollte ich?«

»Ich habe einen Zeugen, der sagt, daß in der Mordnacht kein Fliegengitter vor Ihrem Fenster war.«

Er runzelte die Stirn. »Ich wüßte nicht, wieso. Falls Sie damit sagen wollen, daß auf diesem Weg jemand reingekommen ist, das können Sie vergessen. Sie wissen doch, daß mein Bett direkt am Fenster steht; man hätte also über mich drüberklettern müssen, und das hätte ich garantiert mitbekommen.«

»Und Sie haben nicht aus irgendeinem Grund das Fliegengitter abgenommen? Haben Sie so fünfzehn, zwanzig Minuten, ehe Shea Sie geweckt hat, eine Tür zuknallen hören?«

»Deb«, sagte er, »wenn ich fünf Schrotschüsse nicht höre, werde ich wohl kaum eine Tür zuknallen hören.«

Das leuchtete mir ein.

»Olead, versuchen Sie immer wieder, sich zu erinnern. Auch wenn Sie etwas träumen und wissen, es ist verzerrt, weil es ein Traum ist, erzählen Sie mir davon; es könnte mir einen Anhaltspunkt liefern.«

»Gern«, sagte er, »aber ich träume nicht. Das heißt, ich träume wohl schon, das tut schließlich jeder, aber ich habe so eine Art Sperre gegen die Erinnerung daran.«

»Okay. Dann bis später.« Ich hämmerte ans Gitter, und irgendwer kam und ließ mich heraus.

»He«, sagte Olead zu dem Schließer, »kann ich noch mal das Telefon haben?«

»Sie haben das Telefon heute schon eine Stunde gehabt, Freundchen«, meinte der.

»Ich weiß, aber jetzt will ich's eben noch mal.«

Der Schließer zuckte die Achseln. Er griff nach einem von mehreren Apparaten mit sehr langen Kabeln, zog es heraus, fädelte es durch das Gitter des kleinen Fensters in der gepolsterten Stahltür und steckte es wieder ein. Er schloß die Tür, und Olead verzog sich mit dem Telefon in die Zellenecke. »Denken Sie dran, Baker«, rief ihm der Schließer nach, »wenn jemand anders es haben will, hol' ich's mir wieder.«

»Ja, ich weiß«, sagte Olead. Während ich auf dem Flur stand und darauf wartete, daß der Schließer damit fertig wurde, das lange Kabel in die Zelle zu schieben, damit niemand darüber stolperte, hörte ich Olead wählen und dann mit sanfter Stimme »Becky?« sagen.

Na, großartig, dachte ich. Also wird sie heute abend wieder unausstehlich sein.

Dann fragte ich mich, wieso Olead auf einmal so anders wirkte, und nach einer Weile kam ich darauf. Er benahm sich nicht mehr wie ein Fünfzehnjähriger; er hatte emotional sein eigenes Alter. Er war sechsundzwanzig, und er benahm sich auch so. Ich fragte mich, warum. Am Gefängnis konnte es nicht liegen; er war früher schon eingesperrt gewesen. Und es lag auch nicht an der Tracht Prügel, denn er war früher schon verletzt worden.

War es der Schmerz?

Oder war es Becky?

Ich kehrte in mein Büro zurück, wo mich Irene vom Erkennungsdienst anrief. »Dave hat das Beweismaterial nach Austin gefahren«, sagte sie, »und die Leute dort so lange genervt, bis sie die Tests sofort gemacht haben. Ich wollte nur wissen, ob du wieder da bist, damit ich dir die Berichte raufschicken kann.«

»Ich bin wieder da«, sagte ich, »und komme gleich runter.«

Man sollte meinen, daß die Kriminalpolizei und der Erkennungsdienst, da sie so eng zusammenarbeiten, auch auf einem Stockwerk liegen. Aber die Kriminalpolizei ist im dritten Stock und der Erkennungsdienst im Keller untergebracht. Diesmal fuhr ich mit dem Fahrstuhl ohne Einschußloch hinunter, und Irene gab mir Fotokopien der Laborberichte.

Ich überflog denjenigen über das Teppichstück: Menschlicher Vomitus, Probe nicht ausreichend zur genaueren Bestimmung des Mageninhalts, insbesondere da Verdauung schon weit fortgeschritten. Mit Sicherheit aber war eine gewisse Menge *Mellaril* nachzuweisen: vorliegende Menge läßt auf Aufnahme einer schweren Überdosis schließen. Auch der Urin enthielt Spuren von *Mellaril*, wie ich feststellte, als ich mich dem entsprechenden Bericht zuwandte.

Mellaril, dachte ich und fragte Irene, ob sie ein *Arzneimittelhandbuch für Ärzte* habe. Sie besaß ein altes, das sie vom Rauschgiftdezernat geerbt hatte, als man dort die neue Ausgabe bekam, und ich schlug *Mellaril* nach. Wie ich herausfand, handelte es sich um ein Beruhigungsmittel, das häufig zur Behandlung geistiger und affektiver Störungen eingesetzt wurde. Ein Medikament also, das Olead durchaus genommen haben könnte, wenn auch vermutlich nicht in jüngster Zeit.

Dann wandte ich mich dem nächsten Laborbericht zu, dem über den Schmauchspurennachweis.

Es war genau so, wie ich erwartet hatte.

Die Prellung an seiner Schulter hatte mir ja bereits alles gesagt.

Aber aus irgendeinem Grund fand ich es trotzdem schlimm, es noch einmal schwarz auf weiß vor mir zu haben.

Es bestand nicht der geringste Zweifel, daß Olead Baker, ganz gleich was er sagte oder woran er sich erinnerte, an Silvester eine Schrotflinte abgefeuert hatte.

Kapitel 7

Ich weiß noch, wie ich dachte: Und wenn ich mich nun irre?

Ich bin keine Psychiaterin. Ich weiß nichts darüber, wie dergleichen sich äußert, Schizophrenie, Psychose. Konnte er ausgeflippt sein, seine Familie umgebracht und es dann vergessen haben? Ist so etwas möglich?

Entweder er war es gewesen, oder er war es nicht gewesen. Aber ob er es nun getan hatte oder nicht, er war nicht schuldig, jedenfalls nicht im moralischen Sinne, denn wenn er es gewesen war, hatte er nicht gewußt, was er tat, und war sich dessen auch jetzt überhaupt nicht bewußt.

Ich war bereits zu dem Schluß gekommen, daß ein sechster Schuß gefallen sein und daß er diesen Schuß abgefeuert haben mußte. Wenn er sie getötet hatte, hatte er natürlich alle sechs Schüsse abgefeuert, doch wenn er sie nicht getötet hatte, gab es absolut keine andere Möglichkeit, wie die Prellung an seine Schulter und die Schmauchspuren an seine Hände gekommen sein konnten. Aber auf wen hatte er diesen Schuß abgefeuert, und warum erinnerte er sich nicht daran?

Und konnte ich eigentlich davon ausgehen, daß die Tatsache, daß er den sechsten Schuß abgefeuert haben mußte, bewies, daß er die anderen fünf nicht abgegeben hatte?

Ich würde später darüber nachdenken müssen, jetzt war ich dazu zu müde.

Ich sah auf meine Uhr. Kein Wunder. Es war fünf, und ich hatte eigentlich schon um vier Uhr Schluß. Meine Kollegen waren nicht mehr im Fall Blackburn unterwegs, wie ich geglaubt hatte. Sie waren mit Sicherheit schon heimgegangen.

Ich fuhr nach Hause und machte Lachskroketten mit Erbsen zum Abendessen. Natürlich erinnerten mich die Erbsen daran, daß Brenda am letzten Abend ihres Lebens geweint hatte, weil sie

Erbsen essen mußte. Ich versuchte, so zu tun, als sei alles in bester Ordnung, was mir sehr schwerfiel, weil Becky mich alle fünf Sekunden vorwurfsvoll ansah. Sie hatte offenbar nicht einmal Lust, sich die neuen Kataloge anzusehen, die sie bestellt hatte. Ich fragte sie, ob sie schon Gelegenheit gehabt hatte, ihre Kreditkarte auszuprobieren. »Nein.« Keine Erklärung. Kein lautes Überlegen, wann sie ins Kaufhaus käme. Einfach nur nein.

Hal andererseits hörte nicht auf zu quasseln. Anscheinend hatten er und seine Freunde in der Schule den ganzen Tag über nichts anderes als die Morde geredet, und sie hatten nicht nur unkritisch alles geschluckt, was in der Zeitung stand, sondern die Geschichten dann auch noch ausgeschmückt.

Und Olead war nach wie vor in den Schlagzeilen. Er hatte sogar Cullen Davis von den Titelseiten verdrängt, wofür ihm dieser eigentlich dankbar sein müßte; soweit ich mich erinnern konnte, hatte er es in den vergangenen vier Jahren mindestens einmal pro Woche auf die Titelseiten geschafft. Ich fragte mich flüchtig, ob er wohl mit Olead sympathisierte. Ich persönlich hatte mich immer gefragt, ob er möglicherweise auch hereingelegt worden war, obwohl ich mir nicht denken konnte, von wem oder warum.

Allerdings war ich auch nie mit ihm befaßt gewesen, und das war vermutlich gut so.

Aus den Zeitungen jedenfalls konnte niemand den Schluß ziehen, daß es innerhalb oder außerhalb der Polizei irgend jemanden gab, der vermutete, Olead Baker könne hereingelegt worden sein.

Wenn man bloß dahinter käme, *warum* ...

Hal sagte leise etwas, kicherte, und Harry blaffte: »Das reicht jetzt, mein Freund«, während Becky in Tränen ausbrach und vom Tisch aufsprang.

»Verdammt noch mal«, brauste Harry auf, »Hal, warum gebrauchst du nicht deinen gesunden Menschenverstand? Daß etwas in der Zeitung steht, heißt noch lange nicht, daß es auch stimmt, und deine Schwester hat die letzten zwei Stunden mit dem Mann telefoniert. Das allein müßte dir eigentlich schon sagen, daß deine Witze fehl am Platz sind. Wenn du schon nicht den Takt besitzt, dann versuch' wenigstens, ein bißchen Mitgefühl für Becky aufzubringen.«

Hal fragte, was Mitgefühl sei, und Harry begann, es ihm zu erklären. Ich räumte den Tisch ab; mir war nicht nach Dessert zumute. Aber nach einer Weile entschuldigte sich Hal bei Becky, die schniefte und versicherte, es sei okay, und Hal ging Eiscreme aus der Gefriertruhe holen.

Ich glaube, der Junge könnte auch während eines Erdbebens Eiscreme essen.

Harry machte den Fernseher an, und ich sah bis halb elf fern, ohne mitzubekommen, was eigentlich lief. Wir gingen gleich nach den Nachrichten ins Bett, und Harry fing sofort an zu schnarchen. Ich hätte ihm den Hals umdrehen können. Ich zog mir ein Kissen über den Kopf, was nichts half. Ich beschloß, auf der Couch zu schlafen, was zunächst daran scheiterte, daß ich nicht an die Extradecken herankam, die seit seinem letzten Campingausflug mit Hal noch in Harrys Wagen lagen. Schließlich holte ich mir als Decke ein Badetuch aus dem Wäscheschrank und legte mich aufs Sofa. Die Katze begann, auf meinem Rücken hin- und herzuspazieren. Ich gab auf und ging wieder ins Bett.

Harry schnarchte weiter, und irgendwann bekam ich Schuldgefühle, weil mich Harrys Geschnarche und das Hin- und Hergelaufe der Katze auf meinem Rücken so sauer machten, wo doch Olead ohne Laken, Decke oder sonst etwas auf dem Boden dieser stinkigen Gefängniszelle schlafen mußte. Aber vielleicht bekam er nachts ja etwas.

Ich hoffte es jedenfalls.

Ich war wirklich nicht in bester Verfassung, als ich am nächsten Tag zur Arbeit kam, aber alle taten netterweise so, als bemerkten sie es nicht. Vielleicht sahen sie es ja wirklich nicht. In unserem Vier-Mann-Büro drängten sich, außer den sechs Angehörigen der Sonderkommission, zwei FBI-Agenten, ein Brandmeister und der Chef der Mordkommission, der seine Grippe eindeutig noch nicht auskuriert hatte.

Der Brandmeister räusperte sich wichtig. Er räuspert sich gern wichtig; das beeindruckt Geschworene, seine Kollegen jedoch macht es in aller Regel vollkommen wahnsinnig. Dann konstatierte er: »Wir haben ermittelt, daß der Brand in der Bank etwa gegen fünf Uhr morgens ausgebrochen ist.«

»Ach ja?«, meinte einer der FBI-Agenten mit erfreuter Stimme. »Könnten Sie das bitte näher erläutern?«

Der Brandmeister stürzte sich sofort in einen von Fachausdrücken wimmelnden Vortrag über Brandzeitbestimmung und ein Brett, das beim Eintreffen der Feuerwehr zu dreiviertel durchgebrannt gewesen sei, was dies oder jenes bewies, was genau, blieb mir etwas schleierhaft. Jedenfalls, so offenbar das Fazit, konnte er einem Geschworenengericht eindeutig demonstrieren, daß der Brand im Tresorraum eine halbe Stunde vor dem Zeitpunkt ausgebrochen war, zu dem Blackburn, laut eigener Aussage, aus seiner Haustür getreten und gekidnappt worden war.

Damit war Slade Blackburn der Lüge überführt.

Und das zum zweitenmal.

Womit nach allgemeiner Übereinstimmung ein hinreichender Tatverdacht bestand, um einen Durchsuchungsbefehl zu erwirken. Wir kabbelten uns ein Weilchen darüber, ob wir einen Durchsuchungsbefehl nach Staats- oder nach Bundesrecht beantragen sollten, kamen dann aber zu dem Schluß, daß wir sehr viel eher den Mord als den Bankraub würden beweisen können. Captain Millner erklärte sich bereit, den Durchsuchungsbefehl selbst zu vollstrecken.

Irgendwer rief im Krankenhaus an und erfuhr, daß Blackburn um elf entlassen werden sollte; deshalb beschlossen wir, ihn vor seinem Haus zu erwarten. Ein FBI-Agent würde sich in der Bank aufhalten, falls er zuerst dorthin fuhr, und ein zweiter würde seinem Wagen folgen. Bloß für alle Fälle.

Elf Uhr, und jetzt war es erst neun. Ich beschloß, mich in ein Eckchen zu verziehen und die Sache mit Olead in Ruhe zu durchdenken; das hatte ich schon mehrmals versucht, war dabei jedoch immer wieder unterbrochen worden.

Leider gibt es so etwas wie ein ruhiges Eckchen in keinem Polizeirevier. Das Gebäude platzt aus allen Nähten. Man hat uns ein neues versprochen. Eigentlich ist es mehr als ein Versprechen, ich glaube, man hat schon mit dem Bau begonnen, aber es wird noch mindestens ein Jahr vergehen, bis wir dort einziehen können. An einem schönen Sonnentag könnte ich mich in den Water Garden setzen und nachdenken, aber wir hatten vier Grad über null, und es sah nach Graupelschauern, Schnee oder anderen Unerfreulichkeiten aus. Schließlich nahm ich mein Notizbuch und mein Klemmbrett, fuhr zum Gefängnis hinüber und bat darum, in Oleads Zelle geführt zu werden.

Er las gerade und lag dabei wie üblich auf dem Rücken, die Füße gegen die Wand gestemmt und das Buch auf der Brust. Als ich hereinkam, legte er das Buch beiseite. »Tag«, sagte er ein wenig überrascht. Beim erstenmal war ich am Nachmittag dagewesen.

Ich gab ihm seine Vitamine und sein Dr. Pepper Light. »Lesen Sie ruhig weiter. Ich muß nachdenken, und im Polizeirevier gibt es kein ruhiges Plätzchen, wo das ginge.«

Er machte ein aufrichtig verblüfftes Gesicht und lachte dann leise. »Okay«, meinte er. »Schön ruhig ist es hier drin ja. Worüber müssen Sie denn nachdenken?«

»Wir haben gestern abend die Laborbefunde bekommen.«

»Ach ja? Ich dachte, das würde drei Wochen dauern.« Er setzte sich auf und lehnte sich mit dem Rücken an die Wand.

»Normalerweise schon«, sagte ich. »Die haben die Sache beschleunigt. Da steckt vermutlich unsere Staatsanwaltschaft dahinter, Olead. Seit sie Cullen Davis beim letzten Mal wieder nicht drangekriegt haben, habe ich das Gefühl, die Staatsanwaltschaft denkt, daß die Presse glaubt, in Fort Worth könnten reiche Leute ungestraft einen Mord begehen. Die wollen einen Millionär drankriegen, ganz egal, wofür. Am liebsten für Mord, nur um zu beweisen, daß die Presse Unrecht hat. Und es sieht so aus, als hätten die Sie ausgeguckt.«

»Zum Teufel mit dem Geld«, sagte Olead. »Viel genützt hat's mir bis jetzt nicht. Wer ist Cullen Davis?«

Ich starrte ihn erstaunt an; dann fiel mir ein, daß er nicht in der Verfassung gewesen war, die diversen Prozesse und Heimsuchungen von Cullen Davis in allen Einzelheiten verfolgen zu können. Ich zuckte die Achseln. »So ein Kerl eben«, sagte ich. »Einer mit viel Geld. Er wird ständig von irgendwas freigesprochen.«

»Vielleicht sollte ich ihn mal anrufen und fragen, wie er das macht«, sagte Olead.

»Zunächst mal engagiert er Racehorse Haynes. Das macht offenbar schon einiges aus. Sie haben genug Geld. Wenn Sie wollen, können Sie Racehorse Haynes auch engagieren.«

»Wer ist Racehorse Haynes?«

»Ein erstklassiger Strafverteidiger. Ich glaube, er wohnt in Houston, aber er kommt ziemlich oft nach Fort Worth.«

»Aha«, sagte Olead geistesabwesend. »Ja, an einen Anwalt denke ich auch.«

»Sie hätten schon beim Haftprüfungstermin einen haben sollen.«

»Das haben die mir auch gesagt«, stimmte er zu, »aber damals wollte ich noch keinen. Ich denke allerdings darüber nach.«

»Racehorse Haynes ist wirklich gut«, sagte ich ihm. Ich hatte nie vor Gericht mit Racehorse Haynes zu tun gehabt. Aber falls es je dazu kam, dann lieber in einem Fall, wo ich auf der Seite der Verteidigung war. Dann würde ich vielleicht keine Magengeschwüre bekommen.

»Sagen Sie mir erst mal, was bei den Labortests rausgekommen ist«, drängte Olead. »Oder dürfen Sie das nicht?«

Er grinste.

»Zunächst mal hatten Sie eine Überdosis *Mellaril* intus. Das hat sich sowohl aus dem Teppichstück aus dem Badezimmer als auch aus der Urinprobe ergeben.«

»Was ist *Mellaril*?«, fragte er. »Ach so, Moment, ich glaube, ich weiß es – das ist das Zeug, das ich nehmen mußte, bevor ich auf Thorazin gesetzt worden bin. Wie kann ich denn eine Überdosis *Mellaril* abbekommen haben? Ich habe ja nicht mal welches.«

»Keine Ahnung«, meinte ich. »Aber ich denke, das ist eine Frage, die Ihr Anwalt vor Gericht aufwerfen sollte.«

»Wenn ich mir einen besorge, werd' ich's ihm ganz bestimmt sagen. Wie sieht's mit dem Frühstück aus? Haben die nachweisen können, daß ich nicht gefrühstückt habe?« Ich verneinte, und er fluchte leise. »Und der Schmauchspurentest? Der war negativ, stimmt's?«

»Nein, Olead, er war nicht negativ. Und genau darüber muß ich nachdenken.«

Er wurde blaß im Gesicht. »Sie machen Witze«, sagte er. »Deb, Sie machen Witze, oder?«

»Ich wünschte, dem wäre so«, sagte ich. »Der Test war positiv. Wegen der Prellung an Ihrer Schulter habe ich es auch gar nicht anders erwartet. Sie müssen in dieser Nacht eine Schrotflinte abgefeuert haben.«

Er schüttelte den Kopf. »Nein«, sagte er, »nein, das hab' ich nicht.«

»Olead«, sagte ich, und meine Stimme hob sich ein wenig mehr, als ich beabsichtigte, »würden Sie bitte aufhören zu widersprechen und mir statt dessen helfen nachzudenken? Wenn Sie keine Schrotflinte abgefeuert haben, woher haben Sie dann die Prellung an der Schulter und die Schmauchspuren an den Händen? Wenn Sie sie nicht umgebracht haben, wer war es dann? Wir müssen herausbekommen, was in dieser Nacht passiert ist, anstatt uns über Fakten zu streiten.«

Er schaute drein, als wäre er geohrfeigt worden. Ganz ruhig und beherrscht antwortete er: »Dann denken Sie mal nach, Deb. Sie denken nach, und ich lese.« Er griff wieder nach seinem Buch. Es hatte den Titel *Klinische Psychologie*.

Eine etwas leichte Lektüre für einen Mann in einer Gummizelle.

Mir hätte eigentlich klar sein müssen, warum er sich so aufregte, aber es war mir zu diesem Zeitpunkt nicht klar. Die Schuhe ausgezogen und mit dem Rücken an der Wand, saß ich auf dem Boden von Oleads Isolierzelle und begann, meine Kladde mit Sternchen und Austernschalen zu bekritzeln. Olead, der an der gegenüberliegenden Wand lehnte, konzentrierte sich auf sein Buch und warf mir von Zeit zu Zeit einen gekränkten Blick zu.

Na schön, sagte ich mir, dann versuch' mal, die Sache auseinanderzuklamüsern. Im Familienzimmer wurden vier Schüsse abgegeben, und dort wurden auch vier leere Hülsen gefunden. Es waren alles Federals, wahrscheinlich aus der angebrochenen Schachtel im Haus, und sie stimmten mit den Patronen in der zwölfkalibrigen Remington überein, die zwischen Küche und Wohnzimmer an der Wand lehnte. Die Ballistik war der Ansicht, daß sie aus dieser Flinte abgefeuert worden waren. Das mußten die ersten Schüsse gewesen sein; denn es war absolut unvorstellbar, daß die vier Erwachsenen ruhig im Wohnzimmer sitzen geblieben wären, nachdem in einem anderen Zimmer ein Schuß gefallen war – es sei denn, wir hatten es mit zwei Killern zu tun und die Opfer waren in Schach gehalten worden. Aber das konnte nicht sein, denn was im Wohnzimmer passiert war, geschah aus heiterem Himmel; es hatte so rasch begonnen und geendet, daß Jake zwar noch nach seiner Flinte greifen, sie aber nicht mehr hatte benutzen können.

Schön, der Killer hatte im Familienzimmer in rascher Folge vier Schüsse abgegeben, dann die Flinte abgestellt, war mit einer anderen Flinte – eindeutig mit einer anderen Flinte, denn die alte Winchester-Patrone war laut Ballistik aus der alten Browning-Flinte abgefeuert worden – ins Schlafzimmer gegangen und hatte das Kind erschossen.

Ein Kind, nicht beide Kinder.

Auch nur ein Killer? Oder zwei?

Und Olead hatte die ganze Zeit geschlafen. Der Killer wußte das; er mußte es gewußt haben. Oder waren es vielleicht mehrere? Er brachte ein vierjähriges Mädchen um, während dessen sechsundzwanzig Jahre alter Halbbruder, der das Kind abgöttisch liebte, im Zimmer gegenüber schlief. Olead war groß, kräftig und schnell; man brauchte bloß daran zu denken, wie er Shea abgeschüttelt hatte, als der ihn daran hindern wollte, nach Jeffrey zu suchen. *Ich* würde mich nur ungern mit Olead anlegen. Ergo wußte der Mörder, daß Olead schlief; er wußte, daß Olead nicht aufwachen würde; und das hieß, er war derjenige, der Olead betäubt hatte. Er war derjenige, der das *Mellaril* mitgebracht und es ihm irgendwie verabreicht hatte.

Dann hatte er den ganzen Kram ins Schlafzimmer geschleppt, um das Baby zu verstecken, damit wir dachten, das Baby sei ebenfalls tot. Aber das war nicht der alleinige Grund. Das konnte nicht sein. Es ergab keinen Sinn. Also, überleg noch einmal.

Okay. Wir haben einen Mann, der wußte, daß Olead geisteskrank gewesen war. Er wußte außerdem, daß Olead sich vor Katzen gefürchtet hatte (ich wollte gar nicht daran denken, wie die Katze getötet worden war). Er wußte ferner, daß Olead früher *Mellaril* genommen hatte. Er hatte selbst Zugang zu *Mellaril*. Und er wußte, daß Olead einmal das Haus demoliert hatte. Schön, das hieß, daß er die Familie schon lange kannte, denn es war sieben Jahre her, daß Olead das Haus demoliert, und neun Jahre, daß er sich in der Innenstadt ausgezogen hatte, weil er eine Katze sah. Also vielleicht ein Freund von Oleads Mutter?

Nein, das haute nicht hin, weil er nicht wußte, daß Olead seine Angst vor Katzen überwunden hatte und daß er kein *Mellaril* mehr nahm. Also war die Beziehung zur Familie nicht mehr so eng wie früher. Aber immer noch ziemlich eng, so eng jedenfalls, daß er wußte, das Olead viel Zeit mit Jeffrey verbrachte, ihn liebte, ihm niemals etwas tun würde – wieso wußte er dann aber nicht, daß Olead auch Brenda liebte? Andererseits war die Beziehung wiederum so eng, daß er zu der Party eingeladen worden war.

Vielleicht haute es so hin: Er war ein Freund von Oleads Vater. Jack und Oleads Vater waren ebenfalls Freunde gewesen, also war er mit beiden befreundet oder zumindest bekannt. Aber er hatte Oleads Vater besser gekannt, als er Jack kannte; deswegen war er nicht mehr so auf dem laufenden wie noch zu Lebzeiten von Oleads Vater.

Auch das mußte nicht unbedingt stimmen. Er könnte auch mit Jack enger befreundet gewesen sein. Denn Jack dürfte nicht soviel über Olead geredet haben, wie dessen Vater es getan hatte. Das war logisch.

Na bitte. Allmählich wurde das Ganze ein klein wenig verständlicher. Er kam zu der Party. Und beschloß dort aus irgendeinem Grund ... Aber was für ein Grund könnte das sein? Dieser Punkt blieb nach wie vor völlig unverständlich. Aus irgendeinem Grund war er auf den Plan verfallen, Oleads Familie mit Ausnahme von Jeffrey auszulöschen und die Tat Olead in die Schuhe zu schieben. Also betäubte er Olead - mit *Mellaril*, das er mitgebracht hatte? Das konnte nicht sein; man trägt nicht einfach so *Mellaril* mit sich herum, es sei denn, man nimmt es selbst, und ich war bei diesem Fall noch auf keinen gestoßen, von dem das anzunehmen war.

Nein, er hatte es im voraus geplant, und das hieß, daß er auch schon von dem geplanten Jagdausflug gewußt haben mußte. Hatten schon früher welche stattgefunden? Waren sie eine Art feste Einrichtung? Das mußte ich herausfinden. Jedenfalls kam er zu der Party und betäubte Olead (wie?), und er lud sich selbst zu dem Jadausflug ein. Und dann ...

Schön, aber damit war ich wieder bei den Schmauchspuren an Oleads Händen, der Prellung an seiner Schulter. Was war passiert?

Angenommen, der Killer wurde gerade im Schlafzimmer fertig; er ließ etwas fallen; er weckte Olead - Olead bekam die Flinte zu fassen, der Killer rannte zur Tür hinaus, und Olead schoß auf ihn? Das haute nicht hin, denn wenn er zur Patio-Tür gelaufen wäre, wäre Olead ihm nachgerannt - nein. Andererseits - direkt vor der Tür hatte die Leiche seiner Mutter gelegen; der Killer wäre über sie hinweggestiegen, aber Olead wahrscheinlich nicht. Also rannte er in sein Zimmer zurück und schoß aus dem Fenster, und der Killer entkam. Und vielleicht kam der Knall, den der Nachbar gehört hatte, nicht von der Patio-Tür, sondern von der Wagentür des Killers, als dieser floh; und dann legte Olead die Flinte hin und wurde möglicherweise vom Schock bewußtlos, und die Ohnmacht ging in Schlaf über, weil er immer noch so viel von dem Betäubungsmittel im Blut hatte.

Sehr schön. Der Beweis, daß Olead nicht der Täter war. Die Sache hatte nur einen Schönheitsfehler: Man konnte all das, was ich hergeleitet hatte, auch andersherum deuten. Olead hätte ausnahmslos alles, einschließlich der Einnahme des *Mellaril* (von einem alten Rezept), auch selbst tun können; er hätte die Flasche aus dem Fenster werfen oder sogar draußen im Blumenbeet vergraben können, und wenn dann alles vorbereitet war und er schläfrig zu werden begann, hätte er, um sich bemerkbar zu machen, aus dem Schlafzimmerfenster schießen können, im Vertrauen darauf, daß die Cops anrücken und ihn schlafend und betäubt antreffen würden, Opfer eines abgekarteten Spiels.

Er kam also trotz allem als Täter in Frage.

Die Sache war nur die: Er konnte nicht der Täter und geisteskrank sein.

Denn so wie der Täter vorgegangen war, handelte es sich um ein geplantes und vorsätzliches, ein rationales Verbrechen. Und gerade deshalb wußte ich, daß Olead es nicht begangen haben konnte, weil ich Olead kannte, aber von Geschworenen kann man nun einmal nicht erwarten, daß sie die Persönlichkeit berücksichtigen.

Verdammt und zugenäht, es half einfach nichts: Daß es Olead nicht gewesen war, würde ich nur beweisen können, indem ich den wirklichen Mörder fand.

Na schön, einen Ausgangspunkt gab es immerhin: Er war auf der Party, er mußte auf der Party gewesen sein, und er mußte Zugang zu etwas gehabt haben, was Olead getrunken hatte ...

Der Punsch?

Der Punsch, der »widerlich geschmeckt« hatte?

»Olead«, fragte ich, »wer hat Ihnen den Becher Punsch gegeben?«

Er blickte von seinem Buch auf. »Welchen Becher Punsch?«

»Den auf der Party. Der Ihnen nicht geschmeckt hat.«

»Ach so. Ich weiß nicht mehr. Mutter vielleicht oder sonst jemand.«

»Wer zum Beispiel?«

»Wen interessiert das schon?«, brummte er unwirsch und las weiter.

»*Mich!* Wenn es mich nicht interessieren würde, würde ich Sie nicht fragen«, gab ich barsch zurück.

»Tja, tut mir leid, aber ich weiß es nicht mehr.«

»Olead, können Sie sich an den Namen einer einzigen Person, nur einer einzigen Person, erinnern, die auf der Party war?«

Wieder blickte er auf. »Nein, kann ich nicht«, antwortete er kurz angebunden.

»Olead, Sie müssen mir helfen«, bettelte ich förmlich. »Denn wenn Sie es nicht waren, dann war es jemand anders, und das muß jemand sein, der auf der Party war.«

»Wenn Frösche Flügel hätten, würden sie sich beim Hüpfen nicht den Hintern stoßen«, antwortete er, diesmal ohne aufzublicken. »Ich weiß nicht, wer auf der Party war.«

»Eine große Hilfe sind Sie nicht gerade«, sagte ich, gründlich frustriert. »Ich werde mir wohl das Adreßbuch Ihrer Mutter besorgen und jeden darin anrufen müssen. Wissen Sie, wo es ist?«

»Sie hatte keins«, antwortete er. »Sie hat ihr Leben lang in Fort Worth gewohnt, genau wie die meisten ihrer Freunde. Wenn sie eine Party gegeben hat, hat sie normalerweise einfach herumtelefoniert. Falls sie beschlossen hat, Einladungen zu verschicken, hat sie die Adressen aus dem Telefonbuch genommen.«

»Ich kann doch nicht das ganze Telefonbuch von Fort Worth abtelefonieren«, protestierte ich im Aufstehen.

»Es hat Sie auch niemand drum gebeten«, gab er zurück. »Hören Sie, Deb, ich weiß einfach nicht, wer auf der Party war. Wenn ich's wüßte, würde ich's Ihnen sagen. Ich weiß es aber nicht. Tut mir leid. Ich kann's nicht ändern.«

»Ja, ich weiß doch«, sagte ich. »Tut mir leid, daß ich so gereizt bin. Ich bin einfach so verdammt frustriert.«

Mit einem schmerzlichen Ausdruck im Gesicht blickte er auf. »Wissen Sie was?«, sagte er. »Das Gefühl kann ich nachvollziehen.« Aus welcher Laune heraus er auch immer den Eingeschnappten gespielt hatte, sie hatte sich offenbar verflüchtigt, und er grinste mich an.

»Bis bald«, sagte ich.

»Klar«, meinte er ein wenig geistesabwesend und widmete sich wieder seinem Buch.

»Wo zum Teufel sind Sie gewesen?«, wollte Captain Millner wissen. »Sie riechen ja wie ein Gulli!«

»Ich habe mit Olead Baker geredet«, sagte ich. »Sie mußten ihn von den anderen Häftlingen isolieren, weil er verprügelt worden ist; deshalb haben sie ihn in die vordere Gummizelle gesteckt. Und da kann man nur auf dem Boden sitzen, und Sie wissen ja, wie es dort riecht.«

»Ich würde da lieber stehen«, sagte Gary Hollister voller Inbrunst. »Mein Kopf ist so zu von der Grippe, daß ich überhaupt nichts rieche, aber das stinkt sogar mir. Nimm dein eigenes Auto zu Blackburns Haus; mit dir fahre ich garantiert nicht.«

»Ich wollte sowieso mein eigenes Auto nehmen«, antwortete ich so würdevoll, wie es nur ging, denn mir war durchaus bewußt, daß ich in der Tat nach Gulli roch.

Blackburn freute sich keineswegs, uns zu sehen, als er nach Hause kam. Er sagte uns, er werde seinen Anwalt anrufen. Captain Millner riet ihm, unbedingt seinen Anwalt zu verständigen, wir würden in der Zwischenzeit schon mal zu suchen anfangen. Blackburn meinte, das dürften wir nicht. Millner sagte: »Dann passen Sie mal gut auf«, und wir schwärmten aus und begannen zu suchen.

Ich weiß nicht, weshalb Blackburn so unruhig war. Wir durchsuchten sein Haus und beide Autos, aber wir fanden kein Geld. Wir fanden auch keine 45er. Wir fanden überhaupt nichts, was ihn mit den beiden Verbrechen in Verbindung brachte.

Etwas allerdings fanden wir, was mich veranlaßte, in Wunschdenken zu verfallen, nämlich eine angebrochene Schachtel mit alten Winchester-Schrotpatronen in roten Papphülsen, ohne dazugehörige Flinte. Schließlich aber setzte sich wieder die Logik durch, denn mir fiel die angebrochene Schachtel 22er Gewehrpatronen in meiner Kommodenschublade ein; sie paßten in eine Übungspistole, die ich schon vor zehn Jahren verkauft habe, und ich rief mir in Erinnerung, daß aber auch gar nichts die beiden Fälle miteinander verband.

Das wäre zu schön gewesen, um wahr zu sein.

Blackburn griente fast höhnisch, als wir gingen.

Wegen irgendwas – ich weiß nicht mehr genau weswegen, es hatte mit einem anderen Fall zu tun, den ich kurz vor Weihnachten abgeschlossen hatte – mußte ich noch einmal kurz im Gefängnis vorbeischauen; davor stand eine Schlange von Leuten, die Häftlinge besuchen wollten.

In der Schlange wartete, in einem kurzen blauen Mantel, auch Becky.

Wir taten so, als sähen wir einander nicht.

Kapitel 8

Auf dem Heimweg an diesem Abend fiel mir ein, um welchen Punkt ich mich noch hätte kümmern müssen. Es waren nur fünf Schrotpatronenhülsen gefunden worden, vier Federals und eine Winchester, und damit meine schöne Theorie funktionierte, mußten es schon sechs sein. Das galt im übrigen für jede meiner Theorien; den sechsten Schuß hatte ich ja ein halbes dutzendmal auf ein halbes Dutzend verschiedene Weisen deduziert.

Die sechste Hülse, die eine Winchester-Papphülse sein müßte – aber das stand nicht fest, weil die betreffende Flinte drei Federal-Kunststoffhülsen enthalten hatte –, müßte irgendwo in Oleads Zimmer sein. Ich war mir ziemlich sicher, daß niemand sein Zimmer nach einer Schrotpatronenhülse durchsucht hatte. Dazu hatte es bis jetzt keinen Grund gegeben. Ich würde also noch einmal hinfahren müssen.

Ausnahmsweise war ich einmal allein zu Hause. Harry kam immer so gegen halb sechs heim; Hal war offenbar da gewesen und wieder gegangen, denn die Überreste einer Erdnußbutter- und Marmeladenbrotorgie zierten die Frühstückstheke; und wann Becky nach Hause finden würde, stand in den Sternen.

Ich räumte die Erdnußbutter und die Marmelade weg und überlegte, was ich mir zum Abendessen zubereiten könnte. Taco-Bohnensalat wäre schön, dachte ich, aber um das heute essen zu können, hätte ich gestern anfangen müssen, und das schaffte ich nicht mehr ganz. Spaghetti? Nein, mir war nicht nach Spaghetti.

Vielleicht sollten wir zu Daniel's gehen. Oder zu Luby's. Wenn es Daniel's und Luby's nicht gäbe, müßte ich dreihundertfünfundsechzig Abendessen pro Jahr zubereiten, und dazu reicht meine Phantasie nicht.

Wenn ich nicht nach Oleads Zelle gerochen hätte, hätte ich vielleicht mehr Lust gehabt, mir etwas zum Abendessen einfallen zu lassen. Dieser Gedanke machte mir wieder Schuldgefühle, und ich kam mir egoistisch vor. Schließlich mußte er darin essen und schlafen.

Aber das konnte ich im Moment nicht ändern. Denk logisch, Deb, sagte ich mir, und ging ein Bad nehmen und mir die Haare waschen.

Bis ich aus dem Bad kam, hatte ich beschlossen, einfach Chili mit Reis und Salat zu machen, und wem das nicht paßte, der konnte Erdnußbutterbrote essen.

Um Viertel vor sechs kam Harry nach Hause und verkündete, er müsse beim Bingo aushelfen, weil jemand weggefahren sei; ich fragte, ob der Betreffende eigentlich je wiederkäme, und er sagte mir, der, der beim letztenmal weggewesen sei, sei wieder da, diesmal sei jemand anders weggefahren.

»Aha«, murmelte ich und machte eine Dose Chili auf. Ich liebe Harry innig, und ich mag auch Elk's Lodge sehr, aber auf Bingo kann ich verzichten.

»Willst du mitkommen?«, fragte er.

»Nein. Harry, es tut mir leid, aber ich habe heute abend wirklich keine Lust auf Bingo. Ich bin müde und habe Kopfschmerzen. Außerdem habe ich mir gerade die Haare gewaschen, und ich will nicht, daß sie gleich wieder verräuchert werden.«

»Okay«, meinte er achselzuckend. »Bist ja immerhin Montag schon mitgewesen. Wann gibt's Abendessen?«

»In ungefähr fünf Minuten.«

Becky kam herein. Ihr Haar war völlig zerzaust, sie trug keinen Lippenstift, und sie roch nach Gulli. Harry starrte sie entsetzt an. »Mein Gott, was ist denn mit dir passiert?«, fragte er – durchaus mit Recht, wie ich fand, obwohl die Antwort meiner Ansicht nach auf der Hand lag.

»Ich habe Olead besucht«, sagte sie, »und seine Zelle stinkt.« Sie wirkte ein kleines bißchen selbstzufrieden. Nicht sehr, aber ein bißchen.

»Was hast du gemacht, dich darin hingelegt?«, fragte Harry. »Anders ist dieser Geruch ja wohl kaum zu erklären.«

»Ja, wenn du's genau wissen willst«, antwortete sie heiter, eilte in ihr Zimmer und knallte die Tür zu.

Mit noch entsetzterem Gesicht wandte sich Harry zu mir. »Erlauben die im Gefängnis etwa Partnerbesuche? Wenn ja, dann sollte ihnen schleunigst jemand sagen –«

»Nein, erlauben sie nicht«, unterbrach ich und erklärte das mit der Isolierzelle, und warum Olead von den anderen Häftlingen getrennt untergebracht war. »Mich überrascht allerdings, daß sie sie überhaupt reingelassen haben«, fügte ich hinzu. »Außerdem mußte sie auf dem Boden sitzen. Es gibt dort keine andere Sitzgelegenheit. Meine Kleider riechen genauso schlimm, wenn ich dort war.«

»Auf dem Boden sitzen, von wegen!«, sagte Harry. »Sie hat auf dem Boden *gelegen,* und hast du ihre Haare gesehen?«

»Was erwartest du denn?«, fragte ich, während ich den Minutenreis ins kochende Wasser gab. »Die sind nun mal in dem Alter.«

»Ich habe jedenfalls nicht erwartet, daß meine Tochter sich im Knast flachlegen läßt, Herrgott noch mal«, bellte Harry, und ich sagte ihm, daß sie das meiner Ansicht nach auch nicht getan hatte; dazu sei Olead viel zu vernünftig.

»Becky ist es jedenfalls ganz bestimmt nicht«, meinte Harry, und ich sagte, daß ich mir auch da nicht sicher sei. Ich persönlich glaubte, daß sie uns nur schockieren wollte.

Hal schepperte mit seinem Fahrrad an die Garagentür, als er nach Hause kam; er fragte, ob er mit Tony Pierce ins Kino gehen dürfe, in *E. T.* Harry fragte, ob er seine Schularbeiten gemacht habe, und er sagte ja, also erlaubten wir ihm, was er wollte. Ich fragte ihn noch, ob er etwas essen wolle, und er sagte nein, er habe keinen Hunger.

»Wieso eigentlich?«, meinte Harry, als Hal sich mit großer Geschwindigkeit und meinem letzten Fünfdollarschein davonmachte. »Er hat doch immer Hunger.«

Ich sagte, meiner Ansicht nach habe das möglicherweise mit dem halben Laib Brot zu tun, der ihm nach der Schule zusammen mit Marmelade und Erdnußbutter zum Opfer gefallen war.

In diesem Moment tauchten unerwartet Vicky und Don auf. Sie tauchen immer unerwartet auf; offensichtlich haben sie vergessen, daß es so etwas wie ein Telefon gibt, seit sie zusammengezogen sind. Vicky kam durch die Tür, aber wie sie das schaffte, war mir ein Rätsel. Sie setzte sich und sagte: »Aua.«

»Aua, weiß Gott«, sagte ich. »Wann gehst du endlich in die Klinik und bleibst ein Weilchen dort?«

»Hetz' mich nicht. Es ist erst Anfang März soweit.«

»Das glaube ich nicht. Kein Mensch wird in sieben Monaten so dick. Außer es werden Zwillinge. Oder Drillinge.«

»Ich bin jedenfalls so dick. Und der Arzt sagt trotzdem, es ist erst Ende März soweit. Rate mal, was Don hat.«

Vor einem Jahr hatte Vicky Donald Ross Howell III geheiratet, und mit diesem Namen mußte er einfach Anwalt werden. Ich meine, was soll man mit so einem Namen sonst anfangen? Er ist viel netter, als man es von jemandem mit Namen Donald Ross Howell III erwartet, aber er ist trotzdem Anwalt, und ich habe Vicky des Verrats bezichtigt, als sie sich ihn ausgesucht hat. Don hat darauf hingewiesen, daß er gern zur Staatsanwaltschaft gehen würde – womit er auf meiner Seite stünde. Aber das wird noch ein Weilchen dauern. Er ist noch nicht lange Anwalt, und ich weiß nicht genau, wovon sie finanziell eigentlich leben, zumal Vicky ihren Job hat aufgeben müssen.

»Einen Riesenfall mit der Chance auf ein Riesenhonorar«, sagte Don mit leicht verstörtem Gesicht. »Das Problem ist nur, daß ich nicht weiß, ob ich dafür auch kompetent genug bin.«

»Was für einen Fall?«, fragte ich; ich hatte so eine Ahnung und hoffte, daß ich mich irrte.

»Olead Baker«, sagte er.

Ich hatte mich nicht geirrt.

»Er hat mich vor ungefähr einer Stunde angerufen«, fuhr Don fort. »Seine Freundin hätte mich empfohlen. Ich habe ihm gesagt, ich hätte praktisch keine Erfahrung in Strafsachen, und er meinte, da sei schon okay. Ich möchte wirklich gern wissen, wer seine Freundin ist.«

Ich deutete in Richtung von Beckys Zimmertür, und Vicky stöhnte: »O nein! Das ist ja entsetzlich, Mom!«

»Tja«, sagte Don grimmig, »wenn sie will, daß ihr Freund davonkommt, dann braucht er jemand Gewiefteren als mich, oder wenigstens jemanden mit mehr Erfahrung. Wir haben uns etwa eine Stunde lang unterhalten. Er hat mir gesagt, daß er nicht daran denkt, auf Unzurechnungsfähigkeit zu plädieren, und daß zu dem Beweismaterial gegen ihn auch Schmauchspuren an seinen Händen gehören.«

»Richtig«, sagte ich. »Hat er dir auch gesagt, wer den Haftbefehl gegen ihn vollstreckt hat?«

»Doch nicht etwa du?«, fragte er und wurde blaß. »Das darf doch nicht wahr sein! Verdammt, ich will diesen Fall nicht. Ich hab' ihn von Anfang an nicht gewollt, aber jetzt will ich ihn ganz bestimmt nicht mehr.«

»Ich habe ihm gesagt, er soll Racehorse Haynes engagieren«, sagte ich.

»Ich glaube, aus dem Schlamassel könnte ihn nicht mal Racehorse Haynes rauspauken«, erwiderte Don. »Schließlich kann man gegen eine Vierjährige schlecht Notwehr geltend machen. Wenn er nicht auf Unzurechnungsfähigkeit plädiert, warum bekennt er sich dann nicht gleich schuldig?«

»Und wenn er's nun nicht gewesen ist?«

»Ich bitte dich, Deb, gib mir eine Chance«, sagte Don. Dann fügte er hinzu. »Als ich im Gefängnis war, hat er sich aus seiner Habe seinen Hausschlüssel geben lasen. Er hat ihn mir gegeben; seine Freundin würde mich darum bitten, damit sie das Haus saubermachen kann. Ich wollte morgen auf dem Polizeirevier vorbeischauen und nachfragen, ob das Haus schon freigegeben werden kann. Du kannst mir das wohl nicht sagen?«

»Ein paar Sachen muß ich mir noch einmal ansehen«, sagte ich, »dann kann es freigegeben werden. Aber Becky hat dort allein nichts verloren. Sie kann sich nicht entfernt vorstellen, wie es dort aussieht.«

»Mich könntest du nicht zufällig mitnehmen?«, fragte Don hoffnungsvoll. »Wenn er schon darauf besteht, daß ich ihn verteidige, dann ist es vielleicht ganz nützlich, wenn ich mir mal den Tatort ansehe, ehe dort saubergemacht wird.«

»Ich denke, wir beide können heute abend hinfahren«, sagte ich. Vielleicht würde ich besser schlafen, wenn ich die sechste Patronenhülse fände.

»Von mir aus gern«, sagte Vicky, »wenn du nichts dagegen hast, daß ich mich einfach hier auf die Couch lege, bis ihr wieder zurück seid. Deine Couch ist unheimlich bequem, Mom.« Sie lehnte sich behaglich zurück.

Ich klopfte an Beckys Tür. »Don und ich fahren zu Oleads Haus rüber«, sagte ich.

Die Tür sprang auf. »Da muß ich auch hin. Ich habe Olead versprochen, daß ich dort saubermache.«

»Becky«, setzte ich mit einem Gefühl der Hilflosigkeit an.

»Ja, ich weiß, daß es dort fürchterlich aussieht«, sagte sie ernst. »Und er hat gesagt, ich sollte nicht versuchen, Möbel oder so was zu verrücken. Aber er hat sich über die Schweinerei dort aufgeregt, und ich hab' ihm gesagt, ich könnte wenigstens die Böden putzen. Er wollte es zuerst nicht, aber ich hab' gesagt, es macht mir wirklich nichts aus, da hat er gesagt, es ginge ihm wahrscheinlich besser, wenn's gemacht würde.«

»Dann komm halt mit«, sagte ich resigniert und griff mir meine Kamera. Ich habe ein Spurensicherungs-Set im Aktentaschenformat in meinem Kofferraum, aber als ich das letztemal meine Kamera dort aufbewahrt habe, hat mir das eine Reparaturrechnung von über zweihundert Dollar eingebracht.

Wir nahmen meinen Wagen. Einem weitverbreiteten Gerücht nach haben Anwälte, besonders Anwälte mit Namen wie Donald Ross Howell III, große Autos. Die Wirklichkeit sieht anders aus, vor allem, wenn man frisch von der Uni kommt. Was sie dann nur haben, sind große Rechnungen. Mir war ein wenig schleierhaft, wie Don und Vicky ihr zukünftiges Kind in einem Auto dieser Größe zu transportieren gedachten. Ebenfalls schleierhaft war mir, wie Vicky in das Auto hineinkam. Oder wieder heraus, wenn sie mal drin war.

Don sagte nichts, als er neben mir einstieg. Becky, die offenbar nur mit mir redete, wenn es sich nicht vermeiden ließ, stieg hinten ein. Nach einer Weile sagte Don ziemlich förmlich: »Ich sollte wohl besser nicht mit dir über den Fall sprechen, jedenfalls nicht, solange ich mit meinem Mandanten nicht ausführlicher darüber gesprochen habe.«

»Soll mir recht sein«, sagte ich.

Etwas später fragte er: »Du nimmst das alles doch nicht persönlich, oder?«

»Keine Sorge.« Ich überlegte mir, ihm zu sagen, daß ich es sehr persönlich nehmen würde, wenn er keinen Freispruch für Olead erwirken sollte, aber dann dachte ich: Was soll's, vielleicht ist das gar nicht drin, und wenn es nicht drin ist, wird er sich sowieso schrecklich fühlen. Es hat keinen Sinn, alles noch schlimmer zu machen.

Bei dem Haus angekommen, machte sich Don davon, um sich allein ein wenig umzusehen. Becky wurde blaß, als sie den Wohnzimmerboden sah, und vergaß, daß sie nicht mehr mit mir redete. »Mom, daß es so aussehen würde, hab' ich nicht geahnt.«

»Tja, so sieht's aber aus.«

»Aber ich hab' gedacht – was sind das eigentlich für Klumpen?«

»Das ist Blut, Becky. Das ist alles Blut.«

»Aber es ist schwarz. Es sieht aus wie – wie kleine Plastikstückchen.«

»Blut wird so, wenn es trocknet, jedenfalls wenn es sich um große Mengen handelt. Becky, du mußt das nicht machen, wenn es dich mitnimmt. Er versteht das sicher.«

»Nein, ich hab' ihm gesagt, ich mache es«, sagte sie stur und schaute unter der Spüle nach Putzmitteln. Ich bot an, ihr zu helfen, und sie mußte ein Weilchen überlegen, ehe sie zu dem Schluß kam, daß eigentlich nichts dagegensprach.

Sie fing an, das Blut vom Boden zu schrubben, und ich bemühte mich, so gut es ging, den Sessel sauberzukriegen. Schließlich sagte ich: »Das ist unmöglich; es ist tief in die Polsterung eingedrungen. Den Sessel wird man ausrangieren müssen.« Wie auch anders, dachte ich; wer um alles in der Welt würde je wieder darin sitzen wollen, ganz gleich, wie sauber ich ihn bekam?

Irgendwo im Haus klingelte es, Becky fuhr zusammen, und ihr Gesicht wurde weiß. »Es ist bloß das Telefon«, sagte ich und ging dran.

»Deb?« Es war natürlich Olead, wie nicht anders zu erwarten. »Ich habe bei Ihnen angerufen, und Ihre andere Tochter hat mir gesagt, ihr seid alle zu mir nach Hause gefahren. Was macht ihr da? Becky will doch nicht etwa wirklich putzen, oder? Ich wollte das nicht, aber sie ist einfach stur geblieben.«

»Doch, sie putzt«, sagte ich. »Olead, dieser braune Sessel ist einfach nicht sauberzukriegen.«

»Dann schmeißen Sie ihn weg. Stellen Sie ihn raus zum Sperrmüll – ach was, Sie und Becky können ihn ja gar nicht tragen. Kümmern Sie sich nicht weiter drum. Ich gebe den ganzen Kram sowieso der Fürsorge.«

»Don kann ihn tragen.«

»Wo ist Don überhaupt?«

»Irgendwo hier in der Nähe«, sagte ich. »Wen wollten Sie eigentlich sprechen, Becky, Don oder mich?«

»Im Augenblick eigentlich am ehesten Don.« Er zögerte; doch dann, als ich Don gerade rufen wollte, fragte er: »Hat sich Becky eigentlich gekämmt, ehe sie nach Hause gekommen ist?«

»Nein.«

»Verdammt, dabei hab' ich's ihr doch gesagt«, sagte er verärgert. »Sehen Sie, es ist nämlich so, daß ich schon genug Ärger habe, auch ohne –«

»Machen Sie sich deswegen keine Gedanken«, sagte ich. »Ich gebe Ihnen jetzt Don.«

Ich rief Don, und als er irgendwo im Haus den Hörer abnahm, überließ ich Becky ihrer Schrubberei und ging mit der Kamera in den Garten hinter dem Haus. Er ließ sich mit Flutlicht hell erleuchten, und es gab einen Swimmingpool, der an langen heißen Sommertagen sehr angenehm sein mußte. Auf der anderen Seite des Beckens standen Bäume, und in den Bäumen waren Löcher. Kleine Löcher. Etwa in Höhe meiner Schultern.

Nachdem ich Fotos gemacht hatte, stocherte ich mit meinem Taschenmesser darin herum.

Schrot.

Die Schußbahn war eindeutig; ich drehte mich um und sah zum Haus zurück, in die Richtung, aus der der Schuß gekommen war, und natürlich fiel mein Blick auf Oleads Zimmerfenster.

Ich ging auf das Fenster zu und sah mich dabei nach dem Fliegengitter um; ich fand es direkt unter dem Fenster. Nein, niemand hatte es aufgestemmt. Es war offenbar von innen herausgestoßen worden, und so übel wie das Wetter diese Woche gewesen war, waren etwaige Fingerabdrücke längst verschwunden.

Nur hatte es überhaupt nie welche gegeben, denn wer auch immer das Fliegengitter herausgeschlagen hatte (und es war mit fast hundertprozentiger Sicherheit Olead selbst gewesen), mußte mit der Hand oder dem Lauf oder Schaft einer Schrotflinte gegen das Drahtgeflecht und nicht gegen den Aluminiumrahmen gedrückt haben.

Aber die Löcher im Baum waren neu. Meine Theorie sah immer besser aus. Ein sechster Schuß. Nur auf wen, zum Teufel, hatte er geschossen?

Zunächst mußte ich die Hülse finden und mit Sicherheit feststellen, aus welcher Flinte sie stammte. Es mußte die Browning sein, denn an der Prellung war eindeutig zu erkennen, daß es die Browning gewesen war, mit der Olead geschossen hatte. Doch den Schuß, den wir bereits der Browning zugeordnet hatten, konnte er nicht abgefeuert haben, oder?

Genau das würde ich beweisen müssen. Ich mußte die sechste Hülse finden.

Ich ging in Oleads Zimmer und begann zu suchen.

Viel abzusuchen gab es nicht. Der Raum war so steril wie ein Krankenhauszimmer und genauso einladend.

Auf dem grauen Teppichboden wäre eine Schrotpatronenhülse, ganz gleich von welcher Farbe, sofort zu sehen gewesen. Ich holte mir eine Taschenlampe und leuchtete unter das Bett, unter die Kommode und unter den Schreibtisch. Eine Patronenhülse fand ich nicht.

Don kam herein und fragte mich, was ich da machte. Ich sagte: »Polizeiliche Ermittlungen, Herr Rechtsanwalt«, und er ging wieder. Kurz darauf hörte ich, wie er den Sessel nach draußen schleppte.

Das war gemein von mir gewesen. Der arme Don hat es nicht leicht mit seiner Schwiegermutter. Dabei war ich gar nicht sauer auf ihn; ich war bloß vergrätzt, weil irgendwo hier drin eine Schrotpatronenhülse sein mußte und ich sie nicht finden konnte.

Ich ging zurück ins Wohnzimmer, wo Becky immer noch am Schrubben war. Sie blickte auf. »Mom, müssen reiche Leute eigentlich so leben?«

»Wieso, was meinst du?«

»Na, so wie hier«, sagte sie und wischte sich mit dem Handrücken die Stirn. »Ein Wohnzimmer, in dem niemand gewohnt hat. Ein Familienzimmer für die Erwachsenen, aber wo haben die Kinder gespielt, Mom?«

»Irgendwo werden sie schon gespielt haben.«

»Hier drin ist jedenfalls kein Spielzeug.«

»Vielleicht ist es einfach weggeräumt worden. Schließlich hat man an dem Abend eine Party gegeben, vergiß das nicht.«

Becky schüttelte den Kopf. »Ganz gleich, wie gründlich man aufräumt«, sagte sie aus ihrer Erfahrung als Kindermädchen heraus, »man übersieht immer etwas. Irgendein kleines Spielzeug oder so gerät immer irgendwo drunter. Immer. Sie haben hier drin nicht gespielt. Ich wette, sie haben hier nur fernsehen dürfen, und spielen durften sie höchstens in ihrem Zimmer. Ich wette . . . Ich wette, sie haben überhaupt nicht viel gespielt. Müssen reiche Leute eigentlich so leben?«

»Natürlich nicht. Reiche Leute sind einfach Leute mit Geld. Manche mögen ihre Kinder, und manche mögen sie nicht, genau wie andere auch. Die Leute hier waren nicht wirklich reich, aber selbst wenn sie es gewesen wären, wäre das nicht der Grund, warum sie ihre Kinder nicht gemocht haben, falls es überhaupt so war«, fügte ich hastig hinzu, als mir klar wurde, daß ich dabei war, aus unzureichenden Hinweisen übereilte Schlüsse zu ziehen.

Sie schüttelte den Kopf. »Bei uns zu Hause gefällt's mir besser. Wir schreien zwar viel, und es ist immer ein Mordsdurcheinander, aber – es ist so, wie du gesagt hast. Wir mögen einander. Es ist okay, auch wenn es laut hergeht.«

»Freut mich, daß du so denkst«, sagte ich, von ihren Betrachtungen ein wenig überrascht.

»Warum haben sie überhaupt Kinder gehabt, wenn sie sie nicht gemocht haben?«, fügte sie hinzu.

»Vielleicht hat ihnen die Vorstellung, Kinder zu haben, besser gefallen als die Wirklichkeit«, meinte ich.

»Vielleicht«, sagte sie. »Ich wette, es hat ihnen nicht gepaßt, als Olead nach Hause gekommen ist.«

»Wie kommst du denn darauf?«

»Na ja, weil er seinen eigenen Kopf hat«, sagte sie vage. »Er hat mir erzählt, er hätte nicht nach Hause gehen müssen, als er aus der Klinik entlassen wurde. Er hätte überall hingehen können, wo er wollte. Aber er hat beschlossen, nach Hause zu gehen, weil er versuchen wollte, wieder eine Beziehung zu seiner Mutter zu bekommen, und weil er seinen Bruder und seine Schwester kennenlernen wollte. Und dann ist er wegen der Kinder geblieben, weil er sich mit ihnen beschäftigen konnte, dafür sorgen, daß sie ein bißchen Spaß haben. Und deshalb ... Er hat es nicht direkt so formuliert. Aber seine Mutter hat ständig versucht, ihn genauso zu behandeln, wie sie ihn als Vierzehnjährigen behandelt hat, ihn herumkommandiert und so weiter; und er hat gesagt, jedesmal, wenn sie richtig unausstehlich wurde, hat er gedacht: ›Ich brauche mir das nicht gefallen zu lassen. Ich kann jederzeit gehen, wenn ich will. Aber ich kann die Kinder nicht mitnehmen.‹ Schließlich hat er gemacht, was sie ihm gesagt hat, oder nicht gemacht, was sie ihm verboten hat, und dabei immer dran gedacht, daß es seine freie Entscheidung ist, und auf die Weise ist er nicht sauer geworden. Aber er hat es sich immer eine Zeitlang überlegt, und das hat sie rasend gemacht.«

»Interessant«, sagte ich.

»Er hat gesagt, Jack habe ihn mal geschlagen, als er ungehalten war. Richtig fest geschlagen. Er wollte schon zurückschlagen, aber dann hat er sich's anders überlegt. Er ist in sein Zimmer gegangen, bis er sich beruhigt hatte. Dann ist er ins Wohnzimmer zurück und hat gesagt: ›Jack, ich habe mir das gefallen lassen, weil ich es so beschlossen habe, nicht weil ich mußte. Aber mach das nie wieder, sonst zieht einer von uns beiden hier aus, und ich schlage vor, du denkst daran, wem das Haus gehört.‹ Er hat nicht mal Jacks Antwort abgewartet; er ist einfach wieder in sein Zimmer zurück, und nach einer Weile ist er aufgestanden und hat den Müll rausgebracht – das war es nämlich, was Jack ihm ursprünglich aufgetragen hatte. Irgendwann wäre er natürlich fortgegangen. Ihm ist klar gewesen, daß er nicht warten konnte, bis Jeffrey in die Schule kommt, bis dahin wäre er nämlich einunddreißig. Aber eine Zeitlang hätte er es schon noch ausgehalten, jedenfalls so lange, bis er entschieden hätte, was er mit sich würde anfangen wollen.«

Sie stand auf. »Meinst du, der Boden ist in Ordnung so?«

»Ganz prima. Becky. In dem einen Schlafzimmer können wir im Grunde gar nichts tun. Das Teppichstück muß herausgeschnitten und ersetzt werden.«

»Ich weiß«, sagte sie. »Aber er wollte, daß ich mal nachsehe, ob ich Jeffreys Babytagebuch finde. Ich soll es für ihn aufbewahren.« Sie machte ein Gesicht, als wollte sie gleich weinen, tat es dann aber nicht. Ich fragte mich, ob Olead etwas über ihre häufige Heulerei gesagt hatte.

Als ich ihr das Zimmer zeigte, sagte sie bloß: »Ach du meine Güte.«

Don – er stand hinter uns – hatte offenbar beschlossen, mir zu verzeihen, daß ich ihn angeblafft hatte. »Das können wir nicht so lassen«, sagte er. »Wenn ich die Möbel verrücke, kriegen wir es so hin, daß es einigermaßen anständig aussieht.«

Das Zimmer war nicht annähernd in dem schlimmen Zustand, in dem ich es ursprünglich gesehen hatte. Es war gründlich durchsucht worden, und die Einrichtungsgegenstände waren von den Streifenbeamten, die mir geholfen hatten, zu ziemlich ordentlichen Stapeln geschichtet worden. Allerdings stand nichts dort, wo es hingehörte.

Don übernahm den größten Teil der Schwerarbeit, und so schafften wir, was offensichtlich aus dem Elternschlafzimmer stammte, dorthin zurück, und wuchteten gemeinsam auch das King-size-Bett, das dort gestanden hatte, wieder an seinen Platz. Wir schoben die Schubladen wieder ein und räumten Gegenstände hinein. Bei dem Kinderbett war allerdings nichts zu machen; es war nicht mehr zu reparieren.

Für mich war das ganze Unternehmen von A bis Z eine Übung in Sinnlosigkeit.

Und das Babytagebuch fanden wir auch nicht.

»Es muß irgendwo im Haus sein«, sagte Becky. »Er hat mir gesagt, er weiß nicht mehr, wo er's zuletzt hatte.« Sie ging noch einmal in das große Elternschlafzimmer und riß dort so resolut Schubladen auf, als hätte sie ein Recht dazu – und das hatte sie wohl auch, denn Olead hatte ihr die Erlaubnis gegeben, und ihm gehörte das Haus schließlich.

Eine Tatsache, die ich mir immer wieder in Erinnerung rufen mußte.

Und an die sich Jack offenbar nur ungern erinnert hatte.

Und das war interessant.

»Wo ist Oleads Zimmer?«, fragte Becky.

Ich zeigte es ihr, und sie betrat es recht zögerlich. Im übrigen Haus hatte sie saubergemacht, nach Sachen gesucht, gearbeitet. Hier empfand sie eindeutig anders. Das war Oleads Zimmer; es war seine Privatsphäre, und sie kam sich vielleicht ein bißchen so vor, als würde sie herumschnüffeln.

»Ich soll ihm auch noch andere Bücher besorgen«, sagte sie. »Mom, kannst du sie ihm morgen bringen? Sie lassen mich nicht jeden Tag zu ihm.«

»Klar.«

Sie machte die Schranktür auf; es war eine Kiste mit Büchern darin, aber Jeffreys Babytagebuch war nicht dabei. Es handelte sich offenbar um sämtliche Lehrbücher, die Olead während seines College-Studiums benutzt hatte. Becky begann sie zu sichten, und ich verfolgte fasziniert, wie unterschiedlich seine Handschrift von Tag zu Tag gewesen war, vermutlich je nachdem, in welchem Zustand er sich gerade befunden hatte.

Ich konnte mir nicht vorstellen, wie er in der psychischen Verfassung, in der er gewesen sein mußte, das College geschafft hatte. Um trotz Geistesgestörtheit und ständigem Einfluß starker Beruhigungsmittel auch nur einigermaßen gute Noten zu bekommen, mußte er so etwas wie ein Genie sein.

»Ich glaube, das sind die, die er wollte«, sagte Becky und stellte die Kiste wieder in den Schrank.

Dann warf sie einen Blick auf den Schreibtisch, auf das Bücherbord darüber und in die Schubladen. In einer davon war das Babytagebuch.

Ich schlug es auf, überflog es. Jede Eintragung der vergangenen sechs Monate war in Oleads Handschrift, seiner mittlerweile durchweg gleichmäßigen, ordentlichen Handschrift.

»Wo ich schon mal hier bin, kann ich auch gleich das Bett frisch beziehen«, sagte Becky, und ich hörte die Wehmut in ihrer Stimme. Für sie war das eine Art Zauberformel, dachte ich plötzlich: Wenn ich sein Haus saubermache und sein Bett frisch beziehe, dann kommt er auch nach Hause.

Ich wünschte, der Zauber könnte wirken.

Sie fand frische Bettwäsche; offenbar bewahrte er sein Bettzeug in seinem Zimmer in einem Schrankfach auf. Als sie das alte Laken abzog, hörte ich etwas Hartes gegen die Wand schlagen. »Was war denn das?«, fragte sie im Umdrehen, dann hob sie es auf. »Mama, was ist das?«

»Eine Schrotpatrone«, sagte ich. »Eine leere. Das, wonach ich gesucht habe.« Wie ich vermutet hatte, handelte es sich um eine rote Remington-Papphülse, die gleiche wie die, die bei Brendas Leiche gelegen hatte. Die alte Browning, die wir in seinem Zimmer gefunden hatten ... Aus der mußte sie abgefeuert worden sein. Die Flinte, deren Herkunft nicht ermittelt werden konnte, weil sie, wie viele sehr alte Flinten, keine Seriennummer hatte; die Flinte, die der Mörder eigens mitgebracht hatte, um Olead zu belasten, wie ich mittlerweile vermutete; die Flinte, die der Mörder unter dem Vorwand mitgebracht hatte, jagen gehen zu wollen. Die beiden alten Patronen mußten noch drin gewesen sein, und der Mörder hatte sie nicht ausgeworfen, sondern einfach neue Patronen dazugeladen, die vermutlich aus Jacks Schachtel stammten.

»Wieso hast du danach gesucht?«, fragte Don.

»Weil ich gewußt habe, daß sie da sein muß«, sagte ich. »Versteht ihr denn nicht? Versteht ihr beiden das denn nicht?«

»Nein«, sagte Don, und Becky schüttelte den Kopf.

»Paßt auf«, sagte ich. »In der fraglichen Nacht sind hier fünf Schüsse gefallen, die Menschen getötet haben. Und Olead hatte Schmauchspuren an den Händen und eine Prellung vom Schaft einer Schrotflinte an der Schulter. Er hat in dieser Nacht eindeutig einen Schuß abgegeben, auch wenn er sich nicht daran erinnert. Wenn das aber kein Schuß war, der jemanden umgebracht hat, dann muß es ein Schuß gewesen sein, der ins Leere ging. Und wenn das zutraf, mußte folglich irgendwo eine Patronenhülse sein. Du hast sie gefunden.«

Don betrachtete die Hülse. Er pfiff anerkennend. »Teufel auch«, sagte er.

»Du meine Güte«, murmelte Becky schlaff.

Und ich sagte: »Wollen Sie ins Kreuzverhör eintreten, Herr Rechtsanwalt?«

Diesmal machte es ihm nichts aus, daß ich ihn ›Herr Rechtsanwalt‹ nannte. »Im Moment nicht, Officer, aber warten Sie nur ab. Warten Sie ab, bis ich Sie im Zeugenstand habe.«

Kapitel 9

Am nächsten Morgen saß ich gerade an meinem Schreibtisch und versuchte, über den Fall Blackburn nachzudenken, als die Sprechanlage summte. »Da ist eine Susan Brown, die dich sprechen will«, sagte der Diensthabende etwas vage.

»Schick' sie rein.« Allmählich sieht es so aus, als würde ich nie dazu kommen, über den Fall Blackburn nachzudenken, dachte ich resigniert.

Mein Büro ist nur ungefähr sechs Meter vom Schreibtisch des Diensthabenden entfernt, der sich in der Halle direkt vor den Fahrstühlen befindet. Als ich Sekunden später aufblickte, sah ich eine Frau vor mir, bei der es sich wohl um Susan Brown handeln mußte. Sie war etwa in meinem Alter und etwas pummeliger als ich, und ihr Haar – grauer als meins – war zu zwei Flechten geschlungen, die in Auflösung begriffen waren. Sie trug einen pinkfarbenen Angorapullover, dazu einen pinkfarbenen und graukarierten Fransenrock, der etwa in Kniehöhe von einer großen, goldenen Schmucksicherheitsnadel gerafft wurde; ihr dazu passendes, pink- und graugemustertes Fransentuch wurde von einer ganz gewöhnlichen Aluminiumsicherheitsnadel zusammengehalten. Dieser Aufzug wurde vervollständigt von einem hieroglyphischen Silberanhänger und braunen Cowboystiefeln. »Ich suche D. N. Ralston«, sagte sie mit etwas festerer Stimme, als ich aufgrund ihrer Erscheinung erwartet hatte.

»Ich bin Deb Ralston«, sagte ich. Vermutlich hatte sie den Haftbefehl gelesen. Ich unterschreibe immer mit meinen Initialen. Wie könnte ich erwarten, daß sich ein Ganove vor jemandem mit Namen Debra fürchtet?

Sie sah mich ziemlich verdutzt an. »Deb Ralston«, wiederholte sie. »Sie wollten mich vermutlich sprechen.«

»Nicht, daß ich wüßte«, sagte ich. »Susan Brown? Weshalb sollte ich Sie sprechen wollen?«

»Susan Braun«, verbesserte sie und buchstabierte.

»Ach so! Oleads Ärztin.«

»Genau.«

»Sie sehen mir aber gar nicht wie eine Psychiaterin aus«, sagte ich lahm.

»Sic sehen mir auch nicht wie ein Cop aus«, antwortete sie, und wir lachten beide. Sie mußte meine Worte schon so oft gehört haben wie ich die ihren.

Ich bot ihr einen Platz an, und sie setzte sich.

»Damit Sie gleich Bescheid wissen«, begann sie ohne jede Einleitung, »es ist vollkommen ausgeschlossen, daß Olead Baker dieses Verbrechen begangen hat.«

»Ganz Ihrer Meinung«, unterbrach ich.

Ich war mir nicht sicher, ob sie mich gehört hatte, denn sie fuhr voller Leidenschaft fort, als könnte sie die Mühlen der Justiz aufhalten, wenn sie nur mich überzeugte. »Olead war elf Jahre lang Patient der Braun-Klinik. Zwar bin ich mit vielen Methoden und Verhaltensinterpretationen meines Vaters ganz und gar nicht einverstanden, aber ich zweifle nicht an seiner Fähigkeit, Fakten zu dokumentieren. Unsere Krankenakte über den Jungen ist einen halben Meter dick. Er ist niemals gegen jemanden gewalttätig geworden, außer ungefähr viermal, als er unerwartet außer Kontrolle geriet und den Nächstbesten angegriffen hat. Aber das ist seit über sieben Jahren nicht mehr passiert. Außerdem ist er mittlerweile gesund. Er kann unmöglich –«

Sie unterbrach sich abrupt. »Bekommt er seine Vitamine?«

»Ja, ich achte darauf«, versicherte ich ihr.

Sie seufzte. »Gott sei Dank, wenigstens etwas. Ich glaube eigentlich nicht, daß es unter normalen Umständen zu einer wesentlichen oder überhaupt zu einer Verschlechterung käme, wenn man sie wegläßt, aber in Verbindung mit dem Streß, unter dem er im Moment sicher steht, könnte eine abrupte Absetzung nicht ganz unproblematisch sein.«

»Er glaubt offenbar, er bräuchte sie nur fünf Tage nicht zu nehmen, und schon wäre er wieder in der Verfassung wie vor elf Jahren«, sagte ich. »Ich wußte nicht –«

»Das ist natürlich möglich, aber äußerst unwahrscheinlich. Seinen letzten akuten Schub hatte er mit neunzehn, und ich bin überzeugt, er wäre schon vor Jahren völlig gesund geworden, wenn nicht –« Wieder unterbrach sie sich jäh und ging zum erstenmal auf das ein, was ich zu Anfang gesagt hatte. »Sie sind meiner Meinung? Warum ist er dann eingesperrt?«

»Weil die Staatsanwaltschaft nicht unserer Meinung ist.« Ich erzählte ihr von dem Belastungsmaterial.

»Wollen Sie damit sagen, er hat tatsächlich eine Flinte –« Mit verwundertem Blick hielt sie inne. »Da frage ich mich doch, warum! Und das arme kleine Mädchen – tja, kein Wunder, daß er das verdrängt hat, so vernarrt, wie er in sie war ... Und eine Überdosis *Mellaril.* Das ergibt ja nun gar keinen Sinn. *Mellaril* hat er nicht mehr genommen, seit – was weiß ich – seit er sechzehn ist. Es hat ihm offenbar nie viel geholfen. Ich bin sicher, er hat zu keiner Zeit welches mit nach Hause genommen.«

»Interessant«, sagte ich halb zu mir selbst. »Woher kam es dann wohl?«

Sie funkelte mich an. »Aber Sie haben den Haftbefehl vollstreckt«, sagte sie vorwurfsvoll. »Wenn Sie ihn für unschuldig halten, warum ...?«

»Man hat es mir befohlen. Wenn ich mich geweigert hätte, hätte man mir den Fall abgenommen. Und dann hätte ich keine Möglichkeit mehr gehabt, weiterzugraben«, erklärte ich. »Außerdem glaube ich nicht, daß jemand anderes sich bemüht hätte, ihn zu entlasten.«

»Ich möchte ihn sprechen«, sagte sie.

Ich rief im Gefängnis an.

Dort hieß es, Olead Baker könne seine Ärztin sprechen, wenn ich sie hinbringen wolle.

Zu Ehren der Ärztin gab man uns das Besprechungszimmer. Auf der Herfahrt hatte ich sie zwar vorgewarnt, aber sie schloß trotzdem kurz die Augen, als Olead hereingeführt wurde. Seine Blessuren waren zwar gut verheilt, aber es war immer noch deutlich erkennbar, daß er auf der Verliererseite eines ungleichen Kampfes gestanden hatte; außerdem roch sein trister, graublauer Gefängnisoverall nach der Isolierzelle, und seine nackten Füße waren der Januarkälte und dem Betonfußboden nicht gerade angemessen.

Sein Bart dagegen gedieh prächtig; er hatte sich mehr oder weniger entschlossen, kastanienbraun auszufallen.

»Susan!«, sagte Olead glücklich und begrüßte sie mit einer sehr viel überschwenglicheren Umarmung, als sie meiner Vermutung nach seiner Mutter zuteil geworden wäre. »Ich dachte, du wärst noch in Ägypten!«

»Nein, ich bin gestern abend zurückgekommen, und ich muß sagen, ich war nicht gerade begeistert von der Nachricht, die mich da empfangen hat.«

Sein Lächeln war verschwunden. Er setzte sich abrupt, griff nach den Vitaminen und dem Dr. Pepper Light, das ich ihm wie immer mitgebracht hatte, schluckte und dankte mir geistesabwesend. »Susan«, sagte er dann, »ich war's nicht.«

»Natürlich warst du's nicht«, entgegnete sie aufgebracht. »Wir müssen uns nur überlegen, wie wir es beweisen können.«

Er gab keinen Laut von sich, aber sein Gesichtsausdruck war ein einziger Seufzer. »Super«, sagte er düster, »damit sind es schon zwei, die mir glauben, du und Becky.«

Susan warf mir einen verblüfften Blick zu, und ich fragte: »Was haben Sie gesagt?«

»Ich habe gesagt –« Er starrte mich an. »Sie doch nicht etwa auch?«

»Natürlich glaube ich Ihnen!«, sagte ich etwas schärfer als beabsichtigt. »Wie kommen Sie bloß darauf, daß ich's nicht tue?«

»Sie wollen ständig, daß ich mich erinnere, wie ich die Flinte abgefeuert habe –« Er hielt inne, starrte mich erneut an. »Ich dachte, Sie meinen –. Sie sagen ständig, *wenn* ich es nicht war –«

Ich stand auf und ging um den Tisch herum zu ihm. Hinter ihm stehend, legte ich ihm die Hände auf die Schultern, wie ich es bei Hal getan hätte, wenn er in Schwierigkeiten wäre, und begann die verhärteten Muskeln zu kneten, die die Angst unter der Maske des Stoischen verrieten. »Olead«, sagte ich zu ihm, »ich möchte, daß Sie mir zuhören. Ich unterscheide jetzt mal zwischen dem, was ich weiß, was ich vermute und was ich rate. Um das ›wenn‹ brauchen Sie sich keine Gedanken zu machen, ich kenne nun mal nur diese eine Methode, mir Dinge klarzumachen. Es ist so: Wenn man Ihnen etwas vorwirft, dann haben Sie es entweder getan oder Sie haben es nicht getan, und im vorliegenden Fall hat es, wenn Sie es nicht waren, jemand anderes getan. Mehr habe ich nicht gesagt, und ich kann es auch nicht auf eine andere Art sagen. Und jetzt hören Sie mir zu, und achten Sie auf meine Worte, nicht auf das, was ich Ihrer Meinung nach vielleicht meinen könnte, okay?«

»Okay«, sagte er; er hörte sich müde an.

»Ich *weiß*«, sagte ich zu ihm so sanft es ging, »daß Sie in dieser Nacht eine Flinte abgefeuert haben.« Ich spürte die Muskeln zucken, als er Einwände erheben wollte, und sagte rasch: »Nein,

Sie hören jetzt zu. Die Prellung an Ihrer Schulter und die Schmauchspuren an Ihren Händen sind Beweise. Es sind *Fakten,* Olead, und die verschwinden nicht. Sie erinnern sich eindeutig nicht daran, aber Sie haben in dieser Nacht eine Flinte abgefeuert.«

»Aber –«

»*Zuhören*«, sagte ich mit fester Stimme und fuhr fort: »Aus der Tatsache nun, daß das Fliegengitter nicht an seinem Platz war, und aus der Tatsache, daß Becky in Ihrem Bett eine rote Papphülse gefunden hat –«

»*Becky* hat –«

»Ruhe. Ja, Becky hat sie gefunden. Und aus diesen Tatsachen und der Treffpunktlage der Schrotgarbe im Garten hinter dem Haus *folgere* ich, daß Sie das Fliegengitter, möglicherweise mit dem Flintenlauf, herausgestoßen und aus dem Fenster geschossen haben. Ich folgere das deshalb, weil ich weiß, daß Sie einen der beiden Schüsse abgefeuert haben, die aus der alten Browning abgegeben wurden, und ich weiß, daß der Mörder den anderen abgefeuert hat.«

Ich spürte, wie er sich entspannte, als ich das sagte.

»Ich *glaube* nun«, fuhr ich fort, »daß Sie dem Mörder die Browning – die wir in Ihrem Zimmer gefunden haben – irgendwie abgenommen haben. Ich glaube übrigens nicht, daß es die Flinte Ihres Vaters war; ich glaube, der Killer hat sie mitgebracht. Ich glaube, Sie haben ihm die Flinte abgenommen, er ist durch die Patio-Tür geflüchtet, und Sie haben auf ihn geschossen und das Ganze dann aus irgendeinem Grund sofort verdrängt.«

»Das kann sein, Olead«, sagte Susan. Sie hatte aufmerksam zugehört. »Selbst Leute, die nie psychische Probleme gehabt haben, verdrängen dergleichen gern, einfach infolge des seelischen Traumas.«

Olead schüttelte den Kopf. »Ich habe nie im Leben ein Gewehr abgefeuert«, sagte er mit fester Stimme. »Und niemand bringt mich dazu, daß ich etwas anderes sage.«

»Zeig mir mal deine Schulter«, sagte Susan ruhig.

Olead sah sie an und bekam den überaus sturen Zug um den Mund, den ich schon ein paarmal bei ihm beobachtet hatte. Dann riß er mit trotziger Miene am Kragen seines Overalls. Die Verschlüsse sprangen auf, und er zerrte sich den Stoff von der Schulter. »Dieser Typ vom Erkennungsdienst, wie heißt er doch gleich, war heute schon mal da und hat ein Foto davon gemacht«, sagte er aufgebracht. »Das macht er schon seit Tagen.«

»Und das heutige wird so ziemlich das eindruckvollste«, antwortete Susan mit einem Blick auf die Prellung. »In ein, zwei Tagen fängt es an zu verblassen. Olead, hast du dir das mal selber angesehen?«

»Das brauche ich nicht«, gab er zurück. »Ich spüre es ja. Aua!«

Susan, die die Prellung vorsichtig betastet hatte, sah ihn mit erschrockenem Gesicht an, und er grinste reumütig. »Na ja, es tut ein bißchen weh«, sagte er kleinlaut, dann grinste er erneut. »Okay, ich hab' Theater gespielt. Aber es tut wirklich ein bißchen weh.«

»Ich denke, es tut ganz schön weh«, antwortete Susan. »Olead, wenn du keine Flinte abgefeuert hast, woher kommt dann die Prellung an deiner Schulter? Sieh mal, man erkennt sogar den Schachbretteffekt vom Schaft. Wie nennt man das?«, fragte sie mich.

»Karomuster«, sagte ich, »und am Schaftende findet man das normalerweise nicht. Auch aus diesem Grund bin ich sicher, daß es die Browning war, die er abgefeuert hat; die hatte dort ein Karomuster, und es sah aus wie handgeschnitzt. Wenn ich's mir recht überlege, könnte ich wetten, daß das Labor, so unregelmäßig wie das handgeschnitzte Muster ist, allein aufgrund eines Fotos von der Prellung im heutigen Zustand zu einer eindeutigen Identifizierung kommt.«

»Das hat mir gerade noch gefehlt«, sagte Olead bitter.

Susan setzte sich wieder. »Tja«, meinte sie, »wenn du keine Flinte abgefeuert hast, wie kommen dann der Abdruck des Flintenschafts an deine Schulter und Schmauchspuren an deine Hände?« Sie sah ihn erwartungsvoll an.

Er wandte ihr den Rücken zu, streifte sich den Overall wieder über die Schulter und schloß ihn. »Keine Ahnung«, sagte er mürrisch. »Woher soll ich das wissen?«

»Du bist dir doch so sicher, daß Deb sich irrt«, sagte sie. »Deswegen dachte ich, du hättest vielleicht eine andere Erklärung.«

»Hab' ich aber nicht, und du hast auch gar nicht gedacht, daß ich eine habe.« Er fuhr zu ihr herum. »Oder?«

»Nein, im Grunde genommen nicht.«

»Was denkst du dann? Du bist mit Deb einer Meinung, stimmt's? Denkst du, ich habe eine Flinte abgefeuert und es dann vergessen? Hältst du mich für so verrückt?«

»Olead, du bist gesund. Ich weiß nicht, wie oft ich dir das schon gesagt habe. Und ich denke, daß das Abfeuern der Flinte mit anderen Erinnerungen verknüpft ist, die so schmerzlich sind, daß du sie nicht ertragen kannst, und deshalb hast du die Erinnerung daran zusammen mit diesen anderen Erinnerungen unterdrückt. Über deinen Geisteszustand sagt das gar nichts aus. Es ist einfach menschlich. Oft ist Verdrängung eine Methode, die geistige Gesundheit zu erhalten.«

Wieder drehte er sich um, zu dem Spiegelglas, mit dem das Zimmer ringsum ausgekleidet war, und ich fragte mich, ob er wußte, daß es nur von innen verspiegelt war. Von außen mußte die zornige Verwirrung in seinem Gesicht ebenso deutlich erkennbar sein wie seine geballte Faust, und es überraschte mich nicht, daß ein Schließer an die Tür klopfte und fragte, ob bei uns drinnen alles in Ordnung sei. Ich versicherte ihm, alles sei bestens.

Dann meinte ich: »Olead, es gibt eine Möglichkeit, Klarheit in die Sache zu bringen. Susan hat Ihnen ja schon gesagt, daß das häufig passiert, und die Polizei muß oft an die verschütteten Erinnerungen heran. Es gibt da eine Methode, die heißt forensische Hypnose –«

Weiter ließ er mich gar nicht kommen. »Nein«, unterbrach er mich. »Nichts da. Kommt überhaupt nicht in Frage. Kein Cop murkst an meiner Psyche herum.«

»Das hat nichts –«, setzte ich an.

»Ich habe nein gesagt!«, zischte er.

Ich stand auf. »Möchten Sie, daß ich Sie allein lasse, damit Sie mit Ihrer Ärztin sprechen können?«, fragte ich. Ohne eine Antwort abzuwarten, ging ich Richtung Tür.

»Deb?« Seine Stimme stoppte mich. »Sie müssen nicht gehen. Ich denke, ich habe keine Geheimnisse.« Er holte tief Atem. »Susan«, sagte er, »du hast mich schon mal hypnotisiert. Ich glaube, wenn du es machen würdest, hätte ich keine Angst.«

Nach einigem Hin und Her beschlossen wir schließlich, in Oleads Zelle zurückzugehen, wo er sich entspannen konnte, und nachdem Susan ihn hypnotisiert hatte, würde ich ihm Fragen stellen. Das Ganze kam mir ein bißchen so vor wie eine Episode aus einem Charlie-Chan-Film, denn es entsprach ganz und gar nicht der üblichen Prozedur bei forensischer Hypnose.

Wie ich hätte voraussagen können, war Susan von der Zelle zutiefst entsetzt. »Hören Sie«, sagte sie zu mir, »in meiner Klinik gibt es auch Gummizellen. Manchmal brauchen wir sie eben. Aber sie müssen nicht so riechen.«

Ich sagte ihr, daß die Zelle manchmal auch für Betrunkene benutzt wurde und daß die dazu neigten, sich zu übergeben – und

Schlimmeres. Sie erwiderte mit einiger Schärfe: »Und manchmal tun Geisteskranke das alles auch und wälzen sich dazu noch auf dem Boden in ihren eigenen Exkrementen. Aber wenn sie damit fertig sind, wird der Boden geputzt.«

Olead räusperte sich. »Vielleicht dürfte ich als Betroffener, der sämtliche fraglichen Zellen kennt, auch mal was dazu sagen«, meinte er. »Ich habe den Boden und die Wände hier drin selber geschrubbt, und zwar zweimal mit Kiefernnadelöl und einmal mit Chlorox. Der Geruch ist nicht rauszukriegen. Ich hab's versucht. Irgendwie ist er eingezogen. Die einzige Möglichkeit, ihn loszuwerden, wäre, die Polsterung zu verbrennen und nochmal von vorn anzufangen. Und wenn sie das machen würden, müßten sie mich solange in eine reguläre Zelle stecken, und darauf bin ich wirklich überhaupt nicht scharf. Ich stinke lieber, als daß ich mich noch mal verprügeln lasse. Können wir jetzt weitermachen?«

Susan hatte ihn wohl schon öfter hypnotisiert, denn er hatte offensichtlich keine Angst davor, von ihr hypnotisiert zu werden. Es dauerte nur ungefähr drei Minuten, dann saß er, an die Zellenwand gelehnt, mit ausgestreckten Beinen, geschlossenen Augen und entspanntem Gesicht still da. Mir war gar nicht klar gewesen, wie sehr sein Gesicht seine Anspannung widerspiegelte, bis ich es zum erstenmal völlig entspannt sah.

Susan rückte zur Seite, und ich nahm ihren Platz ein. Ich überlegte rasch; wonach mußte ich fragen? Wir hätten das Ganze planen sollen. Ich hätte mir Notizen machen müssen. Mal sehen. Die Party. Wer alles dort war; insbesondere, wer ihm den Punsch gegeben hatte. Und die Schüsse, ob er was davon gehört hatte. Und am allerwichtigsten, wann und wieso er selbst eine Flinte abgefeuert hatte.

»Olead«, sagte ich, »ich stelle Ihnen jetzt ein paar Fragen. Ist das okay?«

»Ja«, sagte er. Er hörte sich nicht schläfrig an, nur etwas dösig und entspannt, aber durchaus bei der Sache.

»Erinnern Sie sich an die Silvesterparty?«

»Ja.«

»Wer war alles dort?«

»Freunde von Mutter. Freunde von Jack. Ihre Namen weiß ich nicht. Jake war da. Edith nicht. Sie war im Bett.«

»Sie haben einen Becher Punsch getrunken. Wer hat Ihnen den gegeben?«

»Ein Mann.«

»Was für ein Mann?«

»Ein Mann. Er hatte einen Schnurrbart. Er hat mir gesagt, er habe meinen Daddy gekannt. Aber ich kenne ihn nicht.«

Susan beugte sich vor. »Olead, du bist jetzt auf der Party«, sagte sie. »Du mußt mir sagen, was du siehst. Sagt der Mann sonst noch etwas?«

»Daß er vielleicht mit Jack auf die Jagd geht.«

»Ist es ein netter Mann?«, fragte ich, ohne recht zu wissen, warum.

Aber die Frage rief eine Reaktion hervor. »Nein!«, sagte Olead heftig. »Er tut so, als mag er mich, dabei mag er mich gar nicht. Er hat Augen wie ein Schwein. Fiese kleine Augen. Ich will, daß er weggeht.«

»Geht er weg?«

»Nein. Er ist dageblieben. Ich bin schlafen gegangen, aber er ist dageblieben. Er ist nicht weggegangen.« Er war wieder in der Vergangenheit. Ich sah Susan an. Sie zuckte die Achseln. »Manchmal bleiben die Leute nicht in der Gegenwart«, sagte sie leise. »Achten Sie nicht weiter drauf.«

»Nachdem Sie schlafen gegangen sind, ist da irgend etwas passiert, was Sie gestört hat?«

»Was denn?«

»Zum Beispiel ein lautes Geräusch. Erinnern Sie sich daran, etwas gehört zu haben?«

»Lauter Lärm«, sagte er. »Vor meinem Zimmer. Aber es war okay.«

»Woher haben Sie gewußt, daß es okay war?«

»Er hat gesagt, es ist okay.«

»Wer hat gesagt, es ist okay?«

»Mann.«

»Was für ein Mann?«

Sein Kopf rollte hin und her; der Schweiß brach ihm aus. »Er hat gesagt, es ist okay«, wiederholte er. »Dann ist er in mein Zimmer gekommen. Er ist an meinen Schrank gegangen. Ich habe ihn gefragt, warum. Er hat gesagt, er muß ein paar Sachen wegräumen.«

»Was für Sachen?«

»Ein paar Sachen.«

»Wer war er?«

»Mann.«

»Was für ein Mann? Wie hat er ausgesehen?«

»Er hat gesagt, es ist okay.«

Wir bewegten uns im Kreis. Diese Erinnerung war blockiert. Irgend etwas in ihm wollte sie nicht herauslassen.

»Ist sonst noch etwas passiert?«

»Er hat sich auf mein Bett gesetzt. Nein! Ich will nicht!« Wieder drehte er den Kopf, erbrach sich auf seine Schulter und wachte auf.

Ein Schließer brachte Olead zur Dusche, und ich hörte das Gebrüll, das ihm auf den Gängen entgegenschlug. Er hatte recht; er wäre nicht sicher, wenn man ihn wieder bei den übrigen Gefängnisinsassen unterbrächte. Ein Kalfaktor kam mit Kiefernnadelöl herein und säuberte die Zelle. Susan sagte: »Verdammt, jetzt sind ihm seine Vitamine verlorengegangen. Wieso müssen Sie sie ihm überhaupt mitbringen? Wieso kann sie ihm das Gefängnis nicht einfach geben?«

»Häftlinge bekommen nur Medikamente, die in Rezeptfläschchen mit Etikett abgefüllt sind.«

»Dann kümmere ich mich darum«, sagte sie. »Ich bringe sie heute abend vorbei, dann können die gleich anfangen, sie ihm zu geben; was Sie ihm mitgebracht haben, ist sowieso nicht lange genug unten geblieben, um zu wirken.«

»Wieso hat er sich wohl übergeben?« fragte ich.

»Er hat die Erinnerung blockiert«, sagte Susan düster. »Wir werden noch eine ganze Weile im dunkeln tappen. Was es auch ist, er wird noch nicht einmal im oberen Bereich seines Unterbewußtseins damit fertig. Es muß verdammt übel sein, denn er ist zäh, zäher, als Ihnen wahrscheinlich klar ist, so wie Sie ihn im Augenblick erleben. Seit einem Jahr fehlt ihm nur noch eins, nämlich, daß er vollends erwachsen wird, und ich glaube, das hat er mittlerweile so ziemlich geschafft.«

»Susan, was hatte er eigentlich?«, fragte ich. »Ich meine, ich habe immer gedacht, Schizophrenie wäre praktisch unheilbar. War er denn nun schizophren oder nicht?«

»Schizophrenie ist ein Etikett«, antwortete Susan. »Ein Etikett, das in seinem Fall zutreffen mag oder auch nicht. Deb, was er hatte, hat sich – Etiketten mal beiseite gelassen – wie Schizophrenie geäußert, aber es wurde noch verkompliziert durch seine familiäre Situation, die sehr viel schlimmer war, als er sie in Erinnerung hat. Die meiste Zeit – nicht immer, aber meistens – hat er in der Klinik normal funktioniert. Man brauchte ihn nur nach Hause zu schicken, und er bekam einen Schub. Daraus hat mein Vater den Schluß gezogen, er sei vollkommen schizophren. Und das war er nicht. Das ist er nie gewesen.«

»Wollen Sie damit sagen, er war Opfer einer Fehldiagose? Warum war er dann –«

Wieder unterbrach sie mich. »Ganz so habe ich es auch nicht gemeint. Definitionen ändern sich. Schizophrenie war früher so eine Art Sammeldiagnose. Mein Vater hat vor über fünfzig Jahren Medizin studiert, und er hat sich im Grunde nicht über neue Entwicklungen auf dem laufenden gehalten. Und Olead ist zäh. Das war er nicht immer, aber mittlerweile ist er's. Seine Mutter hat ihn tyrannisiert. Sein Vater hat ihn tyrannisiert – auf die denkbar liebevollste Art. Aber es war eben doch Tyrannei. *Mein* Vater hat das fortgesetzt. Und Olead hat nicht gewußt, wie er sich dagegen wehren kann, also ist er geflüchtet. Er ist in sein Inneres geflüchtet. Und als er dann anfing zu lernen, wie man sich wehren kann, anstatt zu flüchten, hat mein Vater das nicht als Heilung, sondern als symptomatisch angesehen. Olead hat aufgehört, orale Sedativa zu nehmen – er hat sie statt dessen in die Toilette geworfen – und ist erwischt worden, als die Toilette verstopfte. Also hat er Spritzen bekommen. Es gab noch andere Vorkommnisse dieser Art. Die letzten sechs Jahre, die mein Vater noch lebte, hat Olead damit verbracht, sich gegen Bevormundung zu wehren; dabei ist er immer stärker geworden, und mein Vater – ich gebe es nur ungern zu, aber mein Vater war ein miserabler Arzt, und er hat nie die Fachprüfung zum Psychiater abgelegt –, mein Vater hat überhaupt nicht mitbekommen, was da passierte. Er hat immer nur in die Krankenblätter geschrieben, daß der Patient auf die Therapie nicht anspricht. Natürlich hat Olead nicht auf die Therapie angesprochen! Er brauchte ja keine – jedenfalls nicht diese! Ich kann Ihnen nicht mit Sicherheit sagen, daß er nie schizophren war, denn je mehr wir über Schizophrenie herausfinden, desto mehr erkennen wir, daß wir nichts wissen. Aber ich glaube nicht, daß er's je war.«

»Warum dann all die Vitamine? Und die Panik, daß er sie womöglich nicht bekommt?«

»Er hat auf die B-Vitamine angesprochen. Vergessen Sie nicht, er hat elf Jahre lang fast ununterbrochen unter Beruhigungsmitteln gestanden, und schon das hatte ihm sämtliche wasserlöslichen

Vitamine weitgehend entzogen. Und *falls* er leicht schizophren war, was ich als Möglichkeit nicht völlig ausschließen kann, dann *könnten* die Vitamine einiges ausmachen. Ich scheue mich jedenfalls davor, sie abzusetzen, zumal jetzt.«

»Aber wenn das alles stimmt«, fragte ich, »warum glaubt *er* dann –«

Susan übertrieb es allmählich mit ihren Unterbrechungen. »Wahrscheinlich, weil er noch nicht richtig aufgenommen hat, was ich ihm gesagt habe. Er hat Angst davor, mir zu glauben. Elf Jahre lang hat man ihm erzählt, er sei unheilbar geisteskrank. Jetzt versuche ich ihm beizubringen, daß er das nicht ist und niemals war. Wenn Sie Olead wären, wie leicht fiele es Ihnen wohl, das zu glauben?«

Ich hatte keine Zeit mehr zu antworten, weil Olead wieder in die Zelle kam; er war sauber, Haare und Bart waren feucht und gekräuselt. Er hatte einen frischen Gefängnisoverall an, der sich in nichts von dem alten unterschied. Er schaute zu Susan und mir herab, die wir nebeneinander auf dem Boden saßen, und wir blickten zu ihm auf. »Lassen Sie die Tür auf«, rief Susan dem Schließer zu. »Ich muß los.« Sie rappelte sich hoch.

»Wieso?«, fragte Olead.

»Ich muß dir noch ein paar Vitamine besorgen«, sagte sie ihm, und er bat sie, später wiederzukommen.

Dann setzte er sich neben mich. »Das hat nicht viel gebracht, oder?«, fragte er.

»Ich glaube, ich weiß jetzt, wer es war«, sagte ich. »Aber ich weiß nicht, wer er ist.«

»Das übersetzen Sie wohl besser.«

»Ich glaube, es war ein Mann auf der Party«, erklärte ich. »Sie haben gesagt, er hat Ihnen den Punsch gegeben. Und soweit ich das überblicke, ist der Punsch die einzige Möglichkeit gewesen, Ihnen ein Betäubungsmittel zu verabreichen.«

»Haben wir eigentlich irgendwas in der Hand, was mir nützt?«, fragte er. »Bitte sagen Sie mir die Wahrheit, Deb. Sie sind der einzige Mensch, der wirklich weiß, wie schlecht es steht. Don hat bis jetzt noch keine Ahnung, und ich nehme an, er bekommt keine Einsicht in die Ermittlungsakten.«

Er wollte keine tröstliche Lüge. »Es steht ungefähr so schlecht, wie es nur geht, Olead. Wenn ich einen Schuldspruch wollte, würde ich sagen, ich hätte wirklich alle Chancen.«

»Verstehe«, sagte er. Er stand auf, ging eine Zeitlang hin und her und setzte sich dann mir gegenüber hin. »Wie sich wohl eine tödliche Spritze anfühlt?«

»O Gott«, sagte ich, und es war keine Blasphemie. Wir schwiegen beide eine Weile.

»Sie sprechen immer von vier Schüssen im Wohnzimmer«, meinte Olead schließlich; an die Seitenwand gelehnt und die langen Beine von sich gestreckt, saß er allem Anschein nach bequem auf dem Zellenboden. »Müßten es nicht fünf gewesen sein?«

»Wieso fünf?«, fragte ich. »Fünf im Haus, außer dem zusätzlichen, ja, aber nur vier im Wohnzimmer.« An die ihm gegenüberliegende Wand gelehnt, nahm ich in etwa die gleiche Position ein wie er, aber ich konnte den Gestank in der Zelle nicht so leicht verdrängen und saß bei weitem nicht so bequem, wie es bei ihm den Anschein hatte.

»Na, die Katze«, sagte er, und ich schüttelte den Kopf. »Wieso nicht die Katze?«, fragte er. »Was ist mit der Katze passiert?«

Ich schüttelte erneut den Kopf. Das mit der Katze war so absolut widerwärtig, daß ich nicht darüber reden wollte, obwohl ich wußte, daß es vor Gericht zur Sprache kommen würde. Und das schreckliche war, daß es in mehrfacher Hinsicht auf Olead hindeutete. Die Psychologen haben nämlich herausgefunden, daß fast immer ein Familienmitglied der Täter ist, wenn bei der Ermordung einer ganzen Familie auch ein Haustier getötet wird, denn für einen Außenseiter ist das Haustier nur ein Tier, während es für ein Familienmitglied zu der Familie gehört, die es vernichten will.

»Ich weiß noch, wie Brenda die Katze mit nach Hause gebracht hat«, meinte er und unterbrach damit meinen Gedankengang. »Es war Juli; ich war gerade ungefähr einen Monat zu Hause. Brenda redete immerzu davon, daß sie eine Katze wollte, und Mutter würgte das jedesmal ab. Mir ist überhaupt nicht in den Sinn gekommen, daß sie dachte – na ja, Sie wissen wahrscheinlich, daß ich mich, als ich noch verrückt war, jedesmal ausgezogen habe, wenn mir eine Katze über den Weg gelaufen ist. Ich weiß auch nicht so genau, warum; ich weiß, daß ich Angst vor Katzen hatte, aber ich habe keine Ahnung, was das mit dem Ausziehen zu tun hatte. Tja, Mutter hat eigentlich nie so richtig geglaubt, daß ich gesund bin. Vermutlich hatte sie Angst davor, daß ich beim Anblick einer Katze wieder durchdrehen würde. Und irgendwann hatte Brenda offenbar keine Lust mehr zum Streiten. Ich war draußen im Patio, am Pool, noch ziemlich geschafft vom Schwimmen, war aus dem Wasser gekommen, hatte mich in einen Liegestuhl gelegt und sonnte mich, was ich nicht allzu lange tun darf, weil ich leicht einen Sonnenbrand kriege.«

Das erklärte die fehlende Bräune. Und ich glaubte nicht, daß ich mich je daran gewöhnen würde, ihn in aller Ruhe Sachen wie »als ich noch verrückt war« sagen zu hören. Aber er redete mit leichtem Lächeln weiter.

»Jedenfalls, Brenda ist in den Patio gekommen, in den Armen diese riesige, alte, weiße Perserkatze, so alt, daß sie schon leicht rostfarben aussah, und hat verkündet: ›Mary hat sie mir geschenkt. Sie ist dagegen allergisch geworden.‹ Und sie ist mit der Katze, die ungefähr so groß wirkte wie sie selbst, auf mich zumarschiert, und wissen Sie was? Ich habe sie angeguckt und Angst gekriegt. Ich glaube, wenn mir in diesem Moment jemand den Blutdruck gemessen hätte, wäre das Ergebnis besorgniserregend gewesen. Aber ich habe mich dazu gezwungen stillzusitzen. Es ging doch nicht, daß Brenda ihren großen Bruder vor einer Katze weglaufen sieht, Herrgott noch mal. Ich habe dagesessen, und mir ist der kalte Schweiß ausgebrochen, als ich sie mit dem Tier auf mich zukommen sah, und ich hab's mir angeguckt und gedacht: ›Wovor zum Teufel habe ich eigentlich Angst?‹ Das Vieh hatte vier ziemlich harmlos aussehende Pfoten, jede Menge rötlich-weißen Pelz, grüne Augen und ein dämliches plattes Gesicht, und wenn Brenda es streichelte, gab es dieses komische surrende Geräusch von sich, und ich habe mich gefragt: ›Wovor zum Teufel hast du eigentlich Angst, du Pfeife?‹ Ich habe die Katze am Ohr angefaßt, und sie hat ›Miau‹ gesagt. Das ist so ungefähr der dämlichste Laut, den ich je im Leben gehört habe – Miau. Ich glaube, die erste Katze, die mir Angst gemacht hat, muß eine Siamkatze gewesen sein, Sie wissen ja, wie die sich anhören – *rrooouu,* wie ein startender Düsenjet, aber die da hat nur miau gesagt. Ganz leise und sanft. Und ich habe gelacht.«

Er lachte auch jetzt, während er sich erinnerte. »Ich habe gedacht, ach du Schande, das ist ja bloß ein komisches kleines Tier, mehr nicht. Und das einzige, wovor ich Angst hatte, war die Erinnerung daran, daß ich früher solche Angst hatte. Und Brenda hat mir die Katze auf den Schoß plumpsen lassen und ist davonmarschiert, und die Katze hat sich zweimal im Kreis gedreht und dann wohl beschlossen, daß es zuviel Energie kosten würde, wieder zu gehen, und daß sie sich deshalb lieber schlafen legt. Und das hat sie auch getan, auf meinen Knien, dieses leicht zappelige Pelzknäuel, und ich habe angefangen, sie zu streicheln, und sie hat wieder dieses komisch surrende Geräusch von sich gegeben. Okay – ich weiß, das heißt schnurren, aber Sie müssen zugeben, daß ›surren‹ eigentlich besser paßt. Es klang ein bißchen heiser. Ich wollte die Katze Rusty nennen, aber ich bin überstimmt worden.«

Ich gab zu, daß es ein surrendes Geräusch sei, obwohl ich nie zuvor darüber nachgedacht hätte.

»Und wissen Sie was?«, fuhr er fort. »Es hat sich gut angefühlt. Es hat sich verdammt gut angefühlt, sie anzufassen, dieses Fell auf den Beinen liegen zu haben, und in diesem Moment hatte ich eine dieser Einsichten, die einem bei der Arbeit mit einem Psychiater angeblich kommen, obwohl ich dabei nie eine hatte.« Er sah mich an. »Darf ich Ihnen davon erzählen?«

»Sie dürfen mir alles erzählen, was Sie wollen«, sagte ich.

Er grinste mich liebevoll an. »Ja, Sie meinen es auch wirklich so, was? Tja, ich weiß noch, als ich anfing, verrückt zu werden, vor dem erstenmal, daß ich ausgerastet bin, da wußte ich schon, daß etwas nicht stimmt, und zwar ganz und gar nicht stimmt. Ich habe versucht, es Mutter zu sagen. Ich habe ständig alles möglich gesehen, alles war gleichzeitig groß und klein, hat sich gleichzeitig schnell und langsam bewegt und war gleichzeitig ganz nah und weit weg – ja, ich weiß, das klingt wirr, heute kommt es mir auch ziemlich wirr vor, aber ich kann es nicht anders beschreiben. Und natürlich bin ich ständig gegen irgendwas gerannt, weil ich nicht wußte, wie groß oder wie nah es war, und ich hatte so viele Beinah-Unfälle, daß ich das Fahrradfahren ganz aufgeben mußte, weil ich Geschwindigkeit oder Entfernung überhaupt nicht mehr einschätzen konnte. Und ich habe mich andauernd übergeben, weil mir davon, daß sich um mich herum ständig alles bewegte, immer schlecht wurde, und das hat mir Angst gemacht. Als ich versucht habe, Mutter das zu erklären, hat sie ziemlich barsch gesagt, das sei unmöglich. Tja, natürlich war das unmöglich, und ich habe ganz genau gewußt, daß es unmöglich war – eben das hat mir ja solche Angst gemacht.«

Er schüttelte den Kopf. »Ich weiß, sie war keine Psychiaterin. Aber ihr hätte doch wohl klar sein müssen, daß etwas schiefliegt, wenn ein Vierzehn- oder Fünfzehnjähriger ständig weint.«

Ich stimmte ihm zu. Wenn Hal anfinge, ständig zu weinen, würde ich schleunigst mit ihm zum Arzt gehen.

»Aber sie hat mir immer nur gesagt, ich soll mich zusammenreißen. Ich wußte bloß nicht, wie. Wenn ich's gekonnt hätte, hätt' ich's getan. Jedenfalls ist es so weit gekommen, daß es irgendwann nur noch eins gab, wo ich mir halbwegs sicher war, daß es sich nicht ändert, nämlich meinen Körper. Aber wenn ich die Augen offen hatte, war ich mir auch da nicht mehr sicher. Also habe ich oft mit geschlossenen Augen in meinem Zimmer gesessen und mich an mir selbst festgehalten, damit sich nichts mehr bewegt, und sogar mit geschlossenen Augen habe ich halluziniert: Wesen, die mit Riesenschritten und wahnsinnig schnell auf mich zugekommen sind, und gleichzeitig hat sich überhaupt nichts gerührt. Verdammt, ich *weiß,* daß das wirr klingt!«, sagte er wild.

»Es klingt erschreckend«, antwortete ich.

»Das war es auch. Und wie. Und deshalb ... Man versucht es eben auszusperren, egal wie, verstehen Sie? Und –« Seine Augen waren nun geschlossen; er war leicht blaß. Diese Erinnerung war eindeutig immer noch qualvoll. »Und wie Sie sich wahrscheinlich schon denken können, hat mich Mutter eines Tages dabei erwischt, wie ich mir einen runtergeholt habe. Sie war entsetzt. Das hat sie mir in deutlichen Worten zu verstehen gegeben. Dad hat ihr, glaube ich, zu erklären versucht, daß das normal sei. Aber sie war davon überzeugt, daß aus mir ein Perverser wird. Lieber geisteskrank als pervers. Jedenfalls hat sich, glaube ich, irgendwie die Vorstellung in mir festgesetzt, daß alles, was einem guttut, schlecht sein muß. Als ich in die Klinik gekommen bin, habe ich ungefähr ein Jahr lang nur gebadet, wenn mich jemand dazu gezwungen hat, denn das tat gut, also mußte es verwerflich sein.«

Er schlug die Augen auf. »Ich sage nicht, daß das Mutters Schuld war. Ich war schon ziemlich durchgedreht, als das passiert ist; sonst hätte es mich wahrscheinlich auch nicht so aufgeregt. Aber vielleicht war das der Grund, warum ich Angst vor Katzen hatte. Die kommen einfach auf einen zu und streichen einem mit ihrem Fell um die Beine, und das tut gut. Also müssen sie wirklich schrecklich sein, verstehen Sie? Jedenfalls – da saß ich nun mit der Katze auf dem Schoß, und sie hat meine Badehose verdeckt, so daß man nicht erkennen konnte, ob ich eine anhatte, und Mutter ist in den Patio gekommen, und die Katze und ich, wir haben beide geschlafen. Mutter hat uns beide geweckt. Mit ihrem Schreien.«

Er lachte. »Da hat die Katze die Krallen ausgefahren und ist von mir runtergehüpft, und ich bin hochgeschreckt und habe gefragt:

›Was ist denn?‹, und sie hat gesagt: ›Ach, Jimmy, du hast mir Angst gemacht!‹ Und sie war – sie war so blaß, richtiggehend weiß, und da ist mir klar geworden, wovor sie Angst hatte. Und ich habe gesagt: ›Nicht doch, ich bin okay, aber Brendas neue Katze hast du ganz schön erschreckt.‹ Ich habe sie noch nicht mal dran erinnert, daß ich nicht gern Jimmy genannt werde, so geschafft war sie. Und dann bin ich zu der Katze gegangen, hab' sie auf den Arm genommen und ins Haus getragen.«

»War Ihre Mutter froh darüber?«

»Froh?«, sagte er. »Ich weiß nicht. Auf jeden Fall war sie froh darüber, daß ich sie nicht wieder in Verlegenheit gebracht hatte.« Er lächelte wieder, ganz leicht. »Beckys Haar ist weich. Becky –« Er beendete den Satz nicht. »Gestern abend war ich ein bißchen sauer auf sie«, sagte er, etwas lebhafter. »Sie hat mir nämlich gesagt, sie würde sich nicht die Haare kämmen, und ich hab gesagt: ›Was glaubst du wohl, was deine Eltern denken, wenn du so nach Hause kommst?‹, und sie hat gesagt: ›Das ist mir egal, sollen sie ruhig!‹ Also – nur für den Fall, daß Sie sich Gedanken gemacht haben. Wir haben nicht. Für mich kommt das nicht in Frage. Nicht hier. Ich wollte schon, und zwar sehr, und ich glaube, sie wollte auch, aber wir haben nicht.«

»Das habe ich auch gar nicht angenommen.«

»Sie wollen nicht, daß ich darüber rede, stimmt's? Na gut, dann sage ich nichts mehr dazu. Ich wollte nur, daß Sie Bescheid wissen. Was ist mit der Katze passiert, Deb? Irgendwer wird es mir früher oder später sagen müssen.«

Ich schauderte. »Jemand hat sie totgetrampelt«, sagte ich widerstrebend.

»Ach du liebe Güte! Und das war angeblich ich, weil ja jeder weiß, der alte Olead, der kann Katzen auf den Tod nicht ausstehen. Der Pförtner in der Klinik hat das immer gesagt«, erklärte er beiläufig. »Soll ich das barfuß gemacht haben?«

»Nein, da waren Schuhspuren«, sagte ich.

»Und es ist natürlich niemand auf die Idee gekommen, sich mal meine Schuhe auf Blut und Katzenhaare hin anzusehen.«

»Doch.«

»Und?«, fragte er schließlich.

»An Ihren Baseballschuhen«, sagte ich widerwillig.

»An meinen *Baseballschuhen?*«, wiederholte er ungläubig. Und dann begann er zu meinem Erstaunen, leise zu lachen. »An meinen

Baseballschuhen! Deb, Deb, Deb, der Scheißkerl hat einen Fehler gemacht, der Scheißkerl hat Mist gebaut.« Er hob mir einen Fuß entgegen und wackelte mit den Zehen. »Größe zehneinhalb«, sagte er. »So groß sind meine Füße jetzt. Aber diese Baseballschuhe – mal überlegen – die werden so ungefähr Größe acht sein, so groß waren meine Füße nämlich, als ich von zu Hause weggegangen bin. Die Baseballschuhe waren nur aus einem einzigen Grund in meinem Zimmer. Sie waren in meinen Schlafsack eingewickelt, den ich für Brenda vom Dachboden geholt habe, und ich hatte bloß noch nicht entschieden, ob ich sie in den Mülleimer stecken oder zur Altkleidersammlung geben sollte.« Plötzlich wurde sein Gesicht wieder ernst. »Aber vermutlich wird man sagen, ich hätte sie an den Händen gehabt. Wahrscheinlich hat sie der Täter sogar an den Händen gehabt. Und natürlich sind meine Fingerabdrücke drauf, weil ich sie angefaßt habe. Aber wissen Sie – ich wollte Katzen nie etwas tun. Ich wollte nur, daß sie von mir wegbleiben. Aber das müßte wohl der Psychiater bestätigen, der damals mit mir gearbeitet hat, und der ist tot. Der Scheißkerl ist tot. Wissen Sie, warum ich ihn Scheißkerl nenne?«

»Warum?«

»Weil ich nicht genug Schimpfwörter kenne«, sagte Olead bedauernd und lachte über meinen erstaunten Blick. »Nein, weil er das ganze Zeug über Megavitamine gelesen hat. Und er hat gesagt, eine solche Behandlung würde nicht wirken. Es hat ja auch kein Mensch je behauptet, daß sie jederzeit in allen Fällen von Schizophrenie greift. Es war eine Chance, mehr nicht, aber es lohnte sich, sie zu nutzen, wenn nichts anderes wirkte. Aber er wollte es mich partout nicht ausprobieren lassen. Dann hat Susan eine Zeitlang an einer anderen Klinik gearbeitet und *gesehen,* daß es wirkt, und sie ist zurückgekommen und hat mit ihm gestritten, und er hat immer nur gesagt: Nein, das ist nur eine Mode. Später, auf dem College, habe ich dann mehr darüber erfahren, und ich wäre in den nächsten Naturkostladen gegangen und hätte mir das Zeug selber besorgt. Nur habe ich nie Geld mitnehmen dürfen, damit ich nicht auf die Idee komme abzuhauen. Können Sie sich das vorstellen?« Er schüttelte den Kopf. »Ich konnte einen Scheck auf so ungefähr jeden beliebigen Betrag ausstellen, wenn ich an mein Scheckheft im Schreibtisch meines Arztes herankam, aber ich kam nicht an vier Dollar in bar heran, mit denen ich mir ein Fläschchen *Niacinamid* hätte kaufen können, um meinen Kopf wieder auf die Reihe zu kriegen, falls es das war, was ich brauchte. Da habe ich beschlossen, wenn er mir nicht gibt, was ich nehmen will, dann nehme ich auch nicht mehr, was er mir geben will. Eine Zeitlang hatte ich Schlafstörungen, aber dann habe ich mich soweit berappelt, und es ging mir großartig. Ich meine, es ging mir wirklich prima. Aber sehen Sie, es war Winter, und die Kapseln, die bestehen aus Gelatine und haben sich nicht aufgelöst, weil das Wasser zu kalt war, deshalb hat sich die Toilette verstopft, und so ist er dahintergekommen. Da hat er begonnen, mir Spritzen zu geben, doch ich habe es vorgezogen, wieder die Tabletten zu nehmen. Wozu sich Spritzen geben lassen? Sogar Susan sagt, daß er im Unrecht war. Ihrer Meinung nach hätte ich gute Chancen, wenn ich wegen Falschbehandlung klagen würde, aber wozu soll das gut sein? Es ist nicht ihre Schuld, und die Klinik gehört jetzt ihr. Er ist tot. Aber er war so verdammt stur, Deb, er hat geglaubt, er wüßte alles, dabei könnte ich wetten, daß er seit vierzig Jahren keine Fachzeitschrift mehr gelesen hatte. Jedenfalls läuft das Ganze darauf hinaus, daß bloß wegen der Sturheit eines alten Mannes elf Jahre meines Lebens unwiederbringlich verloren sind. Und das geht an die Nieren. Das geht verdammt an die Nieren.«

Er sah mich nicht an, während er weitersprach. »Einmal hab' ich was über ein Experiment gelesen und ihm davon erzählt. Es ging um Spinnen. Man hat aus dem Blut schizophrener Menschen eine ganz bestimmte Substanz extrahiert und sie Spinnen injiziert, und die Spinnen sind verrückt geworden; das heißt, sie haben angefangen, schizophrene Netze zu spinnen. Also habe ich ihn gefragt, ob er glaubt, daß die Spinnen die gleiche Mutter hatten wie ich und daher auch die gleiche Erbbelastung. Er hat stur darauf bestanden, daß ich nicht auf die Therapie ansprechen würde. Schließlich haben wir uns bloß noch angebrüllt. Wissen Sie, was mir das eingebracht hat? Eine Elektroschockbehandlung. Das war alles. Bloß eine Elektroschockbehandlung.«

Er sah mich an, und das Entsetzen stand mir wohl ins Gesicht geschrieben, denn er lachte erneut ganz leise. »Sie haben zu viele Spätfilme im Fernsehen gesehen«, sagte er. »Es tut nicht weh, und manchmal hilft es, einen aus einer akuten Phase herauszureißen, besonders wenn man so richtig depressiv ist oder Selbstmordgedanken hat. Es ist halt nur eine beschissene Methode, eine Auseinandersetzung zu beenden.« Er schauderte. »Wissen Sie, wovor ich Angst habe?«

»Nein, wovor?«

»Nicht vor dem Sterben«, sagte er. »Jedenfalls nicht sehr. Das kann auch nicht schlimmer sein als einiges, was ich schon erlebt habe. Nein, ich habe Angst davor, daß ich im letzten Moment nicht den Mumm habe, allein in diesen Raum zu gehen, daß mich irgendwer tragen muß oder so. Ich möchte einigermaßen würdevoll sterben.«

»Olead«, sagte ich zu ihm. »Mein Mann hat gestern abend gesagt, daß nach allem, was er von Ihnen gehört hat, eine ganze Armee von Ihrem Mumm zehren könnte.«

Er wirkte geschmeichelt. »Aber er könnte mir ausgehen«, sagte er. »Deb - ich weiß, das ist viel verlangt, aber ich habe das Gefühl, ich könnte es schaffen, wenn Sie dabei wären.«

»Olead, ich glaube nicht, daß Sie mich sehen könnten.«

»Das vielleicht nicht, aber wenn ich wüßte, daß Sie da sind - für Sie könnte ich mich zusammennehmen, wenn ich's schon nicht für mich könnte.« Er schüttelte den Kopf. »Vergessen Sie's. Ich hätte gar nicht erst davon anfangen sollen. Man kann von niemandem verlangen, einem beim Sterben zuzusehen.«

»Unsinn«, sagte ich bemüht energisch. »Die Leute verlangen das alle Tage. Leute, die mit ihrem Tod rechnen, wollen, daß ihre ganze Familie sich um sie versammelt. Soviel anders ist das auch nicht.«

»Doch, und das wissen Sie auch«, sagte er entschieden. »Sie würden es also machen, Deb?«

»Ich hoffe, daß es nie dazu kommt«, antwortete ich, »aber wenn, dann bin ich da, wenn Sie es wollen.«

Nach einer Weile sagte er nachdenklich: »Wenn ich das durchstehe, müßte ich eigentlich auch das Medizinstudium durchstehen, falls ich je die Chance dazu kriege. Was meinen Sie?«

Ich sagte ihm, daß er meiner Meinung nach einen hervorragenden Arzt abgäbe, und er meinte: »Wenn ich nicht verurteilt werde, wenn ich eine Chance kriege, wenn ich zum Medizinstudium zugelassen werde, dann werde ich, glaube ich, Psychiater. Kinderpsychiater vielleicht. Dann arbeite ich in der Braun-Klinik. Das würde mir großen Spaß machen, wenn ich je die Chance dazu kriege. Und wenn ein Frosch Flügel hätte - ach, verdammt, Deb, Sie müssen wieder zur Arbeit.«

Kapitel 10

Als ich wieder im Büro war, kam mir der Gedanke, daß sich bei all meinem Nachbohren und Herumfragen bislang keinerlei Motiv dafür abzeichnete, warum jemand Jack oder Marilyn Carson hätte umbringen sollen. Nicht zu übersehen war dagegen, daß Jack Carson ein Motiv gehabt hätte, Olead Baker umzubringen.

Als Ehemann einer Frau, deren verrückter Sohn vier Millionen Dollar besaß, stand er gut da, dieser Schädlingsbekämpfer. Er wohnte in einem Zweihunderttausend-Dollar-Haus, das der verrückte Sohn gekauft hatte, und ich war mir ziemlich sicher, daß er von den zwei Lincolns und dem Ford-Kleinlaster, die zum Haus gehörten, nur den Kleinlaster bezahlt hatte. Und nicht einmal das wußte ich genau. Ich fragte mich, wofür sonst alles noch Olead mal eben einen Scheck ausgestellt hatte, weil seine Mutter etwas haben wollte, seine Mutter, die ihn nach seinen eigenen Worten liebte, aber nicht mochte, seine Mutter, die froh darüber war, daß er sie nicht wieder in Verlegenheit brachte.

Es mußte ein ziemlicher Schock für Jack gewesen sein, daß Olead wieder gesund geworden war. Aber seitdem hatte sich Olead ja im Haus nützlich gemacht, sich um die Kinder gekümmert, sich tyrannisieren lassen. Was hatte Jack wohl empfunden, als Olead ihn daran erinnerte, wem eigentlich das Haus gehörte? Und wie lange war das her?

Ein sehr unerfreulicher Gedanke begann sich in mir zu regen. Angenommen, mein Szenario war völlig falsch? Angenommen, der Mann, an den sich Olead erinnerte, der Mann, der ihm den Punsch gegeben hatte, hatte mit Jack gemeinsame Sache gemacht? Angenommen, sie hatten sich zusammengetan, um die anderen zu beseitigen und die Sache Olead anzuhängen? Ihr Plan hätte es sein können, das Ganze so hinzustellen, als sei es passiert, nachdem Jack zu dem Jagdausflug aufgebrochen war. Vielleicht wollte dieser später aussagen, Jake habe es sich anders überlegt und beschlossen, nicht mitzugehen, sondern zu Hause bei seiner kranken Frau zu bleiben, und dann sei Olead eben ausgerastet. Ganz einfach, und Jack war damit auch seine Frau los, die er vielleicht langsam satt hatte. Edith war sowieso nicht zu ertragen, und Jake? Jake war ein ganz unbekannter Faktor; ich hatte keine Ahnung, was für ein Mensch er gewesen war. Er war Jacks Bruder, er wohnte in Arkansas, und er ging am Neujahrstag gern auf Kaninchenjagd; das war alles, was ich von Jake Carson wußte.

Wenn das der Plan gewesen war, machte es durchaus Sinn, Jeffrey am Leben zu lassen. Falls Olead wegen Mordes verurteilt und hingerichtet werden würde, war Jeffrey sein einziger lebender Verwandter. Würde er dagegen wegen Unzurechnungsfähigkeit freigesprochen ... Nun, er liebte Jeffrey und würde sicherstellen, daß Jeffrey versorgt war. Und in beiden Fällen würde Jack als Jeffreys Vater weiterhin sämtliche Annehmlichkeiten genießen, an die er sich gewöhnt hatte, und das ohne die ärgerliche Anwesenheit eines erwachsenen, nicht länger gefügigen Olead Baker.

Angenommen, das war der Plan, und er war gerade angelaufen, und die beiden Kumpane beglückwünschten sich zu ihrem Erfolg, als Olead plötzlich aufwachte? Aufwachte und die Schrotflinte sah, mit der sie Brenda umgebracht hatten, sich klarmachte, was passiert war, nach der Waffe griff, einen Schuß auf den im Wohnzimmer sitzenden Jack abgab und ihn tötete und dann auf Jacks Kumpan schoß, als dieser floh?

Ja, ich war mir sicher, mit welcher Flinte er geschossen hatte, und ich war mir sicher, daß zwei Schüsse daraus abgegeben worden waren – aber kein Ballistikexperte auf der ganzen Welt konnte mir sagen, welche Ladung aus welcher Flinte stammte. Allenfalls, welche Hülse zu welcher Flinte gehörte; und welche Hülse welchem Opfer zuzuordnen war, erschloß sich lediglich daraus, in welchem Zimmer man diese jeweils gefunden hatte. Aber selbst das konnte vom Täter arrangiert worden sein.

Ob hier die Erklärung lag, warum Olead sich gegen die Erinnerung sträubte, warum er sich erbrochen hatte, als ich eine Antwort verlangte?

Konnte es sein, daß Olead Baker seinen Stiefvater umgebracht hatte?

Wenn ja, dann war es wahrscheinlich kein Mord, sondern Notwehr, denn wer Zeuge eines solchen Blutbades wurde, der konnte mit Fug und Recht davon ausgehen, daß er selbst ein potentielles Opfer werden würde. Aber würde ein Geschworenengericht das auch so interpretieren?

Und wie konnte ich es überhaupt beweisen?

Auf jeden Fall mußte ich zweierlei herausfinden: Erstens mußte ich ein paar alte Freunde von Oleads Vater auftreiben, Leute, die Jim Baker und Jack Carson in der Zeit gekannt hatten, als die beiden miteinander befreundet waren und der eine dem anderen noch nicht die Frau ausgespannt hatte.

Zweitens mußte ich jemanden auftreiben, der auf der Party gewesen war – am besten mehrere Gäste, die einander vielleicht helfen konnten, sich zu erinnern, wer sonst noch dort gewesen war.

Mir fiel immerhin eine Methode ein, wie sich Punkt zwei angehen ließ. Ich rief den *Star-Telegramm* an sowie die Fernsehsender und Radiostationen. Captain Millner würde nicht sehr begeistert von dieser Aktion sein. Aber in Kürze würden sämtliche Medien im Großraum Fort Worth/Dallas jeden, der auf der Silvesterparty bei den Carsons in Ridglea gewesen war, auffordern, sich mit der Polizei von Fort Worth in Verbindung zu setzen.

Mir kam der Gedanke, daß ich vielleicht besser die Zentrale davon in Kenntnis setzen sollte.

Die Idee erwies sich als gut: Mehrere Radio- und Fernsehsender brachten den Aufruf in den Mittagsnachrichten, und bis zwei Uhr hatte ich neun Leute, die zu Gast auf der Party gewesen waren. Entweder handelte es sich durchweg um solide hilfsbereite Bürger, oder sie waren ganz aus dem Häuschen darüber, daß sie es mit einem richtigen, echten *Mord* zu tun hatten, aber sie konnten jedenfalls alle mit Namen aufwarten. Die Listen überschnitten sich teilweise; keine zwei Party-Besucher stellten exakt die gleiche Liste auf, aber als ich mit allen geredet hatte, konkretisierte sich meine Vorstellung davon, wer alles dort gewesen war.

Und ein Name interessierte mich ganz besonders.

Nach Aussage von drei Leuten war auch Slade Blackburn auf Jack und Marilyn Carsons Party gewesen.

Sieh mal einer an, dachte ich.

Das ist ja entzückend.

Denn ich hatte Schrotpatronen, rote Winchester-Pappatronen, in Slade Blackburns Haus gefunden, aber keine Flinte. Aber eine solche sowie zwei rote Winchester-Papphülsen hatte ich in Jack Carsons Haus, das eigentlich Olead Baker gehörte. Und ich hatte in Jack Carsons Camper 45er Munition, aber keine Pistole, und ich hatte auch keine Pistole in Slade Blackburns Haus, doch hatte ich eine Frau, die mit einer 45er erschossen worden war. Und ich hatte einen Mann, der in bezug auf alles, was er über diesen Tag gesagt hatte, schlicht gelogen hatte.

Die Pistole lag wahrscheinlich im Trinity River. Ich rechnete nicht damit, sie je zu finden.

Natürlich konnte ich niemanden festnehmen, weil er auf einer Party gewesen war. Aber ich hatte jetzt eine Verbindung zwischen den beiden Fällen und fühlte mich ziemlich erleichtert. Olead wird gar nicht vor Gericht kommen, dachte ich voller Zuversicht; was heißt hier Gericht, ich wette, ich habe ihn bis morgen draußen. Wenn die von der Staatsanwaltschaft nicht darauf bestanden hätten, den Haftbefehl durchzuziehen, obwohl meine Ermittlungen noch nicht abgeschlossen waren, dann würde ihnen die bevorstehende Blamage bei dessen Wiederaufhebung erspart bleiben. Aber sie hatten es nun mal getan, und deswegen war das ihr Problem.

Es ist alles so sonnenklar, dachte ich. Ich würde Olead anrufen, und er würde mir sagen, wo er sein Geld liegen hatte; dann würde ich die Bankprüfer und Computerexperten anrufen, die das FBI hinzugezogen hatte, um die verbrannten Geschäftsunterlagen, Magnetbänder und Disketten der Bank zu rekonstruieren; ich würde ihnen sagen, worauf sie zu achten hätten, und dann würden wir alle losziehen und Slade Blackburn verhaften.

Wie schön, wie schön, dachte ich und theoretisierte ohne Rücksicht auf die Fakten munter weiter.

Blackburn hatte wohl geglaubt, alles sei ganz einfach: zuerst Jack Carson loswerden, der ihn hätte verpfeifen können, Jack Carson, mit dem er die Beute hätte teilen müssen. Olead konnte er nicht umbringen, weil dann dessen Konto eingefroren würde; wenn er ihn dagegen auf indirekte Weise loswurde, wäre das nicht der Fall. Und dann kam der zweite Schritt in seinem Plan, seine alternde, nicht mehr sonderlich attraktive Frau umzubringen, die nicht in sein neues Leben paßte, und zugleich einen Raubüberfall vorzutäuschen, um die Vernichtung der Bankunterlagen zu verschleiern, die ihn ansonsten überführt hätten. Die ihn letztlich doch überführen werden, versicherte ich mir.

Ich rief Olead an und fragte ihn, wieviel Geld er bei der First Federated Bank of Ridglea habe. »Keins.«

»Was?«, sagte ich. »Aber Sie haben doch bestimmt –«

»Ich habe kein Geld bei der First Federated Bank of Ridglea«, wiederholte er.

»Aber, Olead –«

»Deb«, unterbrach er, »ich weiß, wo ich Konten habe und wo nicht, und ich versichere Ihnen, ich habe keinerlei wie auch immer geartetes Guthaben bei der First Federated Bank of Ridglea.« Er nannte die Banken, bei denen er Konten hatte.

»Sind Sie sicher?«, fragte ich idiotischerweise, und er bejahte.

»Verdammt!«, sagte ich.

»Wieso?«

»Weil ich dachte, ich hätte alles auseinanderklamüsert«, sagte ich niedergeschlagen. »Olead, erinnern Sie sich an einen Mann . . .« Ich beschrieb Slade Blackburn.

»Woher soll ich ihn denn kennen?«

»Von der Party«, sagte ich voller Hoffnung.

»Vielleicht war er da«, meinte Olead. »Deb, ich erinnere mich einfach nicht sehr gut an die Party. In der ersten halben Stunde bin ich hin- und hergelaufen, weil Jeffrey ein bißchen beleidigt war und ich versucht habe, ihn zu beruhigen, und natürlich hat sich Edith jedesmal, wenn ich ins Zimmer gekommen bin, unter der Decke verkrochen und mich angezischt, als hätte sie Angst, ich würde sie gleich vergewaltigen. Und als ich ihn dann endlich zum Einschlafen gebracht hatte, muß mir jemand den Becher Punsch gegeben haben, und kurz danach bin ich dann müde geworden. Was später kam, ist alles verschwommen. Ich weiß, daß ich mir das Dr. Pepper geholt habe, um wieder wach zu werden, aber dann hab' ich's aufgegeben und bin ins Bett gegangen. Zu dem Zeitpunkt war ich bereits so müde, daß ich Angst hatte, ich kippe um, ehe ich mich ausgezogen habe.«

Er hatte mir gerade verraten, woher der Mörder wußte, daß er Jeffrey nichts tun durfte. Daß Olead genauso viel an Brenda lag, hatte der Mörder nicht gewußt, weil Brenda zu diesem Zeitpunkt schon geschlafen hatte.

»Könnte es sich bei dem Mann, den ich gerade beschrieben habe, um die Person handeln, die Ihnen den Punsch gegeben hat?«

»Vielleicht«, sagte er. »Es tut mir leid, aber ich kann verbale Beschreibungen nicht sehr gut in geistige Vorstellungen umsetzen. Das ist einfach nicht meine Stärke. Zeigen Sie mir ein Foto, vielleicht weiß ich es dann.«

Und genau das traute ich mich nicht. Denn wenn ich recht hatte, würde ich Olead eines Tages auffordern, sich Slade Blackburn bei einer Gegenüberstellung anzusehen, und ich durfte nichts riskieren, was später als unzulässige Beeinflussung seiner Erinnerung ausgelegt werden könnte.

Also legte ich auf und begnügte mich damit, in der Bank anzurufen und die Bankprüfer zu bitten, sich alles - und sei es noch so unbedeutend -, was sie eventuell in Zusammenhang mit dem Namen James Baker oder James Olead Baker fanden, genauestens anzusehen. Sie fragten mich, ob ich irgendwelche Gründe für diese Bitte hätte, und ich mußte zugeben, daß ich im Augenblick nur einer Ahnung folgte.

Cops folgen häufig irgendwelchen Ahnungen, und ich hatte so eine Ahnung, daß den Bankprüfern Zahlen lieber gewesen wären.

In Elk's Lodge fand abends ein Essen mit Tanz statt, wie ich mir in Erinnerung rief, als mir auffiel, daß ich es wieder mal geschafft hatte, bis weit nach Dienstschluß zu arbeiten. Bestimmt erwartete Harry, daß ich an diesem Abend ausnahmsweise einmal als Ehefrau statt als Cop auftrat.

Vielleicht lenkt mich das ja ein bißchen ab, dachte ich hoffnungsvoll, und es geht mir morgen viel besser.

Vielleicht.

Bestimmt erwartet Harry, daß ich ein neues Kleid trage. Meine Güte, wie spät es schon ist, dachte ich, und fuhr zu Monnig's.

Von dort fuhr ich zu Dillard's.

Dort angekommen, befand ich, daß ich, wenn ich mich beeilte, noch genügend Zeit hatte, einen raschen Blick auf die Babysachen zu werfen, ehe ich mich nach etwas Passendem für den Abend auf die Suche machte. Nachdem ich einen süßen grünen Spielanzug gefunden hatte, dem ich einfach nicht widerstehen konnte, fiel mir ein, daß Hal eine neue Turnhose brauchte und daß die Waschmaschine Beckys Lieblingsnachthemd ruiniert hatte. Auf dem Weg zu den Damenkleidern kam ich durch die Herrenabteilung, wo ich auf ein weihnachtliches Sonderangebot für Manschettenknöpfe stieß. Gut, dachte ich, denn Harry brauchte unbedingt ein Paar neue, die zu seinem Tuxedo paßten. Seine alten machten wirklich nicht mehr viel her, seit er sie einmal auf der Kommode hatte liegen lassen und die Katze sie in die Klauen bekommen hatte.

Autohandschuhe waren auch im Sonderangebot. Prima! Ich verbrauche pro Winter zirka zwei Paar.

Mit Kartons beladen, warf ich erneut einen Blick auf meine Uhr.

Na ja, vielleicht würde sich Harry nicht allzu sehr daran stoßen, wenn ich einfach eins meiner alten Kleider trug, sagte ich mir voller Hoffnung.

Zum Glück kam es so, oder aber er merkte gar nichts. Nach dem Adventsball hatte er wegen meines alten Kleids Zustände bekommen und mir gesagt, ich müsse mir ein neues besorgen; daß ich mich geweigert hatte, vor Weihnachten ins Kaufhaus zu gehen, war ein wesentlicher Grund dafür gewesen, daß wir nicht zum Neujahrsball gegangen waren.

Zum Valentinsball würde ich mir jedenfalls eins kaufen, nahm ich mir vor.

Anders als sonst wurde Harry genauso früh müde wie ich, so daß wir vor Mitternacht ins Bett kamen. Zum erstenmal seit einer Woche schlief ich gut, weil ich wirklich das Gefühl hatte, auf dem richtigen Weg zu sein, wenn es mir nur gelänge, eine eindeutige, nachweisbare Verbindung zwischen Slade Blackburn und Jack Carson zu finden.

Als ich um acht Uhr aufstand, saß Hal allein im Wohnzimmer und sah fern; er teilte mir mit, daß Becky bereits aus dem Haus sei, um Olead zu besuchen. Noch ziemlich benommen von einer leichten Überdosis Champagner am Vorabend, sagte ich so etwas wie aha und begab mich in die Küche, um darüber nachzudenken, ob es etwas gab, was ich zum Frühstück zubereiten könnte und was sich hinreichend interessant anhörte, um der Mühe wert zu sein.

Ich hatte gerade ein Blech Muffins in den Ofen geschoben, als Becky zurückkam. Sie weinte. »Was ist los mit dir?«, wollte ich wissen.

»Olead ist nicht da!«, erläuterte sie etwas dramatisch.

»Was redest du denn?«, fragte ich. Ich war noch nicht ganz wach. »Natürlich ist er da. Wo soll er denn sonst sein?« Mir ging durch den Kopf, daß er sich auf einiges gefaßt machen konnte, wenn er wieder einen seiner Ausflüge unternommen haben sollte.

Becky warf sich in einer Attitüde, die sie wohl aus einem Spätfilm hatte, weinend auf einen Stuhl. Aber ihr Kummer war zweifellos echt. »Ich weiß es nicht!«, heulte sie. »Sie wollten es mir nicht sagen! Es hat immer nur geheißen, er ist verlegt worden!«

Natürlich hatte er keinen Ausflug unternommen. Mir war längst klar geworden, daß seine sichtbare Benommenheit am ersten und teils noch am zweiten Tag nach der Tat sowohl auf den Schock als auch auf die Überdosis *Mellaril* zurückzuführen war. »Nun beruhige dich erst mal«, sagte ich zu Becky. »Ich erkundige mich.«

Ich rief im Gefängnis an und stellte ein paar Fragen zu Oleads Aufenthalt, wobei ich (wie ich fand, zu Recht) darauf hinwies, daß Olead mein Häftling war, auch wenn er ans County überstellt worden sei; angesichts der Tatsache, daß meine Ermittlungen noch keineswegs abgeschlossen seien, auch wenn es die Staatsanwaltschaft für angebracht gehalten habe, einen in meinen Augen voreiligen Haftbefehl zu beantragen, hätte ich doch wohl das Recht zu wissen, wo er sei. Widerstrebend trennte sich irgendwer von der Information, daß Olead irgendwann am gestrigen späten Abend auf Gerichtsbeschluß für zehn Tage zur Untersuchung und Beobachtung in die staatliche psychiatrische Klinik in Terrell eingewiesen worden sei.

Zehn Tage, dachte ich. Wie nett. Die gleiche Zeitspanne, die man bei tollwütigen Hunden zur Untersuchung und Beobachtung ansetzt.

Ich fragte, wieso, und erfuhr, daß die Staatsanwaltschaft Wind davon bekommen hatte, daß Oleads Psychiaterin im Gefängnis gewesen war. Da die Anklage aufgrund dessen verstärkt mit einer Berufung auf Unzurechnungsfähigkeit rechnen mußte, wurde die Entscheidung gefällt, mit Gutachten staatlicher Psychiater zu kontern.

Es war die übliche Vorgehensweise; ich hatte keinerlei Probleme damit. Es war durchaus angemessen. Es sei denn –

»Hat er seine Medikamente mitnehmen dürfen?«

»Ich bitte dich, Deb«, sagte der Vollzugsbeamte mit gequälter Stimme. »Terrell ist eine Klinik. Meinst du nicht, daß die dort alles haben, was er braucht?«

»Heißt das, nein, er hat nicht gedurft?«

»Tja, äh, so in etwa.«

»Danke«, sagte ich, legte auf und rief Don an. Dann rief ich Susan an, während Don mit einem Richter redete. Bei diesem erwirkte er eine gerichtliche Verfügung, nach der es Olead erlaubt werden mußte, weiterhin die ihm von seiner Hausärztin verschriebenen Medikamente zu nehmen. Er und Susan wollten nach Terrell fahren, wobei Susan neue Medikamentenfläschchen und Kopien ihrer sämtlichen Zeugnisse mitnehmen wollte, falls es irgendein Problem gäbe.

Becky sagte, sie wolle mit. Mir ging es genauso, aber es gab nicht den geringsten Grund, warum wir mitfahren sollten. Außerdem hatte ich Muffins im Ofen.

Ich erinnerte Becky daran, daß es Olead dort vermutlich besser ging. Höchstwahrscheinlich hatte er sehr viel mehr Bewegungsfreiheit, und er war außerdem vor den Leuten sicher, die das anhaltende Bedürfnis zeigten, ihn zu verprügeln. Überdies boten die Untersuchungen eine gewisse Abwechslung, so daß er sich nicht gar so sehr langweilen würde.

Und wenn wir Glück hatten, hatte ich den wirklichen Mörder hinter Gittern, wenn Olead nach Fort Worth zurückkam.

Becky sagte, das sei nicht fair, was ich bestätigte, aber wir könnten nun mal nicht mehr tun als das, was wir bereits täten. Dann ermahnte ich Hal, darauf zu achten, daß alle seine schmutzigen Socken in den Wäschekorb kamen, ich würde nämlich ohne Durchsuchungsbefehl keine fremden Zimmer betreten, und er meinte in ziemlich genervtem Ton: »Oh, Mom!«

»Das gilt auch für dich, Becky«, fügte ich hinzu. »Sonst könnt ihr eure Wäsche selber waschen.«

Harry kam gähnend aus dem Schlafzimmer getrottet und fragte, ob das Muffins seien, was er da rieche, und ich sagte ja. Gut, meinte er, er sei sich nämlich nicht sicher gewesen, ob es Muffins oder Pintobohnen seien, und er habe zum Frühstück eigentlich keine Lust auf Pintobohnen. Ich sagte ihm, die Bohnen seien für den Taco-Bohnensalat gedacht, worauf er so etwas wie ›aha‹ von sich gab und hinzufügte, er wolle sich heute eventuell ein Flugzeug ansehen, ob ich Lust hätte mitzukommen. Ich sagte ihm, ich würde es mir überlegen. Er sagte, er wolle erst am Spätnachmittag los, ich hätte also massenhaft Zeit, die Wäsche zu machen.

Das war genau das, was ich brauchte: massenhaft Zeit, um die Wäsche zu machen. Hatte ich etwa gelobt, zu lieben, zu ehren und Socken zu waschen?

Um ein Uhr nachmittags stellte ich fest, daß Becky in einem ungewöhnlich schweren Anfall von Ehrgeiz ihr Zimmer saubergemacht hatte, und dies ohne daß man sie hätte anbrüllen müssen. »Vielleicht wird sie erwachsen«, sagte ich zu Harry, und er sagte, es werde auch langsam Zeit. Er saß mitten im Wohnzimmer auf dem Boden, um sich herum den in seine Einzelteile zerlegten Staubsauger.

Was mir jetzt noch fehlte, war Besuch, und prompt schneiten Don und Susan herein. Heute hatte sich Susan nicht feingemacht. Sie trug eine türkisfarbene Freizeithose, ein türkisfarbenes Cowboyhemd mit Western-Stickerei und braune Cowboystiefel. Ich fand, sie sah darin ebensosehr nach Psychiaterin aus, wie ich in meiner braunen Freizeithose, dem Sweatshirt mit dem Aufdruck Bell Helicopter-Textron und den blauen Turnschuhen nach Cop aussah. Susan wich dem Staubsauger aus und setzte sich auf die Couch, und Don ließ sich auf der Kaminummauerung nieder und teilte uns mit, daß Olead okay sei.

»Was heißt das?«, fragte Becky argwöhnisch.

»Das heißt, daß er bei unserer Ankunft in der Sporthalle war, mit einem Basketball gedribbelt und das Korbwerfen trainiert hat, und zwar unter Beobachtung von zwei Psychiatern«, sagte Susan und fing an zu lachen. »Sie haben ihn heute morgen geweckt und gefragt, wozu er Lust hätte, und er hat gesagt, er hätte Lust, Basketball zu spielen. Also haben sie ihm beim Basketballspielen zugesehen. Wahrscheinlich, um festzustellen, ob er es auf zurechnungsfähige Weise tut oder nicht.«

»Und seine Medikamente?«

Don schüttelte den Kopf »Er meinte, es sei nett von uns, mit der gerichtlichen Verfügung anzutanzen, aber es wäre gar nicht nötig gewesen. Offenbar hatte er ihnen schon gesagt, was er nimmt, und sie hatten gemeint, das könne er ruhig weiternehmen.«

»Eines haben wir nämlich vergessen«, sagte Susan. »Die Anklage will, daß er zurechnungsfähig ist. Also werden sie es nicht riskieren, Unruhe in die Sache zu bringen. Aber wie ich schon sagte, es spielt meiner Meinung nach sowieso keine Rolle. Er ist gesund. Punktum. Sonst wäre er bei dem, was er zur Zeit durchmacht, schon längst wieder ausgerastet, ob mit oder ohne Medikamente. Kein Psychiater der Welt würde ihn im Moment für unzurechnungsfähig erklären.«

Becky beschloß plötzlich, in ihr Zimmer zu gehen. »Was hat sie denn?«, fragte Harry, der sich von dem Staubsauger losgerissen und in seinem Sessel niedergelassen hatte.

»Vermutlich ist ihr eingefallen, warum die Anklage will, daß er zurechnungsfähig ist«, antwortete Don und fügte hinzu: »Verdammt noch mal!« Ich wies darauf hin, daß es gewisse Lichtblicke gebe, und Don meinte düster, er wolle es hoffen.

Er und Susan gingen, nachdem wir noch Kaffee getrunken hatten, und Harry sagte nachdenklich: »Ich muß den Burschen wirklich mal kennenlernen.«

»Ich werde mein möglichstes tun, damit du die Chance dazu erhältst«, antwortete ich. »Aber das Blöde ist, daß ich im Augenblick zwei Fälle bearbeiten muß. Ich müßte eigentlich etwas wegen Blackburn unternehmen, und das habe ich bis jetzt weitgehend den Feds überlassen.«

Wenn ich mich so richtig in einen Fall verbeiße, fühlt sich Harry in der Regel ein wenig vernachlässigt, obwohl ihm mein Beruf meistens ebenso viel Spaß zu machen scheint wie mir – es kommt vor, daß er damit prahlt oder scherzt (oder beides), er sei der einzige Angestellte von Bell Helicopter, der unter Polizeischutz schläft. Aber daß er im Moment ein bißchen sauer war, konnte ich ihm nicht verdenken; die Situation hatte die ganze Familie in Aufruhr versetzt.

»Gibt's eigentlich sonst keinen in eurer Sonderkommission?«, fragte er jetzt ziemlich vergrätzt.

»Klar doch. Sechs Leute, vierzehn Fälle. Der ursprüngliche Gedanke hinter der Sonderkommission war, eine Person, ein Fall, keine Unterbrechung, aber so funktioniert das nie. Und im Augenblick habe ich eben Olead Baker und Slade Blackburn.«

»Slade Blackburn«, wiederholte Harry gedankenvoll; sein Ärger war so rasch verraucht, wie er entstanden war. »Das hat mich wirklich umgehauen, weißt du? Ich kenne ihn schon seit zwanzig Jahren –, daß er gern auf großem Fuß lebt, war mir schon immer klar, aber daß er so ein Ding drehen würde, hätte ich ihm nicht zugetraut.«

»Das hast du mir ja gar nicht gesagt«, meinte ich. »Woher kennst du ihn denn? Er ist doch nicht in der Lodge, oder?«

Harry grinste fröhlich. »Tja«, sagte er, »weißt du noch, wie ich in Grand Prairie stationiert war und sechs von uns sich zusammengetan und ein Flugzeug gekauft haben?«

»Ja.« Und ob ich das noch wußte. Es war nicht gerade ein Höhepunkt unserer Ehe gewesen. Ein Sechstel eines Flugzeuges war für uns damals ungefähr ebenso erschwinglich gewesen wie ein ganzes Flugzeug.

»Slade war einer von den sechs, er und Jim Baker«, erklärte er und grinste erinnerungsselig. »Wir haben in Fort Worth einen Hangar an einer winzig kleinen Piste gemietet, die so dicht bei Meacham lag, daß wir zum Starten und Landen jedesmal die Freigabe vom Meacham Tower brauchten. Wir haben uns alle geschworen, wir würden uns nach was Besserem umsehen, sobald wir nur das Geld dazu hätten. Aber wer von uns heute noch fliegt, benutzt immer noch den dortigen Hangar.«

Das wußte ich selbstverständlich. Ich hatte bloß nicht gewußt – oder wenn, dann war es mir entfallen –, daß Slade Blackburn auch daran beteiligt war.

»Slade Blackburn hat ein Flugzeug?«, fragte ich.

»Aber ja doch«, sagte Harry, leicht verdutzt.

»An derselben Piste wie du?«

»Ja.«

»Dann hat er dort doch bestimmt auch so etwas wie einen Spind, wo er Sachen unterbringen kann?«

»Ja«, sagte Harry. »Als wir damals das Flugzeug gekauft haben, haben wir alle sechs Spinde bekommen, und soweit wir noch fliegen, haben wir immer noch dieselben Spinde. Soweit wir noch fliegen.« Einen wehmütigen Ausdruck im Gesicht, schüttelte er den Kopf. »Eigentlich müßte ich sagen, soweit wir noch am Leben sind. Zwei aus unserer Gruppe sind mittlerweile tot.«

»Slade Blackburn hat also einen Spind auf einem Flugplatz.« Ich wollte mich vergewissern, daß ich es auch richtig verstanden hatte.

»Es ist eher eine Piste.«

»Und er hat ein Flugzeug. Was für eins? Wie weit kommt er damit?«

»Eine Beech, natürlich. Und er kommt damit so weit, wie er will, vorausgesetzt, er tankt immer rechtzeitig auf«, sagte Harry nervtötenderweise. Dann lachte er und meinte: »Tut mir leid, Schatz, ich kenne seine Reichweite wirklich nicht. Ich denke, er bräuchte von hier bis, sagen wir, zur Westküste vielleicht ein bis zwei Zwischenlandungen, aber das ist nur über den Daumen gepeilt. Über mein Flugzeug kannst du mich fragen, was du willst.« Mit Ausnahme der Mooney, die außerhalb seiner Preisklasse liegt, hält Harry die Beech für das einzige ernstzunehmende Flugzeug, aber er gibt zu, daß Besitzer von Cessnas und Pipers in bezug auf ihre Flugzeuge ganz ähnliche Empfindungen haben.

Im übrigen – und das weiß er ganz genau – ist die einzige Frage, die ich ihm je zu seinem Flugzeug stelle, die, ob es uns dort hinbringt, wo wir hinwollen. Ich fliege durchaus gerne mit, solange Harry nicht von mir verlangt, den Pilotenschein zu machen, obwohl ich, für einen eventuellen Notfall, widerstrebend gelernt habe, wie man das Ding landet. Was ich nicht nachvollziehen kann, ist Harrys verrückte Leidenschaft, sich in die Luft zu erheben, in Kreisen herumzufliegen und wieder zu landen. Ich betrachte Flugzeuge lediglich als Transportmittel. Harry betrachtet Flugmaschinen jeder Art als Spielzeug.

»Gehst du dir dort das Flugzeug ansehen?«, fragte ich. »Bei dieser Piste?«

»Ja«, sagte er. »Ich überlege mir, meins zu verkaufen und vielleicht dieses dafür zu nehmen. Vielleicht auch nicht. Ich weiß es noch nicht.«

Diese Ankündigung beunruhigte mich nicht sonderlich. Harry fliegt schon seit sechs Jahren dasselbe Flugzeug. Er sieht sich ungefähr einmal im Monat einen potentiellen Nachfolger an, entscheidet sich letztlich aber jedesmal dagegen. Die Aussicht, mir ein anderes Flugzeug anzusehen, reißt mich normalerweise nicht unbedingt vom Hocker, obwohl ich für gewöhnlich mitgehe und pflichtschuldig Bewunderung äußere, aber die Aussicht auf einen Blick auf Slade Blackburns Spind – das war etwas ganz anderes.

Ich sagte Harry, daß ich mitkommen würde, und er meinte: »Gut, schnapp' dir deine Jacke.«

»Willst du den Staubsauger nicht wieder zusammenbauen?«, fragte ich.

Er warf einen Blick darauf. »Das mache ich, wenn wir wieder da sind.«

Na, hoffentlich. Vor und während der Demontage hatte er sämtliche Flusen, Fusseln, Teppichfasern und allerlei sonstigen Schmutz daraus entnommen und sorgfältig auf dem Teppich verteilt. Hal hatte, nach entsprechender Aufforderung, die größeren Klumpen aufgehoben und zur Mülltonne gebracht, aber den Teppich bedeckte nach wie vor eine Schicht – buchstäblich eine *Schicht* – von feinem, leichtem, grauem Staub.

Unter einem Hangar stelle ich mir ein Gebäude vor. Ein Gebäude mit einer Tür, die man abschließen kann. Bei der betreffenden Piste waren angeblich dreißig Flugzeuge der verschiedensten Art untergestellt. Tatsächlich hatten dreiundzwanzig davon überhaupt keinen Hangar, sondern waren lediglich festgemacht, d. h. durch Ringe, die sich an verschiedenen Teilen ihrer Karrosserie befanden (ich bin nun mal kein Pilot und weiß nicht, wie die Sachen heißen), waren Seile gezogen und an Stahlringen festgezurrt, die in den Betonboden der Abstellfläche eingelassen waren. Die restlichen sieben waren ebenfalls festgemacht, dies allerdings in der vermeintlichen Sicherheit eines Schuppens mit Blechdach.

Nun ja, ganz so schlimm war es nicht. Der Hangar war auf drei Seiten geschlossen, und es gab sogar einen abschließbaren Bereich, der freilich nicht dem Schutz der Flugzeuge diente. Er beherbergte die Werkstatt, und Werkzeuge lassen sich etwas leichter stehlen als Flugzeuge.

Die Spinde befanden sich in der Werkstatt und waren beklebt mit Namensschildchen, Bildern, Postern, Pin-up-Fotos, Autoaufklebern und anderem Kram, der sich im Laufe der Jahre angesammelt hatte. Harry sagte mir, welcher Slade Blackburn gehörte. Ich konnte ihn nicht öffnen und hätte das auch nicht getan, wenn ich es gekonnt hätte, denn ich wollte streng nach Vorschrift vorgehen. Aber ich sah ihn mir sehr genau an und machte mir sogar Notizen, um ihn in dem Durchsuchungsbefehl, den ich in etwa zwei Stunden zu beantragen gedachte, eindeutig bestimmen zu können.

Dann ging ich nach draußen, um mir das Flugzeug zu betrachten, das Harry sich ansehen wollte. Ich fand es durchaus hübsch, obwohl ich nicht unbedingt einen Unterschied zu Harrys Maschine feststellen konnte, außer vielleicht, daß es ein bißchen neuer und ein bißchen größer wirkte. »Wieviel soll es denn kosten?«

»Na ja, eigentlich steht es noch nicht zum Verkauf«, meinte er, »aber ich rechne damit, und deswegen wollte ich es mir noch mal ansehen.«

»Warum meinst du denn, daß es verkauft werden könnte?«, fragte ich, ohne mir etwas dabei zu denken.

Er warf mir einen kurzen Blick zu, der ein klein wenig reumütig wirkte. »Weil es Jack Carsons Flugzeug ist, wenn du's genau wissen willst.«

»Was?«, sagte ich und drehte mich zu ihm um. »Das ist doch kein Schädlingsbekämpfungsflugzeug!«

»Ein Schädlingsbekämpfungsflugzeug?«, rief Harry mit empörter Stimme. »Na, und ob das kein Schädlingsbekämpfungsflugzeug ist! Das ist eine Sierra!«

Ich gab zu, es sei ganz hübsch, aber ich sähe nicht, was daran so anders sein solle als bei Harrys Flugzeug.

»Ach du Schande!«, sagte Harry. »Sieh mal, meins ist eine Sundowner.«

»Okay«, sagte ich.

»Das da hat mehr Sitze. Es hat ein einziehbares Fahrwerk. Es hat –«

»Schon gut«, unterbrach ich, »wieviel kostet es?«

»Wieviel es kostet?« Er warf einen Blick darauf. »Och, es wird für ungefähr dreißig-, fünfunddreißigtausend zu haben sein. Keine Angst«, fügte er hastig hinzu, »ich will's mir nicht wirklich kaufen; es macht halt nur Spaß zu träumen.«

»*Dreißig* –«, sagte ich leicht benommen. »Moment mal! Wann hat Jack Carson das Flugzeug gekauft?«

»Och, so vor vier, fünf Jahren, wieso?«

»Hat er es neu gekauft?«

»Ja.« Harry schaute ein wenig verdutzt drein, aber ich glaube, er begriff allmählich, daß ich mittlerweile eher als Cop denn als Ehefrau agierte.

»Wieviel hat es neu gekostet?«

»Ich weiß nicht genau. So um die sechzigtausend Dollar. Ich weiß noch – ich müßte mich eigentlich an das genaue Datum erinnern, weil er und Slade sich am selben Tag Sierras gekauft haben; wir anderen haben sie noch gefragt, ob sie eine Bank ausgeraubt hätten oder so was Ähnliches, und sie haben beide gelacht, und Slade hat gesagt: ›So was Ähnliches.‹ Dann haben sie uns erzählt, sie hätten beide in Vegas groß abgeräumt und auf dem Nachhauseweg beschlossen, sich mal was Richtiges zu gönnen.«

Die Rädchen in meinem Kopf drehten sich, und zwar schnell. Ich hatte eine Verbindung zwischen Jack Carson und Slade Blackburn gewollt; nun hatte ich eine, und die Verbindung war, wie nicht anders zu erwarten, Geld. »War das vor oder nach Jim Bakers Tod?«, fragte ich und wußte, wie die Antwort lauten würde.

»Danach, ungefähr sechs Monate danach«, sagte Harry langsam. »Deb, du glaubst doch nicht etwa –«

»O doch, das glaube ich«, sagte ich zornig. »Dieser Mistkerl!« Ich werde nicht oft wütend, aber wenn, dann richtig, und im Augenblick hatte ich die geballten Fäuste fest an die Seiten gedrückt. »Zeig' mir Slade Blackburns Flugzeug«, fügte ich hinzu.

Harry zeigte es mir. Es stand festgezurrt, aufgetankt, gewaschen und abflugbereit unter dem Hangardach. Es war das Gegenstück zu Jack Carsons Flugzeug, ein hübsches, beige- und orangefarben lackiertes Ding mit vier Fenstern an jeder Seite, einem breiten Pilotenfenster, blankpolierter Aluminiumnase und, wie Harry hervorhob, einziehbarem Fahrgestell.

Ich war mir absolut sicher, daß Olead Baker nichts von der Existenz dieser beiden Flugzeuge wußte. Und ich war mir ebenso sicher, daß er beide, ohne davon zu wissen, bezahlt hatte.

Kapitel 11

Dem Fort Worth Police Department gehören ungefähr achthundert vereidigte Beamte an. Wie kommt es, daß ich solches Glück habe? Wieso mußte ich, als ich die Zentrale anrief und Unterstützung bei der Vollstreckung eines Durchsuchungsbefehls anforderte, ausgerechnet Danny Shea bekommen?

Vor zwei Wochen hatte er nämlich noch Nachtschicht gehabt. Seither hatte kein Schichtwechsel stattgefunden. Als ich wieder zu der kleinen Privatpiste zwischen der Beach Street und dem alten Denton Highway hinausfuhr, um den Durchsuchungsbefehl zu vollstrecken, war es noch nicht vier Uhr. Warum also bekam ich Danny Shea?

Er war darüber keineswegs glücklicher als ich.

Er behauptete, sie hätten bloß meinetwegen seine Schicht geändert. Ich sagte, das verstünde ich nicht, und er schnaubte mich an.

»Na schön«, sagte ich und beschloß, das Schnauben zu ignorieren, »ich werde Sie nicht lange in Anspruch nehmen. Wahrscheinlich ist das Ganze schnell erledigt.« Ich zeigte ihm ein Foto von Slade Blackburn; wir hatten es aus seiner Personalakte bei der Bank, deren Belegschaft im Augenblick nicht allzu gut auf ihn zu sprechen war. »Also«, sagte ich, »ich möchte, daß Sie sich neben das Flugzeug da stellen und nach diesem Mann Ausschau halten. Und wenn Sie ihn sehen, dann halten Sie ihn fest.«

Um Mißverständnissen vorzubeugen: Das war nur eine Vorsichtsmaßnahme. Ich hatte keinen besonderen Grund zu der Annahme, daß Blackburn am Flugplatz auftauchen würde. Nein, er glaubte nicht, daß er davongekommen war, noch nicht. Er wußte, daß wir ihn verdächtigten; er wußte, daß die Bank ihn verdächtigte. Die Bank hatte ihn beurlaubt, und wir hatten sein Haus durchsucht; er mußte also einfach Angst haben.

Aber er war ein Spieler. Er war mit Jack Carson verbandelt, der ebenfalls ein Spieler gewesen war; und er war als Spieler so hinreichend bekannt, daß seine Geschichte, er habe ein Sechzigtausenddollar-Flugzeug kaufen können, weil er in Vegas groß abgeräumt hatte, von seinen Freunden geschluckt wurde; offenbar war keiner von ihnen, auch nicht Harry, auf den Gedanken gekommen, wie unwahrscheinlich es war, daß er und Jack Carson gleichzeitig Glück im Spiel gehabt hatten.

Entscheidend war, er war ein Spieler; und obwohl die Gewinnchancen in *diesem* Spiel nicht mehr so gut waren, wie er erwartet hatte, rechnete ich nicht damit, daß er seine Verluste schon abschreiben und zu fliehen versuchen würde.

Und zwar deshalb, weil wir ihn verfolgen würden, sobald er zu fliehen versuchte; hielt er dagegen durch, und es lief günstig für ihn, kassierte er am Ende vielleicht doch noch ab – welchen Gewinn auch immer.

Von einem Mann, der mit ihm in Las Vegas gewesen war, hatte ich eine interessante Einzelheit erfahren. »Slade ist auf Draht, solange er gewinnt«, hatte Mark Harper mir gesagt. »Aber er hat nie gelernt, seine Verluste abzuschreiben. Sobald er mal verliert, gerät er in Panik, und dann wird er völlig unberechenbar.«

Und Mark Harper mußte es eigentlich wissen. Er war Psychologieprofessor an der TCU und hatte die Ausflüge nach Las Vegas mitgemacht, um die Psychologie des Glücksspiels zu studieren. Er hatte großes Interesse daran, daß Olead freigesprochen wurde; er sagte mir, er würde mir viel lieber dabei helfen als bei der Aufklärung eines Bankraubs, der ihn eigentlich nicht sonderlich interessierte. Ich verriet ihm nicht, daß Slade Blackburns Spielgewohnheiten sehr wohl dazu beitragen konnten, daß Olead freigesprochen wurde.

Panik, dachte ich. Das war interessant ... Ob er schon gemerkt hatte, daß er sich auf der Verliererseite befand?

Das heißt, war er überhaupt auf der Verliererseite? Ich hoffte es.

Bis jetzt wußten die Bankprüfer noch nicht genau, wieviel Geld fehlte. Einiges davon war Bargeld, und das war leicht festzustellen; ein Teil aber war sicherlich von geschickt frisierten Konten gestohlen worden, von umsatzlosen Konten, Konten alter Leute, Konten von Verstorbenen oder einfach solchen Konten, auf die niemand so recht ein Auge hatte.

Es leuchtete ein, daß das Konto eines Geisteskranken nicht allzu genau geprüft wurde, jedenfalls nicht, solange der Betreffende nicht eines Morgens aufwachte und gesund war.

Verdammt noch mal, Olead mußte einfach ein Konto dort haben, anders ergab das Ganze überhaupt keinen Sinn. Es sei denn, ich irrte mich, es sei denn, die beiden Verbrechen hatten gar nichts miteinander zu tun, und Slade Blackburns Anwesenheit auf der Party war reiner Zufall.

Noch konnte ich das nicht ausschließen. Ich bin gegen Irrtümer genauso wenig gefeit wie jeder andere, und was immer die Leute auch glauben mögen, Zufälle kommen jeden Tag vor.

Es wäre hilfreich gewesen, wenn die Bankprüfer und die Computerexperten ein paar Namen hätten liefern können. Ursprünglich hatte das FBI zehn Tage zur Rekonstruktion der Akten veranschlagt, mittlerweile jedoch zugegeben, daß man übertrieben optimistisch gewesen war. Wer immer die Akten vernichtet hatte, hatte genau gewußt, was er wollte.

Ich sägte immer noch an dem Spindschloß herum. Seine Robustheit gab mir zu denken. Es hatte einen Stahlkern, so daß ich trotz der Metallsäge nur langsam vorankam. Keiner der anderen Spinde war derartig gesichert. Der von Harry zum Beispiel hatte ein Schloß, das mir so vorkam, als habe er es in einem Geschäft für Scherzartikel erstanden.

Ich sägte weiter. Meine Handgelenke wurden allmählich müde.

Plötzlich hörte ich jemanden schreien – verdammt, das war Danny Shea, der da schrie, dann hörte ich einen Schuß und gleich darauf noch einen. Ich ließ die Säge fallen, rannte aus dem Schuppen und zog in vollem Lauf meinen Revolver.

Danny stand draußen auf dem Abstellplatz und schoß in die Luft. Ich mußte lachen. »Shea«, rief ich und steckte meinen Revolver weg. »Das ist doch kein Flakgeschütz, was Sie da haben. Was ist denn los?«

»Der Scheißkerl ist abgehauen«, sagte er aufgeregt.

»Wie denn das?«

Diesmal konnte man Shea wirklich keinen Vorwurf machen, entschied ich nach seinem Bericht. Er hatte gehorsam, wenn auch nicht begeistert, neben Slade Blackburns Flugzeug gestanden oder war um die Maschine herumspaziert und hatte abwechselnd sie und ein paar andere betrachtet. Er hatte vage mitbekommen, wie jemand den Kopf zur Werkstattür hereinsteckte, aber nicht weiter darauf geachtet. Der Mann war dann zum Abstellplatz hinausgegangen, und auch das hatte er noch, ohne sich Gedanken zu machen, registriert. Er hatte mit halbem Auge zugesehen, wie der Mann die Trossen eines Flugzeugs löste, und erst als dieser einstieg, ging ihm plötzlich auf, um wen es sich handelte. Er war auf das Flugzeug zugerannt, aber das rollte zu diesem Zeitpunkt schon, und als er seinen Revolver zog, hob das Flugzeug, ohne in die Startbahn einzuschwenken, mit einemmal von der Rollbahn ab und kollidierte dabei um ein Haar mit einer anderen Maschine, als es die Landebahn in vorschriftswidrigem Winkel kreuzte.

Ich hängte mich ans Funkgerät. Aber Slade Blackburn war entkommen, und wir hatten keine Möglichkeit, ihn zu verfolgen.

Es war mir überhaupt nicht in den Sinn gekommen, daß er mit einer anderen Maschine davonfliegen könnte. Bei Flugzeugen bleiben Zündschlüssel auch nicht öfter stecken als bei Autos, und er hatte mit Sicherheit keine Zeit gehabt, es kurzzuschließen. Falls man ein Flugzeug überhaupt kurzschließen kann. Vermutlich kann man.

Es war nicht allzu schwer, den Mann aufzutreiben, dem die Piste gehörte; er war bei der Knallerei aus seinem Büro gestürzt und fluchte nun gotteslästerlich auf Danny Shea ein, der gotteslästerlich zurückfluchte. Aber der Mann unterbrach sich immerhin lange genug, um mir mitzuteilen, daß der Zündschlüssel selbstverständlich nicht gesteckt habe.

Das verschwundene Flugzeug, so verriet er mir, war, wie mir längst hätte klar sein müssen, das von Jack Carson.

Es war durchaus wahrscheinlich, daß Blackburn einen eigenen Schlüssel zu Jack Carsons Flugzeug hatte.

Ich ging zu dem Spind zurück, der Besitzer folgte mir und sagte: »Was machen Sie denn da, Lady? Sie wissen doch hoffentlich, daß das Privateigentum ist.«

Ich zückte meinen Ausweis, den ich bereits seinem Mitarbeiter vor die Nase gehalten hatte, sowie den entsprechenden Durchsuchungsbefehl. »Warum sagen Sie das denn nicht gleich?«, meinte er. »Ich mache Ihnen das Schloß auf.«

Ich versicherte ihm, daß ich das wirklich zu schätzen wüßte, dann trat ich zurück und sah zu, wie er mit einem kleinen Schneidewerkzeug im Handumdrehen das Schloß durchknipste.

Ich öffnete den Spind.

Eine Zeitlang blieb alles stumm, dann hängte ich mich an mein Funkgerät und sagte: »Schickt mir jemand von der Spurensicherung hier raus.«

Mit ehrfurchtsvollem Blick fragte Shea: »Können wir's nicht zählen, während wir auf die Spurensicherung warten?«

»Nein, Shea.«

»Wieso nicht?« Ich erklärte, daß die Spurensicherung das Geld fotografieren mußte, *bevor* wir es herausholten.

Dann ging ich wieder ans Funkgerät und bat die Zentrale, mir besser auch einen FBI-Agenten zu schicken.

Es war nicht so viel, wie es aussah. Wie sich herausstellte, handelte es sich um lediglich 75 000 Dollar in kleinen Scheinen. Ich fragte mich, was er mit dem Rest gemacht hatte; laut den Unterlagen fehlte noch eine ganze Menge Bares. Allerdings war es möglich, dachte ich, daß er schon lange systematisch Geld veruntreute. Er lebte, wie ich nicht nur von Harry erfahren hatte, auf großem Fuß. Und dafür braucht man Geld.

Mir ging die Frage durch den Kopf, warum die Bank offenbar völlig ahnungslos war, was Blackburns Ruf als Spieler anging, aber er war allem Anschein nach ein Mensch, der es verstand, die verschiedenen Bereiche seines Lebens streng voneinander abzuschotten. So waren sich beispielsweise alle, mit denen ich geredet hatte, einig gewesen, daß seine Frau nicht mit auf der Party gewesen war. Sie gehörte zu einem anderen Bereich seines Lebens.

Damit hatte ich den Fall des FBI gelöst, nicht aber meine Morde aufgeklärt. In dem Spind befand sich weder eine Pistole noch Munition. Ich konnte mir theoretisch noch so sicher sein, daß Slade Blackburn seine Frau umgebracht hatte; wenn ich es nicht einem Geschworenengericht beweisen konnte, hatte ich den Fall nicht gelöst.

Und ich hatte zudem noch nicht einmal mir selbst eindeutig bewiesen, daß Blackburn die Morde begangen hatte, die man Olead Baker vorwarf.

Wie auch immer, es war längst Dienstschluß.

Ich ging nach Hause.

Sonntag nachmittag gegen vier Uhr rief mich jemand von der Zentrale an und brachte mich auf den neuesten Stand. Wie es schien, hatte ein Geschäftsmann, der mit seinem Flugzeug auf dem Addison Airport gelandet war, zu seiner Empörung festgestellt, daß sein Stellplatz bereits besetzt war. Er hatte die Flugplatzleitung verständigt, und man hatte die Zulassung überprüft und festgestellt, daß es sich bei dem Flugzeug auf seinem Stellplatz um die Beechcraft Sierra aus Fort Worth handelte, die seit Samstag als gestohlen gemeldet war.

Der Tower hatte keine Eintragungen über ihre Landung, und kein Mensch wußte, wann sie dorthin gekommen war.

Laut Zentrale wollte der Tower von Addison Airport wissen, was sie damit machen sollten.

Nach kurzem Nachdenken kam ich zu dem Schluß, daß jemand von unserer Spurensicherung hinfahren und das Flugzeug auf Fingerabdrücke untersuchen sollte, damit wir nicht nur auf Sheas Aussage angewiesen waren, was die Frage anging, wer damit weggeflogen war. Das Fort Worth Police Department ist ziemlich tüchtig, und ich hatte nicht das Gefühl, daß Shea noch sehr lange bei uns sein würde. Außerdem rief ich Captain Millner an, um ihn zu fragen, ob er es für ratsam hielt, die Maschine zurückholen zu lassen.

»Schlecht wär's nicht«, meinte er, »wenn wir zufällig einen Piloten hätten. Bestimmt gibt es bei uns ein paar, aber so aus dem hohlen Bauch fällt mir –«

Ich sagte ihm, ich können einen Piloten mit zirka zwanzigtausend Flugstunden besorgen, der ganz wild darauf sei, einmal hinter dem Steuerknüppel dieses Flugzeugs zu sitzen, und er meinte, prima, solle der es zurückfliegen.

So bekamen wir das Flugzeug nach Fort Worth zurück, und was damit gewonnen war, blieb mir bei genauerem Nachdenken völlig schleierhaft. Wir konnten die darin gesicherten Fingerabdrücke nicht mit den Fingerabdrücken von Slade Blackburn vergleichen, weil wir keine bei den Akten hatten, und wo Blackburn hingegangen sein mochte, ließ sich nicht einmal erraten. Er konnte irgendwo im Großraum Dallas/Fort Worth geblieben oder praktisch überallhin auf Erden gegangen sein, je nach dem Inhalt seiner Brieftasche.

Ich war mir nicht sicher, wie dick diese Brieftasche war. Ich fragte mich, ob er etwas von dem fehlenden Geld bei sich hatte. Meiner Vermutung nach nicht; meiner Vermutung nach hatte er seinen Notgroschen holen wollen und mich dabei an seinem Schloß herumsägen sehen. Wenn ich recht hatte, würde er irgendwann wieder auftauchen müssen, und sei es nur, um an sein Schließfach heranzukommen. Falls er das schaffte, ehe wir es fanden und einen Gerichtsbeschluß erwirkten, um es öffnen zu können.

Denn eines wußten wir mittlerweile sicher: Es war nicht bei seiner Bank.

Das andere, was wir sicher wußten, war, daß er eines besaß, denn wir hatten den Schlüssel dazu gefunden, als wir sein Haus ein zweitesmal durchsuchten. Keiner wußte so recht, wie der Schlüssel beim erstenmal übersehen worden sein konnte, denn er lag unter einem Stapel Papier in einer Schreibtischschublade in seinem Arbeitszimmer, war also nicht direkt versteckt.

Möglich war natürlich auch, daß er bei der ersten Durchsuchung noch nicht dagewesen war.

Aber das war das Problem des FBI, und ich hatte keine Zweifel daran, daß sie das Schließfach irgendwann ausfindig machen würden. In solchen Sachen sind sie besonders gut.

Ich war mittlerweile an dem Punkt angelangt, an dem ich kleineren Hinweisen nachging. Ich sprach mit jedem Bekannten von Jack Carson oder Slade Blackburn, den ich auftreiben konnte; ich wühlte sogar in der Vergangenheit herum, um Leute ausfindig zu machen, die Jim Baker gekannt hatten. Ich sprach mit jedem aus Harrys altem Fliegerclub, jedenfalls mit jedem, der noch am Leben und auffindbar war, was außer Harry leider nur für zwei galt.

Das Problem war, daß ich nicht wußte, wonach ich eigentlich suchte. Ich wußte nur, daß ich irgend etwas finden mußte, das Carson und Blackburn auf mehr als nur oberflächlich freundschaftliche Weise miteinander verband.

Und das fand ich einfach nicht.

Das Bild, das sich von Jim Baker herausschälte, was immer man fünf Jahre nach seinem Tod darauf geben konnte, war das eines liebenswerten, aber gewieften Kumpeltyps. Vor zwanzig Jahren, als er sich mit Harry, Jack, Slade Blackburn und noch zwei Männern zusammentat, um ein altes Flugzeug zu kaufen, hatte er nicht mehr Geld gehabt als die anderen. Natürlich nicht, denn wenn er reich gewesen wäre, hätte er sich allein ein Flugzeug gekauft. Er hatte eine Frau, die Sekretärin war, und einen sechsjährigen Sohn, der unter Alpträumen litt.

Aber er war Geologe gewesen und schlau, er hatte Glück gehabt, und zehn Jahre später war er reich gewesen – jedenfalls einigermaßen.

Und dann hatte er angefangen, sich an der Börse zu tummeln, und er war wieder schlau gewesen und hatte wieder Glück gehabt.

Die Walnußmöbel waren kein altes Geld, wie ich vermutet hatte; sie waren Marilyns Versuch, alten Reichtum vorzuspiegeln.

Aber Jim hatte weiterhin ziemlich einfach gelebt; trotz des Geldes hatte er seiner Frau die Reisen nach Vegas, den flotten Lebensstil verweigert, den sie wollte. Er behielt seine kumpelhafte Lebenseinstellung bei; er ging arbeiten, und wenn er nach Hause kam, wollte er Essen auf dem Tisch und nach dem Essen ein Bier, so wie er es immer gehalten hatte.

Und während Marilyn sich darüber aufregte, wie peinlich Oleads Geistesgestörtheit war, machte Jim sich um den Jungen Sorgen. Er arbeitete nach Kräften mit den Psychiatern zusammen; und als klar wurde, daß Olead, der damals noch Jimmy gerufen wurde, zu Hause auch kurzzeitig nicht mehr zurechtkam, bemühte sich Jim, Orte zu finden, an denen er zurechtkam. Und er schämte sich nicht, sich in der Öffentlichkeit mit einem Jungen - mittlerweile mit einem jungen Mann - zu zeigen, der erkennbar verrückt war.

Für Marilyn war das der Tropfen, der das Faß zum Überlaufen brachte. Vor sieben Jahren, nicht vor acht, wie Olead sich vage erinnert hatte, hatte sie die Scheidung eingereicht. Und in Texas gilt die Gütergemeinschaft. Sie heiratete Jack, der keineswegs abgeneigt war, mit den über zwei Millionen Dollar, die Marilyn bekam, Partyspiele zu veranstalten.

Jim, der, so konnte man zwischen den Zeilen lesen, Marilyn wahrscheinlich sowieso mehr als nur ein bißchen satt hatte, zuckte die Achseln, sagte »Was soll's« und scheffelte weiter Geld, während Jack und Marilyn sich eifrig daranmachten auszuprobieren, wie schnell sie zwei Millionen Dollar verprassen konnten. Als Jim Baker vor fünf Jahren mit seinem Flugzeug an einen Berghang krachte, lebten Jack und Marilyn bereits wieder von Jacks Einkünften als Schädlingsbekämpfer.

Etwa sechs Monate nach Jims Tod hatte Jack wieder angefangen, Geld auszugeben: Er hatte zwar nicht auf großem Fuß (der Ausdruck tauchte immer wieder auf), aber doch in bequemen Verhältnissen gelebt. Zum Teil kannte ich die Quelle; ich wußte, wer das Haus gekauft hatte, in das Jack und Marilyn einzogen, als sie ihre Wohnung in der Beach Street aufgaben; aber kein Mensch konnte sich das Flugzeug erklären, es sei denn, Jacks Geschichte vom großen Gewinn in Vegas entsprach der Wahrheit.

Und niemand wußte so recht zu sagen, wovon er eigentlich gelebt hatte, denn er hatte immer weniger Aufträge zur Schädlingsbekämpfung angenommen.

In einem aber waren sich alle einig, und das wohl nicht nur, weil er tot war. Alle sagten, Jack sei aufbrausend gewesen; er sei schnell explodiert und habe kräftig ausgeteilt und war deswegen in so manche Schlägerei geraten, aber er habe niemals mit Bedacht geplant, jemandem etwas anzutun.

Außerdem stimmten alle darin überein, daß ihm viel daran gelegen hatte, gut mit Leuten auszukommen. Er wollte gemocht werden. Er war ein Abstauber, aber keiner von der plumpen Sorte.

Das Bild, das sich mir aufdrängte, war das eines Trickbetrügers. Einer seiner Kollegen formulierte es mir gegenüber folgendermaßen: »Jack hat geklaut, aber er hat einen nicht beraubt. Er hätte einem nie das Spindschloß geknackt, aber wenn man seinen Spind offengelassen hat, dann Vorsicht, Baby.«

Für mich ergab sich aus alledem, daß er zwar keineswegs abgeneigt gewesen wäre, Geld auszugeben, das dem Sohn seiner Frau gehörte, der vermutlich ohnehin nichts davon merken würde, daß er sich aber sehr wahrscheinlich nicht auf einen Mord eingelassen hätte.

Und Slade Blackburn?

Tja, offenbar kannte kein Mensch Slade Blackburn.

Oder besser gesagt, alle kannten Slade Blackburn, aber wenn man versuchte, die Einzelheiten zusammenzufügen, stellte man fest, daß sie nicht zueinander paßten. Seine Pilotenkollegen waren sich einig, daß er gern auf großem Fuß lebte. Seine Bekannten vom Ridglea Country Club sagten, er sei ein echter Gentleman, so aufmerksam zu den Damen. Und die Leute von der Bank sagten, er sei immer pünktlich gewesen; man habe die Uhr nach ihm stellen können.

Seine Nachbarn sagten größtenteils, daß sie ihn nicht kannten. Der einzige Mensch, den man je auf seinem Grundstück gesehen hatte, war sein mexikanischer Gärtner.

Gärtner ... Das war auch so etwas, was ich überprüfen müßte. Gab es noch anderes Personal?

Ich fand Paco Rodriguez beim Rasenmähen vor einem Haus im selben Block wie das von Blackburn. Er sagte mir, die Señora habe ihn eingestellt, zweimal in der Woche zu kommen, um den Rasen zu mähen und das Blumenbeet zu jäten. Mit Señor Blackburn habe er nie geredet, sondern ihn nur ein- oder zweimal gesehen.

Das Dienstmädchen, so erfuhr ich, hieß Lupe Sanchez, aber er wußte nicht, wo sie wohnte.

Wieviele Leute mit Namen Sanchez gibt es wohl in Fort Worth? Im Telefonbuch stehen 236, und ich war mir sicher, daß es mindestens dreimal so viele gab, die nicht darin standen. Ich mußte sie suchen, beschloß aber, in meiner Freizeit von zu Hause aus mein Glück zu versuchen.

Slade Blackburn zu finden war dringender, und damit mußte ich mich während meiner Arbeitszeit beschäftigen.

Niemand wußte, wohin er gegangen war. Mittlerweile war Haftbefehl erlassen, und er war zur Fahndung ausgeschrieben worden. Er war im TCIC und im NCIC, dem Texas und dem National Crime Information Center, gespeichert; falls er also irgendwo im Land aus irgendeinem Grund aufgegriffen wurde, würde man wissen, daß er auf der Fahndungsliste stand. Aber ohne Fingerabdrücke und ohne ein Foto, das aktueller war als das fünf Jahre alte Bild, das man nach einer Jubiläumsfeier der Bank – damals waren alle Angestellten fotografiert worden – zu seiner Personalakte gegeben hatte, war im Grunde nicht viel zu machen.

Weiß, männlich. Alter vierundvierzig Jahre. Angegrautes, schütteres schwarzes Haar. Schnurrbart. Heller Teint. Blaue Augen. Größe einsfünfundsiebzig, Gewicht vierundsechzig Kilo. Raucht Camel. Mäßiger Trinker.

Wie stellt man es an, jemanden zu finden, auf den diese Beschreibung paßt?

Wie viele davon laufen auf der Straße herum?

Zwei Wochen, und ich hatte pro Tag acht Stunden oder länger gearbeitet, und das fünf Tage die Woche oder länger, und mehr war nicht dabei herausgekommen ... Das heißt, ein bißchen mehr schon.

Ich machte schließlich Lupe Sanchez ausfindig.

Zuerst dachte ich, sie würde mich auch nicht weiterbringen. Wir saßen in ihrer kleinen Wohnung in einer Seitenstraße der North Main, und sie sagte mir mit leiser, fast akzentfreier Stimme, daß sie Mr. Blackburn nicht kannte. Sie arbeitete nur an zwei Tagen die Woche, und Mr. Blackburn kam nie nach Hause, wenn sie bei der Arbeit war. Dann aber fügte sie traurig hinzu: »Ein Jammer, daß sie ausgerechnet jetzt umgebracht wurde. Sie hat ihren Mann nicht gemocht und wollte fortgehen.«

»Fortgehen?«, fragte ich.

»Ja. Mrs. Blackburn wollte sich scheiden lassen. Das hat sie mir erzählt. Sie überlegte noch, welchen Anwalt sie nehmen sollte. Und wir würden viel Geld von ihm bekommen und das Haus und alles.«

In Texas gilt die Gütergemeinschaft, und es gibt keine gesetzliche Unterhaltspflicht. Rechtlich gesehen war das, was sie hätte bekommen können, streng begrenzt. Deshalb fragte ich Lupe natürlich, was sie meinte.

»Och, ich weiß nicht. Aber sie hat's gewußt. Sie hat mir gesagt, wenn er ihr nicht alles gäbe, was sie wollte, würde sie verraten, was sie wußte. Und dann hat sie gelacht und gelacht. Mrs. Blackburn«, fügte Lupe hinzu, »hatte ein sehr unangenehmes Lachen.«

Sie würde verraten, was sie wußte. Ach nee, dachte ich, und was genau wußte sie? Wußte sie vielleicht, wo das Geld zum Kauf des Flugzeugs in Wirklichkeit herkam?

Vielleicht hatte Slade sie nicht einfach nur loswerden wollen, wie ich vermutet hatte. Vielleicht war dieser Mord ein weiterer verzweifelter Versuch, frühere Verbrechen zu vertuschen.

Darüber dachte ich auf meinem Heimweg nach.

Olead hatte Becky jeden Abend von Terrell aus angerufen und die Anrufe mit seiner Telefon-Kreditkarte bezahlt – der einzigen Kreditkarte, die er besaß. Er hatte Don eine Vollmacht für seine Konten erteilt, so daß Don seine Rechnungen bezahlen konnte. Nicht, daß er selbst viele bekam. Es handelte sich um Rechnungen seiner Mutter und seines Stiefvaters. Sie kamen reichlich, und Don bezahlte sie auf Oleads Drängen hin.

Die einzigen Rechnungen, die Olead selbst bekam, betrafen die Beerdigungen, um die er sich telefonisch von seiner Gefängniszelle aus gekümmert hatte.

Er forderte Don außerdem auf, sich selbst zu bezahlen, und Don fragte, wieviel. »Ich weiß nicht, was kosten Anwälte denn?«

Don nannte ihm den Honorarrahmen, und Olead wählte einen Betrag am oberen Ende der Skala. Don meinte, das sei lächerlich; ein Anwalt frisch von der Universität bekomme nicht so viel. »Wieso nicht?«, fragte Olead.

Don versuchte, es ihm zu erklären.

Olead sagte: »Hören Sie, Geld ist für mich irgendwie was Abstraktes, okay? Ich meine, ich weiß, daß ich Geld auf der Bank habe, aber ich habe nie groß die Möglichkeit gehabt, selber was davon auszugeben, und ich weiß nicht, wie's damit in Zukunft aussieht. Also will ich's lieber jetzt ausgeben. Schreiben Sie den Scheck auf den Betrag aus, den ich Ihnen genannt habe.«

Don willigte ein, meinte aber noch einmal, das sei lächerlich.

Als er mir davon erzählte, beichtete er, jetzt könne er die Krankenhausrechnung bezahlen, wenn Vicky beschloß niederzukommen. Er hatte sich deswegen Sorgen gemacht.

Das war samstags gewesen. Am Sonntagnachmittag brachten sie Olead von Terrell nach Hause; sie hatten ihn etwas länger dabehalten, als ihre Untersuchungen eigentlich dauerten, damit sie mehr Zeit zur Auswertung hatten.

Wie erwartet, kam er mit der einstimmigen Beurteilung nach Hause, daß er normal genug war, um sich vor Gericht zu verantworten, und normal genug, um die ihm zur Last gelegten Taten begangen zu haben.

Am Montag nachmittag um zwei Uhr rief mich Don an, um mir mit einer Stimme, die mir gar nicht gefiel, mitzuteilen, er sei soeben davon unterrichtet worden, daß man gegen Olead Anklage erhoben hatte.

Ich sagte, das sei unmöglich.

»Es ist vielleicht unmöglich, aber die haben es trotzdem gemacht.«

»Aber das kann nicht sein«, sagte ich hilflos. »Das wüßte ich.«

Ich telefonierte ein bißchen herum.

Den Haftbefehl hatte ich vollstreckt. Man hätte mich auf jeden Fall verständigen müssen, bevor man den Fall vor die Anklagejury brachte; genaugenommen hätte ich den Fall selbst vor die Anklagejury bringen müssen.

Nur hatte der Staatsanwalt leider eine schlimme Grippe, die ihn voraussichtlich noch zwei bis drei Wochen ans Bett fesseln würde. Sein erster Stellvertreter hatte sich bei ihm angesteckt. Kurz und gut, ein blutjunger, ehrgeiziger Staatsanwalt hatte unter eklatanter Mißachtung der üblichen Verfahrensweise seiner Behörde beschlossen, den Fall durchzupeitschen. Weil er wußte, daß ich mit der Verteidigung zusammenarbeitete, hatte er entschieden, ihn ohne mich vor der Anklagejury durchzuziehen.

Ich versuchte, den Staatsanwalt zu erreichen.

Seine Frau sagte, er sei zu krank, um ans Telefon zu kommen.

Nun sind der Staatsanwalt und ich zwar nicht immer in allem einer Meinung, aber ich wußte, er hielt genauso wenig wie ich davon, einen Fall vor Gericht zu bringen, ehe die Ermittlungen abgeschlossen sind. Ich rief seinen Stellvertreter an. Er hustete ausgiebig übers Telefon und sagte, er sehe nicht, was er da tun könne. Er hätte das ganz sicher nicht so gemacht, aber es sei ja auch nicht sein Fall.

Ich rief Captain Millner an.

Er sagte, der Fall liege jetzt in den Händen der Staatsanwaltschaft. Aber er fügte hinzu: »Dieser junge Großkotz hat mich *angewiesen,* dafür zu sorgen, daß Sie nicht mehr mit der Verteidigung zusammenarbeiten. Ich habe ihm gesagt, ich hätte noch nie einen Detective vorzeitig von einer Ermittlung abgezogen, und ich hätte auch nicht vor, jetzt damit anzufangen. Ich unterstütze Sie, so gut ich kann, Deb. Ich bin noch nicht soweit, daß ich sage, er war's nicht, aber eins steht jedenfalls fest: Die Staatsanwaltschaft war bei weitem zu voreilig.«

Ich rief Don zurück und sagte ihm, er solle sich etwas einfallen lassen, um einen Aufschub zu erwirken. Daß man gegen Olead Anklage erhoben hatte, bedeutete keineswegs, daß er umgehend vor Gericht gestellt werden würde. Tatsächlich vergingen in Tarrant County zwischen Anklageerhebung und Prozeß in aller Regel Jahre; die Gerichte waren überlastet, und es herrschte dringender Bedarf an ein bis zwei zusätzlichen Gerichtsbezirken.

»Auf der Uni hat mich kein Mensch vorgewarnt, daß auch mal solche Tage kommen«, antwortete Don. »Das heißt, eigentlich schon, aber ich hab's nicht recht geglaubt.«

Ich rief den Staatsanwalt an, der den Fall bearbeitete, einen jungen Burschen namens Jerome Lester, und versuchte, vernünftig mit ihm zu reden. »Hören Sie, Jerome«, sagte ich so freundlich, wie ich konnte, »ich wollte keinen Haftbefehl beantragen, und Sie haben anders entschieden. Ich wollte die Sache nicht vor die Anklagejury bringen, und Sie haben wieder anders entschieden. Jetzt passen Sie mal auf: Ich sage Ihnen, dieser Fall ist noch nicht prozeßreif, und wenn Sie ihn vor Gericht bringen, werden Sie sich blamieren.«

»Jetzt passen Sie mal auf«, sagte er. »Sie haben diesen Fall vom ersten Tag an sabotiert. Sie machen das gesamte gerichtliche Verfahren lächerlich. Sie sitzen mit dem Kerl in seiner Zelle, lachen über seine dämlichen Witze und tätscheln ihm den Rücken, wenn er zu heulen anfängt. Ihre Tochter zieht mit ihm herum, und Ihr Schwiegersohn verteidigt ihn. Vielleicht ist Ihre Art von Gerechtigkeit ja käuflich; meine ist es jedenfalls nicht. Haben Sie sonst noch irgendwas auf dem Herzen?«

»Nur eins: Er ist nicht schuldig«, antwortete ich. »Ich beantrage noch keinen Haftbefehl, weil ich noch nicht genügend Beweise habe, um einen Schuldspruch zu erreichen, aber ich bin mir zu fünfundneunzig Prozent sicher, daß ich weiß, wer es war, und ich sage Ihnen, es war nicht Olead Baker. Und was die Gerechtigkeit angeht – nein, meine ist auch nicht käuflich; ich finde nur, daß ein reicher Mann genauso unschuldig sein kann wie ein armer. Ich bin dagegen, einen Mann reinzureiten, bloß weil er Geld hat. Das macht ihn noch nicht zum Verbrecher. Es macht ihn bloß zu einem reichen Mann.«

»Und zu wieviel armen Leuten haben Sie sich in die Zelle gesetzt und mit ihnen geredet? Für wieviele arme Leute haben Sie sich so ins Zeug gelegt?«, fragte Lester gehässig.

»Für mehr, als Sie denken, Jerome«, antwortete ich, und ich erinnerte mich an einige Male. Zum Beispiel an eine Nacht, die ich neben einer fahrbaren Trage auf einem Krankenhausflur verbrachte, weil sämtliche Zimmer der Notaufnahme restlos belegt waren; ich spielte Nachtwache bei einer Betrunkenen, die eine Infusion bekam, denn in der Notaufnahme lagen zu viele Patienten, als daß jemand vom Personal Zeit gehabt hätte, auf sie aufzupassen, und der Arzt weigerte sich, eine Infusion anzulegen, sofern sich nicht jemand bereitfand, bei ihr zu bleiben.

Nachdem sie zwei Liter Infusionsflüssigkeit intus hatte, setzte sie sich auf und verkündete, sie müsse aufs Klo. Ich ging mit ihr aufs Klo, und dann beschloß der Arzt, einen Blutalkoholtest zu machen.

Sie hatte 4,8 Promille.

Hätte ich sie einfach in die Ausnüchterungszelle gesteckt und danach vergessen, was man mir dringend nahelegte, als sie unmittelbar vor Ende meiner Schicht aufgegriffen wurde, wäre sie in der Nacht an Alkoholvergiftung gestorben.

Wer war sie?

Bloß eine Säuferin. Ich weiß ihren Namen nicht mehr.

Aber was spielt es schon für eine Rolle, wer sie war? Oder wieviel Geld sie hatte? Sie wäre trotzdem tot gewesen.

Und das war nur ein Mensch von vielen, ein Beispiel von vielen in fünfzehn Jahren.

»Ich habe keine Zeit, mit Ihnen zu reden«, sagte Jerome Lester, und ich hörte den Hörer am anderen Ende auf die Gabel knallen, so daß mir nur noch die Frage blieb, wer wohl sein Informant im Gefängnis war.

In Texas gibt es seit kurzem ein Gesetz, nach dem Gerichtsverfahren so schnell wie möglich durchzuführen sind. Vergeblich machte Don am nächsten Tag vor Gericht geltend, daß das nur bedeuten könne, so schnell wie irgend *vertretbar*.

Sein Antrag auf Aufschub wurde abgelehnt.

Das Verfahren wurde für Montag anberaumt.

Und keiner von uns war soweit.

Damit blieb mir noch eine Woche, um Slade Blackburn zu finden, der überall auf der Welt sein konnte, und Don blieb noch eine Woche, um eine Verteidigungsstrategie für einen Fall vorzubereiten, der allem Anschein nach bereits entschieden war.

Kapitel 12

Es war Sonntagnachmittag. Becky hatte die Besuchszeiten bei Olead verbracht, aber ich wollte ihn noch einmal sprechen, bevor ich ihm im Gerichtssaal gegenübertrat. Ich fuhr zum Gefängnis, und ein Schließer führte mich ohne weitere Erklärung zum Besprechungszimmer. Zwei Männer waren darin: Am Tischende saß Don, einen Stapel Papier vor sich, und neben ihm Olead, die Hände über einem Buch verschränkt.

Don sah mich ziemlich ungehalten an. »Deb«, sagte er, »bei allem schuldigen Respekt, aber die Cops kann ich im Moment nicht brauchen.« Ich glaube, er war sich noch immer nicht ganz sicher, ob ich nicht doch von dem Termin vor der Anklagejury gewußt hatte.

»Okay«, sagte ich friedlich und wandte mich zum Gehen.

Olead stand auf. »Wenn sie geht, gehe ich auch«, verkündete er. »Ich meine, ich weiß, daß ich nicht weit komme, aber –« Er zuckte beredt die Achseln, und Don antwortete etwas sehr Rüdes. »Sie wissen genau, daß sie nicht als Cop hier ist«, fügte Olead hinzu. »Sie ist als Freundin hier, und von denen kann ich weiß Gott alle brauchen, die ich kriegen kann.«

»Das ist der bescheuertste Fall, den ich je erlebt habe«, erregte sich Don und ignorierte dabei völlig, daß er bislang nur sehr wenige Fälle erlebt hatte. »Verdammt noch mal, wenn Sie Ihre Verteidigung selber führen wollen, wofür brauchen Sie mich dann eigentlich?«

»Wollen Sie hinschmeißen?«

»Nein, aber –«

»Hören Sie«, sagte Olead geduldig, »ich will meine Verteidigung nicht selber führen. Das ist Ihr Job, und den würde ich genauso wenig machen, wie ich versuchen würde, mir – mir selber die Haare zu schneiden oder mir selber die Zähne zu plombieren. Ich sage nur, daß wir nach meinen Regeln spielen müssen.«

»Olead, würden Sie mir bitte mal zuhören?«, flehte Don. »Einfach nur zuhören?«

»Ich höre zu.«

»Wenn Sie morgen in den Gerichtssaal gehen, dann werden Sie, so wie der Fall im Augenblick aussieht, schuldig gesprochen. Ich sage Ihnen, Sie können so, wie Sie sich verteidigen wollen, unmöglich gewinnen. Und ich habe keine Lust, mich in Huntsville hinsetzen und zusehen zu müssen, wie Ihnen jemand Katheter in die Arme steckt, um Gift reinzupumpen.«

»Dann werde ich es auch nicht von Ihnen verlangen.« Er sah mich kurz an.

»Herrgott noch mal, Olead, lassen Sie es nicht soweit kommen! Das müssen Sie nicht! Ich *weiß*, daß Sie davonkommen, wenn Sie auf Unzurechnungsfähigkeit plädieren, ganz gleich, was die in Terrell sagen.«

»Laut Susan nicht«, antwortete Olead stur. »Außerdem bin ich nicht unzurechnungsfähig.«

»Das ist doch jetzt völlig egal, Mann, wir reden von Ihrem *Leben*!«

Olead drehte sich zum Fenster, dann wandte er sich wieder abrupt Don zu. »Ganz recht!«, rief er. »Wir reden von meinem Leben. Von *meinem* Leben, Don, und das will ich nicht hinter Gittern verbringen. Lieber sterbe ich.«

»Sie müssen das Ganze in gewisser Weise sachlich sehen«, wandte Don ein, »Prioritäten setzen.«

»Ich setze Prioritäten«, antwortete Olead. »Das Problem ist nur, daß Sie sie nicht respektieren.«

»Wollen Sie mich feuern?«, fragte Don. Ich war mir nicht sicher, ob mit Hoffnung in der Stimme oder nicht.

»Nein, ich will Sie nicht feuern. Hören Sie, Don. Ich war elf Jahre lang mehr oder weniger eingesperrt. Ich bin gesund. Ich habe einen gesunden Körper und – jedenfalls im Moment – einen gesunden Geist. Aber wenn ich wegen Unzurechnungsfähigkeit freigesprochen werde, dann werde ich meinen gesunden Geist aller Wahrscheinlichkeit nach nicht lange behalten. Ich könnte noch fünfzig, sechzig Jahre leben, und jede Sekunde dieser Jahre womöglich in ... Sie haben meine Zelle ja gesehen. Sie haben sie gerochen. Würden Sie gern sechzig Jahre darin verbringen?«

»Ganz so wird das nicht sein«, wandte Don ein.

»Nein, nicht immer. Vielleicht hätte ich sogar ein bißchen Freiheit – um auf den vergitterten Fluren des Gefängnisflügels in irgendeiner staatlichen psychiatrischen Klinik herumzuspazieren, ohne je Freude, Glück oder Liebe zu erleben, eine graue Existenz unter grauen Menschen zu führen, ohne Hoffnung, ohne Zukunft und sogar – mein Gott – ohne Vergangenheit. Nein, Don, so will ich nicht leben. Das ist das eine. Aber ich glaube, Sie haben auch noch etwas anderes übersehen.«

»Und das wäre?«, fragte Don resigniert.

»Einfach folgendes: Sie verlangen von mir, daß ich sage, ich bin nicht schuldig aufgrund von Unzurechnungsfähigkeit. Ist Ihnen denn nicht klar, was ich damit sagen würde? Ich würde vor Gott und den Menschen aufstehen – buchstäblich vor Gott und den Menschen, denn ich würde schwören –«

»Sie werden nicht vereidigt«, unterbrach Don.

»*Würden Sie mich bitte ausreden lassen*! Ich würde sagen, jawohl, ich habe meine Mutter, meine Schwester und noch drei Menschen umgebracht, aber das zählt nicht, weil ich nicht wußte, daß ich das nicht darf, weil ich nicht wußte, daß es Unrecht ist. Mein Gott, Don! Würden Sie aufstehen und sagen, sie hätten Ihre Mutter und Ihre Schwester umgebracht?«

Don starrte ihn an und blieb stumm. »Na, was ist?«, hakte Olead nach.

Mit schleppender Stimme antwortete Don: »Nein, das würde ich wahrscheinlich nicht.«

»So, das würden Sie wahrscheinlich nicht. Warum verlangen Sie es dann von mir?« Er schlug mit der Faust auf den Tisch. »Don«, schrie er, »sehen Sie mich an. Nie sehen Sie mich an, wenn Sie mit mir reden. Glauben Sie, daß ich unschuldig bin? Glauben Sie das, Don?«

Don hob den Kopf. Olead war rot angelaufen, seine Augen blitzten. Sein Bart war mittlerweile drei Zentimeter lang, und sein Gesicht zeigte immer noch Spuren der Mißhandlung. Don wandte den Blick nicht von ihm ab. Olead schluckte. »Sie glauben es nicht, stimmt's, Don?«, fragte er, nun ganz ruhig.

Don ließ den Kopf wieder sinken. »Ich weiß es nicht, Olead«, sagte er. »Bei Gott, ich weiß es einfach nicht.«

Olead zog einen Stuhl heran und setzte sich. »Na bitte, so langsam kommen wir der Wahrheit näher«, sagte er. »Wenn meine Verteidigung so schlecht ist, daß nicht einmal mein Anwalt davon überzeugt ist, dann setzen Sie mir wohl besser ein Testament auf. Alles an Jeffrey. Nein. Äh – die Hälfte an Jeffrey, die Hälfte an die TCU, zur Errichtung eines Dauerstipendiums für Medizinstudenten, die Psychiater werden wollen und sich für orthomolekulare Behandlungsmethoden interessieren. Ich glaube nicht, daß es gut für Becky wäre, wenn ich ihr etwas hinterließe«, sagte er zu mir.

Ich war froh, daß ich nicht zu Wort kam, denn ich bastelte immer noch an einer Antwort, als Don sagte: »Olead, verdammt noch mal –«

»Setzen Sie das Testament in jedem Fall auf. Das muß sein. Ich hätte es schon längst machen sollen, nur war ich bis vor sechs oder acht Monaten nicht bei klarem Verstand.«

Ich hörte ein würgendes Geräusch, wandte den Blick von Olead und sah zu meiner Verblüffung, wie Don mit rotgeränderten Augen die rechte Hand gegen den Mund preßte.

Olead war wohl noch verblüffter als ich. »He, tut mir leid«, sagte er. »Ich wollte nicht –«

»Seien Sie bloß still, ja?«, sagte Don und schluckte. »Hören Sie, ich will Ihnen ja glauben. Ich denke, ich glaube Ihnen. Es ist nur – verdammt, ich weiß einfach, wie die Beweislage aussieht. Ich verstehe Sie. Mir ist klar, was Sie von Terrell halten, oder wo immer sie sonst hinkämen, wenn Sie wegen Unzurechnungsfähigkeit freigesprochen würden. Aber begreifen Sie denn nicht, daß wir dann mehr Zeit zum Weitersuchen hätten, mehr Zeit, um Beweise zu finden –«

»Beweise, die vielleicht nie gefunden werden«, entgegnete Olead. »Ich verstehe Sie auch, Don. Mir gefällt die Aussicht auf die Todeszelle genauso wenig. Aber im Moment ist das einzig Sichere in meinem Leben, daß ich eines Tages sterben werde. Genau wie Sie. Wie wir alle. Gott, ich weiß nicht, was für ein Gift sie mir in Huntsville in die Adern pumpen; mit sowas beschäftige ich mich nicht; sowas will ich gar nicht wissen. Angeblich tut es nicht weh; angeblich ist es so, als ob man einschläft und dabei weiß, daß man nicht mehr aufwacht. Aber auch wenn es weh täte, auch wenn es teuflisch weh täte; wenn ich die Alternativen bedenke, muß ich mich für die Hinrichtung entscheiden, Don.«

»Wegen eines Verbrechens, das Sie nicht begangen haben?«

»Wegen eines Verbrechens, das ich nicht begangen habe.«

»Sie sind entweder so edel, daß es mir gleich hochkommt, oder Sie sind der größte Feigling von Texas – ich kann mich nicht entscheiden.«

»Weder noch«, antwortete Olead. »Ich bin ein Mann. Ich will eine Frau, Kinder, einen Garten und eine Katze. Ich will Medizin studieren, Psychiater werden und mein möglichstes tun, damit Kinder nicht in der Hölle leben müssen, in der ich vegetiert habe. Wenn ich das nicht alles haben kann, gebe ich mich auch mit einem Teil zufrieden. Aber wenn ich gar nichts davon haben kann ...«

»Und was ist mit den Geschworenen, falls hinterher Beweise auftauchen, die Sie entlasten? Was ist mit dem Henker?«

Olead zuckte die Achseln. »Das ist deren Problem. Das betrifft mich dann nicht mehr.«

Don wandte sich an mich. »Deb, kannst du ihn nicht dazu bringen, daß er Vernunft annimmt?«

»Für mich hört er sich ganz vernünftig an.«

»Deb, du weißt, daß man ihn schuldig sprechen wird!«

»Nein, das weiß ich nicht«, antwortete ich.

Olead kicherte freudlos und sagte: »Nur zu, flunkern Sie ruhig ein bißchen.« Er legte mir die Hände auf die Schultern. »Ach, ihr Mütter! Ich bin trotzdem froh, daß ich Sie kennengelernt habe.«

Ich konnte nicht antworten, nicht in diesem Augenblick. Ich tätschelte ihm bloß die Hand, und er richtete sich auf und sagte: »Also gut, Don, was kriegen wir als Schlachtplan auf die Beine?«

»Nach Ihren Regeln verdammt wenig«, sagte Don. »Wenn ich Ihnen einen Rasierer mitbringe, rasieren Sie sich dann morgen früh?«

Olead dachte darüber nach. »Nein«, sagte er, »ich bin mit Bart genauso unschuldig wie ohne.«

»Ziehen Sie sich einen Anzug an, wenn ich Ihnen einen mitbringe?«

»Aber klar. Und ich hätte auch nichts gegen ein Deodorant. Und eine anständige Seife. Das Zeug hier kommt mir eher wie Waschmittel vor.«

»Wenn Sie sich rasieren, können Sie ein After-shave kriegen«, sagte Don listig, und Olead lachte.

»Mama«, sagte er, »können Sie mir ein Herrenparfüm mitbringen? Ich glaube, mein Anwalt weigert sich.«

»Welche Sorte wollen Sie?«, fragte Don resigniert.

»English Leather«, sagte Olead und wandte sich zu mir. »Deb«, sagte er, »können Sie Becky fernhalten?«

»Nein. Sie muß anwesend sein. Aber sie wird nicht im Gerichtssaal sitzen können, weil sie im Zeugenzimmer sein wird.«

»Wieso wird sie ...« Er hielt inne. »Ach so, ja, die Patronenhülse in meinem Bett. Deb, wie hat Becky eigentlich eine Patronenhülse in meinem Bett finden können? Was hat sie da gemacht? Lassen Sie mich raten. Sie hat geweint.«

»Eigentlich hat sie das Bett frisch bezogen.«

»Wieso denn das? Hat sie mich etwa zu Hause erwartet?«

»Darauf gehofft, denke ich.«

»Dann sagen Sie ihr, daß ich nie mehr in diesem Haus schlafen werde.«

»Sagen Sie's ihr selber.«

»Das geht nicht«, sagte er kläglich. »Ich meine – selbst wenn ich durch irgendein Wunder lebend aus diesem Schlamassel herauskomme, schlafe ich nie mehr in diesem Haus, aber – aber ich meine auch ...« Er hielt inne. »Und sie weiß es. Wir können nicht darüber reden«, erklärte er. »Sie weint dann immer gleich. Und ich auch. Es tut mir leid, Deb. Es tut mir wirklich leid. Ich wollte nicht, daß das passiert.«

»Es gibt nichts, was Ihnen leid tun müßte«, sagte ich.

»Becky weh zu tun ist nichts, was mir leid tun müßte?«

»Becky zu lieben ist nichts, was Ihnen leid tun müßte«, sagte ich mit fester Stimme.

»Das weiß ich auch«, sagte er. »Wenn es bloß so wäre, daß ich sie liebe, wäre alles okay; das könnte ihr nicht weh tun. Aber ...« Jetzt blickte auch er mich durch Tränen an. »Na schön, ich werde also schuldig gesprochen. Wenn nicht das größte Wunder aller Zeiten passiert, werde ich schuldig gesprochen. Und – und – die Presse wird sie gnadenlos jagen, je näher der Hinrichtungstermin rückt. Deb, Sie wissen doch, was sie empfindet, oder? Ich bin bloß froh, daß sie keine Zeit gehabt hat, sich *richtig* zu verlieben.« Während ich mich noch fragte, wem er damit eigentlich etwas vorzumachen glaubte, wandte er sich energisch an Don und sagte: »Das einzige, was ich tun kann, ist, die Sache schnell hinter mich zu bringen. Keine Rechtsmittel, Don, haben Sie verstanden? Absolut keine.«

»Olead, wenn ich Sie nicht verteidigen darf, was soll ich dann?«

»Dafür sorgen, daß möglichst viel an Beweismitteln ausgeschlossen wird. Deb, kein Mensch hat mich je darüber aufgeklärt, wie dieser Schmauchspurennachweis funktioniert, also konnte ich auch keine qualifizierte Zustimmung dazu geben, oder? Wenn wir es schaffen, daß das nicht als Beweismittel zugelassen wird –«

»Ja, das und die Prellung an Ihrer Schulter, dann wären wir fein raus«, stimmte Don zu. »Aber das geht leider nicht. Zu dem Zeitpunkt waren Sie schon in Gewahrsam, und die Polizei hatte das Recht, Untersuchungen durchzuführen und Fotos zu machen.«

Olead zuckte die Achseln. »War nur so ein Gedanke. Gehen Sie nach Hause und schlafen Sie ein bißchen, Deb.«

Ich ging nach Hause.

Und natürlich schlief ich kein bißchen.

An den Prozeß habe ich nur eine schwache Erinnerung. Er war wie die meisten Prozesse, außer daß ich vor und nach meiner Aussage nicht sehr viel Zeit im Zeugenzimmer verbrachte. Ich hatte den Haftbefehl mit unterschrieben und mußte deshalb am Tisch der Anklage sitzen.

Ich versuchte, mich davor zu drücken. Eigentlich hätte es möglich sein müssen, denn Jerome legte auf meine Anwesenheit ebenso wenig Wert wie ich selbst. Ich wußte, daß ich bis zu meiner Aussage im Zeugenzimmer bleiben mußte, hoffte aber, irgendwie hinzukriegen, daß das Gericht mich hinterher gehen ließ, damit ich mich wieder auf die Suche nach Slade Blackburn machen konnte.

Ein Spieler, dachte ich erneut. Er wird irgendwo spielen.

Wenn ich Glück hatte – wenn er mich nicht an seinem Spindschloß hatte sägen sehen und nur deshalb geflüchtet war, weil er eine Polizeiuniform sah und kurzzeitig in Panik geriet –, dann würde er im Großraum Fort Worth/Dallas spielen. Und dann mußten wir ihn eigentlich finden können.

Natürlich ist das Glücksspiel in Texas illegal. Aber wer glaubt, daß es das deshalb nicht gäbe, ist so naiv, daß man ihn nicht allein auf die Straße lassen darf.

Wenn er glaubte, daß es auch nur die geringste Chance gab, wenigstens an einen Teil des Geldes heranzukommen, für das er getötet hatte, dann war er noch in der Gegend. Ich wäre es an seiner Stelle nicht gewesen, aber ich bin auch kein Spieler.

Nur noch ein bißchen Zeit, das war alles, was ich brauchte. Aber ich bekam sie nicht. Richter Key wies mich an, am Tisch der Anklage Platz zu nehmen.

Es ging mir sehr gegen den Strich, da sitzen zu müssen.

Fast so sehr, wie Jerome Lester meine Anwesenheit gegen den Strich ging. Der Richter war verzeihlicherweise überrascht, als Jerome seine Absicht ankündigte, mich als feindlichen Zeugen zu behandeln. Er fragte mich sogar, was ich davon hielt. Das verschaffte mir das Vergnügen, dem Richter sagen zu können, daß es mich wirklich freue, daß Mr. Lester wenigstens in einem Punkt recht habe, da mir ansonsten nichts einfalle, worin ich ihm zustimmen könne.

Diese Bemerkung brachte mir eine fünfminütige Standpauke von Richter Key über angemessenes Benehmen im Gerichtssaal ein.

Jerome rief die Zeugen nicht in chronologischer Reihenfolge auf. Bis Becky drankam, vergingen vier Tage. Ich weiß noch, daß sie während ihrer Aussage ununterbrochen weinte, und als sie fertig war, sagte der Richter, sie sei entlassen und könne nach Hause gehen. Unmittelbar danach gab es eine fünfminütige Pause. Olead, der zur Verwahrzelle zurückgeführt wurde, um auf die Toilette gehen zu können, blieb auf dem Flur stehen und sagte: »Becky, bitte geh heim.«

»Nicht erlaubt, mit Zeugen zu reden«, intonierte der Justizwachtmeister, als habe er das schon tausendmal gesagt.

»Doch, mit mir darf er reden!«, schrie Becky.

Olead zuckte die Achseln und sagte: »Ich glaube nicht. Der ist größer als ich, und außerdem hat er eine Waffe.« Der Justizwachtmeister schob ihn weiter Richtung Verwahrzelle, und Olead rief mit deutlicher Stimme über die Schulter: »Ich liebe dich, Becky! Und jetzt geh bitte heim.«

»Ich liebe dich auch, Olead«, schluchzte Becky. Aber die Stahltüren waren schon zugefallen.

Er hörte sie nicht.

Sie ging nach Hause, blieb aber nicht dort; statt dessen ging sie zu Vicky und kehrte dann mit ihr in den Gerichtssaal zurück, und trotz meiner inständigen Bitten, zu Hause zu bleiben, waren die beiden auch wieder da, als der Prozeß in seinen fünften Tag ging.

Als wir am Freitag Mittagspause machten – ich war immer noch nicht aufgerufen worden –, raste ich zum nächsten Telefon. Mittlerweile hatte ich auch die Metro Intelligence Squad eingespannt und sie beschwatzt, jede bekannte Spielhölle im Stadtgebiet zu überprüfen und auch nach weiteren zu suchen. Ich rief in jeder Pause bei ihnen an. Bestimmt hatten sie mich schon gründlich satt, aber ich wollte nicht aufgeben.

Noch nicht.

Niemals.

Und das mußte ich auch nicht, denn ein Lieutenant aus Dallas mit Namen Carl Weston teilte mir mit, sie hätten Slade Blackburn um zehn Uhr abends bei einer Razzia in den sehr interessanten Hinterzimmern eines exklusiven Nachtlokals im Norden von Dallas aufgegriffen. Es hatte sehr lange gedauert, ihn zu identifizieren, weil Blackburn sich nicht hatte ausweisen können. Er hatte nicht panisch reagiert, und er hatte den Namen Hollowell angegeben. Weston kam das Gesicht jedoch bekannt vor, und als ›Mr. Hollowell‹ sich geweigert hatte, seine Adresse zu nennen, hatte Weston den Präsidenten der Bank angerufen und ihn gebeten, einen Blick auf den Verdächtigen zu werfen.

Ich fragte, wann wir ihn nach Fort Worth zurückschaffen könnten, und Weston meinte, sobald ich ihn holen wollte. Ich könne hier nicht weg, erklärte ich, und würde jemand anderen schicken müssen.

Dann rief ich den Captain an.

Blackburn würde am Spätnachmittag wieder in Fort Worth sein ... Viel nützen konnte das allerdings nicht, denn kein Mensch würde mich den Prozeß unterbrechen lassen, damit der Angeklagte sich einen neuen Verdächtigen ansehen konnte.

Ich ging Don suchen, um ihn zu überreden, eine Vertagung zu beantragen, aber ich konnte ihn nicht finden. Da ich keine Ahnung hatte, wo er mittags essen würde, klapperte ich sämtliche vom Gericht aus zu Fuß erreichbaren Restaurants ab. Um zwei Uhr raste ich zum Gericht zurück und kam gerade noch rechtzeitig, um mir einen Anpfiff von Richter Key wegen Verspätung zu ersparen.

Rückblickend frage ich mich, ob ich während des ganzen Prozesses nicht zumindest unter einem leichten Schock stand. Ich weiß noch, wie ich Olead ansah und mir wünschte, ich könnte wegschauen, während ich die Prellung an seiner Schulter beschrieb, und wie ich bestätigte, daß ich dem Kollegen vom Erkennungsdienst zugesehen hatte, als er Oleads Hände auf Schmauchspuren untersuchte. Ich erinnere mich noch an den ruhigen, ernsten Ausdruck in Oleads Gesicht, als ich das schilderte.

Wie es sich für einen gestandenen Verteidiger gehörte, fragte mich Don nach den beiden roten Papphülsen, und ich sagte aus, daß wir mit Ausnahme der beiden Hülsen keine weiteren roten Papppatronen im Haus gefunden hatten. Er fragte mich, ob ich aufgrund dieses Sachverhalts zu irgendwelchen Schlüssen gelangt sei, und natürlich sprang der Staatsanwalt sofort auf und erhob Einspruch. Sie stritten sich ein Weilchen herum, und der Richter entschied, daß die Verteidigung die Frage nicht stellen dürfe.

Nach weiterer Diskussion wurde schließlich beschlossen, daß er mich fragen durfte, woher die roten Papphülsen kamen. Ich sagte, sie müßten von außerhalb des Hauses gekommen sein, wahrscheinlich schon im Magazin des Gewehrs. Der Staatsanwalt erhob Einspruch. Der Richter gab dem Einspruch statt und ermahnte mich, das Theoretisieren zu lassen.

Die Verteidigung fragte mich, ob Olead meines Wissens Schrotpatronen gekauft hatte, und ich sagte, davon sei mir nichts bekannt. Bei einer nochmaligen Vernehmung nach dem Kreuzverhör fragte mich die Anklage, ob ich mich bemüht hätte herauszufinden, ob der Angeklagte Schrotpatronen hätte kaufen können, und das mußte ich natürlich verneinen. Die Verteidigung ließ mich erklären, daß seit zwanzig Jahren keine Patronen mit Papphülsen mehr hergestellt wurden. Die Anklage erhob Einspruch. Der Richter beschloß, die Antwort stehenzulassen.

Die Verteidigung ließ mich berichten, wie Olead seine tote Schwester betrauert und wie er am nächsten Tag wegen des Murmelsäckchens geweint hatte.

Aber an der Prellung an seiner Schulter und den Schmauchspuren an seinen Händen führte kein Weg vorbei; und daß ich beweisen konnte, daß noch ein sechster Schuß gefallen war, bewies nicht, daß er die anderen fünf nicht abgefeuert hatte, zumal der Ballistikexperte aussagte, daß die andere Flinte nach dem vierten Schuß Ladehemmung gehabt hatte – eine Tatsache, die mir kein Mensch je mitgeteilt hatte.

Ich hatte nur noch eine Hoffnung, und zwar eine wahnwitzige. Wenn der Prozeß für ergebnislos erklärt wurde ...

Was konnten wir tun, um das zu erreichen?

Ich konnte gar nichts tun; auf mich war der Richter schon sauer genug. Nein, was immer es war, es mußte von Don oder Olead kommen, und ich mußte mir rasch etwas einfallen lassen.

Zur Verteidigung meiner Idee kann ich nur vorbringen, daß ich vielleicht ein klein wenig unter Schock stand. Es gab eigentlich keinen Grund zu der Annahme, daß sie funktionieren würde. Aber etwas anderes fiel mir nicht ein.

In der nächsten Pause machte ich mich auf die Suche nach einem Deputy, der mir noch einen Gefallen schuldete. Als ich Clint Barrington gefunden und ihm erklärt hatte, was ich wollte, sagte er: »Deb, du spinnst.«

»Hör mal, Clint, ich –«

»Debra, du hast wirklich einen Sprung in der Schüssel.«

Niemand, absolut niemand, darf mich Debra nennen. Ich erinnerte ihn daran, und er lachte. »Deb, ist es wirklich so wichtig?«

Ich nickte ernst.

»Wenn ich wegen dieses Blödsinns Schwierigkeiten kriege ...«

Ich sagte ihm, ich würde alles auf meine Kappe nehmen.

»Ich verspreche nichts«, sagte er. »Aber ich versuch's. Okay? Mehr kann ich nicht tun. Ich versuch's.«

Um Viertel nach sieben zogen sich die Geschworenen zur Beratung zurück. Eigentlich war es dafür schon reichlich spät; sie hätten für die Nacht, wenn nicht gar fürs Wochenende, unterbrechen müssen, aber der Richter wollte die nächste Woche frei haben. Er war wild entschlossen, Freitag abend fertig zu werden, und wenn er das Verfahren bis Mitternacht fortsetzen mußte.

Mittlerweile machte ich mir Sorgen um Vicky; man merkte ihr die Anstrengung an, aber sie bestand darauf, so lange zu bleiben wie ihre Schwester, und Becky wollte nicht gehen. Um sechs hatte sich Harry zu ihnen gesellt, aber als die Geschworenen sich zurückzogen, verließ er den Saal, um nach Hal zu sehen. Er würde sich darum kümmern, daß Hal zu Abend esse und versorgt sei, und dann wiederkommen.

Wir anderen warteten weiter.

Nach etwa dreißigminütiger Beratung kamen die Geschworenen mit einem Schuldspruch zurück. Becky begann zu weinen; ich blickte mich nach ihr um und sah, wie Vicky sie in die Arme nahm, aber ich konnte nicht zu ihnen, weil ich immer noch am Tisch der Anklage saß. Und so blieb ich mit einem Gefühl der Betäubung sitzen und hörte Don flüstern: »Ich habe Ihnen doch gesagt, wir hätten auf Unzurechnungsfähigkeit plädieren sollen. Verdammt noch mal, Olead –«

»Und ich habe Ihnen gesagt, warum ich das nicht wollte«, antwortete Olead. »Kann ich den Geschworenen etwas sagen?«

»Wozu soll denn das gut sein?«

»Na ja, Sie haben gesagt, die müßten über das Strafmaß entscheiden, und ich will sie bitten –«

»Das ist absolut unnötig«, meinte Don düster.

»Kann ich ihnen dann wenigstens sagen, daß ich ihnen nicht böse bin und daß ich ihnen nichts nachtrage?«

»Das können Sie nach dem Urteil tun.«

Olead zuckte die Achseln.

Der Richter erklärte den Geschworenen den nun folgenden Teil des Verfahrens, und wieder berieten sie sich nicht länger als eine halbe Stunde. Sie kamen mit dem erwarteten Urteil zurück: Tod durch Injektion.

Und da überließ ich mich einen Moment lang der Verzweiflung. Ich hatte getan, was ich konnte, und es hatte nichts genützt. Barrington hatte mich hängenlassen – wahrscheinlich war es sowieso eine Schnapsidee –, und Olead würde Don nicht erlauben, in die Berufung zu gehen. Vielleicht dachte ich in diesem kurzen Moment sogar: Verdammt, und wenn er's nun doch war? Ich hatte immer noch keine Erklärung für die Schmauchspuren an seinen Händen, die Prellung an seiner Schulter, aber dann sah ich zu Olead hinüber und wußte wieder, daß er es nicht getan haben konnte.

Ja, vielleicht hatte er Jack umgebracht – die Möglichkeit bestand durchaus –, wenn, dann hatte er einen guten Grund dafür gehabt. Und vielleicht hatte er auch noch auf jemand anderen geschossen, jemand, bei dem es sich, da war ich mir mittlerweile sicher, um Slade Blackburn gehandelt haben dürfte, und wenn, dann hatte er auch dafür einen guten Grund gehabt. Aber Brenda hatte er nicht umgebracht. Und er hatte auch seine Mutter nicht getötet.

Olead würde für einen Mord sterben, den er – da war ich mir sicher – nicht begangen hatte, und ich hatte keine Möglichkeit, das zu verhindern.

Ich sollte nicht auf die Geschworenen wütend sein. Sicher, lange beraten hatten sie sich nicht; der Fall lag sonnenklar, es war spät, und wir hatten seit dem Lunch keine zehn Minuten Pause mehr gehabt; was sollten sie lange beraten? Aber ich weiß noch, wie ich voller Bitterkeit dachte, ja, genau so ist es, Olead muß sterben, damit die Geschworenen zum Abendessen zu Hause sind.

Ich kann mich nicht erinnern, aufgestanden und um Jerome Lester herumgegangen zu sein, um zu Olead zu gelangen. Ich muß es wohl getan haben, denn ich hatte ihn in den Armen und weinte, und er sagte: »Nicht, Deb, nicht doch, wenigstens sterbe ich bei klarem Verstand.« Aber er klammerte sich verzweifelt an mich. Er wollte nicht sterben.

Er wollte nicht sterben, aber er ließ Don auch nicht in die Berufung gehen, denn noch weniger als sterben wollte er ohne Hoffnung weiterleben.

Der Richter klopfte mit seinem Hammer auf den Tisch und rief zur Ordnung, ein Justizwachtmeister kam auf mich zu, um mich an meinen Platz zurückzuschaffen; und Clint Barrington brachte mit einer Miene, als hielte er das Verfahren für beendet, einen Häftling zur gerichtlichen Vernehmung herein. »Warum hat das denn so lang gedauert?«, hätte ich am liebsten geschrien. Aber ich sagte nichts. Ich sah nur hin, und mir fiel vage auf, daß Slade Blackburn abgenommen hatte.

Auch Olead sah hin; wie ein aufmerksamer Vorstehhund drehte er den Kopf und blickte zwischen Barrington und Blackburn hin und her, und er rückte ganz leicht von mir ab. Plötzlich spürte ich ihn erstarren und hörte seinen Atem nicht mehr. Dann fuhr seine Hand unter meine Jacke, und er sagte: »Tut mir leid, Deb, ich brauche das mal eben.«

Er hatte meinen Revolver, und mit einemmal schrie alles durcheinander. Ein Justizwachtmeister, Clint Barrington und ein weiterer Deputy Sheriff machten Anstalten, sich auf ihn zu stürzen, und dann erstarrte plötzlich alles, denn er hatte Slade Blackburn gepackt, und die Mündung meines Revolvers lag unter dessen Kinn. Olead drehte sich um und zerrte Blackburn rückwärts mit sich bis zum Richterpodium, so daß niemand von hinten an ihn herankam. »Jetzt weiß ich es wieder!«, schrie er. »Ich habe noch nie im Leben geschossen, aber auf die Entfernung könnte nicht mal ich danebenschießen. Sie waren es! Jetzt weiß ich es wieder.«

Ich hatte gewollt, daß er Blackburn erkannte. Mehr hatte ich nicht gewollt. Daß er ihn erkannte und es Don sagte. Nicht, daß er sich einen Revolver schnappte, nicht ... Was habe ich nur getan, dachte ich verzweifelt. Er ist wieder durchgedreht. Susan hat sich getäuscht, als sie sagte, das würde nicht wieder passieren ...

Aber er wirkte nicht wahnsinnig. Er wirkte unglaublich zornig, er wirkte wie ein Mensch, der soeben entdeckt hat, wozu Zorn gut sein kann, aber er wirkte eben nicht wahnsinnig.

»Wie hast du mich betäubt, du Schwein?«, fragte er. »Das ist mal das erste. Das Zeug war in dem Punsch, stimmt's?«

Und es konnte einfach nicht sein – kein Mensch würde wirklich so antworten –, aber Slade Blackburn antwortete. »Ja, verdammt, es war in dem Punsch! Ich hatte das Zeug schon seit Jahren;

dein Alter hat es mal draußen am Flugplatz vergessen, als er dich mitgebracht hat; du warst so gaga, du hast nicht mal gewußt, was ein Flugzeug ist. Es lief wie geschmiert; du hast sogar noch gesagt, der Punsch schmeckt nicht, und deine Mutter hat gesagt, du sollst ihn trotzdem trinken. Verdammter Schwächling, sechsundzwanzig Jahre alt und nicht den Mumm, auch mal nein zu Mami zu sagen ...«

Olead schluckte. »Und ich weiß noch – draußen auf dem Flur war ein lauter Krach, und ich bin aufgestanden und zur Zimmertür gegangen, und da warst du und hast gesagt: ›Alles in Ordnung, ich gehe mit Jack jagen, und wir machen uns gerade fertig‹, und ich war so müde, daß ich wieder ins Bett gegangen bin. Was war das für ein Krach, hast du da Brenda erschossen?«

»Ja, verdammt!«, schrie Blackburn. »Laß mich los, du erwürgst mich ja!«

»Weiß Gott, ich hätte große Lust dazu!«, schrie Olead. »Aber ich lasse dich los, sobald wir das hier geklärt haben. Später bist du in mein Zimmer gekommen, hast die Handschuhe in meine Jackentasche gesteckt und die Baseballschuhe wieder auf den Boden gestellt, und dann hast du dich über mich gebeugt, das Fenster aufgemacht und das Fliegengitter herausgestoßen, und dann hast du mich im Bett aufgesetzt, hast mir die Flinte an die Schulter gehalten, hast den Lauf aus dem Fenster gerichtet, meinen Finger in den Abzugbügel gesteckt, deine Hand über meine gelegt und geschossen, damit ich eine Prellung an der Schulter kriege und Schmauchspuren an den Händen habe, und dann bist du verschwunden, und du hast dich darauf verlassen, daß ich immer noch genug von dem Medikament im Körper habe, um gleich wieder einzuschlafen und mich an nichts zu erinnern. Und so war es dann ja auch, bis jetzt – du verdammtes Schwein, warum hast du das getan, warum?«

»Das spielt jetzt auch keine Rolle mehr! Nur zu, bring mich um, es ist sowieso zu spät ...«

»Da hast du verdammt recht, es ist zu spät, aber du wirst es mir trotzdem sagen, und zwar gleich.«

Ich konnte nicht sehen, was Olead mit der linken Hand machte, aber Blackburn wand sich, schrie auf und keuchte: »Ich sag's ja schon, laß los! Also gut, du hattest Geld auf meiner Bank ...«

»Auf deiner Bank? Welche Bank ist das?« Er hätte es eigentlich noch wissen müssen. Ich hatte es ihm gesagt. Oder vielmehr, ich hatte ihn gefragt.

»Die First Federated in Ridglea – du hattest fast eine Dreiviertelmillion dort –«

»Nein, hatte ich nicht.«

»Doch, du hattest! Und du hast es noch nicht mal gewußt. Dein Daddy hat es eingezahlt, ehe die Scheidung durchkam, und zwar auf deinen Namen, nicht auf seinen, damit noch was übrig blieb, egal, was die verrückte Alte ihn kostete. Er wollte sichergehen, daß du für den Rest deines Lebens versorgt bist. Und er hat dir nie davon erzählt. Das ist mir klargeworden, als ich mit anderen Bankiers geredet habe; in den ersten sechs Monaten, nachdem dein Vater gestorben war, gab es auf jedem anderen Deiner Konten Bewegungen, bloß auf dem nicht –«

»Also hast du es dir unter den Nagel gerissen.«

»Normalerweise hättest du gar nichts merken können! Du hättest auch nichts gemerkt, wenn es mit dir so weitergegangen wäre wie bisher. Aber als Jack mich zu der Party eingeladen hat, hat er mir über dich Bescheid gesagt. Er bekam allmählich das Flattern; wir hatten halbe-halbe gemacht, und er hatte die Bankauszüge versteckt, die der Computer ausgespuckt und an dich geschickt hatte; aber er wurde nervös, er hat sich überlegt, dir alles zu beichten, hat gesagt, du würdest ihn decken, deiner Mutter zuliebe. Aber ich wußte verdammt gut, daß das nicht für mich galt –«

»Jack hat an dem Abend gesagt, daß er Geldsorgen hatte«, sagte Olead langsam. »Hätte ich bloß Bescheid gewußt – egal. Also los, raus damit, wieviel habt ihr euch insgesamt unter den Nagel gerissen?«

»Ich weiß nicht.«

»Ich habe dich was gefragt, und ich will eine Antwort«, sagte Olead grimmig, und wieder kreischte Blackburn auf. »Ich will's nicht auf den Penny genau wissen, nur so ungefähr. Wieviel habt ihr geklaut?«

»Vielleicht – vielleicht fünfhunderttausend.«

»Damit bleiben mir noch über vier Millionen. Du hast fünfhunderttausend Dollar geklaut, die ich weder gebraucht noch gewollt habe. Na schön, du kannst sie behalten, du Schwein, du kannst jeden Penny kriegen, den ich habe, wenn du mir meine Schwester wiedergeben kannst. Aber das kannst du nicht, oder? Hat's dir gefallen? Hat's dir Spaß gemacht, einer schlafenden Vierjährigen eine Ladung Schrot in den Rücken zu jagen? Hat's dir Spaß gemacht, den – den einzigen Menschen umzubringen, der mich je geliebt hat?«

Abrupt ließ er Blackburn los und versetzte ihm einen kräftigen Tritt; Blackburn prallte gegen den Tisch der Anklage und kroch hastig darunter. Barrington machte Anstalten, ihn darunter hervorzuzerren, hielt aber inne, als er sah, daß Olead immer noch den Revolver in der Hand hielt. Olead drehte sich um und gab mir den Revolver zurück; ich verstaute ihn im Halfter, dann schlug ich Olead, so fest ich konnte, ins Gesicht. Ich hatte mittlerweile zu weinen aufgehört. »Du verdammter Idiot, wie kommst du dazu zu behaupten, daß Brenda der einzige Mensch war, der dich je geliebt hat?«

Er hielt sich mit benommenem Blick das Gesicht und sagte: »Was?«

»Was ist mit deinem Daddy? Was ist mit deinem Bruder? Was ist mit Susan? Was ist mit Becky? Und was ist mit mir? Glaubst du etwa, ich kann ein Kind nur lieben, wenn ich es auch geboren habe? Ich habe dir gesagt, ich war Mutter, bevor ich Cop geworden bin, aber ich habe nie ein Kind geboren. Alle meine Kinder sind adoptiert. Bis Neujahr hatte ich dich noch nie gesehen, aber das heißt nicht, daß ich dich nicht liebe.«

Er starrte mich schweigend an, während ich weiterwütete: »Verdammt noch mal, das war absolut unnötig! Du hättest nur mir oder Don Bescheid sagen müssen, alles weitere hätten dann wir übernommen; mit dem Beweis, daß es jemand anders war, hätte das Urteil nie und nimmer Bestand gehabt, und die Bankunterlagen sind laut FBI in ein paar Tagen rekonstruiert. Du hättest dich mit deinem Perry-Mason-Auftritt hier im Gerichtssaal umbringen können. Jetzt setz dich wieder hin, und versuch' ja nicht noch einmal, dir meinen Revolver zu schnappen!«

Er setzte sich an den Tisch der Verteidigung und vergrub das Gesicht in den Armen; der Richter klopfte mit seinem Hammer drauflos und rief zur Ordnung, eine Forderung, die mir in diesem Moment schwachsinnig vorkam. Aber ich ging zum Zuschauerraum und setzte mich, weil ich es nicht mehr ertragen konnte, weiter am Tisch der Anklage zu sitzen; Barrington zerrte Slade Blackburn schließlich unter dem Tisch hervor und aus dem Gerichtssaal, und endlich wurde wieder alles ruhig, mit Ausnahme der Journalisten. Ein kalter Blick des Richters brachte auch diese Ecke zum Schweigen.

Panik, dachte ich. Genau das, was der Psychologieprofessor gemeint hatte, hatte ich gerade miterlebt: Blackburns Panik bei dem Gedanken zu verlieren. Wegen dieser Panik waren sechs Menschen gestorben, und um ein Haar auch Olead, um ein Haar. Blackburn hatte gewollt, daß Olead starb.

Becky zupfte an meinem Ärmel und sagte etwas, was ich nicht richtig mitbekam. »Einen Moment noch, Becky«, sagte ich.

»Aber Mom . . .«

»Einen *Moment* noch«, wiederholte ich.

Der Richter sagte irgend etwas – ich weiß nicht mehr, was –, und Don und Jerome traten vor die Richterbank. Jerome sah aus, als könne er sich nicht entscheiden, ob er in Ohnmacht fallen oder sich übergeben sollte. Sie standen eine ganze Weile dort und redeten mit dem Richter. Ich hörte Jerome zwei- oder dreimal »Ja, aber –« sagen, weiter kam er jedoch nie. Er schüttelte ein paarmal den Kopf und nickte einmal. Don redete zu leise, als daß ich ihn verstehen konnte, bis auf einmal, als er »Jawohl, Sir« sagte. Offenbar bestritt der Richter den größten Teil des Gesprächs. Ich verstand nicht viel von dem, was er sagte, aber Jerome schien sich sehr darüber aufzuregen.

Auf der Geschworenenbank weinte jemand.

Richter Key, der extrem ärgerlich wirkte, verkündete: »Meine Damen und Herren Geschworenen, angesichts der jüngsten Entwicklungen hebe ich Ihr Urteil auf. Ich erkläre diesen Prozeß hiermit für ergebnislos.« Er sah Jerome an. »Mr. Lester, möchten Sie etwas sagen?«

»Jawohl, Sir. Ich – äh – die Anklage möchte – äh – sämtliche Anklagepunkte fallenlassen, Sir.« Er hörte sich an, als hätte er schlecht gelernt und Angst, seinen Text zu vergessen.

Auf der Geschworenenbank fing noch jemand zu weinen an.

Der Richter sah Olead an und sagte streng: »Sie haben äußerste Mißachtung des Gerichts an den Tag gelegt. Aber die Staatsanwaltschaft sieht davon ab, Sie wegen Ihres schändlichen Betragens zu belangen, und angesichts der mildernden Umstände möchte ich nichts weiter zu der Angelegenheit sagen. Das Gericht weist sämtliche Anklagepunkte ab. Sie können gehen.«

Don stand auf und sagte über das nun folgende Inferno hinweg: »Euer Ehren, der Bruder meines Mandanten ist vorübergehend in einem Pflegeheim untergebracht worden. Gibt es einen Grund, warum er nicht der Obhut meines Mandanten anvertraut werden kann?«

»Mr. Howell, Sie werden einen förmlichen Sorgerechtsantrag stellen müssen«, sagte Richter Key. »Ich habe jedoch keine Einwände dagegen, daß das Kind – äh – seinen Bruder besuchen darf, bis ein Sorgerechtsverfahren anberaumt werden kann.«

Becky schlüpfte an den Justizwachtmeistern vorbei zu Olead. Einen Arm um sie gelegt, blickte er sich ungeduldig um, und Sekunden später lag Jeffrey in seinem anderen Arm. Die Pflegemutter sagte, während sie sich die Tränen aus den Augen wischte, in vertraulichem Ton zu mir: »Das arme Wurm hat sich so nach Oyee verzehrt, daß ich es einfach nicht über mich gebracht habe, ihn von hier fernzuhalten. Also hab' ich ihn hergebracht, um das Urteil abzuwarten. Ich habe einfach gewußt, daß es so ausgehen würde. Jemand, den ein Baby so sehr liebt, könnte nie einem anderen Baby etwas antun.«

»Mom«, sagte Vicky mit ziemlich hektischer Stimme, und ich drehte mich ihr zu. Sie stand direkt neben mir, war sehr blaß und sah an mir vorbei. »Don«, sagte sie, »ich glaube, ich muß sofort ins Krankenhaus.«

Don sah den Richter an. Er sah auf seine Uhr. »Äh – hat das nicht noch einen Moment Zeit?«

»*Nein!*«, sagte Vicky, beide Hände auf den Bauch gelegt. »Es hat schon seit einer Stunde keine Zeit mehr. Ich muß sofort hin!«

»Ach du Schande!«, sagte Don und meinte dann: »'tschuldige, Vicky, ich hab' nicht dich gemeint. Aber irgendwer muß Olead ins Gefängnis zurückbringen –«

»Wozu denn das?«, fragte Olead.

»Damit Sie ordnungsgemäß entlassen werden können.«

»Ich übernehme das, wenn Sie mir soweit trauen«, sagte Jerome Lester. »Oder er kommt am Montag wieder, wenn Ihnen das lieber ist –«

»Das ist uns lieber«, sagte Don, und er und Vicky brachen schleunigst auf.

Ich mußte dem Captain das Ergebnis mitteilen, ehe ich zu meiner Familie konnte, ermahnte ich mich streng. Ich ging mit Olead, Becky und Jerome auf den Flur hinaus.

Die Rechtspflege nahm ihren normalen, ordentlichen Gang. Barrington – er machte ein Gesicht, dem anzusehen war, daß er mir später noch eine ganze Menge zu sagen haben würde – führte Slade Blackburn gerade in den Gerichtssaal zurück, damit er zur Anklage vernommen werden konnte.

Olead blieb stehen, um sie vorbeizulassen, und einen Moment lang sahen sie sich an: Olead mit Jeffrey auf dem linken Arm, und den rechten um Becky gelegt, Slade Blackburn allein und in Handschellen. Er sah Olead an wie ein Bettler, der in ein Schaufenster blickt.

Für einen kurzen Moment trafen sich ihre Blicke, dann ging Olead an ihm vorbei den Korridor hinunter. Ich bot Becky meine Autoschlüssel an, aber sie hatte ihre eigenen dabei. Ich machte vor einem Telefon Halt und rief zuerst den Captain an, dann zu Hause, und schließlich fuhr ich ins Krankenhaus.

Um elf Uhr schloß Harry die Haustür auf, und ich machte das Wohnzimmerlicht an. Der Fernseher lief, aber nicht laut, und hinter der geschlossenen Tür von Hals Zimmer konnte ich gedämpfte Rockmusik hören.

Mein Wohnzimmer hatte sich augenscheinlich einen Laufstall zugelegt. Ein Baby in einem roten Spielanzug schlummerte darin. Auf der Couch schlief Becky, und in Harrys Sessel hatte Olead es sich bequem gemacht, meine Katze auf dem Schoß. Becky setzte sich auf, als das Licht anging. Olead blieb entspannt sitzen, aber er öffnete die Augen, lächelte und begann, die Katze zu streicheln.

Die schnurrte.

Die Tür zu Hals Zimmer flog auf, und die Rockmusik schwoll abrupt an, als Hal in die dunkle Halle herausgeschossen kam; so im Schatten wirkte er ein wenig koreanischer als sonst. Er ist nämlich irgend etwas zwischen einem Viertel- und einem Halbkoreaner; der Rest ist vermutlich amerikanischer GI. Er fragte sehr laut: »Hat Vicky Zwillinge gekriegt?«

»Nein«, sagte Harry müde, »einen sehr großen Jungen. Acht Pfund dreihundertsiebenundneunzig Gramm. Sie haben ihn Barry genannt.«

»Hört sich aber klein an«, sagte Hal.

»Es ist riesig, Blödmann«, sagte Becky empört.

Olead starrte Harry schon eine ganze Weile an. »Ich kenne Sie«, sagte er langsam. »Jetzt weiß ich's wieder. Dad hat mich mal zum Fliegen mitgenommen, und Sie waren auch da und haben gesagt, eines Tages würden Sie mir beibringen, einen Hubschrauber zu fliegen. Sie heißen – Sie heißen Harry. Jetzt fällt's mir wieder ein. Ich habe nicht gewußt, daß Sie Beckys Dad sind.«

»Ganz recht«, sagte Harry. »Das ist jetzt – wie lange? – zehn, zwölf Jahre her. Wollen Sie's immer noch lernen?«

»Ich glaube, ich mache zuerst den Führerschein«, sagte Olead. »Und ich hoffe, Sie haben nichts dagegen, daß Jeffrey und ich heute nacht hierbleiben. Morgen suche ich mir eine Wohnung. Ich wollte nur heute nacht nicht mehr damit anfangen.«

Ich versicherte ihm, daß wir nichts dagegen hatten, Harry sagte das gleiche, und Olead lächelte. »Ich hab's gewußt«, sagte er, »aber ich hab' trotzdem fragen wollen.«

Die Katze stand auf, streckte sich, blickte direkt in die Lampe und gähnte. Dann legte sie sich in ungefähr der gleichen Stellung wieder hin, und Olead kraulte ihr die Ohren. »Katzen wissen, wann es Zeit zum Schlafengehen ist, nicht wahr, Kumpel?«, sagte er und kraulte ihr weiter die Ohren.

Die Katze schnurrte.

Gut möglich, daß ich das auch tat.

Nachwort

Detektive mit einem glaubwürdigen Privatleben auszustatten, scheint schwer zu sein: Da gibt es die stereotypen Frühstücksszenen zu Beginn und die fast ebenso regelmäßigen Konzertbesuche am Ende der Holmes-Fälle, da steht eine Madame Maigret im Hintergrund, um ihren Mann rechtzeitig an seinen Wintermantel zu erinnern und ihm regelmäßig ihre gutbürgerliche Küche aufzutragen. Da sitzt ein einsamer Phil Marlowe in seinem tristen Apartment und spielt Schach mit sich selbst. Holmes' regelmäßige Kokain-Trips, wenn die mysteriösen Fälle und die großen Verbrechen ausbleiben, sprechen für sich: Detektive sind auf geheimnisvolle Verbrechen hin geschaffen und von ihren Schöpfern just mit den Eigenschaften ausgestattet worden, die sie für ebendiese Fälle brauchen. Ob beamtet wie Maigret oder Freiberufler wie Sherlock Holmes, ob genialer Sonderling wie Carrs Dr. Fell oder hartgesottener Schnüffler wie Marlowe, ob Privatdetektiv wie Ross Macdonalds Lew Archer oder Privatdetektivin wie Sue Graftons Kinsey Millhone – sie alle leben in ihren Fällen, und ohne mörderische Rätsel scheinen sie nur zu vegetieren und dahinzudämmern, wenn auch Holmes' Kokaindämmer die extreme Ausnahme bleiben.

Es war deshalb eine Innovation innerhalb des Genres, als im Dezember 1984 Lee Martins Polizeidetektivin Deb Ralston die Szene betrat. Das Rezept der Autorin ist dabei denkbar einfach: Man nehme ein weibliches Mitglied der Mordkommission und gebe ihm einen Ehemann, zwei Töchter und einen Sohn, und schon ist ein glaubwürdiges Privatleben zwingend. Als Frau hat sie einfach das, was man in der alten DDR bei berufstätigen Frauen ›die zweite Schicht‹ nannte. Wie sehr ein Fall sie auch fordert und alle ihre Kräfte beansprucht – niemand stellt für sie ein Essen warm oder erinnert sie an ihren Wintermantel. Im Gegenteil: So emanzipiert sie als Polizistin ist, so wenig ist es ihre Familie. Von ihr werden regelmäßig wie auch immer improvisierte Mahlzeiten erwartet, für die Wäsche muß gesorgt werden, der halbwüchsige Sohn muß ständig im Wortsinne zur Ordnung gerufen werden, soll das Haus nicht im Chaos versinken, und daß sie neben Morden auch die bevorstehende Geburt des ersten Enkelkindes intensiv beschäftigt, ist für eine Mutter eine bare Selbstverständlichkeit.

Natürlich ist auch Deb Ralston von ihrer Schöpferin Lee Martin auf bestimmte Verbrechen hin konzipiert worden, die fortan ihre Spezialität sein werden. Zur Polizei ist sie eher durch Zufall gekommen: Als ihr Mann nach dem Ausscheiden aus der Armee umgeschult wurde, war ein zusätzliches Einkommen dringend erforderlich, und die Polizei suchte gerade weibliche Mitarbeiter. Das war vor 15 Jahren, und sie ist inzwischen mit Leib und Seele Polizistin, aber, wie sie selbst es formuliert, war sie zuerst Mutter, dann Polizistin. Mit ihren 157 cm und ihrer schlanken Gestalt sieht die Enddreißigerin überhaupt nicht aus wie eine Polizistin, wie ihr jeder versichert, sondern eher wie jedermanns Lieblingstante.

Der Fall, zu dem sie in den frühen Morgenstunden eines trüben Neujahrstages gerufen wird, ist gerade für sie als Mutter besonders grausig: In der Silversternacht sind in einem Nobelstadtteil von Fort Worth im Anschluß an eine Party zwei Ehepaare aus nächster Nähe mit Schrotschüssen ermordet worden; sogar die Katze wurde grausam getötet, zwei Kinder werden noch vermißt. Wie sich zeigen wird, ist auch die vierjährige Tochter getötet worden, nur das Baby der Familie findet sich unversehrt unter einem Berg von Möbeln, der in einem Zimmer aufgetürmt wurde. Und am Tatort befindet sich auch der sechsundzwanzigjährige Sohn aus der ersten Ehe der ermordeten Mutter. Olead behauptet, von den Ereignissen der Nacht nichts mitbekommen und fest geschlafen zu haben. Die Beweise gegen ihn sind erdrückend. Wie Schmauchspuren an den Händen und eine Prellung an der Schulter zeigen, hat er mit Sicherheit in der Nacht ein ganz bestimmtes Gewehr abgeschossen, das sich am Tatort befindet. Eines Motivs bedarf es in seinem Falle nicht, denn er hat eine Psychopathen-Karriere hinter sich, bei der er unter anderem auch einmal sein Elternhaus verwüstet und dabei sogar einen Schaukelstuhl durch eine Rigipswand gedrückt hat. Erst vor kurzem wurde er aus einer privaten Klinik entlassen, und alle sind überzeugt, daß er trotz seines hartnäckigen Leugnens der

Täter ist. Vermutlich hat er in einem Blackout gehandelt und kann sich wirklich nicht an seine Taten erinnern. Der Polizeichef läßt nur deshalb so sorgfältig ermitteln, weil er es Olead selbst beweisen möchte. Zu einem Prozeß, für den man Beweise brauchte, wird es wegen der offenkundigen Unzurechnungsfähigkeit des Täters gar nicht erst kommen. Selbst die hartgesottenen Insassen des Gefängnisses, in das Olead gebracht wird, sind so empört über seine Tat, daß er zusammengeschlagen wird und in einer Gummizelle isoliert werden muß.

Einzig die mütterliche Deb Ralston zweifelt an seiner Schuld, denn das zu Beginn ihrer Erzählung erwähnte Murmelsäckchen wird ihr zum Clue, zum Faden, der sie in ein Labyrinth hineinführt. Olead sucht es verzweifelt, denn seine ermordete vierjährige Halbschwester hat es ihm geschenkt, als er aus der Klinik entlassen wurde - das erste Geschenk aus reiner Liebe in einem liebeleeren Leben, wie er meint. Und sie soll er ermordet haben? Wenn aber Olead den überwältigenden Indizien zum Trotz nicht der Täter ist, dann liegt ein ganz normaler Mord vor. Denn die Mehrzahl aller Morde wird bekanntlich nicht von Psychopathen begangen, sondern von Menschen wie du und ich, die sorgfältig planen und ein glasklares Motiv für ihre Taten haben. Wer kann ein Interesse haben, fünf Morde zu begehen und Olead als sechstes Opfer indirekt auszuschalten, indem er ihm das Massaker mit teuflischer Perfektion in die Schuhe schiebt, so daß er entweder durch einen Justizirrtum ermordet oder lebenslang in einer Anstalt verschwinden wird?

So kommt es zu der merkwürdigen Situation, daß Deb Ralston Ermittlungen zur Entlastung des durch die Umstände bereits Überführten anstellt, während die Staatsanwaltschaft schon Anklage gegen ihn erhoben hat. Einziger Anhaltspunkt ist die überraschende Tatsache, daß Olead durch das Erbe seines inzwischen verstorbenen Vaters mehrfacher Millionär ist. Hier könnte ein gesundes und normales Motiv verborgen sein - aber wie? Olead kann ihr bei dem Wettlauf gegen die durch die schnelle Prozeßterminierung unaufhaltsam verstreichende Zeit nicht helfen: Er hat wirklich keinerlei Erinnerung an die Mordnacht; sogar eine Hypnose durch eine Ärztin seines Vertrauens kann die Blockade nicht durchdringen. Keinesfalls will er den naheliegenden Ausweg beschreiten, auf Unzurechnungsfähigkeit zu plädieren: Olead kämpft überzeugend um seine Würde und will lieber wegen einer Tat, die er nicht begangen hat, sterben, als eine solche Tat zugeben und dann lebenslang unter entwürdigenden Umständen in einer staatlichen Klinik dahinvegetieren. Als wenig hilfreich erweist sich dabei sein Anwalt, den er aus privaten Gründen gewählt hat: Er ist noch jung und in den Finessen eines spektakulären Mordprozesses völlig unerfahren – und Deb Ralstons Schwiegersohn, der Vater des mit Ungeduld erwarteten Babys.

Das merkwürdige Bündnis aus ermittelnder Detektivin, Verteidiger und Angeklagtem verliert den Wettlauf, und Olead wird zum Tode verurteilt. Doch dann gelingt es dem Angeklagten doch noch, durch eine an Perry Mason erinnernde Aktion – wie es in dem für den Detektivroman typischen intertextuellen Spiel im Roman selbst heißt – aufgrund der Vorarbeiten ›seiner‹ Detektivin den wahren Schuldigen wenn schon nicht auf, so doch wenigstens unter die Anklagebank zu bringen.

Lee Martin ist ein Pseudonym, das Anne Wingate (geboren 1943) für ihre neue Serie mit der Polizeidetektivin Deb Ralston wählte, nachdem sie vorher schon Detektivromane unter dem Pseudonym Martha G. Webb veröffentlicht hatte. Die im Original bei der renommierten St Martin's Press als Hardcover erscheinenden Romane fanden von Anfang an breites Lob bei den Kritikern und großen Erfolg beim Publikum. Nicht nur das glaubwürdige Privatleben der Heldin wurde gelobt, sondern die Synthese aus drei sonst eher getrennt auftretenden Komponenten: Die Verbrechen bei Lee Martin sind hart und grausig und damit ›realistischer‹ als im traditionellen Rätselkrimi, gelöst werden sie durch präzis geschilderte Polizeiarbeit, und dennoch bleibt die Rätsel-Lösungsstruktur des traditionellen Detektivromans gewahrt. Dies mag daran liegen, daß Lee Martin alias Anne Wingate in ihrer Person zwei weit auseinanderliegende Bereiche vereint: Sie hat selbst lange Jahre bei der Kriminalpolizei gearbeitet und war unter anderem die erste weibliche Fingerabdruckexpertin im Staate Georgia. Und sie hat Englische Literatur studiert und unterrichtet selbst ein Fach, das in Deutschland so gut wie nicht gelehrt wird: ›Creative writing‹, die Lehre vom guten Verfassen fiktionaler Texte. Damit gehört sie zugleich zum für den klassischen Detektivroman bezeichnenden Typ des *poeta doctus,* des gelehrten Schriftstellers, der die Werke seiner Vorgänger kenntnisreich und kritisch studiert hat.

Die geglückte Verbindung von Härte und Realismus mit dem Schema des klassischen Rätselkrimis – das ist die Formel, auf die man die Lee-Martin-Romane bringen kann. Belebt wird diese an sich schon originelle Mischung durch eine Heldin und Erzählerin mit viel Wärme, Witz und Sinn für Humor, die zuerst Mutter und dann Polizistin ist – und beides exzellent.

Volker Neuhaus

Das Komplott der Unbekannten

Die Handlung dieses Buches ist frei erfunden. Zu dem Zeitpunkt, als ich mit der Arbeit daran begann, wußte ich nicht, daß sich andernorts ein ähnlicher Fall bereits ereignet hatte, und so war ich recht unsicher, ob ich eine solche Geschichte überhaupt schreiben sollte, weil ich befürchtete, jemanden auf dumme Gedanken zu bringen. Erst als ich kurz vor Abschluß des Buches stand, erfuhr ich, daß Frauen tatsächlich an verschiedenen Orten (allerdings nicht in Fort Worth) aus dem Grund ermordet worden waren, der hier beschrieben wird. Die vorliegende Geschichte basiert auf keinem dieser realen Fälle, und jede Ähnlichkeit mit realen Personen oder Ereignissen ist rein zufällig und nicht beabsichtigt.

Es liegt mir jedoch am Herzen, den beiden Detectives aus Houston zu gratulieren, die über fünf Jahre hinweg hartnäckig den kleinsten Hinweisen nachgegangen sind, um einen Fall dieser Art zu lösen. Ich bin froh, daß ich nicht früher von ihrem Fall erfahren habe; ich hätte versucht sein können, ihn als Vorlage zu benutzen.

Kapitel 1

An jenem Nachmittag Ende September dachte ich nicht an Mord. Ich beobachtete meinen Hund und überlegte, wieso mir noch nie aufgefallen war, daß er schräg lief. Er bewegt gleichzeitig die linke Vorderpfote und die rechte Hinterpfote, so daß es stets den Anschein hat, als ob er gleich die Richtung ändern wollte.

Irgend jemand, dem ich das später erzählt habe, hat mir erklärt, daß alle Hunde so laufen. Ich habe Hunden nie sonderlich viel Aufmerksamkeit geschenkt, bis zum letzten Saint-Patrick's-Day, als uns der große braune Köter zulief, dreckig und abgemagert, mit einem alten Flohhalsband und einer abgelaufenen Impfmarke gegen Tollwut. Wir haben ihn gefüttert. Wir haben ihn gewaschen. Wir haben ihn noch mal gefüttert. Wir haben eine Anzeige in die Zeitung gesetzt – HUND ZUGELAUFEN –, jedoch ohne Erfolg.

Dann sind wir mit ihm zum Tierarzt. Im nordwestlichen Randgebiet von Fort Worth, Texas, herrscht eine Tollwutepidemie unter den Skunks, und da wir so weit draußen wohnen, wäre es nicht unwahrscheinlich, daß ein Hund – besonders ein nicht allzu intelligenter, überfreundlicher Hund – sich mit einem Skunk anlegt. Er mußte auf jeden Fall geimpft werden.

Auf dem Heimweg, ich saß am Steuer, meinte dann mein Mann Harry: »Sieht so aus, als hätten wir uns einen Hund zugelegt.« Und mit einem Blick auf die zitternden 60 Pfund Fell auf seinem Schoß – ganz offensichtlich mochte der Hund keine Spritzen – fügte er hinzu: »Hi, Pat.«

»Pat?« fragte ich.

Harry sah mich mitleidig an. »Deb«, sagte er, »wann haben wir ihn gefunden?«

Und so fing ich an, nach und nach einiges über Hunde zu lernen.

Als ich es satt war, mir Gedanken um Pats seltsame Gangart zu machen, fing ich statt dessen an, mir Gedanken darüber zu machen, wieso eine ehrbare Großmutter wie ich je darauf verfallen konnte, regelmäßig die Straße entlangzulaufen, mit Joggingschuhen, einem gelben Schweißband, einem Sweatshirt mit dem Aufdruck »Bell Helicopter«, einer dunkelblauen Frotteehose und einer dunkelblauen Frotteejacke, deren Reißverschluß offen ist, damit ich leichter an die Pistole komme, die ich stets bei mir haben muß.

Aber ich wußte, warum ich mit dem Joggen angefangen hatte. In meinem Alter wurde ich immer gesetzter, und ich hatte zugenommen. Ein fetter, fauler Cop kann schnell ein toter Cop sein – sehr schnell.

Selbst wenn dieser Cop eine Großmutter ist.

Ich wollte noch nicht so bald sterben; ich war erst vor kurzem Großmutter geworden. Außerdem war ich noch Mutter, Ehefrau und ein menschliches Wesen; eigentlich in umgekehrter Reihenfolge, der Wichtigkeit nach.

Pat schoß an mir vorbei und quer über die Straße, wobei er laut bellte und von den Schultern bis zum Hinterteil wedelte, um das nahezu völlige Fehlen eines Schwanzes wettzumachen. Ich brüllte ihn an, aber er ignorierte mich und flitzte in ein Feld auf der anderen Straßenseite, wo er einen abgestorbenen Baum als seinen Besitz markierte und anschließend wieder anfing zu bellen. Er hat noch nie versucht, jemanden zu beißen, und eigentlich bellt er nur selten Menschen an, aber er liebt es über alles, völlig grundlos zu bellen. Harry behauptet, er habe die Seele eines Teddybären und eine kaputte Bellmechanik, trotz der Tatsache, daß ihn der Tierarzt, der ihn ein »gutes altes Hundchen« nennt, für eine Mischung aus Dobermann und Pitbull hält.

Als Wachhund ist er ein Versager. Der einzige Grund, warum ich ihn zum Joggen mitnehme, ist der, daß er jault, wenn er zu Hause bleiben muß. Das tut er übrigens auch, wenn er zum Tierarzt muß und wenn er Medizin bekommt und wenn er nicht genau pünktlich gefüttert wird. Aber um zu beweisen daß er keine Memme ist, kämpft er dafür mit jedem anderen Hund, außer mit Daisy, der Terrierhündin von nebenan, die nur halb so groß ist wie Pat und ihn mit Haut und Haaren fressen würde, wenn er sich mit ihr anlegte.

Ich mußte ihm noch immer Penicillintabletten gegen das entzündete Bein verabreichen, das er sich letzte Woche bei einer Beißerei mit dem Jagdhund eingefangen hatte, der ein Stückchen weiter die Straße hinauf wohnt. Um ihn zum Schlucken zu bringen, mußte ich sie in Käsescheiben wickeln. Als ich versuchte, sie in einem Löffel Chappi zu verstecken, hat er das Chappi sorgfältig drumherum weggefressen, so daß hinterher eine nackte blaue Tablette fein säuberlich in der Mitte einer ansonsten völlig leeren beigen Plastikschüssel lag.

Pat fing wieder an zu bellen, jäh und laut. Ich hoffte bloß, daß er nicht wieder einen Hund entdeckt hatte, mit dem er kämpfen wollte, brüllte ihn erneut an und sah dann gerade noch einen braunen Schatten, als er aus dem Feld über die Straße fegte, durch ein gelbbraunes Meer wilder Sonnenblumen, runter in den Graben auf der anderen Seite und hinein in ein Kanalrohr aus Beton. Mit einiger Verspätung beschloß er, diesmal auf mich zu hören, und kam die Böschung wieder heraufgerannt. Als er fröhlich zwei beschmierte Vorderpfoten auf meine Jacke drückte, brachte er aus dem Schlamm auf dem Boden des Grabens Leichengeruch mit sich. Ich taumelte rückwärts – ich wiege 35 Pfund mehr als er, aber er ist viel stärker als ich –, und er tänzelte ausgelassen hinterdrein, wobei ich noch einmal eine ordentliche Brise von dem mitbekam, worin auch immer er seine Pfoten gehabt hatte.

Bei diesem zweiten Hauch begriff ich, und ich rutschte rasch die Böschung hinunter, während Pat um mich herum sprang. Im Geiste schaltete ich bereits um, nahm meine professionelle Haltung ein, aber ich fühlte mich noch nicht ganz als Cop, und der unerwartete Anblick versetzte mir einen Schlag in die Magengrube.

Sie hatte langes braunes Haar, das sich in Treibholz verfangen hatte und halb im Schlamm begraben war. Sie hatte gute Zähne; diese Tatsache war offensichtlicher, als mir lieb war, weil irgendwelche Tiere – vielleicht Waschbären oder ein paar Opossums – ihre Lippen und anderes weiches Gewebe um ihren Mund herum weggefressen hatten. Ihre Augenfarbe konnte ich nicht erkennen, weil auch die Augen weg waren, die Höhlen mit blaßbraunem Schlamm verklebt. Sie war weiß gewesen, und sie war jung gewesen. Mehr konnte ich wirklich nicht feststellen, außer der offensichtlichen Tatsache, daß die mittlerweile aufgeblähte Leiche fast völlig in das Kanalrohr gezwängt war. Sie hatte etwas an sich, das mir irgendwie vertraut vorkam und mich beunruhigte, aber ich konnte noch nicht genau sagen, was es war.

Ich versuchte, mir einzureden, daß die Frau einen Unfall gehabt haben könnte. In den letzten Tagen hatte es viel geregnet, die Nachwirkungen eines Hurrikans, der über Houston hinweggefegt war. Der Graben war voll gewesen. Vielleicht war sie hineingefallen und zusammen mit dem Holz im Rohr steckengeblieben. Das deutlich sichtbare Loch in ihrem Schädel konnte daher rühren, daß sie gegen den Rand des Rohrs gespült worden war – und verdammt, wenn sie bloß noch knapp zwölf Meter weiter gespült worden wäre, dann wäre sie nicht mehr im Gebiet von Fort Worth, sondern in Watauga gewesen, und ich hätte mich hinsetzen können und zusehen, wie Watauga – mit seinen ungefähr 14 Kripobeamten – versuchte, den Fall zu lösen.

Und dann fragte ich mich, wem ich eigentlich was vormachen wollte. Ich wußte doch, wessen Fall das war. Sie war nicht in Watauga, und sie war nicht durch einen Unfall gestorben. Ich habe in meinen mehr als 16 Jahren bei der Polizei von Fort Worth schon viele Morde gesehen, besonders in den letzten zwei Jahren, seit ich zum Sonderdezernat versetzt wurde, und mir war klar, daß ich hier wieder einen Mord vor mir hatte.

Ich wußte, daß der Schädelbruch nicht daher rührte, daß sie gegen das Kanalrohr gespült worden war, nicht, wenn sich der Kopf flußaufwärts von dem Rohr befand. Und wenn sie im Graben mit der Strömung getrieben wäre, hätte der Kopf als schwerster Körperteil flußabwärts sein müssen. Nein, sie war gezielt hier abgelegt worden, vor mindestens einer Woche, schätzungsweise.

Mein Verstand arbeitete schon wieder schneller, als er sollte. Das ist mein schlimmster Fehler als Cop; ich bin mir dessen durchaus bewußt und versuche meistens, dagegen anzugehen. Aber in all meinen Jahren bei der Polizei war das hier das erste Mal, daß ich selbst, außer Dienst und ohne verständigt zu werden, eine Leiche gefunden hatte, und absurderweise war ich mir nicht ganz sicher, was ich nun tun sollte. Zuerst mußte ich Meldung machen, sagte ich mir, und überlegte dann, ob ich zu den Münztelefonen neben dem Kiosk an der Beach Street laufen sollte oder einfach zu einem der Häuser in Summerfields.

Ich beschloß, zum Kiosk zu laufen. Es war nicht nötig, die Bürger jetzt schon zu beunruhigen; sie würden sich schon noch früh genug aufregen.

Pat tanzte derweil um mich herum, mal bellend, um meine Aufmerksamkeit auf sich zu ziehen, dann wieder aus tiefer Kehle knurrend, wenn er den Geruch des Todes witterte. Das war ein Geruch, den er nicht verstand und dem er auf den Grund gehen wollte. Ich mußte ihn aus dem Weg schaffen, bevor er anfing, an der Leiche herumzuscharren.

Natürlich hatte ich keine Leine dabei. Pat mag Leinen nicht, und ich mag es nicht, von einem 80 Pfund schweren Hund vorwärtsgezerrt zu werden – seit März hatte er mächtig zugelegt.

Ich lockte ihn zu dem nächsten Tempolimit-Schild und band ihn dort mit der Kordel aus meiner Jacke fest. Natürlich zerriß er die Kordel sofort. Ich hätte es wissen müssen; ich habe schon erlebt, wie er den Haken einer Kette aufgebogen hat.

Jemand mußte bei der Leiche bleiben, aber es gab niemanden, den ich hätte dalassen können. Oder ich mußte bei der Leiche bleiben und jemand anderen telefonieren schicken, aber es war niemand da, den ich hätte schicken können. Auf der Saginaw-Watauga Road – Verzeihung, dem Great Western Parkway, was für eine so drittrangige Straße ein lächerlicher Name ist – fuhren Autos vorbei, doch kein einziges hatte angehalten, um nachzusehen, was eine kleine Frau und ein großer Hund in dem Graben machten. Es war mir ganz lieb, daß sie nicht anhielten, und ich wußte ja, daß die Leiche nicht weglaufen würde, aber trotzdem ...

»Verdammt«, sagte ich, krabbelte aus dem Graben und lief die Straße hinunter, nun froh, daß ich den ganzen Sommer viel gejoggt war, und über die Tatsache, daß Pat mir überallhin folgt. Noch im März wäre ich nach 50 Metern fix und fertig gewesen.

Ich rief im Polizeirevier an. Der Einsatzleiter sagte mir, daß sie jemanden rausschicken würden. Jemanden, das hieß, wie ich wußte, Streifenwagen und Detectives und einen Gerichtsmediziner.

Detectives? Der erste Detective am Tatort war ich. Aber ich war noch nicht mal im Dienst. Ich hatte drei Tage frei, als Ausgleich für das letzte verlängerte Wochende, an dem ich gearbeitet hatte. Captain Millner konnte doch nicht ...

Oh doch, Captain Millner konnte. Und höchstwahrscheinlich würde er auch. Jedenfalls konnte ich ganz bestimmt keine Ermittlungen in einem Mordfall führen, wenn ein Hund um mich herum sprang. Ich rief zu Hause an und wollte Harry bitten, Pat abzuholen.

Nicht Harry meldete sich am Telefon, sondern Olead, der vermutlich mein Schwiegersohn werden wird, falls er und Becky je dazu kommen, die Angelegenheit einmal zu bereden. Er sagte, daß Harry sich an einem Funkgerät zu schaffen machte und Becky sich in der Küche zu schaffen machte und Hal – mein Fünfzehnjähriger – sich an einem Fahrradreifen zu schaffen machte. Olead, der Hal geholfen hatte, sagte, er würde sich loseisen und den Hund holen kommen. Er klang nicht sonderlich überrascht darüber, daß ich auf eine Mordsache gestoßen war. Aber schließlich hatten wir uns im vergangenen Januar ja auch bei einer Mordsache kennengelernt; er hatte wohl inzwischen den Eindruck, daß ich ständig auf irgendwelche Leichen stieß.

Ich hoffte, daß Becky das Abendessen vorbereitete, weil ich den starken Verdacht hatte, daß ich selbst nicht dazu kommen würde. Ich nahm an, daß sie dabei war, Schokoladenkekse für Oleads kleinen Bruder zu machen. Zumindest behauptet sie meistens, daß sie für Oleads kleinen Bruder sind.

Olead kam noch vor dem ersten Polizeiwagen an, glücklicherweise, denn aus unerfindlichen hundepsychologischen Gründen haßt Pat Uniformen und die Menschen, die sie tragen. Ich war mir nicht sicher, ob wir es schaffen würden, ihn in Oleads Ford-Kombi zu locken, denn normalerweise bringt er Auto fahren mit Tierarztbesuchen in Verbindung, aber mit einiger Überredung konnten wir ihn davon überzeugen, daß der Kombi eher ein Kleinbus war als ein normales Auto – Kleinbusse verbindet er mit Camping-Ausflügen –, und schließlich hüpfte er hinein.

Nachdem Pat sicher verstaut war und anfing, laut zu winseln, fragte Olead schüchtern. »Darf ich sie mir mal ansehen?«

Ich zuckte die Achseln. Es gab keine Spuren am Tatort, die zerstört werden konnten. Ich hatte gesehen, daß der Graben noch vor drei Tagen randvoll gewesen war; das hieß, daß jegliches Beweismaterial längst verschwunden war.

Olead deutete mein Achselzucken als Einverständnis, durchquerte das dichte Blumenmeer und ging die lehmige Böschung hinunter, ohne darauf zu achten, daß seine blauweißen Adidas mit glitschigem Schlamm verschmiert wurden. Ich folgte ihm, etwas behutsamer.

Er mußte sich nicht übergeben.

Anfänger tun das oft, bei einem derartigen Anblick. Olead war kein Polizist, weder ein Anfänger noch ein alter Hase, und er hatte schon Leichen gesehen, aber die hatten nicht so ausgesehen. Oder so gerochen; mir war unbegreiflich, wieso nicht längst jemand aus der näheren Umgebung der Summerfields-Siedlung die Leiche gefunden hatte, schon allein wegen des Geruchs.

Olead blieb stehen, beide Hände in den Gesäßtaschen seiner Jeans, und betrachtete traurig die Leiche, die halb von Treibholz bedeckt war. Das Betonrohr war eng, nur etwa ein Meter im Durchmesser; man hatte es angelegt, weil die Straße an dieser Stelle schmal war und bei Regen dauernd Autos in den Graben gerutscht waren. Ich dachte, daß jemand sie vermutlich von der gegenüberliegenden Seite mit dem Kopf zuerst hineingeschoben hatte, jemand, der es eilig gehabt und nicht mehr bedacht hatte, daß der Kopf logischerweise auf der einen Seite hinausragen mußte, wenn die Beine auf der anderen ganz drin steckten. Ich überlegte, wie man das bewerkstelligt hatte. Der schlaffe Körper einer Leiche ist schwer und nicht gerade leicht zu handhaben, und der Durchmesser der Röhre war nicht so groß, daß jemand hineingekrochen sein und den Körper hinter sich hergezogen haben konnte.

Leichenstarre, nahm ich an. Die Leiche mußte steif gewesen sein, so daß sie geradewegs hineingerammt werden konnte. In diesem Fall wäre sie schon ungefähr einen Tag, vielleicht anderthalb Tage tot gewesen, bevor man sie herbrachte. Das war die einzige Erklärung, die mir einfiel. Aber warum hier? Warum hatte man sie nicht einfach vergraben? Hier mußte sie früher oder später gefunden werden; in diesem Graben spielen dauernd irgendwelche Kinder.

»Deb«, sagte Olead, der mit seinem Kopf dem Kanalrohr wesentlich näher war, als ich den meinen bringen wollte. »Deb, sie war schwanger.«

»Leichen, die längere Zeit so gelegen haben, sind meistens stark aufgedunsen«, erklärte ich ihm. Eines Tages wird Olead wesentlich mehr über Leichen wissen als ich, aber zu der Zeit hatte er gerade erst mit seinem Medizinstudium angefangen.

»Sie war schwanger«, sagte Olead mit Bestimmtheit. »Komm, sieh es dir an.«

Menschlicher Verwesungsgeruch ist mir zuwider, aber ich war inzwischen schon so lange in dem Graben, daß meine olfaktorischen Nerven so gut wie taub waren. Ich würde es erneut riechen, wenn ich mich davon entfernte, aber im Augenblick war es auszuhalten. Ich sah genauer hin.

Er hatte recht. Sie war schwanger. Daher wirkte sie so beunruhigend vertraut. Ich hätte ihren Zustand sofort erkennen müssen, aber ich hatte es nicht, vielleicht, weil ich nicht nahe genug rangegangen war oder weil ich als frischgebackene Großmutter keine schwangere Frau tot im Graben sehen wollte. Doch mittlerweile hatte ich fast meine professionelle Cop-Haltung eingenommen, und allmählich fühlte ich mich normaler, bis ich noch genauer hinsah und etwas entdeckte, das selbst mich erschauern ließ. Die

Finger ihrer rechten Hand waren geöffnet und weit gespreizt, mit sandigem Schlamm in den Zwischenräumen, doch die linke Hand umklammerte die Wurzel eines jungen Bäumchens, das auf dem Grund des Grabens wuchs. Sie hatte sich im Todeskrampf geschlossen, das war nicht bloß Leichenstarre. Und Todeskrampf bedeutet plötzlicher Tod. Meistens plötzlicher, gewaltsamer Tod.

Sie war nicht tot hierhergebracht worden, wie ich zunächst vermutet hatte. Sie war hier gestorben, hatte sich nicht gewehrt, sondern versteckt, hatte versucht, sich und ihr Baby vor jemandem zu schützen, der sie gefunden hatte.

An der Hand steckte ein schlichter goldener Ehering, zu schmal, als daß irgendeine Gravierung drin stehen konnte, die Sorte, wie sie für 29,95 Dollar in zig Katalogen und Kaufhäusern angeboten wird. Sie trug eine kurze gelbe Umstandshose, die aussah wie von Woolworth, und eine gelbe Hemdbluse, die offenbar selbstgenäht war. Keine Schuhe. Falls sie eine Handtasche gehabt hatte, was ich zunächst einmal bezweifelte, dann war sie weggespült worden.

»Deb?«

Ich drehte mich um. Gary Hollister, Leiter sowohl des Morddezernats als auch des Sonderdezernats, hatte ebenfalls keinen Dienst gehabt, wohnte aber in der Nähe wie ich. Er trug verwaschene Bluejeans, eine Gürtelschnalle, auf der sein Vornahme zu lesen stand, und ein besticktes blaubuntes Baumwollhemd. Seine Hände waren schmutzig.

Offiziell ist Gary mein Vorgesetzter, in der Realität jedoch bekomme ich meine Anweisungen meistens von Captain Millner, dem Chef der Kriminalpolizei. »Hi«, sagte ich zu Gary.

Er warf dem Zivilisten, der sich da an der Öffnung des Kanalrohrs herumtrieb, einen scharfen Blick zu. »Was macht der denn da?«

»Er gehört zu mir«, sagte ich. »Olead Baker.«

»Oh«, sagte Gary in einem Ton, der Olead nicht gefallen hätte, wenn er ihn gehört hätte. Im letzten Januar, als Olead wegen Mordes festgenommen worden war, hatte Gary mit einer Grippe das Bett gehütet, aber natürlich hatte er von dem Fall gehört, und obwohl inzwischen ein anderer Mann für diese Morde sicher in der Todeszelle saß, betrachtete Gary Olead noch immer mit einem gewissen Argwohn. »Das erklärt immer noch nicht, was er da macht«, fügte er hinzu.

»Es ist meine Schuld«, sagte ich. »Ich habe ihm gesagt, er könnte –«

»Baker!« brüllte Gary. »Was zum Teufel treiben Sie da?«

Oleads Kopf fuhr herum, er blickte erschreckt drein. »Gucken«, sagte er.

»Los, machen Sie, daß Sie da rauskommen!«

Mit bewußt lässigen Bewegungen entfernte sich Olead gemächlich vom Kanalrohr, blieb stehen, die Hände in den Taschen, und starrte direkt in Garys Gesicht. »Okay«, sagte er, und dann an mich gerichtet: »Ich bringe den Köter nach Hause.«

»Danke.«

Schon halb die Böschung hinauf, wandte Olead sich um. »Köter ist wohl nicht gerade das passende Wort für Pat, oder?«

»Nee«, sagte ich.

»Töle? Promenadenmischung? Unbestimmbares Mitglied der Spezies Canis?«

»Olead«, sagte ich. »Bring den Hund nach Hause.«

Er grinste Gary an, sagte: »Bye«, und öffnete die Wagentür.

»Gary, ich habe ihm gesagt, er kann –«

»Und ich habe ihm gesagt, er kann nicht.«

»Aber du hättest mich anschnauzen sollen, nicht ihn. Er hatte um Erlaubnis gefragt.«

»Warum hast du sie ihm dann gegeben?«

»Was ist los mit dir, Gary?« Ich sprach betont leise; die uniformierten Beamten, die inzwischen oben am Straßenrand waren, mußten ja nicht mitbekommen, wie sich zwei alte Hasen stritten. Aber das sah Gary Hollister gar nicht ähnlich; die roten Haare auf seinem Kopf waren kein Anzeichen für cholerisches Temperament, und im Grunde hatte er eine Vorliebe für derbe Witze und neigte selbst in den schwierigsten Situationen eher dazu, loszulachen als zu fluchen.

»Ach verdammt.« Er fuhr sich mit den Fingern der rechten Hand durch das verschwitzte Haar. »Es ist bloß, weil Phillip Ross bei mir war, als die Meldung reinkam.«

»Hattest du Dienst?«

»In diesem Aufzug? Ich hatte Bereitschaft, habe im Garten gearbeitet und hatte das Walkie-talkie am Gürtel hängen. Ross hat irgendwie rausgekriegt, wo ich wohne, und war gerade da, um mit mir zu reden.«

»Ach du Scheiße.«

»Ich habe ihm nicht erlaubt mitzukommen. Aber –«

»Aber er wird dir folgen. Klar. Das kann doch nicht ...« Ich drehte mich um und betrachtete die Leiche erneut. »Seine Frau wird seit Monaten vermißt. Die hier ist noch keine zwei Wochen tot – wahrscheinlich kaum mehr als eine.«

»Du weißt das, ich weiß das.« Er blickte nach oben zur Straße, wo ein blauer Ford-Mustang mitten auf der Fahrbahn angehalten hatte und so den Verkehr in beide Richtungen praktisch blockierte. »Ich weiß nicht, ob er mir gefolgt ist oder ob er Radar im Auto hat. Ich habe ihm gesagt, daß er nicht herkommen soll, aber ich habe gewußt, daß er das trotzdem tun würde.«

Zugegeben, Phillip Ross tat mir leid. Und Chris McGuire und Randy Garcia und Dan Goldberg. Ich hatte die Fälle nicht bearbeitet, bis letzte Woche, als Wayne Carlsens Herzanfall die Belegschaft des Sonderdezernats vorübergehend von sechs auf fünf Leute reduziert hatte, aber ich hatte davon gehört. Wir alle hatten davon gehört, und diese Woche hatte ich neue Computerausdrucke zu lesen bekommen, weil die Fälle unversehens zu meinen geworden waren. Meine, bis Wayne zurückkam. Falls Wayne zurückkam, wonach es im Augenblick eher nicht aussah.

Natürlich war es möglich, daß diese Leiche auf das Konto desjenigen ging, der auch für das ungewisse Schicksal von Joanna Ross und Darlene McGuire und Allie Garcia und Barbara Goldberg verantwortlich war, die allesamt jung, hübsch und schwanger waren und allesamt vermißt wurden. Sie warcn in den letzten vier Monaten von den Parkplätzen großer Einkaufszentren in Fort Worth verschwunden.

Aber mit an Sicherheit grenzender Wahrscheinlichkeit war diese Leiche keine von ihnen, denn sie wurden alle schon wesentlich länger vermißt, als diese Frau hier tot war.

Phillip Ross schrie gerade einen uniformierten Polizisten an, der versuchte, ihn davon abzuhalten, hinunter in den Graben zu springen. Eine Polizistin kam ihrem Kollegen zu Hilfe und versuchte, beruhigend zu klingen, aber sie war Anfängerin, und ihre Stimme wurde in Reaktion auf seine immer lauter. »Lassen Sie ihn runterkommen«, rief ich, und Gary funkelte mich an, zuckte aber dann nur die Achseln.

Phillip Ross kam in seinem karierten Sakko und der braunen Hose, die sich immer wieder an den rauhen Stengeln der Sonnenblumen verfing, die Böschung heruntergestolpert und geriet kurz ins Schlittern, als die Sohlen seiner braunen Lederschuhe durch den Schlamm rutschten. Er eilte auf das Kanalrohr zu und blieb jäh stehen, als er die Leiche sah. Ich hörte, wie er nach Luft schnappte, bevor er anfing zu würgen. Es dauerte eine Weile, bevor er sich wieder aufrichten konnte, und ich sagte: »Mr. Ross?«

Er starrte mich an, mit vorwurfsvollen Augen, und ich wartete. Und wartete. Und dann stellte ich die Frage, die er von mir hören wollte. »Ist das Joanna?«

»Wie zum Teufel soll ich wissen, ob das Joanna ist?« Sein Gesicht war blaß und schweißnaß, und ich überlegte schon, ob wir einen Krankenwagen rufen sollten. Doch dann richtete er sich gerade auf und sagte mit etwas festerer Stimme: »Wie soll man das identifizieren? Es ist Joanna ähnlich. Mehr kann ich nicht sagen. Es ist Joanna ähnlich. Aber ich weiß es nicht. Ich weiß es nicht. Ich weiß es nicht.«

Kapitel 2

In den ersten beiden Jahren bei der Polizei dachte ich, Cops würden nicht weinen. Ich wollte mich nicht wie ein Macho aufführen – wenn man keine 1,60 groß ist und Mutter von drei Kindern, ist das ohnehin fast unmöglich –, ich dachte einfach nur, daß Cops nicht weinen. Und während dieser zwei Jahre habe ich auch nicht geweint, weder bei der Arbeit noch zu Hause.

Und dann hatten wir eines Tages eine Fahrerflucht. Der Unfall war unvermeidbar gewesen, und der Fahrer wäre nicht angeklagt worden, wenn er bloß angehalten hätte, aber er hatte nun mal nicht angehalten, er war einfach weitergefahren und hatte einen halbasiatischen zweijährigen Jungen auf der Straße liegengelassen, genauso groß und genau dieselbe Hautfarbe wie Hal, das Baby, um das Harry und ich so verzweifelt gekämpft hatten, um es als unseren Sohn in die Vereinigten Staaten holen zu können. Ich betrachtete diesen kleinen, entstellten Körper in der Notaufnahme des Krankenhauses, bevor sie ihn in die Leichenhalle brachten, und sah zu, wie einer vom Erkennungsdienst dem Kleinen ein paar Haare abschnitt, um sie mit Haarproben vergleichen zu können, die man vielleicht am Fahrgestell des Wagens finden würde – falls der Wagen je gefunden wurde, was schließlich nicht der Fall war. Ein Pfleger, der sich hinter uns in den Raum gedrängt hatte – er muß wohl so um die 65 gewesen sein –, sagte: »Der Herr hats gegeben, der Herr hats genommen. Der Name des Herrn sei gelobt.«

Es klang nicht kitschig, nicht in diesem Augenblick, aber der Erkennungsdienstler blickte auf und sagte schneidend: »Dafür ist der Herr nicht verantwortlich.«

Der Pfleger ging wieder hinaus auf den Flur, und schließlich traf ein Ermittler für Verkehrsdelikte vom Tatort ein, so daß wir wieder auf Streife konnten. Ich ging zurück zum Wagen und stieg auf der Beifahrerseite ein, weil ich wußte, daß ich nicht fahren konnte.

Nach einer Weile stieg Clint Barrington – er war in dieser Nacht mein Partner; das war, bevor er ins Büro des Sheriffs versetzt wurde – auf der Fahrerseite ein, griff vor mir her, öffnete das Handschuhfach und reichte mir eine halbe Rolle Klopapier.

»Wofür ist das?« fragte ich.

»Damit du es loswirst.«

»Wovon redest du?«

»Verdammt, *heul endlich*!« schrie er mich an, und ich zog die Knie an, drehte ihm den Rücken zu, die Füße auf dem Sitz, das Gesicht zur Tür gewandt, und weinte 45 Minuten auf dem dunklen Parkplatz vor der Notaufnahme, und der Griff meines .38er Dienstrevolvers drückte mir in die Rippen, und die Handschellen, die ich am Gürtel trug, piekšten mir in den Rücken.

Schließlich schniefte ich: »Cops heulen nicht.«

»Wie zum Teufel bist du denn auf die Schnapsidee gekommen?«

Ich wußte es nicht genau, antwortete ich ihm. Und den Rest der Nacht, während wir die dunklen Straßen von Fort Worth auf und ab fuhren, erzählte Clint mir Dinge, die ich in den zwei Jahren, die doch nicht so lange gewesen waren, wie ich geglaubt hatte, nie erfahren hatte. Er erzählte mir, daß Cops die höchste Scheidungsrate der Welt haben. Die höchste Selbstmordrate. Er erzählte mir, daß es nicht besonders viele alte Cops gibt; es gibt nicht viele pensionierte Cops, die sich ihres Ruhestandes erfreuen. Er erzählte mir von Cops, die zu Verkehrsunfällen gerufen wurden, wo sie ihre eigene Frau, ihr eigenes Kind tot vorfanden; er erzählte mir von Cops, die getötet wurden, während ihre Partner mal eben eine unerlaubte Pause einlegten. Er erzählte mir, daß alte Cops entweder trunksüchtig oder religiös werden, und er fragte mich, was mir lieber wäre. Ich sagte ihm, daß ich auf keines von beidem sonderlich erpicht wäre. Dann sagte er: »Deb, du mußt lernen loszulassen, oder du gehst daran kaputt. Was willst du?«

Ich antwortete nicht, und er schrie: »Cops heulen, verdammt noch mal!«

In den folgenden drei Wochen lenkte er jedesmal, wenn wir mit Kollegen zusammen waren, die aus dem Nähkästchen plauderten, die Unterhaltung geschickt dorthin, wo er sie haben wollte. Viele Cops, erfahrene Beamte, Leute mit 20 und 30 Jahren Berufserfahrung, erzählten mir von den Tränen, die sie im Streifenwagen vergossen hatten, auf der Treppe vor der Notaufnahme hockend, oder zu Hause, wenn ihre Schicht zu Ende war.

Und schließlich begriff ich, was er meinte. Man lernt, unterschiedliche Haltungen einzunehmen. Am Tatort eines Verbrechens ist man emotionslos, weil man es sein muß. Aber das Gefühl ist da; es geht nicht einfach weg. Es staut sich auf, und irgendwann muß man es rauslassen - irgendwie -, oder man vergißt völlig, wie es ist, etwas zu empfinden.

Und das ist nicht gut, nicht, wenn man Mutter ist. Oder Vater. Oder Ehemann, oder Ehefrau, oder überhaupt ein menschliches Wesen.

Aber man bemüht sich nach Kräften, nichts zu empfinden, solange man in der Situation steckt. Weil man einen Fall nicht bearbeiten kann, wenn man weint.

Und so weinte ich nicht, während ich da im Graben stand, und betrachtete mehr die Sonnenblumen als die Leiche. Ich weinte nicht, aber ich hätte gern. Die Leute vom Rettungsdienst waren eingetroffen; Irene Loukas vom Erkennungsdienst war eingetroffen. Die Leiche war an Ort und Stelle fotografiert worden, und die Leute vom Rettungsdienst hatten unter heftigem Fluchen und mit aufgesetzten Gasmasken (einer von ihnen erbrach sich in seine Gasmaske) die Leiche aus dem Rohr gezogen. Sie lag jetzt in einem noch offenen schwarzen Leichensack aus Plastik. Olsen von der Gerichtsmedizin und Dr. Habib, der stellvertretende Leiter der Gerichtsmedizin, krochen in dem Kanalrohr herum - ein Ort, an dem ich nicht zu sein wünschte.

Ich hatte Ross überredet, nicht zuzusehen, während die vom Rettungsdienst ihre Arbeit machten. Er mußte ja nicht unbedingt mitbekommen, was so alles passiert, wenn ein Körper im fortgeschrittenen Verwesungszustand bewegt wird - die Glieder, die abfallen, die Knochen, die plötzlich durch faulige, brüchige Haut stoßen -, aber nachdem man die Leiche aus dem Rohr heraus hatte, war er wieder herunter in den Graben gekommen und hatte sich die Leiche in dem noch offenen schwarzen Plastiksack angesehen. Jetzt stand er mit dem Rücken zu ihr, weinte in tiefen, würgenden Schluchzern und sagte immer und immer wieder: »Ich weiß es nicht, ich weiß es nicht, ich weiß es nicht.«

»Wann sollte Ihr Baby kommen, Mr. Ross?« fragte ich ihn.

Er wurde plötzlich still und starrte mich an, und ich wiederholte meine Frage. Er wischte sich mit dem Handrücken über die Augen wie ein trotziges Kind und sagte: »Fünf- fünfzehnter September. Es war - es - es wäre ...«

Er begann erneut zu weinen.

15. September. Vor fast einer Woche. Sie war seit cirka einer Woche tot, vielleicht etwas länger; das ließ sich nicht mit Sicherheit sagen. Die Verwesung war bei den Körperteilen, die im Inneren des Rohrs gesteckt hatten, aufgrund der Feuchtigkeit und Hitzeentwicklung weiter fortgeschritten als an Gesicht und Händen. Ja, es war gut möglich, daß sie im neunten Monat schwanger gewesen war und daß ihr Baby ungefähr zum Zeitpunkt ihres Todes fällig gewesen war. Aber wenn das der Fall war, wo war sie dann die letzten zwei Monate gewesen?

»Wie hat ihr Ehering ausgesehen, Mr. Ross? Hat sie irgendwelche anderen Ringe getragen?« Das mußte auch in den Akten stehen. Aber die Akten hatte ich nun mal nicht dabei. Nicht beim Joggen.

»O – das war – ich wollte ihr zum Geburtstag oder zu unserem Hochzeitstag einen schöneren kaufen. Jetzt könnte ich es mir leisten. Aber als wir geheiratet haben, war ich – ich –«

»Okay. Ich wollte nur wissen –«

»Ich war Obergefreiter. In der Armee. Wir hatten nichts, so gut wie nichts. Jetzt bin ich Börsenmakler und habe ein ordentliches – aber damals ...«

»Verstehe.«

»Ich habe ihn bei Wards gekauft. Hat mich 30 Dollar gekostet. Mehr hatte ich nicht, 30 Dollar. Das Geld für die amtliche Heiratserlaubnis mußte ich mir von meinem Bruder leihen. Aber sie wollte nicht, daß ich ihr einen anderen kaufe. Sie wollte genau den. Weil es der war, den sie zur Hochzeit bekommen hat.«

»Verstehe. Wie sieht er –«

»Bloß ein schlichter dünner Goldreif. Mit so Linien oben und unten. Ich weiß nicht, wie man das nennt, wie kleine Perlenschnüre, so flache Rillen parallel zum Ring, aber die sehen aus wie Perlenschnüre, wissen Sie, was ich meine?«

Ich wußte, was er meinte. Ich wünschte, ich hätte es nicht gewußt. Mich würde ohnehin der Gedanke verfolgen, daß das hier, falls es nicht Joanna Ross war, eine andere Frau war – eine Frau, deren Mann bei Wards oder irgendwo anders einen 30-Dollar-Ehering wie diesen gekauft hatte, weil er sich nichts Besseres leisten konnte, eine Frau, deren Baby im September hätte kommen sollen. Aber Tatsache blieb, daß es Joanna Ross' Mann gewesen war, der diese groteske Gestalt gesehen hatte, die einmal eine Frau gewesen war.

Ich wollte nicht, daß das Joanna Ross war.

Aber ich fürchtete, daß sich das Leben, wie schon so oft, nicht darum scheren würde, was ich wollte.

»Wer war ihr Zahnarzt, Mr. Ross?«

»Sie hatte gute Zähne.«

Wenn das hier Joanna Ross war, wo zum Teufel hatte sie dann seit ihrem Verschwinden gesteckt? Das war der Punkt, den ich überhaupt nicht verstand. »Wissen Sie, ob sie irgendwelche zahnmedizinischen Arbeiten hat machen lassen?« Ich führte zwei Gespräche, eins mit Ross und das andere im Kopf.

»Ted Cohen.« Auch er führte wohl zwei Gespräche gleichzeitig; das war die Antwort auf eine frühere Frage.

Das war eine Hilfe. Ted, einer der Zahnärzte, die den Gerichtsmediziner beraten, würde bei diesem Anblick einen Schock bekommen, wie wohl viele andere Zahnärzte auch.

»Wann werden Sie es wissen?« fragte er.

»Was wissen?«

»Ob das hier –«

»Oh. Vielleicht heute nachmittag, vielleicht morgen. Ich rufe Sie an, sobald wir etwas hören.«

Er wandte sich um, ging Richtung Straße, und ich fragte: »Was machen Sie jetzt?«

»Ich fahre nach Hause«, sagte er. »Was soll ich denn sonst machen?«

Kapitel 3

Wenige Minuten später fragte mich Dr. Habib, wo ich hinwolle. »Nach Hause«, erwiderte ich. »Was soll ich denn sonst machen?«

Er zuckte die Achseln und krabbelte wieder in das Kanalrohr. Ich wußte nicht, wonach er suchte, und fragte auch nicht, weil er es mir schon erzählen würde, wenn er soweit war. Ich stieg einfach wieder hinauf zur Straße, wobei Sonnenblumen über meine Hosenbeine schabten, und machte mich auf den Weg nach Hause. Gemächlich, nicht im Laufschritt. Mittlerweile war es ganz dunkel, denn der Mond und die Sterne wurden von dicken Wolken verhüllt, die von Westen herantrieben, und die Straßenbeleuchtung in der Summerfields-Siedlung läßt zu wünschen übrig.

Natürlich gab es noch jede Menge zu tun. Dr. Habib wußte das, und ich wußte das auch; ich würde sehr bald anfangen müssen, einiges davon zu erledigen, und ich würde Anweisungen geben müssen, damit das andere erledigt würde. Aber ich war nicht im Dienst. Vielleicht hatte ich ja unverschämt viel Glück, und der Fall wurde mir nicht zugeteilt.

Doch das war reines Wunschdenken.

Aber ich brauchte Zeit, um eine Strategie zu entwickeln – was ein eleganter Ausdruck dafür ist, daß ich mir überlegen mußte, was als nächstes geschehen sollte. Das konnte ich genauso gut zu Hause tun wie irgendwo anders, und überhaupt wollte ich in diesen Klamotten nicht ins Büro fahren, wenn ich nicht unbedingt mußte.

Harry saß in seinem Fernsehsessel und guckte sich schläfrig die Nachrichten an; als ich hereinkam, blickte er auf und sagte: »Setz dich, Deb.« Olead saß in meinem Fernsehsessel und hatte die Katze auf dem Arm; ich glaube, ich werde ihm die Katze zur Hochzeit schenken. Er stand auf, was die Katze ärgerte, die sich am ganzen Körper schüttelte und mit beleidigtem Blick in die Küche schlich, und setzte sich auf die Couch neben Becky, die mütterlich Oleads zweijährigen Bruder betrachtete, wie er mit Buntstiften und einem Malbuch hantierte. Was Jeffrey da mit den Stiften anstellte, hatte für meine Begriffe wenig mit dem zu tun, was auf den Buchseiten vorgedruckt war, aber das entsprach wohl dem Alter. Jeffrey schien gerade die Farbe Grün für sich entdeckt zu haben.

Von Hal keine Spur. Seit Harry und ich MTV aus unserem Kabelanschluß rausgeworfen haben, verbringt Hal ausnehmend viel Zeit bei seinen Freunden. Harry hatte schon vorgeschlagen, daß wir es auch wieder reinnehmen könnten, weil Hal es sich sowieso ansieht, aber ich wollte meine Prinzipien nicht aufgeben. Ich bin davon überzeugt, daß zwischen diesen fürchterlichen Videoclips und der erschreckenden Zunahme von Selbstmorden unter Teenagern ein Zusammenhang besteht. Andererseits werde ich vielleicht auch einfach nur alt.

»Ich taue Hackfleisch für ein paar Hamburger in der Mikrowelle auf«, sagte Becky zu mir.

»Ich dachte, ich hätte heute morgen was zum Auftauen in den Kühlschrank gestellt«, sagte ich.

Olead blickte verlegen. »Das habe ich gegessen. Heute nachmittag.«

»Anderthalb Pfund Hack –«

»Ich hatte Hunger. Ich kaufe neues ein«, fügte er rasch hinzu. »War dieser, wie heißt er noch, Hollister, sehr böse auf dich?«

»Nee, eher nervös als böse. Ich gehe duschen, bevor –«

Das Telefon klingelte. Harry hob ab, sagte »Ja« und reichte es mir.

»Haben wir eine Grace, die als vermißt gemeldet ist?« dröhnte Dr. Habib sehr laut in mein Ohr.

»Nicht, daß ich wüßte.«

»Also diese hier trägt ein Fußkettchen, auf dem Grace steht.«

»Dann ist sie nicht Joanna.«

»Ich weiß nicht, ob sie Joanna ist oder nicht. Ich weiß bloß, daß sie ein –«

»Schon gut, ich hab's verstanden. Wo sind Sie?«

»Auf dem Highway 820 und fahre gerade –«

Ich kann mich einfach nicht an Autotelefone gewöhnen. »Ich melde mich später noch mal. Sind Sie auf dem Weg ins Büro?«

»Ja.«

Dr. Habib arbeitet in dem höchst eleganten und gut ausgestatteten Büro der Gerichtsmedizin in der Nähe des Camp Bowie Boulevard gleich neben dem T-Com, wie das Texas College of Osteopathic Medicine meistens genannt wird. Olead, der mehrmals am Tag auf dem Hin- und Rückweg von seinen Seminaren daran vorbeikommt, wäre sehr erstaunt, wenn er wüßte, wie viele hochmoderne technische Apparate dieser bescheiden aussehende Ziegelbau in sich birgt. Ich habe das Gebäude besichtigt und war schon oft dort, um bei Obduktionen zuzusehen. Diese hier wollte ich mir allerdings nicht anschauen. Dr. Habib würde mir alles erzählen, was ich wissen wollte.

Also sagte ich ihm, daß ich ihn später anrufen würde, nachdem ich das überprüft hätte, und legte auf. »Was jetzt?« fragte Harry.

»Dasselbe wie immer«, erwiderte ich und strebte Richtung Schlafzimmer, wo ich mit dem Telefon jonglierte, während ich mich auszog. Ich bat den diensthabenden Einsatzleiter nachzusehen, ob wir eine Grace hätten, die als vermißt gemeldet wurde, und mich dann zurückzurufen. Während ich auf seinen Anruf wartete, zog ich mich fertig aus und suchte mir die Shampooflasche. Dort bleibt der Geruch immer hängen, im Haar. Irgend jemand hat mir mal erzählt, daß der Haarstamm hohl ist. Vielleicht stimmt das, ich weiß es nicht, aber ich weiß, daß sich unangenehme Gerüche, diejenigen, die man schnell loswerden will, im Haar festsetzen. Die andere Stelle, wo sie sich festsetzen, ist der Rachen. Ich habe noch immer nicht herausgefunden, was man dagegen tun kann. Ich habe es mit Mundspülungen und Gurgeln probiert, und beides scheint nichts zu nützen; wenn so etwas passiert ist, wache ich oft mitten in der Nacht auf und sehe es zwar nicht mehr vor meinem inneren Auge, aber ich rieche es. Immer und immer wieder.

Der Geruch war jetzt wieder da, und obwohl er mich draußen in der kühlen Abendluft nicht sonderlich gestört hatte, sorgte er nun in dem immer stickigeren Schlafzimmer dafür, daß mir übel wurde. Ich öffnete das Fenster über dem Bett und steckte mir ein Pfefferminzbonbon in den Mund, in der Hoffnung, daß das helfen würde.

Der Einsatzleiter rief zurück. Wir hatten keine Grace, die als vermißt gemeldet war. Ich hatte auch nicht damit gerechnet.

Ich sagte ihm, daß er im TCIC – dem Texas Crime Information Center – nachfragen sollte, ob irgendwo anders eine Grace vermißt wurde. Er sagte, das würde er tun, und fragte, ob er mich zurückrufen sollte. Ich bat um seinen Namen – wir haben mittlerweile so viele Leute in der Einsatzleitung, daß ich sie nicht mehr allein an der Stimme erkennen kann –, und er sagte, er sei Reuben Dakle. Ich erinnerte mich, in den letzten Monaten schon mit Reuben Dakle zu tun gehabt zu haben. Auf ihn ist Verlaß. Ich sagte, daß ich ihn später anrufen würde, wenn er genug Zeit gehabt hatte, die Information einzuholen.

Ich ging duschen und wusch mir die Haare und putzte mir die Zähne und spülte mit Mundwasser und schmierte mir obendrein noch eine Avon-Gesichtsmaske mit Zitronenduft ins Gesicht, die ich letztes Jahr gekauft hatte. Das bedeutete, daß ich ungefähr zehn Minuten nicht telefonieren durfte, so lange, bis sie getrocknet war und ich sie abnehmen konnte, aber es bedeutete auch, daß der Zitrusduft zumindest vorläufig die Reste des Geruchs überdeckte, die ich noch immer nicht losgeworden war.

Aber natürlich läutete das Telefon. Reuben Dakle, der beschlossen hatte, nicht abwarten zu wollen, bis ich ihn zurückrief, informierte mich, daß Denton eine Vermißtenmeldung über eine Grace Williamson vorliegen hatte und daß er glaubte, es könnte die richtige sein. Natürlich wollte ich die Beschreibung hören.

Weiß/weiblich. 24 Jahre alt. 1,60 m, 55 kg, braune Haare, blaue Augen. Bluejeans und blaues Sweatshirt mit TWU-Aufdruck.

Ich fragte nach Schmuck. Reuben sagte, darüber sei offenbar nichts bekannt.

Ich fragte, ob sie schwanger war. Reuben sagte, daß davon nicht die Rede gewesen sei.

Ich sagte so etwas Ähnliches wie »Scheiße« und fragte, wie lange sie schon vermißt wurde.

»Tja«, sagte Reuben, »sie wird seit Mai vermißt.«

Mai, und jetzt hatten wir September. Ich sagte noch mal »Scheiße« und wies Reuben an, dafür zu sorgen, daß der Computerausdruck auf meinen Schreibtisch gelangte. Er sagte, das werde er tun.

Ich wusch mir und dem Telefon die Zitronenmaske ab und zog mich wieder an – gelber Hosenanzug, Schulterhalfter, Segeltuchsandalen ohne Strümpfe – und eilte ins Wohnzimmer. Olead und Becky kochten gerade Spaghetti und lachten viel, und Harry hantierte an einem Funkgerät herum. Er hantierte schon seit Tagen daran herum. Hal war zurück und assistierte ihm mit einem Lötkolben. Jeffrey spielte mit der Katze, die unbeweglich da saß, die Ohren angelegt und den Schwanz in Flaschenbürstenhaltung. Ich sagte, daß ich nicht lange wegbleiben würde. Harry sagte: »Wer's glaubt, wird selig«, und ich sagte noch mal »Scheiße«, und knallte die Tür fest zu, als ich in die Nacht hinaustrat, die rasch immer frostiger wurde. Wind war aufgekommen; es würde noch vor morgen regnen.

Ich wußte, was mich störte. Es war ganz einfach – ich wollte überhaupt nichts mit diesem Fall zu tun haben. Zum erstenmal in den über 15 Jahren als Polizeibeamtin war ich absolut unfähig, den Fall, an dem ich arbeitete, objektiv zu betrachten. Ich wollte ihn nicht lösen, weil es meine Aufgabe war oder weil es ein Rätsel war, in das ich mich verbeißen konnte, oder – oder überhaupt, um ehrlich zu sein; ich wußte nicht, wer schwangere Frauen entführte. Ich wußte nicht, wer diese schwangere Frau getötet hatte; ich wußte nicht – jedenfalls nicht mit Sicherheit –, ob dieselbe Person oder dieselben Personen in beide Fälle verwickelt war bzw. waren.

Ich wußte aber, was ich gegenüber denjenigen empfand, die so etwas taten, nämlich in etwa dasselbe wie gegenüber Taranteln. Nun sagt mir der Verstand, daß Taranteln im Grunde eine harmlose Spinnenart sind. Anders als Schwarze Witwen oder Vogelspinnen, beißen sie Menschen nur selten, und wenn sie es tun, ist die Wirkung kaum mehr als ein leichtes Brennen. Aber ich reagiere mit tiefster Abscheu auf sie. Wenn ich eine mitten auf dem Bürgersteig sitzen sehe mit ihren acht ekligen langen Beinen, mache ich eine Meile Umweg, um ihr aus dem Weg zu gehen. Wenn ich im Auto sitze, fahre ich gezielt drüber, und jedem, der mich fragt warum, erkläre ich, daß jede Spinne, deren Beine ich von einem Wagen aus zählen kann, den ich mit 55 Meilen pro Stunde fahre, einfach zu groß ist, um in meiner Nachbarschaft leben zu dürfen.

Es ist unlogisch. Und es hat im Grunde noch nicht mal was mit Angst zu tun. Meine Reaktion auf sie ist eine Art angewiderter Ekel, der keinerlei rationale Basis hat, die ich anführen könnte, außer vielleicht meine unlogische Überzeugung, daß Spinnen kein Fell haben sollten.

Anders als die großen behaarten Spinnen, war der Mensch, der das getan hatte, gefährlich. Aber meine Reaktion auf ihn war wie meine Reaktion auf Taranteln nicht auf Logik begründet. Es war ein Gefühl tiefster Abscheu. Ich wollte absolut nichts mit ihm zu tun haben. Ich wollte, daß man ihn zwang aufzuhören, ja, es war unbedingt erforderlich, daß man ihn zwang aufzuhören, aber ich wollte, daß jemand anderes ihn dazu zwang. Jemand anderes.

Nicht ich. Ich hatte keine Angst vor ihm. Er war keine Bedrohung für mich. Ich war nicht schwanger. Ich war nie schwanger gewesen; alle meine drei Kinder sind adoptiert. Es war wie ...

Als ich ein Buch über die Verbrechen der Manson-Bande las, betrachtete ich sie zunächst als normale Mordfälle, bis ich zu dem Abschnitt über Sharon Tate kam, die eine Ausgabe von *Gesunde Kinder* neben sich hatte und ihre Mörder anflehte, daß sie sie ihr Baby bekommen ließen, daß sie ihrem Baby nicht weh taten. Und da war es plötzlich kein normaler Fall mehr. Auch ich hatte mir eine Ausgabe von *Gesunde Kinder* gekauft, in freudiger Erwartung der Schwangerschaften, die nie eintraten, und ich weinte um jene Frau aus Fleisch und Blut und das Kind, das in ihrem Leib getötet worden war. Vielleicht habe ich deshalb mit soviel Mitgefühl reagiert, weil ich selbst keine Kinder bekommen kann, ich weiß es nicht; vielleicht hätten die meisten Frauen das gleiche empfunden.

Ich wußte allerdings, daß ich auf den jetzigen Mord ebenso reagierte, wie ich damals reagiert hatte. Jeder, der es fertigbrachte, eine Frau zu töten und dann abzuhauen und das Baby in ihr sterben zu lassen, das vielleicht noch stundenlang in ihrer Leiche weiterlebte, war für mich kein Mensch mehr; er war ein Ungeheuer, und zwar ein derartiges Ungeheuer, daß es mir viel lieber gewesen wäre, wenn jemand anderes sich mit ihm beschäftigt hätte.

Aber mir war die Aufgabe zugefallen, ihn zum Aufhören zu zwingen. Es war meine Aufgabe, und Abscheu oder Logik hin oder her, ich mußte herausfinden, wie.

Es war fast halb zehn, als ich die Tür zu meinem Büro aufschloß. Das Sonderdezernat arbeitet hauptsächlich tagsüber; es war kein Licht an. Ich schaltete es ein und warf einen Blick auf meinen Schreibtisch. Dakle hatte schnell gearbeitet. Da lag der Ausdruck vom Staatscomputer, ebenso wie ein Ausdruck des ersten Berichtes von dem Streifenpolizisten, der nach meinem Anruf als erster am Tatort eingetroffen war.

Ich diktierte meinen Bericht in einen Kassettenrecorder, um ihn später tippen zu lassen, und tat dann das, was ich eigentlich hätte tun sollen, bevor ich mit meinem Bericht anfing. Ich rief in Denton an und sprach mit Sergeant Mary Gonzales.

Denton ist eine Universitätsstadt. Eigentlich eine Stadt mit zwei Unis – der North Texas State University, mit cirka 20000 Studierenden, und der Texas Woman's University, mit etwas über 8000. Natürlich kommen viele davon von außerhalb, doch auch die Zahl derer, die auf dem Campus wohnen, ist noch ziemlich groß. Die Folge davon ist, daß die dortige Polizei mehr Personal hat, als es für eine Stadt dieser Größe normalerweise erforderlich wäre, und im Hinblick auf den ungewöhnlich hohen Bevölkerungsanteil von Frauen in der Altersgruppe, die am häufigsten Verbrechen begeht oder Opfer von Verbrechen wird, achtet Denton sehr darauf, genug weibliche Beamte zu haben.

Gonzales war routiniert.

Gonzales hatte die Vermißtenanzeige natürlich nicht selbst aufgenommen, aber sie holte sich sofort die Akte zu dem Fall. Sie war mit mir einer Meinung, daß jeder, der eine Vermißtenanzeige aufnimmt, wissen sollte, ob die Gesuchte schwanger war oder nicht, und auch, daß er sich nach eventuellem Schmuck erkundigen sollte. Doch dann seufzte sie und sagte: »Andererseits, wenn die Person, die die Anzeige erstattet hat, nicht von sich aus diese Informationen geliefert hat ...«

Ich fragte, wer Williamson als vermißt gemeldet hatte, und sie sagte, daß es eine Professorin von der TWU gewesen sei. Das fand ich derart ungewöhnlich, daß ich nachfragte, und Gonzales, die hörbar in der Akte blätterte, sagte: »Anscheinend war – ist – sie examiniert und arbeitet an ihrer Dissertation. Studiert und hat einen Lehrauftrag. Das heißt, sie gibt relativ selbständig pro Semester ein paar Seminare.«

»Ich weiß«, sagte ich.

»Gut, also, sie ist zu ihrem Seminar am Montag nicht erschienen. Ihr letztes Seminar in der Woche davor war am Donnerstag gewesen, daher hätte sie auch am verlängerten Wochenende einen Ausflug gemacht haben und einfach nicht rechtzeitig zurückgekommen sein können. Aber das war ungewöhnlich für sie – sie war gewissenhaft und zuverlässig, und sie hatte schon seit vier Semestern dort unterrichtet. Obendrein war es fast Examenszeit.«

»Okay.«

»Also hat diese Professorin – Dr. Westheimer – bei ihr zu Hause angerufen, um sich zu erkundigen, ob sie krank sei. Niemand da. Westheimer ist dann vorläufig für sie eingesprungen, damit die Studentinnen nicht blau machten. Aber als sie sich dann am Dienstag immer noch nicht gemeldet hatte oder wieder aufgetaucht war, hat Westheimer darum gebeten, daß einer unserer Beamten mal bei ihr zu Hause nachsieht.«

»Und?«

»Und sie war nicht da. Nichts fehlte, keinerlei Anzeichen eines Kampfes, sie war einfach nicht da. Ich meine, sie hätte natürlich einfach nur verreist sein können, aber eins war seltsam: Sie hatte eine Katze, in die sie ganz vernarrt war. Und die Katze war meistens draußen, kam zum Fressen und Schmusen in die Wohnung, aber hielt sich meist draußen auf. Mit anderen Worten, kein Katzenklo. Natürlich ließ sich nicht sagen, ob die Katze in der letzten Zeit gefüttert worden war - sie war ziemlich fett -, aber ihr Wassernapf war leer, und überall auf dem Boden lag Katzenkot, so als ob sie schon eine ganze Weile drinnen eingeschlossen gewesen war.«

»Was ist mit ihrem Wagen? Hat man ihn gefunden?«

»Kein Wagen. Sie ist immer zu Fuß gegangen.«

»Öffentliche Verkehrsmittel? Hat sie vielleicht die Stadt verlassen?«

»Wir haben alles überprüft. Niemand konnte sich erinnern, sie gesehen zu haben. Aber das heißt natürlich nicht viel. Das wissen Sie ja.«

Das wußte ich allerdings. Sie hätte jedes Transportmittel vom Pferd bis zur Boeing 727 benutzt haben können. »Verheiratet?«

»Steht nicht im Bericht, also wahrscheinlich nein. Keine Angehörigen - im Bericht steht, daß Dr. Westheimer kontaktiert werden soll, falls sich was Neues ergibt.«

»Okay«, sagte ich, »können Sie sich mit Dr. Westheimer in Verbindung setzen und herausfinden, ob Williamson schwanger war und ob sie vielleicht irgendwelchen Schmuck getragen hat?«

»Das kann ein paar Tage dauern. Die Einschreibefrist ist noch nicht ganz abgelaufen, und Sie wissen ja, wie schwierig es ist, die Leute von der Uni um diese Zeit aufzutreiben.«

Das wußte ich eigentlich nicht, aber ich sagte, daß ich ihr glauben würde und hoffte, bald von ihr zu hören. Ich rief Dr. Habib an und brachte ihn auf den neuesten Stand, und dann schloß ich meinen Schreibtisch ab.

Es war fast halb zwölf, als ich nach Hause kam. Oleads Kombi war natürlich weg, und die Lichter in den Zimmern von Becky und Hal waren aus, aber das Licht auf der Veranda brannte, und die Haustür war nicht abgeschlossen. Harry saß vor seinem Funkgerät - mit diesem Hobby hat er vor cirka acht Monaten angefangen - und sagte: »CQ Japan, CQ Japan.« Als er mich sah, wandte er sich vom Mikro ab und sagte: »Spaghetti und Knoblauchbrot sind in der Mikrowelle, Salat steht im Kühlschrank. Wie läuft's?«

»Beschissen«, sagte ich. »Ich glaube, ich will kein Abendessen.«

»Deb«, sagte er, »du mußt was essen.«

»Harry –«

»Setz dich. Ich mache es dir warm. Ich nehme an, du mußt morgen wieder ins Büro?«

»Ich denke ja.«

»Dann können wir deine freien Tage wieder mal in den Wind schreiben?«

»Sieht ganz so aus.«

Menschen töten einander gern um zwei Uhr morgens. Wenn sie es bis dann nicht getan haben, warten sie meistens bis nach fünf Uhr morgens – nur ein einziges Mal in meinem Leben bin ich zu einem Mordfall gerufen worden, der zwischen Viertel nach zwei und halb sechs geschah, und bei dem stellte sich dann auch heraus, daß er früher geschehen war, als wir zuerst gedacht hatten. Aber ich erinnere mich an die Woche, als ich noch dem Erkennungsdienst zugeteilt war, in der das Telefon an drei von sechs Nächten jeweils fünf Minuten vor oder nach zwei Uhr klingelte und wir zu einer Schießerei gerufen wurden. In der dritten Nacht dieser Art schlug ich ein Auge auf, sah auf die Uhr, hob den Hörer ab und sagte bloß: »Wo ist die Leiche?«

Harry meinte, daß ich mir bestimmt komisch vorgekommen wäre, wenn sich da jemand verwählt gehabt hätte, und ich entgegnete, wenn dem so gewesen wäre, hätte der Übeltäter den Schreck verdient, dafür, daß er Leute um diese Uhrzeit aus dem Schlaf reißt. Aber natürlich hatte sich niemand verwählt; die unüberraschte Stimme des Einsatzleiters antwortete: »Liegt mitten auf der Berry Street.«

Ich bin schon lange nicht mehr beim Erkennungsdienst, und die Art von Fällen, die das Sonderdezernat bearbeitet, ereignen sich nicht oft um zwei Uhr morgens. Aber nur zwei Stunden, nachdem ich endlich eingeschlafen war, klingelte das Telefon. Ich stieg aus dem Bett, torkelte durchs Zimmer und nahm ab. Ich hatte das Telefon vom Nachttisch wegstellen müssen, nachdem ich einmal im Schlaf abgehoben und geantwortet hatte und gar nicht richtig wach geworden war.

Die Stimme dieses Einsatzleiters erkannte ich nicht, aber im Hintergrund konnte ich die typischen Dienstgeräusche der Einsatzleitung hören sowie eine untypisch hektische Betriebsamkeit.

»Alle raus«, sagte er zu mir. »Anweisung von Millner. Wir haben einen Bombenanschlag.«

»Wir haben was?« fragte ich ungläubig und war schlagartig hellwach.

»Wir haben einen Bombenanschlag. Eine Abtreibungspraxis auf der Belknap Street.«

»Das ist in Haltom City«, erklärte ich. Ich kannte diese Praxis. Manche Abtreibungskliniken sind neu und machen viel Reklame; manche sind normalen Frauenkliniken angeschlossen. Diese hier war keines von beidem; soweit ich wußte, handelte es sich dabei um einen Ein-Mann-Betrieb in einem alten Gebäude, in dem früher einmal eine Ernährungsberatungsstelle untergebracht gewesen war.

Ich war der Ansicht, daß sie außerhalb meines Zuständigkeitsbereiches lag. Das sagte ich ihm. Mal wieder.

»Tut mir leid, sie liegt 400 Meter innerhalb von Fort Worth. Das FBI arbeitet auch dran, aber Millner sagt, daß alle raus sollen. Sowohl Mord- als auch Sonderdezernat.«

»Tote? Verletzte?«

»Weiß ich noch nicht. Aber Millner meint –«

»Alle raus. Schon kapiert. Okay, bin schon unterwegs.« Ich riß die Schranktür auf. Normalerweise lege ich mir meine Sachen am Vorabend zurecht, wenn die vage Möglichkeit besteht, daß ich nachts rausgerufen werde. Diesmal hatte ich das nicht, weil ich erst so spät und so müde nach Hause gekommen war. Als ich das Licht anmachte, setzte Harry sich auf. »Deb? Was ist los?«

Ich erzählte es ihm, und er sagte: »In Fort Worth?«

»Das haben wir kommen sehen. Schließlich passiert es überall.« Ich setzte mich aufs Bett, um mir die Schuhe zuzubinden.

»Das heißt doch nicht, daß es hier auch passieren muß.«

»Meistens kommt alles irgendwann auch hierher, egal was es ist.« Ich überlegte es mir anders, warf die Turnschuhe zurück in den Schrank und schnappte mir meine dicken Stiefel.

»Also ich finde«, sagte Harry, »daß es eine richtige Form des Protestes gibt und eine falsche. Und Bombenwerfen, na, das ist hundertprozentig nicht die richtige Form.«

»Das ist eine höchst originelle Beobachtung.«

»Für zwei Uhr morgens.«

»Aber ich finde jede Art von Terrorismus absolut widerwärtig«, stimmte ich ihm zu und zog mir den zweiten Stiefel an. »Wenn ich überlege, wie lange ich versucht habe, schwanger zu werden – na ja, natürlich ist mir der Gedanke an Abtreibung nicht sonderlich sympathisch. Aber Bomben sind mir auch nicht sympathisch. Wer sie geworfen hat, mag sich ja durchaus im Recht fühlen, aber an das Gesetz hat er bestimmt nicht gedacht. Oder an die Feuerwehrleute, die die Flammen heute nacht noch löschen müssen. Oder an die Cops, die bei der Entschärfung von Bomben getötet werden können –«

»Ich will nicht mit dir streiten, Deb.«

»Ach, das weiß ich doch, aber solche Sachen machen mich einfach so verdammt *wütend,* und . . . Ach, was soll's!« Cops werden wütend – über sinnlosen Verlust an Menschenleben, über völlige Mißachtung von Menschenrechten. Vielleicht sind wir gerade deshalb Cops, weil wir wütend werden. Aber ich hatte schon einmal ein Magengeschwür gehabt; noch eins konnte ich jetzt gar nicht gebrauchen.

Ich zog mir die Jacke über das Schulterhalfter, polterte zur Tür hinaus und stolperte fast über Pat, der vor der Haustür schlief. Mit entschuldigendem Schwanzwedeln eskortierte er mich bis zum Wagen.

Ich konnte den Schein des Feuers schon eine ganze Weile, bevor ich dort ankam, sehen. Die Belknap Street wurde von Polizeiautos aus Fort Worth und Haltom City blockiert, und vor der Absperrung drängten sich etliche Menschen in Schlafanzügen und Morgenmänteln im Sprühregen. Ich nahm an, daß man die benachbarte Wohnwagenanlage hatte evakuieren müssen, und dann fiel mir plötzlich ein, und dabei wurde mir leicht übel, daß gleich hinter dieser Anlage ein kleines Krankenhaus lag. Und vor der Wohnwagenanlage, neben der Abtreibungspraxis rund 20 Meter weiter eine Schotterstraße hinunter, war eine Tankstelle. Wenn ich das richtig in Erinnerung hatte, war die Praxis in einem alten Holzgebäude, kein Mauerwerk, ja noch nicht mal Asbestplatten. Es mußte gebrannt haben wie Zunder.

Kein Wunder, daß die Straßen gesperrt waren.

Jemand in der Polizeiuniform von Haltom City versuchte, mich in eine Nebenstraße zu dirigieren. Ich lehnte mich aus dem Wagenfenster und sagte: »Ich bin Detective Ralston aus Fort Worth. Lassen Sie mich durch.«

»Ja ja, alles klar, Lady. Machen Sie Platz, wir können keine Gaffer gebrauchen.«

Ich fischte meinen Ausweis aus der Tasche. »Ich bin Detective Ralston«, wiederholte ich. »Sonderdezernat, Fort Worth.«

»Für mich sehen Sie verdammt noch mal nicht wie ein Cop aus«, sagte er, ohne einen Blick auf meinen Ausweis zu werfen, und ich fragte: »Was sind Sie, ein Mietbulle?«

»Ein was?« Seine Stimme schnellte ungefähr eine Oktave in die Höhe.

»Sind Sie ein richtiger Polizist oder nur zur Aushilfe?«

»Aushilfe«, sagte er gereizt. »Aber ich möchte –«

»Das hätte ich mir denken können. Wie heißen Sie?«

»Jorgensen. Doug Jorgensen. Aber was tut das –«

»Jorgensen, ich bin seit fast 16 Jahren im Polizeidienst. Ich habe Ihnen jetzt meinen Ausweis gezeigt, und falls Sie mich nicht in den abgesperrten Bereich lassen, sind Sie erledigt. Ist das klar?«

»Jetzt hören Sie mal –«

»*Sie* hören jetzt mal, verdammt! Lassen Sie mich durch!« Meine normalerweise sehr gute Selbstbeherrschung zeigte Risse – ich war müder, als die Polizei erlaubt, und mußte wieder mal zu einem Fall, mit dem ich eigentlich nichts zu tun haben wollte.

Eine ruhige Stimme ertönte neben dem Wagen und fragte: »Was ist da los, Jorgensen?«

»Ach, die Tussi hier behauptet, sie wäre ein Cop, und –«

»Haben Sie sich ihren Ausweis zeigen lassen?«

»Ja, ich –«

Ich streckte wieder den Kopf aus dem Wagenfenster. »Mitchell, bitte schaff mir diesen Trottel vom Hals. Ich habe ihm meinen Ausweis gezeigt.«

»Hi, Deb. Jorgensen, lassen Sie sie durch.«

Ich hatte nicht die blasseste Ahnung, was ich eigentlich machen sollte, als ich dort ankam.

Nicht, daß die Situation völlig unerwartet gewesen wäre. Wir hatten zwar bis jetzt in Fort Worth keine Bombenanschläge auf Abtreibungskliniken gehabt, aber die Wahrscheinlichkeit eines solchen Anschlags war als derart hoch eingestuft worden, daß sich Polizei, Feuerwehr und FBI auf höchster Ebene zusammengesetzt hatten, um Einsatzpläne für den Notfall aufzustellen. Diese Einsatzpläne beinhalteten natürlich auch das Vernehmen aller möglichen Zeugen. Das Problem war nur, daß die Einsatzpläne irgendwie nicht die Tatsache berücksichtigt hatten, daß der Anschlag mit ziemlicher Wahrscheinlichkeit mitten in der Nacht erfolgen würde – wie dieser hier. Oder die Tatsache, daß die möglichen Zeugen derart zahlreich sein würden.

Ich schätzte, daß rund 400 Leute von der Wohnwagenanlage evakuiert worden waren. Ansonsten lagen keine Wohnhäuser so nah, daß sie in Gefahr gewesen wären, und das Krankenhaus war noch nicht evakuiert worden, aber man mußte sich überlegen, wo all diese Leute hinsollten. Wir konnten sie nicht mitten in der Nacht im Regen vernehmen, und sie mußten irgendwo untergebracht werden. Kirchen? Schulen? Nicht allzu weit entfernt lag eine High-School, wir mußten bloß jemanden finden, der sie aufschloß.

Das aber war ein Problem des Zivilschutzes. Ich konnte nur hoffen, daß der Zivilschutz alarmiert worden war.

Wer waren die *echten* Zeugen, falls es überhaupt welche gab? Ich nahm an, daß das zum Teil davon abhing, ob die Bombe tagsüber oder nachts gelegt worden war.

Opfer? Waren Menschen in der Praxis gewesen, als sie hochging?

Normalerweise hatten die Bombenleger an anderen Orten darauf geachtet, daß die Gebäude voraussichtlich menschenleer waren. Wir konnten nicht davon ausgehen, daß sie das auch hier getan hatten; außerdem heißt voraussichtlich menschenleer nicht unbedingt, daß die Praxis auch tatsächlich menschenleer war.

Endlich entdeckte ich Captain Millner, der im Regenmantel mit vor der Brust verschränkten Armen da stand. Dankbar eilte ich auf ihn zu, und er entdeckte mich ungefähr gleichzeitig. »Deb«, rief er, »kommen Sie her.«

So unordentlich hatte ich ihn noch nie gesehen. Normalerweise ist er sauber, rasiert und gepflegt, ganz gleich um welche Tages- oder Nachtzeit – er ist gut 1,85 groß und sieht aus wie ein Fernseh-Cop, wenn nur sein Alter nicht wäre – aber heute nacht war er unrasiert, trug ein Khaki-Hemd und Khaki-Hosen, die mir nicht sonderlich sauber erschienen, und einen gelben Regenmantel, den er wohl vor 20 Jahren gebraucht hatte, als er noch Verkehrspolizist war.

»Was liegt an?« fragte ich ihn.

»Ein Riesenmist«, erwiderte er. »Dr. Kirk« – er wies mit dem Kinn auf einen großen, dünnen, blonden Mann, der eine weiße Jacke trug und aufgeregt auf einen Feuerwehrmann einredete – »hat gesagt, daß drei Personen drin sein müßten. Eine Krankenschwester, eine Hilfsschwester und eine Patientin.«

Ich betrachtete die lichterloh brennende Form dessen, was früher einmal eine Zahnarztpraxis und dann eine Ernährungsberatungsstelle gewesen war, bevor es seiner jetzigen Verwendung zugeführt wurde, und sagte: »Oh nein.«

»Ich habe auch gedacht: ›O nein‹«, sagte Millner. »Und bevor Sie fragen, nein, wir wissen nicht genau, ob irgend jemand rausgekommen ist. Unter uns gesagt, ich habe da meine Zweifel. Die hatten Gasheizung und gasbetriebene Sterilisierapparate für die medizinischen Instrumente. Der Brandmeister meint, daß die Außenwände mit irgendeiner petrochemischen Substanz getränkt worden sind, und dann haben cirka vier Molotowcocktails gleichzeitig getroffen. Die Person, die den Brand gemeldet hat, hat angegeben, daß sich drinnen jemand bewegt hat, aber es gab keine Möglichkeit –«

Und dann wich der Doktor, den ich aus den Augenwinkeln beobachtet hatte, ohne jede Vorwarnung ein Stückchen von dem Feuerwehrmann zurück, schielte zu dem nächststehenden Streifenpolizisten hinüber und rannte auf das Gebäude zu. »Verdammt!« schrie ich und setzte ihm nach. Millner drehte sich um, um festzustellen, was ich vorhatte, und kam dann hinter mir her; da er gut 30 Zentimeter größer ist als ich, brauchte er nicht lange, um mich zu überholen. Zwei Streifenpolizisten, die knapp hinter dem Ring aus Feuerwehrleuten und Ausrüstung postiert waren, schnitten dem Doktor den Weg ab, aber wir waren alle vier nötig, um ihn zu Boden zu werfen, und selbst das war nicht einfach.

Schließlich jedoch hörte er auf, sich zu wehren, und die Uniformierten ließen ihn los, und Millner und ich ließen ihn los, und der Doktor setzte sich auf, schüttelte den Kopf und betrachtete das Gebäude. »Das war blöd, nicht?« fragte er heiser.

»Das war blöd«, bestätigte ich.

»Sie sind schon tot, nicht?«

»Falls sie da drin sind, sind sie tot. Tut mir leid, Dr. Kirk.«

»Diese dumme Frau«, sagte er und wischte sich mit dem Handrücken über das Gesicht. »Diese dumme, *dumme,* verdammte Frau. Wenn sie mir die Wahrheit gesagt hätte, hätte sie einen einzigen Tag verloren. Mehr nicht. Bloß einen Tag. Klar hätte ich sie woanders hingeschickt, aber die hätten sie angenommen. Einen einzigen Tag. Und jetzt ...« Er schüttelte den Kopf. »Deshalb waren wir da drin, deshalb waren wir alle da drin. Nur ich bin rausgegangen. Ich bin rüber ins Krankenhaus, um ein Zimmer für sie vorbereiten zu lassen, um mich zu vergewissern, daß der OP frei war, bevor ich sie rüberbrachte. Deshalb ...«

Völlig unerwartet fing er an zu weinen, und ich saß da und hielt seine Hände und ließ ihn weinen, heiser, bitterlich, bis Millner den Rettungsdienst aufgetrieben hatte. Sie führten ihn weg. Es war nicht notwendig, den Krankenwagen zu benutzen; bis zum Krankenhaus waren es keine 500 Meter.

Ich ging zu Millner zurück, der unser Gespräch leise wiederaufnahm, als ob es nie unterbrochen worden wäre. »Es gab keine Möglichkeit, noch jemanden rauszuholen«, sagte er. »Sie haben es ja selbst gesehen. Drei Fenster, eine Tür, und überall schlugen Flammen heraus. Gitter vor den Fenstern zum Schutz gegen Einbrecher. Die Feuerwehr war, drei Minuten nachdem die Meldung eingegangen war, an Ort und Stelle, aber da rührte sich da drin schon nichts mehr. Das Haus war - na ja, Sie sehen es ja selbst. Sie haben es noch immer nicht geschafft, daß jemand reinkann. Kirk ist knapp vor Ihnen hier angekommen.«

»Captain, ich kann die Sache hier nicht übernehmen.«

»Ich weiß, daß Sie das nicht können, aber -«

»Die Sache, an der ich dran bin - die Fälle, die man mir übertragen hat. Sie wußten doch von der Leiche heute nachmittag - ich meine gestern nachmittag, oder?«

Er rieb sich den Nasenrücken. »Ja, ich weiß davon. Nein, Sie sind hierfür nicht vorgesehen. Aber heute nacht müssen wir so viele Leute vernehmen, so viele Aussagen schnell zu Protokoll nehmen, bevor die Erinnerung verblaßt, daß wir jeden brauchen. Jeden.«

Während er redete, sah ich jemanden vom Einbruchsdezernat heranstolpern und husten, als der Wind ihm eine Rauchwolke entgegentrieb.

»Captain, ich bräuchte schon für meinen Fall eine Sonderkommission.«

»Das weiß ich. Wir tun unser Bestes. Aber Deb, wir haben nun mal nicht genug Personal. Wir hatten doch schon eine Sonderkommission, und die hat nicht viel gebracht. Die sind allem nachgegangen, dem man nachgehen konnte, bis sie schließlich in einer Sackgasse steckengeblieben sind, und es gab einfach nichts mehr zu überprüfen, was nicht schon überprüft worden wäre.«

»Ich weiß nicht, ob ich erfolgreicher sein werde.«

»Sie kriegen Ihre Sonderkommission. Wahrscheinlich wird sie hauptsächlich aus Uniformierten bestehen.«

Und das hieß unqualifizierte Hilfe. Aber er hatte recht. Wir haben nicht genug Leute. Nach den offiziellen Richtlinien haben wir exakt die Sollzahl - fast genau ein Polizeibeamter auf 500 Bürger -, aber aus dem engeren Stadtbereich schwappen viele kriminelle Aktivitäten in die angrenzenden kleineren Städte hinüber. Die Folge ist, daß die Personaldecke bei uns allen zum Zerreißen gespannt ist.

Der Zivilschutz teilte mit, daß die High-School jetzt auf sei. Die evakuierten Leute wurden dorthin geführt und die Detectives marschierten mit. Wir redeten mit jedem einzelnen. Keiner von ihnen hatte irgendwas gesehen. Natürlich nicht.

Das Krankenhaus mußte nicht evakuiert werden, und das Feuer breitete sich nicht bis zur Tankstelle aus. Die Leute vom Gaswerk kamen und drehten die Hauptgasleitungen zum Gebäude ab, und nach einer Weile hatte die Feuerwehr das Feuer gelöscht. Als die Brandwachen das Gebäudeinnere untersuchen konnten – mittlerweile dämmerte es schon –, fanden sie wie erwartet drei Leichen. Und das war auch schon fast alles, was sie fanden. Die Gasleitungen hatten, bis sie abgestellt wurden, den Flammen Nahrung geliefert, und die Zerstörung war nahezu total.

Captain Millner sagte, ich sollte nicht vor Montag ins Büro kommen, außer ich würde ausdrücklich angefordert. Er meinte, daß ich ohnehin im Grunde nicht viel machen könnte, solange die Leiche aus dem Graben nicht identifiziert worden war, und daß ich zu viele Überstunden hatte.

Das habe ich doch schon mal irgendwo gehört.

Irgendwann am Samstag nachmittag rief mich Gonzales aus Denton an, um mir mitzuteilen, daß Grace Williamson definitiv nicht schwanger war und keinen Schmuck trug.

Also blieb Grace Williamson vermißt, blieb sie Dentons Problem. Und die Grace – falls sie wirklich Grace hieß –, die man am Nordwestrand von Fort Worth in einem Graben gefunden hatte, war noch immer nicht identifiziert. Ansonsten war, soweit wir feststellen konnten, nirgendwo im Staat eine Grace als vermißt gemeldet worden.

Also ging ich wieder ins Bett, wo ich gewesen war, seit ich um fast neun Uhr morgens nach Hause gekommen war, und schlief bis um sieben Uhr abends. Dann stand ich auf, ging in die Küche und machte Abendessen für Harry und mich. Hal würde bei einem Schulfreund übernachten, und Becky und Olead waren ausgegangen – kaum zu glauben, daß Olead noch vor zwei Jahren in einer psychiatrischen Klinik auf Schizophrenie behandelt worden war, die es vielleicht nie gegeben hatte, und noch schwerer zu glauben, daß er nur sechs Monate zuvor wegen Mordes vor Gericht gestanden hatte. Er hatte die Morde nicht begangen, und seine Ärztin bezweifelte heute, daß er je schizophren gewesen war.

Harry schlug vor, mich in ein Schnellrestaurant einzuladen, aber ich sagte, daß ich zu müde sei, um mich anzuziehen; ich wollte lieber Hamburger oder so was in der Art machen, was absolut keine Konzentration erforderte. Außerdem mußte ich *schnell* was essen. In letzter Zeit hatte ich die beunruhigende Neigung entwickelt, mich jedesmal zu übergeben, wenn ich Hunger bekam. Ich mußte wirklich mal deswegen zum Arzt gehen, wenn ich die Zeit dafür hatte. Ich erinnerte mich noch sehr gut an diese Symptome vom letzten Mal, als ich ein Magengeschwür hatte.

Wir aßen Hamburger mit Kartoffelchips und Cola und sahen fern, ich weiß bloß nicht mehr, was wir uns ansahen, bis um zehn Uhr die Nachrichten kamen und einen Bericht über den Bombenanschlag brachten – seit ich aufgestanden war, hatten sie in den Kurznachrichten immer wieder darüber gesprochen – und hinterher was über die Frau, die ich tot aufgefunden hatte. Offensichtlich hatte Captain Millner beschlossen, die Sache mit dem Fußkettchen an die Presse zu geben; entweder das, oder irgend jemand von der Gerichtsmedizin hatte es ausgeplaudert.

Sie hatte in den Wehen gelegen, so lautete die Meldung, und ich fragte mich, ob das stimmte, und wenn ja, wo sie diese Information herhatten.

Und ungefähr 30 Minuten später, als ich gerade wieder ins Bett gehen wollte, klingelte das Telefon.

Kapitel 4

Eine unbekannte, aber offiziell klingende Stimme – mit den typischen Geräuschen der Einsatzleitung im Hintergrund – sagte: »Gerade hat jemand angerufen und gesagt, daß er mit dem Detective sprechen wollte, der im Fall mit der Frauenleiche ermittelt. Ich habe Namen und Telefonnummer. Wollen Sie sie jetzt oder später?«

»Momentchen, ich muß mir eben einen Stift holen.« Ich machte Schreibbewegungen in Harrys Richtung, und er reichte mir einen Kuli und das Notizbuch von seinem Funkgerät.

Der Mann hieß Burt Freeman. Ich wählte die Nummer, die er angegeben hatte.

»Freeman.« Ein müde klingende Stimme. Ich fühlte sofort mit – auch ich war müde, obwohl ich mich angeblich den ganzen Tag ausgeruht hatte.

»Detective Deb Ralston am Apparat. Unsere Zentrale hat mir gesagt –«

»Ja ja, Sie bearbeiten den Fall in Summerfields, diese Frau?«

»Ja, Sir, das tue ich.«

»Tja also, ich bin der Meinung, daß es meine Cousine sein könnte.«

Seine Cousine hieß Grace Golden. Sie lebte von ihrem Mann getrennt und wohnte in einem kleinen Haus in Haltom City; sie war schwanger, und das Baby sollte Mitte September kommen. Sie trug gern Shorts und keine Schuhe. Ihr Wagen war eine alte Schrottlaube, aber sie war viel unterwegs. Er hatte gerade bei ihr zu Hause angerufen, und es war niemand da, und er hatte sie seit zwei Wochen nicht mehr gesehen. Er wußte nicht, ob sie ein Fußkettchen trug, aber er meinte, das würde zu ihr passen. Sie trug viel billiges Zeug, sagte er.

Ich nahm ihre Adresse auf und rief in Haltom City an, um sie überprüfen zu lassen. Eine Polizeistreife würde dort vorbeifahren und mir dann Bescheid geben.

Harry schaltete den Fernseher aus und sagte, wenn es nicht zu viele atmosphärische Störungen gäbe, würde er heute nacht versuchen, mit Chile zu sprechen. Ich sagte, daß ich Lust hätte, wieder ins Bett zu gehen. »Wieso gehst du nicht einfach wieder ins Bett?« sagte Harry.

»Ich glaube, das mache ich auch.«

»Finde ich ganz vernünftig. Mach das ruhig.«

Wir mußten beide lachen, und das Telefon klingelte erneut.

Als ich endlich ins Bett kam – gegen Viertel nach eins – hatte ich vier weitere Kandidatinnen. Grace war vielleicht (aber wahrscheinlich doch nicht) eine gewisse Grace Donohue, im achten Monat schwanger, die vor drei Wochen nach einem Streit mit ihrem Mann aus dem Haus gestürmt war. Er hatte gedacht, sie wäre bei einer Freundin untergekommen, und hatte sich nicht drum gekümmert, bei welcher. Sie hatte das schon häufiger gemacht und war immer zurückgekommen.

Sie war vielleicht (aber wahrscheinlich doch nicht) eine gewisse Grace Jordan, im achteinhalbten Monat schwanger, Single, die vor fünf Monaten von zu Hause weggegangen war, um angeblich nach Houston zu ziehen. Seitdem hatte sie sich nicht mehr bei ihren Eltern gemeldet, aber sie hatten angenommen, daß es ihr gut gehe, bis sie von dieser Sache gehört hatten ...

Sie war vielleicht (aber wahrscheinlich doch nicht) eine gewisse Grace Carstairs, die schwangere Witwe eines Bauarbeiters, der bei einem Arbeitsunfall ums Leben gekommen war, derzeitiger Aufenthaltsort unbekannt oder zumindest dem Vorarbeiter ihres Mannes unbekannt.

Sie war vielleicht (aber höchstwahrscheinlich doch nicht) eine gewisse Grace Sanchez, die vor acht Monaten mit einem Burschen vom Rummelplatz die Stadt verlassen hatte, und ihre Eltern dachten, daß sie, falls sie schwanger war, Angst hätte, nach Hause zu kommen und es ihnen zu sagen, und sie wußten, daß dieser entsetzliche Mann, mit dem sie nun herumzog, ein Mörder war oder so was ...

Bislang schien Grace Golden am wahrscheinlichsten.

Ich ging ins Bett.

Am Sonntag morgen fühlte ich mich irgendwie ausgeruhter, sogar so ausgeruht, daß mir ein Widerspruch in Captain Millners Überlegungen auffiel. Er hatte gesagt, daß ich nicht viel machen könnte, solange die Leiche nicht identifiziert worden war. Gut, aber wer sollte die Leiche denn identifizieren? Es war mein Fall.

Wenn ich nicht ins Büro fuhr und mich an die Arbeit machte, hatte ich ein schlechtes Gewissen, weil ich meine Arbeit vernachlässigte, auch wenn ich frei hatte, aber wenn ich hinfuhr, hatte ich ein schlechtes Gewissen, weil ich meine Familie vernachlässigte, die sich freut, wenn ich hin und wieder mal zu Hause bin. Ich würde mich also so oder so wie ein Schwein fühlen. Mich wie ein Schwein fühlend zog ich mir ein Kleid an und fuhr mit Hal zur Kirche. Das mache ich nicht oft, aber Hal wollte unbedingt, daß ich mitkomme, weil seine Pfadfindergruppe einen neuen Leiter hatte, den er mir vorstellen wollte.

Als ich von der Kirche nach Hause kam, war Harry im Garten und grillte. Ich fühlte mich noch immer wie ein Schwein, zog mich um, Jeans und T-Shirt, und ging dann hinaus, um ihm unter gebührend bewundernden Bemerkungen zuzusehen. Nach einer Weile ging ich ins Haus und machte einen Salat. Schließlich aßen wir um zwei Uhr zu Mittag – meine ältere Tochter Vicky, ihr Mann, der Anwalt, und ihr vier Monate alter Sohn Barry kamen zum Essen, wie natürlich auch Olead und Jeffrey – und endlich, um drei Uhr, mittlerweile fühlte ich mich wie ein vollgefressenes und schläfriges Schwein, zog ich einen Hosenanzug und mein Pistolenhalfter an und fuhr ins Büro, wobei ich eine Familie zurückließ, die sich ein Football-Spiel im Fernsehen ansah und mich höchstwahrscheinlich nicht vermissen würde, bis es an der Zeit war, daß sich jemand um den Abwasch kümmerte.

Ich rief Dr. Habib an und fragte, ob es ihm gelungen war, die Leiche zu identifizieren. »Es ist Sonntag nachmittag«, entgegnete er schläfrig.

»Ich weiß, daß es Sonntag nachmittag ist. Konnten Sie –«

»Es ist nicht Joanna Ross. Aber das hätte ich Ihnen von Anfang an sagen können.«

»Warum haben Sie es dann nicht getan?«

»Na ja, weil ich nicht sicher war. Haben Sie noch jemanden, mit dem ich die Leiche vergleichen könnte?«

»Noch nicht«, erwiderte ich. Fluchend wählte ich Phillip Ross' Telefonnummer. Er hob beim ersten Läuten ab; er hatte wohl wartend neben dem Telefon gesessen, und ich fühlte mich schweinischer denn je. Ich hätte schon längst bei ihm anrufen sollen. Und das hätte ich auch, wenn Habib mir früher Bescheid gesagt hätte.

Ich sagte ihm, daß es nicht Joanna sei, und er sagte: »Wo zum Teufel ist Joanna dann?«

Darauf hatte ich keine Antwort. Er wußte, daß ich keine hatte, und ich schaffte es, das Gespräch mit einem Minimum an Verlegenheit zu beenden und mich dem nächsten Tagesordnungspunkt zuzuwenden. Und das war die Liste der vermißten Graces.

Ich rief in Haltom City an. Sie hatten Grace Golden noch nicht gefunden. Sie hatten ihre Mutter erreichen können, die in Garland lebte, und sie war auf dem Weg hierher. Der Einsatzleiter sagte, daß er bei mir zu Hause angerufen hatte, um mich zu fragen, ob ich mich mit ihr vor dem Haus treffen wollte, und daß mein Mann ihm gesagt hatte, daß ich schon weg sei. Mrs. Murray würde gegen halb fünf ankommen. Ich sagte, daß ich mich vor Grace' Haus mit ihr treffen würde, und bat darum, daß jemand dafür sorgen sollte, daß Mrs. Murray nicht hineinging, bis ich dort war, damit ich mit ihr zusammen durchs Haus gehen konnte.

Halb fünf, und jetzt war es Viertel vor vier. Ich konnte noch eine Dreiviertelstunde arbeiten, bevor ich mich auf den Weg nach Haltom City machen mußte.

Ich rief bei Grace Donohue an; ihr Mann meldete sich gähnend und sagte, daß er im Grunde nicht glaubte, daß meine Grace seine Grace sei; er hatte bloß angerufen, weil die Nachbarn ihn so genervt hatten. »Wieso glauben Sie, daß sie es nicht ist?« wollte ich wissen.

»Ach, sie hat das doch schon zigmal gemacht, ist abgehauen und hat bei Freundinnen gewohnt, um mir Angst einzujagen. Diesmal kann sie meinetwegen bleiben, wo der Pfeffer wächst.«

»Wie ich höre, ist sie schwanger?«

»Jawohl, sie ist schwanger – und weiß der Teufel, ob das Balg von mir ist oder nicht.«

»Ah ja?«

»Ja. Na ja, sie hat gesagt, es wäre von mir, als sie versucht hat, mich dazu zu überreden, sie zu heiraten, aber vor mir hat sie sich mit Mack und Donnie rumgetrieben, und . . .«

»Ja?«

»Na ja, sie war echt hübsch, bevor sie so dick geworden ist, also hat's mir nichts ausgemacht, sie zu heiraten, aber jetzt ist so fett –«

»Mr. Donohue«, sagte ich, »schwangere Frauen werden nun mal –«

»Nicht so«, sagte er. »Ich meine, sie wiegt jetzt an die 130 Kilo.«

»Oh«, sagte ich lahm. »Oh, ja also, in diesem Fall ist sie nicht –«

»Ihre tote Lady wiegt wohl keine 130 Kilo?«

»Nein, Mr. Donohue, das tut sie nicht«, erwiderte ich. »Danke für Ihre Hilfe.« Ich legte auf und strich Grace Donohue von meiner Liste.

Grace Jordan. War angeblich in Houston. Keine Arbeit, kein Geld – wahrscheinlich würde ich sie Montag ausfindig machen können, indem ich verschiedene soziale Institutionen anrief. Vorläufig malte ich ein großes Fragezeichen hinter ihren Namen und ging zu Grace Carstairs über.

Grace Carstairs war vom ehemaligen Chef ihres Mannes, oder besser vom Chef ihres verstorbenen Mannes, als vermißt gemeldet worden, oder zumindest als so gut wie vermißt. Sein Name war Danny Kelly. Hübscher irischer Name, dachte ich, und wählte die Telefonnummer, die man mir aufgeschrieben hatte. Eine Frau meldete sich. »Mrs. Kelly?« sagte ich.

»Ja?« Sie klang verschlafen.

»Detective Deb Ralston am Apparat. Ich würde gern mit Mr. Kelly sprechen.«

»Worum geht's denn?« Ihre Stimme nahm einen feindseligen, mißtrauischen Tonfall an.

»Er hat mich gestern abend angerufen –«

»Er hat *Sie* gestern abend angerufen? Weswegen?«

Ich hatte den Eindruck, als ob Danny Kelly ein allerliebstes Eheleben führte. »Mrs. Kelly, ich bin Polizeibeamtin. Mr. Kelly hat gestern abend auf dem Revier angerufen, im Zusammenhang mit einem Fall, an dem ich arbeite.«

»Sie hören sich aber nicht wie eine Polizeibeamtin an.«

»Mrs. Kelly, ich bin seit über 15 Jahren bei der Polizei. Ich möchte mit Mr. Kelly sprechen. Natürlich, wenn es Ihnen lieber ist, daß ich persönlich vorbeikomme ...« Ich kann sehr herrisch klingen, wenn ich will, und allmählich wollte ich. Anscheinend hatte ich Erfolg damit, denn ich hörte sie rufen: »Danny, geh mal ans andere Telefon. Da ist eine Frau dran, die behauptet, sie wäre ein Cop.«

Klicken und Knacken. Eine schläfrige Männerstimme sagte: »Ja?« Es war nichts davon zu hören, daß der andere Hörer aufgelegt wurde.

»Mr. Kelly?« sagte ich. »Detective Ralston am Apparat. Sie haben gestern abend wegen der Frau angerufen, die in Summerfields aufgefunden worden ist. Sie meinten, es könnte Grace Carstairs sein.«

»Ja. Und?«

»Ich muß Ihnen noch ein paar Fragen über sie stellen. Also, Sie haben gesagt, ihr Mann wäre bei einem Arbeitsunfall vor ungefähr drei Monaten ums Leben gekommen, ist das richtig?«

»Ja, das ist richtig.«

»Waren sie hier aus der Gegend?«

»Nee. Sie haben in einer Wohnung im Süden der Stadt gewohnt. Ich weiß nicht mehr genau wo, aber es war bloß eine möblierte Wohnung. Er wollte weiterziehen, sobald die Arbeit beendet war. Wissen Sie, viele Bauarbeiter sind richtige Zigeuner, die können nicht lange an einer Stelle bleiben, ohne daß sie kribbelig werden, Sie wissen schon.«

»Wissen Sie, wo sie herkam?« fragte ich.

»Äh, nicht genau, wenn sie nicht aus dem gleichen Ort kam wie er. Ich meine, vielleicht hat er sie in irgendeiner Stadt aufgegabelt, in der er gearbeitet hat, sie wissen schon. Er kam jedenfalls aus einem kleinen Städtchen in Louisiana.«

»Können Sie sich an den Namen erinnern?«

»Ja, Moment, da muß ich überlegen, der Name war echt komisch.« Ich konnte förmlich sehen, wie er am Telefon die Stirn runzelte. »De Ridder, so hieß sie, De Ridder. Komischer Name.«

»Und soweit Sie wissen, hat sie Fort Worth nach seinem Tod verlassen?«

»Ja, ich habe mir bloß gedacht, sie *könnte* ...«

»Ich verstehe. Nochmals danke für Ihren Anruf, Mr. Kelly. Vielleicht muß ich noch mal mit Ihnen sprechen. Ist das möglich?«

»Ja, klar. Bye.« Er legte auf; ich konnte förmlich sehen, wie die eifersüchtige Mrs. Kelly im Hintergrund schäumte.

Als nächstes rief ich die Einsatzleitung an und bat, die Polizei in De Ridder, Louisiana, anzurufen, um herauszufinden, ob Grace Carstairs von dort stammte, und falls ja, ob sie dort sicher wieder angekommen war.

Ich hatte noch dreißig Minuten übrig. Ich rief bei den Sanchez an und bekam noch etwas mehr von dem zu hören, was ich letzte Nacht zu hören bekommen hatte, aber bei all der Hysterie gelang es mir doch, ein paar Informationsbröckchen aufzuschnappen. Grace Sanchez hatte schwarzes Haar. Grace Sanchez war 1,50 groß. Und der Mann, mit dem Grace Sanchez durchgebrannt war, war kein Rummelplatz*arbeiter*; er war der *Besitzer* des Rummelplatzes.

Ich versicherte Mrs. Sanchez, daß die Leiche nicht die ihrer Tochter war. Mit dem Gedanken, daß Grace Sanchez wohl gut daran getan hatte, aus einem einengenden Elternhaus zu fliehen, legte ich auf und sah erneut auf meine Uhr. Dann sagte ich: »Ach zum Teufel« und fuhr raus nach Haltom City, zu dem kleinen Holzhaus, das Grace Golden bewohnte – die immer mehr wie die wahrscheinlichste Kandidatin für die Leiche im Graben aussah.

Es war gut, daß ich früher als geplant losgefahren war. Der Polizeibeamte von Haltom City war noch nicht da, aber Mrs. Murray kam ungefähr gleichzeitig mit mir an. Sie war eine würdevoll aussehende Frau und trug ein marineblaues Kleid mit weißem Gürtel und Schuhen. Die Schuhe erwiesen sich als unglückliche Wahl, da die nackte Erde ums Haus noch durch den Regen vom Vortag aufgeweicht war, aber ich nahm an, sie wollte der Polizei demonstrieren, daß zumindest *sie* eine ehrbare Bürgerin war, ganz gleich, welches Verhalten ihre Tochter an den Tag legte. Ich konnte ihre Motive verstehen.

Sie erzählte mir nicht, daß ich nicht wie eine Polizeibeamtin aussah; das war eine angenehme Abwechslung. Sie holte lediglich den Schlüssel hervor und ließ mich ins Haus. Ich zögerte; nach dem Gesetz war ich nicht dazu berechtigt. Texas hat einige nette neue Gerichtsbeschlüsse, und nach dem Gesetz ist es illegal, einen Tatort ohne Durchsuchungsbefehl zu durchsuchen. Außerdem hatte ich rechtlich keine ausreichende Begründung für die Annahme, daß es sich hier tatsächlich um einen Tatort handelte.

»Mrs. Ralston«, sagte Mrs. Murray ungeduldig. »Ich bezahle die Miete für diese Wohnung. Meine Tochter ist noch nie in der Lage gewesen, einen Arbeitsplatz zu behalten, und derzeit ist sie bestimmt nicht in der Verfassung dazu. Da ich die Miete zahle, habe ich das Recht, sie hereinzubitten. Kommen Sie.«

Vielleicht würde ein Gericht das akzeptieren, vielleicht aber auch nicht, doch im Augenblick hatte die Identifizierung der Leiche oberste Priorität. Ich trat ein, und mir bot sich ein Anblick dar, der nicht darauf schließen ließ, daß hier ein Gewaltverbrechen stattgefunden hatte, sondern eine große Party. Es gab eine Couch, zwei Klubsessel und einen kleinen Fernseher, der auf einer großen Stereoanlage stand. Auf dem Couchtisch befanden sich fünf Bierdosen und sechs Coladosen, und auf jeder anderen verfügbaren Stellfläche standen wahllos Dosen, Flaschen, Gläser und leere Teller. Die vertrocknete Hälfte eines Erdnußbuttersandwiches lag oben auf dem Fernseher, eine offene Tüte Kartoffelchips auf dem Couchtisch und daneben drei Schallplatten ohne Hülle. Eine offene Popcorn-Tüte und eine Lampe mit schiefem Schirm zierten ein Beistelltischchen.

Mrs. Murray seufzte. »Sie ist keine sonderlich gute Hausfrau«, bemerkte sie und führte mich in die Küche.

Auf dem Herd stand ein Backblech, an dem Schokoladenplätzchen klebten, auf einer Bratpfanne, die nach altem Fett roch. Auf dem Tisch befanden sich eine offene Packung Mehl, ein offenes Fläschchen Vanilleessenz, eine offene Dose Speiseöl, ein leerer Beutel Schokostreusel, eine offene Tüte Backpulver, zwei Eierschalen, ein weißer Plastikbehälter mit zehn Eiern, eine Schüssel, die eingetrockneten Plätzchenteig enthielt, und drei Löffel. Auf der Arbeitsplatte stand eine eingestöpselte Kaffeemaschine, die nach sehr abgestandenem Kaffee roch, ein eingestöpselter Handmixer, an dessen Teigquirl eine undefinierbare Masse (vermutlich Kuchenteig) klebte, eine Küchenmaschine (nicht eingestöpselt), mit irgendwas Vertrocknetem drin und eine große Schüssel mit braunem Salat, um den herum Fruchtfliegen schwärmten. Ich sah eine Schüssel mit Äpfeln, die vor sich hinfaulten, und daneben zwei schwarze Bananen. Auch da schwirrten die Fruchtfliegen. Im Spülbecken stand kaltes graues Wasser und ein kunterbuntes Durcheinander von Geschirr.

Im Schlafzimmer war ein Doppelbett, dessen Laken und Decken auf dem Boden lagen, eine alte Kommode, bei der alle drei Schubladen, aus denen Unterwäsche hing, halb aufstanden, ein türloser Schrank mit einer Kollektion nicht allzu sauberer Kleidungsstücke, und ein Fußboden, der aufgrund der vielen Klamotten, die wahllos herumlagen, praktisch unsichtbar war. In einer Ecke des Raumes stand ein neues Kinderbettchen mit sauberen gelben Laken. Darin befand sich ein ordentlich gefalteter Stapel mit Babysachen, viele davon noch in der Plastikverpackung, und darunter stand ein gelber Windeleimer.

Ich sah keine Zeitungen, nichts, was einen Hinweis darauf liefern könnte, wie lange sie schon fort war.

»Hat sie einen Wagen?« fragte ich.

»Ja, einen Plymouth Valiant, Baujahr 1975, hellblau.«

»Wo steht er meistens?«

»Draußen vor dem Haus«, sagte Mrs. Murray. »Genau da, wo Sie geparkt haben.«

Sie wurde nicht hysterisch. Sie sagte nicht: »Oh Gott, glauben Sie wirklich, es ist Grace?« Sie lieferte ruhig die erforderlichen Informationen.

»Wissen Sie das Kennzeichen?«

Sie nannte mir das Kennzeichen, und ich griff nach dem Telefon und hielt dann inne. »Ich werde mein Funkgerät im Wagen benutzen«, sagte ich. »Bitte fassen Sie nichts an, während ich draußen bin.«

»Ich komme einfach mit Ihnen raus«, sagte sie.

Und sie blieb neben dem Wagen stehen, während ich eine Suchmeldung nach Grace Goldens Valiant durchgab, ohne große Hoffnung, ihn zu finden. Die Wagen der anderen entführten schwangeren Frauen waren alle noch am Abend der Entführung gemeldet worden; sie hatten alle auf den Parkplätzen großer Einkaufszentren gestanden, von wo die Frauen verschleppt worden waren. Tagsüber ein unsichtbarer Standort, aber nachts furchtbar auffällig.

Bis vor wenigen Monaten wäre er auch sonntags auffällig gewesen, aber das Gesetz, nach dem Geschäfte sonntags geschlossen blieben, gibt es nicht mehr.

Aber die meisten Läden schließen sonntags um sechs, und es war fast sechs. Andererseits war sie nach Aussage ihres Vetters seit mindestens zwei Tagen weg. Falls der Wagen vor einem Einkaufszentrum stand, hätte er schon entdeckt und als verlassen gemeldet worden sein müssen. Das war bisher nicht der Fall.

Letztlich würde jemand im Haus Fotos machen und Fingerabdrücke nehmen müssen. Das war eine sinnlose Übung, da es keinerlei Grund zu der Annahme gab, daß sie von hier aus verschleppt worden war, aber zumindest konnten wir so vermutlich Grace' Fingerabdrücke bekommen, um sie mit denen der Leiche zu vergleichen. Und natürlich war es Routine. Man hält sich an die Routine, weil sie Routine ist und weil manchmal etwas dabei rauskommt, nie, weil diesmal ganz bestimmt etwas dabei rauskommt.

»Sie möchten vermutlich nicht, daß ich aufräume, oder?« fragte Mrs. Murray.

»Nein, noch nicht.« Ich fand es furchtbar, die Frage zu stellen, aber es mußte nun mal sein. »Sie wissen nicht zufällig den Namen ihres Zahnarztes?«

»Sie geht zu einem hier in der Nähe – warten Sie, gegenüber der katholischen Kirche. Er hat einen komischen Namen, Moment, wie heißt er noch gleich?« Wir gingen zurück ins Haus, und sie sah im Telefonbuch nach und nannte schließlich den Namen und die Telefonnummer.

Ich versprach, sie anzurufen, wenn wir etwas herausfanden, und sie stieg in ihren Wagen und fuhr davon. Kein Weinen, keine törichten Fragen, kein Flehen, ihr etwas zu verraten, was ich offenkundig nicht wußte. Eine äußerst vernünftige Frau. Ich fragte mich, was sie wohl beruflich machte, und fuhr dann wieder zurück in mein Büro.

Der Name des Zahnarztes war Stoermer. Ich rief die aufgeführte Nummer an, und natürlich lief ein Band, das mir die Öffnungszeiten der Praxis nannte. Wie ich gehofft hatte, kam am Ende der Aufzeichnung eine Telefonnummer, die man in Notfällen anrufen konnte. Ich wählte die Nummer, und es meldete sich eine spröde Frauenstimme, die hundertprozentig zu einem Auftragsservice gehörte und mir munter erklärte, daß der Doktor nicht zu erreichen sei und daß ich im Notfall Dr. Montgomery anrufen sollte.

»Sind Sie vom Auftragsservice?« fragte ich.

»Moment bitte.« Kurz darauf war sie wieder dran und bestätigt mir, daß sie tatsächlich vom Auftragsservice war.

»Ich bin von der Polizei«, erklärte ich ihr, »und wir müssen Dr. Stoermer dringend sprechen. Es geht um eine seiner Patientinnen.«

»Oh je«, sagte sie, »ich weiß wirklich nicht, wo Dr. Stoermer ist. Dieses Wochenende hat Dr. Montgomery Notdienst.«

»Hat Dr. Montgomery Zugang zu den Akten von Dr. Stoermer?«

»Also das weiß ich wirklich nicht, aber Dr. Montgomery –«

»Können Sie mir die Privatnummer von Dr. Montgomery geben?«

»Oh je, das darf ich wirklich nicht, aber –«

»Würden Sie bitte dafür sorgen, daß Dr. Montgomery mich anruft?« bat ich resigniert und nannte ihr die Nummer meines Büros.

Rund zehn Minuten später klingelte das Telefon. Dr. Montgomery war überaus kooperativ, aber er hatte keinen Zugang zu den Akten von Dr. Stoermer. Ihre Praxen lagen ungefähr zwei Meilen auseinander, und er und Dr. Stoermer machten immer abwechselnd Wochenenddienst. Außerdem mußte er mir leider sagen, daß Dr. Stoermer nach Las Vegas gefahren war und erst nachts um drei mit dem Flugzeug ankommen würde – vermutlich sehr mitgenommen. Danach würde er, wiederum vermutlich, ein paar Stunden schlafen, bevor er mit trüben Augen in seine Praxis trottete, um sich dem Termin um halb neun zu stellen.

Ich hatte daran gedacht, im Haus Fingerabdrücke nehmen zu lassen, aber ich hatte nicht daran gedacht, Mrs. Murray zu fragen, ob Grace je verhaftet worden war. Die Hände waren offenbar in einem so guten Zustand, daß noch Fingerabdrücke genommen werden konnten, und wenn das zutraf - und falls es die entsprechenden Abdrücke in der Kartei gab - ließ sich die Identitätsfrage sofort klären.

Ich würde Mrs. Murray anrufen und sie fragen, aber ich wußte, daß sie noch nicht wieder in Garland sein konnte.

Ich holte die Akten heraus, die ich für alle Mordfälle angelegt hatte. Heutzutage, wo alles auf Computer ist, haben wir nicht mehr automatisch für jeden Fall eine Akte, aber ich kann mich nicht daran gewöhnen, einen Fall ohne Blätter zu bearbeiten, die ich betrachten und nebeneinander hinlegen kann. Also lege ich mir immer selbst eine Akte an. Da kommen sämtliche Computerausdrucke rein, und alle meine persönlichen Notizen, die ich bei der Arbeit mache, so daß ein anderer, falls mir etwas passiert, die Sache übernehmen kann, ohne wieder von vorne anfangen zu müssen. Ich wünschte, Wayne Carlson hätte das gemacht, aber er war nicht lange im Sonderdezernat gewesen und offenbar nicht auf den Gedanken gekommen. Das einzige, was ich von ihm hatte, waren seine offiziellen Berichte. Wahrscheinlich folgte ich seinen Spuren - tatsächlich wußte ich, daß es so war, weil Captain Millner mir gesagt hatte, daß er eine Sonderkommission eingerichtet hatte. Aber die Sonderkommission war inzwischen wieder mit anderen Aufgaben beschäftigt. Seit zwei Monaten war niemand mehr als vermißt gemeldet worden, und jede Spur, die er aufgenommen hatte, war verfolgt worden, bis sie in einer Sackgasse endete.

Jetzt fing ich wieder von vorne an, und ich vermutete, daß ich meine eigenen Sackgassen finden würde.

Ein Teil des Problems war natürlich, daß wir gar nicht wissen konnten, ob Grace - falls sie Grace hieß, und wenn nicht, warum trug sie dann ein Fußkettchen mit dem Namen? - überhaupt in diese Serie hineinpaßte. Die anderen Frauen, so rief ich mir wieder ins Gedächtnis, waren nicht gefunden worden. Sie dagegen hatte man an einer Stelle liegengelassen, wo wir sie mit Sicherheit finden mußten. Wieso dieser Unterschied, falls dieselbe Person dahinter steckte?

Ich nahm mir die Berichte vor, verglich und überprüfte, und um neun Uhr war ich schließlich zu der Auffassung gelangt, daß nach allem, was ich bisher wußte, die einzige Gemeinsamkeit zwischen Joanna Ross, Darlene McGuire, Allie Garcia und Barbara Goldberg darin lag, daß sie schwanger waren. Darlene war 33 Jahre alt, 1,68 groß, hatte braune Augen und blondes Haar. Allie war 19 Jahre alt, 1,52 groß, hatte braune Augen und schwarzes Haar. Barbara war 23 Jahre alt, 1,63 groß, mit braunen Augen und braunem Haar. Joanna und Darlene sahen aus wie Angloamerikaner, Allie wie eine Mexikanerin (eine Maya, dem Bild nach zu urteilen) und Barbara wirkte semitisch. Joanna und Allie hatten langes Haar, Darlene eine krause Dauerwelle (was ich den Cockerspanielschnitt nenne) und Barbara ziemlich kurzes Haar, das an dem Tag, an dem sie verschwand, gerade frisch gestylt worden war. Joannas Wagen war an der Northeast Mall gefunden wurde, Allies am Tandy Center, Darlenes und Barbaras an der Hulen Mall. Sie waren nicht in derselben Kirche gewesen, hatten nicht in denselben Geschäften eingekauft oder denselben Frauenarzt gehabt, übrigens ebensowenig wie denselben Zahnarzt.

Wayne war gründlich gewesen, aber erfolglos.

Das Telefon klingelte, und eine entschuldigende Männerstimme mit dem Geräusch der Einsatzleitung im Hintergrund sagte: »Deb? Die haben den Valiant gefunden, nach dem Sie die Suchmeldung rausgegeben haben.«

»Wo?«

»Er ist hinter dem Steakhaus an der Northeast Mall geparkt. Da ist so eine Art kleine Nische, und –«

»Ich kenne die Art kleine Nische. Schon gut. In welchem Zustand ist er?«

»Tja, Türen und Fenster waren geschlossen, aber nicht verriegelt.«

»Sagen Sie der Streifenbesatzung, sie sollen warten. Ich bin unterwegs.«

Dort ist die Polizei von North Richland Hills zuständig, überlegte ich, während ich rausfuhr. Ich hasse es, daß der städtische Großraum in so viele kleine Untergemeinden aufgeteilt ist, aber so ist es nun mal, und man muß sie alle auswendig können, weil man nämlich, außer bei heißen Verfolgungsjagden, keine Stadtgrenze überschreiten darf, ohne die jeweils zuständige Polizei um Unterstützung zu bitten.

Vielleicht war es auch Richland Hills. Ich war etwas unsicher. Ich wußte bloß mit Sicherheit, daß es nicht Fort Worth Stadt war, und außerhalb der Stadtgrenzen von Fort Worth habe ich keinerlei Befugnisse - absolut keine.

Ich hielt an der Rückseite des Einkaufszentrums, ohne auf die Uniformabzeichen der beiden jungen Männer zu achten, die neben dem parkenden Valiant standen. Ich stellte mich vor und richtete meine Aufmerksamkeit auf den Wagen. Er war, wie ich erwartet hatte, eiskalt - also seit Stunden, wahrscheinlich seit Tagen nicht gefahren worden.

Ich hatte *nicht* das Recht - noch nicht -, die Wagentüren zu öffnen, und das war mir sehr wohl bewußt. Außerdem wollte ich die Türen nicht anfassen, weil die geringe Möglichkeit bestand, falls sie von hier entführt worden war, daß derjenige, der es getan hatte, die Wagentüren berührt hatte, obwohl wir an den Autos der anderen Opfer keine verwertbaren Fingerabdrücke gefunden hatten. Also untersuchte ich die Außenseite des Wagens, ohne irgendwas zu berühren, und sah, natürlich, nichts Ungewöhnliches, bis auf jede Menge Schmutz und etliche Aufkleber von Rockmusiksendern.

Ohne irgendwas zu berühren, sah ich, so gut es ging, durch die offenen Fenster ins Wageninnere und konnte nichts entdecken bis auf etliche Dutzend Limo- und Bierdosen, etliche Dutzend Verpackungen von Hamburgern und Kentucky Fried Chicken, ein paar Kleidungsstücke und -

Moment mal. Moment mal. Ein schwarzes Wildleder-Portemonnaie lag vorne im Wagen im rechten Fußraum, und auf dem Rand war etwas verschmiert, was wie Sahneeis aussah.

Es gibt nicht gerade viele Frauen, die losziehen und ihre Portemonnaies in unverschlossenen Wagen liegenlassen, noch nicht mal solche, die so unordentlich sind, wie Grace Golden es offenbar war.

Das reichte. Ich bat die Beamten von Hurst - wie sich herausgestellt hatte, war Hurst für die Northeast Mall zuständig -, einen ihrer Detectives zu verständigen und einen Durchsuchungsbefehl für das Wageninnere zu besorgen, und ich bat um die Erlaubnis, eins von unseren Laborteams rauskommen zu lassen und die Durchsuchung durchzuführen.

Um zehn Uhr war Detective Ronnie Fugate von der Polizei in Hurst mitsamt dem Durchsuchungsbefehl vor Ort; Bob Castle und Irene Loukas vom Fort-Worth-Erkennungsdienst standen bereit. Bob und Irene verteilten Fingerabdruckpulver auf Autotüren und

Fenstern und machten Fotos von außen, dann öffneten Ronnie und ich die Wagentüren, und ein blauer Pick-up hielt neben uns an. Eine Männerstimme rief: »He, was ist denn hier los?«

»Polizeiliche Ermittlungen«, entgegnete Ronnie. »Bitte fahren Sie weiter.«

Eine barfüßige, Shorts tragende, ausgesprochen schwangere, junge, blonde Frau kletterte vom Beifahrersitz des Wagens und fragte: »Was zum Teufel macht ihr da mit meinem Auto?«

»Sie hatte beschlossen, übers Wochenende nach Galveston zu fahren«, erkärte ich Harry, »und ihr Freund hat gesagt, er würde sich hinter dem Einkaufszentrum mit ihr treffen. Offenbar arbeitet er da und wollte gleich nach der Arbeit los. Sie hat niemandem erzählt, daß sie wegfuhr, weil sie meinte, es ginge niemanden was an. Sie hat ihr Portemonnaie im Wagen liegenlassen, weil sie sich ein neues kaufen wollte, nachdem sie einen Milchshake darauf verschüttet hatte.

»Also, wer ist denn dann die Leiche?« fragte Harry.

»Harry, du kannst wirklich unmögliche Fragen stellen«, sagte ich und mußte aufstoßen. »Wenn ich nicht bald was zu essen bekomme, wird mir schlecht.«

»Wenn du dir nicht endlich ein neues Fläschchen Tagamet besorgst, trete ich dir in den Hintern. Willst du etwa wieder ein Magengeschwür kriegen?«

»Wahrscheinlich habe ich schon eins.«

Kapitel 5

Als ich am Montag morgen zur Arbeit kam, saß Dutch van Flagg mit dem großen blonden Doktor – wie man mir gesagt hatte, hieß er Kirk – im Büro des Sonderdezernats. »Nein«, sagte der Doktor gerade, »nein, normalerweise ist nachts oder am Wochenende niemand da. Das habe ich Ihnen doch schon erklärt.«

»Erklären Sie's mir noch mal.«

Der Doktor fuhr sich mit den Händen durchs Haar. »Okay. Aber könnten wir dann einen Kassettenrecorder anmachen? Das wird allmählich langweilig.«

»Später«, sagte Dutch. »Jetzt will ich erst mal nur sichergehen, daß wir alles richtig verstanden haben.«

Kirk zuckte die Achseln. »Okay«, sagte er, »die Patientin, die im Gebäude war, ist am späten Freitagnachmittag gekommen.«

»Wieso das?« sagte Dutch. »Machen Sie keine Termine?«

»Manchmal, na ja, normalerweise, aber manchmal kann ich noch jemanden dazwischennehmen, und sie hat gesagt, sie wäre wirklich in der Klemme. Sie mußte Montag morgen geschäftlich verreisen und wäre dann sechs Wochen unterwegs, und sie hatte – wie sie sagte – gerade erst festgestellt, daß sie schwanger war.«

»Glauben Sie das?« fiel Dutch ihm ins Wort.

Kirk verzog das Gesicht. »Wahrscheinlich wollte sie es bis dahin nicht wahrhaben und hatte endlich eingesehen, daß sie sich nichts mehr vormachen konnte. Menschen sind so. Ich habe erlebt, daß Frauen ihre Schwangerschaft verleugnet haben, bis sie in den Entbindungssaal kamen. Eine hat behauptet, das Baby sei nicht von ihr, weil sie unmöglich schwanger sein könne. Kein Witz. Ich wünschte, es wäre einer. Jedenfalls hat sie mich angefleht, rasch etwas zu unternehmen. Nun, sie war kein Kind mehr, sie war erwachsen genug, um zu wissen, was sie wollte, und schließlich habe ich ihr gesagt, wenn sie den ganzen Tag noch nichts gegessen hätte, könnten wir am Abend noch einen Eingriff vornehmen, aber daß sie wahrscheinlich noch bis Sonntag ziemlich wacklig auf den Beinen wäre und besser in ein Krankenhaus gehen sollte, um sich vernünftig auszuruhen. Sie hat gesagt, daß sie Krankenhäuser nicht ausstehen könne und daß sie zusätzlich zahlen würde, wenn sie sich bei mir in der Praxis ausruhen dürfte. Ich habe das mit Hazel besprochen – das ist – das war – meine Krankenschwester, und dann habe ich ihr gesagt, daß ich ihr für meine Dienste nichts extra berechnen würde, aber daß ich sie bitten müßte, die Überstunden für die Krankenschwester und die Hilfsschwester zu bezahlen. Sie hat gesagt, das wäre kein Problem. Ich habe sie noch mal darauf hingewiesen, daß wir ernste Probleme bekommen würden, falls sie an dem Tag schon etwas gegessen hatte, und sie schwor, dem wäre nicht so.«

»Haben Sie Ihre Leute dabehalten, weil sie mit Komplikationen gerechnet haben?«

Kirk nickte. »Das war möglich. Das ist immer möglich. Kein vernünftiger Mensch nimmt so einen Eingriff vor, wenn er ganz allein ist. Und wie der Zufall es wollte – ja. Es gab Komplikationen.«

»Welcher Art?« fragte Dutch.

Kirk zögerte. Schließlich sagte er langsam. »Zunächst einmal blutete sie ungewöhnlich stark, und dann fing sie auch noch an, sich heftig zu übergeben. Ich wünschte, sie wäre nicht zu mir gekommen. Ich mache keinen Abbruch, wenn die Patientin über den dritten Monat ist – ich finde einfach, es ist nicht sicher, zumindest nicht, wenn man nicht in einem Krankenhaus ist, wo einem ein voller Mitarbeiterstab zur Seite steht. Und man kann es anhand der Untersuchung zwar in etwa abschätzen, aber das ist nicht hundertprozentig. Während des Eingriffs mußte ich feststellen, daß sie mindestens einen Monat weiter war, als sie angegeben hatte. Das ist ein Riesenunterschied. Und außerdem war es erstunken und erlogen, daß sie nichts gegessen hatte. Wenn sie gleich erbrochen hätte, als ich mit der Anästhesie anfing, hätte ich den Eingriff abbrechen können, das hat sie aber nicht, sie hat gewartet, bis ich halb fertig war, und sich *dann* übergeben. Da stand ich dann, nach sechs Uhr abends mit ...« Seine Hände gestikulierten hilflos in der Luft.

»Mit einem Notfall. Was haben Sie dann gemacht?« fragte Dutch.

»Die Krankenschwester angewiesen, ihr eine Spritze Compazine zu geben. Abgesaugt, damit die Atemwege frei blieben. Und den

Eingriff zu Ende gebracht. Man kann nicht einfach mittendrin aufhören. Dann habe ich die Blutung unter Kontrolle gebracht und mich vergewissert, daß Kreislauf und Atmung stabil waren, und bin gegangen, um –«

»Gegangen?« fragte Dutch leise. In seiner Stimme lag offene Feindseligkeit.

»Gegangen. Ich mußte –«

»Darauf kommen wir später zurück. Sie sind also gegangen. Konnten Sie denn nicht sehen, wie weit sie war? Sind Sie denn kein Arzt?«

»Natürlich bin ich Arzt. Ich habe ihr geglaubt und gedacht, daß der Unterschied vielleicht daher kam, daß sie aufgeschwemmt war oder dergleichen – so was kann vorkommen – oder daß sie vielleicht Zwillinge hatte oder so – ich will jetzt nicht in medizinisches Fachchinesisch verfallen, das Sie ohnehin nicht verstehen würden. Und ich bin nicht gegangen, um mich im Country Club zu amüsieren; und auch nicht, um einen draufzumachen, Mr. Detective Van Flagg. Ich bin rüber ins Krankenhaus gegangen, um Visite zu machen – das gehört zu meiner Arbeit. Ich habe Patientinnen, die dort liegen. Dann habe ich in der Cafeteria des Krankenhauses einen Happen gegessen und anschließend Hazel und Daphne ihr Abendessen gebracht, damit sie essen konnten, während ich wieder nach Rountree gesehen habe.«

»Wer –«

Kirk seufzte. »Hazel und Daphne sind die Krankenschwester und die Hilfsschwester, okay? Das habe ich Ihnen jetzt bestimmt schon sechsmal erzählt. Würden Sie es sich bitte jetzt merken? Okay, und dann bin ich eine Weile bei Rountree geblieben, und ihre Reaktionen gefielen mir nicht, deshalb bin ich zurück ins Krankenhaus und habe ein Zimmer für sie herrichten und den OP vorbereiten lassen, für den Fall, daß ich ihn brauchen würde, und während ich noch dort war, ist die Bombe hochgegangen. Während ich meine Arbeit als Arzt machte und versuchte, meine Patientin angemessen zu versorgen.«

»Aber Sie sind weggegangen und haben eine blutende Patientin zurückgelassen, die im Koma lag –«

»Sie blutete nicht, und sie lag nicht im Koma, und Hazel ist eine – Hazel war eine sehr gute Krankenschwester, und ich war nur 500 Meter weit weg.« Plötzlich hielt er inne und sah mich an: »Kennen wir uns?«

»Sie ist Polizeibeamtin«, sagte Dutch.
»Sie sieht aber nicht wie eine Polizeibeamtin aus.«
»Ich bin Polizeibeamtin«, sagte ich und widerstand dem Drang, ihn danach zu fragen, wie eine Polizeibeamtin seiner Meinung nach aussehen müßte. »Wir haben uns gestern nacht schon gesprochen.«
»Ach ja«, sagte er und blickte leicht verlegen.
»Reden Sie weiter, Dr. Kirk, ich will Sie nicht unterbrechen.«
»Also ich wußte, daß Hazel und Daphne mit allen Eventualitäten fertig werden könnten, zumindest lange genug, um mich zu benachrichtigen und zurückzuholen.«
»Okay«, sagte Dutch, »falls nötig, kommen wir später noch mal darauf zurück. Sie haben ein paar Telefonanrufe erwähnt.«
»Ich habe gesagt, daß Hazel, während ich das erste Mal drüben im Krankenhaus war, von einer Frau angerufen worden ist, die angab, meine Frau zu sein, und die ihr gesagt hat, ich hätte ihr die Erlaubnis gegeben, nach Hause zu gehen.«
»Bloß Hazel? Daphne nicht?«
Kirk seufzte erneut. Das machte er ziemlich häufig; das Seufzen war nicht unbewußt. Es wirkte fast so, als ob er ohne Worte damit etwas ausdrücken wollte. »Sie *kannte* Hazel noch nicht mal. Sie hat gesagt: ›Der Doktor hat gesagt, die Schwestern können jetzt nach Hause gehen.‹ Und dann aufgelegt. Also hat Hazel bei Ruthie angerufen –«
»Ruthie?«
»Meine Frau. Und Ruthie hat Hazel natürlich gesagt, daß sie nicht angerufen hatte. Als ich zurückkam, hat Hazel mir davon erzählt. Aber – sehen Sie – wir kriegen hin und wieder seltsame Anrufe. Und ich habe das nicht wichtig genommen. Nicht zu dem Zeitpunkt.«
»Wer also hat denn dann angerufen?«
»Detective Van Flagg, ich habe Ihnen schon erzählt –«
»Sie haben mir erzählt, daß Sie Ihre Frau nicht gebeten haben, diesen Anruf zu tätigen. Das weiß ich. Ihre Frau hat mir bestätigt, daß sie es nicht war. Wer dann?«
»Wie zum Teufel soll ich das wissen? Ich habe Ihnen doch gerade gesagt, daß wir gelegentlich seltsame Anrufe hatten. Hören Sie, schließlich sind *meine* Mitarbeiterinnen getötet worden, und *mein* Eigentum zerstört –«
»Und Ihre Patientin getötet?«

Kirk war offensichtlich mittlerweile so wütend, daß er gleich aus der Haut fahren würde, und brüllte: »Jawohl! Und meine Patientin! Und Sie führen sich auf wie –«

»Ach, was soll's,« sagte Dutch. »Gehen Sie in das Zimmer gegenüber und sagen Sie der Sekretärin, daß ich gesagt habe, sie soll Ihre Aussage aufnehmen. Wenn sie die geschrieben hat, bringen Sie sie mir.«

Kirk stürmte auf den Flur. »Was ist denn?« fragte ich Dutch. »Ich hatte den Eindruck, daß du ihn schikanierst.«

Dutch lehnte sich zurück und legte die Füße auf seinen Schreibtisch. »Gegen zehn Uhr gestern nacht - sagt er - hat jemand in der Praxis angerufen. Diese Person hat mit Hazel Chapman gesprochen, der Krankenschwester, und behauptet, Dr. Kirks Frau zu sein und daß Dr. Kirk gesagt hätte, die Schwestern könnten jetzt gehen - so hat sie es ausgedrückt, keine Namen, bloß ›die Schwestern‹. Kirk sagt, seine Frau habe nicht angerufen und er habe niemanden sonst mit einem solchen Anruf beauftragt. Ich vermute mal, daß die Anruferin nicht gewußt hat, daß eine Patientin im Gebäude war, und sie hat nicht gewußt, daß eine Hilfsschwester dort war - sie hat einfach geglaubt, daß dort Krankenschwestern dabei waren, Inventur zu machen oder so was, und wenn die erst raus waren, würde das Gebäude menschenleer sein, so wie üblich nachts oder an den Wochenenden.«

»Dutch, das klingt ja so, als ob du glaubst, daß das eine Brandstiftung auf Bestellung war, ein Versicherungsbetrug. Du meinst doch wohl nicht –«

Dutch warf einen Blick auf die Tür. »Ach, eigentlich glaube ich das nicht.«

»Und warum nimmst du ihn dann so in die Mangel? Dutch, ich habe ihn letzte Nacht gesehen, und –«

»Ach, weiß ich doch. Aber ich habe nun mal was gegen Abtreibungen.«

»Ich auch, aber sie sind legal, ob es dir nun gefällt oder nicht. Und du kannst nicht einfach einen Mann unter Druck setzen, bloß weil du was gegen die Arbeit hast, die er tut.«

»Das ist es nicht allein. Zum Beispiel das Gebäude, die Lage. Es - ich weiß nicht, es sieht so schäbig aus.«

Dr. Kirk war noch nicht ganz weg. Er stand in der Tür und sagte: »Wollen Sie wissen, warum ich dieses Gebäude gekauft habe? Mich für diese Lage entschieden habe?«

Dutch sah ihn an. »Möchten Sie es mir sagen?«

Kirk kam wieder ins Zimmer und setzte sich schwerfällig. »Allerdings. Ich möchte es Ihnen sagen. Sie haben was gegen Abtreibungen. Ich habe es gehört. Das ist ein berechtigter Standpunkt. Viele Menschen haben was gegen Abtreibungen. Aber sie sind jetzt legal, und es gibt jede Menge saubere schicke Kliniken für Frauen aus der Mittel- und Oberschicht. Aber die Frauen aus der Unterschicht – die in solchen Gegenden leben, wie die, in der meine Praxis lag – können sich solche sauberen schicken Kliniken nicht leisten. Sie rufen noch nicht mal dort an und fragen, weil sie sich ganz sicher sind, daß sie es sich nicht leisten können. Die spielen noch immer nette kleine Spielchen mit Kleiderbügeln und Stricknadeln. Sind Sie je in einer Notaufnahme gewesen und haben miterlebt, wie eine verblutende Frau reingebracht wird mit einem Kleiderbügel zwischen den Beinen? Oder wie grünlicher Eiter auf ihre Binde sickert, bei einer Körpertemperatur von fast 42 Grad? Ich habe mir einfach gedacht, wenn die Reichen Kliniken dafür haben, sollten die Armen sie auch haben. Deshalb habe ich mich ganz bewußt für diese Lage entschieden, und ich habe mich bewußt für dieses Gebäude entschieden, damit auch arme Frauen zu mir kommen. Damit man gleich sehen konnte, daß ich bezahlbar bin. Damit sie keine Angst hatten, zu mir zu kommen. Wissen Sie was, Mr. Van Flagg? Ich habe auch was gegen Abtreibungen. Ich nehme sie nicht gerne vor. Ich bin Arzt. Ich möchte Menschen helfen. Ich möchte Leben retten. Aber, Mr. Van Flagg, ich habe auch etwas gegen Ungerechtigkeit. Und so wie ich es sehe, rette ich wirklich Leben. Vielleicht nicht gerade die Leben, die Sie gern retten würden – vielleicht sind es dreckige wertlose Frauen, die in verwaschenen karierten Hemden rumlaufen und in verwaschenen gestreiften Röcken und Plastiksandalen, die Mundgeruch haben, weil sie nie zum Zahnarzt gehen, und strähnige Haare, weil sie nie zum Friseur gehen, aber, Mr. Van Flagg, sie sind Menschen, und ich glaube nicht, daß ich das Recht habe, sie wertlos zu nennen. Es sind Menschenleben. Und deshalb tut es mir leid, daß Sie finden, meine Praxis hätte schäbig ausgesehen. Ich habe eine Entscheidung getroffen. Vielleicht war es die falsche Entscheidung. Wenn ja, dann ist das eine Sache zwischen mir und dem Allmächtigen. Aber es war meine Entscheidung, und ich habe sie getroffen, und ich trage die Verantwortung dafür. Und jetzt gehe ich und rede mir Ihrer Sekretärin.«

Wir hörten, wie seine Schuhe hart auf den gefliesten Boden knallten, als er über den Flur ging.

»Tja«, sagte Dutch, »so habe ich das noch nie betrachtet. Was dem einen recht ist, ist dem anderen ...«

»Zu teuer«, schloß ich, als er mit verwirrtem Gesichtsausdruck innehielt. »Dutch, war er sicher, daß dieser Anruf von einer Frau kam?«

»Das hat er gesagt. Er hat gesagt, Hazel habe Mrs. Kirk nicht gut gekannt, aber gemeint, daß die Stimme ihr irgendwie bekannt vorgekommen sei, und zwar so bekannt, daß sie immerhin Mrs. Kirk angerufen hat, um sich zu vergewissern.«

Also war mindestens eine Frau an der Tat beteiligt. Das war nicht völlig überraschend; es hatte schon andere Bombenattentate auf Abtreibungskliniken gegeben, bei denen Frauen beteiligt waren. Der eigentliche Anschlag wurde meist von Männern ausgeführt, weil mehr Männer als Frauen gelernt haben, eine Bombe zu bauen, aber dennoch ...

Ich war mir nicht hundertprozentig sicher, ob dieses Verbrechen nicht ausschließlich von Frauen begangen worden war. Es war vielleicht unwahrscheinlich, aber es war nicht unmöglich.

Ich war froh, daß das nicht mein Fall war. Meiner war schon schwierig genug. Ich ließ Dutch mit seinem allein und wandte mich wieder meiner eigenen Arbeit zu.

Mittlerweile hatte ich Waynes Notizen gründlich genug durchgesehen, um festzustellen, daß er im Hinblick auf die vermißten Frauen alles Erdenkliche getan hatte. Aber ich hatte jetzt auch noch den Fall von Freitag abend, und mußte wieder ganz von vorne anfangen, mit einer hochschwangeren Frau, tot im Graben, ohne Identität und ohne erkennbares Motiv.

Ich rief im Büro der Gerichtsmedizin an und fragte, ob Dr. Habibs Autopsiebericht – Obduktion, verbesserte ich mich; er mag den Ausdruck Autopsie nicht – fertig sei, und wenn ja, wann ich ihn haben könnte. Rose Sprague, die Sekretärin, sagte, daß sie gerade dabei sei, ihn in den Computer einzugeben und daß er in einer halben Stunde fertig wäre. Ob ich nicht rüberkommen wollte und ihn abholen.

Ich wollte.

Ich saß mit einer Cola in einer Snackbar am Camp Bowie Boulevard, um zu lesen und nachzudenken; das neue, größere und funktionalere Polizeigebäude ist genauso ein Tollhaus wie es das alte war, wenn man versucht, ein ruhiges Plätzchen zum Nachdenken zu finden.

Das Opfer war eine weiße Frau gewesen, Alter ungefähr zwanzig, Primipara. Das bedeutete, so erinnerte mich, daß sie ihr erstes Kind erwartete. Größe 1,58 – meine Größe –, Gewicht 70 Kilo. Normales Gewicht, so schrieb Habib in Klammern, lag vermutlich um 55 Kilo – mein Gewicht. Sie hatte meine Statur gehabt. Eine kleine Frau. Braunes Haar, Augenfarbe unbekannt. Sie war gesund und gut genährt gewesen, aber nicht viel in der Sonne, und sie hatte nicht genug Bewegung gehabt.

Todesursache war ein brutaler Schlag auf die rechte Schläfe mit einem kleinen, harten, aber nicht spitzen Gegenstand; der Tod war praktisch auf der Stelle eingetreten.

Zum Zeitpunkt des Todes hatte das Opfer entweder in den Wehen gelegen oder kurz davor gestanden.

Das hatten sie auch in den Nachrichten gemeldet; es stimmte also.

Zahlreiche Prellungen und Abschürfungen an den Füßen; offenbar war das Opfer kurz zuvor eine längere Strecke barfuß gelaufen, und am letzten Tag ihres Lebens hatte sie einen üblen Sonnenbrand bekommen.

Keinerlei Anzeichen eines Kampfes an den Händen. Sie hatte nicht versucht, sich zu wehren; wahrscheinlich wußte sie, daß es sinnlos war.

Also, wenn sie eine längere Strecke zu Fuß gegangen war, dann hatte sie versucht, vor etwas oder jemandem zu fliehen, das oder der nicht allzu weit von der Stelle entfernt war, an der sie gestorben war – jedenfalls zu Fuß erreichbar, und was zum Donnerwetter ist »eine längere Strecke zu Fuß«? Das hängt vom Gesundheitszustand ab, von der Energie, davon, wie weit eine Person normalerweise gewohnt ist zu gehen. Aber sie hatte nicht genug Bewegung gehabt, schrieb Habib, also konnte sie nicht übermäßig weit gegangen sein, besonders wenn die Wehen tatsächlich schon eingesetzt hatten. Wie war die Umgebung – ich holte eine Karte von Fort Worth hervor. Also, vom Fundort aus Richtung Osten war fast alles Watauga. Nach Westen und Süden hin war Stadtgebiet von Fort Worth, und auch nach Norden hin war noch ein kleines Stückchen Stadtgebiet von Fort Worth, bis zu der Stelle, wo die Beach Street auf die Alta Vista Road trifft. Dort beginnt das Gebiet des Sheriffs von Tarrant County, das wiederum nach einer Weile in Keller übergeht.

Ich ging zurück ins Büro und rief die Kollegen in Watauga und Keller an, dann das Büro des Sheriffs und schließlich unsere Einsatzleitung.

Watauga und Keller sagten natürlich völlig wahrheitsgemäß, daß sie knapp an Personal seien, aber unter den gegebenen Umständen ...

Den Ermittlungsbeamten des Sheriffs juckte es in den Fingern, endlich auch an dem Fall mitzuarbeiten. Sie hatten sich übergangen gefühlt.

Und der Einsatzleiter, mit dem ich sprach, sagte, daß er mir ein paar Streifenpolizisten besorgen würde.

Von Haus zu Haus. In diesem Gebiet gibt es viele kleine Neubausiedlungen und ein paar große wie Summerfields; es gibt etliche frei stehende Häuser, Milchfarmen, Gemüsefarmen, Wohnwagen von Leuten, die einfach rauswollten auf ein Stückchen Land und eine Kuh haben, einen Garten und eine Handvoll Kinder.

Es waren nicht viele Leute zu Hause, und keiner von den denen, die zu Hause waren, wußte etwas über eine gewisse Grace, die schwanger war und vermißt wurde. Sie bestätigten uns, daß sie im Fernsehen einiges darüber mitbekommen hatten, aber sie wußten sonst nichts, und nein, niemand hatte vor ungefähr zwei Wochen eine schwangere Frau in Shorts und ohne Schuhe spazierengehen sehen, oder falls doch, so konnten sie sich nicht mehr erinnern, und überhaupt, wie sollten sie sich denn an etwas erinnern, das schon zwei Wochen her war?

Ich fand die Frage völlig berechtigt.

Einen Hinweis bekam ich allerdings. Ein Schnellrestaurant namens »Golden Burger« am Denton Highway hatte einen vernünftigen und aufgeweckten stellvertretenden Geschäftsführer, der mir erzählte, daß er sich vage an eine Frau erinnerte, die vor ungefähr anderthalb Wochen dagewesen war, barfuß und in Shorts, und auf die die Beschreibung paßte. Sie hatte gefragt, ob sie das Telefon benutzen könne. Als man ihr sagte, wo das Münztelefon war, hatte sie gesagt, daß sie kein Geld habe. Sie hatten sie das Geschäftstelefon benutzen lassen. Sie hatte versucht, jemanden anzurufen; entweder war besetzt, oder die betreffende Person war nicht da. Sie hatte eine andere Nummer versucht – und zwar als R-Gespräch –, aber mit demselben Ergebnis, und dann war sie gegangen.

Der stellvertretende Geschäftsführer, ein Mann namens Don Coles, erinnerte sich deshalb an sie, weil sie so müde und aufgeregt gewirkt hatte. Er hatte sie gefragt, ob er sie irgendwohin bringen könne, und sie hatte gesagt: »Ich weiß nicht wohin.«

Er wußte nicht, wo sie danach hingegangen war. Er wußte allerdings, daß sie verängstigt und verwirrt gewirkt hatte und daß er überlegt hatte, ob er die Polizei rufen sollte. Aber Don Coles, der ganze 19 Jahre alt ist, kam zu dem Schluß, daß sie schließlich erwachsen war; sie konnte um Hilfe bitten, wenn sie welche brauchte.

Und er hatte anderes im Kopf und seitdem auch gar nicht mehr an sie gedacht, bis ich ihn danach fragte. Und nein, er konnte mir unmöglich sagen, an welchem Tag das wohl gewesen war.

Es war nicht weit bis zu mir nach Hause, deshalb kaufte ich mir zwei Golden Burger zum Mitnehmen und fuhr heim.

Falls sie gewußt hatte, daß jemand hinter ihr her war, so überlegte ich, warum hatte sie dann nicht einfach die Polizei angerufen? Das hätte doch jeder getan. Vielleicht hatte Coles also doch nicht die richtige Frau gesehen – bloß, wie viele schwangere Frauen laufen im September noch barfuß rum?

Tja, ich wußte es nicht. Vielleicht jede Menge. Vielleicht waren lange Spaziergänge ohne Schuhwerk der neueste Schrei in der Schwangerschaftsgymnastik. Da ich selbst nie schwanger gewesen war, hatte ich nur begrenzte Kenntnisse auf diesem Gebiet. Ich konnte natürlich Vicky fragen, aber Vicky hatte wieder angefangen zu arbeiten und hatte es wahrscheinlich nicht gern, wenn man sie in der Firma anrief.

Also rief ich sie natürlich doch an. Sie ist Sekretärin bei einer Wirtschaftsprüfungsgesellschaft im Stadtzentrum, und die Wirtschaftsprüfungsgesellschaft teilte mir mit, daß Vicky zum Mittagessen war.

Ich hätte es mir denken können. Es war die passende Uhrzeit – mein Magen rief es mir laut und beleidigt ins Gedächtnis.

Ich aß und grübelte.

Ich kann ehrlich nicht behaupten, daß ich eine Theorie entwickelte. Die Theorie gelangte irgendwie in meinen Kopf, wie . . .

Ich weiß noch, wie ich, kurz nachdem ich in den Polizeidienst eingetreten war, einen alten Detective an seinem Schreibtisch sitzen sah. Er hatte den Bericht über einen Einbruch vor sich liegen und hielt eine Plastiktüte mit einem gefälschten Scheck des Ladens, in den eingebrochen worden war, in der Hand. Zwei Stunden saß er so da, las den Bericht immer und immer wieder und betrachtete den Scheck. Dann stand er auf, ging zur Tür raus und kam eine Stunde später mit Billy Joe Martin zurück. Nachdem Billy Joe gestanden hatte, fragte ich ihn, wie er darauf gekommen war. »Ich weiß es nicht«, erwiderte er. »Wenn er nicht gesungen hätte, hätte ich ihn laufen lassen müssen. Ich hatte nichts gegen ihn in der Hand. Es war einfach so, daß ich von jetzt auf gleich plötzlich wußte, wer's gewesen war.«

So war denn auch meine Theorie entstanden. Und das Problem lag darin, daß ich nicht wußte, ob es eine begründete Theorie war, die auf meiner Erfahrung bei der Polizei basierte, oder ob sie sich aufgrund meiner ureigenen psychischen Ausstattung bei mir im Kopf breitgemacht hatte.

Ich aß ein Eis. Und ich brütete vor mich hin.

Harry, der, wie ich vielleicht schon erwähnt habe, Testpilot bei Bell Helicopter ist und manchmal ganz ungewöhnliche Arbeitszeiten hat – wenngleich nicht so ungewöhnlich wie meine – kam hereinspaziert, sah die Hamburgerverpackungen und fragte: »Hast du mir einen verwahrt?«

»Natürlich nicht«, sagte ich. »Wie hätte ich denn wissen sollen, daß du nach Hause kommst?«

»Auf dieselbe Art, wie ich es von dir gewußt habe.«

»Und die wäre?«

»Ich bin in unsere Einfahrt eingebogen und habe deinen Wagen gesehen. Wie läuft's?«

»Beschissen«, erwiderte ich, was ich häufig tue, und er entgegnete, was er ebenso häufig tut: »Tja, es gibt nur einen Detective in der Familie, und so wahr ich hier stehe, ich bin es nicht.« Er schlenderte in die Küche, öffnete die Kühlschranktür, holte ein Stück Käse raus und betrachtete es nachdenklich.

»Ich würde bloß gern wissen *warum*«, sagte ich. »Auch wenn ich nicht weiß, wer sie ist, würde ich bloß gern wissen, warum sie sie umgebracht haben.« Ich hatte die Beine angezogen, den Kopf auf die Knie gelegt, und hörte wie Harry zur mir herüberkam. »Ich glaube, sie haben sie umgebracht, weil sie abgehauen ist«, fuhr ich fort. »Sie haben natürlich versucht, sie zurückzuholen, aber vielleicht hat sie zuviel Krach geschlagen und sie konnten sie nicht zum Schweigen bringen und sie auch nicht wieder ins Auto bugsieren, und deshalb mußten sie sie töten.«

»Hä?« sagte Harry, und ich setzte mich auf und sah ihn an.

»Ich kann mir nur nicht erklären, wieso sie bisher von niemandem zu Hause vermißt wird. Ich weiß nicht – wenn sie sie jetzt nicht umgebracht hätten, hätten sie es wahrscheinlich später getan, aber sie haben sie gerade dort – gerade dann – getötet, weil sie abgehauen war und sie sie nicht zum Schweigen bringen oder wieder zurückschaffen konnten. Klingt das einigermaßen plausibel, Harry?«

»Täte es vielleicht, wenn ich wüßte, wovon du sprichst.« Offenbar stand mir der Kummer ins Gesicht geschrieben, denn er ging um mich herum und fing an, mir den Rücken zu massieren. »Debbie, Debbie, Debbie«, sagte er, und vor lauter Rückenmassage vergaß ich, ihn daran zu erinnern, daß niemand mich Debbie nennen darf. »Natürlich klingt es plausibel. Wenn du es plausibel findest, dann ist es plausibel. Oder?«

»Ich weiß nicht. Ich muß dauernd daran denken – vielleicht sehe ich es so, weil ich so *empfinde*; vielleicht ist das gar nicht der wirkliche Grund. Aber ich muß dauernd daran denken, was jetzt in allen Zeitungen steht ...«

Harry sagte nichts; er massierte mir einfach noch ein Weilchen den Rücken. Dann sagte er schließlich: »Na, was steht denn jetzt in allen Zeitungen?« Er ging um mich herum, nahm die Titelseite, die auf der Couch lag, in die Hand und warf einen Blick darauf: »Flugzeugentführungen. Bombenanschläge. Kidnapping. Mord. Der dritte Weltkrieg vor der Tür. Was du willst. Was meinst du mit ›was jetzt in allen Zeitungen steht‹?«

»Das alles und noch etwas mehr. Babys, Harry. Fällt dir nichts auf? Diese Frauen hatten nur eines gemeinsam. Sie waren alle schwanger. Jetzt überleg doch mal. Vor 16 Jahren, als wir alles versucht haben, um Hal zu bekommen, der ganze Papierkrieg und der ganze –«

»Ja, ja, und sie haben gesagt, wir hätten ihn nicht bekommen, wenn wir nicht schon zwei Babys von ethnischen Minderheiten gehabt hätten, die es offensichtlich bei uns gut hatten. Und wir mußten uns ans Außenministerium wenden und –«

»Genau, und das war vor 16 Jahren. Harry, es gibt einfach keine Babys mehr. Leute, die so verzweifelt sind, wie wir es damals waren, können heute einfach keine Babys bekommen, von nirgendwoher. Eine Zeitlang gab es die vietnamesischen Babys, aber auch diese Quelle ist versiegt, und jetzt –«

»Stimmt, und da hat es doch einen Ring gegeben, der angeblich mexikanische Babys ins Land geschmuggelt hat«, sagte Harry nachdenklich. »Die Leute haben fünf- oder zehntausend Dollar bezahlt und dann doch keine –«

»Doch keine Babys bekommen«, fiel ich ein. »Also – Harry, ich habe in der Zeitung gelesen, daß wenn Babys verfügbar *sind*, ich meine Babys aus dem Ausland, allein schon die legale Abwicklung inzwischen fünf- oder sechstausend Dollar kostet, und dann muß man damit rechnen, daß das Baby krank und unterernährt ist – es gibt Leute, die ganz wild darauf sind, 10 000 Dollar für ein gesundes weißes amerikanisches Baby zu bezahlen. Sie würden sich glücklich schätzen, wenn sie die Gelegenheit hätten. Und ich muß einfach dauernd daran denken, daß Leute bereit sind, alles zu beschaffen, selbst wenn sie dafür töten müssen – und selbst wenn es sich dabei um ein Baby handelt –, wenn andere Leute bereit sind, 10 000 Dollar dafür zu bezahlen. Aber ich bin mir noch nicht sicher, ob ich recht habe. Ich bin emotional zu stark involviert, um klar denken zu können. Ich sollte diesen Fall nicht bearbeiten. Sie sollten mich statt dessen auf die Bombensache ansetzen.«

»Und dann wärst du emotional noch involvierter. Du hast gerade davon gesprochen, was vor 16 Jahren war – da fällt mir noch was ein. In der Zeitung wurde von einem Mädchen berichtet, das an einer illegalen Abtreibung gestorben ist, und ich weiß noch, daß du tagelang geweint hast. Du hast dauernd gesagt: ›Aber sie hätte es nicht tun müssen – wenn sie das Baby nicht gewollt hat, hätte sie es doch einfach mir geben können.‹ Ich habe dir immer wieder klargemacht, daß sie dich doch gar nicht kannte und daß ihr Problem nicht darin lag, daß sie das Baby nicht wollte, sondern daß sie nicht schwanger sein wollte.«

»Dann war ich eben nicht sonderlich logisch.«

»Du bist selten logisch, wenn es um Babys geht.«

»Deshalb sollte ich auch nicht an diesem Fall arbeiten.«

»Oder an der Bombengeschichte«, sagte Harry. »Aber seit wann könnt ihr euch eure Fälle aussuchen?«

»Können wir ja nicht. Das ist das Problem. Aber verstehst du nun, warum ich unsicher bin, ob ich meiner eigenen Meinung trauen kann –«

»Oh, ich glaube, du liegst richtig«, fiel Harry mir ins Wort. »Ich wünschte, ich täte es nicht, aber ich tue es. Weißt du noch vor ein paar Jahren, als ein Baby aus einem Krankenhaus in der Stadt entführt wurde?«

Natürlich wußte ich das noch. Ich hatte an dem Fall gearbeitet. Ebenso wie die Texas Rangers und das FBI und einige private

Detekteien (die unentgeltlich gearbeitet hatten, um das Baby zu finden), und zig andere Stellen. »Ja, ich weiß noch.«

»So ist das, wenn ein Baby entführt wird. Aber diesmal waren es keine Babys; es waren – sind – erwachsene Frauen. So was macht ein paar Tage lang Schlagzeilen, klar, aber dann –«

»Dann ist die Publicity vorbei«, sagte ich. »Und das Interesse und die Betroffenheit lassen nach – und falls das Baby auf dem schwarzen Markt verkauft wird, wird niemand je erfahren, ob das Kind, das vermißt wird, ein Mädchen oder ein Junge ist, und falls die Mutter nie wieder auftaucht, wird niemand es überhaupt je erfahren ...« Ich stockte.

»Niemand wird es je erfahren«, wiederholte Harry. »Genauso ist es. Deb, vielleicht irrst du dich. Aber ich glaube nicht.«

»Nein, ich jetzt auch nicht mehr«, sagte ich. »Ich glaube, ich weiß, was mit den entführten Opfern passiert – ich glaube, sie werden irgendwo eingesperrt, bis ihre Babys geboren sind, und dann werden die Babys verkauft und die Frauen getötet. Ich muß einfach immer daran denken ...« Ich stockte. »Das sage ich oft, nicht?«

»Allerdings«, sagte Harry.

»Aber ich muß einfach immer daran denken, vier Frauen, die uns bekannt sind, werden vermißt, plus die eine, die fast entwischt wäre – das macht für die Art von Verstand, von der wir hier reden, insgesamt 40000 Dollar oder mehr bar auf die Hand; für 40000 Dollar kann man jede Menge Ketten und Vorhängeschlösser und jede Menge billiges, nahrhaftes Essen und eine Hebamme und vielleicht sogar einen Arzt kaufen, und dann bleibt noch immer genug übrig, um es zu verprassen.«

»Und wir reden nur von Fort Worth«, sagte Harry.

»Stimmt. Das sind nur die Frauen, die in Fort Worth vermißt werden. Ich habe weder Dallas, noch Denton, noch die kleineren Städte im Umkreis überprüft, geschweige – aber sie müssen sie irgendwo hier in der Nähe versteckt halten, Harry, weil Grace – wer immer sie war – zu Fuß bis zu diesem Graben gelaufen ist.«

»Wahrscheinlich hast du recht damit, daß sie sie irgendwo hier in der Nähe versteckt halten«, stimmte Harry zu, »außer, sie stammte vielleicht von hier und konnte gleich fliehen, als sie entführt wurde. Aber ich glaube, ich schließe mich der ersten Überlegung an.«

»Das heißt nicht, daß sie sie nicht vielleicht von anderen Orten entführen und sie dann hierherbringen«, fiel ich ein. »Und es heißt nicht ...« Ich nahm den Telefonhörer und rief die Hubschrauberstaffel an und bat darum, daß mich ein Polzeihubschrauber am nächstgelegenen Flugplatz abholen sollte, dem kleinen gleich neben der Beach Street, wo Harry sein Privatflugzeug stehen hat, und ich flog mit dem Hubschrauber und einem geliehenen Fernglas los.

Der Pilot war ein Vietnamveteran, ungefähr so alt wie Harry und ich; er war fast schon so lange bei der Polizei wie ich und die ganze Zeit bei der Hubschrauberstaffel gewesen. »Deb«, sagte er, »wenn Sie mir sagen, wonach Sie suchen, würde ich Ihnen gern dabei helfen.«

»Ich weiß nicht, wonach ich suche«, erwiderte ich. »Ich will alles im Umkreis von fünfzehn Meilen von der Kreuzung Beach Street und Saginaw-Watauga Road - ich meine Great Western Parkway. Langsam und niedrig.«

Er zuckte die Achseln. »Alles klar. Aber ich würde wirklich gern wissen, wonach Sie suchen.«

Wie ich ihm gesagt hatte, ich wußte es nicht. Und er wußte es nicht, und auch wenn wir genau draufgeguckt hätten - was wir, wie sich später herausstellte, tatsächlich taten - hätten wir es nicht erkannt. Also landete er den Hubschrauber schließlich wieder dort, wo ich meinen Wagen stehengelassen hatte, und ließ mich raus, und er flog weiter zur »Scheune«, wie er es nannte, um den Hubschrauber für die nächste Schicht dort abzustellen und selbst nach Hause zu fahren.

Es war vier Uhr vorbei, und ich war völlig ausgehungert, und ich hatte nicht die leiseste Idee, was ich als nächstes tun sollte.

Kapitel 6

Das stimmte natürlich nicht ganz. Ich hatte schon ein paar Ideen; sie kamen mir bislang nur nicht sonderlich gut vor. Jedenfalls rief ich die Einsatzleitung an und bat darum, beim Texas Crime Information Center ausführliche Informationen über sämtliche Vermißtenmeldungen einzuholen, ob die Fälle nun aufgeklärt waren oder nicht, die in den letzten sechs Monaten über schwangere Frauen eingegangen waren. Und ich sagte dem Einsatzleiter, daß eventuelle Antwortschreiben auf meinen Schreibtisch gelegt werden sollten.

Meine sonstigen Ideen waren noch zu unausgereift, zu flüchtig, um sie zu greifen und in die Tat umzusetzen, und überhaupt hatte ich dienstfrei und erinnerte mich nur ungern daran, daß Captain Millner mich in der letzten Zeit diverse Male getadelt hatte, weil ich zu viele Überstunden machte. Nicht, daß er etwas dagegen hatte, daß ich die Stadt Geld kostete, so betonte er; er befürchtete aber, daß ich mich überanstrengte, und ein übermüdeter Cop ist ein leistungsunfähiger Cop. Und nur allzuoft auch ein gefährdeter.

Zumindest hatte er endlich aufgehört, sich den Kopf darüber zu zerbrechen, ob eine Frau ins Sonderdezernat gehörte. Eine ganze Weile war ihm nicht wohl dabei gewesen; tatsächlich hatte er mich überhaupt nur deshalb ins Sonderdezernat versetzt, weil er Angst hatte, daß ich eine Klage einreichen würde, wenn er es nicht täte. Das hätte ich bestimmt nicht getan. Auf so einen Gedanken komme ich erst gar nicht.

Tatsache blieb jedoch, daß ich dienstfrei hatte, und wenn ich nicht wollte, daß ich von meinem Captain unfreundliche Dinge zu hören bekam, sollte ich es lieber bis halb acht Uhr am nächsten Morgen dabei belassen – außer natürlich, ich wurde angerufen.

Also fuhr ich nach Hause, wo Hal in der Küche an der Frühstückstheke stand und sich ein Sandwich mit Erdnußbutter und

Gelee machte. »Hi, Mom«, sagte er und strebte Richtung Hintertür.

»Hal«, rief ich ihm nach.

»Ja?«

»Hast du nicht was vergessen?«

»Was? Ach, du meinst zum Beispiel das Gelee?«

»Zum Beispiel das Gelee«, sagte ich. »Und zum Beispiel die Erdnußbutter. Und zum Beispiel das Brot. Und zum Beispiel deine Hausaufgaben.«

»Meine Hausaufgaben habe ich in der Schule gemacht«, sagte er. »Wir hatten nicht viel auf.« Er schraubte den Deckel auf das Gelee und stellte es zurück in den Kühlschrank. Er schraubte den Deckel auf die Erdnußbutter und stellte sie zurück in die Speisekammer. Er nahm den kleinen verdrehte Verschluß von der Cellophanhülle für das Brot und verschloß damit die Hülle und legte das Brot oben auf die Mikrowelle, wo wir zur Zeit unser Brot aufbewahren. »Die Theke sieht irgendwie krümelig aus, nicht?« sagte er ernst.

»Ja, allerdings.«

Er nahm ein Spültuch und fing an, die Theke abzuwischen. »He, Mom«, sagte er eifrig scheuernd, »wie lange braucht eine Frau, um ein Baby zu bekommen?«

»Das dauert bei verschiedenen Leuten unterschiedlich lange – wieso?«

»Ja?« Er starrte mich verblüfft an. »Ich dachte, es würde immer gleich lang dauern.«

»Ich weiß nicht, ob wir über dasselbe reden«, sagte ich matt. »Wie wär's, wenn du mir etwas genauer erklärst, was du wissen willst.«

»Also, Sammy hat mir erzählt, daß seine Tante ein Baby hat, das zwei Wochen alt ist, und ein Baby, das acht Monate alt ist, und ich habe gesagt, daß ich nicht glaube, daß das geht, weil ich glaube, daß Vicky so ungefähr ein Jahr schwanger war, und er hat gesagt, wer ist Vicky, und ich habe gesagt, meine Schwester, und er hat gesagt, tja, dann müßte Vicky eine Kuh sein, weil nur Kühe ein Jahr lang schwanger sind, und ich hab' ihm eine geknallt.«

»Vicky war nicht ein Jahr lang schwanger. Vicky war neun Monate schwanger, und das ist der normale Zeitraum, und du solltest nicht anderen Leute eine knallen.«

»Na ja, ich habe ihm nicht feste eine geknallt. Ich meine, er hat bloß gelacht, als ich ihm eine geknallt habe. Aber, Mom, seine

Tante kann doch nicht ein Baby haben, das zwei Wochen alt ist, und ein Baby, das acht Monate ist, oder?«

»Wohl kaum«, sagte ich. »Warte mal. Wenn sie ein Baby bekommen hat und gleich danach wieder schwanger geworden ist, und das zweite sehr früh gekommen ist, dann könnte es wohl gehen, aber ganz knapp.«

»Ist ein Baby von acht Pfund früh? Weil Sammy gesagt hat, daß das Baby gut acht Pfund gewogen hat. Oder so. Vielleicht waren es auch knapp sieben.«

»Zwischen gut acht und knapp sieben besteht ein gewisser Unterschied, Hal.«

»Ach, ich weiß es nicht mehr. Es war irgendwas um den Dreh.«

»Ein Baby von acht Pfund ist keine Frühgeburt. Wahrscheinlich auch eins von knapp sieben nicht. Das ist sehr interessant ... Hal, weißt du, wie Sammys Tante heißt?«

»Nee. Er nennt sie Tante Chrissie.«

»Könntest du das vielleicht rauskriegen? Wohnt sie hier in der Gegend?«

»Nee. Ich meine, ich könnte es rauskriegen, aber sie wohnt in Kanada.«

»Sie wohnt in Kanada.«

»Ja. Und sie ist eine Pflegemutter oder so was. Was ist eine Pflegemutter?«

»Das bedeutet, daß die Babys nicht ihre eigenen sind. Und das bedeutet, daß Sammy dich auf den Arm genommen hat. Denk nicht mehr drüber nach.«

»Du meinst, sie hat sie adoptiert?«

»Nein, eine Pflegemutter kümmert sich um Kinder, wenn deren richtige Eltern das nicht können, aber die richtigen Eltern können die Kinder später wahrscheinlich zurückbekommen.«

»Oh. Ich glaube, ich werde Sammy noch eine knallen. Und diesmal feste.«

»Es wäre mir lieber, wenn du Sammy keine knallen würdest.«

»Wieso? Meinst du, er haut zurück?«

»Hal, du bist eine Pfeife«, sagte ich, und er lachte und trollte sich von dannen, während ich darüber nachdachte, ob *er* vielleicht *mich* auf den Arm genommen hatte. Schließlich ist er schon fast sechzehn.

Ich war nicht wirklich in Sorge, daß er und Sammy sich schlagen könnten; sie sind seit Jahren die dicksten Freunde. Aber er hatte mir etwas zum Nachdenken gegeben – ja, er hatte mir tatsächlich etwas zum Nachdenken gegeben, und ich dachte intensiv darüber nach, bis sechs Uhr, als Harry nach Hause kam, mich daran erinnerte, daß Montag war, und mich fragte, ob ich Lust hätte, Bingo zu spielen.

Da Hal mich um Viertel vor sechs angerufen und gefragt hatte, ob er mit Sammy Rollschuhlaufen gehen dürfte, wenn er versprach, um halb zehn zu Hause zu sein und dann direkt ins Bett zu gehen, sagte ich, daß ich wohl mit Harry Bingo spielen würde. Und natürlich mit den anderen Mitgliedern des Elk Clubs.

Also saß ich schließlich in der rauchgeschwängerten Halle der eleganten alten Villa, die zur Elks Lodge von Fort Worth umfunktioniert worden ist, und spielte Bingo, während Harry herumtigerte und Bingokarten verkaufte und hin und wieder mal einen Blick über meine Schulter warf, um festzustellen, ob ich gewann. Natürlich gewann ich nicht. Ich gewinne nie beim Bingo. Aber in der Pause ging ich ganz brav mit den anderen Elks-Frauen herum und verkaufte Süßigkeiten und Hot dogs und Popcorn und Nachos und Cola und Bier und Kaffee an die Bingospieler und rechnete soviel Wechselgeld im Kopf aus, daß mir schwindelig wurde, und dann ging ich auf die Toilette und mußte mich übergeben. Ich suchte in meiner Handtasche nach Antiacida und fand keine, also verließ ich die Toilette und kaufte mir eine sehr große Cola und drei Tüten Kartoffelchips, um meinen Magen zu beruhigen – ich habe nie behauptet, daß ich vernünftig bin –, und schließlich konnte ich irgendwann nach zehn Uhr nach Hause, um mir den Rauch aus den Haaren zu waschen. Als ich ankam, saß Hal natürlich im Wohnzimmer vor dem Fernseher.

Ich wurde nicht um zwei Uhr früh rausgeklingelt. Auch nicht um drei oder um vier oder überhaupt. Ich stand um Viertel nach sechs auf und ging in die Küche und machte Hafergrütze zum Frühstück, die natürlich keiner aß – wieso mache ich eigentlich Hafergrütze? –, und dann fuhr ich ins Büro, wobei ich unterwegs anhielt, um mir ein Brötchen mit Wurst zu kaufen, weil ich nämlich auch keine Hafergrütze mag.

Auf meinem Schreibtisch lagen mehrere Computerausdrucke.

In Garland vermißte man seit Juli Lucy Waters, im achten Monat schwanger. In Plano vermißte man seit August Katherine Irving, Ende des siebten Monats. In Denton vermißte man seit Juli Elise Tarcher, im achten Monat schwanger. In McKinney vermißte man seit August Ruth Lewis, im achten Monat schwanger. In Sherman vermißte man seit dem 3. September Mary Grace Hammond, im achten Monat schwanger. In Dallas vermißte man seit Juni Edwina Foherty, im achten Monat, und seit August Carley McLain, Ende des achten Monats, und man fragte sich, was los war.

Ich blieb zunächst bei Sherman hängen. Mary *Grace* Hammond? 3. September? War Mary oder Grace ihr Rufname gewesen?

Ich rief in Sherman an und sprach mit dem stellvertretenden Leiter der dortigen Polizei. Er sagte, daß er zwar meinte, es zu wissen, mir aber nichts Falsches erzählen wollte und deshalb lieber im Bericht nachsehen und mich zurückrufen würde. Er sagte, er würde sich so schnell wie möglich wieder bei mir melden, weil Entführungen in Sherman nicht gerade an der Tagesordnung waren und niemand sonderlich glücklich darüber war.

Das Muster. Man hätte das Muster schon vor langer Zeit entdecken müssen, aber das hatte niemand getan, weil er es ausgedehnt hatte, weil er in verschiedenen Städten zugeschlagen hatte. Das hätte eigentlich nichts zur Sache tun dürfen, nicht soviel zumindest. Wenigstens hätten uns die Zeitungsmeldungen auffallen müssen, wenn schon nichts anderes, aber ... Warum nach Entschuldigungen suchen? Wir hatten Mist gebaut, weil wir getrennt gearbeitet hatten, wir Cops im Norden und Nordosten von Texas; wir hatten unsere Informationen nicht verglichen, wie wir es hätten tun sollen und es auch normalerweise tun.

Aber das konnte kaum der einzige Grund sein. Sieben Frauen in der weiteren Umgebung und vier in Fort Worth. Die vier in Fort Worth hatten alle Ehemänner, sehr besorgte Ehemänner, aber von den verbleibenden sieben waren vier nicht als entführt, sondern lediglich als vermißt gemeldet, mit der implizierten Möglichkeit, daß sie freiwillig verschwunden waren. So war Lucy beispielsweise erst 16 Jahre alt und hatte einen heftigen Streit mit ihren Eltern gehabt; daß sie weggelaufen war, klang absolut plausibel. Katherine hatte einen Mann und einen guten Arbeitsplatz, aber sie hatte ihren guten Arbeitsplatz verloren und war darüber furchtbar empört gewesen; sie hatte das Baby von vornherein nicht sonderlich gewollt, meinte ihr Mann, der noch hinzufügte, daß sie ihn in letzter Zeit offenbar auch nicht mehr sonderlich wollte. Außerdem war ihr Wagen bisher nicht gefunden worden. In Plano war man von einem möglichen Selbstmord mit fehlender Leiche ausgegangen.

Und die anderen – tja, es ging so weiter.

Nach dem, was ich dem Computerausdruck entnehmen konnte, sah es nicht danach aus, daß intensiv nach Mary Grace Hammond gesucht wurde.

Sie war unverheiratet, sie war zwanzig, und sie hatte ein Vorstrafenregister.

Aber Chief Ellis hatte von einer Entführung gesprochen, und er hatte verärgert geklungen. Also nahmen sie es wenigstens einigermaßen ernst.

Das Telefon auf meinem Schreibtisch klingelte. »Ellis, Sherman«, sagte eine prägnante Stimme. »Ich hatte recht. Ihre Freunde nannten sie Grace. Zu Hause war sie immer noch Mary Grace, aber auch nur da.«

»Lassen Sie hören. Alles, was Sie haben. Ich glaube, wir haben sie hier.«

»Lebend?«

Doch dann beantwortete er seine Frage selbst. »Nein, sonst würden Sie nicht so fragen. Okay. Sie war 20 Jahre alt, im Juli geworden. Sie hatte ein kleines Vorstrafenregister – hauptsächlich Trunkenheit und Erregung öffentlichen Ärgernisses, nichts Ernstes, keine Prostitution oder dergleichen. Sie hat bei einer Tante gewohnt. Ihr Freund – sie wollten heiraten – ist vor einer Weile wegen Einbruchs verhaftet worden und sitzt jetzt in Huntsville seine Strafe ab; sie hatten die Hochzeit bis zu seiner Rückkehr verschoben. Klar.«

»Klar«, stimmte ich zu. »Ist er der Vater?«

»Vermutlich. Zumindest waren beide übereinstimmend der Meinung, daß er es ist, und ich will da nicht widersprechen. Jedenfalls war sie häuslicher geworden und hat in einer Tagesstätte gearbeitet, bis der Arzt ihr vor zwei Monaten gesagt hat, daß sie viel liegen und sich etwas mehr schonen sollte. Sie hatte ein paar gesundheitliche Probleme.«

»Bevor wir weiterreden«, schlug ich vor, »sollten wir versuchen, festzustellen, ob wir beide dieselbe Grace haben. Größe?«

»1,58. Wog ungefähr 67 Kilo, als sie verschwand – davor lag ihr Gewicht bei 57 Kilo, aber Sie wissen ja, wie das geht.«

»Das paßt. Haar- und Augenfarbe?«

»Braun und blau.«

»Das Haar war braun. Augenfarbe war nicht mehr festzustellen.«

»So schlimm?«

»So schlimm«, entgegnete ich, und er sagte: »Scheiße.«

Und dann fügte er hinzu: »Okay, ich kann Ihnen noch ein paar Anhaltspunkte geben. Sie hat einen Ehering getragen – sie waren zwar nicht verheiratet, aber sie, na ja, sie war ein bißchen schüchtern, verstehen Sie, und sie fand, das sähe besser aus. Ansonsten kein Schmuck bis auf ein Fußkettchen.«

»Bingo«, sagte ich. »Stand ihr Name drauf?«

»Wo drauf?«

»Auf dem Fußkettchen.«

»Oh«, sagte er, »tja, irgendwie schon. Nicht der ganze Name. Bloß ›Grace‹. Hatte ihr Freund ihr geschenkt.«

»Habt ihr Fingerabdrücke von ihr?«

»Wir haben Fingerabdrücke von ihr.«

»Könnten Sie sie herbringen, oder soll ich sie lieber abholen kommen?«

»Habt ihr die Leiche immer noch? Ist sie noch nicht beerdigt worden oder so?«

»Wir haben die Leiche immer noch.«

»Ich bringe Ihnen die Abdrücke. Ich würde sie mir gerne ansehen. Ich glaube, ich könnte sie wiedererkennen.«

Das bezweifelte ich – ich bezweifelte, daß sie überhaupt noch jemand wiedererkennen würde – aber ich sagte, das wäre eine gute Idee, und er brauchte ungefähr zwei Stunden, um von Sherman herzukommen, was hieß, daß er ziemlich schnell gefahren sein mußte. Aber natürlich ist die Wahrscheinlichkeit, einen Strafzettel zu bekommen, wesentlich geringer, wenn man einen Streifenwagen fährt.

Wir gaben die Karte mit den Fingerabdrücken bei unserem Erkennungsdienst ab, dem es gelungen war, von drei Fingern lesbare Abdrücke zu nehmen, und dann gingen Chief Ellis und ich hinüber ins Leichenschauhaus. Dr. Habib schien außer Haus zu sein, und es gab keinen Grund, die anderen Pathologen hinzuzuholen; wir baten einen Mitarbeiter vom Leichenschauhaus, uns die Leiche zu zeigen. Ellis betrachtete sie und sagte: »Tja, hundertprozentig kann ich es nicht sagen, aber sie sieht mir verdammt nach Mary Grace aus. Und ich habe sie gekannt, seit sie sechs Jahre alt war.«

»Hatte sie schon so früh Ärger mit der Polizei?«

»Nein, nein. Ich wohne gleich neben ihrer Tante.«

»Oh«, sagte ich. Mehr gab es wohl auch nicht zu sagen.

Er wandte sich ab und murmelte: »Ich hätte nie gedacht, daß die hübsche Kleine mal so enden würde«, und ich folgte ihm nach draußen und schloß die Tür und überließ den Leichenwärter seiner Aufgabe, die Leiche wieder wegzubringen.

Wir begegneten Dr. Habib auf dem Gang.

»Ich dachte, Sie wären irgendwo unterwegs«, sagte ich zu ihm.

»Ich war nur mal kurz raus, um einen Joghurt zu essen«, sagte er. »Selbst Gerichtsmediziner müssen hin und wieder was essen.«

»Dr. Habib, das ist der stellvertretende Leiter der Polizei in Sherman, Chief Ellis«, sagte ich. »Anscheinend haben wir Grace identifiziert.«

»Wie denn das?« Er klang skeptisch. Ich nahm es ihm nicht übel.

»Bob sieht sich gerade ihre Fingerabdrücke an, aber das Fußkettchen und alles andere paßt.

»Sagen Sie mir Bescheid, wenn Sie sicher sind.«

Das war eine überflüssige Bitte. Natürlich würden wir ihm Bescheid sagen, wenn wir sicher waren. Er brauchte diese Information, um seine Berichte abzuschließen, ganz zu schweigen von der Sterbeurkunde.

Wieder zurück im Präsidium gingen wir schnurstracks zum Erkennungsdienst, wo Bob Castle uns das mitteilte, dessen wir uns ohnehin schon ziemlich sicher waren. Unsere Grace war Mary Grace Hammond, 20 Jahre alt, aus Sherman, Texas. Sie war seit über drei Wochen vermißt worden, bevor sie tot aufgefunden wurde – und mittlerweile hatte Dr. Habib uns gesagt, daß sie kaum länger als eine Woche tot gewesen sein konnte, als sie gefunden wurde.

Ergo war sie irgendwo lebendig festgehalten worden. Und dieser Ort lag so nah an meinem Haus, daß er von dort zu Fuß zu erreichen war.

Ich rief Dr. Habib an und nannte ihm den Namen, und dann setzten Ellis und ich uns hin und sprachen über den Fall und über Grace. Er legte mir alles vor, was Sherman darüber hatte; ein paar Dinge kamen mir seltsam vor. Ich wies ihn darauf hin, und er stimmte zu, daß sie seltsam waren, und irgendwie, ohne daß ich selbst recht wußte wieso, fiel die Entscheidung, daß ich Mittwoch morgen nach Sherman fahren würde, um mit Clara Hammond zu sprechen. Sie war die Tante – eigentlich Großtante –, bei der Mary Grace Hammond aufgewachsen war.

Mir blieb noch immer ein Teil des Dienstagnachmittags, und ich hatte noch immer die nebulöse Idee, die ich am Montag verfolgt hatte. Ich sah im Telefonbuch nach und rief dann beim Standesamt von Tarrant County an, um eine Auskunft zu bekommen. Die erste Person, mit der ich sprach, sagte, sie könne mir auf keinen Fall weiterhelfen, und verwies mich an einen gewissen John Christmas, der mir einigermaßen erstaunt mitteilte, daß er keinerlei Informationen darüber hatte, wie viele Babys pro Jahr in Tarrant County geboren werden.

»Wieso nicht?« fragte ich. »Führt das Standesamt denn keine Statistiken mehr darüber? Früher hat es das aber.«

»Früher, so fürchte ist, ist genau das entscheidende Wort«, erwiderte er. »Jede Stadt führt ihre eigenen Bevölkerungsstatistiken. Wir haben hier nur Unterlagen über die nicht eingemeindeten Orte in Tarrant County.«

»Ah ja?« sagte ich. »Seit wann denn das?«

»Oh, meine Güte, das ist schon lange so. Seit 1972, glaube ich.«

»1972?« Na schön, zugegeben, daß ich eine Geburtsurkunde gebraucht hatte, lag schon länger zurück.

»Höchstwahrscheinlich«, fuhr er fort, »können Ihnen die Standesbeamten von Fort Worth weiterhelfen.« Er nannte mir die Nummer, und ich rief dort an. Dort sagte man mir, daß pro Jahr in Fort Worth ungefähr 10000 Geburten gemeldet werden.

Diese Zahl bezieht sich nur auf das Stadtgebiet von Fort Worth. Dabei unberücksichtigt sind die nicht eingemeindeten Ortschaften, oder die kleineren Städte wie Richland Hills und North Richland Hills und White Settlement und Teile von Arlington, die in das Gebiet von Tarrant County fallen, und ...

Ich bedankte mich, legte auf und kramte meine Kopfschmerztabletten aus der Schreibtischschublade. Ich hatte plötzlich den Eindruck, daß ich eine brauchte.

Dann rief ich Captain Millner an und fragte ihn, ob er mir schon die Streifenbeamten besorgt hatte, die mir helfen sollten. Er sagte, daß sie sich morgen zum Dienst melden würden. Ich erklärte ihm, daß ich morgen früh nach Sherman fahren würde, und dann erzählte ich ihm, mit welcher Arbeit die Beamten anfangen sollten.

»Deb, Sie sind verrückt.«

Das sagt er hin und wieder zu mir, wenn ich meine genialen Einfälle habe. Clint Barrington hat das auch immer zu mir gesagt. Manchmal bekomme ich angesichts der Ergebnisse meiner Einfälle das Gefühl, daß sie vielleicht doch recht haben könnten. Aber meistens kommt bei diesen verrückten Einfällen was heraus. Na ja, sozusagen. Na ja, manchmal liefern sie mir ein paar nützliche Informationen.

Dieser hier, das mußte ich zugeben, war schon ein dicker Hund. Und ich wußte noch nicht einmal genau, was ich mit den ganzen Informationen anfangen sollte, wenn ich sie erst beisammen hatte.

Ein entsprechendes Computerprogramm wäre eine große Hilfe. Roddy Anderson, einer der Computerspezialisten in der Stadtverwaltung, ist ein alter Freund von mir. Forsch raffte ich mich auf und ging zu Fuß zum Rathaus, das etwa sechs Blocks entfernt liegt, um mit Roddy zu reden, der sagte: »Deb, du bist verrückt.«

»Ja, aber kannst du das hinkriegen?«

Roddy und ich sind zusammen zur Schule gegangen. Wir kennen uns viel länger, als ich zugeben möchte. Deshalb meint er, er hätte das Recht, mir mir zu reden, als wäre er mein Bruder, und genau das tat er jetzt. »Ja natürlich kann ich das hinkriegen, aber das ist mal wieder so eine spleenige Idee von dir. Was denkst du dir eigentlich dabei? Ich dachte, du wärst ein Cop und keine Statistikerin. Und wer soll deiner Meinung nach all die Informationen eingeben, damit ich sie sortieren kann?«

Ich erklärte ihm, daß ich mir drei Streifenbeamten ausgeliehen hatte, und er sagte: »Ach du Scheiße! Und wer zeigt ihnen, wie das geht?«

»Tja, wenn du es *mir* beibringen würdest, könnte ich –«

Er fluchte erneut und erklärte mir, daß er das Programm sehr benutzerfreundlich gestalten würde, und er würde sehen, was sich machen ließe, im Hinblick auf verfügbare Terminals und Rechner, aber, so fragte er, hatte ich überhaupt eine Vorstellung davon, wie lange das Ganze dauern würde? Ich erwiderte, daß ich hoffte, der Einfall mit dem Computer würde alles beschleunigen, und er sagte: »Oh, das wird er, das wird er, bloß du mußt erst sämtliche Daten *eingeben*. Deb, 20 000 –«

Ich wies ihn darauf hin, daß es keine 20 000 sein würden, und er sagte, »Wenn es allein für Fort Worth 10 000 sind, macht das für den Rest des Großraums mindestens noch mal 10 000.«

»Roddy, das war für ein ganzes Jahr«, widersprach ich. »Ich will nur, warte mal, März bis September, sieben Monate. Eigentlich nicht ganz sieben Monate.«

»Na, ist ja ein Kinderspiel, du brauchst also nur 12000 statt 20000. Das macht die ganzen Eingaben natürlich ungeheuer simpel.«

»Du mußt dich nicht gleich aufführen wie ein Dobermann.«

»Wie ein *was*?«

»Wie ein Dobermann. Die sehen auch immer so – so – entsetzt aus, irgendwie.«

»Wie kommst du denn jetzt auf Dobermänner?«

Den Dobermann-Ausdruck auf Pats Gesicht zu erklären hätte zu weit geführt. »Egal, ich glaube, ich bin zu müde«, sagte ich. »Also, kriegst du es nun hin?«

»Ja, Deb. Okay, wollen mal sehen. Wie viele Daten willst du genau pro Eintrag?«

»Name der Mutter. Name des Vaters. Geburtsdatum. Geburtsort. Name des Gynäkologen oder der Hebamme. Das ist doch eigentlich nicht viel, oder?«

»Nein. Und du würdest sie gern unter all diesen Rubriken sortieren können?«

»Ja.«

»Okay, dann mache ich das Programm folgendermaßen«, sagte er. »Wie schon gesagt, ich mache es so benutzerfreundlich wie möglich. Das brauchst du doch, richtig?«

»Ich glaube ja.«

»Dann baue ich einen Prompt ein. Die Einträge werden numeriert. Und bei jedem Eintrag wird das Programm nach jeder dieser Informationen fragen und erst zur nächsten übergehen, wenn es entweder einen Namen oder ein ›unbekannt‹ in dieser Rubrik bekommen hat. Auf diese Art können deine Leute nichts durcheinanderbringen oder übersehen. Ganz im Ernst, wenn das alles ist, sind die Daten wahrscheinlich schneller eingegeben als beschafft. Ich weiß bloß nicht, was du dann damit anfangen willst, Deb.«

»Roddy, ich weiß auch nicht, was ich dann damit anfangen will. Ich weiß nicht, ob ich überhaupt was damit anfangen kann. Vielleicht verschwende ich nur jede Menge Zeit und Geld. Aber ich muß es versuchen.«

»Ich weiß, Deb. Ich weiß, daß du es versuchen mußt.« Er nahm sich ein großes Blatt Papier, das so ähnlich aussah wie Millimeterpapier, und kritzelte etwas darauf. »∅∅∅1.∅∅∅1«, konnte ich noch erkennen, bevor er zu mir herübersah und gereizt sagte: »Geh jetzt. Ich muß nachdenken.«

Also ging ich. Obwohl mir Captain Millner die Erlaubnis gegeben hatte, sah es die Stadt in letzter Zeit ganz und gar nicht gern, wenn die Polizei Überstunden machte, außer sie waren absolut unvermeidlich. Selbst wenn wir freiwillig umsonst arbeiteten, keine Überstundenbezahlung, kein Abfeiern, nichts in den Akten, sah die Stadt das immer noch nicht gerne. Und man wußte, daß die Lieutenants und Captains nach vier Uhr nachmittags durchs Haus wanderten und alle Mitarbeiter der Tagesschicht rausscheuchten.

Ich fuhr nach Hause, aß zu Abend und brachte Hal dann zu einem Pfadfindertreffen, wobei ich mir wünschte, er hätte sich für eine Pfadfindergruppe entschieden, die nicht so weit weg war und einer Kirche angehörte, in der ich mich wohler fühlte. Was störte ihn denn eigentlich an den *Elks,* fragte ich mich.

Aber er hatte mir entschlossen klargemacht, daß die ihm einfach nicht gefiel. Und das ich das nun mal akzeptieren mußte.

Clara Hammond bewegte sich langsam, wie es zu einer Frau paßte, die, wie sie mir stolz erzählte, 83 Jahre alt war. Sie war eine große Frau, nicht bloß dick, sondern stattlich. Sie wäre auch stattlich gewesen, wenn sie nicht dick gewesen wäre. Sie trug eine Dreistärkenbrille mit Goldrand, und ihre Zähne hatten den allzu gleichmäßigen perligen Glanz alter Gebisse, doch in ihrem Haar war noch immer ebensoviel Schwarz wie Grau. Sie trug Stützstrümpfe, und ihre geschwollenen Knöchel waren mit elastischen Bandagen umwickelt. Sie stützte sich schwer auf einen schwarzen Holzstock. Aber ganz offensichtlich war sie nur körperlich alt.

Ihr Haus war noch älter als sie. Als ich in die kleine, vollgestopfte Diele trat, fiel mein Blick auf eine dunkle Treppe, die nach oben führte. Rechts und links von mir waren Türen; die Tür zu meiner Rechten stand offen, und in dem Spalt klemmte ein aufgeschlagenes voluminöses Wörterbuch, während überall in der Diele unterschiedlich hohe Bücherstapel herumlagen. Durch die offene Tür konnte ich vier Bücherwände ausmachen und weitere Stapel mit Büchern auf dem Boden.

Sie führte mich durch die rechte Tür, in einen Raum voller wackeliger viktorianischer Möbel. Die Arm- und Rückenlehnen von Sesseln und Sofas waren säuberlich mit Möbelschonern überzogen, und auf jeder verfügbaren Stellfläche standen kleine gerahmte Fotografien, die meisten davon schwarzweiß; zartes chinesisches Porzellan stand dicht gedrängt. »Setzen Sie sich«, sagte sie, und ich setzte mich.

Ich hatte eine Großtante gehabt, deren Haus ganz wie dieses ausgesehen hatte. Das erzählte ich ihr. Sie lächelte nicht; sie brummte vor sich hin und sagte dann: »Ich nehme an, alle Häuser von alten Damen sehen irgendwann gleich aus.«

Meine Großtante, so sagte ich ihr, hatte allerdings nicht *ganz* so viele Bücher.

Wieder brummte sie. »Sind Sie hergekommen, um mit mir über mein Haus und meine Bücher zu sprechen oder über meine Großnichte?«

Ich erwiderte, daß ich über Grace sprechen wollte, und sie sagte: »Dann lassen Sie uns auch über Mary Grace sprechen. Was möchten Sie wissen?«

»Sind Sie –«

»Von Ihrem Tod in Kenntnis gesetzt worden? Ja, Sergeant – Verzeihung, *Chief* – Ellis, hat es mir gestern abend gesagt. Etwas anderes hatte ich nicht erwartet. Sie wäre nicht drei Wochen weggeblieben, ohne nach Hause zu kommen oder zumindest anzurufen, um mich um Geld zu bitten. Ich wußte, daß sie tot ist.«

»Sie hat bei Ihnen gewohnt –«

»Seit dem Tod ihrer Mutter, da war sie sechs Jahre alt. Und es wäre leicht für mich zu sagen, Mary Grace war so, wie sie war, weil sie einen Schuft zum Vater hatte, aber das kann ich nicht behaupten. Die Wahrheit ist, daß Mary Grace so ist – war, wie sie war, weil sie selbst bestimmte Entscheidungen getroffen hat. Aber das ist ja wohl meistens so, oder?«

Ich pflichtete ihr bei, daß das meistens so ist, und Clara Hammond seufzte. »Das möchten Sie aber nicht wissen. Sie möchten etwas über den 3. September wissen. Also gut. Es fing schon früher an, sagen wir, in der letzten Augustwoche. Mary Grace war ganz aus dem Häuschen. Sie hatte ihren Freund angerufen, und die beiden hatten eine Weile miteinander geredet, und dann kam sie herein und erzählte mir, daß sie beschlossen hatte, das Baby zur Adoption freizugeben. Das war natürlich die richtige Entscheidung, und ich hatte ihr das auch schon gesagt, aber – sie war aufgekratzt. Das konnte man sehen. Sie war wirklich ganz aus dem Häuschen – habe ich das schon erwähnt? Egal. Sie war aufgekratzt. Und sie ist ein paarmal hier zu Hause angerufen worden, und dann ist sie am 3. September früh am Morgen fort und hat gesagt, sie käme später wieder.«

»Ist sie gefahren oder zu Fuß gegangen?«

»Sie ist zu Fuß gegangen. Sherman ist eine kleine Stadt. Es gibt kaum einen Ort, den man nicht zu Fuß erreichen kann.«

Ich sagte, das sei mir schon aufgefallen, und Miss Hammond sagte: »Nun, was möchten Sie noch von mir hören? Sie ist fortgegangen und nicht wiedergekommen, das ist alles. Sie ist einfach – nicht wiedergekommen.«

»Hat die Polizei hier ihr Zimmer untersucht?«

»Wozu? Sie ist ja nicht aus dem Haus verschwunden.«

»Nein, aber vielleicht hat sie etwas aufgeschrieben. Würde es Ihnen etwas ausmachen, wenn ich . . .«

Miss Hammond seufzte erneut. »Ms. Ralston«, sagte sie, »sehen Sie sich all diese Bilder an. Wie waren eine sehr große Familie, früher einmal. Aber – es geschieht soviel. Man kann kaum sagen, wie es geschieht. Bloß daß die sehr große Familie immer kleiner und kleiner und kleiner wurde, und dann, eines Tages, war niemand mehr übrig außer Mary Grace und mir. Jetzt ist niemand mehr übrig außer mir, und ich bin 83. Gehen Sie sich Mary Grace' Zimmer ansehen. Die Treppe hinauf und dann rechts. Sehen Sie sich ruhig alles an, und nehmen Sie mit, was Ihnen helfen könnte. Es ist ohnehin nicht mehr wichtig.«

Kapitel 7

Grace' Zimmer war ein Sammelsurium von alten Möbeln. Keine Antiquitäten, bloß alte Möbel. Ich hatte das Gefühl, daß die alte Frau und das Mädchen alles, was in diesem Haus von Wert gewesen war, schon längst verkauft hatten, um ihren Lebensunterhalt zu bestreiten. Ein schmales Bett mit Metallrahmen stand mitten im Zimmer, das Kopfende unter einem offenen Fenster. Das Bett war ungemacht, die Tagesdecke war zurückgeschlagen und ließ ein blaues Federbett und blaue Laken sehen. Erstaunlicherweise war das Zimmer trotz der Enge, die zu viele Möbel in einem zu kleinen Raum verursachen, eigentlich recht sauber. Und Grace hatte es offensichtlich selbst sauber halten müssen; ich nahm an, daß Clara Hammond die Treppe schon seit Jahren nicht mehr hinaufsteigen konnte.

Eine Kieferntruhe links neben dem Bett diente als Nachttisch. Darauf lag ein kleiner Tischläufer, der mit Vergißmeinnicht mit grünen Stengeln bestickt war – wie lang war es her, daß ich einen bestickten Tischläufer gesehen hatte? Eine alte Lampe stand da, ein Digitalwecker, daneben ordentlich aufgereiht ein paar Liebesromane, und ein Satz Spielkarten in einer Plastikschachtel, die als Buchstütze diente. Rechts vom Bett stand eine Kommode mit sechs Schubladen und einem runden Spiegel, der von einem hübsch geschnitzten Ständer gehalten wurde. Auch auf der Kommode lag ein kleiner Läufer; an den Stellen, die nicht vom Läufer abgedeckt wurden, konnte ich sehen, daß das Furnier von dem darunterliegenden Holz abblätterte. Mehr oder weniger ordentlich darauf arrangiert waren eine Haarbürste, ein Kamm, ein Satz Lockenwickler, eine Tube Haargel, eine Lockenbrennschere, eine Lockenbürste und diverse Kosmetika, die auf einem verspiegelten Tablett standen. Eine Schachtel mit gelben Papiertaschentüchern und eine Plastikdose mit bunten Wattebäuschen umrahmten eine

Packung Q-Tips, die sie offenbar benutzt hatte, um Lidschatten aufzutragen.

Halb hinter der offenen Zimmertür versteckt war ein kleiner wackeliger Schreibtisch. Darauf befanden sich Briefumschläge, ein Notizbuch, Papier, eine weitere Lampe, eine Dose mit Stiften und ein Telefon. Auf der linken Seite waren drei Schubladen, aber keine in der Mitte.

Mit dem diffus schlechten Gewissen der Schnüfflerin, das mich immer beschleicht, wenn ich anfange, das Zimmer eines Opfers zu durchsuchen - wenn ich das Zimmer eines Tatverdächtigen durchsuche, habe ich derlei Skrupel nicht -, sah ich die Papiere in und auf dem Schreibtisch systematisch durch. Sie hatte ein rotes Adreßbuch; das steckte ich ein. Es gab keinen Tischkalender, aber sie hatte einen Wandkalender von irgendeiner Tankstelle an die Wand über dem Schreibtisch gehängt und offenbar Daten und Uhrzeiten dort eingetragen. Auch den würde ich brauchen.

Auf dem Schreibtisch lag kein loser Zettel herum, kein Notizblock - den meisten Frauen ist es unmöglich, irgendeine Form von sozialem Leben zu führen, ohne etwas dieser Art gleich neben dem Telefon zu haben. Ich sah ein paar Filzschreiber; sie hatte zweifellos damit geschrieben und nicht auf den Kalender, denn alle Einträge dort waren mit Bleistift vorgenommen worden.

Ein Packen Briefe von ihrem Freund im Gefängnis. Die würde ich mitnehmen; vielleicht hatte sie ihm irgendwas gesagt, und falls ja, könnte er darauf geantwortet haben. Ich durfte nicht vergessen, Miss Hammond zu fragen, ob irgendwelche Briefe von ihm eingetroffen waren, seit Grace vermißt wurde - höchstwahrscheinlich gab es welche, und die würde ich ganz bestimmt brauchen, weil sie wahrscheinlich auf jenen Telefonanruf eingehen würden, den sie getätigt hatte, und auf eventuelle letzte Briefe, die sie ihm geschrieben hatte.

Nichts in den Schubladen, außer ziemlich harmlosem Lektürestoff, einer ungeöffneten Schachtel mit billigem Briefpapier und einem Heftchen Briefmarken. Nichts Schriftliches. Keine Namen, keine Daten, keine Telefonnummern.

Sie hatte noch nicht einmal einen Plattenspieler besessen.

In der Kommode fand ich lediglich Kleidungsstücke, Kosmetika und Souvenirs.

Ich räumte die Sachen vom Deckel der Kieferntruhe und öffnete sie. Nichts drin, außer weiteren Kleidungsstücken - das meiste davon wohl ausrangiert, keine Umstandskleidung – und weiteren Souvenirs. Ich wandte meine Aufmerksamkeit dem sehr kleinen Schrank zu und fand wieder nichts bis auf Kleidung und Schuhe. Grace hatte keinerlei Vorkehrungen für die bevorstehende Ankunft ihres Babys getroffen; ich fragte mich, ob sie nicht schon, bevor sie es ihrer Tante erzählt hatte, zu dem Schluß gekommen war, daß sie es nicht lange behalten würde. Falls sie überhaupt irgendwelche Pläne gehabt hatte, es zu behalten, dann hatte sie ziemlich lange gewartet, um sich um die entsprechende Ausstattung zu kümmern – außer, natürlich, es fand sich noch etwas in den anderen Zimmern.

Für die ich bislang noch keine Durchsuchungsgenehmigung hatte.

Ich ging wieder die Treppe hinunter und fragte zuerst nach den Briefen, und ohne ein Wort zu sagen, stand Miss Hammond auf, ging auf ihren Stock gestützt quer durch den Raum, öffnete die Schublade einer Anrichte und holte drei Briefe heraus. Sie reichte sie mir und machte sich wieder auf den Weg zurück zu ihrem Sessel.

»Miss Hammond«, fragte ich, »besteht vielleicht die Möglichkeit, daß Grace einige Sachen – Briefe, Papiere, irgendwas in der Art – in einem anderen Zimmer des Hauses aufbewahrt hat?«

»Das ist möglich«, antwortete sie, »aber ich glaube es eigentlich nicht. Suchen Sie nur, wo Sie wollen. Außer in dem Schlafzimmer im Erdgeschoß. Das ist meins, und wenn sie dort etwas aufbewahrt hätte, wüßte ich es. Ich glaube nicht, daß sie viel im Lesezimmer war, aber suchen Sie ruhig, wo Sie wollen. Ich habe keinerlei Geheimnisse in diesem Haus, und falls Grace welche hatte, nun, sie ist tot.«

Im Grunde wußte ich nicht, wonach ich eigentlich suchte. Aber es schien fast so, als ob Grace, anders als viele, wenn nicht die meisten, der anderen Frauen, freiwillig gegangen war, offenbar in der Annahme, daß sie Vorkehrungen für die Adoption traf. Kein sonderlich intelligentes Mädchen, nahm ich an, und bestimmt nicht gebildet; vermutlich war ihr noch nicht einmal klar gewesen, daß es nicht richtig war, Geld – mit wieviel sie auch immer gerechnet hatte – als Gegenleistung für ein Baby nehmen zu wollen –, dessen Ankunft ihr im Augenblick gelinde gesagt ungelegen kam.

Mit ziemlicher Sicherheit hatte sie nicht mit einer der anderen vermißten Frauen gesprochen. Es war höchst unwahrscheinlich, daß sie irgendwelche Mitglieder des Ringes kannte. Hatte sie dann vielleicht eine der Frauen kennengelernt, die ein Baby gekauft hatten? Sie kennengelernt und ihre Spur zurückverfolgt, in der Hoffnung, etwas von dem Kaufpreis abzubekommen, von dem ihre neue Freundin ihr erzählt hatte?

Das klang wenig plausibel, aber andererseits traf das auf jeden Einfall zu, den ich bis jetzt gehabt hatte.

Falls sie wirklich eine derartige Information besessen hatte, war die natürlich am ehesten in ihrer Handtasche. Und ihre Handtasche, falls sie überhaupt noch existierte, war vermutlich an jenem unbekannten Ort, wo sie festgehalten worden war. Aber ich mußte danach suchen. Und das tat ich auch.

Ich will nicht ausschließen, daß mir irgendeine Kleinigkeit entging, etwas, das gezielt versteckt worden war, weil ich nicht das ganze Haus auseinander nehmen wollte, wie ich es bei einer Drogenrazzia getan hätte. Und ich stellte die Sachen wieder zurück an ihren Platz, soweit ich mich daran erinnerte, weil ich nicht wollte, daß Clara Hammond hinter mir herräumen mußte. Daher war die Suchaktion nicht so gründlich, wie ich sie unter anderen Umständen durchgeführt hätte.

Andererseits hatte Grace nichts Illegales versteckt. Grace hatte keinen Grund gehabt, *irgendwas* zu verstecken. Sie hatte nicht damit gerechnet, daß jemand nach etwas suchen würde. Also ging ich davon aus, daß nichts da war, das in irgendeinem Zusammenhang zu ihrer Ermordung stand und von mir übersehen wurde.

Und ich fand tatsächlich nichts. Absolut nichts.

An diesem Punkt standen mir mehrere Möglichkeiten offen. Ich konnte zurück nach Fort Worth fahren und jede Menge Ferngespräche mit Sherman führen. Oder ich konnte mir ein Motel suchen und die örtlichen Telefonleitungen belasten. Oder ich konnte zum Polizeirevier von Sherman fahren und versuchen, meinen Fall dort zu bearbeiten, mitten unter den anderen arbeitenden Beamten. Die hätte das natürlich nicht gestört, aber mich vielleicht.

Oder ich konnte genau das tun, was ich dann schließlich tat, nämlich, mich im Wohnzimmer – wenn man es so nennen will – von Clara Hammonds Haus hinzusetzen und Grace' Liebesbriefe durchzusehen, ihr Adreßbuch und ihren Kalender.

Als ich fertig war, hatte ich die Namen und Adressen all ihrer Freundinnen, und ich wußte, daß 90 Prozent von ihnen entweder nicht zu Hause waren oder nicht ans Telefon gingen. Höchstwahrscheinlich waren sie bei der Arbeit.

Ein Name war darunter, den ich kannte – was mich ziemlich in Erstaunen versetzte –, aber der konnte auch noch warten, bis ich wieder in Fort Worth war.

Aus den Briefen und Kalendereintragungen wußte ich, wann sämtliche Arzttermine von Grace gewesen waren, und ich wußte einiges darüber, was Grace und Tim Richards miteinander im Bett machten. Aber noch immer hatte ich keine Ahnung, wie Grace von diesem Haus zu dem Graben am Nordostrand von Fort Worth gekommen war.

»Miss Hammond«, fragte ich, »wissen Sie, ob Grace irgend jemanden gekannt hat, der ein kleines Baby hatte?«

Miss Hammond lachte auf. »Ms. Ralston«, sagte sie, »Grace hat in einer Kindertagesstätte gearbeitet. Grace hat im *Babyzimmer* der Tagesstätte gearbeitet. Man könnte wohl sagen, daß Grace abgesehen von ihren Schulfreundinnen niemanden kannte, der kein kleines Baby hatte.«

Ich schrieb mir den Namen der Tagesstätte auf – Lambie Pie, was ich furchtbar niedlich fand – und die Adresse und fuhr dorthin. Unterwegs hielt ich kurz an, um mir eine Cola und eine Tüte Kartoffelchips zu kaufen, um meinen Magen zu beruhigen. Ich muß wirklich demnächst mal zum Arzt, sagte ich zu mir.

Die Leiterin, Besitzerin, oder was auch immer, war zunächst ganz und gar nicht bereit, mir die Namen der Frauen zu nennen, die die Tagesstätte frequentierten. Aber wir erörterten die Sachlage, und nach langem Hin und Her war sie schließlich bereit, unter Vorbehalt zuzugeben, daß eigentlich nur zwei Babys jünger waren als sechs Monate und daß sie mir wohl die entsprechenden Namen nennen durfte, wenn ich sie unbedingt wissen wollte.

Ich sah mir die Babys an. Ich sehe mir immer gern Babys an, selbst wenn es in Ausübung meines Berufes geschieht.

Eins des Babys war schwarz; es konnte nichts mit diesem Fall zu tun haben, weil alle entführten Frauen ausnahmslos weiß gewesen waren, aber ich blieb trotzdem bei der Kleinen stehen und redete ein bißchen mit ihr. Sie krähte fröhlich und bewunderte weiter ihre Hände, die sie offensichtlich gerade entdeckt hatte.

Das andere Baby war weiß. Er war ein kleines Püppchen mit blauen Augen und kastanienbraunem Haar, gerade drei Monate alt. Sein Name war Christopher Talliaferro, was »Tolliwer« ausgesprochen wurde, und Mrs. Lamb sagte, daß seine Mutter jeden Augenblick kommen mußte, falls ich warten wollte, und daß sie eine sehr sympathische Frau sei und bestimmt gerne mit mir reden würde, aber daß Grace eigentlich bloß ein paar Tage mit Chris zu tun gehabt hatte, weil sie, nur ein oder zwei Wochen nachdem Ms. Tolliwer ihn zum erstenmal in die Kinderkrippe brachte, gekündigt hatte, und ...

Ich sagte, daß ich im Wagen warten würde; ich wollte ihr keinesfalls im Wege stehen, wenn sie die Babys fertigmachte, bevor sie von ihren Eltern abgeholt wurden.

Sie sagte, ich könne Ms. Tolliwer gar nicht verpassen; sie fahre einen knallroten Camaro.

Ich wartete, und ungefähr 15 Minuten später fuhr Mrs. - oder Miss - oder Ms. - oder was auch immer - Talliaferro in ihrem knallroten Camaro vor. Sie stieg in einem schicken Erfolgreiche-Geschäftsfrau-Kostüm, von dem man nicht meinen sollte, daß man in einem Kaff wie Sherman, Texas, dafür Verwendung hatte, aus ihrem Wagen, und zu meiner Enttäuschung stellte ich fest, daß sie kastanienbraunes Haar und blaue Augen hatte. Adoptivkinder - besonders welche vom Schwarzmarkt - sehen ihren Eltern meist nicht so ähnlich.

Ich stieg aus dem Wagen. »Mrs. Talliaferro?«

Sie wandte sich um. »Ja? Wer sind Sie? Kennen wir uns?«

Aber das war Neugier, nicht Angst. Ich zeigte ihr meinen Ausweis und sagte: »Ich bin Detective Ralston, von der Polizei von Fort Worth. Ich untersuche den Mord an einer Frau, die hier gearbeitet hat, und ich versuche, mit jedem zu sprechen, der Kontakt zu ihr hatte. Hätten Sie einen Augenblick Zeit?«

»Tja, also, ich denke ja. Mord? Wer ist denn ermordet worden?« Sie blickte mich an, und ich sah lebhaftes Interesse, keine Angst. Überhaupt keine Angst. Falls sie gerade ein Schwarzmarkt-Baby gekauft hatte, sollte sie eigentlich Angst haben, wenn die Polizei sie anspricht.

»Grace Hammond. Sie hat früher -«

»Ach ja, sie hat im Babyzimmer gearbeitet. Die Gute, sie ist so dick geworden; ich weiß genau, wie sie sich gefühlt hat. Ich war auch ein richtiger *Ballon*, bevor Chris kam. Wie kann ich Ihnen helfen? Ermordet? Sie ist *ermordet* worden? Mein Gott, das war doch nicht etwa sie, die man da im Graben gefunden hat, war das *Grace*? Das ist ja *schrecklich*! Meine Güte, wenn ich das Rory erzähle, der fällt aus allen Wolken!« Sie legte die Hand vor den Mund. »Verzeihen Sie. Ich rede die ganze Zeit. Was möchten Sie wissen?«

Mittlerweile wollte ich gar nichts mehr wissen; sie hatte bereits jede erdenkliche Frage beantwortet. Aber ich überlegte kurz und fragte dann lahm: »Haben Sie sie gesehen, seit sie in der Kinderkrippe aufgehört hat?«

»Oh, nein, hätte ich das, hätte ich bestimmt ein paar Worte mit ihr gewechselt, sie war so lieb zu Chris und –«

»Als Sie sie das letzte Mal gesehen haben, hat sie da vielleicht erwähnt, daß sie die Absicht hatte, nach Fort Worth zu gehen?«

»Oh, nein, sie hat mir einfach Chris übergeben, mit seinen Sachen zum Wechseln, und –«

»Danke, Mrs. Talliaferro, das war's schon.«

Ich ging. Schnell. Bevor sie mit einem weiteren Sprech-Marathon loslegen konnte.

Immer wenn ich in Sherman bin, versuche ich, mir die Zeit zu nehmen, bei Ashburn's ein Eis zu essen. Das ist Shermans erste Eisdiele am Platze, und dort gibt es mit das beste Eis, das ich je gegessen habe. Dort fuhr ich nun hin und wollte noch ein wenig nachdenken, während ich wartete; ich verstand gar nicht, warum ich derart hungrig war, aber ein Becher Eis würde mich wohl aufrecht halten, bis ich wieder in Fort Worth war.

Ich setzte mich mit meinem Eis und sah auf die Uhr. Kein Wunder, daß ich so hungrig war; es war halb sieben, und ich hatte mir keine Zeit fürs Mittagessen genommen. Ich hatte sogar regelrecht vergessen, zu Mittag zu essen, und außerdem hatte ich mein geplantes Gespräch mit Chief Ellis noch nicht geführt.

Ich dachte so etwas in der Art wie: »Ach, zum Teufel«, rief Harry an und fragte ihn, ob er eine Nacht ohne mich zurechtkäme. Er fragte mich traurig, ob ich ihn für einen absoluten Trottel hielte, und teilte mir mit, daß er mit Becky und Hal in einem Schnellrestaurant zu Abend gegessen hatte und daß er Hal Geld gegeben hatte, damit er in der Schule frühstücken konnte. Das ist nichts Ungewöhnliches. Hal frühstückt mindestens die Hälfte der Zeit in der Schule.

Ich rief Captain Millner an, der – wie ich erwartet hatte – noch im Büro war und leicht ungeduldig auf meinen Bericht wartete. Ich sagte ihm, daß ich über Nacht in Sherman bleiben würde. Er sagte, ich sollte unbedingt alle Quittungen verwahren, und fragte mich, ob ich etwas Bestimmtes verfolge. »Ich glaube nicht«, entgegnete ich.

»Warum bleiben Sie dann über Nacht in Sherman?«

»Weil ich hier noch nicht alles erledigt habe.«

Er sagte, das sei wohl in Ordnung.

Ich rief das Polizeirevier in Sherman an. Chief Ellis war nicht da, aber er hatte eine Nachricht für mich hinterlassen; ich sollte zu ihm nach Hause kommen, falls ich nicht schon wieder auf dem Weg nach Fort Worth war.

Ich hatte so das Gefühl, daß er mir anbieten würde, dort zu übernachten, ganz züchtig natürlich, bei ihm und seiner Frau. Ich wollte das nicht – in Häusern, die ich nicht kenne, fühle ich mich unwohl –, deshalb nahm ich mir vorsichtshalber ein Zimmer im Holiday Inn, bevor ich zu ihm fuhr. Einer Einladung zum Abendessen konnte ich nicht ausweichen, aber das war in Ordnung; Mrs. Ellis war eine intelligente, fröhliche Frau, groß und dünn, aber obendrein noch eine gute Köchin, die über die Fälle ihres Mannes auf dem laufenden war.

Ich sagte ihm, daß ich vermutlich einiges wiederholen würde, was seine Leute bereits bearbeitet hatten, und er sagte, das mache nichts. Dann fügte er hinzu: »Eigentlich glaube ich das auch gar nicht. Schließlich hatten wir keinerlei Vorstellung, warum sie verschwunden war. Und Sie haben eine.«

Ich verriet ihm nicht, daß dem eigentlich überhaupt nicht so war. Ich verriet ihm nicht, daß ich vorläufig kaum mehr tat, als einer Ahnung zu folgen. Aber Ahnung oder nicht, es sah immer besser aus.

Nach dem Abendessen gelang es mir, mich zu verabschieden und ins Holiday Inn zurückzufahren, wo ich mich mit Grace' Telefonbuch hinsetzte und wieder versuchte, die Leute anzurufen, die Grace gekannt hatte.

Diesmal hatte ich bei den meisten Nummern Erfolg. Ich hatte mir zurechtgelegt, was ich sagen wollte: Ich untersuchte Grace' Tod – wir nahmen an, daß es vermutlich ein irrer Massenmörder gewesen war, aber wir mußten alle Eventualitäten in Erwägung ziehen – es bestand die Möglichkeit des Selbstmordes – war sie wegen des Babys verzweifelt gewesen – wissen Sie, wie sie auf die Babys anderer reagiert hat – haben Sie selbst ein Baby? Das war das erste, was ich im Grunde wissen wollte.

Die meisten, mit denen ich sprach, hatten keine Babys. Bei den zwei, die welche hatten, fragte ich weiter: Hatten Sie den Eindruck, daß Grace der Gedanke an die Geburt angst machte? Hat Grace Sie im Krankenhaus besucht?

Grace hatte offenbar sehr gern Besuche im Krankenhaus gemacht. Und ja, sie hatte ihre Freundinnen im Krankenhaus besucht. Wodurch ich erfuhr, daß ihre Freundinnen im Krankenhaus gewesen waren, was das zweite war, was ich im Grunde wissen wollte.

In dem Telefonbuch waren vier Namen von Frauen, die anscheinend nicht mehr in Sherman wohnten. Claudia Reynolds, Carolyn Sullivan, Jackie Patten und Sue Hudson. Neben Claudias und Sues Telefonnummer standen neue Adressen; Claudia war nach Denton gezogen und Sue nach Fort Worth. Ich schlug jede Vorsicht und den Gedanken an die Telefonrechnung in den Wind – die Rechnung würde zusammen mit der übrigen Motelrechnung von meiner Visacard abgebucht werden, aber letztlich würde die Stadt Fort Worth sie bezahlen – und rief sie an, um erneut dieselbe Masche abzuziehen.

Claudia hatte kein Baby. Sue sagte: »Na hören Sie mal, ›ein Baby‹, ich bin doch noch nicht mal verheiratet.« Dann kicherte sie. »Na ja, ich weiß, die meisten finden das heute nicht mehr nötig, aber als ich noch klein war, habe ich meine Mutter gefragt, ob man ein Baby bekommen könnte, ohne verheiratet zu sein, und sie hat gesagt, ja, aber das ist nicht anständig. Tja, so gesehen bin ich wohl anständig, okay? Tut mir leid, daß ich Ihnen nicht weiterhelfen kann, Mrs. Ralston.«

Bei den beiden anderen Nummern konnte ich weniger in Erfahrung bringen; eine Stimme vom Band verkündete lediglich: »Kein Anschluß unter dieser Nummer.«

Ich dachte mir, daß ich im Moment nicht mehr erreichen konnte, und beschloß, bis morgen zu warten und Ellis zu bitten, mit mir zusammenzuarbeiten – wir würden mit den Nachbarn sprechen und versuchen herauszufinden, wo diese Leute hingezogen waren.

Und dann nahm ich die Zeitung zur Hand, die ich auf dem Weg in mein Zimmer gekauft hatte, machte eine Cola auf und setzte mich hin, um zu lesen. Bei der Lektüre der Titelgeschichte erstarrte ich:

»Bilderbuch-Selbstmord« war doch Mord

Houston (AP) – Zwei Detectives ist es nach über fünf Jahren gelungen, die Behörden davon zu überzeugen, daß eine Frau aus Louisiana sich nicht selbst getötet hat, sondern daß ihr ohne ihr Wissen von drei Personen, die ihr Baby verkaufen wollten, eine Überdosis Barbiturate verabreicht wurde.

Ich las die Geschichte durch und gratulierte im Geiste den beiden Detectives aus Houston für ihre Entschlossenheit, ihren Scharfsinn und ihre Hartnäckigkeit, und dann lehnte ich mich zurück und ließ die Zeitung sinken. Nein, das hatte natürlich nichts mit meinem Fall zu tun. Das war ein Fall aus Houston, und die Tatverdächtigen schienen ursprünglich von New Orleans aus zu arbeiten. Aber er bestätigte mir, daß ich recht damit hatte – wie schon Harry eingeräumt hatte –, daß alles, wofür Menschen bereit sind, viel Geld zu bezahlen, von jemand anderem beschafft wird, auch wenn er dafür töten muß.

Meine Theorie sah immer besser aus. Nein, das durfte ich nicht sagen. Sie war mies; die Vorstellung, daß solche Menschen irgendwo herumliefen, war zutiefst deprimierend. Aber die Theorie sah immer überzeugender aus.

Ich ging schlafen und träumte von toten Frauen, die noch im Tode versuchten, ihre Babys zu schützen ...

Ich schlief alles andere als gut. Aber das geht mir schließlich in fremden Betten immer so.

Kapitel 8

Ellis war mit mir einer Meinung, daß wir herausfinden sollten, wo Carolyn Sullivan und Jackie Patten hingezogen waren. Mir war reichlich spät in den Sinn gekommen, daß eine Frau, die zuvor nicht schwanger gewesen ist und plötzlich mit einem Baby auftaucht, von Freunden und Bekannten mit Fragen bombardiert wird, die schwer zu beantworten sind, wenn sie ihnen keine Adoptionspapiere zeigen kann. Es wäre einfacher, wegzuziehen und dann später mit der fröhlichen Behauptung wieder aufzutauchen: »Ach, ihr habt das bloß nicht gemerkt – ich bin nicht besonders dick geworden.«

Aber wenn ein raffinierter Anwalt mit in der Sache drinsteckte, wäre es vielleicht nicht sonderlich schwer, an Adoptionspapiere zu kommen.

Glücklicherweise standen in Grace' Adreßbüchlein nicht nur Telefonnummern, sondern auch Adressen. Carolyn Sullivan wohnte auf der Crockett Street; wir beschlossen, es zuerst bei ihr zu versuchen, und zwar lediglich aus dem Grund, weil es näher war. Außerdem war es, so stellten wir fest, einfacher: Carolyn Sullivan hatte bei ihren Eltern gewohnt – oder fast bei ihren Eltern. Sie hatten den Dachboden zu einer kleinen Wohnung für sie ausgebaut, und sie hatte einen eigenen Telefonanschluß gehabt. Ihre Mutter war zu Hause. Carolyn war nach Denison gezogen. Nein, Carolyn war nicht verheiratet, und sie hatte keine Kinder, und Mrs. Sullivan konnte sich nicht erklären, wieso wir das fragten. Und nein, Carolyn und Grace waren ohnehin nicht besonders eng befreundet, sie waren bloß auf der High-School in derselben Klasse gewesen – bevor Grace von der Schule abging –, und Carolyn war Klassensprecherin gewesen, und wahrscheinlich hatte Grace sie anrufen müssen, weil sie ...

Wir fuhren weiter und versuchten, Jackie Patten zu finden.

Es war ein kleines Holzhaus mit einer Veranda davor und einem umzäunten Garten dahinter. Vorne stand ein Dattelpflaumenbaum, dessen Früchte verführerisch unschuldig aussahen. Ich lachte. »Ich habe mal im September in eine reingebissen und konnte danach zwei Stunden nicht sprechen.«

Ellis grinste und blickte nach oben in den Baum. »Das kenne ich. Vor dem ersten Frost sind die ungenießbar.«

»Und auch danach, wenn Sie mich fragen«, sagte ich. Wir warfen einen Blick in den Garten, sahen eine Hundehütte, einen Grill und einen Picknicktisch. Komisch, daß die Pattens diese Sachen bei ihrem Auszug nicht mitgenommen hatten, falls sie nicht zum Haus gehörten. Aber sie hatten sie zweifellos nicht mitgenommen, und sie waren zweifellos ausgezogen – vor dem Haus wucherte das Unkraut, und an einen Pfosten der Veranda war ein Schild genagelt, auf dem ZU VERMIETEN stand – ohne Angabe einer Telefonnummer.

Wir gingen zu dem Haus rechter Hand, aber es war niemand da.

In dem Haus linker Hand wohnte ein alter Mann, der, wie er uns erzählte, früher bei der Eisenbahn gearbeitet hatte. Er trug noch immer Eisenbahnerstiefel, und quer über seine rundliche Mittelpartie hing eine Uhrkette. Sein rotbackiges Gesicht strahlte, seine blauen Augen funkelten, und seine spärlichen weißen Haare wehten im Luftzug, den ein elektrischer Ventilator erzeugte. Ja, so sagte er uns, er kannte die Pattens – Jackie und Nick. Sie hatten ein paar Jahre dort gewohnt, mit einem großen Hund namens Roger, bloß Roger war letzten Winter gestorben, und er nahm an, daß sie die Hundehütte deshalb dagelassen hatten. Ja, sie hatten so um März oder April rum ein Baby adoptiert, meinte er; jedenfalls war es im Frühjahr.

Nein, er wußte nicht, wo sie hingezogen waren; wahrscheinlich würde er zu Weihnachten eine Karte von ihnen bekommen, aber ansonsten ...

Das Haus gehörte Polly Kittles. Nein, er wußte ihre Adresse nicht. Nein, er wußte ihre Telefonnummer nicht. Sie ging in die Baptistenkirche und war früher mit seiner Frau, Gott hab' sie selig, befreundet und er kannte sie vom Sehen, aber mehr wußte er nicht.

Und er hoffte bloß, daß die Pattens nicht in Schwierigkeiten steckten, das waren friedliche Leute, blieben viel für sich, wie man so sagt, aber die arme Ms. Patten, sie war so unglücklich, sie hatte drei Fehlgeburten gehabt, und sie war so oft im Krankenhaus gewesen, und ...

Ellis und ich sahen einander an, und ich erklärte dem pensionierten Eisenbahner, daß die Pattens nicht in Schwierigkeiten steckten. Wir müßten uns nur mit ihnen unterhalten, mehr nicht.

Wir gingen in ein 7-Eleven und sahen unter Kittles im Telefonbuch nach. Der einzige Eintrag, den wir fanden, war ein George Kittles; Ellis meinte, das könnte der richtige sein, und wir wählten die Nummer. Polly Kittles war zu Hause und sagte, sie würde gerne mit uns sprechen.

Polly Kittles wohnte in einem Haus, das sich nicht sehr von dem unterschied, das sie an die Pattens vermietet hatte. Es hatte einen stahlblauen Teppichboden, ein ramponiertes braunes Sofa und zwei Fernsehsessel von unbestimmbarer Farbe, unbestimmbar aufgrund der gehäkelten Decken, die über sie gebreitet waren. Sie hatte einen kleinen Küchentisch vor das große Wohnzimmerfenster geschoben, und ein Teil der Klimaanlage ragte auf den Tisch, der ansonsten mit Zeitschriften, Briefen, Rechnungen und etliche Monate alten Postsendungen überhäuft war. Zwei große schwarze Katzen strichen im Wohnzimmer herum; sie waren fast doppelt so groß wie meine Katze, und ich fragte, was sie für eine Rasse seien. »Och, das sind einfach Katzen«, sagte sie und streichelte eine von ihnen.

Sie schnurrte nicht, und sie miaute nicht. Sie schlenderte einfach lässig von dannen, dicht gefolgt von der anderen.

»So, was kann ich denn nun für Sie tun?« fragte sie und schob dann noch den unvermeidlichen Kommentar hinterher: »Sie sehen aber gar nicht wie eine Polizistin aus.«

Ich konnte mich nicht mehr länger beherrschen. »Wie«, fragte ich, »sieht denn eine Polizistin aus?«

»Ach, Sie wissen schon«, sagte sie vage, war aber glücklicherweise nicht beleidigt. »Sie wollten etwas über die Pattens wissen, haben Sie gesagt?«

»Das stimmt, Ms. Kittles«, antwortete Ellis. »Wissen Sie, die beiden waren mit Mary Grace Hammond bekannt, und wir versuchen, mit all ihren Freunden zu sprechen – Sie wissen doch, daß Mary Grace nach Fort Worth gegangen und dort ermordet worden ist, oder?«

Das brachte sie richtig ins Plaudern; es dauerte einige Minuten, bis Ellis sie wieder zurück zu den Pattens bringen konnte. Ich blieb still. Zwischen Fort Worth und den kleinen Städten im Norden und Süden besteht ein großer Unterschied, und ich dachte mir, daß Ellis sein Volk wesentlich besser kannte als ich. Außerdem war ich so übermüdet, daß ich, wenn ich nicht aufpaßte, bestimmt jemanden verärgern würde, und auf diese Art verliert man leicht einen kooperativen Zeugen.

Aber es brachte nicht viel. Alles in allem erfuhren wir lediglich, daß Mrs. Kittles nicht wußte, wo die Pattens hingezogen waren. Es hatte ihr leid getan, sie zu verlieren; sie waren gute Mieter gewesen, und seither hatte sie das Haus nicht mehr vermietet. Sie hatten ihr gesagt, daß Nick eine gute Arbeitsstelle angeboten bekommen habe und daß sie sofort ausziehen müßten, sie hätten noch keine neue Anschrift und würden ihr Bescheid geben, sobald sie eine hatten – nein, er hatte nicht erwähnt, in welche Stadt, aber – nein, sie hatten ihr die neue Anschrift nicht mitgeteilt ...

Kaution? Ja, sie schuldete ihnen 75 Dollar Kaution, und sie hatte sie sogar selbst daran erinnert, und Nick hatte gesagt: »Spenden Sie sie dem Roten Kreuz.«

Ja, *selbstverständlich* hatte sie das getan. Und sie hatte die Quittung verwahrt, damit sie sie ihnen schicken konnte, sobald sie die neue Adresse wußte. Und nein, sie hatte doch schon gesagt, daß sie nicht wußte, in welche Stadt ...

Arbeit? Tja, er hatte in einer Wurstfabrik gearbeitet, seit er aus der Armee entlassen wurde, aber da hatte er natürlich aufgehört.

Wir riefen in der Wurstfabrik an.

Er hatte nicht einfach bloß aufgehört, er hatte sogar aufgehört, ohne zu kündigen, und ja, wenn die Polizei mit jemandem aus der Personalabteilung sprechen wollte, wären sie gern bereit, uns behilflich zu sein.

Wir trafen uns mit einer Dorothy Gordon von der Personalabteilung, die sich zuerst vorschriftsmäßig unsere Ausweise zeigen ließ, bevor sie einen Ordner hervorholte, auf dem ein blaues Etikett mit der maschinengeschriebenen Aufschrift »PATTEN, Nicholas T.« klebte.

»Wie ich Ihnen schon am Telefon gesagt habe«, sagte Dorothy Gordon, die mich nicht darauf hingewiesen hatte, daß ich nicht wie eine Polizistin aussah, »hat Mr. Patten praktisch ohne zu kündigen bei uns aufgehört. Er hat seinem Vorgesetzten erklärt, er habe eine viel bessere Stelle in Arlington angeboten bekommen und würde sofort gehen; er hat sich dafür entschuldigt, daß er so abrupt ging, aber er hat gesagt, eine der Bedingungen für das Angebot lautete, daß er sofort dort anfing.«

»Haben Sie eine Nachsendeadresse, Ms. Gordon?« fragte ich.

»Mrs., aber nennen Sie mich einfach Dorothy. Nein, er hat uns keine dagelassen. Er hat gesagt, er habe noch keine Adresse und würde uns schreiben, sobald er eine habe. Er hatte natürlich noch Lohn zu bekommen, und tatsächlich ... Ja. Wir haben den Scheck an seine alte Anschrift geschickt, und der ist zurückgekommen, mit dem Stempel EMPFÄNGER UNBEKANNT VERZOGEN. Das ist wirklich kaum zu erklären, wissen Sie; er hat fünf Jahre bei uns gearbeitet, und er war ein sehr zuverlässiger Mitarbeiter; er hat sogar, warten Sie, nein, er hat sogar in der ganzen Zeit keinen einzigen Tag krank gefeiert.«

»Wann ist er gegangen, Dorothy?« fragte ich.

»Hmm, da muß ich nachsehen ... September ... ja, es war der 3. September.«

Der 3. September. Derselbe Tag, an dem Grace verschwand. Das könnte Zufall sein, oder es könnte - etwas anderes sein als bloßer Zufall. Und natürlich waren sie vielleicht gar nicht nach Arlington gezogen. Das könnte durchaus ein Ablenkungsmanöver für den neugierigen Boß gewesen sein.

Ich fragte, ob die Firma eine Kreditgenossenschaft habe, und erfuhr, daß dem so war.

Wir bekamen noch andere möglicherweise hilfreiche Informationen - hauptsächlich Namen und Adressen von Verwandten - und gingen.

»Von der Kreditgenossenschaft werden wir überhaupt nichts erfahren«, sagte Ellis, und ich stimmte ihm zu. Aber mittlerweile hoffte ich, genug in der Hand zu haben, um eine richterliche Verfügung zu bekommen, daß uns die Akten offengelegt werden mußten.

Der Richter sagte, das hätte ich nicht.

Es gab also keine Möglichkeit festzustellen, ob die Pattens ein Sparkonto gehabt hatten, und wenn ja, ob dort in letzter Zeit größere Beträge abgehoben worden waren. Es gab also keine Möglichkeit, das festzustellen ...

Wir fuhren zur Kreditgenossenschaft, in der Hoffnung, vielleicht doch etwas in Erfahrung zu bringen. Ohne zu lügen, vermittelte Ellis einer Angestellten dort behutsam und geschickt den Eindruck, daß die Pattens als vermißt gemeldet worden waren, und sie kam uns so weit entgegen, daß sie uns vorsichtig mitteilte, sie sei sicher, den Pattens ginge es gut, da sie kürzlich in Arlington etliche Schecks ausgestellt hatten.

Arlington. Okay, das war ein Anfang. Vielleicht waren sie wirklich nach Arlington gezogen.

Ich hatte so ziemlich alles getan, was ich in Sherman tun konnte. Ich setzte Ellis vor seinem Büro ab, hielt kurz bei einem McDonald's an, um mir einen Hamburger zu kaufen, und fuhr dann nach Hause. Während der Fahrt dachte ich über den einen Namen aus Grace' Adreßbuch nach, den ich gekannt hatte. Dr. Frank Kirk. Der eine Abtreibungspraxis in Fort Worth, Texas, betrieb. Ich hatte das dringende Bedürfnis, mich noch mal mit Dr. Frank Kirk zu unterhalten.

Im Büro des Sonderdezernats saßen drei Streifenpolizisten, die ich noch nie gesehen hatte, und fingerten mürrisch an den neu installierten Computerterminals herum. Man sagte mir, daß es im letzten Jahr in Tarrant County 17672 amtlich registrierte Geburten gegeben hatte. Das Material stammte von nicht weniger als 30 verschiedenen Meldeämtern. Doch 13 552 Geburten waren auf Ämtern erfaßt worden, die eigene Computerbänder hatten, so daß unsere Computerleute lediglich diese Bänder in ein Programm einlesen mußten, das Roddy entwickelt hatte. Damit blieben nur noch 6000, die manuell eingegeben werden mußten. Was längst nicht so schlimm war, wie wir erwartet hatten.

Dennoch schienen meine ausgeliehenen Streifenpolizisten nicht gerade einen Narren an mir gefressen zu haben.

Ich drückte mich an den Streifenpolizisten vorbei an meinen nahezu unzugänglichen Schreibtisch und sah nach, ob irgendwelche Nachrichten für mich da waren. De Ridder, Louisiana, teilte mit, Grace Carstairs sei zu Hause und bei bester Gesundheit und ob ich mit ihr sprechen müßte?

Mittlerweile hatte ich fast vergessen, je nach Grace Carstairs gesucht zu haben.

Mrs. Murray bedankte sich für meine Hilfe und war über die Rücksichtslosigkeit ihrer Tochter empört.

Das war nett von Mrs. Murray.

Frank Kirk bat um 8:01 um meinen Rückruf.

Frank Kirk bat um 9:20 um meinen Rückruf.

Frank Kirk bat um 13:26 um meinen Rückruf.

Das war interessant, fand ich und rief die Nummer an, die er hinterlassen hatte und die sich als die des kleinen Privatkrankenhauses in der Nähe seiner Praxis entpuppte. Frank Kirk operiere gerade, sagte man mir am Empfang. Ich bat, ihm die Nachricht zu hinterlassen, daß ich mich gegen zwanzig nach vier mit ihm im Krankenhaus treffen wolle.

»Also, was hat er gewollt?« fragte Captain Millner. Er war unbemerkt hereingekommen, während ich telefonierte.

Ich zuckte die Achseln. »Ich sage Ihnen Bescheid, wenn ich Bescheid weiß.«

Millner sah zu den Streifenpolizisten hinüber. »Was soll das Ganze?« fragte er eher resigniert als neugierig.

Ich sagte ihm, es sei ein Angelausflug, und er nickte. Es ist eine Tatsache, daß Detectives manchmal Angelausflüge machen, und für gewöhnlich wissen sie nicht, wonach sie angeln, bis sie sehen, was da an die Oberfläche gelangt.

Die Bänder waren eingegeben worden, während ich in Sherman war, so erfuhr ich, und cirka ein Viertel aller manuellen Eingaben war bereits erledigt. Ich rief Roddy an und fragte ihn, ob er das, was schon drin war, sortieren könne, und er sagte, er könnte, wenn ich die Ausdrucke abholen käme. Eigentlich wollte ich nicht mit einem Stapel Computerausdrucke durch halb Fort Worth spazieren, besonders angesichts ihres Formats, aber andererseits wollte ich die Informationen. Ich sagte Roddy, daß ich die Ausdrucke holen kommen würde.

Und ich war nicht sonderlich überrascht, als ich bei der Durchsicht der Namen der Eltern fast augenblicklich ins Schwarze traf.

Jackie Patten, die, wie jeder beschwor, mit dem wir gesprochen hatten, nie ein Kind hatte austragen können – die, wie man uns gesagt hatte, schließlich aufgegeben und im letzten März ein Baby adoptiert hatte – hatte nach der Bevölkerungsstatistik von Tarrant County ein Baby geboren.

Jacqueline Marie Patten und Nicholas Timothy Patten waren am 7. März Eltern eines 3635 g schweren Jungen geworden. Das Baby war von einer Hebamme namens Rachel Strada auf die Welt geholt worden.

Arlington – offensichtlich waren sie nach Arlington gezogen. Wahrscheinlich konnten wir sie über die Rechnungen der Stadtwerke ausfindig machen, außer sie waren in eine Wohnung gezogen, bei der die Nebenkosten über die Vermieter liefen.

Aber es hatte wenig Zweck, die entsprechenden Stellen jetzt anzurufen; es war nach vier, und Captain Millner wanderte über die Gänge und rief: »Tagschicht, raus hier!«

* * *

Wir saßen im Aufenthaltsraum der Ärzte. Kirk hatte eine Tasse Kaffee vor sich, und ich trank eine Cola. »Es war der Name«, sagte er. »Als er heute morgen in der Zeitung stand, fiel es mir wieder ein. Damals – ach, irgendwann im Frühjahr, März, April vielleicht, hat eine Mary Grace Hammond bei mir angerufen und einen Termin vereinbart. Sie hat nicht abgesagt, und sie ist auch nicht gekommen. Eine Woche später hat sie wieder angerufen, mit demselben Ergebnis, und eine Woche danach noch einmal. Sie rief dann noch mal an; Hazel hat mich gefragt, ob ich den Termin machen wollte oder nicht, und ich habe gesagt, klar würde ich sie mir ansehen, wenn sie käme. Und diesmal kam sie dann.«

»Und?«

»Tja – ich behandle Patientinnen, nicht bloß Unterleiber, wenn Sie verstehen, was ich meine.«

Ich nickte. Ich verstand haargenau, was er meinte. Jede Frau, die schon reichlich Erfahrung mit Militärärzten gesammelt hat, weiß genau, was er meint.

»Ich bin mit ihr in mein Büro gegangen«, fuhr er fort, »und habe mich mit ihr zusammengesetzt. Okay, zunächst einmal war mir schon beim ersten Hinsehen klar, daß sie Mitte des vierten, vielleicht sogar im fünften Monat war, und es ist mir egal, wie das Gesetz lautet, mit fünf Monaten hat man einen potentiell lebensfähigen Fötus, und es ist verdammt noch mal zu spät, um noch an Abtreibung zu denken. Ich habe verflucht hart dafür gekämpft, Fünfmonatsföten zu *retten*. Ein paarmal habe ich's geschafft. Nicht oft. Aber – egal, außerdem war sie ein Kind, verhielt sich noch kindlicher, als man es ihrem Alter nach erwartet hätte. Und sie war – unentschlossen. Sie wußte nicht, was sie wollte. Sie wollte eine Abtreibung, dann wollte sie doch keine Abtreibung, sie wollte das Baby nicht bekommen, dann wollte sie das Baby doch bekommen, aber sie wußte nicht, wie sie es versorgen sollte. Ich habe ihr gesagt, daß sie nicht mich brauchte, sondern einen Psychologen oder Psychiater, der ihr helfen würde, sich über ihre Gefühle klarzuwerden, und ich habe ihr angeboten, ihr jemanden zu empfehlen, der nicht sehr teuer ist. Ich habe ihr gesagt, daß sie, so wie sie redete und sich verhielt, nicht in der Lage sein würde, das emotionale Trauma zu verkraften, falls sie jemanden fände, der eine Abtreibung vornähme, und lassen Sie sich nichts vormachen, es gibt dieses emotionale Trauma. Also ist sie gegangen und nicht wiedergekommen. Das ist das letzte, was ich von ihr gehört habe.«

»Und das wollten Sie mir erzählen?«

»Nicht nur das. Sie – hat mich gefragt, ob ich jemanden finden könnte, der ihr Baby kaufen würde. Ich habe ihr gesagt, daß das illegal ist; ich habe ihr gesagt, daß ich vielleicht einen Anwalt einschalten könnte und wir jemanden finden könnten, der ihre Arztrechnungen im Gegenzug für eine Adoption übernehmen würde, aber mehr wäre nicht möglich. Und sie hat mir erzählt, daß eine ihrer Freundinnen für 10 000 Dollar ein Baby gekauft hat – daß sie jahrelang dafür gespart hatte – und sie, ich meine Grace, hat gesagt, daß ihr 10 000 Dollar wirklich helfen würden. Ich habe versucht, sie zur Vernunft zu bringen. Als das nicht funktionierte, habe ich sie gefragt, ob sie wüßte, wo ihre Freundin das Baby gekauft hat, und sie hat gesagt, sie könnte sich nicht mehr erinnern, aber sie wollte sich erkundigen und es mir dann schreiben.«

»Und hat sie?«

Er schüttelte den Kopf. »Ich habe nie wieder von ihr gehört. Ein paarmal habe ich noch daran gedacht. Aber dann kamen diese ganzen Geschichten über verkaufte mexikanische Babys in die Zeitungen, und ich habe mir überlegt, daß sie wohl davon geredet hatte, und ich habe einfach – na ja, ich habe es wohl einfach vergessen, bis jetzt.«

Halb zu mir selbst sagte ich: »Ich habe mir so was gedacht. Die meisten von den anderen, wenn nicht alle, sind entführt worden, aber Grace – die arme Kleine – ist absichtlich hineingetappt.«

»Unwissenheit ist heilbar«, sagte Kirk. »Dummheit nicht. Es tut mir leid, ich muß nach einer Patientin sehen.«

»Falls Sie noch etwas hören –«

»Rufe ich Sie an. Ja. Aber rechnen Sie nicht damit.«

Ich fuhr nach Hause und machte Hackbraten mit grünen Bohnen und Ofenkartoffeln und Salat für meine liebe Familie, und ich ging sehr früh mit dem Gedanken zu Bett, daß ich nach der Arbeit am Donnerstag – morgen, ich wußte schon fast nicht mehr, welchen Tag wir hatten – unbedingt Lebensmittel einkaufen mußte, vorausgesetzt, ich konnte meinen Magen davon überzeugen, sich lange genug zusammenzureißen.

Das erinnerte mich an etwas anderes. Ich kroch aus dem Bett und stopfte das Tagametfläschchen in meine Handtasche, damit ich nicht vergaß, die Apotheke anzurufen, um es auffüllen zu lassen.

Am Donnerstag morgen rief ich in Arlington an und wurde mit Detective Kathy Stein verbunden, die mir versicherte, daß ich nicht extra nach Arlington kommen mußte; sie würde versuchen, die Pattens für mich aufzutreiben. Das war eine große Hilfe; nun konnte ich mich auf die Suche nach Rachel Strada machen.

Und da stand ich plötzlich wieder vor einer Wand.

Es gab keine Rachel Strada im Telefonbuch - ich sah in dem von Fort Worth, Arlington, Hurst, den umliegenden Städten nach - ich sah einfach überall nach, doch nirgends eine Rachel Strada. Ich rief die Auskunft an, und auch die hatten keine Rachel Strada.

Ich fluchte - leise - und schnappte mir erneut das Telefonbuch, um die Medizinische Gesellschaft von Tarrant County anzurufen.

Und da stand ich plötzlich wieder vor einer Wand. Die Sekretärin teilte mir traurigerweise mit, daß die Medizinische Gesellschaft von Tarrant County überhaupt keine Informationen zu Hebammen habe. Keine einzige.

Allerdings verriet sie mir widerstrebend die Telefonnummer der Ärztekammer des Staates Texas in Austin. Vielleicht könne man mir dort weiterhelfen, sagte sie nicht sonderlich hilfsbereit.

Ich rief die Ärztekammer des Staates Texas in Austin an. Die Sekretärin, mit der ich sprach, sagte, bei Hebammen kenne sie sich nicht gut aus, weil die nicht durch diese Zulassungsbehörde gingen, sie wußte aber, daß sie eigentlich keine Zulassung brauchen, keine richtige, und daß ich wohl besser mit dem Anwalt, Mr. Martinez, sprechen sollte. Sie stellte mich durch.

Mr. Martinez erklärte mir, daß Hebammen keine richtige Zulassung brauchen, aber eine Art Diplom. Sie legen beim Gesundheitsamt (dem Gesundheitsamt des Staates Texas, nicht bei denen der Counties, wie er auf Nachfrage erklärte) eine Prüfung ab, und wenn sie die bestanden haben, bekommen sie ein Diplom, in dem bestätigt wird, daß sie die Prüfung erfolgreich absolviert haben.

»Müssen sie die vielleicht jährlich wiederholen oder so?« fragte ich.

»Hm, das weiß ich nicht«, entgegnete Mr. Martinez und verwies mich auf die *Vernon's Texas Statutes 45121.* Zivilrecht, fügte er hinzu.

Ich schlug nicht in den *Vernon's Texas Statutes* nach. Dort würde ich nicht das erfahren, was ich wissen mußte, nämlich ob irgendeine Behörde – des Bundes, des Staates oder der Kommunalverwaltung – eine Anschriftenkartei der Hebammen führte.

Mr. Martinez erwähnte noch etwas Interessantes. Er sagte, daß Texas viele Laienhebammen habe – keine medizinisch ausgebildeten Leute –, und solange sie die Prüfung bestanden und nicht anfingen, ärztlich zu praktizieren, machte sich niemand Gedanken darüber, was sie da trieben.

Ich hatte immer geglaubt, Babys auf die Welt zu holen wäre ärztliches Praktizieren. Offensichtlich ist der Staat Texas, zumindest derzeit, da anderer Meinung als ich.

Ich rief das Gesundheitsamt des Staates Texas an. Die Sekretärin sagte, oh, da müßte ich mit Mrs. Dubs sprechen, und sie würde mich durchstellen. Sie stellte mich durch. Mrs. Dubs' Sekretärin sagte, da müßte ich mit Miss Jones sprechen.

Wieder eine Wand. Miss Jones war an diesem Tag nicht im Hause, und ihre Sekretärin war krank, und ansonsten kam niemand in Frage, der mir weiterhelfen könnte, es tat ihnen leid, aber so war es nun mal, und sie würden dafür sorgen, daß mich morgen jemand zurückrief. Morgen ganz bestimmt, hundertprozentig.

Ich sagte »Ach zum Teufel« und sagte Gary Hollister, der, wie ich schon erwähnt habe, zumindest offiziell mein Vorgesetzter ist, daß ich mir einen halben Tag frei nehmen würde. Ich sagte, daß ich der Meinung sei, ich hätte es verdient. Gary sagte, das sei eine prima Idee, denn sonst bekäme er Schwierigkeiten, wenn er meine ganzen Überstunden einreichen müßte.

Ich eilte zur Apotheke, wo mir der Apotheker freundlich mitteilte, daß er mein Tagametfläschchen unmöglich auf das alte Rezept auffüllen könnte. »Wieso nicht?« wollte ich wissen. »Hier steht doch ausdrücklich, drei Nachfüllungen.«

»Mrs. Ralston«, sagte er, »das Rezept ist aus dem Jahre 1981, und seitdem haben Sie nichts nachfüllen lassen. Bloß weil Sie 1981 ein Magengeschwür hatten, heißt das noch lange nicht, daß Sie auch heute ein Magengeschwür haben.«

»Aber –«

»Ich mache Ihnen einen Vorschlag. Ich rufe Ihren Arzt an, und wenn *der* sagt, ich soll nachfüllen, dann mache ich es? Okay? Aber es wird ein Weilchen dauern.«

Überzeugt, daß mein Arzt die Nachfüllung gutheißen würde, ging ich in die Drugstore-Abteilung, blätterte heimlich in einer Ausgabe von *Mad* und fing einen kleinen Liebesroman an, und schließlich kam der Apotheker wieder und sagte: »Mrs. Ralston, es tut mir leid, aber Ihr Arzt meint, daß er keine Nachfüllung befürworten kann, ohne sie zuvor gesehen zu haben.«

Wüste Beschimpfungen schossen mir durch den Kopf, aber ich blieb still. Ich kaufte den kleinen Liebesroman, eine Tüte M&M-Schokoerdnüsse, und ein neues Antiacidum, das angeblich speziell für Frauen entwickelt worden war, und dann stieg ich wieder in mein Auto und fuhr nach Hause, wo ich Antiacida in mich hineinschüttete. Das letzte Mal, als ich ein Magengeschwür hatte, wußte ich nichts davon und nahm arglos ein Aspirin – Patienten mit Magengeschwür sollten Aspirin meiden –, und eh ich wußte, wie mir geschah, wurde ich vom Rettungsdienst ins Krankenhaus geschafft, weil sie der festen Überzeugung waren, daß ich einen Herzinfarkt hatte.

Ich habe ihnen gesagt, daß es mein Magen war, aber sie haben mir nicht geglaubt.

Jedenfalls halfen die Antiacida, und ich ließ mich aufs Bett fallen, um den Liebesroman zu lesen, aber dann schlief ich ein und wurde erst wach, als Hal nach Hause kam. Ich zwang ihn, mit mir zum Supermarkt zu fahren. Ich wollte zu Sack-and-Save, und wenn ich dorthin fahre, nehme ich Hal als hauptamtlichen Tütenträger mit. Er sitzt dann immer hinten im Wagen und singt zum Fenster hinaus, während ich fahre.

Als ich vom Denton Highway abbog, wurde es schon dunkel, da ich auch noch andere Einkäufe erledigt hatte. Ich nahm die Ausfahrt Beach Street. Wir waren fast an der Stelle, wo sich die Beach Street zur Brücke über den Fossil Creek verengt, als plötzlich – wie aus dem Nichts – eine junge Frau quer über die Straße auf meinen Wagen zugerannt kam. Ich konnte ihr Gesicht nicht erkennen – sie trug einen dünnen Schal, und das Haar fiel ihr über die Augen, und sie hatte zuviel Make-up drauf; sie wollte wohl wie Madonna aussehen – aber sie fuchtelte mit den Armen und schrie, und natürlich kurbelte ich rasch das Seitenfenster runter, um zu verstehen, was sie sagte.

»Ihre Motorhaube fliegt gleich auf!« rief sie. »Anscheinend stimmt da was nicht – Sie sollten lieber aussteigen und mal nachsehen . . .«

Ich warf einen Blick auf die Motorhaube. Sie schien mir ganz in Ordnung, aber natürlich wurde es schon dunkel, und vielleicht hatte sie etwas gesehen, was ich nicht sehen konnte. Sie packte den Türgriff und zog die Tür auf und bedrängte mich erneut, auszusteigen und nachzusehen – ich mußte aus dem Wagen steigen ...

Sie war allzu versessen darauf, mich aus dem Wagen zu bekommen. Viel zu versessen.

Ich griff hastig nach der Tür, knallte sie zu, drückte die Verriegelung runter und griff nach hinten und verriegelte Hals Tür, bevor sie Zeit hatte, es dort zu versuchen.

Ihr hübsches Gesicht, das ich noch immer nicht genau erkennen konnte unter dieser überdicken Schicht von – ja, *verschmiertem*, absichtlich verschmiertem Make-up –, war verzerrt, als sie versuchte, in den Wagen zu greifen, um an die Verriegelung zu gelangen. Ich fing an, das Fenster hochzukurbeln, nahm meinen Fuß von der Bremse und wollte gerade aufs Gas treten, als ich aus den Augenwinkeln den Mann mit Kapuze rechts aus dem Graben auftauchen sah, mit einem langen Rohr in der Hand – nein, das war kein Rohr – »Runter, Hal!« schrie ich.

»Was?« Er war verwirrt; er hatte noch nicht kapiert, was los war. Aber wie sollte er auch? Er war noch keine 16. In seiner Welt versuchen Menschen nicht, andere Menschen umzubringen. Noch nicht.

»Runter, *sofort*!« Ich versuchte, direkt auf den Mann zuzusteuern, gab Gas – ich mußte ihn aufhalten, aber ich hielt ihn nicht auf. Ich mußte ihn aufhalten, aber Feuerwerkskörper sind in Fort Worth verboten, und kein Feuerwerkskörper ist so laut wie der, der meine Windschutzscheibe zertrümmerte – und ich konnte nicht mehr sehen, in welche Richtung der Wagen fuhr, weil er irgendwie nicht mehr so reagierte, wie ich wollte ...

»Hal, bist du okay?« schrie ich.

Ich konnte nicht sagen, ob er verletzt war oder nicht. Er weinte oder schrie, ich wußte es nicht, und ich konnte nicht anhalten, um nachzusehen, weil der Mann mit der Schrotflinte noch immer irgendwo da draußen war. Ich fuhr blind, steuerte mit der linken Hand, während meine rechte nach der Pistole im Seitenfach meiner Handtasche tastete, aber der Wagen schleuderte noch immer; ich war ein paarmal von der Straße abgekommen, und der Randstreifen hatte nicht dieselbe Höhe wie die Straße, so daß wir jedesmal, wenn wir wieder auf die Straße kamen, erneut ins Schleudern gerieten. Glücklicherweise hatte ich splitterfreies Glas, so daß der Wagen nicht voller Glassplitter war, sondern voller kleiner, etwa rechteckiger Glasstückchen, aber trotzdem blinzelte ich noch immer, um Glas aus dem Gesicht zu bekommen, und steuerte blind, steuerte mit der linken Hand, während die rechte die Pistole in Anschlag brachte, um zu schießen, falls ich jemanden sehen könnte, ich konnte bloß niemanden sehen ...

Und ich krachte gegen einen kleinen Baum, zu klein, als daß ich ihn hätte sehen können, so rasch ich mich auch bemühte, wieder zu sehen, und nun konnte ich den Wagen überhaupt nicht mehr bewegen - ich war gegen einen Baum gefahren, und irgendwo da draußen machte ein Mann mit einer Schrotflinte Jagd auf mich, wie Harry Rehe jagt, und mein Sohn saß auf dem Rücksitz ...

Blind schluchzend erwiderte ich das Feuer und warf dann die Pistole auf den Sitz, so lange, bis ich den Rückwärtsgang eingelegt, von dem Baum zurückgesetzt, den Wagen ausgerichtet und langsam, kontrolliert wieder auf der Beach Street fuhr, und versuchte, durch die Reste der Windschutzscheibe, die nicht ganz aus dem Rahmen gefallen war, etwas zu erkennen.

Ich hörte die Schrotflinte ein zweites Mal losgehen, aber ich konnte nicht sagen, wo der Einschlag war. Diesmal traf er nicht die Windschutzscheibe, vielleicht, weil ich kaum noch eine Windschutzscheibe hatte, aber er traf den Wagen irgendwo. Das wußte ich, weil ich spürte, wie der Wagen ruckte, und weil ich hörte, wie Hal rief: »Mom! Mom!«

Ich feuerte noch zweimal zurück, und ich glaube, ich traf jemanden, weil ich jemanden außerhalb des Wagen aufschreien hörte. Dann rannten der Mann und die Frau auf einen Wagen zu, den ich in der Eile nicht genau erkennen konnte, und sie sprangen hinein und fuhren davon.

Ich glaube, ich habe versucht, sie zu verfolgen.

Ich glaube, ich habe versucht, den Wagen zu starten und ihnen die Beach Street hinunter zu folgen.

Ich konnte ihr Nummernschild nicht erkennen - es war mit Dreck verschmiert, wahrscheinlich absichtlich, und ich hatte keine Chance, den Wagentyp zu erkennen, nur daß er hell war und vermutlich nicht sehr alt. Mit Hecktür. Ein Kombi oder Kleinwagen. Wie so ungefähr ein Drittel aller Wagen, die heutzutage auf den Straßen rollen.

Ich versuchte, den Wagen zu starten und ihnen die Beach Street hinunter zu folgen, aber mein Auto wollte anscheinend nicht mehr weiter, denn es blieb stehen, und ich kriegte es nicht mehr in Gang, und ich sah ihre Rücklichter verschwinden, als sie nach links auf die Saginaw-Watauga Road einbogen. Das konnte ich gerade noch erkennen.

Und dann bekam ich meine Wagentür auf und stolperte aus dem Wagen und versuchte, Hals Tür zu öffnen und konnte es nicht, und dann fiel mir wieder ein, daß ich sie ja verriegelt hatte, und wollte hineinfassen, um sie zu öffnen, nur daß er sie inzwischen selbst entriegelt hatte und aus dem Wagen getaumelt kam, wobei er etwas sagte, das wie »Mommy« klang, was er, glaube ich, in den letzten vier oder fünf Jahren nicht mehr gesagt hat.

»Bist du okay, Hal? Bist du okay?«

Ich glaube, er hat gesagt, daß er okay war, oder aber ich habe gesehen, daß er okay war, und inzwischen hatte ein anderer Wagen angehalten, um festzustellen, was passiert war. Ich erkannte sie undeutlich; es waren Nachbarn, die etwas weiter auf unserer Straße wohnen; und ich bat sie, Hal und mich zum Kiosk mitzunehmen.

Von dort rief ich Harry an. Das heißt, ich versuchte, Harry anzurufen, aber Becky erinnerte mich daran, daß Donnerstag war, und er natürlich weg war, um beim Bingo zu helfen. Ich sagte ihr, sie solle in der Lodge anrufen und ihm sagen, daß ich im Kiosk sei und so eine Art Unfall gehabt hätte, und ja, uns war nichts passiert, aber ich brauchte Harry ...

Und dann wählte ich die Nummer vom Polizeinotruf, und kurze darauf traf Captain Millner ein und etliche Streifenwagen und eine Gruppe von der Spurensicherung und ein Abschleppwagen.

Harry war relativ schnell da, wenn man bedenkt, daß er den weiten Weg von der White Settlement Road herkommen mußte.

Die zweite Ladung aus der Schrotflinte hatte den Kühler getroffen. Deshalb war ich mit dem Wagen nicht mehr sehr weit gekommen. Das gesamte Wasser war ausgelaufen, und der Motor hatte sich automatisch abgestellt, als er zu heiß wurde.

Ich sagte blöderweise: »Aber ich habe doch gerade Frostschutz eingefüllt.«

Harry sagte: »Du brauchst jetzt was anderes als Frostschutz. Schatz, du stehst unter Schock.«

Eine der Wagenladungen von Menschen, die anhielten, um zu gaffen, enthielt einige Schulfreunde von Hal, unter anderem den allgegenwärtigen Sammy, und ich hörte, wie Hal großspurig sagte: »Die hättest du sehen müssen! Eine Wahnsinnsschrotflinte! Kaliber zehn, oder so was . . . Nee, ich hatte keine Angst, was, Mom?«

Da konnte ich lachen – einen Moment lang.

Bis mir einfiel, daß Hal das einzige koreanische Kind an der High-School in Keller ist. Im Schulbus. In Summerfields. Er war also leicht zu erkennen, falls mich jemand angreifen wollte, indem er meine Kinder angriff.

Kapitel 9

Ich kann nicht gerade behaupten, daß ich Donnerstag nacht gut geschlafen hätte. Wenn ich überhaupt geschlafen habe. Ich machte mir Sorgen, Sorgen und noch mal Sorgen. Und ich drehte und wälzte mich hin und her, und ich rollte mich in die Laken ein und wieder raus und warf sie auf den Boden und stand auf und zog sie wieder aufs Bett und machte mir noch ein paar Sorgen.

Ich hörte, wie Harry im Wohnzimmer mit jemandem in Tierra del Fuego sprach. Er hatte erst gar nicht versucht zu schlafen.

Das Problem war, daß es in meinem Job zumindest nicht völlig ausgeschlossen ist, daß auf einen geschossen wird, auch wenn das alles andere als spaßig ist. Aber daß meine Familie mit hineingezogen wurde, war nicht vorgesehen. Es war nicht vorgesehen, daß jemand auf mich schoß, wenn ich dienstfrei hatte; es war nicht vorgesehen, daß jemand auf meine Kinder schoß.

Wir konnten Hal doch nicht von der Schule nehmen, und ich konnte weiß Gott nicht ständig bei ihm sein, wenn er dort war, aber wie sollte ich arbeiten, wenn er so gefährdet war? Ich wollte mir bloß noch Sorgen machen.

Nach etlichen hektischen Telefonaten hatten wir uns überlegt, daß Harry, der verspätet zur Arbeit kommen konnte, ohne daß großartig Fragen gestellt wurden, Hal zur Schule fahren und sicher ins Gebäude bringen würde. Die Direktorin und andere vom Schulkollegium wußten inzwischen Bescheid – wir hatten sie angerufen –, und falls irgendein unbekannter Erwachsener auftauchte, würden sie umgehend die Polizei von Keller verständigen, wo man ebenfalls Bescheid wußte. Sammys Eltern, die auf einer abgelegenen Milchfarm wohnten, würden Hal und Sammy abholen, und die Jungs konnten dann draußen bei den Kühen und Milchschafen herumtoben, bis Harry oder ich Hal wieder abholten. Kein Fremder konnte sich dem Melkstall, der auf einem einsamen Hügel steht, auf weniger als eine Meile nähern, ohne sofort entdeckt zu werden.

Die nächste Sorge war Becky. Natürlich ist sie nicht so auffällig wie Hal - sie ist halb Komantschin und könnte ohne weiteres für eine groß gewachsene Mexikanerin gehalten werden. Komantschen und Mexikaner - vor allem Mexikaner - sind in Fort Worth ein ganz alltäglicher Anblick. Sie würde mit ihrem eigenen Wagen fahren, und die Firma, in der sie arbeitet, hat einen umzäunten Parkplatz mit Parkwächter, an dem man vorbeimuß. Doch nur für den Fall, daß sie - wer immer »sie« sein mochten - Beckys Wagen gesehen hatten, überredete ich sie, auf Umwegen zur Arbeit zu fahren. Beach Street zur Saginaw-Watauga Road - ich meine, Great Western Parkway; eines Tages gewöhne ich mich schon noch dran - und dann nach *links* auf diesen angeblichen Parkway, bis zum Denton Highway und rüber nach Belknap, statt nach rechts auf die 35, was direkter wäre, und von da ins Geschäftsviertel. Auf dieser Strecke gibt es keine einsamen Straßenabschnitte, wo man ihr auflauern könnte, sagte ich zu Harry, und er sagte: »Deb, ich glaube, du machst dir zuviel Sorgen.«

»Spinnst du?« fragte ich. »Nachdem das passiert ist -«

»Deb, sie hatten es auf dich abgesehen. Ich halte es für reinen Zufall, daß Hal im Wagen war.« Er kaute auf einem Fingernagel, starrte mich dabei an und sah einen Moment viel älter aus als seine tatsächlichen 46 Jahre. Dann sagte er: »Ich würde dich ja bitten, deinen Job aufzugeben. Aber das würdest du sowieso nicht tun, also warum soll ich es versuchen? Jetzt mal immer mit der Ruhe. Du überlegst dir Vorsichtsmaßnahmen für die Kinder. Wie wär's, wenn du dir welche für dich selbst überlegst? Und verdammt noch mal, geh endlich zum *Arzt*!« schrie er mir nach, als ich plötzlich mit der Hand vor dem Mund in Richtung Badezimmer stürzte. »Das letzte Mal warst du eine Woche im Krankenhaus ...« Den Rest hörte ich nicht mehr.

»Ich gehe zum Arzt, sobald ich Zeit habe«, sagte ich drei Minuten später zu ihm mit so viel Würde, wie ich aufbringen konnte. »Ich habe bloß vergessen, meine Antiacida zu nehmen. Und ich bin sehr vorsichtig. Um mich brauchst du dir keine Sorgen zu machen.«

Eine der Vorsichtsmaßnahmen, die ich mir überlegt hatte - genauer gesagt, die Captain Millner angeordnet hatte - lag auf der Arbeitsplatte in der Küche. Es war ein einzelnes Wiederaufladegerät für ein Walkie-talkie, den Sammelaufladern im Polizeirevier nicht unähnlich. Von nun an würde ich, bis die Sache geklärt war, nicht nur ständig einen Revolver, sondern auch ein Funkgerät dabeihaben. Es würde also nicht wieder vorkommen, daß ich keine Hilfe herbeirufen konnte, falls auf mich geschossen wurde.

Ich wollte in meinem Privatwagen keine Schrotflinte haben. Harry hatte natürlich eine, und unter den gegebenen Umständen würde ich sicherlich eine vom Department zur Verfügung gestellt bekommen, doch es kommt einfach zu häufig vor, daß Waffen aus Autos gestohlen werden. Ich wollte keine in meinem Wagen lassen. Aber andererseits wollte ich auch nicht auf dem Weg zur Arbeit durch die Straßen von Fort Worth mäandern und dabei eine Schrotflinte an den Busen drücken.

Schließlich hatte ich Harry nur gesagt, ich würde vorsichtig sein. Ich lag stocksteif im Bett und dachte über vorsichtiges Verhalten nach, und gegen vier Uhr morgens döste ich für zwei unruhige Stunden voller Alpträume ein.

Am Freitag morgen mußte ich einen Bericht schreiben. Es fiel mir überraschend schwer; ich bin es nicht gewohnt, selbst das Opfer zu sein. In meiner Erinnerung war alles verschwommen. Ich glaube, das kommt daher, daß ich, wenn ich zu Hause bin, wenn ich jogge, wenn ich einkaufen gehe, meinen eigenen Rhythmus habe. Ich habe einen anderen Gang eingelegt, den Ehefrau-und-Mutter-Gang, und dann passiert einfach nichts, was normalen Hausfrauen in einer Stadtrandsiedlung nicht auch passieren würde. Und die Folge war, daß ich, statt sofort wie ein Profi zu reagieren, fast in eine Art Schockzustand fiel. Kein Wunder, daß die Erinnerungen unklar waren.

Ich schaffte es, sie zu ordnen und den Bericht doch noch zu schreiben. Ich hatte noch immer keinen Anruf aus Arlington bekommen, und ich hatte, so beschloß ich, keine Zeit, auf einen zu warten. Wenn Stein anrief, konnte jemand anders die Nachricht entgegennehmen; ich wollte los und ein paar andere Dinge überprüfen. Ich nahm mein Notizbuch und griff gerade nach den Schlüsseln für einen Dienstwagen, als das Telefon klingelte. Dutch, der aus irgendeinem Grund den *Star-Telegram* überredet hatte, ihm die Leserbriefe (veröffentlicht und unveröffentlicht) der letzten sechs Monate zu geben (oder zu leihen), langte über die dicke Akte auf seinem Schreibtisch und nahm den Hörer ab. »Sonderdezernat, Van Flagg – ja, einen Moment.« Er drückte die WARTE-Taste und zeigte auf mich.

»Ralston«, sagte ich, und eine forsche Stimme daraufhin: »Stein, Arlington. In Sachen Patten.«

Ich setzte mich wieder. »Ja, Kathy, was haben Sie rausgefunden?«

»Also, am 8. September sind sie in eine Wohnanlage östlich vom College gezogen. Aber kurz nachdem sie eingezogen waren, haben sie sich einen Akita angeschafft - das ist ein verdammt großer Hund, und er hat einigen Leuten ganz schön Angst eingejagt, und man hat sie aufgefordert, wieder auszuziehen. Dann haben sie ein kleines Haus westlich von der Wohnanlage gefunden. Ich bin noch nicht dagewesen, um mit ihnen zu sprechen - dachte, das würden Sie vielleicht lieber selbst tun.«

»Hat irgend jemand erwähnt, daß sie ein Baby haben?« Ich wußte nicht, warum ich das fragte. Inzwischen stand so gut wie fest, daß sie ein Baby besaßen.

»Ja, etwa fünf Monate alt, ein Junge. Sie nennen ihn Timmy. Ein paar Nachbarn haben gesagt, Jackie wüßte offenbar nicht, wie sie mit ihm umgehen soll, aber Sie wissen ja, beim ersten Kind ist das absolut nicht ungewöhnlich. Zumal wenn - na ja - man sich nicht auf die gewöhnliche Art und Weise darauf vorbereiten konnte.« Ich hatte Kathy über die Hintergründe informiert.

Ich sagte, ich wäre in cirka einer halben Stunde da, je nachdem, wie dicht der Verkehr sei, und Kathy sagte, sie würde auf mich warten.

Im Auto kam ich dazu, über etwas nachzudenken, worüber ich schon vorher hätte nachdenken sollen. Nick Patten hatte bis vor ein paar Wochen in einer Wurstfabrik am Fließband gearbeitet. Jackie Patten hatte gar keinen Job.

Der Akita hatte mich auf den Gedanken gebracht, weil wir irgendwann selbst überlegt hatten, uns einen anzuschaffen, bis wir herausfanden, daß ein ganz gewöhnlicher, aus keinem prämierten Zuchtzwinger stammender Akita-Welpe 300 Dollar oder mehr kostet. Wir wußten bereits, daß sie für ein Baby 10 000 Dollar hingeblättert hatten - was mit Sicherheit ihre Ersparnisse und jedes Darlehen, das sie kriegen konnten, aufgebraucht hatte. Woher also hatten die Pattens das Geld, sich einen Akita zu kaufen, und woher hatte Nick Patten das Geld, aus heiterem Himmel seinen Job aufzugeben und nach Arlington zu ziehen?

Ich hatte seit Tagen nicht einmal daran gedacht, einen Blick in die Zeitung zu werfen, außer in die, die ich in Sherman überflogen hatte, und ich hatte nicht aufs Schwarze Brett geschaut. Ich hatte das gelesen, was über meinen Schreibtisch gegangen war, und sonst nichts. Was also war in letzter Zeit losgewesen? Woran arbeitete der Rest des Departments? Woran arbeiteten die Departments in den Nachbarstädten? Woran arbeitete das FBI? Irgendwo wurde an etwas gearbeitet, das mir sagen würde, wie die Pattens an das viele Geld gekommen waren.

Im Augenblick fiel mir als einzige Erklärung nur ein Banküberfall ein. Es gibt ganz einfach nicht sehr viele Orte, wo soviel Geld zum Mitnehmen herumliegt.

Vielleicht war mein Zynismus unangebracht. Vielleicht hatte Nick ja wirklich einen guten Job.

Ich war zu neugierig und zu angespannt, um zu warten, bis ich in Arlington war. Ich bog von der Straße ab, rief das FBI an und bekam Special Agent Dub Arnold an den Apparat. Dub erzählte mir, es habe seit Monaten in der Gegend keinen Bankraub mit einer so großen Beute gegeben. »Hinter was für einer Sache sind Sie her, Deb?«

Ich erzählte es ihm, und er sagte: »Wissen Sie, ich habe so das Gefühl, daß Ihr Fall, sobald Sie ihn aufgeklärt haben, auch mein Fall wird.«

»Das würde mich gar nicht überraschen«, stimmte ich zu. Natürlich ist illegaler Handel mit Schwarzmarktbabys ein Verstoß gegen das Bundesgesetz.

»Also, ich mache Ihnen einen Vorschlag«, sagte er. »Sie geben mir alles, was Sie über Patten haben, und ich sehe zu, daß ich von meinem Boß grünes Licht kriege, ein wenig in Pattens Vergangenheit rumzuschnüffeln, okay?«

Ich gab ihm Namen, Geburtsdatum, Geburtsort, letzte bekannte Adresse, letzte bekannte Arbeitsstelle, Sozialversicherungsnummer und eine knappe Personenbeschreibung. Er sagte: »Es kann ein paar Tage dauern.«

»Nehmen Sie sich soviel Zeit, wie Sie brauchen, aber sehen Sie zu, daß ich die Informationen morgen habe«, sagte ich, und er lachte leise und legte auf.

Die meisten Polizisten halten den Ruf des FBI für etwas überzogen – das FBI hat es sich sozusagen zur Gewohnheit gemacht, bei jeder gemeinsamen Operation den Ruhm einzuheimsen, selbst wenn die gemeinsame Operation zu 90 Prozent auf lokaler Ebene durchgeführt wurde. Doch es gibt einige Dinge, in denen das FBI unumstritten gut ist, und das hier gehörte dazu. Mit ein bißchen Glück würde Dub in wenigen Tagen Informationen beschaffen, an die ich sonst nie und nimmer rankäme.

Da ich ohnehin gerade am Telefon war, nahm ich mir noch die Zeit, in der Schule anzurufen. Ja, Hal war da. Ja, da waren sie ganz sicher; er hatte gerade eine Mitteilung für eine der Lehrerinnen entgegengenommen.

Aus keinem erkennbaren Grund hatte meine Sorge etwas nachgelassen, und auf der Fahrt nach Arlington fiel mir plötzlich auf, daß ich vor mich hinsummte. Um halb zehn saß ich in Kathy Steins Büro. Ich hatte sie nie zuvor gesehen, und ich würde schätzen, daß sie etwa in meinem Alter ist, vielleicht ein wenig älter. Und sie würde sich, so dachte ich wehmütig, wahrscheinlich weit weniger oft anhören müssen, daß sie nicht wie ein Cop aussah - Kathy war schwarz und an die 1,80 groß; ihrem Aussehen nach zu urteilen, würde sie mit den meisten Männern bei einem Handgemenge leicht fertigwerden.

Sie hatte die Adresse der Pattens, und wir fuhren in meinem Wagen hin. Da wir keinerlei schriftliche Vollmacht hatten, konnte Jackie sich natürlich weigern, uns ins Haus zu lassen oder überhaupt mit uns zu reden - nun, das war uns klar. Vermutlich wußte Jackie es nicht, aber wir würden es ihr sagen müssen. Da sie eindeutig eine Verdächtige war, waren wir verpflichtet, ihr ihre Rechte vorzulesen, bevor wir mit ihr sprachen.

Und so standen wir dann also auf der Treppe vor ihrer Haustür und lasen ihr ihre Rechte vor, während ein Akita, den sie am Halsband hielt, an ihrer Hand zerrte. Sie brachte den Hund in den Zwinger und kam zu uns zurück, wobei sie sich alle Mühe gab, verwirrt dreinzublicken. Es gelang ihr nicht sonderlich gut. Ich schätzte sie auf vielleicht 28, aber sie sah jünger aus; sie hatte eine sehr helle sommersprossige Haut, dichtes, weiches, rötliches Haar und blaßblaue Augen. Sie war nicht so groß wie Kathy, aber sie war einiges größer als ich, und sie bewegte sich wie ein unbeholfenes Fohlen, als hätte sie sich noch nicht ganz an ihre Größe gewöhnt.

Das Haus war viel schöner als das, das sie in Sherman gehabt hatten, und die meisten Möbel sahen neu aus. Ich fragte mich erneut, woher sie das Geld dafür hatten. Und ich fragte mich erneut, ob sie es wußte oder ob der Wunsch nach einem Baby sie derart umnebelt hatte, daß sie es nicht wissen wollte.

Sie wußte allerdings, daß etwas nicht stimmte, und ihre schauspielerische Leistung war nicht sonderlich überzeugend. »Polizei?« sagte sie. »Was ist denn los? Ich habe nichts Unrechtes getan.«

Wer auch immer ihr den Tip gegeben hatte, mit den Wimpern zu klimpern, wenn sie es mit der Polizei zu tun bekam, er hatte wohl nicht bedacht, daß es sich um Polizistinnen handeln würde.

»Schön, das zu hören«, sagte Kathy herzlich. »Dann haben Sie ja wohl bestimmt nichts dagegen, wenn wir uns ein wenig unterhalten, oder?« Sie lehnte am Türrahmen und wirkte sehr groß und sehr schwarz.

»Tja –«

»Es ist ungeheuer wichtig, Mrs. Patten«, sagte ich.

Sie blickte mich dankbar an. Kathy und ich hatten eigentlich nicht vorgehabt, Guter-Cop/Schlechter-Cop zu spielen, aber es hatte den Anschein, daß Jackie uns in diese Rollen drängte. Es ist mir noch kein einziges Mal gelungen, bei diesem Spiel den schlechten Cop abzugeben; wie einmal jemand zu mir gesagt hat: »Sie sind ein Cop? Sie sehen aus wie – wie – wie eine nette kleine Tante!«

Kathy war etwas weniger dazu geeignet, wie eine nette kleine Tante auszusehen. Außer vielleicht die von Grace Jones.

Wir hatten Jackie Patten weiter angesehen, ohne daß einer von uns noch etwas gesagt hatte, und irgendwo im Haus fing ein Baby an zu schreien. Sie trat von der Tür zurück, einen gehetzten Ausdruck im Gesicht, und sagte: »Ja, kommen Sie herein, kommen Sie doch herein.«

»Darf ich das Baby sehen?« fragte ich. »Ich bin ganz vernarrt in Babys; ich bin gerade Großmutter von einem kleinen Enkelsohn geworden. Haben Sie einen Jungen oder ein Mädchen?«

»Einen Jungen«, sagte sie. »Er ist fünf Monate alt.« Sie sah müde aus, als sie sich zu einem der hinteren Zimmer umwandte. Kathy warf mir einen kurzen Blick zu und blieb im Wohnzimmer. »Er zahnt, und er quält sich richtig damit, und dann tut er mir so leid, daß ich nicht weiß, was ich machen soll.« Sie lachte gezwungen. »Die Kinderärztin sagt, Babys merken, wenn man nicht weiß, was man tun soll, und dann schreien sie noch mehr.«

»Das stimmt genau«, pflichtete ich bei, während ich ihr in das Schlafzimmer folgte, aus dem sie ein Kinderzimmer gemacht hatte. Ein Jenny-Lind-Kinderbettchen, ein Wickeltisch, ein hübscher Schaukelstuhl aus Eichenholz für sie, um das Baby zu wiegen – schöne Babykleidung und Wandschmuck und jede Menge Spielzeug, mit dem er wahrscheinlich spielen würde, wenn es ihm wieder besser ging, sowie ein Schmetterlingsmobile, auf dem er offensichtlich herumgekaut hatte. Sie tat mir plötzlich leid, was bis dahin nicht der Fall gewesen war; aber noch viel mehr tat mir die richtige Mutter des Babys leid, die wahrscheinlich tot war, und der richtige Vater des Babys, der das Baby allein würde großziehen müssen; und am allermeisten tat mir das Baby selbst leid, das bereits eine Mutter verloren hatte und bald wieder eine verlieren würde.

Ich lehnte mich gegen die Tür und sah zu, wie sie seine Windeln wechselte. »Mrs. Patten«, sagte ich und gab ganz plötzlich meinen anfänglichen Angriffsplan auf. »Ich weiß, Sie lieben das Baby, ich habe nämlich selbst drei Adoptivkinder und weiß, wie sehr ich sie liebe. Ich möchte auf gar keinen Fall, daß es für Sie oder für das Baby schlimmer als nötig wird. Deshalb werde ich Ihnen nichts vormachen. Ich sage Ihnen jetzt ganz offen, warum wir hier sind. Mrs. Patten, ich habe meine Kinder auf legalem Wege adoptiert. Sie nicht. Sie haben das Kind vom Schwarzmarkt. Sie haben es für Geld gekauft, und das werden wir schon sehr bald beweisen können. Sie machen die Sache für sich selbst und auch für das Baby wesentlich leichter, wenn Sie die Wahrheit sagen und den Kleinen jetzt hergeben.«

»Das ist doch völlig absurd«, sagte sie wenig überzeugend. Ich hatte gesehen, wie sie zusammenzuckte, und nun nahm sie mit zitternden Händen eine Dose Talkumpuder. »Ich kann Ihnen sogar seine Geburtsurkunde zeigen. Da steht schwarz auf weiß, daß er mir gehört.«

»Sie sind nicht die erste, die sich so einen Plan ausgedacht hat – falls Sie ihn sich ausgedacht haben, was ich bezweifle; ich vermute, jemand anders hat ihn für Sie ausgedacht. Ja, ich weiß, daß Sie für ihn eine Geburtsurkunde haben. Wie kommt es dann, daß niemand von Ihren Freunden gewußt hat, daß sie schwanger waren?«

Sie zuckte die Achseln. »Man hat es mir eben nie sehr deutlich angesehen.«

Sie wog vielleicht an die 100 Pfund. Eine Schwangerschaft hätte man ihr ab dem zweiten Monat ansehen müssen. »Wo ist er geboren?« fragte ich.

»In Fort Worth.«

»Wieso in Fort Worth? Ich dachte, Sie hätten noch in Sherman gewohnt, als er geboren wurde. Wo in Fort Worth?«

Mit derlei Fragen hatte sie nicht gerechnet, und sie hatte keine Antworten darauf. »Och – äh – in – mhm – zu Hause. Ich meine, wir waren – äh – vorübergehend in Fort Worth. Nur für ein Wochenende. Nickie war auf Jobsuche.«

»Wo haben Sie gewohnt? Wo in Fort Worth?«

Sie zuckte die Achseln. »Wir haben in einem Motel gewohnt.«

»Also ist das Baby in einem Motel geboren?«

»Genau. Es war – ähm – ein LaQuinta.«

»Welches?«

Sie zuckte erneut die Achseln. »Ähmm – es ist in Fort Worth. Ganz in der Nähe von einem Einkaufszentrum. Northeast Mall heißt es, glaube ich.«

»Das ist in North Richland Hills. Das Motel, meine ich, nicht das Einkaufszentrum.«

»Vielleicht, ich weiß es nicht.«

»Kein vielleicht«, entgegnete ich. »Dieses Motel liegt in North Richland Hill.«

»Okay, dann ist es eben in North Richland Hills. Na und?«

»Wie kommt es dann, daß die Geburt in Tarrant County registriert wurde, das nicht mehr zum Stadtgebiet gehört?«

»Vielleicht haben sie sich vertan?« Das war eine Frage, keine Aussage.

»Bei so was vertun sie sich nicht, Mrs. Patten«, sagte ich zu ihr. »Wer hat bei der Geburt geholfen?«

»Eine Hebamme. Ihr Name war Rachel Strada.« Sie sagte das schnell, wie auswendig gelernt.

»Okay, wie sieht Rachel Strada aus?«

Sie zuckte die Achseln, strich sich ihr rotblondes Haar aus den Augen. »Ich erinnere mich nicht. Ich glaube – ich glaube, ich war ganz durcheinander.«

»Ist Rachel Strada schwarz oder weiß?«

»Ich glaube, sie ist weiß.

»Sie *glauben* es?«

»Ich habe Ihnen doch gesagt, daß ich ganz durcheinander war.«

»Wie sind Sie auf Rachel Strada gekommen?«

»Das war mein Mann.«

»Wie lange lagen Sie in den Wehen?«

»Oh – äh – äh – etwa drei Stunden.«

»Das ist merkwürdig, beim ersten Kind dauert es im Durchschnitt eher acht bis zwölf Stunden.«

»Dann bin ich eben nicht Durchschnitt.«

»Wieviel haben Sie für das Baby bezahlt, Jackie?«

»Es ist mein Baby, und Sie verlassen mein Haus!« Sie drückte das schreiende Baby an die Brust und fügte hinzu: »Hören Sie, es ist *mein* Baby, aber wenn ich es gekauft hätte, dann wäre das auch okay, denn jede Frau, die so mies ist, daß sie ihr eigenes Baby für 10 000 Dollar verkauft, sollte keins haben!«

»Ich habe keine Zahl genannt«, sagte ich leise. Sie starrte mich an, mit offenem Mund, und ich fügte hinzu: »Aber, ja, ich weiß, daß es 10 000 Dollar waren. Und bevor ich gehe, möchte ich, daß Sie eines erfahren. Die Mutter hat das Baby nicht verkauft. Das Baby wurde der Mutter gestohlen und die Mutter vermutlich umgebracht. Eine legale Adoption ist genau das – legal. Und in der Regel fair. Aber Schwarzmarktadoptionen sind illegal, weil sie unfair sind, gegenüber der leiblichen Mutter oder der Adoptivmutter oder dem Baby oder allen dreien. Denken Sie darüber nach, Jackie, und rufen Sie mich an, wenn Sie darüber nachgedacht haben.«

Ich ging über den Flur, winkte Kathy, mir zu folgen, als ich durch das Wohnzimmer kam. Hinter mir hörte ich, wie Jackie über das Schreien des Babys hinwegkreischte: »Sie lügen, Sie lügen!« Doch in ihrer Stimme lag Furcht, echte Furcht und jede Menge davon.

Im Wagen fragte Kathy: »Was denken Sie?«

»Sie hat 10 000 Dollar für das Baby bezahlt«, sagte ich. »Dessen war ich mir bereits ziemlich sicher. Vermutlich kennt sie die Hintergründe nicht. Aber ich würde wetten, ihr Mann.«

»Was jetzt?« fragte Kathy, als ich keine Anstalten machte, den Wagen anzulassen.

»Jetzt warten wir«, sagte ich zu ihr. »Mal sehen, wie lange es dauert, bis Nick hier auftaucht.«

Es dauerte nicht lange. Wir warteten vielleicht 20 Minuten, die Jackie Patten wie Stunden vorgekommen sein müssen, bis ein Ford-Pick-up mit kreischenden Bremsen vor dem Haus anhielt. Jackie kam nach draußen gerannt, das Gesicht tränennaß und verzerrt, und einen Augenblick später kam ein entschlossener und wütend dreinblickender Mann, der Nick Patten sein mußte, auf den Wagen zu, in dem Kathy und ich saßen.

»Wer zum Teufel sind Sie?« fragte er, als ich aus dem Wagen stieg. »Und was zum Teufel fällt Ihnen ein, meine Frau so aus der Fassung zu bringen?«

Ich zeigte ihm meinen Ausweis.

»Sie sind hier nicht in Fort Worth, Sie Miststück«, sagte er.

»Gefällt Ihnen meiner besser?« fragte Kathy und drängte sich zwischen uns. Sie war gut zehn Zentimeter größer als er.

»Na schön«, sagte er, »Sie sind Cops, also was fällt Ihnen ein, meine Frau so aus der Fassung zu bringen, ihr zu erzählen, Sie würden uns das Baby wegnehmen –«

Kathy fing an, ihm seine Rechte vorzulesen, und er schrie: »Ach, halten Sie den Mund. Wofür halten Sie sich eigentlich, für Fernseh-Cops?«

»Möchten Sie uns etwas erzählen?« fragte ich.

»Nein, Sie Miststück, ich möchte, daß Sie mir etwas erzählen. Meine Frau so aus der Fassung zu bringen – sie hat so verdammt lange auf das Baby gewartet –«

»Mr. Patten«, sagte ich sanft, »ich weiß, was es heißt, so lange zu warten. Meine Kinder sind adoptiert. Und gestern abend hat jemand versucht, meinen Sohn zu töten, damit ich nicht weiter an diesem Fall arbeite. Nicht, um ihn seinen leiblichen Eltern zurückzugeben, Mr. Patten, um ihn zu töten. Mit einer Schrotflinte.«

»Ach, hören Sie doch auf«, er versuchte zu lachen. »So blöd kann doch keiner sein, und überhaupt, was meinen Sie mit *diesem Fall*? Jackie hat Ihnen doch schon gesagt, daß es unser Baby ist, wir haben eine Geburtsurkunde –«

»Daran zweifle ich keine Sekunde«, sagte ich. »Ich habe die Information auf dem Computerausdruck gesehen. Ich weiß genau, was auf der Geburtsurkunde steht. Möchten Sie mir ein paar Fragen beantworten?«

»Ich beantworte jede Frage, die Sie möchten.«

»Wo wurde das Baby geboren?«

»In Fort Worth.«

»Wo in Fort Worth?«

»Wir – ähm ...« Er stockte. Vielleicht hatte Jackie ihm gesagt, daß ich die Frage bereits gestellt hatte; er überlegte, ob er bei derselben Lüge bleiben oder es mit einer neuen versuchen sollte; oder aber Jackie hatte es ihm nicht gesagt, und er fragte sich, ob ich ihr die Frage gestellt hatte und was sie geantwortet hatte. »LaQuinta«, sagte er schließlich.

»Wieso steht denn dann auf der Geburtsurkunde, daß er in Tarrant County geboren wurde, also außerhalb des Stadtgebietes?«

»Ich vermute, die Hebamme hat das vermasselt. Warum fragen Sie die nicht?«

»Wie heißt sie?«

»Strada. Rachel Strada.«

»Ist sie schwarz oder weiß?«

»Weiß. Genauer gesagt, glaube ich, sie ist Mexikanerin oder so.«

Ich fragte mich, ob er Rachel Strada überhaupt je gesehen hatte. Jackie jedenfalls nicht, aber irgendwer mußte ihm das Baby ja übergeben haben.

»Wie sind Sie auf Rachel Strada als Hebamme gekommen?«

»Durch – durch irgendeinen Typen. Den Namen weiß ich nicht mehr; er hat erzählt, seine Frau hätte gerade ein Kind bekommen, und sie hätten da so eine Hebamme gehabt, die wirklich gut war, und er hat mir ihre Telefonnummer gegeben.«

»Ach, das Baby, auf das Sie so lange gewartet hatten, nachdem Ihre Frau mehrere Fehlgeburten hatte, wurde von einer Hebamme auf die Welt geholt, von der Ihnen ein Typ erzählt hat, an dessen Namen Sie sich nicht mehr erinnern?«

»Er hat gesagt, sie wäre wirklich gut. Jackie hatte mittlerweile Angst vor Ärzten.«

»Und er hat Ihnen ihre Telefonnummer gegeben.«

»Ja. Ich habe nichts zu verbergen. Jackie auch nicht. Sie haben sie bloß völlig aus der Fassung gebracht.«

»Wie ist denn Rachel Stradas Telefonnummer, Mr. Patten?«

»Ich habe sie verloren.«

»Ach, was Sie nicht sagen.«

»Ja.«

»Und wo wohnt sie?«

»Ich weiß nicht. Sie ist mit dem Auto zum Motel gekommen.«

»Wie sieht ihr Auto aus?«

»Ich weiß nicht, sie hat auf der Rückseite geparkt.« Mittlerweile war er ruhiger geworden; sein Gesicht zeigte das spöttische Grinsen, das jeder Cop kennt, den Ausdruck eines Mannes, der glaubt, er käme mit etwas ungestraft davon.

»Wenn ich sie finde – und ich werde sie finden, Mr. Patten – und wenn ich ihr erkläre, in was für einen großen Fall sie verwickelt ist, und wenn sie erfährt, daß jetzt auch das FBI an der Sache dran ist, und wenn sie erfährt, daß sie eine Menge Gesetze auf Bundes- und Bundesstaatsebene gebrochen hat, was, glauben Sie, wird Rachel Strada mir dann erzählen?«

»Sie wird Ihnen erzählen, daß sie das Baby meiner Frau auf die Welt geholt hat«, sagte Nick Patten und lehnte sich grinsend an die Seite des Polizeiwagens.

»Nein, ich glaube nicht, daß sie mir das erzählen wird, Mr. Patten«, sagte ich, »und ich glaube auch nicht, daß Sie das glauben. Deshalb sollten Sie jetzt lieber ins Haus gehen und mit Ihrer Frau darüber sprechen, was Sie als nächstes tun.«

Was Nick Patten erwiderte, war nicht höflich und eine biologische Unmöglichkeit. Dann drehte er sich auf dem Absatz um und schritt auf Jackie zu, die auf dem Gehweg vor dem Haus wartete. Er legte ihr einen Arm um die Schulter, und sie gingen zusammen ins Haus.

»Die beiden tun mir leid«, sagte Kathy.

»Sie auf jeden Fall«, antwortete ich. »Das Problem ist, daß sie zur Hälfte oder drei Viertel recht hat. Ein Baby vom Schwarzmarkt ist tatsächlich besser dran mit Eltern, die 10 000 Dollar dafür bezahlen, als mit Eltern, die es verkaufen. Aber hin und wieder hat man dann eben so eine Situation wie diese hier. Oder eine, wo die Käufer keine legale Adoption durchkriegen, weil offensichtlich ist, daß sie miese Eltern sein würden – oder sogar, daß der Käufer irgendein Perverser ist. Jackie liebt das Baby wirklich, und sie wäre eine tolle Mutter, wenn sie nur nicht so eine Scheißangst hätte. Nick ...« Ich sah wieder zum Haus hinüber. »Bei Nick bin ich mir nicht so sicher.«

»Aber sie haben beide Angst, Deb«, sagte Kathy, »und ich – glaube, nicht nur vor uns.«

»Ich auch nicht«, sagte ich. Und dachte an Hal.

Kapitel 10

Natürlich nahm ich mir die Zeit, wieder in der Schule anzurufen. Ja, Hal war da. Ja, da waren sie sicher; die Direktorin hatte gerade seinen Strohhalm konfiszieren müssen, weil er ihn zum Erbsenschießen benutzt hatte.

Ich ging mit Kathy Mittag essen, gerade noch rechtzeitig, bevor mein Magen wieder rebellierte.

Als ich gegen eins zurück im Büro war, ging ich meine Telefonnachrichten durch und stellte fest, daß Miss Jones vom texanischen Gesundheitsamt nicht zurückgerufen hatte. »Verdammt«, sagte ich; ich mußte unbedingt mit ihr sprechen, um zu erfahren, wie ich am besten eine bestimmte Hebamme ausfindig machte, die nicht im Telefonbuch stand.

Zum Teufel mit den Telefonrechnungen der Stadt. Ich rief wieder in Austin an. Miss Jones war zu Tisch. Ja, sie hatte meine Nachricht bekommen. Ja, sie würden ihr erneut Bescheid geben. Nein, ihre Sekretärin war noch immer krank. Nein, es war sonst niemand da, der mir helfen könnte. Es tat ihnen leid.

Es tat ihnen nur halb so leid wie mir. Denn ich war mir hundertprozentig sicher, daß Rachel Strada mich zu der Person führen konnte, die sich diese ganze Sache ausgedacht hatte.

Ich achtete weder darauf, was die anderen taten, noch auf das Telefon, bis jemand mir zurief, ich solle drangehen. Miss Jones, dachte ich erwartungsvoll, als ich nach dem Hörer griff.

»Stein, Arlington. Mir ist da was eingefallen, Deb, wollen Sie, daß wir die Pattens beschatten, für den Fall, daß sie vorhaben, sich aus dem Staub zu machen?«

Daran hatte ich nicht gedacht. Ich glaubte zwar nicht, daß sie abhauen würden – ich war mir ziemlich sicher, daß Nick Patten dachte, er hätte uns hinters Licht geführt –, aber ich konnte mich irren. »Könnt ihr das machen, ohne daß sie es merken?«

»Aber klar. Auf der gegenüberliegenden Straßenseite steht ein Haus leer, zu dem wir den Schlüssel kriegen können. Wir beschatten Jackie, nicht ihn – nach dem, was wir heute erlebt haben, würde ich sagen, daß er sie nicht allein lassen wird.«

Das stimmte vermutlich. Und so aufgewühlt, wie Jackie war, könnten wir sie höchstwahrscheinlich mit einem Riesentruck beschatten, und sie würde es nicht merken. »Ja, Kathy, ich bin ganz Ihrer Meinung.«

»Ich halte Sie auf dem laufenden, falls sich irgendwas tut.«

Ich dankte ihr und ging dann zu Millner, um ihm Bericht zu erstatten. »Wie steht's mit der Suche nach Strada?« fragte er.

»Ich arbeite dran, ich arbeite dran. Wie kommen unsere Computerfreaks voran?«

»Sie sagen, heute bis Dienstschluß haben sie alles eingegeben.«

»Ganz schön schnell.«

»Tja, wir haben ja auch Leute angefordert, die tippen können.«

Strada. Strada. Kein Eintrag im Telefonbuch; das hatte ich bereits überprüft. Führerschein? Autozulassung? Steuernummer? Stadtwerke? Ich rief die Einsatzleitung an und bat, die Computer zu checken, und ich bat die Sekretärin, bei den Stadtwerken nachzufragen. Einer von der Einsatzleitung rief zehn Minuten später zurück – kein Fahrzeug zugelassen, keine Steuernummer, aber sie hatte, sieh an, sieh an, einen Führerschein. Die angegebene Adresse war auf der Rosedale Street.

Also nahm ich natürlich meine Autoschlüssel und mein Walkietalkie, und ich ging nach draußen und stieg in den Wagen, um zu der Adresse auf der Rosedale Street zu fahren. Auf dem Weg zur Tür rief mir die Sekretärin noch zu: »Hey, Deb. Diese Rachel Strada ist bei den Stadtwerken nicht unter ihrem Namen gemeldet. Kein Gas, kein Strom, kein Wasser, kein Telefon, kein gar nichts.«

»Okay, danke für die Mühe«, sagte ich. Die Tatsache, daß sie zwar eine Adresse hatte, aber keine Kundin bei den Stadtwerken war, konnte durchaus in anderer Hinsicht interessant sein. Wieso war sie nicht unter ihrem Namen an das öffentliche Versorgungsnetz angeschlossen? Falls es sich nicht um eine Wohnung handelte, bei der die Nebenkosten inklusive waren – und davon ging ich nicht aus –, sollte ich vielleicht versuchen herauszufinden, auf welchen Namen die entsprechenden Rechnungen tatsächlich liefen.

Es war ein altes Haus, genauer gesagt, eine Wohnung über einer Garage, die Seitenwände mit grauen Asbestplatten verkleidet. Ich ging die wackelige Außentreppe hoch und klopfte an die Tür. Niemand öffnete. Es waren weder Radio- noch Fernsehgeräusche zu hören; es brannte, soweit ich sehen konnte, nirgendwo Licht.

Ich stieg die Treppe wieder hinunter. Ein dicker Mexikaner ohne Hemd saß auf einer Veranda auf der anderen Seite der schmalen Straße. Er hatte eine Dose Bier in der Hand und rief in akzentfreiem Englisch: »Wollen Sie zu Rachel Strada?«

»Ja, wissen Sie, wo sie ist?«

»Nee, die hab' ich seit zwei Tagen nicht gesehen. Sie sehen aber gar nicht schwanger aus.« Die erste Andeutung eines spanischen Akzents – das »sehen« klang eher wie »ssähen«.

»Es geht nicht um mich«, sagte ich ausweichend. »Aber ich muß ganz dringend mit ihr sprechen.«

»Tja, wenn es, na ja, so was wie'n Notfall ist, kann Ihnen vielleicht Rosa Gonzales eine Straße weiter helfen.«

»Ein Notfall ist es noch nicht gerade«, sagte ich matt. »Aber womöglich ist Ms. Strada ja ganz in der Nähe. Wissen Sie, ob sie den Wagen genommen hat oder zu Fuß gegangen ist?«

»Ich weiß nicht, wie sie weg ist«, sagte er. »Sie hat gar kein Auto. Aber vielleicht jemand hat sie abgeholt. Sie ist jedenfalls weg, soweit ich sehe. Muß 'n schwieriger Fall sein, wenn sie so lange weg ist. Arme Frau.«

»Ja, sieht ganz so aus«, stimmte ich zu und folgerte, daß mit »arme Frau« die vermeintliche Patientin gemeint war.

»Ich und Lupe, wir haben dreizehn«, sagte er. »Inzwischen kriegt Lupe sie im Handumdrehen. Das letzte Mal hat Rachel es nicht mal bis hierhin geschafft, und sie wohnt nebenan. Das erste Mal hat's die ganze Nacht gedauert. Aber zwei Tage – Wahnsinn!« Er schauderte vielsagend.

Ich beschloß, ihn zu mögen, obwohl er fett war und mit nacktem Oberkörper da saß und um halb drei nachmittags schon Bier trank. Also winkte ich ihm zum Abschied, ging zu meinem Wagen, setzte mich hinters Steuer und fragte mich, was ich als nächstes tun sollte.

Ich war nicht sicher, ob es eine besonders gute Idee wäre, ihr Haus überwachen zu lassen. Es würde mit Sicherheit auffallen – in dieser Gegend, davon war ich überzeugt, kannte jeder jeden. Doch ich konnte es nicht riskieren, es nicht überwachen zu lassen, weil ich sie zu fassen kriegen mußte, sobald sie durch die Tür trat, nur für den Fall, daß sie sich verdünnisieren wollte. Ich war sicher, daß ihre Auftraggeber langsam nervös wurden – das hatten sie deutlich genug gemacht.

Andererseits konnte ich nicht feststellen, ob sie sich nicht schon aus Panik davongemacht hatte, es sei denn, ich besorgte mir einen Durchsuchungsbefehl (wofür ein hinreichender Tatverdacht vorliegen mußte, den ich jetzt bestimmt nachweisen konnte) und durchsuchte die Wohnung. Genau das aber wollte ich nicht, denn wenn sie noch nicht abgehauen war, würde sie dann garantiert Panik bekommen.

Ich wollte gerade einen Funkspruch durchgeben, entschied mich dann aber dagegen, für den Fall, daß sie den Polizeifunk abhörten. Mittlerweile kam ich mir selbst schon etwas paranoid vor, aber schließlich sind genügend Abhörgeräte in Umlauf, so daß jeder Kriminelle in der Stadt eins haben könnte. Ich stieg wieder aus dem Wagen und ging zurück zu dem dicken, freundlichen Biertrinker. Diesmal zeigte ich ihm meinen Polizeiausweis. Seine Augen weiteten sich. »Echt?« sagte er eifrig. »Wie im Fernsehen? *Cagney & Lacey*?«

»So ungefähr«, sagte ich. Ich gucke nicht viel Fernsehen, und *Cagney & Lacey* hatte ich noch nie gesehen, aber wußte vage, daß es um zwei Polizistinnen ging.

»Hat Rachel etwa irgendwas angestellt?«

»Oh, nein«, beruhigte ich ihn. Ich war mir im Grunde nicht einmal sicher, daß ich log; es war möglich, daß sie ein unfreiwilliges oder gar ahnungsloses Werkzeug war. »Nein. Ich glaube, einer ihrer Patientinnen ist etwas Schreckliches passiert, und sie soll uns helfen, es herauszufinden, aber wir können sie einfach nicht ausfindig machen. Dann ist da noch das Problem, daß wir sie nie gesehen haben und nicht wissen, wie sie aussieht. Könnten Sie uns eine ungefähre Beschreibung von ihr geben?«

Die Führerscheinstelle hatte uns eine knappe Personenbeschreibung von ihr geliefert – wir wußten, daß sie 1,52 groß war (keine Gewichtsangabe, denn das Gewicht ist veränderlich) und braune Augen hatte (keine Haarfarbe, denn die ist veränderlich) und 37 Jahre alt war. Wir brauchten genauere Angaben.

»Oh, ja, klar«, sagte er. »Brauchen Sie meinen Namen? Ich heiße Francisco Villas, man nennt mich Pancho, kapieren Sie, Pancho Villas? Wie Pancho Villa?« Ich versicherte ihm, daß ich kapierte, und er sagte: »Also, nun zu Rachel. Tja, sie ist ziemlich kleingeraten, gut fünf Zentimeter kleiner als Sie.« Ich nickte; laut den Unterlagen des »Amtes für öffentliche Sicherheit« lag er genau richtig. »Dünn, mager, wissen Sie, wie ein gerupftes Huhn, nichts für's Bett. Vielleicht hat sie ja deshalb keinen Mann.« Er lachte schallend über seinen eigenen Witz. »Warten Sie, schwarzes Haar, sie trägt es ganz kurz, braune Augen, Kleidung, tja, sie trägt meistens Kleider, keine Hosen, dunkle Kleider und so Omaschuhe, Sie wissen schon, was ich meine.« Er zuckte die Achseln. »Das wär's, mehr fällt mir nicht ein.«

»Ich danke Ihnen für Ihre Hilfe, Mr. Villas –«

»Pancho, Pancho!«

»Also gut, Pancho. Hier ist eine Karte mit meiner Telefonnummer drauf. Wenn Sie sie sehen, hier oder sonstwo, würden Sie bei mir im Büro anrufen? Und sagen sie ihr nichts; ich möchte nicht, daß sie Angst bekommt.«

»Ja, alles klar.« Er nahm die Karte und steckte sie in seine Hosentasche und sah mich durchtrieben an. Ich hatte die starke Befürchtung, daß er mehr verstand, als mir lieb war. Aber ich brauchte von irgendwoher eine Beschreibung, und obwohl er nicht gerade wie der fleißigste Mensch auf Erden aussah, sah er doch einigermaßen ehrlich aus.

Ich weiß. Mein Wort in Gottes Ohr. Aber irgend jemandem muß man schließlich vertrauen, sogar auf dieser verrückten kaputten Welt.

Ich fuhr zum nächstgelegenen 7-Eleven, kaufte mir eine Cola und eine Packung Kartoffelchips und eine Schachtel Antiacida und rief im Büro an. Gary sagte, er würde mir einen Mann für die Überwachung schicken. Ich sagte, ich würde draußen vor dem Haus auf ihn warten. Dann nutzte ich die Gelegenheit, um in der Schule anzurufen. Hal war mit Sammy Cohen weggefahren. Ja, da waren sie sicher. Sie hatten gesehen, wie er in den Lastwagen einstieg.

Ich fuhr zurück und saß vor der Wohnung und ärgerte mich über die verlorene Zeit und wünschte, ich hätte daran gedacht, Gary zu bitten, von Ellen überprüfen zu lassen, unter welchem Namen die Wohnung bei den Stadtwerken angemeldet sei, und nach etwa 45 Minuten kam ein klappriger blauer Mercury angeschnauft, der, wie ich erkannte, unserer Observierungseinheit gehörte. Er stotterte und ging aus (mit Hilfe, da war ich mir sicher, eines Schalters am Armaturenbrett), nur Sekunden nachdem er hinter mir angehalten hatte. Ernesto Rubacava stieg aus, eingekleidet wie ein lateinamerikanischer Zuhälter, mit Lackschuhen und einer viel zu weiten Hose mit einer Bügelfalte, mit der man sich hätte rasieren können, und öffnete die Motorhaube. Er sah angewidert darunter und schlenderte dann zu mir herüber; eine braune mexikanische Zigarette baumelte ihm aus dem Mundwinkel. »Hey, Lady, haben Sie einen Schraubenschlüssel?« fragte er laut und murmelte dann: »Welches Haus?«

»Das graue, die Wohnung über der Garage.« Ich tat so, als würde ich ins Handschuhfach gucken. »Ernie, du siehst zum Schreien aus.«

»Das hoffe ich. Hey, Lady, die meisten Leute haben ihre Schraubenschlüssel im Kofferraum.«

»Glaubst du, ich steige für jemanden aus dem Wagen, der so aussieht wie du?« tuschelte ich und öffnete dann die Tür.

Als wir beide uns über den Kofferraum beugten, fragte er: »Beschreibung?«

Ich gab sie ihm, schnell, und er holte einen Schraubenschlüssel aus dem Kofferraum. Ich folgte ihm bis zum vorderen Teil seines Wagens. »Ernie, schnapp dir jeden, der versucht, in die Wohnung zu gehen.« Ich sah zu, wie er emsig zwei oder drei Muttern oder Ventile oder was auch immer es war – ich habe nie behauptet, etwas von Autos zu verstehen – löste und dann wieder festzog, und sagte dann: »Hören Sie, Mister, ich muß los, also muß ich meinen Schraubenschlüssel wiederhaben.«

Er stolzierte zurück zu meinem Kofferraum, warf den Schraubenschlüssel hinein, knallte die Kofferraumhaube zu, funkelte mich an und ging entrüstet zu seinem Motor zurück, wobei er unterwegs stehenblieb, um gegen einen Reifen zu treten.

Als ich meinen Wagen startete, sah ich aus den Augenwinkeln Pancho Villas lachend auf der Veranda sitzen. Wenn sein Verstand noch ein wenig schärfer wäre, könnte er sich dran schneiden, dachte ich und hoffte, daß er nicht wußte, wie Rachel zu erreichen war. Aber absurderweise hatte ich das Gefühl, daß er es mir gesagt hätte, wenn er es wüßte.

Im Büro stellte ich fest, daß Miss Jones noch immer nicht zurückgerufen hatte. Doch die Computereingaben waren fertig, und einer von den ausgeliehenen Streifenpolizisten war sogar zu Fuß zur Stadtverwaltung gegangen, um die Computerausdrucke mit den sortierten Daten abzuholen.

Ich war drauf und dran, sie mir anzugucken, um festzustellen, was ich daraus machen konnte, doch es war vier Uhr, und Captain

Millner ging von Raum zu Raum und sagte: »Tagschicht, raus hier, ab nach Hause!« Ich schnappte mir den Stapel Ausdrucke und steuerte auf die Tür zu.

»Wo wollen Sie denn damit hin?« fragte Captain Millner.

»Womit?« erwiderte ich arglos und starrte ihn mit großen Augen an – eine Technik, die mir schon vielfach von Nutzen gewesen ist, aber bei Captain Millner keinerlei Wirkung zeigt.

Er sah mich einen Augenblick an und schüttelte den Kopf. »Ich habe nichts gesehen«, sagte er. »Vergessen Sie nicht Ihr Walkietalkie.« Er schritt an mir vorbei und zur Tür hinaus.

Ich fuhr zur Farm und holte Hal ab, der einen ereignisarmen Nachmittag verlebt hatte; er hatte auf einem geliehenen Pferd geritten und die Milchkühe zum Stall getrieben. Die Kühe wären zwar genausogut auch ohne seine Hilfe zum Stall gegangen, doch das tat nichts zur Sache; er war guter Dinge und plapperte auf der ganzen Fahrt nach Hause darüber, welche Vorzüge es hätte, wenn wir ein Pferd kaufen würden, und es wäre nicht schlimm, daß wir es nicht in Summerfields halten könnten, denn es könnte bei Sammy zu Hause leben.

Summerfields, wie ich nachträglich erklären sollte, ist ein Vorort von Fort Worth *und* ein Vorort von Keller. Das heißt, es befindet sich innerhalb der Stadtgrenze von Fort Worth, wodurch es den Stadtsteuern und Stadtverordnungen unterliegt (so unter anderem der, daß keine Pferde auf einem 1000-qm-Grundstück gehalten werden dürfen), doch es gehört zum Schulbezirk von Keller. Ob Hals Schule nun *besser* ist als die Schulen von Fort Worth oder nicht, sie ist jedenfalls *kleiner*, und das ist bei meinem Gehalt ein Vorteil.

Nachdem ich am Abend zuvor nach Hause gekommen war, war Harry zum Hof des Abschleppdienstes gefahren und hatte die Lebensmittel aus dem Kofferraum meines Wagens geholt, und sie lagen jetzt – bis auf die Sachen, die in den Kühl- oder Gefrierschrank mußten und die er weggeräumt hatte – noch immer auf dem Küchentisch und warteten auf mich. Ich hatte sie gestern abend gar nicht bemerkt, sonst hätte ich sie sofort weggeräumt; ich war so darauf erpicht, irgend etwas zu tun, um meine nervöse Energie abzureagieren, daß ich sogar den Wäscheschrank aufräumte, eine Arbeit, die ich nur einmal im Jahr erledige und auch nur, wenn es absolut unmöglich geworden ist, ein Handtuch aufzutreiben, ohne dabei gleich drei Bettlaken auf den Boden zu werfen.

Ich räumte die Lebensmittel weg. Ich fing an, Fischfrikadellen zum Abendessen zu machen, holte grüne Erbsen als Beilage aus der Tiefkühlung und setzte Wasser für den Reis auf. Und hörte Pat knurren.

Pat knurrt normalerweise nur, wenn der Postbote kommt, und der Postbote kommt nicht um fünf Uhr nachmittags. Ich ging zur Tür mit meiner Pistole in der Hand.

Der Paketbote von UPS stand auf der anderen Seite des Zauns und starrte auf das Tor, hinter dem der große Hund mit gefletschten Zähnen stand, schrie auf und sprang zurück. Als ich rasch die Pistole senkte, grinste er schwach und sagte: »Himmel, Lady, ich weiß, daß *Hunde* mich nicht mögen, aber –«

»Tut mir leid, ich dachte, es wäre jemand anders«, sagte ich matt. Ich legte die Pistole auf ein Regalbrett neben der Haustür, ging nach draußen, schnappte mir Pat und tat ihn an eine Laufleine, bevor ich zum Tor ging und das Paket in Empfang nahm. Dann ließ ich Pat von der Leine, ging ins Haus zurück nahm meine Pistole wieder und sagte: »Hal.«

»Ja, Ma'am?« Mein Tonfall verlangte offensichtlich nach einem »Ja, Ma'am«.

»Bist du einem Schallplattenclub beigetreten?«

»Äh, ich –«

»Bist du einem Schallplattenclub beigetreten?«

»Ich kann es bezahlen!«

»Wie?«

»Indem ich Rasen mähe«, beteuerte er, und ich machte ihn darauf aufmerksam, daß wir fast Oktober hatten und daß zwischen Oktober und März kein Rasen gemäht werden muß. Und in Fort Worth kann man die Zwischenzeit nicht mit Schneeschippen überbrücken.

»Tja, wenn du mir das Geld für die Schallplatten jetzt vorstreckst, zahl' ich es dir zurück, wenn –«

»Hal«, sagte ich, »dein Vater und ich haben dir doch ausdrücklich gesagt, daß du keinem Schallplattenclub beitreten sollst.«

»Och, Mom!«

»Oder?«

»Ja, aber –«

»Die Platten gehen zurück.« Ich nahm sie mit in mein Schlafzimmer, das, wenn ich nicht zu Hause bin, durch ein Schloß an der Tür vor plündernden Kindern geschützt ist, und legte die Schallplatten in den Schrank. In Wirklichkeit hatte ich gar nicht die Absicht, sie zurückzuschicken – Hal hatte in etwa zwei Wochen Geburtstag, und jetzt hatte ich wenigstens etwas, wovon ich hundertprozentig sicher war, daß er es sich wünschte. Ich mußte dann bloß bis zum nächsten März die Schallplattenprospekte abfangen, damit er sich nicht irgendwas bestellte, das er unmöglich bezahlen konnte.

Er ging schmollend auf sein Zimmer und tauchte dann zehn Minuten später wieder auf, um zu fragen, ob er hinüber zu Andy gehen und fernsehen könne.«

»Wir haben einen Fernseher«, sagte ich, »und Andy kann gerne jederzeit zu uns zu kommen.«

»Och, Mom!« protestierte er. »Unser Fernseher hat doch kein ...« Er stockte, blickte schuldbewußt drein.

»Ich weiß. Unser Fernseher hat kein MTV. Hal, komm setz dich mal hierher.« Ich hockte mich auf die Lehne der Couch, und er kam mit beleidigtem Blick herübergeschlurft und setzte sich auf die andere Armlehne, zwar noch auf der Couch, aber soweit weg von mir wie nur eben möglich. »Hal«, sagte ich, »ich weiß, die nächste Zeit wird für dich ziemlich langweilig sein. Aber wer immer gestern abend auf uns geschossen hat, er treibt sich noch irgendwo herum, und er könnte es wieder versuchen. Hal, ich muß dafür sorgen, daß du geschützt und in Sicherheit bist, auch wenn du deswegen sauer auf mich wirst.«

»Kannst du denn wenigstens wieder MTV reinholen?«

»Nein, Hal. Den Grund dafür habe ich dir bereits erklärt.« Tatsächlich gab es eine Möglichkeit, wie er MTV bekommen könnte, doch die würde ich ihm nicht verraten. MTV läßt sich nur mit einem Gerät am Kabelkasten abschließen; damit kann der Ton, aber nicht das Bild abgeschaltet werden, und die meisten Radios, wie sie bei den Teenagern heute in sind – die sogenannten »Ghetto-Blaster«, von denen Hal bereits zwei hatte – empfangen Fernsehton. Doch je länger Hal das nicht wußte, desto zufriedener war ich.

»Och, Mom, ich kann hier überhaupt nichts *machen*!«

»Bücher. Schallplatten. Kassetten. Fernsehen. Video. Deine Geräte zum Gewichtheben in der Garage. Zeitschriften. Die Gitarre, wegen der du auf der Stelle tot umfallen wolltest, wenn du sie nicht kriegst.«

»Die ist bei Andy.«

»Was macht sie denn da?«

»Ich habe sie liegenlassen. Kann ich sie holen?«

»Nein, aber du kannst Andy gern zu uns einladen.«

Er seufzte tief, doch dann hellte sich seine Miene auf. »Kann Andy bei uns übernachten?«

»Nicht heute nacht. Morgen ist Schule.«

»Morgen ist keine Schule; es ist Freitag!«

»Heute ist nicht Freitag, wir haben Donnerstag.«

»Mom, es ist Freitag!«

Ich nahm die Zeitung und sah auf das Datum. Er hatte recht. Es war Freitag. Ich wußte, ich war müde, aber ich wußte nicht, daß ich so müde war. »Na gut, Andy kann kommen.«

»Kann ich Sammy auch einladen?«

Zugegeben, ich bin leicht rumzukriegen. Als wir schließlich fertig waren – oder er fertig war –, erwarteten wir Andy und Sammy *und* Steve *und* Robert und Ted über Nacht, und ich hatte mich dazu rumkriegen lassen, für die ganze Bande als kleinen Mitternachtshappen Pizza kommen zu lassen. Hal zog pfeifend ab in sein Zimmer, und ich widmete mich erneut meinen Fischfrikadellen.

Hal sagte, er wolle nichts davon. Er wollte auf die Pizza warten. Er schlich mit einer Tüte Kartoffelchips in der Hand an mir vorbei, allerdings nicht so unsichtbar, wie er dachte.

Es war okay. Ich hatte zwei Tüten im Küchenschrank. »Hal«, sagte ich.

»Ja?«

»Es ist auch noch Popcorn da.«

»Oh. Okay.« Er schlenderte wieder zur Speisekammer und holte das Popcorn.

Es war mir ganz recht, daß er nichts von den Fischfrikadellen wollte. Ich hatte nicht genug, um sechs Teenager zu füttern.

Als Harry und ich mit dem Abendessen fertig waren – Becky, so schlossen wir aus einem ziemlich unzusammenhängenden Telefonanruf, suchte Oleads Küche heim –, war die Rockmusik aus dem mittleren Schlafzimmer viel zu laut, als daß ich mich auf die Ausdrucke hätte konzentrieren können. Tatsächlich fürchtete ich bereits, daß heute nacht niemand würde schlafen können. Doch Harry sagte: »Bis Mitternacht dürfen sie sie anlassen. Dann ist Schluß.«

Tatsächlich schlief ich schon lange vor Mitternacht. Um halb zehn rief Harry bei Domino an, um die Pizza kommen zu lassen, statt hinzufahren und sie zu holen; vielleicht war er ja doch nervöser, als ich gedacht hatte. Aber mit der beruhigenden Gewißheit, daß ich nicht der einzige erwachsene Mensch im Haus war, schlief ich trotz des Radaus ein.

Irgendwann spät in der Nacht wurde ich wach. Ich wußte, daß es spät war, denn sogar das Kichern aus Hals Zimmer hatte aufgehört; es mochte halb vier oder vier sein. Und Pat bellte wie verrückt.

Pat bellt Menschen an. Er bellt nicht den Wind an; er bellt keine anderen Hunde an, es sei denn, sie kommen in unseren Vorgarten; er bellt keine Katzen an; und er bellt niemanden an, den er kennt, außer den Postboten. Er bellt Fremde an. Wenn sie aber bloß auf der Straße vorbeigehen, bellt er nur kurz, damit sie wissen, daß er weiß, daß sie da sind. Wenn er so bellt, wie er jetzt bellte, bellt er, weil ein Fremder im Vorgarten ist.

Ich machte das Licht an und griff nach meiner Pistole. »So kannst du nicht raus«, wandte Harry ein, und ich sagte: »Wieso nicht? Ich bin doch nicht nackt.«

»Aber fast.« Er warf mir einen Morgenmantel über, und ich hielt ihn mit der linken Hand zu, weil meine rechte Hand voller Pistole war und ich mir nicht die Zeit nehmen wollte, ihn zuzuknöpfen.

Doch noch bevor ich zur Schlafzimmertür hinaus war, ging das Licht auf der vorderen Veranda an, und Jungen drängelten zur Haustür hinaus und schrien: »Ein Einbrecher! Hal hat einen Einbrecher erwischt!«

Ich hörte eine laut fluchende Stimme im Vorgarten, und dann heulte ein Motorrad auf. Als ich nach draußen kam, war er bereits weg. Wenn die Jungs ihn nicht verscheucht hätten, hätte ich ihn gehabt. Und natürlich waren sie alle viel zu aufgeregt gewesen, um darauf zu achten, wie er ausgesehen hatte.

Ich ging wieder ins Schlafzimmer und warf mich aufs Bett und brach in Tränen aus.

Kapitel 11

Rückblickend ist es wirklich ziemlich peinlich. Ich konnte einfach nicht aufhören zu weinen. Becky kam herein und versuchte mich zu trösten, indem sie mir eine Kleenex-Packung reichte und mich drückte. Hal, der so verlegen dreinblickte, wie es nur ein Teenager kann, sagte: »Mom, es tut mir leid, ich wußte nicht, daß wir nicht nach draußen sollten.«

»Ich bin nicht böse«, schluchzte ich und griff nach einem frischen Kleenex.

»Alle Mann raus«, sagte Harry, der in der Schlafzimmertür stand. »Sie ist bloß übermüdet.« Er kam herein und bot mir seine Schulter an. Ich weiß nicht mehr, wann ich aufhörte zu weinen, doch es war fast Mittag, als ich aufwachte und mein Magen seinen inzwischen gewohnten Tango tanzte. Ängstlich aß ich, bevor ich aufstand, Kartoffelchips aus einer Tüte, die ich neben dem Bett hatte liegenlassen, und ging dann ins Wohnzimmer.

Die Fremdkinder waren nach Hause gegangen. Becky hatte irgendwann am Morgen Muffins gebacken, und deren krümelige Überreste klebten in den Muffinpfannen, die auf dem Herd standen; jetzt saß sie auf der Couch und sah sich mit Jeffrey auf dem Schoß einen Zeichentrickfilm im Fernsehen an. Hal, der solchem Kinderkram vorübergehend mit Verachtung begegnete, spielte mit Olead Schach. Harry saß am Funkgerät und hörte zu, wie zwei Männer in Lousiana sich gegenseitig mit den jeweiligen Schwächen ihrer Hunde bei der Waschbärenjagd aufzogen.

Alle sahen mich ängstlich an.

»Guten Morgen«, sagte ich.

»Guten Morgen«, sagte Harry.

Sonst sagte niemand etwas. Ich nehme an, sie wollten alle erst einmal abwarten, ob ich wieder losheulen würde. Ich kam mir lächerlich vor.

Den letzten Rest meiner Würde hinter mir herschleppend, ging ich in die Küche und schaffte es, drei Muffins aus der Muffinpfanne zu meißeln und sie mit Margarine zu bestreichen – zum Glück war die Margarine nicht in den Kühlschrank zurückgestellt worden und war ganz weich –, und ich goß mir ein Glas Milch ein und ging wieder ins Wohnzimmer, wo ich versuchte, meine Computerausdrucke nicht vollzukrümeln. Das erwies sich als unmögliches Unterfangen, wenn ich aß, während ich die Ausdrucke las, und so beschloß ich, eins nach dem anderen zu tun. Ich legte die Ausdrucke hin, aß die Muffins auf und ging in die Küche, um den Abwasch zu machen, was ich auch tatsächlich tat. Den ganzen Abwasch. Ohne Harry oder die Kinder zu bitten, mir zu helfen, spülte ich das Geschirr, und ich trocknete es ab, und ich räumte es weg, und ich tat alles dahin, wo es hingehörte – das nahm einige Zeit in Anspruch –, und ich wischte alle Arbeitsflächen ab und die Tischplatte und die Oberseite der Mikrowelle, und ich setzte den Braten für das Abendessen in den Römertopf. Ich dachte sogar daran, die Kartoffeln und die Möhren vor dem Braten reinzutun, wie man es macht, wenn man einen Braten im Römertopf zubereitet.

Als ich durchs Wohnzimmer schlenderte, sah ich, daß Harry mich mit unverhohlenem Erstaunen anstarrte. Er blickte rasch weg, als er sah, daß ich es gemerkt hatte.

Ich sammelte die schmutzige Wäsche zusammen und sortierte sie in drei Haufen – weiße, hellbunte, dunkelbunte. Normalerweise stopfe ich abends eine einzige Ladung von allem bis auf Hals Jeans in die Waschmaschine, doch diese Woche hatte ich noch gar nicht gewaschen und war etwas in Verzug geraten. Ich tat den ersten Schwung in die Maschine und ging die Betten abziehen. Alle. Sogar Beckys.

»Deb, geht's dir gut?« fragte Harry.

»Ja, sicher«, sagte ich geistesabwesend und steckte die Zeitungsansammlung mehrerer Tage in einen schwarzen Plastikmüllbeutel.

Harry schaltete das Funkgerät ab und stand auf. »Was hast du vor?« fragte ich.

»Na, wenn du so arbeitseifrig bist, gehe ich wohl besser den Rasen mähen«, sagte er. »Überhaupt, wenn ich es jetzt erledige, muß ich ihn bis zum Frühjahr nicht mehr mähen. Hal, hol den Häcksler.«

Hal warf mir einen kurzen Blick zu, bevor er zur Tür hinausging. Aber wenn er am hellichten Tag mit seinem Vater im Vorgarten nicht sicher war, dann war er es nirgendwo.

»Mom, kann ich dir helfen?« fragte Becky.

»Nein, danke, ich komme schon klar«, sagte ich geistesabwesend.

»Dann kannst du mir helfen«, sagte Olead. »*Meine* Küche ist das reinste Chaos.« Er packte sich einen kichernden Jeffrey unter den Arm und ging zur Tür; Becky schnappte ihre Handtasche und folgte ihm.

So, dachte ich zwei Stunden später bekümmert, wenn einer von uns getötet wird, haben wir zur Beerdigung wenigstens ein sauberes Haus.

Ich hatte keine Ahnung, was in mich gefahren war. Es gibt niemanden auf der Welt, der Hausarbeit so sehr haßt wie ich; ich mache sie nur, weil sie nun mal gemacht werden muß und sonst offenbar keiner wild darauf ist; doch aus irgendeinem unerfindlichen Grund hatte ich tatsächlich Riesenmengen davon ohne den geringsten Zwang erledigt, und noch dazu in Rekordzeit.

Schließlich, als mir nichts anderes mehr einfiel, als die Fenster zu putzen und den Teppich zu schamponieren - und so wild war ich nun auch wieder nicht auf Hausarbeit - oder die Tiefkühltruhe abzutauen, was Harrys Aufgabe ist, eben weil es eine Truhe ist und ich sie bei meiner Größe unmöglich schrubben kann, ohne ganz reinzuklettern, was mir nicht sonderlich behagt, nahm ich mir erneut meine Ausdrucke vor.

Harry und Hal kamen herein, schmutzig und verschwitzt und ungeheuer selbstzufrieden dreinblickend, und gingen zu den beiden Badezimmern, wo sie eine lautstarke und heftige Debatte über den Wasserverbrauch führten, die erst endete, als Harry schließlich schrie: »Hal, ich hab' gesagt, *dreh es ab*, bis ich fertig bin.«

Ich achtete nicht auf sie und las die Ausdrucke.

Ich hatte darum gebeten, die Daten nach den Namen der Personen, die die Babys auf die Welt geholt hatten, zu sortieren, und ich suchte nach Rachel Strada. Leider hatte ich nicht darum gebeten, die Namen der Ärzte und Hebammen alphabetisch sortieren zu lassen. Es gibt in Tarrant County viele Leute, die Babys auf die Welt holen.

Da war sie, Rachel Strada. Die Pattens, ja, von denen wußte ich bereits. Rachel Strada hatte auch die Babys von Edward und Irene O'Neal, Dean und Catherine Norris, Gerald und Sarah Thompson,

Richard und Connie Hughes und Lyndon und Victoria Scott geholt. Alle Geburten hatten in der Zeit von März bis zur ersten Septemberwoche stattgefunden, und zwar in Tarrant County außerhalb des Stadtgebiets.

Außerdem wollte ich jetzt nach allen Familien suchen, die in einem Zeitraum von weniger als neun Monaten zwei Geburten standesamtlich gemeldet hatten, doch mir fiel nachträglich ein, daß es für diese Überprüfung ratsam gewesen wäre, mir die Einträge geben lassen, die bis Januar zurückreichten und nicht nur bis März. Irgendwie hatte ich nicht das Gefühl, daß ich mich am Montag morgen besonders beliebt machen würde, es sei denn, ich würde es übers Wochenende schaffen, meinen Fall zu lösen.

Dirty Harry löst einen Fall innerhalb von zwei Stunden. Aber ich bin nicht Dirty Harry, und ich ging nicht davon aus, daß Captain Millner sehr erfreut wäre, wenn ich versuchte, diesen Fall mit einer .44 Magnum zu lösen. Oder auch nur mit einer .38 Special.

Ich fing an, mir Notizen zu machen. Das O'Neal-Baby war ein 2466 g schweres Mädchen. Das Norris-Baby war ein 3288 g schwerer Junge. Die Thompsons hatten einen 4479 g – aua, dachte ich – schweren Jungen. Das Hughes-Baby war ein 3685 g schweres Mädchen. Und die Scotts hatten einen 3005 g schweren Jungen.

Wenn ich die jetzt finden könnte ...

Im Telefonbuch fand ich einen Edward O'Neal auf dem University Drive in Fort Worth, einen Dean Norris auf dem El Dorado in North Richland Hills, einen Gerald Thompson auf der Timber Terrace in Arlington, einen Richard Hughes auf der Regent Row in Benbrook und einen Lyndon Scott auf dem River Oaks Boulevard in Fort Worth.

Vielleicht waren es diejenigen, die ich suchte, vielleicht aber auch nicht. Das würde sich zeigen.

Okay, O'Neal und Scott wohnten in meinem Bezirk; um sie konnte ich mich selbst kümmern. Thompson wohnte in Arlington; darauf konnte ich Kathy ansetzen. Für Norris würde ich mir einen Assi vom North Richland Hills Police Department besorgen müssen, und wegen Hughes würde ich mit dem Benbrook Department reden müssen.

Ich fragte mich, woher der Ausdruck »sich einen Assi besorgen« kam. Er klang blöd.

Samstag. Ich durfte eigentlich gar nicht im Dienst sein.

Das Oberste Gericht kann mir doch gestohlen bleiben, dachte ich nicht zum erstenmal. Die waren in dem Glauben, uns mit der Anordnung zu helfen, daß die Polizei in Zukunft für jede Sekunde Mehrarbeit bezahlt werden mußte. Aber die Städte hatten für derlei zusätzliche Aufwendungen kein Geld, mit dem Ergebnis, daß nicht nur vom normalen Streifendienst, sondern auch von der Mordkommission ständig Leute abgezogen wurden, und das im ganzen Land. Und manchmal lief es darauf hinaus, daß Polizeibeamte wie ich versuchten, still und heimlich von zu Hause aus zu arbeiten, in der Hoffnung, nicht erwischt zu werden.

Okay, was konnte ich also machen, das einfach und schnell über die Bühne ging?

Vor vielen Jahren, als ich noch sehr jung und noch nicht verheiratet war, habe ich eine Zeitlang Zeitschriftenabonnements per Telefon verkauft. Ich hatte nicht vergessen, wie das ging. Ich informierte mich über die aktuellen Preise und beschloß, die Zeitschrift *Parents* zu verkaufen. So hatte ich einen plausiblen Vorwand für die Frage, ob ein Baby in der Familie war. Ich überlegte mir nicht, was ich machen würde, falls sich jemand entschloß, die Zeitschrift zu kaufen – normalerweise passiert das nicht. Es ist wirklich ein harter Broterwerb.

Die Edward O'Neals wollten keine Zeitschrift kaufen. Man teilte mir wütend mit, daß jemand, der anruft, wenn ein Baby gerade schläft, ohnehin ein Vollidiot ist.

Bei den Norris ging keiner an den Apparat.

Als ich die Nummer der Thompsons wählte, nannte mir eine Stimme vom Band eine Telefonnummer mit der Vorwahl 213. Das ist ja interessant, dachte ich – 213 ist Los Angeles.

Mrs. Hughes sagte mir, ja, sie habe ein Baby, ja, sie habe alle Zeitschriften, die sie brauchte, ich solle sie bitte in Ruhe lassen.

Als ich die Nummer der Scotts wählte, sagte mir eine Stimme vom Band: »Kein Anschluß unter dieser Nummer.«

»Deb«, fragte Harry, »was machst du da eigentlich?«

»Ich versuche, was rauszufinden«, sagte ich. »Falls ich wegmuß, hast du dann ein Auge auf Hal?«

»Och, Mom!« protestierte Hal.

»Es wird mir ein großes Vergnügen sein, ein Auge auf Hal zu haben«, sagte Harry heiter. »Es wird mir auch ein großes Vergnügen sein, ein Auge auf den Garten vor und hinter dem Haus zu haben. Das hätte ich schon vor zwei Tagen tun sollen.« Er nahm seine Schrotflinte vom Gewehrständer, lud sie mit drei Patronen und sagte weiter: »Hal, ich warne dich, wenn du hier drangehst, bekommst du die Knute.«

»Was heißt ›Knute‹?«

»Sieh im Wörterbuch nach. Mußt du das wirklich machen?« sagte er an mich gewandt.

»Nein«, sagte ich.

»Ich wollte es bloß wissen.«

»Jetzt weißt du's.«

Ich ging zur Tür hinaus und blieb abrupt stehen. Einen halben Block von meinem Haus entfernt, am Rande des freien Feldes, wo die Feuerwehr gern ihre Übungen abhält, parkte ein Zivilfahrzeug der Polizei. Aber es war überdeutlich als solches zu erkennen, für mich und vermutlich für jeden, der es eigentlich nicht erkennen sollte, denn die zwei Stabantennen waren doch ein wenig auffällig ebenso wie der teure, PS-starke Wagen ohne Zierleiste oder dergleichen. Ich ging hinüber zu ihm.

»Hi«, sagte Bill Livingston.

»Was machst du hier?«

»Nach deinem kleinen Malheur gestern nacht, dachte Millner, du könntest vielleicht ein bißchen Schutz gebrauchen.«

»Ich kann auf mich selbst aufpassen, danke.«

»Und wo willst du jetzt hin?«

»Weg. Ist das wichtig?«

»Nicht besonders. Ich habe Anweisung, auf das Haus aufzupassen und auf jeden, der drin ist.«

»Hör auf, das ist doch absurd.«

»Gib mir nicht die Schuld«, sagte Bill, »sondern Millner. Sieh mal, Deb, nach dem, was ich so mitgekriegt habe, hört es sich so an, als wärst du da einer großen Sache auf der Spur.«

»Das ist durchaus möglich.«

»Also wer ist noch im Haus? Es wäre ganz hilfreich zu wissen.«

»Mein Mann. Mein Sohn. Die Autos, die hierher gehören, abgesehen von meinem Wagen und Harrys Bus, sind Beckys Toyota, von meinem Schwiegersohn der Escort – der ist rot – und Olead Bakers Ford-Kombi. Alles andere könntest du vielleicht überprüfen. Es gehen hier ständig irgendwelche Teenager ein und aus, aber du könntest jeden Erwachsenen, den du nicht kennst und der nicht zu einem der Wagen gehört, überprüfen.«

»Werd' ich. Beißt der Hund?«

»Nicht, wenn du keine Uniform trägst. Soviel ich weiß, hat er eigentlich noch nie gebissen, aber er bellt bei Leuten in Uniform. Er hält sie alle für den Postboten, und er haßt den Postboten.«

»Echt?« sagte Bill langsam und blickte verwirrt.

Ich fragte nicht, warum er so verwirrt blickte.

Das war ein Fehler.

Irene O'Neal war allein zu Hause; ihr Mann war bei der Arbeit. »Er arbeitet fast immer«, sagte sie bekümmert. »Er ist so gut wie nie zu Hause. Er ist viel älter als ich, wissen Sie. Er ist siebenundfünfzig.«

Irene war kaum älter als zweiundzwanzig. Sie war eine junge Frau mit freundlichem Gesicht, nicht sehr gebildet, und, wie ich vermutete, nicht sonderlich intelligent. Ich hatte mich zwar vorgestellt, aber ich war mir nicht sicher, ob sie mich verstanden hatte. »Mrs. O'Neal«, begann ich und las ihr ihre Rechte vor.

»Ich weiß nicht, was das alles zu bedeuten hat«, sagte sie ausdruckslos. Ich fing an, es ihr zu erklären, doch sie sagte: »Oh, nein, bemühen Sie sich nicht, ich habe nichts dagegen, mit Ihnen zu sprechen. Sie wollten mir doch Fragen über Junie stellen, nicht? Wir nennen sie Junie, weil sie im Juni geboren ist, ist das nicht süß? Wissen Sie, sie ist nicht von mir. Ich kann keine Kinder bekommen.« Ihre Stimme klang traurig. »Meine Mutter hat vor meiner Geburt irgendwelche Medikamente genommen, und ich hatte deshalb große Probleme, und der Arzt hat gesagt, ich müßte mir die Gebärmutter entfernen lassen, damit ich nicht noch kränker würde. Deswegen kann ich keine Kinder kriegen. Und es ist mir deshalb richtig schlecht gegangen. Da hat Eddie gesagt, ich sollte aufhören zu jammern, er würde mir eins besorgen. Und er hat gesagt, daß er sich um alles kümmern würde und so. Er hat gesagt, ich müßte nur alles vorbereiten, und er hat mich gefragt, ob ich lieber einen Jungen oder ein Mädchen hätte, und ich dachte, ihm wäre ein Junge vielleicht lieber, aber er hat gesagt nein, ich sollte entscheiden, und da habe ich gesagt, ich hätte gern ein Mädchen, weil es soviel Spaß macht, sie anzuziehen, und er hat gesagt, ich sollte alles vorbereiten weil wir das erste Mädchen nehmen würden, das wir bekommen könnten, und ich habe das Kinderzimmer eingerichtet, und prompt ist Junie gekommen. Ist sie nicht süß?«

Sie war wirklich ein Püppchen. Sie hatte einen rosenroten Mund, rötlich braune Locken, blaue Augen, rosa Wangen. Mit ihren drei

Monaten interessierte sie sich schon richtig für ihre Umgebung, und Irene drückte sie glücklich an sich.

»Ich bin die Älteste von neun Kindern«, sagte sie weiter, »und jeder hat gedacht, ich würde nie eigene Kinder haben wollen, weil ich ständig auf meine Geschwister aufpassen mußte, aber ich kann mir einfach nicht vorstellen, kein Baby zu haben, das ich knuddeln kann.«

Irgend jemand anders würde Irene sagen müssen, das Junie nicht ihr gehörte. Ich hatte gerade beschlossen, daß ich es nicht tun würde.

»Sie sagen, Eddie hat sich um sämtliche Formalitäten gekümmert?«

»Oh, ja, ich mußte nicht mal irgendwelche Papiere ausfüllen oder so. Er hat sogar dafür gesorgt, daß in der Geburtsurkunde steht, ich hätte sie zur Welt gebracht, damit sie niemals erfahren wird, daß sie adoptiert ist. Obwohl, ich glaube, ich sollte es ihr doch irgendwann erzählen, finden Sie nicht auch? Ich meine, sie sollte schon wissen, daß sie vor mir eine Mama gehabt hat. Dazu gehört bestimmt Mut, ein Baby abzugeben, weil du weißt, du kannst es nicht richtig versorgen. Ich weiß nicht, ob ich das könnte. Ich glaube, ich würde es behalten und einfach versuchen, mein Bestes zu tun, aber das könnte für das Baby ziemlich schlimm sein, wenn die Situation, Sie wissen schon, irgendwie schief wäre. Ich würde irgendwann gern ihre leibliche Mutter kennenlernen, nur um ihr zu danken, verstehen Sie?«

»Wo arbeitet Eddie?« fragte ich.

Sie blickte plötzlich verwirrt und besorgt drein. »Wissen Sie was? Das weiß ich nicht. Er hat mir gesagt, wo er arbeitet, und er hat gesagt, ich soll ihn ja nicht bei der Arbeit anrufen, denn er hätte viel zu tun, aber heute morgen habe ich trotzdem da angerufen, weil hier bei uns jemand für ihn angerufen hat und gesagt hat, es wäre wirklich wichtig, und dort, wo er angeblich arbeitet, haben sie mir gesagt, sie hätten nie von ihm gehört. Man sollte ja annehmen, daß ich das wüßte, aber er und ich haben uns in einem Club kennengelernt, wissen Sie, wo ich gearbeitet habe, und er hat gesagt, ich wäre eine hübsche kleine Puppe und er würde mich gern in seine Hosentasche stecken und mit nach Hause nehmen, und ich habe gesagt, ob seine Hosentasche groß genug wäre, und er sagte, Baby, ich mach' sie groß genug. Man sollte ja annehmen, daß er mir sagt, wo er arbeitet, nicht wahr, falls ich ihn mal erreichen muß, bei einem Notfall oder so. Wieso er mich deswegen wohl angelogen hat?«

»Was hat er Ihnen erzählt, wo er arbeitet?« fragte ich. Vielleicht bekam ich so wenigstens einen Hinweis darauf, wie sein Verstand arbeitete.

»In einem Restaurant. Im Tandy Center. Er hat gesagt, er wäre der Geschäftsführer. Aber das stimmt nicht.« Sie nannte mir den Namen des Restaurants. Ich kannte es gut – eigentlich mehr Bar als Restaurant, aber ein nettes Lokal, wo man einen Spinatsalat bekommt, den ich ganz besonders mag. Ich kenne den Geschäftsführer. Seine Name ist nicht Eddie O'Neal.

Irene, dachte ich, du bist ein nettes Mädchen, aber nicht gerade helle. Ich stand auf. »Ich danke Ihnen«, sagte ich, »Sie haben mir sehr geholfen.«

»War das alles, was Sie wissen wollten?«

»Es kann sein, daß ich noch mal wiederkommen muß«, sagte ich ausweichend.

»Kein Problem, ich bin da. Ich und Junie gehen nicht viel raus.«

Ohne recht zu wissen wieso, gab ich ihr meine Telefonnummer.

Von der ersten Telefonzelle aus rief ich im Archiv an, um zu fragen, was wir über Eddie O'Neal hatten. Es ging jedoch niemand an den Apparat.

Natürlich, dachte ich, die haben ja auch Anweisung, keine Überstunden zu machen.

Ich rief zu Hause an. Harry sagte, es sei alles in Ordnung, und fragte, ob ich wüßte, daß wir nun observiert wurden. Ich sagte, ich wüßte es.

Was mich an die Observierung erinnerte, die ich angeordnet hatte. Ich fuhr hinüber zur Rosedale Street. Carlos Amado – der Name bedeutet Karl Liebhaber, was ihm von seiten seiner Kollegen schon so manche Frotzelei eingebracht hat – saß jetzt vor Rachel Stradas Wohnung. Er sagte, es habe sich nichts getan. Mein Freund Pancho, nicht mehr und nicht weniger betrunken als gestern, winkte mir mit seiner Dose Carta Blanca und rief: »Hola!«

Ich winkte und fuhr davon, hielt an einem 7-Eleven, um mir eine Dose Sprite zu kaufen. Ich war unerklärlich durstig.

Natürlich hatten wir im ganzen Staat eine Fahndung nach Rachel Strada eingeleitet, doch wir rechneten nicht damit, daß die Fahndung etwas bringen würde. Ich bezweifelte mittlerweile auch, daß die Überwachung ihrer Wohnung was bringen würde. Wenn sie bis Montag noch nicht nach Hause gekommen war, würde ich mir einen Durchsuchungsbefehl besorgen und reingehen – ich würde es schon am Sonntag machen, wenn diese idiotische Keine-Überstunden-Vorschrift nicht wäre.

Familie Norris wohnte in North Richland Hills und die Hughes in Benbrook. Es wäre taktisch unklug gewesen, die Departments der Nachbarbezirke um Hilfe zu bitten, nicht solange ich offiziell außer Dienst war. Die Thompsons schienen nach Los Angeles gezogen zu sein; nun, ich konnte wenigstens im Büro vorbeischauen, eine Sache von ein paar Minuten, und ein Fernschreiben nach Los Angeles schicken. Auch wenn dort die Keine-Überstunden-Vorschrift galt (es konnte durchaus sein, daß sie nicht davon betroffen waren; Los Angeles ist eine ziemlich wohlhabende Stadt), mußte das Department doch ständig besetzt sein.

Die Scotts wohnten auf dem River Oaks Boulevard, falls dem noch so war – der Telefonanruf ließ darüber keinen eindeutigen Schluß zu. Ich fuhr hin.

Sie hatten, wie ich feststellte, ihre Telefonnummer geändert, weil das Baby dauernd vom Telefonklingeln wach wurde, zu Mrs. Scotts großem Verdruß.

Ich konnte mir keinen krasseren Gegensatz vorstellen als den zwischen Irene O'Neal, die etwas Besseres verdiente als das, was ihr bevorstand, und Victoria Scott, die meiner vielleicht voreingenommenen Meinung nach Schlechteres verdiente.

Das Haus war groß, alt, wunderschön eingerichtet und dunkel. Das Baby – ein 3005 g schwerer Junge, wie ich mich erinnerte – schrie unaufhörlich irgendwo im hinteren Teil des Hauses, während Victoria Scott steif im Wohnzimmer saß. »Ich füttere ihn genau nach Zeitplan«, sagte sie mir. »Es wäre nicht gut für ihn, wenn er verwöhnt würde. Nein, das wäre es ganz und gar nicht. Er soll das richtige Rüstzeug bekommen, das er braucht, um seinen Platz in der Gesellschaft einzunehmen.«

»Babys werden nicht verwöhnt, wenn man sie ab und zu mal lieb hält«, sagte ich, und sie rümpfte mißbilligend die Nase.

»Wieso sind Sie eigentlich hier, Miss ... Wie war doch gleich Ihr Name?«

»Detective Ralston«, sagte ich, »und ich bin hier, um mit Ihnen über eine mutmaßliche Gesetzesübertretung zu sprechen.« Ich las ihr ihre Rechte vor. Sie rümpfte erneut die Nase. »Sind Sie bereit, mit mir zu sprechen?«

»Das bin ich ganz und gar nicht«, erwiderte sie. »Unerhört, Leute in unserer Position irgendeines geringfügigen, gemeinen Verbrechens zu verdächtigen. Ich werde umgehend meinen Anwalt verständigen und ihn über diese Ungeheuerlichkeit in Kenntnis setzen.«

»Davon bin ich überzeugt, Mrs. Scott«, sagte ich. »Davon bin ich überzeugt. Bei der Gelegenheit könnten Sie ihn gleich bitten, Ihnen zu erklären, was der Terminus ›Mitwisserschaft‹ bedeutet.«

»Was wollen Sie damit sagen?«

»Daß man Ihnen Beihilfe zum Mord zur Last legen könnte, falls, wie ich vermute, eine Frau ermordet worden ist, damit ihr Baby an Sie verkauft werden konnte.«

»Das ist doch wohl die *Höhe*!« schnaubte sie. »Ich möchte Sie darauf aufmerksam machen, daß ich eine gute Christin bin und daß ich in meinem ganzen Leben noch nie etwas so Ungeheuerliches gehört habe. Ich rate Ihnen, mein Haus auf der Stelle zu verlassen, bevor ich die Polizei rufe.«

»Offenbar können Sie mir nicht recht folgen, Mrs. Scott«, sagte ich, als ich aufstand. »Ich *bin* die Polizei. Oder zumindest von der Polizei.«

Als sie mich zur Tür brachte, sprach aus ihrem Gesicht die pure Verachtung, und ich saß einen Augenblick in meinem Wagen und kochte vor Wut. Doch dann wurde mir verspätet klar, was mir schon im Haus hätte klar werden müssen. Niemand verhält sich so, wie Victoria Scott sich verhalten hatte, ganz gleich, wie reich oder neureich er ist, es sei denn, er zieht eine Show ab. Anders als Irene O'Neal, womöglich auch anders als Jackie Patten, wußte Victoria Scott genau, was sie getan hatte. Sie hatte panische Angst – und sie war bereit, mich mit allem, was ihr zur Verfügung stand, zu bekämpfen.

In ihrem Fall zählte zu »allem« der gesamte Einfluß, den man spielen lassen kann, wenn man sehr viel Geld und von Haus aus gute Beziehungen hat. Die übertriebene Arroganz, als ob sie in einem schlechten Theaterstück ihren Text aufsagte, war nicht mehr als der erste Warnschuß gewesen.

Ich wußte, daß ich nicht im Dienst war. Aber es konnte ja nichts schaden, kurz ins Büro zu fahren und nachzusehen, ob etwas auf meinem Schreibtisch lag.

Dutch Van Flagg saß stirnrunzelnd vor einem Stapel Blätter, auf denen er emsig Diagramme zeichnete, offenbar in dem Versuch, herauszufinden, wer zu einer bestimmten Zeit wo war. »Hi, Dutch«, sagte ich. »Ich wußte nicht, daß du heute arbeitest.«

»Tu' ich ja gar nicht. Ich kämpfe gegen Windmühlen. Wieso darfst du heute arbeiten?«

»Darf ich ja gar nicht.« Ich mußte laut aufstoßen und nahm aus meiner Schreibtischschublade eine Packung Kartoffelchips als Beilage zu der Cola, die ich unten gekauft hatte.

Dutch starrte mich an. »Wenn ich es nicht besser wüßte, würde ich schwören, du bist schwanger«, sagte er zu mir.

»Ha-ha«, entgegnete ich. »Ich habe mal wieder ein Magengeschwür.« Ich fing an, Papiere durchzusehen. Obenauf lag ein Fernschreiben vom Chef der Kripo in Lawton, Oklahoma. Er hatte gehört, daß ich an einem Fall arbeitete, bei dem es um entführte schwangere Frauen ging. Er wollte mir mitteilen, daß er zwei hatte: Dana Carlisle, verschwunden seit dem 9. September, errechneter Geburtstermin der 2. Oktober, und Petra Kent, vermißt seit dem 23. August, errechneter Geburtstermin Ende September.

Ich hatte nicht einmal daran gedacht, außerhalb des Staates Erkundigungen einzuholen. Jetzt rief ich die Einsatzleitung an und bat um weitere Fernschreiben – Oklahoma, Arkansas, Louisiana. Ich überlegte einen Moment, rief dann noch mal an und sagte, sie sollten Kansas noch hinzunehmen. So weit ist es eigentlich gar nicht bis nach Kansas.

»Wie wär's, wenn ich das Ganze bundesweit mache?«

Ich hatte nichts dagegen, obwohl ich nicht glaubte, daß unsere Bande, die allem Anschein nach regional arbeitete, jemanden in Oregon oder Vermont gekidnappt hatte.

Anschließend rief ich die Kollegen in Lawton an. Natürlich gilt für sie dieselbe Entscheidung des Obersten Gerichts wie für uns, und das dortige Kripobüro war zur Zeit nur mit einem Beamten besetzt. Er sagte mir, sein Name sei Ted Two Tails und auf irgendwelche Witze könne er verzichten, danke. Er hatte ein paar Informationen mehr, als ich dem Fernschreiben entnehmen konnte; alles in allem sah es so aus, daß Dana und Petra beide ehrbare verheiratete Frauen waren. Dana erwartete ihr erstes Kind, Petra ihr drittes. Sie waren beide abends um halb zehn vom Parkplatz desselben Supermarktes entführt worden, offenbar wahllos. Beide Wagen waren dort zurückgelassen worden, und beide Handtaschen waren im Wagen.

Auf Nachfrage fügte er hinzu, daß beide Weiße waren und ja, ihren Fotos nach zu urteilen, konnte man sie als hübsch bezeichnen.

Das paßte. Alle Frauen waren hübsch gewesen. Die Bande wollte hübsche Babys; sie hatten sich bestimmt gedacht, daß man die nur von hübschen Müttern bekommt.

In Lawton, so fügte Ted hinzu, war man ziemlich hysterisch. So etwas passierte dort nun mal nicht. Als die erste verschwand, dachte man, irgendein Typ aus der Army in Fort Sill wäre durchgedreht; bei der zweiten hatte es dann in fanatischen anglo-amerikanischen Kreisen finsteres Gemunkel über geheime indianische Blutrituale gegeben. Er hoffte, daß wir weiterhelfen konnten.

So etwas, sagte ich zu ihm, sollte nirgendwo passieren, und ich hoffte, daß er mir weiterhelfen konnte. Ich bat um Fotokopien von allem, was sie hatten. Er sagte, er würde sie mir schicken, aber es war eben nicht viel.

Erst nachdem ich aufgelegt hatte, kam ich drauf – damit ist es ganz sicher bundesstaatenübergreifend. Es ist jetzt ein Fall fürs FBI.

Ich rief das FBI an – sie erfreuten sich schon einer Fünf-Tage-Woche, noch bevor das Oberste Gericht angefangen hatte, sich in die Dienstpläne der Polizei einzumischen, doch meistens ist jemand im Dienst.

Dieser Jemand – ein zuckriges junges Ding, das mir mit seiner Arroganz gegenüber einer einfachen Polizistin den letzten Nerv raubte – sagte mir, sie würde sich mit Agent Arnold in Verbindung setzen und ihm sagen, er solle mich anrufen.

Während ich wartete, machte ich mich daran, mir selbst ein Diagramm zu zeichnen. Vielleicht kam ich darauf, weil ich Dutch zugesehen hatte, aber ich hatte das Gefühl, daß sich in meinem Kopf ein neuer Gedanke herausbilden wollte, und ich versuchte, mir einen Weg einfallen zu lassen, wie ich an ihn herankam. Ich hatte zu Beginn der Woche schon etliche Diagramme gemacht, um herauszufinden, ob zwischen diesen Frauen vielleicht irgendwelche Ähnlichkeiten bestanden, doch jetzt ging es um einen Bereich, über den ich eigentlich nicht besonders gründlich nachgedacht hatte.

Als ich fertig war, wußte ich, daß ich vorläufig, solange mir nicht weitere Berichte aus anderen Städten vorlagen, eine Frau hatte, die im März entführt worden war, eine im Juni, vier im Juli, fünf im August und zwei im September. Das hieß, daß sie entweder allmählich etwas langsamer arbeiteten – wovon ich keine Sekunde ausging – oder daß der Mord an Grace Hammond sie nervös gemacht hatte – auch daran glaubte ich keinen Moment –

oder daß ich damit rechnen konnte, noch aus weiteren Städten zu hören.

Und ich wußte, soweit ich es bis jetzt sagen konnte, daß ein Baby im April fällig war, eins im Juli, vier im August, fünf im September (Grace nicht mitgerechnet) und eins im Oktober.

Rachel Strada hatte bei sechs Entbindungen geholfen. Es mußte also noch mindestens eine weitere Hebamme beteiligt sein.

Dana Carlisle hatte mit an Sicherheit grenzender Wahrscheinlichkeit ihr Baby noch nicht bekommen. Petra Kent und Katherine Irving, beide für Ende September ausgezählt, waren womöglich ebenfalls noch nicht niedergekommen.

Irgendwo, unweit von meinem Zuhause, waren geheime Gräber. Dessen war ich mir bereits sicher. Aber noch wichtiger war, daß es mindestens eine Frau gab, die Todesängste ausstand, oder vielleicht sogar drei oder vier Frauen, die warteten, weinten, um Hilfe beteten.

Um meine Hilfe?

Das Telefon klingelte. Ganz automatisch nahm ich den Hörer ab. »Deb«, sagte Captain Millner, »gehen Sie nach Hause.«

»Aber –«

»Deb. Gehen Sie nach Hause. Auf der Stelle. Ich habe mir die Vorschrift nicht ausgedacht, und ich denke, es ist eine beschissene Vorschrift, aber es ist und bleibt eine Vorschrift. Gehen Sie nach Hause. Wer ist sonst noch da oben?«

Ich zeigte auf Dutch, und er nahm den Hörer ab. Ich legte meinen auf. Einen Augenblick später hörte ich Dutch verärgert sagen: »Ja, Sir.«

Er fing an, seine Papiere zusammenzusuchen.

Ich war ihm um einiges voraus. Meine Ausdrucke lagen bereits bei mir zu Hause. Und es war ohnehin Punkt vier Uhr.

Da klingelte das Telefon.

Kapitel 12

Dutch und ich hoben beide gleichzeitig ab. »Wir sind nicht im Dienst«, sagte Dutch.

»Und ob ihr das seid«, zwitscherte der Einsatzleiter. »Ihr habt einen Mord, ihr Glückspilze.«

»Wir sind nicht das Morddezernat«, sagte ich.

»Nein, aber ihr seid *da.*«

»Wo ist die Leiche?« fragte Dutch ergeben.

»Und *wer* ist die Leiche?« fügte ich hinzu.

Der Einsatzleiter nannte eine Adresse. »Es ist irgendein Arzt«, sagte er. An irgend jemanden bei ihm im Raum gewandt sagte er weiter: *»Ja, ich hab' Ralston und Van Flagg. Okay, ich sag's ihnen.«* Wieder an uns gerichtet sagte er: »Euer Captain sagt, ihr seid im Dienst. Der Name des Opfers ist Frank Kirk. Seine Frau ist gerade nach Hause gekommen und hat ihn mitten im Zimmer auf dem Boden gefunden. Gerichtsmedizin und Spurensicherung sind unterwegs.«

Das Haus war nicht so, wie man es bei einem Arzt erwarten würde. Es hatte drei Zimmer, aber kleine Zimmer, und der angebaute Fernsehraum sah aus wie Marke Eigenbau. Es hatte innen und außen Backsteinwände, doch der Mörtel war nicht ganz akkurat aufgebracht worden, oder aber das Fundament war abgesackt, und große Risse breiteten sich nun strahlenförmig von den beiden oberen Ecken des Kamins aus.

Kirk lag im Fernsehraum, in Khakihosen und einem grünen T-Shirt vom Marine Corps. Er lag ausgestreckt auf dem Rücken, mit dem Kopf in den Raum hinein, leicht in Richtung Küche, was bedeutete, daß er wahrscheinlich mit dem Gesicht zur Schiebetür gestanden hatte, die auf den umzäunten Garten ging. Ein Pappteller mit Kartoffelchips und ein Plastikbecher Milch hatten ihren Inhalt über den Boden verteilt, demnach hatte er sich wohl einen kleinen Imbiß geholt, und eine Fernsehzeitschrift lag aufgeschlagen auf dem Fernseher. Ein ganz gewöhnlicher Mann, auf dem Weg ins Fernsehzimmer, um sich ein Baseballspiel anzuschauen.

Er war mit einem einzigen Schuß aus einer Schrotflinte erschossen worden, und zwar nicht aus unmittelbarer Nähe.

Je weiter eine Schrotflinte entfernt ist, desto größer ist die Streuung.

Kirk war noch zu erkennen, aber nur noch so eben.

Mrs. Kirk stand schluchzend hinter mir, und ich drehte mich um und führte sie zurück durch die Küche ins Wohnzimmer, während die Leute vom Labor sich über den Flur ins Fernsehzimmer drängten; Dutch blieb zurück und sprach mit einem Untersuchungsbeamten von der Gerichtsmedizin. Wieder ein neuer; ich kannte ihn nicht und dachte mir, daß ich später mit ihm reden würde. Jetzt wollte ich erst mit Mrs. Kirk sprechen – besser gesagt, ihr zuhören.

»Es gibt einfach keinen *Grund*«, sagte sie zu mir. »Er hatte keine Feinde.« Es gibt nie einen Grund – den die Ehefrau kennt, dachte ich, als sie innehielt, um sich ein Kleenex zu nehmen. »Er war Marinearzt – gewesen – und die letzten paar Jahre, die er in der Armee war, den Marines unterstellt, und er hat seinen Abschied eingereicht und ist nach Fort Worth gegangen, und – und er sagte, wir würden mit seinem Ruhestandssold ganz gut leben können, wir brauchten nicht besonders viel, jetzt, da die Mädchen aus dem Haus sind und geheiratet haben, und dann hat er eine Zeitlang in der Notaufnahme gearbeitet, und eines Tages kam er wutschnaubend nach Hause, weil er sich über irgendwas aufgeregt hatte, und er wollte mir nicht sagen, worüber, und dann hat er die Praxis aufgemacht; er hat mir gesagt, er wollte Menschen helfen, die sonst nirgendwo Hilfe fänden, und – und – und – Es gibt einfach keine Grund!«

Nach dem, was er mir erzählt hatte, fragte ich mich, ob ich den Grund kannte. »Hatte er Arbeit mit nach Hause gebracht, irgendwelche Unterlagen, Briefe von Patienten, irgendwas in der Art?«

Sie schüttelte den Kopf. »Er hat immer gesagt – er hat gesagt, er hielte nicht viel davon, Arbeit mit nach Hause zu nehmen. Er hat gesagt, davon bekommt man nur Magengeschwüre.« Tja, da ist was dran, dachte ich reumütig. »Zu Hause hat er gern geschreinert. Und er hat gelesen und sich um den Garten gekümmert und ferngesehen, genau wie jeder andere.«

»Hat er jemals eine Grace Hammond erwähnt?«

»War das eine Patientin von von ihm?«
»Ja.«
»Nein. Nein, er hat nie über seine Patienten geredet.«
»Mrs. Kirk, haben Sie irgendeine Idee –«
»Daß das alles so kurz hintereinander passiert, es ergibt einfach keinen Sinn. So als – als ob irgendwer einen persönlichen Rachefeldzug gegen uns führt oder so!« Sie hatte mich gar nicht gehört. »Erst der Einbruch und dann das Feuer in der Praxis, und jetzt –«
»Einbruch?«
»Oh, ja, es war –«
»Ein Einbruch hier oder in der Praxis?«
»Sowohl als auch! Heißt das, Sie wissen nichts davon? Aber die Polizei war doch hier und hat Fotos gemacht und alles!«
»Nun, für Einbruch ist ein anderes Dezernat zuständig«, erklärte ich. »Ich werde mir natürlich den Bericht ansehen, denn es könnte da durchaus ein Zusammenhang bestehen, aber wenn Sie mir schon jetzt etwas darüber erzählen könnten –«
»Sie hatten alle Schubladen aufgezogen, ich meine, jede Schublade im ganzen *Haus*, Sie können sich ja nicht vorstellen, wie es hier ausgesehen hat, und –«
»Das war hier im Haus?«
»Ja.«
»Was wurde gestohlen?« fragte ich. Sie hörte auf zu weinen, zumindest vorübergehend.
»*Nichts*! Das war ja das Merkwürdige – sie haben dieses ganze Tohuwabohu angerichtet, aber sie haben nicht das Geringste gestohlen. Falls doch, zumindest nichts, was wir vermißt haben.«
»Und die Praxis? Da hat auch jemand eingebrochen?«
»Oh, da sind sie nicht reingekommen.«
»Aber Sie haben doch gesagt –«
»Sie haben es versucht. Aber Frank hatte Sicherheitsschlösser und vor den Fenstern Gitter anbringen lassen, und sie konnten nicht rein. Ich weiß – ganz einfach nicht –, was sie wollten. Es ergibt keinen Sinn. Es ergibt einfach überhaupt keinen Sinn.«
Das tut Mord selten. Doch dieser hier ergab für mich einen leisen Hauch von Sinn. Wenn Grace ihren Entführern erzählt hatte, daß jemand wußte, wo sie war, dann würden sie natürlich hinter der Person her sein, der sie es erzählt hatte. Wer eine Mordfabrik leitet, kann es sich nicht leisten, daß jemand, der weiß, wo sie ist, am

Leben bleibt – zumindest nicht, wenn dieser Jemand sich nicht zum Schweigen erpressen läßt.

Sie weinte wieder. Ich gab die üblichen beruhigenden Laute von mir und holte ihr ein Glas Wasser und ein Aspirin, was wohl ziemlich albern war; würde ich ein Glas Wasser und ein Aspirin wollen, wenn jemand Harry mit einer Schrotflinte erschossen hätte?

Oder Hal?

Aber sie nahm das Aspirin und trank das Wasser und sagte, sie würde jetzt gern ihre Schwester anrufen. Also ging sie zurück ins Fernsehzimmer. Der Untersuchungsbeamte von der Gerichtsmedizin war bereits fort, und die Leute vom Labor gingen im Garten umher. Im Arbeitszimmer hatte es für sie nicht viel zu tun gegeben – Fotos, mehr nicht, denn Ballistiker konnten bei einer Schrotflinte höchstens versuchen festzustellen, aus welcher Entfernung sie abgefeuert worden war, und selbst das war eine vage Schätzung, wenn sie die Waffe nicht hatten.

Die Suche nach Fingerabdrücken war unsinnig, da alles darauf hindeutete, daß der Mörder das Haus nicht betreten hatte.

Die Leute von der Spurensicherung und Dutch Van Flagg standen dicht gedrängt um irgend etwas in der äußersten Ecke des Gartens. Ich ging zu ihnen.

Der Rasen war im ganzen Garten gut gepflegt und dicht, aber die Woche über hatte es immer wieder geregnet, und hier war eine Vertiefung, in der sich anscheinend etwas Wasser gesammelt hatte. Jemand war tief in den entstandenen Morast gerutscht; nach dem, was ich erkennen konnte, war es ein Tennisschuh, aber niemand würde je in der Lage sein, den passenden Schuh zum Abdruck zu bestimmen.

Na prima, jetzt wußten wir bloß, an welcher Stelle der Täter vermutlich über den Zaun gestiegen war – den rauhen, verzinkten Sturmzaun, an dem niemals, auch nicht in einer Million Jahre irgendwelche Fingerabdrücke haften bleiben würden.

Der Zaun grenzte an eine Gasse. Kirk hatte ein Eckgrundstück. Auf der anderen Seite der Querstraße sah man die Rückseite eines 7-Eleven mit Parkplatz und großem Abfallcontainer. Im Garten auf der anderen Seite von Kirks Haus stand das ungeschnittene Sommergras hüfthoch, und als wir vorfuhren, hatte ich das ZU-VERKAUFEN-Schild gesehen.

Das Haus, das sozusagen Rücken an Rücken mit dem der Kirks stand, hatte nach hinten eine Doppelgarage, und der Zaun auf beiden Seiten der Garage war mit Kudzu überwuchert.

Theoretisch müßten Dutch und ich bei allen Nachbarn anklingeln und fragen, ob sie in der Gegend jemand Fremdes gesehen hatten, der mit einer Schrotflinte spazierenging. Am besten noch mit einer rauchenden Schrotflinte.

Ich sah Dutch an. Dutch sah mich an. Wir sagten den Leuten vom Transport, daß sie die Leiche haben konnten, und wir stiegen in Dutchs Auto und fuhren zurück in die Stadt. Unterwegs erzählte ich Dutch, was Kirk mir erzählt hatte und was Mrs. Kirk mir erzählt hatte.

Natürlich mußte ich ihm nicht erst erzählen, daß jemand auch auf *mich* mit einer Schrotflinte geschossen hatte. Das wußte er ganz genau.

Er fuhr schweigend. Dann sagte er: »Woher wußten sie, was Grace dem Doktor erzählt hat?«

Zu meiner Freude stellte ich fest, daß er den gleichen Gedankengang verfolgte wie ich. »Ich vermute, sie hat irgendwann begriffen, daß sie wohl eher die Radieschen von unten betrachten würde, als 5000 Dollar oder mehr zu kassieren, und es dann mit dem alten Jemand-weiß-wo-ich-bin-Spiel versucht. Ich – Oh, nein, Dutch, halt an einer Telefonzelle!«

»Telefonzelle, wieso?« fragte er und bog auf den Parkplatz eines 7-Eleven.

Ich antwortete nicht. Ich lief einfach zum Telefon, gab der Vermittlung die Nummer meiner Telefonkreditkarte durch und verlangte ein Gespräch nach Sherman.

Es war natürlich zu spät. Chief Ellis sagte mir, die alte Dame, Clara Hammond, sei am Morgen um halb elf Uhr vom Postboten tot aufgefunden worden. Die offizielle Version lautete, daß sie einen Einbrecher überrascht hatte. Er selbst bezweifelte das allerdings, sagte Ellis; Einbrecher haben normalerweise keine Schrotflinte dabei. Zumindest nicht in Sherman.

Er bat mich, ihn über die weiteren Ermittlungen auf dem laufenden zu halten.

Ich weinte, als ich wieder in den Wagen stieg, und dann erzählte ich Dutch alles, was ich wußte, alles, was ich mir zusammengereimt hatte. Und schließlich sagte er: »Kein Wunder, daß die Pattens es mit der Angst zu tun kriegen.«

»Was?«

»Die Pattens. Nach dem, was du sagst, muß Jackie diejenige gewesen sein, die Grace gesagt hat, mit wem sie sich in Verbindung setzen soll.«

Natürlich hatte ich mir das schon vor einiger Zeit gedacht, aber ich hatte es einfach wieder vergessen. Ja, Nick wußte, was los war, vermutlich von Anfang an, und höchstwahrscheinlich wußte Jackie es mittlerweile auch, doch zu Anfang hatte Jackie es nicht gewußt. Offenbar hatte Jackie ihrer Freundin in aller Unschuld erzählt, wo sie jemanden finden könnte, der vielleicht bereit wäre, ihr für das Baby soviel Geld zu geben, daß sie und Tim noch mal von vorn anfangen könnten.

Was Jackie zumindest nicht ins allerschlechteste Licht rückte, vielleicht.

Und dann sagte ich: »Dutch, es gibt noch einen Menschen, dem Grace es erzählt haben könnte, jemand, der vielleicht Bescheid weiß -«

»Also, wohin sollen wir den Leichenwagen als nächstes schikken?«

»Es dürfte«, sagte ich, »nicht ganz so einfach sein, eine Schrotflinte ins Huntsville-Staatsgefängnis zu schmuggeln.«

Ich rief Harry an. Dutch rief seine Frau Alicia an. Ich rief Captain Millner an. Dutch rief im Huntsville-Staatsgefängnis an, um dort Bescheid zu geben, daß wir kamen. Und wir machten uns in dem Dienstwagen, der Dutch Van Flagg zugeteilt war, auf den Weg und fuhren nach Dallas und von dort über den Interstate Highway 45 nach Huntsville.

Um halb zehn Uhr abends saßen Dutch und ich in einem hufeisenförmigen Besuchsraum im Huntsville-Staatsgefängnis und blickten durch eine Sicherheitsscheibe auf Tim Richards, dem verurteilten Einbrecher und mutmaßlichen Vater des Babys, das Grace nicht mehr zur Welt bringen würde.

Er hatte geweint, das konnte ich ihm ansehen - er war blond, blauäugig, hellhäutig, der Typ Mensch, dem man es einfach ansieht, wenn er geweint hat. Also hatte er in Grace wohl doch mehr gesehen als bloß einen weiblichen Körper, der leicht zu haben war, er hatte an Grace gehangen, und somit war ich natürlich augenblicklich sehr viel eher geneigt, Tim Richards zu mögen.

Dutch sagte ihm, was wir wollten. Sein Blick richtete sich auf mich. »Wer sind Sie?« fragte er.

Wir hatten es ihm bereits erklärt. Ich erklärte ihm noch einmal, wer ich war und was ich war.

»Okay«, antwortete er, ohne mir zu sagen, daß ich nicht aussah wie ein Cop. »Ich verstehe nicht, warum Sie wissen wollen, was Grace vorhatte, was sie dann doch nicht getan hat. Grace ist tot. Was spielt es jetzt noch für eine Rolle, daß sie das Baby von irgendeinem reichen Fatzke adoptieren lassen wollte? Sehen Sie mich doch an – sehe ich so aus, als könnte ich für ein Baby sorgen? Glauben Sie, ich will, daß mein Kind von der Sozialhilfe lebt? Es wäre für das Kind besser so gewesen, das müssen Sie wissen. Aber was spielt das alles jetzt noch für eine Rolle? Grace ist tot, und das Kind ist tot, und ich wünschte bei Gott, ich wäre auch tot.«

»Tim«, begann ich, »Grace hatte keine Ahnung, aber die Leute, denen Sie das Baby – geben – wollte, sind Mörder. Wir glauben, sie haben sie getötet, weil sie ihnen entwischt ist. Und sie haben einen Arzt getötet, mit dem sie vermutlich gesprochen hat, und sie haben ihre Tante getötet, und –«

»Ms. *Hammond*? Irgendso ein Dreckskerl hat Ms. *Hammond* getötet?«

»Ja«, sagte Dutch, »und versucht, die Dame hier neben mir zu töten, sie und auch ihren Sohn.«

»Weshalb?« fragte Tim ungläubig.

»Weil es einem immer leichter fällt zu morden, wenn Mord erst mal zur Gewohnheit geworden ist«, sagte ich. »Tim, wir müssen alles wissen, was sie Ihnen über ihre Pläne mit dem Baby erzählt hat. Mit wem sie geredet hat, zu wem sie gegangen ist. Wollen Sie uns helfen?«

»Ja, aber an soviel erinnere ich mich gar nicht mehr«, sagte Tim. »Okay, zuerst wollte sie zu irgendeinem Arzt in Fort Worth gehen und das Baby, Sie wissen schon, wegmachen lassen, und ich habe gesagt, wenn sie so etwas Idiotisches machen würde, würde ich ihr einen solchen Tritt in den Hintern geben, daß sie ihr Leben lang nicht mehr sitzen könnte. Und sie hat gesagt, sie würde es ja eigentlich nicht wollen, aber sie wollte einfach nicht, daß ihr Baby so aufwachsen würde, wie wir aufgewachsen sind. Grace und ich, wir hatten beide nie auch nur einen Penny, und das ist doch kein Leben.«

Er rieb sich mit dem rechten Zeigefinger und Daumen die Augen und fuhr fort. »Dann hat sie mich einige Zeit später angerufen und gesagt, eine Freundin von ihr und deren Mann hätten gerade ein Baby adoptiert und sie hätten dem Typ 10 000 Dollar für die Vermittlung gegeben, und der Typ hat ihnen erzählt, 5000 Dollar gingen an die Frau, die das Baby geboren hat, und der Rest des Geldes wäre dafür da, Ärzte und Anwälte und den ganzen Kram zu bezahlen. Und Grace hat gesagt, wenn wir 5000 Dollar hätten, na ja, dann *hätten* wir einen neuen Anfang.« Genau so etwas hatte ich mir natürlich gedacht. »Sie hat gesagt, wir könnten, wenn ich hier rauswäre, könnten wir uns ein Auto kaufen und eine Wohnung in Dallas mieten, wo ich mir einen anständigen Job suchen könnte, und das Baby - dem Baby würd's gutgehen, es hätte Eltern, die es wirklich wollten, und wir würden später wieder ein Baby bekommen, für das wir dann richtig sorgen könnten, und - na ja, ich fand, das machte Sinn, verstehen Sie?«

»Aber klar«, stimmte ich zu. »Hat sie Ihnen gesagt, wohin sie wollte?«

Er schüttelte den Kopf. »Nee«, sagte er. »Irgendwo in Fort Worth, mehr hat sie nicht gesagt. Aber wieso sollte sie mir auch mehr sagen? Ich war noch nie in Fort Worth; wenn sie mir eine Adresse gegeben hätte, hätte ich nichts damit anfangen können. Aber - da war doch was.«

»Ja?« sagte Dutch.

»Ich habe ihr gesagt, es wäre besser, wenn sie jemandem sagen würde, wo sie ist, falls es Schwierigkeiten gäbe. Da hat sie gesagt, der Arzt, zu dem sie zuerst gehen wollte, sie hat gesagt, sie hätte ihm das in einem Brief geschrieben, damit er anderen Frauen die Adresse geben könnte, falls sie auch dorthin wollten.«

»Und er hat dir nichts von dem Brief erzählt?« fragte Dutch.

»Er hat ausdrücklich gesagt, daß er keinen bekommen hat. Vielleicht hat sie ihn falsch adressiert oder vergessen, ihn einzuwerfen, oder vielleicht hat sie ihn ja gar nicht geschrieben.«

»Tim hat aber nicht gesagt, daß sie ihn schreiben wollte. Er sagt, sie hat gesagt, daß sie ihn geschrieben hat.«

»Also ist er in der Post verlorengegangen? Wohin geht denn jetzt wohl die Post, die an die Praxis adressiert ist? Er muß beim Postamt einen Nachsendeantrag gestellt haben.«

Es war natürlich zu spät in der Nacht, um Mrs. Kirk anzurufen und sie zu fragen. Ich ging nicht einmal mehr ins Büro; Dutch setzte mich an meinem Wagen ab, und ich fuhr direkt nach Hause, wo Harry um halb zwei Uhr morgens eine ziemlich banale Unterhaltung mit einem Mann in Rußland führte.

»Garantiert KGB«, sagte Harry glücklich, als er das Funkgerät ausschaltete. »Ich meine, wer hätte sonst in Rußland ein gutes Funkgerät?«

»Ein reicher Bürokrat«, sagte ich und gähnte.

»Wie geht's deinem Magen?«

»Gut. Ich habe ihn mit Antiacida und Milch gefüttert, und er war glücklich.«

»Schön. Bringen wir ihn ins Bett.«

Kapitel 13

Ich ging zur Kirche.

Das heißt, eigentlich nicht ich, sondern Hal, und es wäre ziemlich unsinnig gewesen, jeweils eine halbe Stunde mit dem Wagen zu fahren, um ihn hinzubringen und dann wieder abzuholen. Sehr viel sinnvoller war es, gleich dazubleiben. Außerdem gewöhnte ich mich allmählich daran.

So kam es, daß ich die Zeitung erst gegen ein Uhr zu sehen bekam.

Ich weiß nicht, wie sie es herausgefunden hatten. Doch da stand es und drängte die Überschrift »ANGESEHENER ARZT ERSCHOSSEN« in den Hintergrund, eine riesige Schlagzeile, vorn auf der Zeitung, die jemand auf den Couchtisch gelegt hatte, fiel mir direkt ins Auge, als ich zur Tür hereinkam:

MORDE AUS PROFITGIER IN FORT WORTH
Frauen ermordet, Babys verkauft? Polizei verweigert jeden Kommentar.

»Ach du Scheiße«, sagte ich.

»Die Kirche tut wahre Wunder für deinen Wortschatz«, sagte Harry. »Du sollstest jeden Tag hingehen.«

»Ich könnte mir noch viel schlimmere Ausdrücke einfallen lassen. Harry, wo haben die das nur her?«

»Wenn ich das wüßte. Millner hat angerufen; ich habe ihm gesagt, du würdest zurückrufen, sobald du nach Hause kommst.«

»Ist er zu Hause oder im Büro?«

»Hat er nicht gesagt.«

Ich versuchte es zuerst im Büro, in der Annahme, daß Vorschriften nicht für Vorgesetzte gelten. Zumindest in diesem Fall lag ich richtig. Er wollte mich eigentlich nur fragen, was ich gerade Harry gefragt hatte – woher hatte die Presse die Story? Er fragte nicht, ob unser Besuch im Gefängnis uns weitergebracht hatte; er wußte es bereits von Dutch.

Ich sagte, ich wüßte es nicht, und er seufzte: »Tja, dann denken Sie mal drüber nach, denn heute nachmittag um drei Uhr haben Sie einen Termin mit der Presse.«

Er ließ sich nicht durch meinen Einwand erweichen, daß ich zum Abendessen gebratenes Hähnchen machen wollte; er sagte, ich könne ja auf dem Heimweg rasch eins bei Kentucky Fried Chicken kaufen. Ich darf also Überstunden machen, um mit Reportern zu reden, aber nicht, um an dem Fall zu arbeiten, dachte ich, sagte es aber nicht. Statt dessen ging ich stinkesauer in die Küche, klapperte unnötig laut mit Töpfen, bis mir plötzlich etwas einfiel. »Harry«, sagte ich, »kennst du eine Zeitschrift namens *Mercenary Endeavor*?«

»Ja, das ist so ein Abklatsch von *Soldier of Fortune*. Ich kaufe sie, weil da manchmal ganz gute Artikel über ausländische Militärflugzeuge drin stehen. Warum?«

»Ach, weil ich gestern, als Dutch dabei war, alle seine Unterlagen zusammenzupacken, gesehen habe, daß er drei Ausgaben davon zwischen seinen Ausdrucken und Notizen hatte.«

»Bist du sicher, daß das nicht einfach seine Pausenlektüre war?«

»Am Samstag nachmittag im Büro? Außerdem hat er sich jede Menge Notizen gemacht – zuerst wußte ich gar nicht, welche Zeitschrift es war, weil er die Seite mit den Kleinanzeigen aufgeschlagen hatte.«

»Willst du dir die Kleinanzeigen ansehen? Ein paar Nummern habe ich hier.«

»Ja.« Ich kam aus der Küche, und Harry kramte die Zeitschriften aus dem Zeitungsstapel unter dem Tisch für sein Funkgerät. Es gab Anzeigen für T-Shirts und Mützen. Es gab Anzeigen für Bücher über Messerkampf und Überlebensstrategien nach einem Atomkrieg und, wie man sich in der freien Natur ernährt. (Nach einem Atomkrieg? Das erschien mir ziemlich unwahrscheinlich.) Es gab Anzeigen für kostenloses Informationsmaterial über Schalldämpfer für Schußwaffen, legen Sie 4,95 Dollar für Porto und Versand bei. Es gab Anzeigen für Lehrmaterial, wie man halbautomatische Waffen in automatische Waffen umbauen konnte.

Und dann gab es die privaten Kleinanzeigen.

Ehemaliger Söldner übernimmt Aufträge aller Art in jedem Einsatzgebiet bei entsprechender Bezahlung.

Planung von Antiterror-Strategien für Firmen. Experte für alle Formen des internationalen Terrorismus.

Sprengstoffexperte übernimmt Aufträge gegen entsprechende Bezahlung.

Antwort an Postfach 441, Mercenary Endeavor.

»Oh«, sagte ich. Da hätte ich auch drauf kommen können – Dutch hatte sich gedacht, wenn man nichts von Sprengstoffen versteht und eine Bombe basteln will, ist so eine Zeitschrift ein guter Ausgangspunkt.

»Hast du was gefunden?«

»Ich glaube, ich weiß jetzt, was Dutch sich angesehen hat.« Ich reichte Harry die Zeitschrift und zeigte auf die Anzeige.

»Oh«, sagte Harry, »ja, klar, solche Anzeigen findest du auch im *SoF*.

»So was sollte verboten werden.«

»Die gute alte amerikanische Verfassung, Deb. Vielleicht inseriert er ja, weil er oben im Norden Baumstümpfe sprengen will.«

»Oh ja, bestimmt.«

»Was wirst du den Reportern erzählen?« fragte er.

»Ich weiß nicht. Vielleicht bitte ich sie, mir bei der Suche nach Rachel Strada zu helfen. Ich weiß es nicht, Harry.«

Becky war wieder bei Olead; ich wünschte mir von Herzen, sie würde den Jungen endlich heiraten und zu ihm ziehen, denn das wird allmählich lächerlich. Hal schlenderte durchs Haus und aß ein Erdnußbuttersandwich, und auf dem Funkgerättisch sah ich die Reste von einem Schinkensandwich und ein Glas Milch. Die Familie konnte also durchaus warten, bis ich entweder bei Kentucky Fried Chicken gewesen war oder von der Pressekonferenz nach Hause kam und das Abendessen zubereitete. Ich machte mir selbst ein Schinkensandwich, setzte mich mit meinen Computerausdrucken hin und suchte nach Geburten, die von Hebammen im nicht eingemeindeten Gebiet von Tarrant County standesamtlich gemeldet worden waren.

Wieder gab es mehr, als ich erwartet hatte. Und selbst ich war der Meinung, daß ich keinen einleuchtenden Grund hatte, all diese Leute unter Druck zu setzen, auch wenn ich noch so taktvoll dabei vorging, denn sie waren beinahe alle genau das, was sie zu sein behaupteten, nämlich völlig seriöse Hebammen und Frauen, die gute persönliche Gründe hatten, ihr Kind nicht in einem Krankenhaus zur Welt zu bringen.

Dennoch würde ich meiner sogenannten Sonderkommission, deren Mitarbeiter ich noch nicht einmal kennengelernt hatte, genaueste Instruktionen geben müssen, und am Montag würden wir möglichst viele von ihnen ausfindig machen müssen, um mit ihnen zu reden.

Und diejenigen, die wir nicht ausfindig machen konnten, würden wir uns noch intensiver vornehmen müssen, um herauszufinden, warum sie nicht wollten, daß wir sie fanden. Wahrscheinlich mit Hilfe des FBI.

Und ich hatte noch immer nicht mit Dub Arnold gesprochen. Falls er gestern zurückgerufen hatte – wovon auszugehen war; FBI-Agenten sind in solchen Dingen gewissenhaft –, war ich nicht im Büro gewesen, um den Anruf entgegenzunehmen.

Schön, ich würde Montag mit ihm sprechen.

Ich aß das Schinkensandwich auf, versuchte, meine Ohren vor der Rockmusik aus Hals Zimmer zu verschließen, warf einen Blick auf Harry, der die Fernsehzeitung durchblätterte, um festzustellen, welcher Sender das interessanteste Football-Spiel brachte, und überlegte kurz, ob ich auf der Couch ein Nickerchen machen sollte.

Oder ob ich mein Häkelzeug raussuchen sollte. Ich wollte kein Workaholic werden, und ganz gleich, wie kritisch die Lage war, ich würde sie nicht dadurch verbessern, daß ich mich verausgabte und am Ende vor Müdigkeit nicht mehr richtig funktionierte.

Ich kam gerade so weit, den Karteikasten aus Kunststoff hervorzuholen, in dem ich mein Häkelzeug aufbewahre, und mich zu fragen, was ich aus den orangefarbenen, grünen, kastanienbraunen und violetten Garnresten machen sollte, als das Telefon klingelte.

Auch gut. Mir fiel ohnhin kein anderer Verwendungszweck ein, als sie dem erstbesten Kind zu schenken, das daraus *ojos de Dios* machen konnte, diesen interessanten mexikanischen Weihnachtsschmuck aus Garn und kleinen Stöckchen.

»Für dich«, sagte Harry.

Irgendwie war ich ganz und gar nicht überrascht.

Captain Millner sagte: »Wir haben Rachel Strada gefunden.«

In seiner Stimme schwang sehr viel mehr mit, als er sagte, und ich erwiderte: »Oh, Scheiße, wie denn?«

»Unfall mit Fahrerflucht, vor dem Greyhound-Bahnhof gestern nacht. Sie hatte keine Handtasche dabei, und sie ist nicht sofort identifiziert worden, aber heute morgen hat jemand ihre Kleidung etwas gründlicher durchgesehen und in einer Tasche ihres Kleides den Führerschein gefunden. Ich hab's gerade erst erfahren.«

Niemand hatte den Wagen gesehen.

Die Reifenspuren stammten von Gürtelreifen, großen Reifen, wie sie Ford- oder Plymouth-Limousinen haben. Jedenfalls mit an Sicherheit grenzender Wahrscheinlichkeit ein amerikanischer Wagen der Oberklasse.

Der einzige Lacksplitter, den man gefunden hatte, war braun. Es gab drei Glasstücke von einem Scheinwerfer. Im Labor würde man anhand des Lacksplitters und der Scheinwerferstücke bald feststellen können, welches Fabrikat und Modell der Unfallwagen hatte, und vielleicht sogar, welches Baujahr, doch ich wußte nicht, ob das in unserem Labor ging oder ob die Beweisstücke nach Austin oder womöglich sogar nach Washington geschickt werden mußten.

Ich erinnere mich nicht genau, was ich den Reportern erzählte. Im großen und ganzen erzählte ich ihnen, daß wir es – wie sie schon vermutet hatten – mit einem Mordkomplott aus Profitgier zu tun hatten. Dabei ging es um Entführung und um Mord, und die einzige mögliche Zeugin, nach der wir die ganze Zeit gesucht hatten, war soeben tot aufgefunden worden. Ebenso wie zwei andere Personen, die aber eigentlich gar keine Zeugen gewesen seien.

»Detective Ralston«, fragte mich einer von ihnen, »ist das FBI an den Ermittlungen beteiligt?«

Manchmal lieben alle das FBI. »Ja.«

»Gehen Sie davon aus, daß Sie die Verantwortlichen bald fassen werden?«

»Noch nicht.«

»Was sind Ihre nächsten Schritte?«

»Ich kann Ihnen zum jetzigen Zeitpunkt keine Einzelheiten über den Stand der Ermittlungen geben.«

»Wollen Sie damit sagen, daß das Fort Worth Police Department und das FBI sich auf ihrem Hintern ausruhen, während Frauen ermordet werden?«

»Das haben Sie gesagt; nicht ich.«

»Was sagen *Sie* denn?«

»Daß die Ermittlungen laufen und daß ich nicht vorhabe, diese Ermittlungen zu gefährden, indem ich Ihnen erzähle, was genau wir zur Zeit machen. Ich kann Ihnen sagen, daß es in unserer Stadt Menschen gibt, die von diesem Verbrecherring Babys gekauft haben, und daß so etwas nicht passieren würde, wenn die Verbrecher keinen Markt hätten. Ich kann Ihnen sagen, daß es in unserer Stadt Menschen gibt, die zum Telefonhörer greifen und mir sagen könnten, wer die Verbrecher sind. Es gibt Menschen in unserer Stadt – angesehene Bürger –, die Bescheid wissen. Aber es gibt auch eine heimliche Verschwörung, Stillschweigen zu bewahren. Einige von ihnen möchten unbedingt bekommen, was sie wollen, und es ist ihnen egal, wer dafür leiden oder sterben muß. Andere haben so entsetzliche Angst davor, was ihnen oder den Babys, die sie über alles lieben, passieren könnte, daß sie nicht anrufen werden, obwohl sie wissen, daß sie es eigentlich tun müßten. Manche von ihnen haben sich selbst eingeredet, daß die Situation nicht so ist, wie sie ist. Manche von ihnen verschließen bewußt die Augen vor der Wahrheit, und manche von ihnen haben wirklich keine Ahnung. Sie wiegen sich in dem Glauben, daß das, was sie getan haben, schon in Ordnung ist, und daß das Gesetz bloß zu kleinlich ist. Ich habe mit einigen von diesen Leuten gesprochen, und einige von ihnen tun mir wirklich leid. Keiner von ihnen hat mir das erzählt, von dem sie wissen, daß ich es wissen muß. Ich kann sie nicht zwingen, mir irgend etwas zu erzählen. Vom Gesetz her kann ich sie nicht zwingen, mit mir zu reden; ich kann sie nicht einmal zwingen, mir *zuzuhören*, solange ich nicht beweisen kann, was ich gesagt habe, und bislang kann ich das nicht.«

»Wollen Sie damit sagen, daß alle privaten Adoptionen unmoralisch sind?« fragte eine Reporterin.

»Keineswegs. Aber ich will damit sagen, daß es ein großer Unterschied ist, ob jemand den Arzt und die Krankenhauskosten für eine Neunzehnjährige bezahlt, die ihren Arzt gebeten hat, ihr bei der Suche nach jemandem, der ihr Baby adoptiert, behilflich zu sein, oder ob jemand einem anderen zehn- oder zwölftausend Dollar gibt, damit er ein Baby kauft. Und der Unterschied ist folgender: Wenn man einen guten, anständigen, vertrauenswürdigen Arzt hat und einen guten, anständigen, vertrauenswürdigen Anwalt hinzuzieht, dann ist die Wahrscheinlichkeit hoch, daß die leibliche Mutter ihren Schritt durchdacht und eine einigermaßen sachlich begründete Entscheidung getroffen hat. Selbst dann kann noch immer etwas schiefgehen. Aber ein Baby per Barzahlung zu kaufen – wir haben doch alle die Zeitungen gesehen, Babys, die in Mexiko entführt wurden, um sie an potentielle Adoptiveltern in den Vereinigten Staaten zu verkaufen. Das ist schrecklich, und es geschieht auch in den Vereinigten Staaten, daß Babys entführt werden, um sie zu verkaufen. Und in einigen Fällen - offenbar in diesem Fall - werden die leiblichen Mütter ermordet.«

»Ist das eine Tatsache, oder ist das bloß Ihre Vermutung?« fragte mich ein Fernsehreporter vor laufenden Kameras.

»Ich bin noch nicht soweit, daß ich damit vor Gericht gehen und es beschwören könnte«, sagte ich, »daher ist es wohl zu diesem Zeitpunkt rechtlich gesehen eine Vermutung. Aber sie wird durch Tatsachen gestützt, wie Sie feststellen können, wenn Sie Ihre eigenen Zeitungen lesen oder sich die Berichte Ihrer Polizeireporter anhören. Und ich kann mir nicht vorstellen, daß eine Frau, die aus Herzensgüte ein Baby adoptiert und ihm Liebe und Fürsorge und Zuwendung schenkt, wirklich wollen kann, daß eine andere Frau wegen desselben Babys ermordet wird.«

»Sie sprachen eben von ›Verschwörung‹. Haben Sie das Wort im übertragenen Sinne gebraucht, oder haben wir es hier tatsächlich mit einer Verschwörung zu tun?«

»Zum jetzigen Zeitpunkt wissen wir, daß die Frauen entführt werden. Es steht eindeutig fest, daß in bislang mindestens zwei Staaten Frauen entführt wurden. Sie werden an einem unbekannten Ort festgehalten, bis ihre Babys geboren sind, und wir haben mindestens ein Baby ausfindig gemacht, das eindeutig aus diesem Verbrecherring stammte. Das heißt, irgend jemand erledigt den Papierkram, irgend jemand holt die Babys auf die Welt, irgend jemand führt die Verhandlungen mit den Leuten, die die Babys nehmen. Das ist eine Verschwörung, wie das Gesetz sie definiert. Wir haben Grund zu der Annahme, daß die Frauen nach der Geburt ihrer Babys getötet werden. Und die Leute, die diese Babys kaufen, erklären sich damit einverstanden, Stillschweigen darüber zu bewahren, wie sie die Babys bekommen haben. Das nenne ich Beteiligung an einer Verschwörung. Natürlich handelt es sich hier um eine unwissentliche Verschwörung, da die Adoptiveltern in den meisten Fällen, die wir bislang untersucht haben, wirklich keine Ahnung haben, daß die Frauen umgebracht werden; sie glauben wirklich, daß sie Babys aus Lebensumständen herausholen, in denen sie vernachlässigt würden. Ich weiß allerdings nicht, wie die Staatsanwaltschaft das sehen wird, wenn die Sache erst mal aufgeflogen ist. Ich jedenfalls würde nicht gern in der Haut dieser Leute stecken.«

Einer der Reporter sagte: »Sie wissen, wer so ein Baby hat? Nennen Sie uns ein paar Namen?«

Ich starrte ihn an, entgeistert. »Natürlich nicht. So, das waren jetzt genug Fragen. Ich denke, Sie werden verstehen, daß ich wieder an die Arbeit muß.«

* * *

Captain Millner sagte: »Klären Sie den Fall. Zum Teufel mit der Überstundenregelung. Ich regel das mit der Stadtverwaltung.«

Okay. Was habe ich?

Wir wissen, daß sie irgendwo in der Nähe von Summerfields festgehalten werden. Das ist eigentlich merkwürdig, denn das freie Land bis zur Kreuzung der Highways 820 und 35 wird immer schneller bebaut. Schon seit Jahren geht das Gerücht, daß IBM in dem Gebiet ein großes Werk bauen will, und die Grundstückspreise sind dementsprechend gestiegen. In der Gegend arbeiten drei oder vier große Wohnungsbauunternehmen – Fox and Jacobs, U.S. Homes, noch ein paar andere – und die große Abfüllfabrik und – ach, ich weiß nicht mehr genau, jede Menge neue Betriebe, und natürlich ist Motorola schon seit einer Ewigkeit dort angesiedelt.

Aber – und das ist das Merkwürdige daran – es ist noch immer ein Gebiet mit viel Landwirtschaft. Zwischen den neuen, teuren, modernen Siedlungen und der neuen Bank, die in Rufweite von der Stelle liegt, wo ich Grace tot aufgefunden habe, sind noch immer kleine Bauernhöfe verstreut, Gemüsegärtnereien, Milchfarmen, Hühnerfarmen, Gewächshäuser – es gibt Hunderte, vielleicht Tausende von Orten, wo ausreichend Platz wäre, um mehrere entführte Frauen zu verstecken, so abgelegen, daß niemand deren Schreie hören könnte, soviel Ackerland, daß Stellen, an denen die Erde frisch umgegraben wurde, nicht im geringsten auffallen würde.

Und selbst wenn ich von meinem Haus ausgehend im Umkreis von zehn – ja 15 – Meilen an jede Tür von jeder bekannten Behausung klopfen würde, ist noch längst nicht davon auszugehen, daß ich sie finden würde, denn der Ort könnte getarnt sein, sie könnten sich in einem Gebäude versteckt halten, das offenbar verlassen ist, in irgendeiner Jagdhütte oder dergleichen.

Wir würden eine ganze Armee benötigen.

Wie stehen die Chancen, Unterstützung von der Nationalgarde zu bekommen?

Mich schaudert bei der Vorstellung, der Nationalgarde beibringen zu müssen, worauf sie bei der Suche nach Beweismitteln zu achten hätten, und obwohl es höchste Priorität hat, die Frauen, die noch am Leben sind, lebend zurückzubringen, hat es ebenfalls höchste Priorität, die Täter zu überführen.

Mein Verstand hüpfte herum wie ein Laubfrosch. Jetzt wandte er sich wieder dem toten Mädchen im Graben zu, Grace Hammond, wie ich sie gefunden hatte, die eine Hand zu einem stummen Hilfeschrei ausgestreckt, der ungehört blieb, die andere Hand ein kleines Bäumchen umklammernd, um sich gegen den Schlag zu wappnen, der sie getötet hatte.

Warum hatte sie nicht die Polizei gerufen? Falls die Frau in dem Golden Burger wirklich Grace gewesen war – und dessen war ich mir ziemlich sicher –, warum hatte sie dann nicht die Polizei gerufen? Sie hatte zweimal erfolglos versucht, jemanden anzurufen, aber nicht die Polizei, und als Don Coles ihr angeboten hatte, sie irgendwohin zu fahren, hatte sie ihn nicht gebeten, sie zum Polizeirevier zu bringen, das bloß ein paar Straßen weiter war. Warum?

Und warum, warum, warum hatten sie die Leiche nicht vergraben?

Warum hatten sie sie einfach dort liegengelassen, wenn sie doch bestimmt eine Stelle hatten, wo sie sie hätten vergraben können? Ich wußte, daß sie so eine Stelle hatten, denn sie vergruben die anderen irgendwo – ganz bestimmt, schließlich konnten sie es nicht riskieren, die anderen Frauen laufenzulassen ...

Meine Gedanken überschlugen sich, sprangen viel zu schnell von einer Idee zur nächsten, so daß ich sie einfach nicht miteinander in Verbindung bringen konnte. Vielleicht war ich zu müde und zu deprimiert, um so präzise wie sonst zu denken, denn sämtliche Zusammenhänge entglitten mir immer wieder und verharrten stets quälend dicht am Rande meines bewußten Denkens. Doch ganz allmählich sah ich endlich eine Verbindung, die ich vielleicht schon früher hätte sehen müssen.

Ein großer Wagen. Es war ein großer Wagen, ein großer brauner Wagen, der Rachel Strada getötet hatte.

Ein großer brauner Wagen, ohne Zierleisten oder sonstigen Firlefanz, die man auf der Straße oder auf Rachel Stradas Körper hätte finden können, außer den Lacksplittern, außer den Scherben von einem zerbrochenen Scheinwerfer.

Es hätte eine Frau sein können, die Grace getötet hatte, aber eine Frau hätte, wenn sie nicht gerade außergewöhnlich stark war, die über 72 Kilo schwere Tote nicht aus dem Graben ziehen und in ein Auto verfrachten können, um sie irgendwoanders hinzubringen und zu vergraben.

Ein Mann und eine Frau hatten gemeinsam versucht, mich aus meinem Wagen zu locken, um – Hal zu töten – oder mich oder uns beide?

Eine Frau hatte mit Rachel zusammengearbeitet; diese Frau war möglicherweise nicht nur die zweite Hebamme, die ich unbedingt finden mußte, sondern auch die Wächterin, die den Gefangenen Essen brachte – in die Zellen –, die dafür sorgte, daß die Türen verschlossen waren, damit die Gefangenen nicht flohen.

Und wenn diese Frau zwischendurch einmal unaufmerksam war, weil sie wieder einer Frau bei der Niederkunft helfen mußte, hätte sie durchaus von einer starken, jungen, verzweifelten Frau überwältigt werden können. Und falls sie tatsächlich gerade wieder bei einer Geburt war, hätte sie sich erst darum kümmern müssen und danach die Verfolgung von Grace aufnehmen können – nein, das haute nicht hin; sie hatte bestimmt zu große Angst davor, was Grace ausplaudern könnte und wem gegenüber sie es ausplaudern könnte. Sie hätte die in den Wehen liegende Frau allein gelassen und sich auf die Suche nach Grace gemacht, es sei denn, sie war bewußtlos geschlagen worden. Und falls sie bewußtlos geschlagen worden war, hätte sie sich sofort auf die Suche nach Grace gemacht, nachdem sie wieder zu sich gekommen war, auch wenn der Mann, mit dem sie zusammenarbeitete, nicht zu erreichen war ...

Weil er Dienst hatte?

Wer hätte all diese Frauen so ohne weiteres aus ihrem Wagen locken können? Es hatte keinerlei Anzeichen von einem Kampf gegeben, nicht ein einziges Mal, weder in Texas noch in Oklahoma. Die Frauen von außerhalb hatten in einigen Fällen den Wagen dabei gehabt, doch in keinem einzigen Fall hatte es Anzeichen eines Kampfes gegeben.

Wenn ein Cop dich auffordert, aus deinem Wagen zu steigen, steigst du aus.

Niemand hätte auf einen Cop in Frank Kirks Garten geachtet, auf einen Cop vor Grace Hammonds Tür.

Pat hatte denjenigen, der in unserem Garten gewesen war, laut und heftig angebellt. Die einzigen Leute, bei denen er normalerweise so heftig bellt, sind Leute in Uniform. Deshalb war Bill so verdutzt gewesen, weil ich ihm erzählt hatte, daß Pat nur bei Leuten in Uniform bellt. Und daraus hatte er den Schluß gezogen, den auch ich hätte ziehen müssen, daß nämlich derjenige, der in unserem Garten gewesen war, eine Uniform getragen hatte.

Es gibt große braune Polizeiwagen – einige Hilfssheriffs fahren sie, und einige Constables, und einige – Detectives ...?

Wenn ein Cop dich entführt hat und du ganz sicher bist, daß er ein richtiger Cop ist und du nicht weißt, zu welchem Department er gehört, würdest du dich nicht trauen, bei einem Polizeirevier Hilfe zu suchen.

In dieser Sache steckte ein Cop mit drin.

Ganz sicher.

Ich rief Captain Millner an.

Kapitel 14

Wie ich erwartet hatte, gefiel Captain Millner meine Theorie nicht.

Aber mir gefiel sie eigentlich auch nicht besonders. Nicht, was sie implizierte. Als Erklärung für die Ereignisse gefiel sie mir ganz gut. Aber die Vorstellung, daß vielleicht ein Polizist an einem solchen Verbrechen beteiligt war, gefiel mir nicht. Genauer gesagt, bei jeder Art von Verbrechen, doch besonders bei diesem, mit dem ich es zu tun hatte.

Ich würde am Montag sehr viel erledigen müssen. Endlich hatte ich eine Theorie, die ich verfolgen konnte, doch die Ermittlungen mußten warten, bis mehr Leute für Befragungen zur Verfügung standen. Ich würde nach Hause fahren, meine Familie füttern und sehr viel nachdenken; danach würde ich die Aufgabe mit frischen Kräften in Angriff nehmen können.

Doch bevor ich nach Hause ging, hatte ich noch eine Kleinigkeit zu erledigen.

Da Rachel tot war, konnte es nichts schaden, wenn ich ihre Wohnung durchsuchte. Ich besorgte mir ohne große Probleme einen Durchsuchungsbefehl – ab heute würde es nicht allzu schwer werden, Durchsuchungsbefehle zu bekommen, solange ich an dem Fall arbeitete – und fuhr zur Rosedale Street, wo ich unseren Observierer bitten wollte, mir bei der Durchsuchung zu helfen. Es ist bei uns im Department nicht üblich, Durchsuchungen allein vorzunehmen – außerdem ist es nicht ganz sicher –, und wenn ich den Observierer mit einspannte, mußte ich niemanden bitten, Überstunden zu machen.

Der Observierer machte nämlich seinen normalen Schichtdienst.

Ernesto Rubacava war wieder da. Ich erzählte ihm, was zu tun sei, und er sagte: »Ich wünschte, jemand hätte dran gedacht, es mir zu sagen.«

»Ich habe es dir gerade gesagt. Komm schon, ich schaffe es nicht allein, eine Tür einzutreten.« Eine Tür eintreten ist eine Kunst und eine Wissenschaft zugleich. Und es ist sehr hilfreich, wenn du 1,80 groß bist.

Wir mußten die Tür nicht eintreten. Sie war unverschlossen, und als wir sie öffneten, fluchten Ernesto und ich gleichzeitig. Die Wohnung war bereits durchsucht worden, nicht gerade geschickt, aber dafür äußerst gründlich.

Wir hatten sie seit Freitag überwacht. Also mußte sie bereits vorher durchsucht worden sein.

Jetzt konnte ich kaum noch hoffen, irgendwelches Beweismaterial zu finden.

Ich fand nichts. Und auch die Leute vom Labor nicht, nachdem ich sie herbeordert hatte.

Ernesto fragte im Revier nach, was er den Rest seiner Schicht tun sollte, und ich fuhr nach Hause.

Am Sonntag gibt es keine Sechs-Uhr-Nachrichten, doch zwischendurch wurden aktuelle Kurzinformationen gesendet mit dem Hinweis, die Zehn-Uhr-Nachrichten einzuschalten, wo über den neuesten Stand der Ermittlungen in dem Mord-aus-Profitgier-Fall in Fort Worth berichtet werden sollte. Die Berichterstattung fiel recht umfassend aus, unter anderem brachten sie eine Videoaufnahme von mir, wie ich mir den Mund fusselig redete.

Mein Telefon klingelte um Viertel vor elf. Sie nannte nicht ihren Namen. Aber das brauchte sie auch nicht, denn schon nach ihren ersten Worten wußte ich, wer sie war. »Mrs. Ralston, ist Junies leibliche Mutter getötet worden? Waren Sie deswegen bei mir?« Sie weinte.

»Ja, Irene, deshalb«, erwiderte ich.

»Warum haben Sie mir denn nichts davon gesagt?«

»Weil mir klar geworden ist, daß Sie überhaupt nichts davon wußten, und ich wollte Ihnen keinen Kummer machen.«

»Mir keinen Kummer machen! Hören Sie, ich weiß nicht, wo ich hin soll. Eddie ist richtig wütend geworden, als die Sache in den Nachrichten kam, und er hat sich in seinem Arbeitszimmer eingeschlossen und herumtelefoniert, und als ich ihn gefragt habe, was denn los ist, hat er mich eine Schlampe genannt und gesagt, er muß wohl nicht ganz bei Trost gewesen sein, daß er auf mich reingefallen ist, und dann hat er die Tür zugeknallt und weitertelefoniert. Da habe ich mir Junies Windeltasche geschnappt und mich mit Junie aus dem Haus geschlichen und bin zum 7-Eleven gegangen, und ich will nicht wieder zurück nach Hause, und ich weiß nicht, wo ich hin soll.«

»Ob er sich denken kann, daß Sie im 7-Eleven sind?«

»Nein. Aber die Telefonzellen sind draußen. Er könnte mich sehen, wenn er nach mir sucht und hier vorbeifährt.«

Ich überlegte, in welchem 7-Eleven sie wohl war, und dann fragte ich nach, um sicherzugehen, daß ich an das richtige dachte. Gut. Es gab dort eine kleine Nische, wo die Videospiele waren; es war unmöglich, die Nische von der Straße aus einzusehen. Ich sagte ihr, sie solle da hineingehen und auf mich warten.

Für die Fahrt dorthin würde ich über eine halbe Stunde brauchen, wahrscheinlich eher 45 Minuten. Aber es war mir zu riskant, sie mit einem Streifenwagen abholen zu lassen, obwohl unsere Streifenwagen nicht braun sind, denn ...

Einige von unseren Streifenwagen *sind* braun. Nicht viele, aber einige. Das hatte ich vergessen.

Ich sagte ihr, sie sollte sich dort in der Nische bei den Viedeospielen verstecken, und falls Eddie versuchen sollte, sie mitzunehmen, sollte sie schreien, so laut sie konnte, und nach der Polizei rufen. Ich sagte ihr, daß ich so schnell wie möglich bei ihr wäre.

Sie wartete auf mich; sie kam heraus, als ich vorfuhr, und sie stieg auf der Beifahrerseite meines Wagens ein; sie trug das Baby und hatte eine Windeltasche dabei und sonst nichts. Ihre ersten Worte waren: »Wieso haben Sie es mir nicht gesagt?«

»Ich fand einfach, es war noch nicht nötig. Am Ende hätten Sie es so oder so erfahren.«

»Ja.« Sie schauderte. »Er führt sich auf wie ein Verrückter. Ich habe noch nie erlebt, daß sich einer so aufführt, wie er sich aufführt. Er macht ein Heidenspektakel und brüllt rum und sagt, er wünschte bloß, er wäre mir nie begegnet ... Hören Sie, ich habe ja gewußt, daß es kein Zuckerlecken wird, mit einem alten Mann verheiratet zu sein, aber er hat gebettelt und gebettelt, und schließlich habe ich es nicht mehr übers Herz gebracht, immer nein zu sagen. Wenn ich gewußt hätte, daß wir so leben würden, hätte ich bestimmt nein gesagt. Was wird denn nun mit Junie?«

»Wenn wir herausfinden, wem sie gehört, wird sie am Ende dahin zurückgebracht.«

»Und ihre Mama ist tot, und ihr Papa wird arbeiten müssen, und dann kommt sie in eine von diesen Tagesstätten. Glauben Sie, er läßt mich für sie sorgen, wenn er es nicht kann? Aber das geht ja gar nicht«, sagte sie, »weil ich mir irgendeinen Job suchen muß. Ich weiß nicht, wie ich das machen soll. Eddie hat alle meine Sachen, und er wird sie nicht rausrücken wollen. Ich könnte wieder zurück auf die Farm und Traktor fahren, aber es sind noch immer sieben Kinder zu Hause, und da ist nicht viel Platz für mich.«

Eddie würde ihre Sachen herausrücken müssen. Und nach texanischem Gesetz stand Irene die Hälfte von dem zu, was sich im Haus befand. Natürlich war noch fraglich, ob sie ihr Recht auch würde durchsetzen können. Eddie hatte Geld und sie nicht.

Nach texanischem Gesetz stand ihr *kein* Unterhalt zu. Irene hatte also recht, daß sie sich einen Job suchen mußte. Obwohl, bei genauerem Nachdenken war auch das nicht völlig sicher – in Texas gilt die eheliche Gütergemeinschaft. Und das Haus legte zumindest den Gedanken nahe, daß Eddie ziemlich viel Geld haben könnte.

»Wieso halten wir hier?« fragte Irene.

»Ein Freund von mir wohnt hier. Ich werde mir einen Laufstall ausleihen, wo Junie drin schlafen kann.«

Olead wies mich gähnend und höflich darauf hin, daß er am Morgen eine Prüfung hatte, holte den Laufstall und eine Matratze aus dem Schuppen und half mir, die Sachen im Kofferraum zu verfrachten.

Der Überwachungswagen wartete noch immer vor meinem Haus. Diesmal war er braun.

Ich wurde wirklich langsam paranoid.

Ich sah nach, wer in dem braunen Wagen saß. Es war David Conners; er lümmelte sich auf dem Vordersitz, las beim Schein einer Taschenlampe und hatte einen kleinen Kassettenrecorder laufen.

Er las die Bibel und hörte dabei eine Kassette mit dem Mormon Tabernacle Choir.

Irgendwie konnte ich mir nicht vorstellen, daß es David Conners gewesen sein sollte, der Rachel Strada letzte Nacht vor dem Greyhound-Busbahnhof absichtlich überfahren hatte.

Er sah auf und sagte: »Hi, Deb. Alles ganz ruhig und friedlich, und ich glaube, dein Hund fängt langsam an, mich zu mögen.«

»Schön. Ich hoffe, ihr könnt bald von hier abgezogen werden.«

»Das hoffe ich auch«, sagte er ehrlich. »Ist ganz schön langweilig.«

Hal und Becky schliefen; Harry war noch auf und wartete auf mich. Er saß an seinem Funkgerät und unterhielt sich mit jemandem in Japan. Ich stellte Irene vor, und er begrüßte sie, schaltete das Funkgerät ab und verkündete, daß er jetzt ins Bett gehe.

Irene und ich setzten uns ins Wohnzimmer und unterhielten uns noch ein Weilchen, aber sie hatte dem, was sie bereits gesagt hatte, eigentlich nichts Neues hinzuzufügen. Sie wußte nicht, was für eine Arbeit Eddie machte, sie wußte nicht, wo er arbeitete, und sie wußte nicht, wieviel Geld er hatte. Nach unserem Gespräch hatte sie noch einmal versucht, es herauszufinden, doch Eddie hatte sie ein neugieriges Miststück genannt.

Sie waren erst seit sechs Monaten verheiratet. Im ersten Monat hatte er sie regelrecht auf Händen getragen, aber danach war sie nur noch Luft für ihn gewesen, nur noch gut fürs Kochen und Saubermachen und, na ja, Sie wissen schon. Sie glaubte, er hatte ihr das Baby besorgt, damit sie die Klappe hielt, wie man einem kleinen Mädchen eine Puppe kauft.

Ich fragte mich, wieso er sich überhaupt die Mühe gemacht hatte; das schien mir nicht zu Eddie zu passen. Aber vielleicht hatte er sich ja gedacht, Irene würde dann aufhören, an ihm herumzunörgeln.

Es stellte sich noch etwas heraus, aber auch das gab nicht sonderlich viel her: Irene hatte mit ihm zusammen das Baby abgeholt. Sie wußte, daß sie in nördlicher Richtung gefahren waren und dann ein kleines Stück nach Osten über den Highway 820, aber sie wußte nicht mehr, an welcher Ausfahrt sie abgefahren waren. Vom Highway 820 aus waren sie jedenfalls Richtung Norden gefahren; Irene war auf einer Farm aufgewachsen und wußte Norden von Süden genau zu unterscheiden, und außerdem war gerade Sonnenuntergang gewesen, so daß jeder das gewußt hätte. Sie waren ein Stück nach Norden gefahren, und dann waren sie rechts abgebogen, also nach Westen, und dann waren sie noch einmal abgebogen, aber leider wußte sie nicht mehr in welche Richtung – ach, ja, nach rechts und dann wieder nach links auf einen Feldweg, und auf einer der Weiden, an denen sie vorbeigekommen waren, hatten wirklich prächtige junge Kühe gestanden.

Das Haus war alt und weiß gestrichen, und links und rechts vom Haus waren Hecken, so daß sie nicht sehen konnte, was dahinter lag. Eddie hatte gesagt, sie sollte im Wagen bleiben, und er war hineingegangen und mit dem Baby herausgekommen, und die Kleine hatte nur eine Wegwerfwindel angehabt und war in eine kratzige alte Decke eingewickelt, aber das war nicht schlimm, denn Irene hatte die Windeltasche dabei, und sie hatte ein rosa Kleidchen für Junie mit, und sie brachten sie in dem rosa Kleidchen nach Hause.

Irene meinte, sie würde jetzt gern schlafen gehen, deshalb holte ich ihr eins von meinen Nachthemden.

Später in der Nacht hörte ich sie weinen. Ich ging nicht zu ihr, denn in meinem Beisein hatte sie nicht geweint; offenbar konnte sie nur weinen, wenn sie allein war.

Harry hatte die Woche frei genommen, um auf das Haus aufzupassen, bevor jemand zur Überwachung aufgetaucht war. Er wolle es trotzdem nicht rückgängig machen, sagte er, denn es könnte schließlich sein, daß es irgendwo anders brenzlig würde und man die Leute, die unser Haus überwachten, abzog und dorthin schickte.

Irene sagte, sie müßte sich überlegen, wo sie bleiben könnte. Ich entgegnete, daß ich ihr vorschlagen würde, erst mal genau da zu bleiben, wo sie war; wir hatten genug Platz für sie, zumindest für ein paar Tage, und ich wollte sichergehen, daß ihr nichts passieren konnte.

Harry brachte Hal zur Schule, wie er es am Freitag getan hatte. Heute glaubte ich nicht, daß ich den Zwang verspüren würde, ungefähr jede Stunde anzurufen, um mich zu vergewissern, daß er wohlauf war. Mittlerweile war ich davon überzeugt, daß sie es auf mich abgesehen hatten, nicht auf Hal.

Ich wollte mit Dutch reden, aber er war irgendwo unterwegs.

Auf meinem Schreibtisch lagen weitere Fernschreiben. In Ardmore, Oklahoma, wurde Jeanette Munning seit dem 11. September vermißt; errechneter Geburtstermin für ihr Baby war der 5. Oktober. In Durant, Oklahoma, wurde Ginger Zimmerman vermißt; sie war am 18. September verschwunden, und der errechnete Geburtstermin für ihr Baby war der 30. September.

Ich wußte zwar, daß wir in Fort Worth eine hohe Mordrate hatten – mittlerweile Platz elf im Landesdurchschnitt, noch vor Los Angeles und New York –, aber Frauen zu importieren, um sie zu töten, das war nun wirklich der Gipfel.

Natürlich war Ginger vielleicht noch am Leben. Jeanette war es mit an Sicherheit grenzender Wahrscheinlichkeit.

Es gab einiges, das ich überprüfen mußte. Ich fing an, mir eine Liste zu machen.

Zum Beispiel: Wer und was war Eddie O'Neal? Er war kein Gangster, denn sonst hätte ich schon von ihm gehört, doch Irenes Schilderungen nach zu urteilen, benahm er sich wie einer.

Zum Beispiel: Eine vollständige Übersicht darüber, wann genau die Frauen jeweils entführt worden waren. Wenn ich damit richtig lag, daß nur ein einziger Mann direkt mit dem Verbrecherring zusammenarbeitete und es sich bei dem Mann um einen Polizeibeamten handelte, dann mußten die Fort-Worth-Opfer entführt worden sein, als er dienstfrei hatte. Er würde nicht das Risiko eingehen, plötzlich zu einem Einsatz gerufen zu werden, während er gerade ein Entführungsopfer im Polizeiwagen hatte.

Die Frauen von auswärts - zumindest diejenigen, die nicht unmittelbar aus dem Großraum Fort Worth-Dallas stammten - mußten mit an Sicherheit grenzender Wahrscheinlichkeit an seinem freien Tag entführt worden sein.

Er mußte dienstfrei gehabt haben, als er hinter mir her war.

Er war mit an Sicherheit grenzender Wahrscheinlichkeit *im* Dienst, als er Rachel Strada umbrachte. Anhand der jeweiligen Uhrzeiten, zu denen er zugeschlagen hatte, kam ich zu dem Schluß, daß er Frühschicht haben mußte - Mitternacht bis acht Uhr morgens. Ich sah nach, um welche Uhrzeit Rachel Strada getötet worden war. Ja, ich hatte recht - es war kurz vor ein Uhr morgens gewesen.

Aber wenn er Frühschicht hatte, wieso war er dann nicht erreichbar gewesen, als Grace entwischte?

War er bei Gericht gewesen?

Ich mußte in sämtlichen Polizeidienststellen in der Gegend nachfragen, ob an irgendeinem ihrer Fahrzeuge ein Unfallschaden gemeldet worden war, denn er würde den kaputten Scheinwerfer, den abgesplitterten Lack irgendwie erklären müssen.

Ich an seiner Stelle wäre nach dem Mord an Rachel Strada mit dem Wagen zunächst durch die Autowaschanlage gefahren, um möglichst viel Blut, Haare, Gewebe, Fasern abzuwaschen, und dann hätte ich einen Unfall fingiert. Und dieser Mann war keineswegs weniger schlau als ich. Ich fürchtete sogar allmählich, daß er schlauer war als ich.

»Hi, Deb«, sagte Special Agent William T. Arnold.

»Hi, Dub«, sagte ich geistesabwesend und dachte weiter nach.

»Deb«, sagte er, »mir ist zugetragen worden, sowohl von Ihrem Boß als auch von meinem Boß, daß Deb und Dub wieder mal ein gemischtes Doppel spielen, womit ich sagen will, daß wir offenbar zusammenarbeiten. Würden Sie mich also bitte darin einweihen, was wir gerade machen?«

»Oh, ja«, sagte ich, »was haben Sie über Patten rausgekriegt?«

»Nicht gerade viel«, sagte er, »außer, daß er in letzter Zeit sehr viel mehr Geld ausgegeben hat, als er sich eigentlich erlauben dürfte. Entweder hat er ein Vermögen geerbt oder eine Bank ausgeraubt, bloß ist in seiner Verwandtschaft niemand gestorben, und wir hatten in letzter Zeit keine großen Banküberfälle. Wir sind noch dabei, seine Vergangenheit zu durchleuchten, aber alles, was wir bislang haben, ist, daß er direkt von der High-School aus zur Armee gegangen ist und dann bei der Armee seinen Abschied genommen und in der Wurstfabrik angefangen hat. Und was haben Sie?«

Ich reichte ihm Berichte, Notizen und fing an, eine Liste mit den Sachen aufzustellen, die er leichter überprüfen konnte als ich. »Okay«, sagte er, »als erstes werde ich mich um die beschädigten Polizeiwagen kümmern.«

»Okay«, sagte ich, »und ich mache mich daran, Hebammen einen Besuch abzustatten.«

Wie es aussah, hatte ich keine Sonderkommission mehr. Meine Leute waren mit ihrer Computerarbeit fertig und wieder auf Streife. Aber vielleicht, nur vielleicht, brauchte ich ja auch keine mehr.

»Bevor wir uns beide an unsere Arbeit machen«, schlug Dub vor, »lassen Sie uns doch erst mal einen Blick auf die Geographie werfen. Also, sie ist vom Highway 820 runter und nach Norden gefahren, von dieser Straße dann nach Westen, wieder nach Norden, dann Westen, und der Weg führte dann auf eine Farm. Okay, sehen wir uns das mal auf der Karte an.«

Sehr wahrscheinlich war sie nach Norden auf die Beach Street, den Denton Highway oder den Rufe Snow Drive gebogen – sie kannte sich in der Gegend nicht gut genug aus, um sich an irgendwelche Orientierungspunkte zu erinnern, und natürlich hatte sie auch nicht darauf geachtet.

Von dort aus gab es zig Stellen, an denen sie in eine der Richtungen hätte abbiegen können, die sie uns genannt hatte. Es würde jemand rausfahren und alle in Frage kommenden Strecken ausprobieren müssen, um festzustellen, ob irgendeine in etwa der Beschreibung entsprach.

Ich fragte Captain Millner, ob er mir wieder ein paar Streifenpolizisten zur Verfügung stellen könne, und er sagte, das könne er ganz bestimmt.

Ich schrieb die Angaben auf und bat ihn, den Leuten Anweisung zu geben, dorthin zu fahren, nicht in Uniform, nicht im Streifenwagen, und dann jede mögliche Straße zu fahren, auf die unsere vagen Informationen passen könnten, bis sie ein Haus fanden, das auf die Beschreibung paßte, und dann Meldung zu machen.

»Deb«, sagte er, »Ihnen ist doch klar, daß fast das gesamte Gebiet außerhalb unseres Zuständigkeitsbereichs liegt, oder?«

»Ja, schon, aber . . .«

Er setzte sich mit der Karte hin. »Wir müssen«, sagte er, »einen Beamten aus jedem der betreffenden Zuständigkeitsbereiche anfordern.«

»Captain Millner«, sagte ich, »das geht nicht. Noch nicht. Nicht, bevor ich weiß –«

Er wandte sich um und sah mich an. »Dann vielleicht ein Mitarbeiter des Sheriffs?«

»Captain Millner, die fahren braune Wagen. Die Dienststelle des Sheriffs fährt braune Wagen.«

»Ach ja«, sagt er. »Tja, das müssen wir bedenken. Okay. Ich nehme an, da sie ja nichts anderes machen werden als gucken . . .«

Ich hatte die Liste auf insgesamt zehn Hebammen zusammengestrichen. Pauline Baxter, Annie Pooley, Abby Kingston, Stephanie Carter, Darla Miller, Nickie White, Edith Shuman, Gladys Buttrey, Beverly Majors, Hazel Anderson.

Ich hatte nicht darum gebeten, daß auf meinem Ausdruck die Hautfarbe angegeben wurde, was ein Fehler gewesen war. Aber ich hatte ja noch den Stapel Originalpapiere, mit denen meine »Sonderkommission« gearbeitet hatte.

Es brachte nichts – Tarrant County war auf einem Computer, und vom dortigen Büro hatte ich nur ein Computerband. Ich hatte davon keine Ausdrucke, und es würde Zeit erfordern, ein neues Programm zu schreiben. Mehr Zeit, als ich meiner Ansicht nach erübrigen konnte.

Ich nahm mein Notizbuch und ging hinüber zum Gericht, zu dem es jetzt viel näher ist als früher, bevor unser neues Gebäude gebaut wurde, um die neusten Geburtsurkunden durchzusehen. Zum Glück sind Geburtseinträge noch immer öffentlich einsehbar; die Frau im Standesamt zeigte mir, wo die Bücher waren, und ließ mich allein.

Die Babys, die Pauline Baxter auf die Welt geholt hatte, waren alle weiß. Ebenso die Babys, die Darla Miller, Edith Shuman,

Gladys Buttrey und Beverly Majors geholt hatten. Die Babys, die Annie Pooley, Abby Kingston, Stephanie Carter, Nickie White und Hazel Anderson geholt hatten, waren fast ausnahmslos schwarz. Annie Pooley, Abby Kingston, Stephanie Carter, Nickie White und Hazel Anderson vermutlich auch.

Pauline Baxter stand im Telefonbuch, mit dem Zusatz »Hebamme« säuberlich und klein daneben. Ebenso Darla Miller. Edith Shuman, Gladys Buttrey und Beverly Majors dagegen nicht.

Andererseits gab es keinen Grund zu der Annahme, daß die Frau, die Babys auf die Welt holte, die dann verkauft wurden, keine zugelassene Hebamme war.

Sie in meiner Funktion als Polizistin anzurufen, wäre im Moment wohl nicht ganz ratsam. Aber ich bin eine Frau. Und eine Frau kann schwanger sein und eine Hebamme suchen. Ich nahm das Telefon mit in einen Verhörraum, damit auch gar keine, absolut keine Polizeigeräusche im Hintergrund zu hören waren, zumal der Frau, nach der ich suchte, wenn ich richtig lag, die Hintergrundgeräusche beim Telefonieren mit jemandem in einem Polizeirevier vertraut waren.

Mein Name ist Debra Lynn Ralston. Mich als Deb Ralston vorzustellen, war zu riskant. Doch mein Mädchenname war Gordon. Ich würde Lynn Gordon sein.

Gerade noch rechtzeitig wurde mir klar – so ging es nicht. Sie standen nicht alle in den Gelben Seiten; das Telefonbuch war zwar noch nicht ganz so veraltet, aber dennoch, drei von diesen Frauen standen nicht drin. Man mußte schon über Mundpropaganda von ihnen gehört haben, um sie zu finden. Und ich hatte keinerlei plausible Erklärung dafür, wie ich von ihnen gehört hatte – »Im Waschsalon hat mir jemand von Ihnen erzählt« würde nicht klappen, wenn die Frau, nach der ich suchte, ihr Gewerbe nicht ordnungsgemäß angemeldet hatte.

Nein, es war besser, ich wartete ab, was Dub herausfand, und versuchte, die Namen dann damit in Zusammenhang zu bringen, und wenn wir einen Namen fanden, der paßte, tja, dann waren wir im Geschäft.

Ich rief im Archiv an und fragte, ob sie irgend etwas über Edward O'Neal hatten. Ich nannte Ihnen Adresse und Alter und sagte, daß ich sein Geburtsdatum nicht wisse; Irene hatte sich nicht mehr daran erinnern können.

Im Archiv gab es keine Akte Edward O'Neal.

Ich hätte daran denken sollen, Dub mit der Sache zu betrauen.
Ich rief im örtlichen FBI-Büro an und bat den Beamten, der sich am Telefon meldete, Dub auszurichten, daß er versuchen sollte, Informationen über Edward O'Neal auszugraben, und der Beamte, mit dem ich sprach, erwiderte: »Wissen Sie denn nicht, wer das ist?«

»Nein, sollte ich?«

»Na ja, das nicht gerade. Aber vor zwei Jahren ist er aus Las Vegas verjagt worden, nachdem man ihn dabei erwischt hatte, daß er ein manipuliertes Roulettespiel betrieb; bei so was versteht die Kontrollbehörde für Glücksspiele in Nevada keinen Spaß. Er hat seine Kasinolizenz verloren, und kurz darauf ist sein Name bei einer Ermittlung wegen Schutzgelderpressung aufgetaucht. Er ist, wie schon gesagt, irgendwie aus Las Vegas weg. Dann war er eine Zeitlang in Atlantic City, aber da hat er auch keine Lizenz bekommen, und – er ist doch nicht in Ihren Fall verwickelt, oder?«

»Offenbar doch. Zumindest, wenn es derselbe Edward O'Neal ist.«

»Sieh mal einer an«, sagte der Beamte. »Ich komme gleich mal rüber zu euch und rede mit eurer Undercoverabteilung.«

Als wir noch in dem alten Gebäude waren, brauchte jemand vom FBI knapp drei Minuten, um zu Fuß zum Polizeipräsidium zu gehen. Oder umgekehrt natürlich. Jetzt dauert es knapp 15 Minuten. Das ist einer der Nachteile, die wir dafür in Kauf nehmen mußten, daß wir ein neues Gebäude bekommen haben.

Genau 17 Minuten später kam Ron Elgart von der Undercoverabteilung in unser Büro gestürmt, schnappte sich Captain Millner und knallte mir die Tür vor der Nase zu.

Kurz darauf öffnete Captain Millner die Tür und winkte mich in den Verhörraum. »Jetzt erzählen Sie Deb mal, was Sie mir gerade erzählt haben«, sagte er.

Elgart schluckte. »Das ist ein Fall der Undercoverabteilung«, sagte er. »Wenn irgendwas davon durchsickert –«

»Das wird es nicht. Deb muß Bescheid wissen.«

»O'Neal betreibt einen Spielsalon. Wir stehen kurz davor, den Laden dichtzumachen. Die Werbung läuft über Mundpropaganda, und es ist möglich, daß er von den zuständigen Polizeibehörden Protektion bekommt, aber das steht nicht eindeutig fest – wir werden sie erst in letzter Minute informieren, für alle Fälle. Es ist ein großes Ding. Im Stil von Las Vegas, nur glaube ich, daß die

Spiele getürkt sind. Alle möglichen Glücksspiele – Roulette, Poker, Blackjack, Würfeln, was man sich nur denken kann, und jede Menge Alkohol und hübsche Mädchen, die die Spieler ablenken sollen. Ich möchte nicht, daß er Lunte riecht und türmt.«

»Ich nehme an«, entgegnete ich, »daß er sich um den Schutz seines Spielsalons zur Zeit wohl die wenigsten Sorgen macht. Wir kriegen ihn bald wegen einem Baby vom Schwarzhandel dran, und das weiß er.«

»Und wenn ihr ihn wegen Gott weiß was drankriegt, auf jeden Fall fliegt dann alles auf. Sind Sie nicht ganz bei Trost, Deb? Wir müssen sofort handeln – wo ist das Telefon?«

Er stürmte wieder davon.

Wer Mr. Eddie O'Neal war, stand jetzt fest. Nur noch nicht, wie er mit den Babyhändlern Kontakt aufgenommen hatte.

Kapitel 15

Dub war wieder da. Es hatte nicht lange gedauert, aber natürlich hatte er seine Informationen telefonisch bekommen. Als FBI-Agent hat man es leichter. Aus Angst sind die Leute kooperativer.

Drei Polizeiwagen waren in jener Nacht im Großraum von Fort Worth bei einem Unfall beschädigt worden. Ein Fort-Worth-Streifenwagen, schwarzweiß, war bei der Verfolgung eines betrunkenen Fahrers mit einem anderen Wagen zusammengestoßen. Etwa zehn Zeugen. Name des Fahrers: Dean Lewis.

Ein Watauga-Polizeiwagen, hellblau, war rückwärts gegen einen Baum gefahren, als der Fahrer vom Einsatzort, ein Haus, in das eingebrochen worden war, mit ausgeschalteten Scheinwerfern losfuhr, weil er den Einbrecher gesichtet hatte. Keine Zeugen außer natürlich dem Einbrecher. Name des Fahrers: Frank Heyden.

Der Wagen eines Constables, hellbraun, war durch losen Sand auf der Fahrbahn ins Schleudern geraten von der Straße abgekommen und gegen einen Baum geprallt. Er war noch in der Werkstatt. Keine Zeugen. Name des Fahrers: Doyle Bernard.

Keiner dieser Namen stimmte mit den Namen der Hebammen überein. Eigentlich war ich eher von einer Komplizenschaft unter Ehegatten ausgegangen, doch das mußte natürlich nicht unbedingt der Fall sein.

Ein schwarzweißer Streifenwagen oder ein hellblauer hätten keine braunen Lacksplitter bei Rachel Stradas Leiche hinterlassen. Der braune Wagen eines Constables vielleicht, doch das konnte nur ein Labor feststellen, nicht ich.

»Sehen wir uns den braunen doch einfach mal an«, forderte ich Dub auf, und er sagte: »Ich habe schon darauf gewartet, daß Sie das vorschlagen würden.«

Wir fuhren zu der Garage, wo die Einsatzwagen repariert werden. Der Wagen des Constables war leicht zu finden. An der Seite war das entsprechende Abzeichen aufgemalt und darüber der Name des betreffenden Constables, und die vordere und hintere Stoßstange war voll mit Wahlpropagandaaufklebern. So sehen die Wagen von Constables meistens aus.

Er war zweifellos gegen einen Baum gefahren; in einem der Risse klemmten Mesquitbaumblätter. Doch das war noch kein Beweis dafür, daß er nicht auch gegen etwas anderes gefahren war, bevor er gegen den Baum prallte. Der linke Scheinwerfer und der Kühlergrill waren schwer beschädigt, ebenso der linke Kotflügel.

Dub fragte den Mechaniker: »Haben Sie was dagegen, wenn ich ein paar Lack- und Glasproben nehme?«

»Weiß zwar nicht, wozu Sie die brauchen, aber bitte sehr. Ich muß sowieso die ganze Vorderfront erneuern.«

»Sie haben es gehört«, sagte Dub zu mir, und ich bestätigte, daß ich es gehört hatte.

Er hatte Plastikbeutelchen in der Hosentasche. Er holte sie und sein Taschenmesser heraus, und er schnippte Proben vom Lack ab und tat sie vorsichtig in den ersten Beutel. Er schrieb darauf: »Lackproben vom linken vorderen Kotflügel, 1985 Ford –« Er schrieb die Fahrzeug-Identifizierungsnummer von der Prüfplakette ab und reichte mir den Beutel. Auch ich schrieb meine Initialen darauf und dazu das Datum, während er sich wieder bückte, um Stückchen von dem Scheinwerferglas aufzusammeln. Der zweite Umschlag wurde entsprechend beschriftet, und als wir zurück zu unserem Wagen gingen, fragte ich: »Dub, was versprechen Sie sich eigentlich davon? Das Glas und den Lack vom Tatort haben doch *unsere* Unfallexperten.«

»Noch«, sagte er gelassen.

RBP. Rang bedeutet Priviligien. Oder, im Falle des FBI, Rang bedeutet Macht.

Doch ob es einem gefällt oder nicht, es dauert seine Zeit, bis man vom FBI-Labor einen Bericht bekommt, und diese Zeit konnte Menschenleben kosten. Wir hatten keine Zeit zu warten.

Es gibt zig Wege, die man einschlagen kann, wenn man die Zeit hat, eine Untersuchung in aller Ruhe durchzuführen. Doch jede Stunde, die wir warteten, konnte wieder den Tod eines Menschen bedeuten, und als Dub und ich zurück zum Präsidium fuhren, überlegten wir jeder für uns, wie wir weiter vorgehen sollten, um die ganze Sache *schnell* zu Ende zu bringen. »Ich will noch was überprüfen«, sagte Dub zu mir. »Ich bin bald zurück.« Ich setzte ihn am FBI-Gebäude ab.

In meinem Büro telefonierte Dutch Van Flagg, dessen Gesicht einen sehr selbstzufriedenen Ausdruck zeigte, mit dem Büro des Bezirksstaatsanwaltes wegen eines Durchsuchungsbefehls. Offenbar hatte er mittlerweile einen sehr begründeten Verdacht, wer den Bombenanschlag auf die Praxis verübt hatte. »P-a-t-t-e-n«, sagte er. »Nicht o-n, e-n. Achten Sie darauf. Nicholas. Ja, Nicholas Timothy. Haben Sie das? Wann? Okay, ich hole ihn ab.« Er legte auf. »Der Durchsuchungsbefehl ist um zwei Uhr fertig. Kommst du mit, Deb?«

»Weswegen durchsuchen wir ihn denn? Wegen der Schießereien? Ich dachte, es ging um den Bombenanschlag.«

»Ging's ja auch.«

»Aber was hat der Typ denn damit zu tun –«

»Es steht uns nicht an, zu fragen warum und so weiter«, sagte Dutch. »Ich bin eigentlich auf Umwegen auf ihn gekommen.«

»Will heißen?«

»Weißt du noch, daß ich am Samstag all die Zeitschriften studiert habe?«

»Ja, ich habe mir Sonntag ein paar davon angesehen«, sagte ich. »Ich habe die Anzeigen gelesen, aber ...«

Dutch lehnte sich in seinen Stuhl zurück und nahm eine sehr professorale Haltung ein. »Zunächst einmal, bevor unsere beiden Fälle sich überschnitten, hatte ich eine von diesen militanten sogenannten christlichen Sekten unter die Lupe genommen, du weißt schon, die Sorte, die die Juden haßt und die Katholiken und die Mormonen und die felsenfest davon überzeugt ist, daß alle guten Christen weiß sind. Ein paar von ihren Anführern hatten Briefe an den *Startlegram* geschrieben und damit gedroht, Abtreibungspraxen in die Luft zu jagen, wenn sie nicht geschlossen würden. Die Zeitung hat natürlich keinen von den Briefen abgedruckt, aber sie haben uns auf dem laufenden gehalten, und ich habe alle Briefe abgeholt.

»*Startlegram*« ist ein alter Spitzname für den *Fort Worth Star-Telegram*, und mir fiel wieder ein, daß ich Dutch mit dem Packen Briefe gesehen hatte.

»Als ich in der Sekte eine Durchsuchung vornehmen wollte, haben sie mir gesagt, sie hätten doch noch gar nichts *gemacht*, und sie schienen nicht beunruhigt, aber ich habe trotzdem ihre Zentrale und die Häuser der führenden Köpfe durchsucht. Ich habe zwar nichts gefunden, womit man eine Bombe hätte basteln können, aber ich habe Ausgaben von dieser Zeitschrift gesehen, in denen die Anzeige umkringelt war. Tja, da ich keinen hinreichenden Verdacht hatte, um die Zeitschrift zu beschlagnahmen, habe ich mir selbst eine Ausgabe gekauft. Der Redakteur für die Kleinanzeigen wurde richtig kooperativ«, sagte er weiter, »nachdem wir ihm klargemacht hatten, daß man ihnen den Laden dichtmachen könnte, falls sie wissentlich eine terroristische Organisation unterstützten. So habe ich rausgefunden, daß ein Mr. Nicholas Timothy Patten die Anzeige aufgegeben hatte, und wir haben einen Fingerabdruck, der auf einer der Brandbomben war, mit seiner Armeeakte verglichen, und er stimmte überein. Jetzt muß ich natürlich noch herausfinden, wer ihn engagiert hat, aber weißt du was? Ich wette, er wird es mir verraten. Übrigens, willst du mitkommen?«

Ich war mir nicht so sicher, daß Nick Patten irgend jemandem irgend etwas sagen würde. »Brauchst du mich?« fragte ich.

»Nee. Das ist ja in Arlington, also muß ich sowieso ein paar Leute aus Arlington mitnehmen, und das müßte eigentlich reichen.«

»Gut, ich habe nämlich was anderes zu erledigen. Dutch«, sagte ich weiter, »was ist mit dem Brief?«

»Dem Brief.«

»Dem Brief. Den Grace vermutlich an Dr. Kirk geschickt hat. Wegen dem du doch heute morgen Erkundigungen einholen wolltest. Den Brief meine ich.«

»Den Brief«, sagte er, »gibt es nicht mehr.«

»Wie?«

»Mrs. Kirk hat gesagt, daß die Post an ein Postfach gegangen ist, und die Frau vom Empfang hat sie abgeholt. Sie hat mir gesagt, wie ich die Frau vom Empfang erreichen konnte. Die hat mir dann erzählt, daß sie die Post gegen drei Uhr abgeholt hat, am Tag des – also, genaugenommen am Tag vor dem Bombenanschlag, denn der war nach Mitternacht.«

»Ich weiß, wann der Anschlag war.«

»Und es war tatsächlich ein Brief von Grace dabei. Sie hat gesagt, daß sie sich deshalb an den Namen erinnern konnte, weil die junge Frau ständig Termine abgesagt hatte. Dann hat sie den Brief auf den Schreibtisch des Doktors gelegt. Und der Doktor hatte den ganzen Nachmittag über zu tun und seine Post nicht mehr gelesen. Sie hat ihn daran erinnert, und er hat gesagt, er würde sie am nächsten Morgen durchsehen.«

Fünf Menschen waren wegen dieses Briefes gestorben. Und er existierte nicht einmal. »Scheiße«, sagte ich, und Dutch: »Das kann man wohl sagen.«

Zumindest fügte sich allmählich alles zusammen. Nick und Jackie kauften ein Baby – Jackie erzählte Grace davon – Grace wollte ein Baby verkaufen. Ja, wenn sie gewußt hatten, daß Nick etwas von Bomben verstand, dann lag es auf der Hand, daß sie ihn beauftragt hatten, den Anschlag auf die Praxis zu verüben. Und wahrscheinlich hatten sie ihm sein Geld zurückerstattet, vielleicht sogar noch etwas mehr gezahlt; und so hatte er aus Sherman verschwinden können – aber was nun?

Sie konnten Nick nicht erpressen, nicht mehr, denn Nick hatte gegen sie genauso viel in der Hand wie sie gegen ihn, aber Nick hatte allen Grund, ihnen dabei zu helfen, daß die Sache geheim blieb. Falls das Kartenhaus zusammenstürzte, stürzten sie alle.

Nur glaubte ich nicht, daß Nick alles verraten würde, was er wußte. Oder überhaupt etwas. Ich rechnete damit, daß Nick so lange bluffen würde, wie er dachte, er hätte noch einen Trumpf in der Hand.

Ich wußte nicht, was Dub überprüfen wollte. Ich hatte eine ganze Armee vom Männern – na ja, mindestens drei Männer – losgeschickt, um im Nordosten von Tarrant County Straßen abzufahren. Aber verdammt . . .

»Captain«, sagte ich, »ich habe eine Idee. Ich fahre mit meinem eigenen Wagen. Aber ich bin über Funk zu erreichen.«

Genaugenommen war es nicht mein eigener Wagen; es war ein Mietwagen, denn mein eigener Wagen war noch in der Werkstatt. Aber um so besser. Wenn ich Glück hatte, war ihnen noch nicht aufgefallen, daß ich diesen Wagen fuhr.

Ich fuhr nach Hause.

Irene saß auf der Couch und sprach mit dem Baby, das glucksende Laute von sich gab, und Harry zeichnete Schaltpläne für einen Linearverstärker, den er sich irgendwann bauen wollte, wenn er die Zeit dazu fand.

»Harry«, sagte ich, »macht es dir was aus, dich als Babysitter zu betätigen?«

»Nee, nicht ihm geringsten«, sagte er. »Wieso?«

»Irene«, sagte ich, »würden Sie mir helfen?«

»Kann ich das?«

»Ich hoffe.«

Wir fuhren in südlicher Richtung auf der Beach Street, bogen nach rechts auf den Great Western Parkway – endlich wußte ich den Namen –, bogen nach Süden auf den Interstate Highway 35 und fuhren dann auf dem Highway 820 wieder zurück. Jetzt waren wir auf dem Highway, den Eddie mit Irene gefahren war. »Sagen Sie mir, wenn Sie was wiedererkennen«, sagte ich.

Ich nahm die Ausfahrt Beach Street. »Hier geht es zu Ihnen nach Hause«, sagte Irene.

»Ja. Aber ist das die Strecke, die Sie und Eddie gefahren sind, als Sie das Baby abgeholt haben? Denken Sie scharf nach. Versuchen Sie, sicher zu sein, aber sagen Sie mir auf jeden Fall, wenn Ihnen was bekannt vorkommt, auch wenn Sie nicht sicher sind.«

»Das ist sie nicht«, sagte sie. »Hier sind wir nicht langgekommen. Da waren viele Geschäfte und viel Betrieb, keine Weiden und so.

»Gut.«

Damit war eine Möglichkeit ausgeschlossen. Ich fuhr wieder die Beach Street hoch und bog nach rechts, wie ich es schon einmal getan hatte, und fuhr im Bogen wieder zurück auf den Highway 820; ich blieb auf dieser Strecke, weil ich vermeiden wollte, daß Irene irgendeine andere Strecke vertraut vorkam, solange sie sich zu erinnern versuchte. Diesmal nahm ich die Ausfahrt Denton Highway.

Hier waren Geschäfte – Restaurants, eine Tankstelle, ein Lebensmittelladen, ein großer Holzhandel. Ich warf Irene einen Blick zu. Sie sah bekümmert aus. »Nein«, sagte sie. »Mir ist eben was eingefallen. Da war ein McDonald's. Wir sind an einem McDonald's vorbeigekommen; ich erinnere mich genau.«

»Jetzt sind wir auf dem richtigen Dampfer«, sagte ich. »Rufe Snow Drive.«

Wir wechselten auf den Rufe Snow Drive. Da war ihr McDonald's. Da war ihr Einkaufszentrum. Aus den Augenwinkeln sah ich ihr Gesicht. Das hier war die richtige Straße, und sie war sich dessen sicher. »Wie geht's weiter?« fragte ich. »Sie haben gesagt, als nächstes sind Sie nach Westen abgebogen.«

»Ich weiß nicht. Ich kenne die Namen von den Straßen hier nicht.«

»Ich kenne die Namen von den Straßen hier draußen auch nicht, Irene«, erwiderte ich. »Machen Sie sich deshalb keine Sorgen. Dafür habe ich ja eine Karte dabei. Sie brauchen mir nur zu zeigen, wo die Straße ist.«

»Ich hoffe, ich erkenne sie wieder. Fahren Sie einfach weiter.«

Wir fuhren weiter. Nach einer Weile sagte ich: »Irene?«

»Immer noch weiter.«

»Die Straße hier ist bald zu Ende.«

Sie schwieg einen Moment lang. Dann sagte sie: »Genau! Die Straße war wirklich irgendwann zu Ende. Diese Straße hier mündet in eine andere, und da sind wir dann nach Westen gefahren.«

»Okay.« Ich fuhr an den Straßenrand und faltete die Karte auf. Ich war die Straße, von der sie sprach, früher schon mal langgefahren, aber ich hatte nicht die geringste Ahnung, wie sie hieß.

Der Karte nach hieß sie Bursey Road.

Wir bogen nach Westen auf die Bursey Road ab und fuhren weiter. Und weiter. Als wir den Denton Highway kreuzten, hatte ich Angst, wir wären zu weit gefahren – wieso hätte er diese Strecke fahren sollen, wo er doch einfach in den Denton Highway hätten einbiegen können? Doch Irene sagte: »Weiter.«

Mittlerweile hieß die Straße nicht mehr Bursey Road. Jetzt war es die Wall Price Road.

Schließlich bogen wir nach Norden auf die Ray White Road, und kurz darauf bogen wir nach links in einen Schotterweg ein.

Der eigentlich ins Nichts zu führen schien, genauer gesagt in ein Dickicht von Mesquitbäumen, die so dicht waren, daß ich fürchtete, einer von den Dornen würde mir einen Reifen durchstechen. Doch Irene hatte sich entspannt. »Wir sind richtig«, sagte sie.

Wir kamen aus dem Dickicht von Mesquitbäumen heraus auf ein Feld. Vor mir stand ein zweistöckiges Haus, das keine Hecke, sondern links und rechts einen überwucherten Spalierzaun hatte, so daß es unmöglich war, hinter das Haus zu gucken.

Vor dem Haus parkte ein brauner Wagen. Auf der Seite stand MAJORS SECURITY SERVICE, und es war ein Abzeichen aufgemalt.

Sicherheitsdienst. Wie dumm von mir, daß ich daran nicht gedacht hatte. Und natürlich würde eine Frau, die vermutlich trotz aller moderner Liberalität passiven Gehorsam gewohnt war, spät abends nicht zwischen der Uniform eines Sicherheitsdienstes und einer Polizeiuniform unterscheiden.

Auch Pat konnte das nicht. Er konnte nicht einmal, wie ich sehr wohl wußte, zwischen der Uniform eines Postboten und einer Polizeiuniform unterscheiden.

»Irene«, sagte ich, »würden Sie den Weg hierher wiederfinden?«

»Klar.«

»Wissen Sie noch, wo wir den Denton Highway gekreuzt haben? Dort ist wohl die nächste Telefonzelle. Fahren Sie dahin zurück und wählen Sie den Notruf. Egal, wer sich meldet, sagen Sie, daß eine Beamtin von der Fort-Worth-Polizei Hilfe braucht. Geben Sie ihnen Ihren Standort durch und sagen Sie ihnen, daß Sie an dem Telefon auf sie warten, und führen Sie sie hierher. Und sagen Sie ihnen, sie sollen sich beeilen!«

»Aber Deb –«

»Tun Sie, was ich Ihnen gesagt habe!«

Ich wollte das Haus natürlich nur beobachten, denn ich befand mich außerhalb der Stadtgrenzen von Fort Worth, und ich hatte hier nicht mehr Machtbefugnis als irgendein Privatbürger. Doch zumindest konnte ich dafür Sorge tragen, daß innerhalb der nächsten Stunde niemand getötet wurde. Ich stieg aus dem Wagen, und sie rutschte auf den Fahrersitz und wendete den Wagen. Ich war allein, mit einem .38 Revolver, in dem sechs Schuß Munition steckten, die ich vermutlich nicht brauchen würde, und einem Funkgerät ohne Saft, das ich nun weglegte, damit ich die Hände frei hatte.

Die Umgebung war überall grün und braun. Tarnkleidung wäre hier sehr wirkungsvoll.

Ich trug eine schwarze Hose und eine rote Bluse und schwarze Leinensandalen.

Haben Sie schon mal versucht, sich in Sandalen in einem Mesquitdickicht zu verstecken?

Oder in irgendeinem anderen Schuhwerk? Mesquitbäume sind zweifellos eine Erfindung des Teufels – sie haben wunderschöne filigrane Blätter, die einen verführen, und fast acht Zentimeter lange Dornen, die einen durchbohren, sobald sie einen in ihre Fänge gelockt haben.

Und von irgendwoher hörte ich eine Frau schreien.

Ich eilte in diese Richtung, und ein Mann hinter mir sagte: »Wo wollen Sie denn hin?«

Ich wirbelte herum.

Er hatte eine Schrotflinte.

Kapitel 16

Im Knigge steht nichts darüber, wie eine Dame einen Herrn begrüßen soll, der gerade eine Schrotflinte auf sie richtet.

Und mir selbst fiel spontan auch nichts ein.

Ich war mir ziemlich sicher, daß mein Mund aufstand, und ehrlich gesagt, hatte ich nicht die leiseste Ahnung, was ich jetzt machen sollte. Meine Faustregel für den Fall, daß ich mich einer Schrotflinte gegenübersehe – die ich bis dahin noch nie anzuwenden hatte, da ich mich noch nie am nördlichen Ende einer nach Norden gerichteten Schrotflinte befunden hatte – lautet, das zu tun, was die Person am anderen Ende der Flinte mir sagt, und bislang hatte dieser Mann noch nicht gesagt, was ich tun sollte. Er hatte lediglich eine Frage gestellt.

Er stellte sie erneut. »Wo wollen Sie denn hin?«

»Da hinten schreit jemand«, erklärte ich.

»Das ist keine Antwort auf meine Frage.«

»Na ja, ich dachte, ich sollte mal nachsehen, warum sie schreit.«

»Sie schreit, weil sie gerade ein Baby zur Welt bringt, und sie scheint das nicht so recht zu genießen.«

»Dann sollten wir vielleicht einen Arzt rufen.« Ich eilte energisch auf das Haus zu. Er schwang vielsagend die Schrotflinte, und ich blieb stehen.

»Es ist jemand bei ihr. Ich frage Sie jetzt noch mal. Was haben Sie hier zu suchen?«

Ich zuckte die Achseln. »Sie natürlich. Es war ziemlich beschissen von Ihnen, auf meinen Sohn zu schießen.«

»Ihren Sohn? Wollen Sie damit sagen, da war ein Kind im Wagen? Den habe ich wirklich nicht gesehen.«

Und damit war die Frage geklärt. Es war interessant, daß er nicht einmal versuchte zu leugnen, auf meinen Wagen geschossen zu haben.

Aber wahrscheinlich sah er keinerlei Notwendigkeit, irgend etwas zu leugnen. Er rechnete nicht damit, daß ich lange genug am Leben bleiben würde, um das Gespräch wiederzugeben.

»Sie denken wohl, Sie sind in Sicherheit«, sagte ich. »Tja, das sind Sie nicht. Sie haben noch gar nicht gefragt, wie ich hierhergekommen bin.«

»Das ist nicht nötig. Sie glauben doch wohl nicht, daß Ihre Freundin weit kommt, oder? Drehen Sie sich mal um und sehen Sie rüber.«

Das tat ich.

Der Mietwagen war genau am Rande des Feldes zum Stehen gekommen; ein anderer brauner Wagen versperrte ihm den Weg.

Und der war, wie ich selbst aus dieser Entfernung sehen konnte, am linken vorderen Kotflügel und im Scheinwerferbereich beschädigt.

»Sie sind sehr, sehr töricht gewesen, Deb Ralston«, sagte der Mann im Plauderton. »Sie sind uns in die Quere gekommen. Wirklich schade. Sie waren in vielerlei Hinsicht eine ziemlich nette Lady.«

»Etliche Beamte in Zivilfahrzeugen durchstreifen hier die Gegend«, sagte ich. »Sie suchen nach diesem Haus. Es ist purer Zufall, daß Irene und ich es zuerst gefunden haben. Aber wenn Sie die Schrotflinte abfeuern, werden die es mit Sicherheit hören.«

»Nur wenn sie ganz, ganz nahe sind.«

»Stimmt. Aber wollen Sie es darauf ankommen lassen, daß sie es nicht sind?«

»Nein, lieber nicht«, stimmte er zu. »Aber ich werde es, wenn ich muß. Nehmen Sie die Pistole aus dem Halfter und lassen Sie sie zu Boden fallen.«

Wie gesagt, wenn ich mich einer Schrotflinte gegenübersehe, halte ich mich an die Regel, das zu tun, was man mir sagt. Doch ich achtete darauf, wo die Pistole hinfiel. Ich hatte noch nicht aufgegeben.

»Los jetzt«, befahl er mir.

Durch einen ovalen Durchgang in dem Spalier ging ich in den Garten, wo sich eine Reihe Verschläge befand, die aussahen wie Hühnerställe und mit Schloß und Riegel gesichert waren. Aus einem von ihnen drangen die Schreie.

Er blieb vor einem stehen, der unverschlossen war. »Da drin ist eine Schaufel«, sagte er. »Holen Sie sie.«

Ich holte sie.

Wir gingen weiter bis zu einem kleinen Teich. Er befahl mir, an dessen Ufer, wo die Erde weich war, stehenzubleiben. »Fangen Sie an zu graben«, sagte er.

»Ist das nicht ein bißchen abgedroschen?« fragte ich ihn.

»Reine Arbeitsersparnis. Ich muß zwei Gräber ausheben. Aber ich will mich nicht schmutzig machen; ich muß gleich noch arbeiten, weil bei uns eine - Suite frei wird. Aber was stört es Sie, wenn Sie sich schmutzig machen? Sie sind sowieso schon so gut wie tot.«

Die Erde war weich und feucht, und ich brauchte nicht annähernd so lange, wie ich gern gebraucht hätte, um zwei ziemlich große Löcher zu graben. In der Nähe entdeckte ich weitere Erdhügel - insgesamt zwölf. Mehr, als ich gedacht hatte. Offenbar waren manche Frauen nie als vermißt gemeldet worden, oder manche Städte hatten nicht auf mein Fernschreiben reagiert.

Wirklich, es war verblüffend, daß mein Verstand noch immer so normal funktionierte. Doch offenbar hatte ein Teil von mir beschlossen, daß ich keine Zeit hatte, jetzt in Panik zu geraten. Wenn alles vorüber war, dann würde ich in Panik geraten. Doch wenn ich Zeit haben wollte, später in Panik zu geraten, mußte ich jetzt nachdenken.

Er befahl mir, ich sollte die Schaufel hinlegen.

Dann legte er seine Schrotflinte weg und ging mit einem Messer auf mich los, das ungefähr so groß war wie das von Rambo im Film. Ich machte einen Schritt zur Seite. Und ich kotzte.

Absichtlich.

Auf seinen Arm.

Es ging erstaunlich einfach.

Nur sehr wenige Menschen können dem Reflex widerstehen, auszuweichen, wenn jemand auf sie kotzt. Er konnte es nicht. Darauf hatte ich spekuliert, und während er zur Seite sprang, versuchte ich verzweifelt, mich so gut es ging an das zu erinnern, was ich noch von den Selbstverteidigungskursen wußte, die ich auf Harrys Drängen hin vor vielen Jahren belegt hatte. Damals hatte ich zu ihm gesagt, ich würde sie niemals umsetzen wollen.

Und das hatte ich auch nicht. Bis jetzt.

Man versucht nicht, einem Mann zwischen die Beine zu treten, wie es in den meisten Selbstverteidigungsbüchern steht, weil er damit rechnet und diese Stelle automatisch schützt.

Wenn man Schuhe mit Pfennigabsätzen anhat, tritt man ihm mit voller Wucht auf den Fuß. Aber ich trug Sandalen mit Schaumgummisohlen.

Also tat ich das, was als einziges übrigblieb, und das war kein Trick, den ich in einem Kurs gelernt hatte. Ich schlug ihm unter die Nase und traf sie genau über der Lippe mit der Handkante, und ich rammte sie ihm so fest in den Kopf wie ich konnte. Er fiel mir vor die Füße, ich fühlte seinen Puls, und er hatte keinen. Er hatte deshalb keinen, weil dieser kleine Trick, den mir vor Jahren ein Geheimdienstagent beigebracht hatte, Knochenstücke aus seiner Nase ins Gehirn gedrückt hatte.

Ich fühlte mich seltsam betäubt und wusch meine Hände im Teich ab und hob die Schrotflinte auf und vergewisserte mich, daß sie geladen war, und dann durchsuchte ich seine Hosentaschen, holte seine Autoschlüssel heraus, ging wieder zurück zur Vorderseite des Hauses, stieg in seinen Wagen und fuhr zum vorderen Ende der Zufahrt, wo der andere Wagen noch stand und sein Fahrer Irene mit einer Schrotflinte in Schach hielt und auf Anweisungen wartete.

Ich stieg aus dem Wagen, und er sah mich und erkannte, daß ich nicht die Person war, die er erwartet hatte, und er hob die Schrotflinte und richtete sie auf mich, und ich hob die, die ich in Händen hielt, und feuerte, und er flog nach hinten gegen seinen Wagen, Blut spritzend, und er schrie zweimal auf, aber nur zweimal.

Nie zuvor hatte ich mit einer Schrotflinte geschossen, außer auf dem Schießstand. Ich hatte es bislang nicht gemußt.

Ich hatte stets die Theorie vertreten, daß man in der Regel nicht zu schießen braucht, nicht, wenn man wartet, bis Unterstützung da ist und bestimmt auftritt und seinen Verstand gebraucht.

Doch diesmal brachte es nichts, auf Unterstützung zu warten, denn die Person, die die Unterstützung holen sollte, kam nicht dazu. Und das bestimmte Auftreten nützt überhaupt nichts, wenn dein Gegenüber eine Schrotflinte hat.

Aber ich glaube, ich hatte meinen Verstand gebraucht.

Zumindest war ich noch am Leben, und Irene ebenfalls.

»Alles in Ordnung?« fragte ich sie, und sie nickte. »Dann holen Sie Hilfe, wie ich es Ihnen gesagt habe«, sagte ich, und sie nickte erneut und ließ den Wagen an, setzte gekonnt um die Leiche herum zurück und fuhr die Zufahrt zurück zur Straße.

Die Frau, die ich zuvor gehört hatte, schrie wieder. Ich ging wieder zum Haus, wieder durch die Lücke in der Hecke und wieder auf die Reihe Hühnerställe mit den Schlössern und Riegeln zu. Die Tür von einem von ihnen stand offen. Ich ging hinein.

Die Frau, die da stand, mußte etwa in meinem Alter sein, und ich erkannte sie sofort. Ich war überrascht, daß ich sie erkannte, denn das letzte Mal, als ich sie gesehen hatte, war es fast stockfinster gewesen, ihr Make-up war verschmiert gewesen und das Haar hatte ihr über die Augen gehangen, und ich hatte sie für kaum älter als zwanzig gehalten. Jetzt trug sie Hose und T-Shirt und war ungeschminkt, und sie sah reglos zu, wie die andere Frau schrie, die Frau, die an den Tisch gekettet war. Sie tat nichts, sie sagte nichts; sie sah einfach zu. Aber sie sah aufmerksam zu. Sie sah, wie die Augen der anderen Frau mich erblickten, und sie drehte sich um.

»Was zum –«, begann sie, und ich verpaßte ihr einen gezielten Schlag unters Kinn. Ich hatte keine Zeit für großartige Erklärungen, und meine Handschellen waren in der Handtasche, die in meinem Wagen lag, mit dem Irene unterwegs war.

»Wo ist der Schlüssel?« fragte ich die Frau auf dem Tisch, und sie sagte: »Ihr BH. Sie hat ihn –« Sie schrie erneut. Ich sah, wie sich ihr Unterleib aufbäumte, als wieder eine Wehe einsetzte.

Ich nahm ihr die Ketten und die Handschellen ab, und sie drehte sich auf die Seite und hörte auf zu schreien. Ich fing an, die Zeit zu messen.

Drei Minuten Abstand. Vielleicht hatte sie noch Zeit, es bis in ein Krankenhaus zu schaffen, falls Irene sich beeilte und die Polizei, die sie verständigte, sich ebenfalls beeilte.

»Ich bin Deb Ralston«, sagte ich zwischen zwei Wehen zu ihr. »Ich bin von der Polizei in Fort Worth. Sie sind jetzt in Sicherheit – wie heißen Sie?«

Sie sagte mir, sie sei Joanna Ross.

»Aber ihr Baby war doch schon vor zwei Wochen fällig«, sagte ich blöderweise. Und dann fing ich an zu weinen.

Aber nicht lange, denn ich mußte aufhören, um bei der Geburt eines Babys zu helfen. Es war eine ganz neue Erfahrung. Phillip Ross würde nicht nur seine Frau zurückbekommen, er hatte auch einen kleinen Sohn bekommen, und er würde sich sehr freuen, ihn kennenzulernen.

Joanna Ross war nun sehr viel glücklicher darüber, daß sie ein Kind zur Welt brachte, da sie wußte, daß sie es auch behalten würde.

»Es hat wohl keinen Sinn mehr zu lügen, was?« sagte Nick Patten.

»Nein«, erwiderte Dutch ausdruckslos.

Er zuckte die Achseln. »Hören Sie, geben Sie Jackie keine Schuld, sie hatte von der ganzen Sache keine Ahnung. Sie hat bloß gewußt, daß ich ihr ein Baby versprochen hatte und ich ihr ein Baby besorgt habe. Außer später, ich habe es ihr später sagen müssen, aber sie wußte es erst, als es vorbei war. Und ich habe nicht gewollt, daß das alles passiert. Ich wollte bloß - Jackie und ich wollten bloß - das Baby. Es gibt heutzutage nicht viele, und die offiziellen Adoptionsstellen haben immer wieder gesagt, wir wären zu jung oder unser Einkommen würde nicht ausreichen oder Jackie wäre zu nervös - so was in der Art. Dann - ich kannte Don Majors von der Army her. Er hat uns erzählt, seine Frau Bev sei Hebamme. Er könnte uns ein Baby besorgen, aber es würde einiges kosten. Unkosten, hat er gesagt. Ärzte. Und Anwälte. Und da wären ein paar Leute, die er bezahlen müßte. Ganz egal, es klang okay. Don hat Beziehungen. Alle möglichen Beziehungen. Don ist so ein Typ.«

»War.«

»Was?«

»War. Nicht Don ist. Don war. Donald Majors ist Vergangenheit.«

Donald Majors war der erste Mensch gewesen, den ich getötet hatte. Er hatte seit Jahren einen Sicherheitsdienst betrieben, und er hatte Geld verloren, weil die Konkurrenz auf dem Markt sehr groß war, und er hatte Verträge verloren, weil in mehrere Gebäude, die er bewacht hatte, eingebrochen worden war. Seinem Scheckbuch nach hatte er darüber hinaus ein paarmal große Summen an Edward O'Neal gezahlt, und im Scheckbuch steckte ein zerrissener Schuldschein über 2000 Dollar, die er O'Neal geschuldet hatte. Wir vermuteten, daß mit dem Baby, das Irene bekommen hatte, zum Teil Spielschulden beglichen worden waren - aber das würden wir nie beweisen können.

Die Hebamme, Beverly Majors, war Donalds Frau. Sie hatte als Nebenerwerb noch eine Firma, die sich »Adoptionsberatung« nannte und in den Gelben Seiten damit warb, Leute darin zu beraten, was sie tun sollten, um bei Adoptionsvermittlungsstellen einen besseren Eindruck zu machen. Sie lieferte außerdem Informationen, wie man sich mit Adoptionsvermittlungsstellen in verschiedenen Staaten und im Ausland in Verbindung setzen konnte und wie sich private Adoptionen in Texas abwickeln ließen. Was ein phantastischer Service gewesen wäre, wenn es bloß legal gewesen wäre.

Der andere Tote war Elliot Majors, Donalds jüngerer Bruder. Nach dem, was wir ermitteln konnten, hatte er im wesentlichen Befehle ausgeführt.

Nick redete noch immer. »Ich war völlig pleite, nachdem ich das ganze Geld berappt hatte, und da kam mir die Idee, die Anzeige aufzugeben.«

»Haben Sie legale Aufträge erwartet?« fragte Dutch trocken.

Nick grinste ihn schwach an. »Ich habe Aufträge aus dem Ausland erwartet. Nicaragua, so was in der Art. *Se habla español.* Oder *me hablo español* oder so. Nein, ich weiß nicht. Jedenfalls spielt die Anzeige keine Rolle, weil Don nicht auf die Anzeige reagiert hat. Das habe ich Ihnen schon gesagt. Don kannte mich schließlich. Erst *dann* hat er mir allerhand erzählt. Und ich schwöre Ihnen, das war das erste Mal, daß ich von irgendwelchen Entführungen erfahren habe.«

»Und Don hat Ihnen gesagt, Sie sollen Sherman verlassen?«

»Nein, das war mein eigener Entschluß. Sobald ich erfahren hatte – sie mir gesagt hatten, daß Grace tot war. Sie haben gesagt, es wäre ein Unfall gewesen; sie haben gesagt, sie hätten sie laufenlassen, nachdem das Baby geboren war, aber sie hat versucht abzuhauen und – sie haben gesagt, es wäre ein Unfall gewesen. Ich dachte, wenn wir wegziehen würden, würde Jackie vielleicht nicht dahinterkommen. Und – ich habe zu Don gesagt, ich würde das Gebäude in die Luft jagen, wenn es leer wäre. Er hat mir gesagt, es wäre leer. Der Dreckskerl hat gesagt, das Gebäude wäre leer.«

Und da fing Nick Patten an zu weinen. »Der Dreckskerl hat gesagt, das Gebäude wäre leer. Ich wollte doch niemanden *töten*.«

Es war sehr überzeugend, aber ich kaufte ihm nichts davon ab. »Nick«, sagte ich leise, »Sie sind nach Arlington gezogen, *bevor* Grace gestorben ist.«

Er hörte auf zu weinen und starrte mich an.

Wir hatten also Nick Patten, und wir hatten die noch lebenden Mitglieder der Bande, und trotzdem war ich nicht besonders glücklich. Auch ich hatte niemanden töten wollen.

Und da waren die Babys, die Babys, die bei ihrer Geburt eine Mutter verloren hatten und jetzt eine zweite Mutter verlieren würden, so früh, so jung . . .

Die Frauen aus Lawton und die Frauen aus Ardmore und Durant waren noch am Leben, und zwei von den Frauen aus Texas außer Joanna Ross waren es ebenfalls und drei Frauen aus Kansas, von denen wir nicht einmal gewußt hatten. Aber dort neben dem kleinen Teich hinter dem Haus waren nicht zwölf, sondern 15 volle Gräber, sowie die beiden, die leer geblieben waren.

Als Captain Millner schließlich sagte, ich könne nach Hause fahren, ging ich ins Bett und weinte lange und mußte mich immer wieder übergeben, bis Harry sagte, wenn ich nicht zum Arzt ginge, würde er mir den Hals umdrehen.

Zwei Tage später waren wir noch immer mit Papierkram beschäftigt, als ich ans Telefon gerufen wurde. »Deb? Haben Sie gerade zu tun?«

»Hallo, Irene. Nein, ich habe nicht zu tun.« Natürlich hatte ich zu tun, aber Irene brauchte jemanden, mit dem sie reden konnte.

»Wissen Sie was?«

»Nein, weiß ich nicht. Erzählen Sie's mir.«

»Junies leibliche Mutter war erst 15, und ihre Eltern wollen das Baby nicht. Sie sagen, sie wären zu alt, um es aufzuziehen. Wenn ich also damit einverstanden bin, daß sie mit ihr in Kontakt bleiben und ich ihr später erzähle, daß sie ihre Großeltern sind, dann darf ich sie behalten. Und meine Anwältin meint, daß es keine Probleme mit den Papieren geben wird, da sie ja zugestimmt haben. Ist das nicht wundervoll?«

Es war die beste Nachricht, die ich seit sehr langer Zeit gehört hatte. Und das sagte ich ihr.

»Und ich lasse mich von Eddie scheiden, und meine Anwälte sagen, daß ich von allem die Hälfte kriege, und Deb, Deb, er hat fast 200 000 Dollar! Damit werde ich gut für Junie sorgen können!«

200 000 Dollar illegales Spielgeld. Aber dafür konnte Irene O'Neal nichts, und ich war froh, daß ein Teil davon dem Baby zugute kommen würde. Ich legte den Hörer auf. »Cap«, sagte ich, »kann ich drei Tage frei nehmen? Meinen Papierkram habe ich erledigt, und ich muß zum Arzt.«

»Dauert das drei Tage? Ja, klar, nehmen Sie sich drei Tage frei. Noch besser eine Woche. Damit feiern Sie die ganzen Überstunden ab, und ich kriege keinen Ärger.«

Ich glaube zwar nicht, daß das noch legal ist, aber ich wollte nicht darüber diskutieren. Ich verließ rasch das Büro, bevor er Zeit hatte, es sich anders zu überlegen, und rief vom öffentlichen Telefon im Erdgeschoß meinen Arzt an. Nach langen Debatten überredete ich die Sprechstundenhilfe, mir sofort einen Termin einzuschieben.

»Ich bin was?« sagte ich drei Stunden später.

»Sagen wir, Antiacida werden Ihnen überhaupt nicht helfen. Sie haben mich schon verstanden.«

»Aber das kann nicht sein«, protestierte ich. »Ich bin 42 Jahre alt! Ich bin Polizistin! Ich bin sogar schon *Großmutter*!«

»Das ist hart«, sagte der Doktor und grinste mich an. »Geschieht Ihnen recht, dafür, daß Sie versucht haben, selbst eine Diagnose zu stellen. Ich habe Ihnen schon vor Jahren gesagt, daß das früher oder später passieren wird.«

»Schon, aber ich habe Ihnen nicht geglaubt. Okay, was mache ich denn jetzt?«

»Vernünftig essen, und damit meine ich nicht Kartoffelchips und Cola. Sie brauchen Vitamine. Sie brauchen viel Ruhe. Kommen Sie nächsten Monat wieder.«

»Soll ich mit dem Joggen aufhören?«

Er zuckte die Achseln. »Joggen Sie, wenn Sie möchten, aber überspannen Sie den Bogen nicht.«

Den Bogen überspannen, dachte ich, als ich sein Sprechzimmer verließ. Den Bogen überspannen? Ich bin überspannt.

Harry wird begeistert sein.

Captain Millner wird einen Anfall kriegen.

Ich überlegte, ob ich vielleicht am Wolladen vorbeifahren und an einem kleinen Strampler stricken sollte, wenn Harry nach Hause kam, bloß ich konnte gar nicht stricken, und wenn ich es könnte, würde er denken, der Strampler wäre für ein weiteres Enkelkind, das ich mir erhoffte. Also beschloß ich, doch keine Wolle zu kaufen, und auf dem Weg nach Hause überlegte ich mir, wie ich es den verschiedenen Familienmitgliedern beibringen sollte. Ich könnte Hal fragen, ob er gern einen Bruder oder eine Schwester hätte. Ich könnte Harry bitten, mich zum Essen auszuführen und es ihm scheu beim Dessert erzählen. Ich könnte Vicky anrufen und sie fragen, ob ich mir ihre Umstandskleider ausleihen könnte. Ich könnte Becky bitten, sich mit dem Heiraten zu beeilen, weil ihr Zimmer gebraucht würde.

Nein, das tat ich besser nicht; sie könnte denken, ich meinte es ernst.

Ich würde ...

Harry war im Vorgarten und harkte Laub. Ich ließ die Wagentür offenstehen, schaffte es gerade noch, nicht über Pat zu stolpern, sauste um die Harke herum, warf mich in seine Arme und schrie: »Harry, wir kriegen ein *Baby*!«

Nachwort

Deb Ralston hat ein großes Haus und eine große Familie: Die verheiratete Tochter, die sie inzwischen zur Großmutter gemacht hat, ist dem Haushalt entprechend nur noch lose verbunden, ebenso Olead Baker mit seinem kleinen Halbbruder, deren Freundschaft und Vertrauen Deb im ersten Roman gewonnen hat (»Ein zu normaler Mord«, DuMont's Kriminal-Bibliothek Band 1053). Zwei halbwüchsige Kinder leben noch im Hause, desgleichen ihr Mann mit seiner unregelmäßigen Arbeitszeit und seinen vielen technischen Hobbys. Und Deb Ralston ist zugleich Kriminalbeamtin bei einer Spezialeinheit für die spektakuläreren Verbrechen in Fort Worth, Texas, das immerhin in der amerikanischen Verbrechensstatistik noch vor Los Angeles und New York auf Platz elf rangiert.

Deb liebt ihren Beruf und ihre Familie, und beides ist nur schwer zu vereinen, zumal seit den Ereignissen des ersten Romans noch Pat, ein großer Hund, dazugekommen ist, der noch mehr auf regelmäßiger Fütterung besteht als ihre Familie, die sich an ein Leben zwischen Mutters phantasievoller Schnellküche und den phantasielosen benachbarten Fastfood-Restaurants gewöhnt zu haben scheint. Hinzu kommt eine eigentümliche, vom Obersten Gerichtshof der USA erzwungene Dienstzeitregelung: Auch im öffentlichen Dienst muß jede Überstunde voll bezahlt werden, aber die Gemeinden haben das in ihren Budgets nicht vorgesehen. So ist es gerade Debs Vorgesetzter, der streng auf die Einhaltung der Dienststunden achten muß, der aber natürlich auch daran interessiert ist, daß alle Fälle möglichst schnell gelöst werden.

Seine Untergebenen sehen das ebenso, und so schleichen sich Deb und ihre Kollegen nicht nur immer wieder heimlich in die Büros – wo dann der Chef ebenfalls illegal anwesend ist –, sondern arbeiten auch zu Hause weiter. Der Konflikt zwischen Dienst und

Privatleben durchzieht das ganze Buch als *running gag,* zwischen dem Auftauen von Gehacktem für eine Schnellmahlzeit, dem Füllen von Römertöpfen und Waschmaschinen führt Deb wichtige Telefonate und studiert komplizierte Computerausdrucke. Sie selbst lebt dabei im wesentlichen von Coca Cola und Kartoffelchips, die ihrem nervösen Magen noch am ehesten zu bekommen scheinen. Zeit, zum Arzt zu gehen, findet sie nicht.

Fast symbolisch für diese Situation ist die Art, wie Deb Ralston an ihren neuen Fall kommt: Normalerweise werden Polizeidetektive mit Leichen konfrontiert, indem sie offiziell an den Tatort gerufen werden. Doch unsere Heldin stößt wortwörtlich in ihrer spärlichen Freizeit auf ihren Fall: Beim Joggen, das die junge Großmutter um ihrer Fitness willen angefangen hat, findet Pat, der sie aus Langeweile begleitet, die Leiche einer jungen, hochschwangeren Frau, die seit etwa einer Woche tot im Straßengraben in Debs Nachbarschaft gelegen hat und inzwischen von der Hitze, aber auch von Nagetieren übel zugerichtet ist.

Was so beginnt, heißt im Englischen »police procedural novel«, d. h. ein Roman, bei dem das ›Procedure‹, das Vorgehen der Polizei, im Mittelpunkt des Interesses steht. Hierzu bedarf es einer soliden Kenntnis nicht nur der aktuellsten kriminologischen Vorgehensweisen, sondern auch der zahllosen Vorschriften, die, meist auf Grund von Gerichtsurteilen, die Arbeit der Polizei zugunsten der Bürger einschränken, und der Hierarchien und Zuständigkeiten, in denen sie sich vollzieht. Lee Martin ist hier bestens ausgewiesen, denn die Autorin hat unter ihrem wirklichen Namen Anne Wingate lange Jahre als Detective gearbeitet und war unter anderem die erste weibliche Fingerabdruckexpertin im Staate Georgia.

So setzen denn die üblichen Routineermittlungen ein: Autopsiebefund, Abgleich mit den Listen der verschwundenen Personen in Fort Worth, Frage nach weiteren Vermißten in benachbarten Polizeibezirken und ähnliches; denn zunächst einmal gilt es, das Opfer zu identifizieren, bevor man nach den Tätern fragen und suchen kann. Merkmal dieser Untergattung »Polizeiroman« ist es aber auch, daß, wie in der polizeilichen Wirklichkeit vorgegeben, die Fälle nicht säuberlich aufeinanderfolgen, sondern sich in der Regel zeitlich überlappen. Und merkwürdigerweise hat Deb Ralston seit der Erkrankung eines Kollegen eine Entführungsserie zu bearbeiten, bei der unter jeweils ähnlichen Umständen junge Frauen verschwunden sind, die nur eine Gemeinsamkeit hatten – sie waren hochschwanger. Auf der einen Seite gibt es also spurlos verschwundene Schwangere, auf der anderen Seite eine tote Schwangere, die niemand zu vermissen scheint.

Daß Deb Ralston hier einen Zusammenhang wittert, ist eine Sache, ihn hieb- und stichfest herzustellen eine andere. Und noch ein dritter Fall kommt hinzu – der nächtliche Bombenangriff auf eine Abtreibungsklinik, bei dem das Gebäude völlig niederbrennt und drei Frauen zu Tode kommen. Dies scheint – wie in der amerikanischen Wirklichkeit auch – das Werk extremer christlicher Fundamentalisten zu sein. Und doch – Deb Ralston ist von all dem emotional tief aufgewühlt: Schwangerschaften, die Entführung und Ermordung schwangerer Frauen haben für sie eine besondere Bedeutung, ist ihre eigene Ehe doch kinderlos geblieben; alle ihre drei Kinder wurden adoptiert. Und obwohl sie bewußt ›nichtweiße‹ Kinder adoptiert haben, kennt sie auch die Schwierigkeiten, die damit verbunden waren, kennt das geringe ›Angebot‹ und die gigantische ›Nachfrage‹ auf dem ›Adoptionsmarkt‹, besonders nach schönen, gesunden, ›weißen‹ Kindern. Trotz ihrer emotionalen Betroffenheit ist sie Polizistin genug, um zu wissen, daß immer dort, wo Angebot und Nachfrage derart auseinanderklaffen, eine Grauzone der Illegalität, ja, des Verbrechens zu entstehen pflegt. Durch die Medien gehen immer wieder Meldungen, daß Babies aus ärmeren Weltgegenden in die reichen regelrecht verkauft werden.

In traumhaft guter, minuziöser Polizeiarbeit, die von der Befragung denkbarer Verdächtiger und potentieller Zeugen bis zur Eingabe und Auswertung riesiger Datenmengen mittels vieler Hilfskräfte und eines eigens für sie geschriebenen Computerprogramms reicht, gelingt es Deb, zunächst die unbekannte Tote zu identifizieren und dann eine Verbindung zwischen den heterogenen Fällen zu finden, ein weitverzweigtes Komplott von Unbekannten, die, oft ohne es zu ahnen, an einer kriminellen Verschwörung teilgenommen und nach amerikanischem Recht eventuell damit sogar Beihilfe zum Mord geleistet haben.

Aber Anne Wingate alias Lee Martin war nicht nur erfolgreiche Polizeidetektivin, sondern ist auch professionelle Schriftstellerin, die selbst englische Literatur studiert hat und inzwischen ein Fach unterrichtet, das in Deutschland unbekannt, in den USA aber sehr geschätzt ist: *Creative Writing,* die Lehre vom professionellen Verfassen fiktionaler Texte. Sie steht damit in der für den Detektivroman und seine Geschichte wichtigen Tradition des *poeta doctus,* der vielen Schriftstellerinnen und Schriftstellern, die mit der Gattungsentwicklung und ihren Konventionen bestens vertraut sind. Deshalb gelingt ihr auf dem reichbestellten Feld der Gattung zwischen »Schlitzer-« und »Häkelkrimi« eine überzeugende Innovation, die scheinbar heterogene Elemente miteinander verbindet. Die »police procedural novel« ist trotz der ständigen Präsenz des Apparats und seiner vielfältigen Hilfen dennoch immer mit der Tradition des Einzeldetektivs verknüpft; Deb Ralstons Herz und Hirn sind ständig hinter dem Apparat zu spüren, sie ist es, bei der die Ermittlungen zusammenlaufen, ob sie nun, von Dienst und Familie gleichermaßen gehetzt, durch die Nachbarschaft von Fort Worth fährt und Leute verhört oder ob sie im Lehnstuhl über den Fall nachdenkt.

Und wenn auch ihre Fälle - das gilt ebenso für die folgenden, in den nächsten Jahren in »DuMont's Kriminal-Bibliothek« erscheinenden Romane - oft von extremer Brutalität sind, wie sie die heutige - und nicht nur amerikanische - Wirklichkeit auszeichnet, bleibt doch die Struktur des klassischen Rätselkrimis gewahrt, bei dem auch Indizien wie das schon für Sherlock Holmes wichtige Bellen eines Hundes eine Rolle spielen und dem Leser auch nach dem Fairness-Gebot mitgeteilt werden.

Der dramatische Schluß aber ist, ebenso wie die brutalen Morde, die von Debs Ermittlungen ausgelöst werden, der amerikanischen »hard boiled school« verpflichtet: Am Ende blickt die Erzählerin selbst in den Lauf einer Schrotflinte, die, ebenso primitiv wie in jeder Hinsicht todsicher, die bevorzugte Waffe der Unbekannten ist. Natürlich entkommt sie dem Tode, sonst könnte sie ja die Geschichte nicht erzählt haben, aber wie sie es tut, zeigt, daß die kleine, zarte Person, die wie jedermanns Lieblingstante aussieht, wirklich sehr ›hartgesotten‹ sein kann.

Und ganz zum Schluß, als alle ihre Fälle geklärt sind, kann sie mit ihrem beginnenden Magengeschwür endlich zum Arzt gehen. Was der herausfindet, überrascht den Leser im Grunde nicht, hat sehr viel mit dem Geschehen des Romans zu tun und soll hier nicht verraten werden.

Volker Neuhaus

Tod einer Diva

Prolog

Der Abspann auf der kleinen Leinwand ging zu Ende. Das verblaßte Schwarzweiß war eher nach meinem Geschmack als die kitschig grellen frühen Farbversuche des anderen Films. Ich hoffte bloß, in absehbarer Zeit nicht noch einmal ein Margali-Bowman-Doublefeature über mich ergehen lassen zu müssen, doch das durfte ich natürlich nicht laut sagen, alldieweil die große Diva höchstpersönlich – mittlerweile schlicht Marjorie Lang aus Fort Worth, Texas – meine Gastgeberin war.

Das Licht ging an, und wir alle standen auf und streckten uns. Alle, das heißt bis auf Margali, und ich konnte mir kaum das Lachen verkneifen, als ich sah, daß Margali selbst eingenickt war. Andererseits war es so erstaunlich denn doch nicht, eingedenk der Unmengen an Flüssignahrung, die Margali sich im Laufe eines sehr langen Tages einverleibt hatte.

Fara – meine Freundin Fara Johnson, die dafür verantwortlich war, daß ich mein Wochenende mit dieser katastrophalen Party ruiniert hatte – beugte sich über sie, was schon nicht ganz einfach war. Das Blue Owl, ein alternatives Programmkino im Stil der sechziger Jahre, hat es geschafft, in einen Kellerraum, der nicht viel größer ist als mein Wohnzimmer, 200 Sitzplätze zu zwängen, in die man genauso schwer hineinkommt wie wieder hinaus. Fara blickte leicht unwillig drein, als sie Margali an der Schulter berührte. »Mutter!« sagte sie. »Mutter, aufwachen!« Sie trat zurück, verwirrt. »Sam?« sagte sie unsicher und sah nicht ihren finster blickenden Mann an, sondern ihren Stiefvater.

Sam Lang sagte forsch: »Marjorie! Aufwa–« Er packte ihre juwelengeschmückte Hand und ließ sie jäh wieder los.

Ich hätte es in dem Moment wissen müssen, als er plötzlich einen völlig ausdruckslosen Blick bekam, sich hilflos zu mir umdrehte und »Deb –« sagte.

Ich hätte es in dem Moment wissen müssen, aber ich tat es nicht, erst als ich selbst ihre Hand berührte, eine schlaffe, kalte, leblose Hand, die zwar noch nicht steif wurde, aber eindeutig zu keiner bewußten Bewegung mehr fähig war.

Und es wäre praktisch, ja beruhigend gewesen, wenn man einen natürlichen Tod hätte annehmen können. Doch mein Arm hatte die Rückenlehne ihres Sitzes gestreift, während ich sie berührte, und als ich ins Licht trat, war Blut am Ärmel meiner Bluse.

Wer war am ehesten geeignet, meine Anweisungen präzise auszuführen? Ich sah mich um. »Harry«, sagte ich zu meinem Mann, »geh mit den anderen in den Vorraum und paß auf, daß sie dableiben.« Zu meinem neuen Schwiegersohn sagte ich: »Olead, ruf die Polizei an und sag, daß du im Auftrag von Detective Debra Ralston anrufst. Gib ihnen die Adresse durch und sag, sie sollen den Gerichtsmediziner schicken und –« ich zögerte. Aber Freunde hin, Freunde her, es mußte gesagt werden. »Und ein paar Leute von der Mordkommission.«

Als ich mich umdrehte und mir erneut Margali ansah – oder Marjorie, wie sie seit mindestens fünfzig Jahren von niemandem außer Sam genannt wurde –, hoffte ich, daß es mit meiner allmorgendlichen Übelkeit vorbei war.

Kapitel 1

Nicht, daß es jetzt Morgen gewesen wäre. Während ich düster über die wenigen möglichen Verdächtigen nachdachte und auf den Ansturm von Beamten wartete – und von Reportern, für den unwahrscheinlichen Fall, daß Margali die Wahrheit gesagt hatte –, schien es mir sogar, als ob der Morgen etwa sechs Monate zurücklag. Ich mußte an Margali beim Frühstück denken, keine fünfzehn Stunden zuvor nach realer Zeit.

»Und sie wollen *hier* drehen!« kreischte sie, affektiert aufgeregt wie ein kleines Mädchen, und hüpfte so übermütig auf ihrem Stuhl, daß der rosa Morgenrock, der ihr vor zwanzig oder dreißig Jahren fantastisch gestanden hätte, sich öffnete und einen nicht gerade hinreißenden – zumindest nicht für mich, aber vielleicht war ich auch nur voreingenommen – offenherzigen Einblick bot.

Die Schar ihrer Hausgäste, die an dem Samstag morgen zu einer, wie ich fand, unanständigen Uhrzeit aus dem Bett gescheucht (besonders nach einer Freitagabend-Videosession mit uralten Schwarzweiß-Margali-Bowman-Filmen) und in ein bedrückend dunkles und elegant ungemütliches Eßzimmer mit einer Anrichte aus der Zeit Jakobs I., einer Tischdecke aus irischem Leinen und einem überdimensionalen Kronleuchter getrieben worden waren, betrachtete sie nach ihrer Enthüllung – je nach Person – mit mehr oder weniger unverhohlenem Vergnügen.

Eine schmächtige junge Mexikanerin, die mir niemand vorgestellt hatte – wozu auch die Mühe? –, kam auf leisen Sohlen mit einem großen Mixer voll schaumigem Orangensaft herein, stellte ihn auf die Anrichte und stöpselte den Stecker ein. »Jetzt Frühstück servieren?« fragte sie.

»Ach, noch einen Moment, ja?« bat Margali allerliebst. »Edward, Schatz, würdest du bitte das Tischgebet sprechen?«

Ich hatte schon oft bei Margali gegessen, und immer ohne diese Formalität – denn mehr war es für sie sicherlich nicht. Doch das war, bevor Fara etwas verspätet einen Gatten gefunden hatte.

Edward-Schatz, Faras Ehemann, war in einem marineblauen Hemd mit langen Ärmeln und Priesterkragen, der seinen extrem starken Adamsapfel nicht ganz verbarg, am Frühstückstisch erschienen. Ohne direkt auf Margalis Frage zu antworten, senkte er den Kopf und improvisierte eine fünf Minuten lange Rede an den Allmächtigen über Themen, die nichts mit dem Essen zu tun hatten, und sprach danach ein lautes und feierliches »Amen!«, das Fara fast unhörbar nachflüsterte. »Sie können jetzt auftragen«, sagte Margali zu ihrer Bediensteten, die genauso leise wieder verschwand, wie sie gekommen war.

Margali griff nach dem Mixer auf der Anrichte, ließ ihn einmal kurz anspringen, bevor sie großzügig ein Glas mit, wie mir schien, ziemlich flockigem, halbgefrorenem Orangensaft vollgoß. »Für mich nicht«, sagte Fara und beäugte das Gebräu mit offenkundigem Widerwillen.

Margali blickte in die Tischrunde und reichte das Glas dann strahlend Harry. Etwa zwei Sekunden später hörte ich ihn würgen. »Die Hälfte ist Wodka«, flüsterte er mir zu.

Das hätte er gar nicht zu sagen brauchen. In meinem – wie meine Mutter sagen würde – delikaten Zustand hatte ich den Geruch bereits unangenehm deutlich wahrgenommen. Margali bot mir jetzt etwas von der Mixtur an und strahlte vergnügt wie eine kleine Eule, als das randvolle Glas überschwappte und die schimmernde Tischdecke besudelte. Mir gelang ein: »Nein, danke. Es schmeckt bestimmt ganz köstlich, aber dafür ist es – äh – für mich noch viel zu früh am Tag.«

»Wir trinken nie alkoholische Getränke«, verkündete Edward mit einer Stimme, als stünde er bei einer Zeltmission auf der Kanzel. Die Bemerkung hätte er sich sparen können. Margali hatte ihm das Glas gar nicht angeboten, und nun brachte die junge Mexikanerin – sie mochte siebzehn Jahre alt sein, und ich fragte mich, ob sie wohl so etwas wie eine Arbeitserlaubnis hatte – ein Glas Milch für ihn.

Jimmy Messick, Margalis einziger (soweit ich weiß) Sohn, rettete das tropfende Glas. »Das reicht, Mutter«, sagte er. »Wenn noch jemand was möchte, kann er sich selbst bedienen. Maria«, fügte er schneidend hinzu, *»traigano jugo de naranjas sin – sin* Zusatz.«

»Dein Spanisch ist eine Katastrophe«, sagte Sam Lang, offensichtlich zu seinem Teller, »und ihr Name ist Lupe.«

»Ich nenne sie alle Maria«, erwiderte Jimmy. »Jedenfalls hat sie mich verstanden.«

Ohne Zweifel; sie brachte einen großen Krug mit Orangensaft, der diesmal unverdünnt aussah, und während ich dankbar daran nippte, bediente Margali sich aus dem Mixer und kippte das halbe Glas in einem Zug runter, schneller als ich ein Glas Wasser, bevor sie wieder auf ihre Ankündigung zurückkam. »Ihr habt mich wohl nicht verstanden«, sagte sie beleidigt mit einem Ausdruck im Gesicht, den man, glaube ich, als Schmollmund bezeichnet. »Ich meine, es wird nicht einfach nur in Texas gedreht; ich meine hier in Weatherford, hier auf der Ranch! Also muß ich meine liebe, liebe Familie nicht verlassen!«

Ihre Rede war mit hörbaren Ausrufungszeichen gewürzt, und Jimmy nuschelte: »Mutter, du gibst eine Karikatur von dir selber ab.« Margali warf ihm einen vorwurfsvollen Blick zu, bevor sie sich wieder dem Orangensaft-Gebräu zuwandte.

Das mexikanische Dienstmädchen – Lupe – stellte einen Frühstücksteller vor mich hin, und als ich nach unten schaute, sah ich von allem viel zu viel, und mit allem meine ich Rührei, Buchweizenpfannkuchen, Bratkartoffeln und Würstchen. Als ich mich hastig von dieser Überfülle abwandte, fiel mein Blick auf Fara, um die fünfzehn Jahre älter als ihr Halbbruder, die auf ihren Teller starrte und nervös mit der Gabel in ein Würstchen pikte, das in Ahornsirup zu schwimmen schien.

Ich hatte keine Ahnung, warum Fara mich hierher eingeladen hatte; wir waren uns im Laufe der Jahre immer fremder geworden. Vielleicht wegen Margalis neuer Serie? Aber Fara hatte kein Interesse für die Serie gezeigt, ob sie nun davon gewußt hatte oder nicht, und sie hatte kaum zehn Worte mit mir gewechselt, seit ich gestern abend angehetzt gekommen war, als die Videovorführung bereits im vollen Gange war.

Sam starrte Margali an, mit unergründlichem Blick. Auch er war nicht begeistert. Überhaupt niemand in der Familie schien sich für die Neuigkeit zu interessieren. Merkwürdig. Wenn jemand vorhätte, bei mir zu Hause eine neue Fernsehserie zu drehen – irgendwas, das »Dallas« oder »Falcon Crest« Konkurrenz machen sollte –, wäre ich völlig außer mir. Aber natürlich waren Fara und Jimmy nicht hier aufgewachsen; die Ranch war Margalis Liebling. Soweit ich wußte, hatte Sam sie auf Margalis Drängen hin vor vier Jahren gekauft, nachdem sie zu dem Schluß gekommen war, daß Weatherford, als Wohnort einiger richtig großer Stars, ein bestimmtes Prestige hatte, das sie pflegen sollte.

Ich konnte das nicht nachvollziehen. Für mich war Weatherford eine Kleinstadt wie alle anderen im unzivilisierten Teil von Texas.

Aber, so fiel mir ein, da war noch etwas zu berücksichtigen. Fara und Jimmy waren mit Glamour groß geworden – mit zuviel Glamour. Margali war schon ein Star gewesen, bevor ich überhaupt anfing, mich fürs Kino zu interessieren; ich erinnerte mich, wie schrecklich peinlich es Fara gewesen war, als ihre Mitschülerinnen erfuhren, wer ihre Eltern waren. Sie wohnte, ganz zufrieden, bei ihrer Großmutter – Margalis Mutter – in Fort Worth und ging genau wie wir alle zu Fuß zur Schule. Doch im Sommer zwischen der fünften und sechsten Klasse war Fara zwei Monate lang fort, und im Herbst brachte eine aus unserer Klasse eine Illustrierte mit in die Schule. Darin war ein Hochglanzfoto von Fara höchstpersönlich mit der Überschrift »Geheimnis um Margalis Kind enthüllt!« Es gab Fotos von Fara mit ihrer Mutter, und zusätzlich waren sämtliche Ehemänner von Margali aufgeführt, die verflossenen und der aktuelle, darunter natürlich auch der verstorbene Prinz Ali Hassan, Faras Vater.

Natürlich hänselten wir Fara, und natürlich weinte sie. Aus irgendeinem Grund bekam ich plötzlich Mitleid mit ihr, denn schon mit elf Jahren hatte ich das Gefühl, daß Fara trotz des Glamours, trotz des vielen Geldes etwas sehr Wichtiges nicht hatte, das die meisten von uns anderen hatten. Und so gab ich mir alle Mühe, sie wie eine ganz normale Freundin zu behandeln, sie weder anzuhimmeln noch zu hänseln. Dafür klammerte sich Fara an mich wie an einen Strohhalm, als wäre ich ihre einzige Verbindung zu einer normalen, realen Welt.

Das war der Grund, weshalb sie mir bis zum Ende unserer Schulzeit kaum von der Seite wich; das war der Grund, weshalb ich mehrmals meine Ferien in Hollywood verbrachte, als Hollywood noch Hollywood war; das war der Grund, weshalb ich all die Jahre hindurch Briefe und Telefonanrufe von Fara bekommen hatte, auch wenn die Abstände immer größer geworden waren; und das, so vermutete ich, mußte der Grund sein, weshalb Fara dafür gesorgt hatte, daß ich zu Margalis Geburtstagsparty eingeladen wurde.

Aber wieso gerade dieser Geburtstag, überlegte ich weiter. Margali hatte schließlich jedes Jahr Geburtstag, und ich war vorher noch nie eingeladen worden. Vielleicht war dieser ja ein ganz besonderer Geburtstag – ihr Alter war natürlich auf der Einladung diskret übergangen worden, und es würde auch niemand so unhöflich sein, danach zu fragen.

Sam starrte noch immer Margali an, doch seine Miene hatte sich fast unmerklich verändert, und ohne mir darüber klar zu sein, daß meine Gedanken abrupt die Richtung wechselten, dachte ich, meine Güte, er kann sie nicht mal mehr leiden! Er kann sie überhaupt nicht leiden. Ich frage mich –

Aber ich war mir nicht sicher, was ich mich fragte. Sam, so fiel mir ein, war Margalis erster Mann gewesen; ich hatte vergessen, wie viele es dazwischen gegeben hatte, bevor sie und Sam zum zweiten Mal heirateten. Diese zweite Ehe war mittlerweile ich wußte nicht mehr wie viele Jahre alt.

»Deb, geht's dir gut?« Harrys besorgte Stimme unterbrach meine Träumereien, und mir wurde klar, daß ich etwas geschwankt hatte, während ich Sam aufmerksam anstarrte, länger, als ich eigentlich wollte. Ich gab mir einen kleinen Ruck und blickte wieder unglücklich auf meinen überladenen Teller, während ich hörte, wie Margali unaufhaltsam weiterplapperte über die wunderbare neue Fernsehserie – es war mir gelungen, den Titel nicht mitzubekommen – und den wunderbaren Produzenten und die wunderbaren Sponsoren und all die wunderbaren, aufregenden Dinge, die darin passieren würden.

Nichts von alledem klang für mich sonderlich wunderbar und aufregend, geschweige denn originell, und mir kam der Gedanke, daß die gleichgültige Reaktion ihrer Familie nicht unbedingt, wie ich vermutet hatte, mit der Tatsache zu erklären war, daß sie alle den Glamour gewohnt waren. Denn – war überhaupt eine Fernsehserie geplant? Oder hatte sich Margali das Ganze in ihrer lebhaften Phantasie nur ausgedacht und glaubte jetzt selbst daran?

Jetzt, ohne daß ich den Übergang mitbekam (war ich dabei, am Frühstückstisch einzuschlafen?), starrte ich Margali an. Seit ein oder zwei Minuten sprach sie nun schon über ihre Rolle; es hörte sich ganz nach einer Figur à la Joan Collins an. Nun, Joan Collins, wie alt sie auch sein mag, ist eine wirklich schöne Frau. Aber Margali? Ich wußte, daß Maskenbildner Wunder bewirken konnten, aber Margali? In ihrem Alter?

»Debra, du hast ja deinen Teller noch gar nicht angerührt!« Ich fuhr zusammen, als sich Margalis Stimme, jetzt in einem liebevoll mahnenden Ton, für einen Moment an mich richtete. Und natürlich nannte sie mich Debra und nicht Deb; Fara hatte mich in ihrer Verzweiflung zu etlichen längeren Besuchen bei ihrer Mutter mitgeschleift, als wir Teenager waren. Margali hatte die Mutterrolle großen Spaß bereitet, sofern sie nicht allzu lange dauerte (ich fragte mich oft, bei wem Jimmy untergebracht worden war), und ich erinnerte mich, daß sie uns stolz – und ziemlich ungeschickt – mit ihren eigenen schönen Händen das Frühstück machte und einen unglaublichen Berg schmutzigen Geschirrs in der Küche zurückließ, mit dem die Köchin sich später beschäftigen konnte.

Schon damals war ich Debra, und natürlich war ich auch jetzt Debra; und es spielte keine Rolle, daß »damals« dreißig Jahre her war und aus dem linkischen, schüchternen Teenager eine erfahrene Polizistin geworden war, die von niemandem mehr Debra genannt wurde.

Margali konnte nicht zulassen, daß das alles schon dreißig Jahre her war. Denn wenn es dreißig Jahre her war und Fara und ich gleichaltrig waren, dann hätte Margali zugeben müssen, daß sie alt genug war, um eine Tochter über vierzig zu haben. Und wenn sie eine Tochter über vierzig hatte, dann mußte sie selbst mindestens über sechzig sein, und obwohl über sechzig wahrscheinlich weit unter ihrem tatsächlichen Alter lag, war das schon sehr viel älter, als sie je zugeben würde.

Ich fragte mich schon nicht mehr, wie sie ihr Unterbewußtsein an der Tatsache vorbeimanövrierte, daß meine erwachsene Tochter Becky neben ihrem Mann Olead Baker am Tisch saß, der ein enger Freund von Margalis erwachsenem Wechseljahren-Baby Jimmy war. Ich war mir ziemlich sicher, daß Margali sich noch nicht zusammengereimt hatte, daß Becky meine Tochter war.

Ich war mir ebenfalls ziemlich sicher, daß Margali auch gar nicht vorhatte, sich das zusammenzureimen. Was man sich nicht zusammenreimt, muß man auch nicht wissen.

Sie blickte noch immer vorwurfsvoll auf meinen vollen Teller.

»Es schmeckt köstlich, aber ehrlich gesagt, ich bin im Moment nicht sehr hungrig«, murmelte ich.

»Aber Debra, Schatz –«

Harry sprang ritterlich in die Bresche. »Sie frühstückt wirklich nie besonders viel, Margali«, sagte er.

Margali. Nicht Mrs. Lang und auch nicht Miss Bowman. Bloß Margali. Es tat nichts zur Sache, daß er sie erst am Vorabend kennengelernt hatte und daß sie mindestens um die Hälfte älter war als er. Natürlich nannte sie jeder Margali. »Ich fühle mich so alt, wenn man mich Mrs. Lang nennt«, hatte sie zu ihm gesagt und dabei mißbilligend gelacht.

Aber du bist alt, Margali, dachte ich, und ich wünschte, du würdest es einsehen. Ich glaube nicht, daß das mit der Fernsehserie wirklich stimmt. Ich habe dich seit über zwanzig Jahren nicht mehr gesehen, weder im richtigen Leben noch im Kino noch im Fernsehen, nicht einmal in einer blöden kleinen Quizsendung oder Talk-Show. Du bist alt. Du bist älter als Joan Collins. Du bist älter als Liz Taylor. Du warst schon aus dem Alter raus, die Unschuld vom Lande zu spielen, bevor eine der beiden auch nur davon träumte, einmal zum Theater oder zum Film zu gehen. Und beide werden mit Würde älter. Du nicht. Du bist alt, Margali.

Und dann schämte ich mich im selben Augenblick. Das war gemein, und ich wollte nicht gemein sein. Ich hatte bloß Mitleid – Mitleid mit Margali, die in ihrem eigenen Netz aus Lüge und Selbstbetrug gefangen war, Mitleid mit ihrer Familie, die mit dieser abscheulichen Farce leben mußte und darunter litt – zumindest einige von ihnen.

Fara auf jeden Fall. Fara liebte ihre Mutter, da war ich mir sicher; und ich hatte keine Ahnung, warum sie wollte, daß ich Margali sah, wie sie jetzt war, so anders als die Margali, die ich vor vielen Jahren einmal sehr gern gehabt hatte.

Vielleicht fing ich an diesem Punkt richtig an, mich zu fragen, warum ich eingeladen worden war. Ich hatte schon vorher darüber nachgedacht, aber nicht richtig. Jetzt dachte ich richtig nach. Unsere Freundschaft konnte kaum der Grund dafür sein; so nah standen Fara und ich uns nämlich nicht, nicht mehr; wir hatten völlig unterschiedliche Lebenswege eingeschlagen, dachte ich und blickte wieder zu Fara und Edward Johnson hinüber.

Allem Anschein nach untersagte ihre Kirche, welche auch immer – ich war nie richtig dahintergekommen, was für eine –, nicht nur Alkohol, Kaffee, Tee und Tabak, was bei vielen anderen orthodoxen Kirchen ebenso der Fall ist, so auch bei der, die ich in letzter Zeit einige Male besucht hatte, sondern auch kurze Ärmel, moderne Haarschnitte bei Frauen, Strümpfe, die nicht undurchsichtig waren, Röcke, die kürzer waren als die halbe Wade, und Make-up. Während mein Blick auf Fara ruhte, fragte ich mich, ob sie auch was gegen Wasser und Seife hatte; sie hatte ihr einst blauschwarzes Haar, das wie meins inzwischen mit grauen Strähnen durchsetzt war, zu einem fettig aussehenden Knoten gebunden, und das fahle Gesicht wirkte ungewaschen.

Ihre beiden Töchter saßen über die Frühstücksteller gebeugt, schaufelten Pfannkuchen mit Ahornsirup und fettglänzende Würstchen in sich hinein und spülten mit frischem Orangensaft nach, so schnell, wie sich ihre blassen, kleinen Münder öffnen konnten. Das Rührei straften sie mit Verachtung; offenbar war es kein besonderer Genuß. Beide Mädchen, die siebenjährige Esther und die fünfjährige Dorcas, trugen identische hochgeschlossene, weiße Blusen mit an den Handgelenken zugeknöpften Ärmeln, schlaffe, dunkle Baumwollröcke mit ungleichmäßigem Saum, der ihre Knöchel streifte, und schwarze Sandalen; ihr Haar, wie Faras, war zu einem Knoten geschlungen, der für ihre kleinen Hälse viel zu schwer aussah.

Spontan fragte ich: »Edward, in welcher Kirche sind Sie?«

»In der ›Kirche des wahren Glaubens an das Evangelium des auferstandenen Erlösers‹«, sagte er sehr präzise und verstummte.

Unwillkürlich sagte ich: »Was?«

Das hätte ich lieber nicht tun sollen. Er wiederholte es. Wort für Wort, genau so.

Und sonst sagte er nichts.

Ich habe schon Tatorte erlebt, wo es fröhlicher zuging als hier am Frühstückstisch. Sam Lang, ein Ölindustrieller, der soviel Geld und Macht besaß, daß er noch nicht einmal während seiner ersten Ehe mit Margali das Etikett »Margalis Ehemann« verpaßt bekommen hatte, saß mürrisch da und starrte abwechselnd auf seinen Teller, auf seine Stieftochter und ihren Ehemann, auf seinen Stiefsohn (etwas liebevoller; der Grund war mir unerklärlich) und auf den Mixer, den das Dienstmädchen ständig unauffällig nachfüllte. Bis auf die an Jimmy gerichtete Bemerkung sagte er, soweit ich mich erinnern kann, während der gesamten Mahlzeit keinen Ton.

Jimmy Messick aß. Und aß. Und aß. Lupe machte gar nicht erst den Versuch, seinen Teller nachzufüllen; sie ersetzte einfach leere Teller durch volle. Sein Körper mußte voller nervöser Energie stecken, denn trotz seines unglaublichen Appetits war er sehr schlank. Aber ich hatte so eine Ahnung, woher die nervöse Energie rührte. Er hatte Zuckungen; seine Finger zuckten, seine Augen zuckten, und sein Mund zuckte; er erinnerte mich an Roddy McDowell in der Rolle von Caligula. (Hatte er sie je gespielt? Wenn nicht, sie hätte zu ihm gepaßt.) Ich wußte, daß Jimmy und Olead Zimmergenossen gewesen waren, immer mal wieder, wenn sie beide in der Verfassung gewesen waren, das Zimmer mit jemandem zu teilen, in der teuersten und exklusivsten psychiatrischen Klinik von Fort Worth, der Braun Clinic. Weshalb auch immer Olead dort eingeliefert worden war (es wurde nie diagnostiziert, weil die junge Dr. Braun nichts von Diagnosen hielt), er hatte es völlig überwunden. Doch nach Jimmys Händen, seinem Mund, seinen wäßrigen Augen zu schließen, wäre ich keine Wette darauf eingegangen, daß es bei ihm auch so war.

Dagegen wäre ich mit Vergnügen jede Wette eingegangen, daß eine gründliche Durchsuchung seines Zimmers äußerst aufschlußreich sein könnte.

Fara aß ängstlich, blickte ängstlich zu ihrer Mutter, blickte ängstlich zu ihrem Mann, blickte ängstlich zu ihren beiden ängstlichen Töchtern und aß weiter, nachdem sie jeden kleinen Bissen penibel zugeschnitten und auf der Gabel glattgestrichen hatte.

Edward Johnson mit seinem Priesterkragen aß ziemlich mechanisch und starrte dabei in weite Ferne, wie es sich wohl für jemanden geziemte, der offenbar dachte, nicht nur direkten, sondern auch ausschließlichen Zugang zum Allmächtigen zu haben. Er sagte nur noch einmal etwas, und zwar um seinen Töchtern zu befehlen, ihr Rührei zu essen. Sie gehorchten hastig, Dorcas, die jüngere, stopfte sich eine Gabel Rührei in einen Mund, der bereits voll mit Pfannkuchen war, und bekam fast einen Hustenanfall. Doch unter seinem strengen Blick unterdrückte sie den Husten erfolgreich, bis es ihr mit Hilfe von Milch gelang, die entsetzliche Masse in ihrem Mund herunter zu würgen. Edward starrte wieder in die Luft.

Das war die Familie. Die übrigen Gäste waren, bis auf einen, nichts Besonderes. Bob Campbell, ein rotblonder Mann in mittleren Jahren, der mir als Margalis Anwalt vorgestellt worden war; Carl Hendricks, ein ganz und gar durchschnittlich aussehender Mann von Mitte Sechzig, der mir als Sams Geschäftspartner vorgestellt worden war, und Darlene Cooney, eine energische, fröhliche Frau, die aussah wie Mitte Dreißig und offenbar Margalis Privatsekretärin oder Gesellschafterin war.

Der letzte Gast stellte mich vor ein großes Rätsel. Nicht, daß ich die Frau nicht kannte. Im Gegenteil, ich kannte sie ziemlich gut. Aber ich hatte nichts davon gewußt, daß sie mit jemandem in der Familie enger befreundet war, und es war nicht ihre Art, sich privat mit ihren Patienten zu treffen.

Ich fragte mich, wer – Margali, Sam, Fara, Jimmy – es für angebracht gehalten hatte, zu dieser Wochenendparty aus Anlaß von Margalis Geburtstag und ihrer (angeblichen) neuen Fernsehserie Dr. Susan Braun einzuladen, eine der besten Psychiaterinnen von Texas.

Was für eine Geburtstagsparty war das, die nicht ohne eine Polizeibeamtin und eine Psychiaterin auf der Gästeliste auskam?

Susan war, nehme ich an, passender für eine Wochenendparty auf einer Ranch in Weatherford gekleidet als wir übrigen. Nicht, daß die Ranch in Weatherford lag, einer Kleinstadt mit gerade mal tausend Einwohnern zirka dreißig Kilometer westlich von Fort Worth. Doch die Telefonkabel kamen aus Weatherford, die Post ging über Weatherford, und die öffentliche Versorgung mit Strom, Gas und ähnlichem kam entweder aus Weatherford selbst oder aus einem anderen Ort in Parker County.

Susan trug Cowboystiefel (das war nicht ungewöhnlich; ich konnte mich nicht erinnern, sie jemals ohne Cowboystiefel gesehen zu haben), einen beigefarbenen Hosenrock und ein farbig gemustertes Arbeitshemd, das mit knallbunten Papageien bestickt war. So kleidete sie sich immer.

Sie sah nicht aus wie eine Psychiaterin.

Das bekommt sie oft zu hören.

Ich bekomme oft zu hören, daß ich nicht wie eine Polizistin aussehe.

An diesem Tag sah ich auch nicht so aus. Ich trug eine schwarze Polyesterhose mit einem ziemlich weiten Bund und ein Hemd von der Art, die vor einigen Jahren unter dem Namen »Big Shirt« große Mode war. Ein »Big Shirt« soll fünf Nummern zu groß aussehen. Es soll von solchen Leuten, deren Taille schmal genug ist (das heißt zirka 40 cm), mit einem Gürtel getragen werden und von den übrigen Pechvögeln mit einer knallbunten Schärpe.

Ich gehörte natürlich zu den übrigen Pechvögeln. Ich hatte noch immer nicht den Mut aufgebracht, meinem Captain zu sagen, daß ich im dritten Monat schwanger war, und ich hatte nicht vor, es Margali zu erzählen, bevor ich es nicht meinem Captain gesagt hatte.

Margalis Stimme wurde leiser und erstarb – selbst sie mußte endlich bemerken, daß sie ins Leere redete –, und plötzlich tat sie mir leid. Ich beugte mich in meiner besten Ich-bin-ganz-Ohr-Manier vor und sagte: »Tut mir leid, Margali, ich war gerade mit den Gedanken woanders. Wahrscheinlich schlafe ich noch halb. Was hast du eben gesagt?«

Margali blickte ausdruckslos und wollte erneut nach dem Mixer greifen. Darlene kam ihr zuvor. »Margali, es ist Zeit für unsere Vitamine, nicht wahr?«

»Es ist Zeit für meine. Was mit Ihren ist, weiß ich nicht«, sagte Margali betont. Sie stand auf und rauschte davon, raffte die wallenden Falten ihres Morgenrocks mit einer Bewegung um sich, die sie, da war ich mir sicher, von Loretta Young abgeguckt hatte, die das sehr viel eleganter macht. Darlene folgte ihr hinaus, so daß ich mich fragte, ob sie nun Gesellschafterin oder Krankenschwester war.

Auch Jimmy stand auf, lachte und nahm einen Apfel aus der übervollen Obstschale in der Mitte des übergroßen Tisches. Dabei löste er eine Lawine von Orangen aus, die auf den Boden rollten. »Du reitest doch mit uns aus, nicht, Olead?« fragte er in die Stille hinein, während Fara, die einen majestätischen Blick von ihrem Mann eingefangen hatte, sich bückte, um die Orangen aufzusammeln.

»Reiten?« Olead klang erfreut.

»Ja. Wir machen immer einen Ausritt, wenn wir übers Wochenende raus auf die Ranch fahren. Die Pferde stehen bestimmt schon gesattelt an der Veranda, auch die Ponys für die Kinder.« Er blickte ohne große Zuneigung auf seine Nichten.

Dorcas sah flehentlich ihren Vater an. Esther, die nicht ganz so schüchtern war, flüsterte: »Dürfen wir aufstehen und reiten gehen?«

Edward stand auf, nickte den Mädchen zu und stolzierte hinaus, die Mädchen und Fara tippelten hinter ihm her.

Olead, immer noch ganz der frischgebackene Ehemann, warf Becky einen Blick zu, die genauso begeistert guckte wie er. Er hatte Geld genug, um selbst zwei oder drei Reitställe zu kaufen, doch als vielbeschäftigter Medizinstudent hatte er keine Zeit zum Reiten. Ebensowenig Becky, die voll damit beschäftigt war, die Adoptivmutter von Oleads drei Jahre altem Halbbruder zu werden.

»Harry, geh doch auch mit reiten!« hörte ich mich sagen, als Margali wieder ins Zimmer kam. »Ich muß mich wirklich noch etwas hinlegen.«

»Reitest du nicht mit?« fragte Susan, hielt abrupt inne und starrte mich an. Sie ritt beinahe jeden Tag; sie hatte festgestellt, daß sportliche Betätigung für psychisch Kranke sogar noch wichtiger ist als für uns übrige, und deshalb besaß ihre Klinik nicht nur eine Joggingstrecke, eine Turnhalle und ein Hallenbad, sondern auch einen Reitstall. Im Sommer war ich öfter mit ihr ausgeritten.

»Ich denke nicht, Susan«, sagte ich so schwach ich konnte. »Ich bin schrecklich müde.«

Susan erwiderte nichts; sie warf einen raschen Blick auf Margalis sich entfernenden Rücken, bevor sie sich umwandte, um den anderen zu folgen. Dann blieb sie stehen, drehte sich um und sah mich erneut an. »Ist vielleicht auch besser für dich, jetzt nicht zu reiten, wo du doch keine Erfahrung damit hast.«

Ich saß da mit offenem Mund. Ich hatte ihr kein Wort gesagt.

Aber natürlich ist eine Psychiaterin zuallererst Ärztin.

Ich ging hinaus auf die Veranda, um den anderen zuzusehen, wie sie die Pferde bestiegen. Ich liebe Pferde und Reiten; an jedem anderen Tag wäre ich mitgekommen. Aber nicht heute; ich traute mich nicht. Wenn man mit zweiundvierzig das erste Mal schwanger ist, sollte man nicht leichtsinnig sein.

Und ich war das erste Mal schwanger. Meine drei anderen Kinder waren adoptiert; ich hatte das Thema Schwangerschaft schon lange innerlich zu den Akten gelegt. Bis Ende September, als mein Arzt mir behutsam beibrachte, welche Ursachen meine Beschwerden wirklich hatten, die ich auf eine Kombination von beginnender Menopause und dem erneuten Aufbrechen eines alten Magengeschwürs zurückgeführt hatte.

Ich war noch immer nicht sicher, ob ich wirklich selbst daran glaubte. Aber ich wollte kein Risiko eingehen.

Ich stand da und sah zu.

Auch Margali war auf die Veranda gekommen und von dort auf den Rasen gegangen; sie trug noch immer den zunehmend schmutzigen rosa Morgenrock, der vorn mit Orangensaft-Wodka und an den Ärmeln mit Ahornsirup bekleckert war. Sie lief ziellos, nicht sehr fest auf den Beinen, in dem Grüppchen herum und streichelte Pferdenüstern; einige von den Pferden, wohl weil sie Margalis Atem nicht mochten, scheuten vor ihr zurück. »Darlene, du solltest wirklich mitreiten«, sagte sie mit ihrer süßlichsten Stimme. »Vor allem, wo doch Debra hier bei mir bleiben will. Du kannst ihr Pferd nehmen.«

Ich hatte eigentlich nicht gesagt, daß ich das tun wollte, und die Zweifel standen Darlene ins nüchterne Gesicht geschrieben.

»Ach, komm schon, Darlene«, sagte Jimmy ausgelassen, während sein Pferd, das die gleiche Stimmung hatte wie er, sich tänzelnd im Kreis drehte. »Wenn wir noch lange warten müssen, bis du dich mal entschieden hast, scheißen die Pferde die Rosen voll.«

»Jimmy, wie redest du denn!« kreischte Margali auf. »Die liebe Debra muß ja denken, du hättest keine Manieren!«

»Sie hat schon Schlimmeres gehört.« Jimmy grinste mich frech an.

»Komm doch ruhig mit, Darlene«, sagte Sam. »Das Pferd ist schon gesattelt, und Marjorie wird sich sowieso gleich etwas hinlegen, nicht wahr, Marjorie?«

Einen Moment lang starrten sich die beiden an, und dann erwiderte Margali mit kaum vernehmbarer Stimme: »Ja, Sam, das wollte ich gerade tun. Viel Spaß.« Sie drehte sich um und hastete in Richtung Haus, wobei sie den Saum ihres Morgenrocks hob, so daß ich flauschige, mit Tau bedeckte rosa Slipper und blaugeäderte Knöchel sehen konnte, die eher knochendürr als schlank waren.

»Komm schon, Darlene«, drängte Fara in ihrer kaum hörbaren Stimme und sah dabei kurz Edward an, wie sie es immer tat, wenn sie etwas sagte. »Ich fände es schön, wenn noch eine Frau dabei wäre, wo Deb schon nicht mitkommt.«

»Das ist Quatsch«, widersprach Jimmy. »Du hast schon zwei andere Frauen dabei.«

»Ich meine, noch eine dazu«, sagte Fara. »Schließlich sind wir in der Minderheit.«

Edward, der zu meiner Verblüffung ohne Mühe auf sein Pferd gestiegen war, räusperte sich mißbilligend, doch endlich war Darlene überredet. Als sie im Sattel des Pferdes saß, das für mich vorgesehen gewesen war, machte sich die Reitergruppe auf in Richtung See und ließ Rosensträucher zurück, die, wie Jimmy prophezeit hatte, ordentlich gedüngt und an einigen Stellen angefressen worden waren.

Dankbar wandte ich mich um und wollte das Schlafzimmer ansteuern, das Harry und mir am Abend zuvor zugewiesen worden war. Wandte mich um – und stieß beinahe mit Margali zusammen, die genau in der Verandatür stand und den Reitern nachblickte.

»Ich dachte schon, die würden nie losreiten«, sagte sie atemlos. »Ich möchte dir was zeigen, Debra, aber es ist ein Geheimnis, und du mußt mir versprechen, es niemandem, niemandem zu verraten!«

»Ich verspreche es«, stimmte ich argwöhnisch zu und wich vor den Wodkaschwaden zurück, die drohten, meine kaum überwundene allmorgendliche Übelkeit wiederaufleben zu lassen.

»Es ist ein Geheimnis. Sie wollen mich deshalb umbringen, Debra, und dann weißt du, was ...« Der Rest ihres Satzes verlor sich in Unverständlichem, und sie drehte sich um und stürmte ins Haus, und ich stand da und fragte mich, ob ich ihr nachgehen sollte.

Kapitel 2

Sie hatte mir die Tür vor der Nase zugeschlagen, und bis ich sie wieder geöffnet und die Eingangshalle betreten hatte, war von Margali schon nichts mehr zu sehen. Einen Moment lang stand ich drinnen, die geschlossene Haustür im Rücken, fragte mich, warum ich so müde war, und ging dann weiter in das – wie immer man das nannte. Wohnzimmer, vermute ich, aber es sah eher aus wie eine Hotelhalle. Sechs Sofas waren strategisch um kleine Tische gruppiert, die zu klein waren, um irgend etwas Nützliches darauf abzustellen, und im übrigen Raum verteilt standen einzelne Sessel, Topfpalmen und hier und da ein raffiniert arrangiertes Sitzkissen. Der gemauerte Kamin – ganz modern ohne Sims – schien extra so geplant, keinerlei Wärme auszustrahlen, und durch die riesigen Glasschiebetüren sah ich eine Holzveranda mit einer weiten, sanft geneigten Rasenfläche dahinter.

Der ganze Raum wirkte irgendwie unwirklich. Ich war in einer Filmkulisse. Cary Grant, zirka 1939. Jeden Augenblick würde die schöne Spionin mit rotem Haar und schwedischem Akzent – Margali Bowman als Greta Garbo – durch diese Schiebetür hereingestürzt kommen, verfolgt von dem finsteren Japaner oder Deutschen. Und dann würde Cary Grant, mit einem charmanten Lächeln und einer glänzenden .45er Automatik, hinter einer Topfpalme hervortreten.

Margali hatte nie mit Cary Grant gedreht. So ein großer Star war sie nicht. Doch in ihrem Kopf wurde ihre Berühmtheit um so größer, je länger es her war, daß sie zuletzt einen Film gemacht hatte.

Ich rieb mir die Augen und suchte erneut nach irgendwelchen Anzeichen von Komfort, von Gemütlichkeit. Ich entdeckte nichts dergleichen.

In dem Raum war kein Fernsehapparat (der befand sich im Fernsehzimmer, eine monströse Scheußlichkeit mit Großbildschirm), ich sah keine Bücher, keine Zeitschriften und konnte mir keine Verwendung für ihn vorstellen, außer vielleicht für Cocktailpartys. Und hier eine Cocktailparty zu geben wäre idiotisch, da alle Gäste wahrscheinlich mit dem Auto aus Fort Worth kämen und nach einigen Drinks wieder mit dem Auto zurück müßten. Wäre es da nicht gleich besser, die Party in ihrem Stadthaus in Fort Worth zu veranstalten? Dem Stadthaus in Ridglea, das zu den Sehenswürdigkeiten zählte?

Ich sagte mir, daß ich gehässig war. Wahrscheinlich gab sie jede Menge Partys wie die, an der ich gerade teilnahm, mit vielen Gästen, die tage- und wochenlang blieben, wie man das aus englischen Romanen kennt.

Ich blieb gehässig. Wer, so fragte ich mich, der einmal auf einer von Margalis Partys war, würde wohl ein zweites Mal kommen?

Aber das war nicht immer so gewesen. Ich konnte mich erinnern, wie sehr ich mich damals vor dreißig Jahren als Teenager immer gefreut hatte, wenn ich eine Einladung von Margali bekam.

Ja, ich war älter geworden. Ich hatte mich sehr verändert. Aber wenn mich mein Gedächtnis nicht ganz im Stich ließ, war die Veränderung bei Margali entschieden größer. Und sie könnte jüngeren Datums sein, dachte ich mir.

Sobald ich Gelegenheit hätte, mußte ich mit Susan sprechen – aber wann würde sich die bieten? Der Ausritt würde wahrscheinlich lange dauern.

Noch immer keine Spur von Margali. Ich hätte ganz allein im Haus sein können, bis auf das Brummen eines Staubsaugers in einem der entfernt gelegenen Schlafzimmer und ein gelegentliches Klappern in der Küche. »Margali?« rief ich.

Sie antwortete nicht.

Ich setzte mich resigniert. Wenigstens gab es eine nützliche Sache in diesem – wie immer der Raum sich auch nannte. Ein Telefon, auf einem grazilen, kleinen, weiß-goldenen Schreibtisch, ein Telefon, das – so hatte Margali gestern abend uns allen verkündet – mit dem sogenannten Direktnetz verbunden war, so daß wir so gut wie jeden anrufen konnten, den wir anrufen mußten.

Ich wollte gar nicht wissen, was sie das kostete. Mit einem Direktanschluß kann man zum Ortstarif in der ganzen Region von Dallas, Fort Worth und den mittleren Städten bis Plano im Osten telefonieren. Wohnt man am Westrand von Dallas oder am Ostrand von Fort Worth oder in den mittleren Städten, kostet der Anschluß unter Umständen nicht viel mehr als ein regulärer Ortsanschluß. Wohnt man allerdings im Bereich irgendeines anderen Fernsprechamtes, zahlt man für jede Viertelmeile bis zum nächsten Amt extra. Wir haben das rausgefunden, als wir – vorübergehend – in der Gegend von Camp Bowie wohnten und überlegten, uns einen Direktanschluß legen zu lassen. Ich weiß nicht mehr, wieviel wir dafür hätten bezahlen müssen. Ich weiß nur noch, daß wir keinen genommen haben.

Von der Wohnung damals bis zu dieser Ranch waren es mindestens noch mal zwanzig Meilen. Wenn nicht mehr.

Wenn man nicht gerade jemanden im Hause hatte, der *ständig* am Telefon hing – hier waren wirklich keine Teenager mehr im Haus, und ich wußte mit Sicherheit, daß Sam seine Geschäfte von Fort Worth aus tätigte –, wäre es weitaus billiger, nur für einen normalen Anschluß zu zahlen.

Andererseits war es möglich, daß es hier jemanden gab – wie zum Beispiel Jimmy –, dem es bestimmt ganz lieb war, wenn seine Anrufe nach Dallas und Fort Worth nicht registriert wurden.

Ich war wieder neugierig. Ich ermahnte mich, daß ich nicht im Dienst war, nahm den Hörer ab und wählte meine eigene Nummer.

Voller Sorge hatte ich Hal dieses Wochenende allein zu Hause gelassen. Er sei alt genug, so hatte er beteuert, und brauche keinen Babysitter.

Er ist alt genug, hatte Harry mich beruhigt. Jetzt hör auf, dir Sorgen zu machen.

Er müßte alt genug sein. Er ist jetzt sechzehn. Und ich hatte die Nachbarn rechts und links und von gegenüber und nach hinten raus gebeten, nach ihm zu sehen. Wir hatten ihn also nicht gerade allein seinem Schicksal überlassen. Doch das alles hinderte mich nicht daran, mir Sorgen zu machen. Schließlich war es keine zwei Monate her, daß jemand mit einer Schrotflinte auf ihn geschossen hatte.

Na schön, mit einer Schrotflinte auf mich geschossen hatte. Aber Hal war mit im Auto gewesen.

Er meldete sich beim dritten Klingeln mit einem unbekümmerten »Hi, Mom!«, das mir auf die Nerven ging. Wußte er nicht, wie besorgt ich war?

»Woher wußtest du, daß ich es bin?«

»Wer denn sonst? Vickie hat schon angerufen, und Oma hat schon angerufen, und Sammie ist reiten gegangen. Ich hab' ihm gesagt, ich könnte nicht mit«, versicherte Hal mir mit einer Stimme, die vor Tugend triefte, »weil meine Mom und mein Dad weg sind und ich auf das Haus aufpassen muß.«

»Ich hoffe, du bindest nicht gleich jedem auf die Nase, daß wir nicht da sind!«

»Bloß Sammie. Na ja, und ein paar anderen.«

»Was hat Vickie gesagt?« fragte ich resigniert. Wenn bis jetzt noch nicht jeder Einbrecher in Fort Worth mitbekommen hatte, daß Harry und ich weg waren, dann würde das auch nicht mehr passieren.

»Sie hat gesagt, sie ist in Oklahoma.« Hal stockte. »Vielleicht war es auch Ohio.«

»Bist du sicher, daß es nicht Oregon war?«

»Tja, äh, könnte auch Oregon gewesen sein.«

»Hal, sieh dir die Karte an«, sagte ich. »Wenn deine Schwester am Freitag nachmittag in Fort Worth abgereist ist, um nach Tulsa zu fahren, was hätte sie dann am Samstag morgen in Ohio oder Oregon zu suchen? Tulsa liegt nämlich in Oklahoma.«

»Oh. Wieso hat sie überhaupt nach Tulsa gemußt?«

»Sie mußte nicht, sie wollte.«

»Und wieso wollte sie?«

»Sie besucht Dons Eltern.«

»Wieso wollte sie –«

»Hal«, sagte ich, »geh und räum dein Zimmer auf.«

»Woher weißt du –«

»Dein Zimmer muß immer aufgeräumt werden.«

Ein langgezogenes »Och, Mom« noch im Ohr, legte ich auf und schüttelte den Kopf. Meine ältere Tochter Vickie ist seit einigen Jahren mit einem Anwalt namens Donald Ross Howell III. verheiratet, und bei dem Namen konnte er praktisch nichts anderes als Anwalt werden. Doch leider ist ihre finanzielle Situation nicht so beeindruckend wie Dons Name, und sie zahlen noch immer an einem Kredit fürs Studium ab – und nicht zu knapp. Es war erst das zweite Mal, daß Dons Eltern den fünf Monate alten Barry sehen würden.

Hal hat sein ganzes Leben in Fort Worth verbracht, bis auf die ersten drei Monate; solange hat es nämlich gedauert, ihn von Korea nach Fort Worth zu holen und das Adoptionsverfahren anzuleiern. Wie um alles in der Welt konnte er nicht wissen, daß Tulsa in Oklahoma liegt?

Ohio? Oregon?

Und war Margali nach Ohio oder Oregon verschwunden? Was immer sie mir zeigen wollte dauerte schon ziemlich lange.

»Margali?« rief ich wieder.

Diesmal antwortete sie mir, und zwar aus dem Flügel des Hauses, in dem die Schlafzimmer der Familie lagen. »Eine Sekunde noch!«

Ich blieb sitzen und sah mich um. Der Raum war nicht so planlos eingerichtet, wie ich zuerst angenommen hatte; ein gewisses, wenn auch geringes Maß an Systematik war durchaus festzustellen, und obwohl keine zwei Sofas oder Sessel genau zueinander paßten, ergaben sie zusammen ein recht harmonisches Ganzes. Der Raum hätte sich als Hotelhalle ganz hübsch gemacht. Ich konnte mir nur nicht vorstellen, daß jemand ihn bewohnen wollte.

Aber hier wohnte ja eigentlich auch niemand, außer der Haushälterin, deren eigene Suite eine kleine Wohnung war. Margali veranstaltete hier Wochenendpartys; Sam lud Geschäftspartner hierher ein zur Rotwildjagd oder Wachteljagd oder zum Fischen, je nach Jahreszeit. Vielleicht hatte auch Jimmy irgendeine Verwendung für das Haus, aber ich wollte mir nicht vorstellen, welche.

Ich fragte mich, ob Fara und Edward-Schatz öfter hier waren. Das Haus wäre wahrscheinlich ganz passabel für religiöse Einkehrtage, nur daß Edward bestimmt die Bars tarnen würde und den – na ja, vielleicht wäre es doch nicht der richtige Ort für die Kirche des wahren Glaubens an das – was immer er auch gesagt hatte, dachte ich, als ich merkte, daß ich auf einen schrecklich interessanten Wandbehang starrte. Hübscher glänzender Seidenstoff. Interessante Farben. Wirklich interessante Farben.

Und ich gab abrupt den Versuch auf, mir einzureden, daß ich nur auf die Farben achtete. *Das* war nicht Cary Grant zirka 1939; eher Linda Lovelace zirka 1972. Wo um Himmels willen hatte Margali das Ding bloß aufgetrieben? So zimperlich, wie sie war, konnte sie es sich unmöglich *richtig* angesehen haben.

Ich hörte ein Poltern an einem Ende des Raumes und drehte mich um; Margali war über irgend etwas – oder nichts – gestolpert, hatte sich aber gefangen. Zumindest war der Morgenrock verschwunden; sie trug jetzt eine magentarote Hose, weiße Sandalen mit Pfennigabsatz und eine gelbe Bluse, die sich fürchterlich mit ihrem schlecht gefärbten roten Haar biß.

Sie mußte gelogen haben. Niemand konnte ihr ernsthaft eine Hauptrolle angeboten haben – es sei denn, derjenige hatte sie unbesehen engagiert.

Ihre schwer beringten Finger, die Nägel fünf Zentimeter lang mit leuchtend-magentarotem Nagellack, umklammerten krampfhaft einen braunen Umschlag, der mit einer Art Plastiktüte umwickelt war. Sie hielt ihn an die Brust gepreßt und blickte sich verstohlen um. Außer mir war niemand zu sehen; das monotone Brummen im Schlafzimmer hörte kurz auf und setzte erneut ein, und das vereinzelte Klappern in der Küche ging weiter. Das war alles.

»Wir müssen auf die Veranda gehen«, sagte sie. »Dann kann niemand was hören.«

»Margali, es wird gleich regnen«, wandte ich ein.

»Noch regnet es nicht. Nicht so bald. Und man weiß nie, ob jemand lauscht – und sie haben das Personal angestiftet, sogar –«

»Sie haben *was* getan?« Ich sagte mir, daß ich mich meiner Gastrolle gemäß verhalten sollte, und befreite mich aus einem Sessel, der bequemer war, als er aussah, und folgte ihr durch die lange dunkle Diele, die an den Gästeschlafzimmern vorbei und hinaus auf die Veranda führte.

Der Himmel im Nordwesten war jetzt tief blauschwarz, obwohl er im Osten noch immer blau war und die Morgensonne schien. Das sah nicht bloß nach einem Sturm aus; da braute sich der erste blaue Nordsturm der Jahreszeit zusammen. Und der texanische blaue Nordsturm ist ein unglaubliches Phänomen. Er heißt »blauer« Nordsturm, weil die kalte Witterung vom Nordwesten dem nahenden Sturmsystem eine unheimliche blaugraue Tönung verleiht; wir sagen, zwischen Westtexas und Alaska gibt es nur drei Stacheldrahtzäune, und zwei davon sind in der Regel umgestürzt. Das stimmt natürlich nicht, aber die Rockies bilden ein natürliches Hindernis, und die Winde, die an den Osthängen der Rockies entlangfegen, werden so nach Süden und Osten gelenkt. Ich weiß noch, wie ich einmal bei Verwandten südlich von Amarillo zu Besuch war; ich stand auf der Veranda und beobachtete das Außenthermometer, während ich darauf wartete, daß ein blauer Nordsturm losbrach. Ich konnte zusehen, wie das Quecksilber fiel; es ging so schnell nach unten, daß man die Bewegung wirklich sehen konnte.

Ein blauer Nordsturm kann noch mehr. Und wenn dann zusätzlich naßwarmes Wetter vom Golfstrom herauf nach Norden zieht, entstehen durch die Kollision der beiden Wetterfronten unglaubliche Gewitter, die Tornados auslösen. Und genau das stand uns jetzt bevor. Ich konnte sehen, daß die Blitze wie Zungen an den Wolken leckten, ein Zeichen dafür, wie nahe wir dem Sturm waren, und dennoch war die Luft um das Haus so still, so schwer, daß ich das Gefühl hatte zu ersticken. In solchen Zeiten sitzt man im Polizeirevier zusammen und erzählt sich Geschichten von früher, bis sie allen zum Hals heraushängen, und dann sitzt man schweigend da, bis irgendwann einer von den alten Hasen sagt: »Jetzt bräuchten wir einen schönen Mord, damit die Luft wieder klar wird.«

Für gewöhnlich kriegen wir einen, wenn die Luft so ist wie jetzt.

Ich wollte keinen schönen Mord, damit die Luft klar würde. Ich fühlte mich im Moment ganz und gar nicht wie eine Polizistin; ich fühlte mich wie eine Frau, die sich wünscht, daß ihr Mann kommt und sie tröstet. »Hoffentlich kommen die bald mit den Pferden zurück«, sagte ich unruhig, fuhr mit den Händen über meine nackten Unterarme und spürte, wie sich die feinen Härchen sträubten.

»Das werden sie«, sagte Margali leichthin. »Hör mal, Debra, Schatz, ich muß dir was zeigen –«

Ich wandte mich um. Ganz vorsichtig hatte sie die Plastiktüte von dem braunen Umschlag gestreift und die Tüte unter den Arm geklemmt, damit der aufkommende Wind sie nicht fortwehte. Sie öffnete den braunen Umschlag, und jetzt sah ich, daß der dicke Packen Papiere, den sie herausnahm, irgendein juristisches Dokument war: Er hatte das entsprechende Format und den dicken blauen Einband, wie er von Anwälten benutzt wird.

»Was ist das?« fragte ich.

Sie wich zurück und blickte mich durchdringend an.

»Du mußt es nicht sagen, wenn du nicht willst«, beruhigte ich sie.

»Also ...« Sie starrte mich weiter an. »Versprich mir, daß du es niemandem erzählst.«

»Ich verspreche es.« Das Versprechen fiel mir nicht schwer. Ich war lange genug bei der Polizei, um zu erkennen, wenn jemand verrückt war. Genau das war jetzt der Fall, und ich fragte mich, wieso es mir gestern abend oder heute morgen nicht aufgefallen war. Das fiel in Susans Aufgabenbereich. Was immer Margali mir sagen wollte, ich würde es also nicht weitererzählen müssen.

Und darüber war ich froh. Es ist etwas anderes, wenn du im Dienst bist, wenn du – im Normalfall – mit Fremden zu tun hast. Aber ich war als Gast hierher gekommen, nicht als Polizeibeamtin. Ich arbeitete nicht an einem Fall. Ich war einfach nur Debra. Und es machte mich seltsam verlegen, beklommen, daß ich gegen meinen Willen von einer Frau ins Vertrauen gezogen wurde, die ich als lustig und charmant in Erinnerung hatte und nicht sonderbarer, als die Tochter eines Milchmanns es von einem Filmstar erwartete.

Unvermittelt setzte sich Margali an einen der Tische, die verstreut auf der Veranda standen. »Sie versuchen, mich umzubringen«, sagte sie atemlos.

Meine mitleidige Stimmung verflog auf der Stelle. Das war ein Satz aus einem der Filme, die wir gestern gesehen hatten, und sie hatte ihn sogar in dem gleichen Tonfall wiedergegeben. Dann sagte ich mir, daß selbst Hypochonder krank werden können; selbst Paranoiker können reale Feinde haben. »Wer, Margali?« fragte ich und setzte mich ihr gegenüber auf einen weißen Terrassenstuhl.

»Ich weiß nicht. Ein paar von ihnen. Aber ich weiß nicht, wer.«

»Magst du mit mir darüber sprechen?« Die Frage mußte ich natürlich stellen, nicht als Polizistin, sondern als Mensch.

»Ich versuche es. Ich weiß bloß nicht, was ich sagen soll.«

Ich gab einen aufmunternden Ton von mir, und Margali atmete tief durch. »Letzte Woche habe ich mich übergeben«, sagte sie.

»Ja?«

»Ich meine, ich habe mich richtig schwer übergeben. Richtig, richtig schwer.« Ihre Stimme verlor sich, als hätte sie vergessen, was sie sagen wollte, und sie saß ganz still da, nur ihre Hände bewegten sich leicht, nervös, auf dem Tisch. Protzige Diamanten konnten die großen braunen Altersflecken ebensowenig verbergen wie die vorstehenden blauen Adern an diesen Händen, die jetzt an den zusammengehefteten oberen Seiten des Papierpackens zupften.

Ich mußte plötzlich an einen japanischen Film denken, den ich letztes Jahr gesehen hatte, über einen alten Kriegsherrn, der sein Gebiet unter seine drei Söhne aufteilen wollte. Seine Stimme hatte sich während einer Beratung genauso verloren.

Er war eingeschlafen, ganz plötzlich, mitten in einem prächtigen Picknick, das im Anschluß an eine Keilerjagd stattfand, und alle seine edlen Vasallen saßen da und warteten, daß er wieder aufwachte. Aber nur einer seiner Söhne versuchte, ihn vor der Mittagssonne zu schützen.

Er hatte einen Hofnarren, der wie ein Kaninchen hoppelte. Der Narr mochte den Kriegsherrn, doch er verabscheute das, wozu er geworden war.

War ich im Begriff, Margalis Narr zu werden?

Sie saß da und starrte auf die dahinjagenden Wolken. Nach einem Augenblick half ich ihr leise auf die Sprünge: »Du hast dich richtig übergeben.«

Sie fuhr zusammen. »Ja. Ich meine, ich habe – also, ich hatte eine schlimme Magenverstimmung, und mein Bauch tat weh, so weh, so weh, und meine Hände und Füße haben gekribbelt, ein komisches Gefühl, ganz komisch, weißt du –«

»Das hört sich ja schlimm an«, stimmte ich zu und saß so still da wie sie.

»Es war schrecklich! Und, und, so ist das bei einer Arsenvergiftung; ich weiß das, weil ich mal einen Film gemacht habe. Ich habe eine Dame gespielt, und sie wurde langsam von ihrem Mann vergiftet, nur, sie ist dahintergekommen und –«

»Tja, aber –«

Plötzlich war sie wieder hellwach, hüpfte auf ihrem Stuhl auf und ab und schrie fast über den Tisch.

»Und dafür mußte ich lernen, wie das bei einer Arsenvergiftung ist, weißt du, damit ich wußte, wie ich spielen sollte, und ich habe ein Buch darüber bekommen, und es war ein schreckliches, schreckliches Buch, nur deshalb weiß ich –«

»Aber es ist nun mal so –«

Sie wollte nicht, daß ich etwas sagte. Ich war mir nicht ganz sicher, ob sie mich überhaupt noch wahrnahm, außer als Teil der Kulisse. Vielleicht – ja vermutlich – war sie aufrichtig, aber selbst dabei konnte sie nicht aufhören, Theater zu spielen.

»Und dann hat Sam den Arzt gerufen, und der Arzt kam dann auch, und dann haben sie die Ärztin geholt, die Sam dieses Wochenende eingeladen hat, diese Frau Doktor – ich verstehe einfach nicht, wie Frauen so einen Beruf ergreifen können, du etwa, bei all dem Blut, aber –«

»Na, eigentlich ist Susan ja –«

»Aber jedenfalls haben beide gesagt, daß ich nicht richtig krank bin, ich meine, ich habe mich bloß übergeben und übergeben und mich so schrecklich gefühlt, und diese Ärztin hat ein paar – ein paar *Proben* – zur Untersuchung mitgenommen; weißt du, was ich meine, es ist so widerlich.« Sie schauderte, ließ mir keine Zeit, etwas zu sagen, und redete gleich weiter. »Und sie ist zurückgekommen und hat gesagt, es wäre kein Arsen drin gewesen, und wenn ja, hätte sie es festgestellt, aber ich weiß, daß sie gelogen hat, und sie steckt auch mit drin und –«

Sie brach ab und fuhr mit den Händen über den Tisch, blickte wild um sich, und dann sprang sie auf und stürzte zu einem verschlossenen Schrank neben dem Gartengrill. Während sie ihn öffnete, sagte sie über die Schulter: »Ich weiß nicht, was ich machen soll, weil sie jetzt diese schreckliche Darlene hergeholt haben, die mich dauernd beobachtet und beobachtet –«

»War dir danach noch mal schlecht?« fragte ich und drehte mich leicht um, um sie jetzt selbst zu beobachten.

»Nein, aber ich weiß, sie warten nur darauf, daß alle es vergessen haben – ich hätte die Polizei gerufen, aber ich wußte, daß mir keiner glauben würde, nicht, wenn diese Ärztin behauptet –«

»Margali«, unterbrach ich sie, »ich kenne Susan Braun.«

»Wer ist Susan Braun?«

»Die Ärztin. Wegen der du so beunruhigt bist. Ich kenne sie. Ehrlich, egal was die anderen gesagt oder getan haben – und Sam oder Jimmy kenne ich nun wirklich nicht gut genug –, ich kann dir versichern, daß Susan die Wahrheit sagt. Wenn sie sagt, daß sie kein Arsen gefunden hat, dann –«

»Woher hätte sie das wissen sollen?« fragte Margali und schob hektisch Flaschen vor und zurück. Ich fragte mich, wonach sie eigentlich suchte.

Aber das war wenigstens eine ehrliche Frage und verdiente eine ehrliche Antwort. »Es gibt chemische Tests. Eine ganze Menge, mittlerweile, aber der erste ist über hundert Jahre alt.«

»Wirklich?« Sie wandte sich kurz um, um mich anzustarren, bevor sie sich wieder ihrer Durchsuchung des Schrankes widmete. »Aber was, wenn – was, wenn einem *übel* wird? Und man alles wieder von sich gibt, bevor der Arzt da ist?«

»Das kann nicht passieren. Ein Teil davon bleibt in deinem Organismus. Es gelangt in deine Haare und deine Fingernägel und dergleichen. Hast du nie was über die Geschichte mit Napoleon gelesen?«

»Napoleon?« Sie klang verblüfft. »Ich sollte mal in einem Film über Napoleon mitspielen. Ich sollte Kaiserin Josephine darstellen. Vielleicht war es auch Kaiserin Carlotta.«

Sie klang so unbestimmt wie Hal. Oregon oder Ohio. Kaiserin Josephine oder Kaiserin Carlotta – ein kleiner Unterschied zwischen beiden. Das wußte sogar ich. Sie könnte heute Carlotta spielen – Carlotta, die geistig verwirrte Witwe eines entthronten und hingerichteten Marionettenmonarchen, die immer weiter an einem Hof ihrer Phantasie lebte; vielleicht war das die einzige Rolle, die sie noch spielen konnte.

Aber sie schüttelte sich, wie ich es schon einmal bei ihr gesehen hatte, kam herüber und stellte eine Dose Cola light vor mich hin. Sie klang fast wie die alte Margali, als sie fragte: »Was ist mit Napoleon?«

»Man hat eben durch die moderne Analyse seines Haars in Verbindung mit wirklich brillanter kriminalistischer Arbeit nicht nur beweisen können, daß er mit Arsen vergiftet wurde, sondern sogar herausgefunden, wer es vermutlich getan hat.« Ich öffnete die Dose. Die Cola schmeckte schal. Ich wußte nicht, daß eine ungeöffnete Dose schal werden konnte.

»Also deshalb ...« Ihre Stimme verlor sich wieder, und sie blickte unsicher nach hinten auf den Schrank.

»Deshalb was?« fragte ich und überlegte, wie ich das unerwünschte Getränk loswerden konnte.

»Deshalb wollte die Ärztin an meinen Haaren herumschneiden. Ich habe sie nicht gelassen. Hätte ich vielleicht tun sollen.«

»Ja, vielleicht«, stimmte ich zu, weil mir sonst nichts einfiel. »Aber du hast gesagt, sie hätte Proben genommen –«

»Sie hat nicht zugelassen, daß ich die *Spülung* betätige«, sagte Margali. Sie starrte mich jetzt an, und, unglaublich für ihr Alter, eine häßliche gefleckte Schamesröte schlich sich in ihr Gesicht.

»Ach, *so* eine Probe.«

»Ich meine – ich meine, nachdem ich mich übergeben hatte.«

»Das habe ich mir schon gedacht. Damit hätte sie es bestimmt festgestellt, wirklich, Margali. Wenn sie also keine Arsenspuren finden konnte, dann waren einfach keine zu finden.«

»Dann war es vielleicht kein Arsen. Vielleicht war es Strychnin.« Sie durchwühlte wieder den Schrank.

Es gelang mir, nicht aufzulachen. »Margali, Arsen hat am Anfang in etwa die gleichen Symptome wie eine Verdauungsstörung. Deshalb war es so schwer zu diagnostizieren, bevor chemische Testverfahren entwickelt wurden. Aber Strychnin wirkt ganz anders. Wenn du Strychnin genommen hättest, hätte es jeder in deiner Nähe gewußt.«

»Wirklich?«

»Absolut. Garantiert. Die Symptome sind ziemlich scheußlich.« Ein Arzt, den ich kannte, hatte einmal etwas geschmacklos und nicht ganz korrekt von einem Strychnin-Opfer erzählt, das sich wie eine Schlange über den Fußboden gewälzt hatte. *Das* würde ich Margali nicht sagen. Aber wenn ich müßte, würde ich ihr von den unkontrollierten Krämpfen erzählen, der extremen Biegung des Rückens, die so weit geht, daß das Opfer nur noch mit Kopf und Fersen den Boden berührt. In der Hoffnung, daß sie nicht fragte, fügte ich hastig hinzu: »Was das Erbrechen und so betrifft ...«

Ich hielt inne, beobachtete sie. Sie fragte nicht, warum. Sie hatte den Whiskey gefunden, und sie drehte sich um, die Flasche in der Hand, und sagte: »Das ist ein schlechtes Wort. *Erbrechen,* das ist ein häßliches Wort. Kannst du nicht *übergeben* sagen?«

Ich fragte mich, wie sie wohl reagiert hätte, wenn ich *kotzen* gesagt hätte. Ich fuhr fort. »Daß man sich übergeben muß, kann viele Ursachen haben. Nur weil du dich übergeben hast, bedeutet das nicht, daß du vergiftet wurdest. Möglicherweise hattest du ein 24-Stunden-Virus oder so was –«

»Ich werde einfach nie krank«, widersprach sie.

»Vielleicht hattest du einfach etwas zuviel getrunken –«

»Ich trinke *nie* zuviel«, sagte Margali indigniert, kippte ein Glas Whiskey in einem Zug hinunter und stellte die Flasche und das benutzte Glas zurück in den Schrank, wobei sie den Packen Papiere weiter unter dem Arm geklemmt hielt.

»Okay.« Ich wollte nicht mit ihr streiten. »Dann war es vielleicht irgendwas, das du gegessen hast. Aber ehrlich, Margali, wenn Susan gesagt hat, daß es kein Arsen war, dann war es kein Arsen, und es kann unmöglich Strychnin gewesen sein.«

»Na schön, trotzdem versuchen sie, mich umzubringen.« Sie blickte sich wild um. Die Plastiktüte unter ihrem Arm war weggerutscht. »Hol sie zurück!«

Ich sauste über den Rasen hinter der Tüte her, doch der stärker werdende Wind hatte sie gepackt und davongetragen. »Tut mir leid«, sagte ich, als ich zurück auf die Veranda kam, »du mußt dir wohl eine neue Tüte besorgen.«

»Woher?«

»Es werden doch wohl welche in der Küche sein.«

»In der Küche? Wieso? Der Anwalt hat mir die da gegeben. Wieso sollten welche in der Küche sein?«

»Glaub mir«, sagte ich. »Die meisten Leute bewahren Plastiktüten in der Küche auf.«

»Oh«, sagte sie und sah hinunter auf den braunen Umschlag. »Ach, ich denke, der tut's auch.«

Sie wandte sich um, öffnete den Schrank erneut und goß sich noch einen Whiskey ein. Diesmal nahm sie ein anderes Glas.

Ich sagte mir, daß die Dienstmädchen an sie gewöhnt sein mußten. Sehr wahrscheinlich kamen sie jedes Wochenende, wenn sie nicht mehr da war, auf die Ranch und füllten den Schrank mit vollen Flaschen und sauberen Gläsern auf.

Ich wußte noch immer nicht, was sie mir eigentlich zeigen wollte. Sie hatte sich durch *sie* ablenken lassen – wer immer *sie* sein mochten; sie wollten sie mit nicht existierendem Arsen töten.

Soweit ich weiß, ist mir noch kein Fall von Arsenvergiftung untergekommen, und ich bin seit fast sechzehn Jahren bei der Polizei. Ich frage mich, ob so etwas heute überhaupt noch gemacht wird?

Falls ja, wird der Täter wohl noch immer ungestraft davonkommen. So war es bisher immer, es sei denn, jemand stellte sich unglaublich dumm an, indem er zum Beispiel vierzehn Leute aus derselben Familie vergiftete oder sich dabei erwischen ließ, wie er Fliegenpapier in dem Wasser einweichte, mit dem der Tee gekocht wurde. Es gibt einfach niemanden, der auf so eine Idee kommt. Außer er ist ohnehin schon etwas paranoid.

Was wohl bedeutet, daß jemand, der paranoid ist, wahrscheinlich nicht vergiftet wird, aber wenn jemand bei klarem Verstand ist und einer vorhat, ihn zu vergiften, dann ist er geliefert.

Ich fühlte mich langsam genauso paranoid wie Margali.

Die Cola schmeckte scheußlich. Ich hätte auch gern etwas von dem Whiskey, dachte ich, nur traute ich mich nicht, einen zu trinken. Mein Arzt hatte mich sehr eindringlich vor dem sogenannten fötalen Alkoholsyndrom gewarnt. Er sagte, es gebe für Frauen, die in meinem Alter ein Kind bekommen, schon genug Risiken, ohne daß man selbst welche hinzufügt.

Also sah ich einfach zu, wie Margali trank. Sie balancierte Flasche und Glas, während sie den leeren braunen Umschlag erneut öffnete und hineinsah. »Wo –«

Ihre Stimme hob sich zu einem hohen Kreischen, und ich schaltete mich hastig ein. »Die Papiere sind unter deinem Arm. Soll ich dir was abnehmen?«

»Oh, nein danke, Schatz, das ist sehr nett von dir.« Sie stellte Flasche und Glas wieder auf den Tisch.

Jetzt war sie wieder ganz vornehme Dame. Ich fragte mich, ob sie überhaupt noch wußte, wer Margali war; ich fragte mich, ob überhaupt noch etwas von der wirklichen Margali übrig war, unter den vielen Schichten der verschiedenen Rollen, die sie im Laufe der Jahre gespielt hatte.

Schließlich kam sie wieder auf das juristische Dokument zurück. Diesmal ging sie noch etwas weiter. Sie reichte es mir tatsächlich.

Es war, wie ich vermutet hatte, ein Testament.

»Deshalb wollen sie mich umbringen«, sagte sie.

»Wegen des Testaments?«

»Wegen des Testaments.«

»Wieso?« fragte ich. »Wenn sie so dringend Geld brauchen, warum *gibst* du ihnen nicht einfach was?« Das war, wie ich rückblickend eingestehe, eine sehr dumme Frage. Doch obwohl man als Polizistin sehr viel Erfahrung im Umgang mit merkwürdigen Situationen hat, geht es mir noch immer so, daß ich einfach nicht weiß, was ich sagen soll, wenn ich selbst in eine solche Situation gerate. Das ist in etwa so, wie wenn man direkt, nachdem man ein Mordopfer gesehen hat, das mit einer Schrotflinte erschossen wurde, zum Mittagessen geht und dann zwei Tage später grün im Gesicht wird, weil irgendeinem kleinen Pfadfinder auf einem Ausflug das Essen wieder hochkommt.

»Oh, *darum* geht es gar nicht«, sagte Margali mit empörter Stimme. »Geld haben sie genug. Aber sie wollen, daß ich mein Testament ändere.«

»Margali«, sagte ich, ohne nachzudenken, »das macht keinen Sinn. Wenn sie wollen, daß du dein Testament änderst, warum sollten sie dich dann umbringen wollen? Du kannst es schließlich nur ändern, wenn du am Leben bist.«

»Deshalb werde ich es auch nicht ändern!« rief sie triumphierend. Sie griff nach meiner Hand, um sie zu tätscheln, und sagte: »Ach, Debra, Schatz, ich *wußte,* du würdest es verstehen. Niemand versteht das, außer *dir* –«

Ich wußte plötzlich genau, wie Alice sich gefühlt haben muß, als sie in das Kaninchenloch gefallen war. »Margali, ich glaube, du mußt mir auf die Sprünge helfen. Ich meine, du hast gesagt, sie wollen, daß du dein Testament änderst, und du hast gesagt, daß sie dich umbringen wollen, und wenn sie wollen, daß du dein Testament änderst, müssen sie dich am Leben lassen, also wieso sollten sie dich umbringen wollen?«

»Ich wußte, du würdest es verstehen«, wiederholte sie, noch immer vorgebeugt, um meine Hand mit ihrer juwelengeschmückten, lackierten Klaue zu tätscheln.

»Aber ich verstehe es *nicht*«, sagte ich laut.

Unglücklicherweise wurde ich von einem lauten Donnerschlag ganz in der Nähe übertönt. Margali zuckte heftig zusammen – ich auch übrigens – und schrie: »Was war das? Schießt da wieder jemand auf mich?«

»Donner. Das Gewitter kommt immer näher.« Und so war es auch; der Wind blies jetzt den Staub auf und fegte ihn uns ins Gesicht, und ich wäre am liebsten ins Haus gegangen. Aber Margali schien den Sturm gar nicht wahrzunehmen.

Dann wurde mir klar, was sie gesagt hatte. »Wieder? Hat jemand auf dich geschossen?«

»Letzte Woche. Aber Sam hat gesagt, es wäre eine Fehlzündung von einem Auto gewesen.« Sie lehnte sich zurück, blickte und klang fast selbstzufrieden. Aus irgendeinem Grund schien sie das weniger zu beunruhigen als die eingebildete Vergiftung.

»Margali«, sagte ich so behutsam wie möglich, »vielleicht *war* es ja eine Fehlzündung. Weißt du, die meisten Mörder gehen immer wieder nach der gleichen Methode vor. Gift und eine Schußwaffe setzen ganz unterschiedliche Persönlichkeiten voraus. Es ist sehr unwahrscheinlich, daß ein und dieselbe Person –«

»Aber du hast eben gesagt, daß es kein Gift war!« rief sie schrill triumphierend. »Wir müssen uns mit dem Gespräch beeilen –« Sie beugte sich über mich, so daß mir ihr Whiskey-Atem direkt ins Gesicht wehte.

Ich konnte nicht anders. Ich wich zurück.

Ein verdutzter Ausdruck trat in ihre Augen, und ich ließ mir rasch etwas einfallen. »Margali, bitte entschuldige, aber ich glaube, ich kriege eine Erkältung, und ich möchte nicht, daß du dich ansteckst. Das könnte deinen Auftritt in der Fernsehserie gefährden, und dann –«

»Oh, Schatz, ja, das wäre furchtbar, wie überaus rücksichtsvoll von dir!« Sie wich vor mir zurück und wurde ganz geschäftsmäßig. Ich fragte mich, welche Rolle sie diesmal spielte. Bestimmt aus einem ihrer Filme, die ich noch nicht gesehen hatte.

Ich hatte eine Menge ihrer Filme noch nicht gesehen. Ich *wollte* sie auch nicht sehen.

»Also schön. Das Ganze fing vor sechs Monaten an.« Sie hielt inne.

»Was fing vor sechs Monaten an?«

»Da habe ich das Testament gemacht.«

»Wer weiß, was in dem Testament steht?« Das wäre ein guter Ausgangspunkt, falls an dem kunterbunten Blödsinn, den sie mir erzählt hatte, tatsächlich irgend etwas dran war.

»Oh, niemand außer dem Anwalt natürlich, es wäre überhaupt nicht gut, wenn sie es lesen würden.«

»Welcher Anwalt? Bob Campbell?«

»O nein, nicht Bob, er hätte es Sam erzählen können. Ein anderer Anwalt. Ich habe seinen Namen vergessen. Er stand im Telefonbuch.«

»Margali, wieso sollte jemand versuchen, dich dazu zu bewegen, dein Testament zu ändern, wenn er nicht weiß, was in deinem Testament *steht*?«

»Oh, sie wissen, was drin steht, sie wissen bloß nicht, was es *heißt.*«

Wenn ich den Kopf drehte, würden dann Schachfiguren in der Gegend herumspazieren? Würde ein großes weißes Kaninchen vorbeilaufen und auf seine Taschenuhr gucken?

»Margali«, versuchte ich es wieder, »wer weiß, was drin steht?«

Sie saß zurückgelehnt da, sah sehr selbstzufrieden aus, das Gesicht wachsam, mit der trügerischen Intelligenz einer geistig Verwirrten. »Oh, sie wissen es alle.«

»Wer alle?« Wie konnte ich in ihre Gedanken dringen? War das überhaupt möglich?

»Sie alle. Sam und Fara und Jimmy – sie alle.«

»Glaubst du, Sam und Fara und Jimmy versuchen, dich umzubringen?«

»O nein!« Sie hielt inne und blickte sehr versonnen. »Fara bestimmt nicht. *Sie* ist strenggläubig!«

Es wäre nicht das erste Mal, daß Strenggläubige schrecklich merkwürdige Dinge tun. Das sagte ich Margali nicht. »Wer, denkst du, versucht es dann? Sam? Jimmy?«

»Ach, ich weiß nicht! Schon gut!« Sie sah wieder nervös aus und kippte noch ein Gläschen Whiskey herunter, während ich einen verstohlenen Blick auf das Testament warf. Es schien alles in Ordnung, zumindest soweit ich es anhand der ersten Paragraphen sagen konnte.

»Das Ganze fing vor sechs Monaten an. Da habe ich das Testament gemacht.«

Ich erinnerte sie nicht daran, daß sie das bereits gesagt hatte.

»Und dann war da noch der scheußliche Unfall.«

»Was für ein scheußlicher *Unfall*?«

»Ich hatte einen Unfall. Mit dem Wagen.«

Ich war überrascht, daß sie nicht schon ein Dutzend gehabt hatte. »Was ist passiert?«

»Er hat einfach nicht angehalten!«

»Hat nicht angehalten?«

»Ja! Und dabei hatte ich gerade die Bremsen machen lassen, also kann es nicht an den Bremsen gelegen haben.«

»Woran hat es denn dann gelegen?«

»Oh, es hat an den Bremsen gelegen.« Sie goß sich wieder Whiskey nach. Inzwischen versuchte ich nervös, mich daran zu erinnern, welcher Alkoholspiegel tödlich war, und abzuschätzen, bei welchem sie mittlerweile angelangt war.

»Aber du hast gesagt –«

»Es hätte eigentlich nicht an den Bremsen liegen können, weil sie gerade gemacht worden waren, aber Sam hat den Mann kommen lassen, und der hat gesagt, daß irgendwo in einer Bremsschlauchdichtung eine kleine undichte Stelle war und die ganze Bremsflüssigkeit ausgelaufen war.«

Sie hörte sich nicht schlimmer an als beim Frühstück. Vielleicht ging sie zwischendurch irgendwohin und reduzierte den Alkoholinhalt ihres Magens. Das würde zwar ihren Blutalkohol nicht senken, aber vielleicht verhinderte es, daß er allzu schnell anstieg.

Die Bremsen. »Mir ist das auch mal passiert«, sagte ich. »Das ist ganz schön beängstigend.«

»Aber ich hatte die Bremsen gerade erst *nachsehen* lassen.«

»Hat Sam den Wagen selbst in die Werkstatt gebracht?« Ich gebe zu, daß ich mich mit den Gewohnheiten von Millionären nicht sonderlich gut auskenne. Aber ich konnte mir nicht vorstellen, daß einer von denen einen ganzen Tag damit vergeudet, in einer Werkstatt auf sein Auto zu warten.

»O nein, er hat Mike geschickt.«

Jetzt kamen wir vielleicht ein Stück weiter. »Wer ist Mike?«

»Der Chauffeur.«

»Der Chauffeur«, wiederholte ich.

»Ja, Schatz, der Chauffeur.«

»Ist Mike gefahren, als der Unfall passierte?«

Sie sah mich erstaunt an. »Aber ja, natürlich, wer hätte denn sonst fahren sollen? Du denkst doch nicht, daß ich *selbst* fahre? Ach, Debra, Schatz, ich bin viel zu nervös zum Fahren.«

Das konnte ich mir gut vorstellen. »Was, meinte Mike, hat den Unfall verursacht?«

Sie beugte sich wieder über mich. »Er hat gemeint, die Bremsen hätten versagt. Aber natürlich steckt er da auch mit drin.«

»Margali«, sagte ich, »*wer,* glaubst du, versucht, dich umzubringen? Und warum?«

»Aber das habe ich dir doch gesagt, Schatz. Sie versuchen, mich wegen des Testaments umzubringen.«

Ich atmete tief durch. Gab es eine Möglichkeit, dieses Gespräch zu beenden? »Also, ich mache dir einen Vorschlag«, sagte ich. »Ich halte die Augen offen, und wenn mir was verdächtig vorkommt, werde ich etwas unternehmen, einverstanden?«

»Aber du darfst niemandem zu nahe treten.« Das meinte sie wirklich. Find heraus, wer versucht, mich umzubringen, und wieso, aber tritt niemandem dabei zu nahe. Das geborene Opfer. Sie konnte von Glück sagen, daß sie sich das alles nur einbildete, dachte ich in diesem Moment, denn falls *wirklich* jemand versuchte, sie umzubringen, dann würde es ihm bestimmt gelingen.

Sie sah mich noch immer an, die Augen vor Sorge weit aufgerissen. »Ich verspreche, gut aufzupassen, daß ich bloß niemandem zu nahe trete«, beruhigte ich sie.

»Dann würde ich mich sehr viel sicherer fühlen, wenn du das tätest«, sagte sie. Sie blickte sich um und gab einen kleinen Schrei von sich. Die Pferde kamen in mäßigem Galopp den kiesbedeckten Reitweg hoch, und im selben Augenblick setzte der Regen ein, kein sanfter Sprühregen, sondern ein plötzlicher Guß, als hätte jemand oben alle Schleusen geöffnet.

Kapitel 3

»Die dürfen das nicht sehen –« Hektisch versuchte Margali, die bereits nassen Blätter zurück in den braunen Umschlag zu stopfen, als die Reiter abschwenkten und den Stall ansteuerten. »Ein ganz besonderes Versteck – ich muß –«

»Margali, laß uns reingehen.« Ich nahm ihre Worte nicht wirklich zur Kenntnis. Da noch nicht. Wenn dem so gewesen wäre, hätte ich sie darauf hingewiesen, wie unklug es ist, Testamente zu verstecken.

»Sie dürfen nicht sehen –«

»Werden sie auch nicht, wenn wir *reingehen*!« Ich faßte ihre Hand und zog sie regelrecht ins Haus; es blitzte und donnerte fast ununterbrochen, und ich rechnete damit, daß die Reitergruppe eine Weile im Stall festsaß.

Margali mühte sich noch immer vergeblich mit dem Testament ab, das nun zu einem sperrigen Päckchen zusammengepreßt war, und versuchte mit Gewalt, es in den Umschlag zu quetschen. »Soll ich dir vielleicht helfen?« fragte ich.

»Ja – bitte – du wirst es doch nicht *erzählen* –«

»Versprochen.« Ich faltete das Testament zusammen, steckte es in den Umschlag und gab ihn ihr, und sie eilte durch den Flur zu ihrem Schlafzimmer.

Ich drehte mich um, setzte mich in einen Sessel und dachte, daß ich Lust hatte zu schlafen. Mein Arzt hatte mich zwar gewarnt, daß ich in den ersten Monaten ständig schläfrig sein würde. Aber so schlimm hatte ich es mir denn doch nicht vorgestellt.

Und ich würde lieber einen doppelten Axtmord bearbeiten, als noch einmal versuchen, mit einer verrückten Freundin fertig zu werden.

Rückblickend ist es so einfach zu sagen, ich hätte doch merken müssen, daß irgend etwas absolut nicht stimmte. Aber das konnte ich nicht. Es ist nun mal so, daß auf jeden ernstzunehmenden Anruf, der bei einem Polizeirevier eingeht – jeden Anruf, bei dem es wirklich um Einbruch, Raub, Schießerei, um irgendwelche Dinge geht, für die die Polizei zuständig ist –, ungefähr zehn falsche Alarme kommen. Nicht absichtlich falsch – das ist wieder etwas anderes –, nur solche, bei denen ein besorgter Bürger *dachte,* es wäre irgend etwas nicht in Ordnung. Der Schuß, der abgefeuert wurde, war in Wirklichkeit nur eine Tür, die zu heftig zugeschlagen wurde. Der Einbrecher ist in Wirklichkeit der neue Nachbar, dem die Autoschlüssel runtergefallen sind. Die Entführung, die jemand mitbekommen hat, ist in Wirklichkeit ein fünfjähriges Kind, das losgeheult hat, weil Mami ihm kein Eis kaufen wollte.

Aber man weiß es eben nicht. Nicht mit Sicherheit. Man kann einfach nicht genau sagen, wer sich irrt und wer nicht; selbst wenn man jeden Anrufer einem Lügendetektortest unterziehen könnte, würde man dadurch nicht die echten Fehler ausschließen können, geschweige denn die wirklich guten Lügner. Einmal kamen alle drei Beteiligten eines Dreiecksverhältnisses zu verschiedenen Zeiten – am selben Tag – auf die Polizeiwache, um zu melden, daß die jeweils anderen beiden vorhätten, denjenigen zu ermorden, der gekommen war, um die traurige Geschichte zu erzählen. Wir haben uns darüber amüsiert, nachdem sie schließlich alle weg waren. Wenigstens einer von ihnen log oder war verrückt, dachten wir einhellig. Wahrscheinlich alle drei. Und Clint Barrington – er war damals mein Partner; das war, bevor er sich zum Büro des Sheriffs versetzen ließ – sagte gemächlich: »Wenn du lange genug hier sitzt, kommt früher oder später jeder Irre in Fort Worth geradewegs durch diese Tür spaziert.«

Drei Wochen später erschoß der Liebhaber den verlassenen Ehemann im Schlafzimmer des Hauses der getrennt lebenden Ehefrau. Der Freund und die Ehefrau behaupteten, der Ehemann wäre ins Haus eingebrochen und hätte versucht, sie beide zu töten. Es gab stichhaltige Beweise, unter anderem unseren Tonbandmitschnitt eines hysterischen Anrufs in der Wache, die diese Behauptung bekräftigten. Wir mußten die Sache als Notwehr einstufen. Wir hatten keine andere Wahl, zumal es eine gerichtliche Verfügung gab, daß der Ehemann sich von seiner Frau fernzuhalten hatte, und die Haustür aufgebrochen war.

Aber ich hatte meine Zweifel.

Denn die Frau war eine Voodoo-Anhängerin.

Und als ich ins Haus kam, standen vier schwarze Kerzen auf dem Kamin, und in einem Voodoo-Buch, das auf dem Boden im Schlafzimmer lag, steckte ein Lesezeichen an einer Stelle, wo ein bestimmter Zauber erklärt wurde: »Wie du deinen Feind in sein Verderben lockst.«

Für diesen Zauber waren vier schwarze Kerzen erforderlich. Ich weiß es, weil ich die Beschreibung gelesen habe, in dem dunklen Schlafzimmer, wo noch Hirnmasse des Opfers an der Decke klebte. Ich habe sie gelesen und gedacht, na, wenn es mit den vier schwarzen Kerzen nicht klappt, gibt es immer noch das Telefon.

Also erzähl mir bloß keiner, daß Mörder nicht davonkommen. Das passiert jeden Tag.

Trotzdem hatte ich keinen Grund zu der Annahme, daß es hier um Mord – oder auch um potentiellen Mord – ging. Schließlich kannte ich Margali seit über fünfunddreißig Jahren. Sie war immer nervös gewesen, hatte immer eine Neigung zur Hysterie gehabt. Jetzt zeigte sie Anzeichen von Alkoholismus und von beginnendem oder akutem Irrsinn. Sicher, sie hatte mir gemeldet – inoffiziell und unprotokolliert –, daß jemand versuchte, sie umzubringen. Aber die Meldung klang alles andere als plausibel. Susan Braun war bereits hinzugezogen worden. Das schien mir genug. Es war eine Sache der Psychiatrie, nicht der Polizei.

Und so saß ich in der idiotischen Hotelhalle von einem Wohnzimmer, eingehüllt in der wohlig egozentrischen Lethargie der ersten Schwangerschaftsmonate, und hatte meinen wachsamen kriminalistischen Verstand völlig ausgeschaltet, während Dienstmädchen staubsaugten und -wischten und Margali in ihrem Schlafzimmer herumwirtschaftete und der Regen draußen niederprasselte, bis schließlich der Regen nachließ und es nur noch tröpfelte und die Reiter vom Stall herüberkamen.

Sie kamen durch die dreiteilige Glasschiebetür, alle dreizehn auf einmal, und alle waren bis auf die Haut durchnäßt und zitterten. Olead und Becky blieben gar nicht erst stehen; sie gingen direkt weiter in ihr Schlafzimmer. Nun ja, sie waren erst drei Wochen verheiratet; ich konnte mir gut vorstellen, daß ihnen schon was einfallen würde, um sich aufzuwärmen.

Sam rief gleich an der Tür nach Margali, und sie kam ins Wohnzimmer geeilt, als ob sie befürchtete, sonst verprügelt zu werden.

»Seit einem Jahr sage ich dir, daß du dich endlich mal um die Heißwasseranlage hier kümmern sollst!« brüllte Sam.

»Ich dachte da vielleicht an einen Whirlpool«, stammelte Margali.

»Scheiß-Whirlpool! Wir haben schon einen in der Stadt, das müßte an Albernheiten reichen. Was wir hier brauchen, ist ein zusätzlicher Durchlauferhitzer. Ach, zum Teufel, alles der Reihe nach; Esther, Dorcas, ab in die Wanne, hopp, hopp!«

Fara und Edward starrten beide Sam an, als hätte er den Verstand verloren. »Sie warten, bis sie an der Reihe sind«, sagte Edward.

»Ich sage, sie *sind* an der Reihe«, entgegnete Sam.

»Es sind meine Kinder –« setzte Edward an.

»Du gibst bei dir zu Hause den Ton an, und ich gebe bei mir zu Hause den Ton an«, rief Sam. »Die Kleinen sind durchgefroren bis auf die Knochen. Marsch in die Wanne, Kinder!«

»*Zusammen* in die Wanne?« fragte Dorcas, mit aufgerissenen Augen.

»Dein Auge soll deiner Schwester Blöße nicht sehen«, erklärte Edward.

Susan starrte ihn an: »In *meiner* Bibel steht das aber nicht.«

Edward funkelte sie einen Moment an und beschloß dann, lieber Fara anzufunkeln. »Kommt jetzt, Kinder«, sagte Fara leise, nahm die Kinder an die Hand und führte sie in Richtung Gästezimmer. »Nacheinander, und zwar fix, und dann kann Daddy ins Bad.«

Sam wandte sich um, brummte etwas vor sich hin, stapfte hinaus und ließ die anderen tropfend im Wohnzimmer stehen.

»Maria!« brüllte Jimmy. »He, Maria!«

Lupe tauchte so prompt auf, daß sie auf seinen Ruf gewartet haben mußte.

»Hol für uns alle heiße Handtücher!«

»Heiße Handtücher?« Lupe starrte ihn an.

»Verstanden, Handtücher? Du nimmst trockene Handtücher und tust sie in den Trockner und –«

Margali stand im Wohnzimmer, leicht schwankend, als würde das Chaos sie völlig konfus machen, und ging dann zielstrebig zur Bar.

»Schon gut, Lupe«, sagte Susan, »es sind genug Handtücher in den Schlafzimmern. Ich bin sicher, wir kommen schon allein klar.« Sie und Darlene gingen zusammen weg, und Jimmy zuckte die Achseln und ging dann auch.

»Keine heißen Handtücher?« wandte Lupe sich an Margali.

Margali sagte etwas Unverständliches und zog von dannen. Auch der Rechtsanwalt und der Geschäftsmann waren weg – ich hatte nicht mitbekommen, daß sie gegangen waren –, und jetzt befanden sich im Wohnzimmer nur Harry und Edward, die sich gegenseitig anstarrten, und ich. Edward wandte sich ab und marschierte hinaus, und Harry sagte: »So ein Chaos habe ich in meinem ganzen Leben noch nicht gesehen.«

»Was für ein Chaos?« fragte ich.

»Diese *Leute* hier!« Er machte eine ausladende Armbewegung. »Diese Operetten-Ranch! Ach, zum Teufel!« Auch er stapfte hinaus.

Ich blieb im Sessel sitzen. Es war der beste Platz für mich, wenn alle Schlafzimmer voller nasser Menschen waren, die versuchten, trocken zu werden.

Susan kam wieder herein, ein Handtuch um ihre herabfallenden Haarflechten gewickelt. »Dieser Edward ist wirklich der fieseste Bursche, der mir je untergekommen ist«, sagte sie zu mir, ohne auf ihrem Marsch in die Küche haltzumachen. Einen Augenblick später kam sie mit einer Plastiktüte wieder, die sie mit in ihr Schlafzimmer nahm.

Lupe kam aus der Küche mit einer Handvoll Plastiktüten. »Für nasse Sachen«, sagte sie zu mir und ließ sie neben mir liegen.

Es war der praktischste Vorschlag, den ich den ganzen Morgen gehört hatte. Ich vermutete, er stammte von Susan.

Nach einer Weile trudelte einer nach dem anderen wieder in dem sogenannten Wohnzimmer ein, und irgendwie wurde beschlossen – ich kann nicht mehr sagen, wer den Entschluß gefaßt hat, denn Sam war noch immer zu wütend für einen klaren Gedanken, und Margali war aus offensichtlichen Gründen noch viel weniger dazu imstande –, daß wir alle zusammen zum Stadthaus in Fort Worth fahren würden. Dort gab es schließlich einen beheizten Swimmingpool. Ein beheiztes Hallenbad. Und einen schönen Whirlpool. Und –

Ich fand die Idee großartig, besonders als Margali verkündete, daß wir dort zu Mittag essen sollten.

Ich wußte nicht, wie, es sei denn, ich war eingeschlafen, aber irgendwie war es inzwischen elf Uhr geworden, und ich zumindest hatte nicht gerade viel gefrühstückt. Meine Hoffnung darauf, daß die Atmosphäre beim Mittagessen besser sein würde, war zwar nur minimal, aber vielleicht gab es ja ein Büfett und wir mußten nicht alle zusammensitzen.

Und vielleicht konnte ich ja mit Harry zusammen nach Fort Worth fahren und dabei ein ganz klein wenig Normalität genießen.

Von wegen. Margali beschloß, daß ich bei ihr mitfahren sollte. Niemand außer Sam konnte eine von Margali getroffene Entscheidung aufheben, wie mir aufgefallen war, und Sam schien es egal zu sein, wer mit Margali fuhr. Bob Campbell und Carl Hendricks fuhren mit ihm.

Wenn wir mit dem eigenen Auto dagewesen wären, hätten wir uns rausreden können; ich hätte bloß zu sagen brauchen, daß ich mit Harry fahren würde, und damit basta. Aber wir hatten unseren Wagen an Margalis Stadthaus stehenlassen und waren in Oleads und Beckys Kombi mit nach Weatherford gefahren. Also saß ich offenbar in der Klemme.

»Ich denke, ich fahre bei euch beiden mit«, sagte Susan nachdenklich. »Darlene, es macht dir doch nichts aus, meinen Wagen zu fahren, nein?«

Natürlich machte es Darlene nichts aus. Margali schon, aber sie war noch gescheit genug, sich nicht mit ihrer Psychiaterin anzulegen, auch wenn sie der Meinung war, keine zu brauchen.

Es wäre schön, wenn ich sagen könnte, daß die Fahrt angenehm war und alle prima miteinander auskamen.

Es wäre schön, wenn ich sagen könnte, daß die Fahrt produktiv war und wir dahinterkamen, was mit Margali los war.

Doch die Fahrt war weder angenehm noch produktiv.

Mir wurde nämlich schlecht.

Man stelle sich folgendes vor: Eine große graue Limousine steht am Straßenrand. Der Chauffeur sitzt gelassen am Steuer, die Mütze über die Augen gezogen. Margali auf dem Rücksitz, auf der Fahrerseite, starrt entschlossen in die andere Richtung. Dr. Susan Braun, in Jeans und Cowboystiefeln, darüber eine braune Kordjacke, draußen mit mir. Und ich, in Freizeithose und »Big Shirt«, darüber eine blaue Nylonjacke, die fünfzehn Zentimeter kürzer ist als das Hemd, bin draußen im Graben und kotze.

Zu allem Überfluß hielt hinter uns Oleads brauner Ford Kombi mit Harry, Becky und natürlich Olead, die sehen wollten, was los war.

Ich brauche weder eine Psychiaterin noch einen Medizinstudenten noch meine jüngere Tochter und auch nicht meinen Mann, damit sie mir beim Kotzen helfen. Ich schaffe das ganz gut allein, danke.

Es gelang mir, Harry, Becky und Olead zum Kombi zurückzuscheuchen, obwohl sie nicht weiterfuhren; der Kombi blieb unerschütterlich hinter der Limousine stehen. Aber Susan wollte nicht gehen. Sie blieb in meiner Nähe und wollte unbedingt wissen, was ich seit dem Frühstück gegessen oder getrunken hatte. *»Nichts!«* schrie ich sie zwischendurch an, als ich gerade mal nicht würgen mußte.

»Gar nichts oder bloß nichts von Bedeutung?« Ihr Blick war voller Besorgnis, und wie immer löste sich eine Haarflechte.

»Nichts! Also schön, eine halbe Cola light, aber –«

»Aus der Dose oder –«

Ich funkelte sie an. »Du hörst dich genauso verrückt an wie Margali – oh –« Ich wollte sagen »oh, verdammt«, aber ich konnte das zweite Wort ein oder zwei Minuten lang nicht zu Ende sprechen. Als ich schließlich wieder sprechen konnte, fügte ich hinzu: »Verdammt, Susan, ich bin *schwanger,* okay?«

»Das habe ich mir gedacht. Warst du beim Arzt?«

»Natürlich war ich beim Arzt!« Sie hockte über mir wie eine Glucke. *Ich* bin die Glucke. Olead hat mich so genannt, letzten Mai, als er dachte, er würde wegen eines Mordes hingerichtet, den jemand anderes begangen hatte. Ich *bin* die Glucke. Ich *brauche* keine Glucke.

Susan war es egal, ob ich eine Glucke brauchte. »Mußt du dich schon länger so übergeben?«

»Ja, seit fünf Minuten.« Ich suchte nach irgend etwas, womit ich mir Gesicht und Hände abwischen konnte. Zwischen Fort Worth und Weatherford gibt es nicht einmal besonders viel Gras.

Susan fing an, Kleenex-Tücher aus einer dieser kleinen Handtaschen-Packungen zu zupfen und reichte sie mir einzeln. »Du weißt, was ich meine.«

»Manchmal wird mir eben schlecht, okay? Ich meine, geht es nicht den meisten Schwangeren so?« Na schön, sie machte sich meinetwegen Sorgen, ich sollte also nicht so grob sein. Ich fing von vorn an. »Wenn ich hungrig bin oder übermüdet oder wenn mir zu heiß ist; zum Beispiel kann ich zur Zeit keine Kopfbedeckung vertragen, denn wenn mein Kopf zu heiß wird – und ich kann meine Vitamine nicht mehr nehmen, nur nach dem Abendessen –«

»Aber es ist nichts Neues?« unterbrach sie mich. »Und die Cola light, war sie –«

Und plötzlich wußte ich, worauf sie hinauswollte. Ich richtete mich gerade auf und starrte in ein blasses, angsterfülltes Gesicht. »Susan, war da Arsen im Spiel, als Margali –«

»Nein, nein, natürlich nicht, ich hätte dich sofort angerufen.« Geistesabwesend begann sie, die widerspenstige Haarflechte hochzustecken. Den Mund voller Haarklammern, wiederholte sie: »Nein. Aber bei fast jeder Schwermetallvergiftung bekommt man die gleichen Symptome. Und ich habe auf nichts anderes hin untersucht. Weil –«

»Weil es Margali war. Ich weiß. Hätte ich auch nicht. Also gut. Ich habe eine halbe Dose Cola light getrunken. Sie war in einer Hausbar auf der Veranda. Die Dose war verschlossen, bis ich sie geöffnet habe. Aber –« Ich hielt inne und kam mir wie eine komplette Idiotin vor.

»Aber was?«

»Du hältst mich bestimmt für paranoid.« Das war eine dumme Bemerkung. Ist es eine Form von Paranoia, wenn man Angst davor hat, daß man für paranoid gehalten wird?

»Du bist nicht paranoid. Aber *was,* Deb?«

»Sie schmeckte schal. Sie – schmeckte einfach schal. Deshalb habe ich sie nicht ausgetrunken.«

»Was hast du mit dem Rest gemacht?«

»Ausgegossen. Auf die Erde vor der Veranda.«

Susan blickte zu den Wolken hoch. Bei vorsichtiger Schätzung waren in den letzten zwei Stunden etwa 150 mm Wasser auf uns niedergegangen. *»Scheiße!«* sagte sie laut und untypisch.

»Susan, ich glaube wirklich, die Cola light war in Ordnung. Wahrscheinlich kam es einfach daher, daß sie den ganzen Sommer da draußen in dem Schrank gestanden hat, in der Hitze – ich glaube, mir ist einfach von der Fahrt schlecht geworden. Das war früher schon so, als ich klein war. Es geht mir schon besser. Und –«

»Na gut«, sagte Susan. »Aber – halt mich auf dem laufenden, Deb. Wenn du dich wieder schlecht fühlst – erst recht, wenn es keinen offensichtlichen Grund gibt –«

»Werde ich.« Ich kam zu dem Schluß, daß ich meine Hände und mein Gesicht ohne ein Bad nicht noch sauberer bekommen würde. Und Kleenex ist biologisch abbaubar. Ich konnte die durchweichte Schweinerei guten Gewissens am Straßenrand liegenlassen.

Aber irgendwie war ich nicht sonderlich überrascht, als Susan sich bückte, ein Kleenex aufhob und ordentlich in die Zellophanpackung einwickelte, aus der sie es genommen hatte.

Den Rest der Rückfahrt nach Fort Worth saß ich vorn in der Limousine neben Mike, der eifrig bemüht war, mich nicht anzusehen. Ich hatte in den Kombi umsteigen wollen, doch Olead hatte – wohl zu Recht – darauf hingewiesen, daß der Wind von der Front, die gerade durchgezogen war, ziemlich stark war und daß der Kombi wie verrückt schaukelt. Ich würde mich viel wohler in der Limousine fühlen, die sehr viel schwerer ist und weniger Luftwiderstand hat.

Vielleicht.

Doch wie es aussieht – es sei denn, Susan hat recht, was ich wirklich nicht glaube –, werde ich den Rest der Schwangerschaft im Auto vorn sitzen müssen. Seit meinem siebten Lebensjahr ist mir hinten im Auto nicht mehr schlecht geworden.

Also saßen Margali und Susan auf dem Rücksitz, soweit auseinander wie möglich (oder zumindest soweit Margali von Susan wegrücken konnte), und ignorierten einander geflissentlich. Oder zumindest ignorierte Margali Susan. Susan, glaube ich, ignorierte es, ignoriert zu werden.

Die daraus resultierende Stille gab mir etwas Zeit zum Nachdenken; offenbar hatte mich die kleine Kotzpause draußen im kalten Regen wieder etwas wacher gemacht, und ich hatte die Lethargie des Tages zumindest vorübergehend abgeschüttelt. Ich dachte über Sam nach – Sam am Frühstückstisch – *Dein Spanisch ist eine Katastrophe* – wie ein Unidozent; und Sam nach dem Ausritt – *Scheiß-Whirlpool ... Ach, zum Teufel ...* Wie Lyndon B. Johnson, oder zumindest wie Sam Langs Parodie von LBJ.

Wer war der richtige Sam? Etwa beide? War Sam genauso widersprüchlich angelegt wie Margali?

Ich wünschte, ich hätte ihn besser gekannt. So jedoch konnte ich ihn eigentlich nicht beurteilen, aber zwei Dinge waren mir klar: Sam mochte Margali ja noch lieben, aber er konnte sie nicht mehr leiden, und Margali hatte Angst vor Sam.

Doch von einer schlechten Ehe bis zum Mord ist es ein weiter Weg. In diesem wie in jedem anderen Staat gibt es mehr Scheidungen als Morde.

Hinter mir regte sich Margali. »Sie haben dich also auch vergiftet«, sagte sie mit düsterem Vergnügen.

»Niemand hat mich vergiftet, Margali«, sagte ich und hörte ausdruckslose Erschöpfung in meiner Stimme. »Mir ist bloß vom Autofahren schlecht geworden, mehr nicht. Tut mir leid, ich weiß, daß ich schrecklich rieche, aber –«

Sie beugte sich etwas vor, und da schwante mir, daß dieser Wagen, wie die Veranda, wie das kulissenhafte Wohnzimmer, wie bestimmt jeder Ort, wo sich Margali eine gewisse Zeit lang aufhalten würde, eine Bar hatte. Und die öffnete sie jetzt. »Debra, soll ich dir einen Drink machen?«

Debra. Nicht Debra-Schatz. Offenbar war es ganz und gar nicht en vogue, wenn einem im Auto schlecht wurde; Margali hatte mich längst nicht mehr so gern wie sonst.

»Ist Cola da?« fragte ich.

Es war keine Cola da. Es war kein 7-Up da. Es war kein Sprite da. Ich begnügte mich mit Sodawasser und einem Spritzer Limonensaft. Das Sodawasser war in einer verschlossenen Flasche. Der Limonensaft nicht. Ich konnte Susan ansehen, daß sie Bedenken hatte, aber das war mir egal; ich mußte diesen widerlichen Geschmack aus dem Mund bekommen, und in einem Spritzer Rose's Limonensaft konnte unmöglich so viel Arsen oder sonst was stecken, daß es großen Schaden anrichten konnte.

Zumindest glaubte ich das.

Susan fragte den Chauffeur, ob es ihm etwas ausmachen würde, kurz beim T-Com anzuhalten, weil sie dort rasch was erledigen müßte. Sie wußte, daß es Umstände machte, sagte sie zu Margali, aber so würde sie nicht extra noch mal hinfahren müssen, und wenn niemand was dagegen hatte ...

Es hatte niemand was dagegen.

Natürlich wollte sie nicht ins *Texas College of Osteopathic Medicine,* sondern in ein kleines Backsteingebäude direkt daneben, das kleine Backsteingebäude, in dem sich die Gerichtsmedizin von Tarrant County befindet.

Das Gebäude ist mit allen möglichen Untersuchungsgeräten ausgestattet. Im Laufe der Jahre habe ich dort bestimmt von sämtlichen Geräten schon einmal Testergebnisse angefordert. Trotzdem war es ein komisches Gefühl zu wissen, daß die Probe, die gerade dort abgeliefert wurde, unsichtbar verstaut in Susans bauchiger Riesenhandtasche, von mir stammte. Von mir stammte und unterwegs ins toxikologische Labor war.

Wir warteten etwa fünf Minuten, bis Susan wiederkam, mit einem recht zufriedenen Ausdruck im Gesicht. »Und?« fragte ich.

»Sie geben mir morgen Bescheid«, sagte sie.

Wir waren am Freitag abend nicht in Sams und Margalis Stadthaus gewesen; wir hatten einfach unseren Wagen dort abgestellt und waren mit Olead zur Ranch gefahren, weil er mit Jimmy schon mal dort gewesen war und den Weg kannte. Als ich jetzt, wieder in Fort Worth, das Haus zum ersten Mal bei Tageslicht sah, wurde mir wieder bewußt, daß die Definition des Wortes *Villa* – und Margali Bowmans Villa in Ridglea tauchte als Beispiel für ein märchenhaftes Anwesen noch immer ziemlich regelmäßig in Zeitschriften und Wochenmagazinen auf – recht dehnbar ist.

Um deutlich zu machen, was ich meine: Mein Haus hat drei Schlafzimmer, ein Wohnzimmer, eine Küche, die so klein ist wie eine Besenkammer, zwei Badezimmer, eine winzige Diele und eine angebaute Garage. Wir haben es damals für 49 000 Dollar neu gekauft, was einfach zuviel ist, wenn man bedenkt, daß es aus diesen billigen bröckligen mexikanischen Ziegeln gebaut wurde, vor denen ständig im Fernsehen gewarnt wird, und das Betonplattenfundament (wie wir erst geraume Zeit nach dem Einzug feststellten) so miserabel gegossen ist, daß wir unter dem Eßzimmerteppich einen Riß haben, der uns nicht nur eine ständige Ameisenplage beschert hat, sondern inzwischen so breit ist, daß in gewissen Abständen richtiges Gras aus dem Fußboden wächst.

Wir könnten das Haus heute für 65 000 Dollar verkaufen. Doch dann müßten wir ein anderes suchen, und für ein besseres würden wir wahrscheinlich mindestens 75 000 hinlegen müssen. Das können wir uns absolut nicht leisten. Manchmal denke ich, wir können uns nicht mal unser jetziges Haus leisten.

Margali Bowmans und Sam Langs Haus hat – wenn man den Zeitschriften glauben darf – zwei Millionen Dollar gekostet. Natürlich wurde es mit den allerbesten Ziegeln gebaut und hat auch kein Betonplattenfundament, sondern, und das ist in Fort Worth ungewöhnlich, ein richtiges Kellergeschoß.

Die Grundfläche ist vermutlich doppelt so groß wie bei unserem Haus, wenn nicht größer, und es liegt einfach traumhaft. Es hat ein gesondertes Eßzimmer und Frühstückszimmer, einen großen Fernsehraum, eine große Küche, ein Hallenbad und fünf Badezimmer.

Ach ja, und vier Schlafzimmer. Eins mehr als bei mir zu Hause. Eins für Margali, eins für Sam, eins für Jimmy und ein weiteres Gästezimmer, das zur Zeit von Darlene benutzt wurde, von der mir noch immer nicht ganz klar war, welche Rolle sie eigentlich in dem Haushalt spielte.

Ich war so müde, daß ich nicht mehr klar denken konnte. Spontan wäre ich am liebsten zu Harry gegangen und hätte ihn gebeten, mich nach Hause zu bringen, aber erstens hatte ich nicht die geringste Ahnung, wo Harry war, und zweitens hatte ich noch immer keine Gelegenheit gehabt, mich mit Fara zu unterhalten, die in dem Moment zur Haustür herauskam, als wir aus der Limousine stiegen.

Übrigens hatte ich auch noch nicht in Ruhe mit Susan gesprochen, aber bei ihr hatte ich jederzeit die Möglichkeit dazu.

Margali ging schnurstracks an Fara vorbei und sagte barsch: »Fara, kümmere dich um Debra.« Sie fegte weiter durch ins Haus und ließ Fara in der Auffahrt stehen, rechts und links ein kleines Mädchen, und alle drei starrten mich an.

»Mich um dich kümmern? Was meint sie damit?« fragte Fara mich. »Soll ich dir zeigen, wo du dir deinen Badeanzug anziehen kannst? Nach dem Schwimmen gibt's natürlich Mittagessen.«

»Ich gehe nicht schwimmen.«

»Würde dir aber guttun«, schaltete sich Susan hinter mir ein. »Ehrlich, Deb, schwimmen in einem schönen beheizten Pool wird dir nicht schaden.«

»Ich gehe nicht schwimmen«, wiederholte ich, den Tränen bedrohlich nahe. Wieso war Harry nicht gekommen, um nachzusehen, ob es mir besser ging? War er schon im Pool?

Ach was, ich benahm mich albern. Er wußte, daß es mir gutging. »Fara, mir ist während der Fahrt schlecht geworden. Ich brauche ein Bad –«

»Oh, du Arme! Komm mit, wer hat dein Gepäck? Esther, Dorcas, wißt ihr, wer Olead ist? Das ist der nette große Mann mit braunen Haaren und blauen Augen. Sucht Olead und sagt ihm, er soll Tante Debs Koffer bringen.«

Die kleinen Mädchen, begeistert wie alle Kinder, wenn sie helfen dürfen, rannten los, und Fara sagte: »Was dieses Haus *überreichlich* hat, sind Badezimmer. Aber wenn du dich irgendwo etwas hinlegen willst –«

»Will ich«, unterbrach ich sie.

»Ich kümmere mich drum.«

Ich war überrascht, wie resolut ihre Stimme klang, wie sie plötzlich die Führung übernahm, aber andererseits war es auch das erste Mal an diesem Wochenende, daß ich sie nicht in Edwards Nähe erlebte. Vielleicht war sie weniger passiv, wenn seine Gegenwart sie nicht einschüchterte.

»Deb, dir ist doch nicht wieder schlecht?« Susans Stimme, hinter mir, klang eindringlich. »Vielleicht sollte ich –«

»Mir ist nicht schlecht. Ich bin nur *müde.*«

Fara suchte mir ein freies Badezimmer und bereitete dort alles für mich vor. Sie sagte, ich sollte die Außentür unverschlossen lassen und Dolores würde meine Sachen holen und sie waschen. Ich hätte doch bestimmt saubere Kleidung zum Wechseln dabei, nicht wahr?

Hatte ich, da Lupe oder jemand anderes vom Personal, während ich Videofilme guckte, meine Kleidung von Freitag abend abgeholt und sie gewaschen und gebügelt zu meinem Gepäck von Samstag morgen gelegt hatte.

Während ich mich in der Badewanne aalte, war mir völlig klar, daß Susan recht hatte. Nach ein paar Runden im Swimmingpool hätte ich mich besser gefühlt. Ich wäre wahrscheinlich auch nicht mehr so müde gewesen. Der Grund, warum ich nicht schwimmen ging, war ganz einfach.

Ich hatte – noch – keinen Umstandsbadeanzug.

Ja, ich habe Fotos gesehen von diversen Prinzessinnen im Bikini, schadenfroh in Zeitungen und Zeitschriften abgedruckt, bei denen die gerundeten Formen der fortgeschrittenen Schwangerschaft für alle Welt sichtbar waren.

Aber ich bin keine Prinzessin, weder eine englische noch eine monakische – monegassische, wie mir mal jemand gesagt hat und worauf ich nie gekommen wäre. Ich bin eine Amerikanerin aus der Mittelschicht, zweiundvierzig Jahre alt, und solche Bilder finde ich einfach unanständig.

Ich hatte mich noch immer nicht mit Umstandskleidung anfreunden können.

Schön, es wurde langsam Zeit. Ich hatte alle meine Polyesterhosen so weit gedehnt, daß ich sie nach der Geburt bestimmt nicht mehr würde anziehen können. Aber ich konnte nicht in Umstandskleidung im Büro auftauchen, solange ich dem Captain nicht gesagt hatte, daß ich schwanger war, und dazu fühlte ich mich noch nicht imstande.

Aber etwas, wozu ich eindeutig nicht mehr imstande sein würde, war, in einen normalen Badeanzug reinzukommen.

Jemand klopfte an der Tür. »Deb, alles in Ordnung?«

»Ja, Fara«, rief ich. »Ich bin gleich fertig.«

»Okay, dein Mann wollte es nur wissen.«

»Sag ihm, mir geht's gut.« Ich fühlte mich etwas besser, jetzt, da Harry sich nach mir erkundigt hatte.

»Und Mutter sagt, du kannst dich in ihrem Zimmer etwas hinlegen; sie macht es gleich frei.«

Widerwillig – ich wäre am liebsten eine Stunde in der Wanne geblieben, und mein Gynäkologe hat mir aus Gründen, die er selbst am besten kennt, verboten, während der Schwangerschaft in einen Whirlpool zu steigen oder in eine Sauna zu gehen – stieg ich aus der Wanne, trocknete mich ab und zog mich an.

Fara, in einem Badeanzug von verblüffender Sittsamkeit – die Beine gingen fast bis zu den Knien, und enganliegende Ärmel bedeckten die Arme; ich konnte mir nicht vorstellen, wo sie den aufgetrieben hatte –, wartete in der Diele. »Hier lang«, sagte sie.

Die Tür vor uns ging plötzlich mit Schwung auf, und heraus kam Margali im Bikini – ein Anblick, den man sich besser vorstellen als beschreiben oder ansehen sollte. »Schlaf schön, Debra, Schatz«, sagte sie heiter, während sich ihre Tür hinter ihr schloß.

Als sie vorbeiging, ohne auch nur ein Wort an ihre Tochter zu verlieren, sah ich, daß sie ein Glas in der Hand hielt. Natürlich war es mit einer bernsteinfarbenen Flüssigkeit und ein paar Eiswürfeln gefüllt. Es roch nicht nach Eistee.

»Debra, das hier wollte ich dir zeigen«, sagte Fara und öffnete die Tür wieder.

Das Schlafzimmer war etwa so groß wie das Wohnzimmer *und* die Eßecke *und* die Küche meines Hauses. Das war nur das Schlafzimmer; nicht mitgerechnet das angrenzende Badezimmer mit in den Boden eingelassener Badewanne und einer ganzen Wand voller Wäscheschränke und auch nicht den begehbaren Wandschrank, der etwas größer war als mein Schlafzimmer.

Ein schöner weißer Kamin nahm eine ganze Wand ein. Er war noch nicht für den Winter fertiggemacht worden, und ein Strauß Pfauenfedern in einer orientalischen Vase stand zwischen zwei verzierten Kaminböcken.

Ein riesiges Doppelbett, ohne Kopf- und Fußbrett, stand genau in der Mitte des Raumes und war mit einer wunderbaren Tagesdecke aus Pelz bedeckt.

Ansonsten konnte ich mich nicht entscheiden, wonach der Raum am ehesten aussah: als hätten ihn Einbrecher durchwühlt oder als wäre eine Bombe eingeschlagen.

Kapitel 4

»Um Himmels willen, was ist denn hier passiert?« fragte ich.

Jede Schublade in der großen verzierten Wäschekommode, der langen passenden Frisierkommode und dem passenden Toilettentisch mit dem großen geschliffenen Spiegel war herausgezogen, und der Inhalt ergoß sich auf den Fußboden. Kleidungsstücke, Kosmetikartikel, Schmuck und Schuhe sowie ein Sammelsurium von Zeitschriften, Büchern und Schallplattenhüllen bedeckten fast jeden Quadratzentimeter des Teppichs. Wenn die verstreuten Gegenstände nicht offensichtlich teuer gewesen wären, hätte ich gedacht, ich würde auf das Territorium eines extrem unordentlichen Teenagers blicken.

»Nun sieh dir *das* an«, forderte Fara mich auf und führte mich in den geräumigen begehbaren Wandschrank.

Kleidungsstücke, von Negligés bis zu Nerzmänteln, lagen verstreut auf dem Boden, genau wie im Schlafzimmer. Und Schuhe – im Vergleich zu Imelda Marcos war Margali noch harmlos, aber bestimmt konnte sie wenigstens ein Jahr lang jeden Tag ein anderes Paar tragen. Etwa ein Drittel davon türmte sich entweder in unordentlichen Haufen oder war kunterbunt durcheinander wieder auf die Regale geworfen worden, so daß kein Paar zusammen war. Fara hob ein weißes Satin-Abendkleid auf, und darunter, mitten in dem Durcheinander, war ein offener Safe in den Boden eingelassen. Fara legte das Kleid beiseite und schloß den Safe, soweit es ging, ohne das blaue Stück Stoff wegzunehmen, das im Deckel festzuhängen schien. Ich konnte einen Schlüssel sehen, der an einem großen Schlüsselring, der einem Gefängniswärter Ehre gemacht hätte, befestigt war und aus dem Schloß ragte. Sie öffnete ihn wieder, so daß die zahllosen Schlüssel, die an demselben Ring hingen, mißtönend klimperten.

»So sieht es hier immer aus«, sagte sie.

»Bei den vielen Hausangestellten? Ist das dein Ernst?«

Fara nickte. »Sie läßt sie herein, damit sie jeden Tag das Bett frisch beziehen und die Handtücher wechseln. Sie behält sie währenddessen im Auge. Einmal die Woche holt Dolores die schmutzige Wäsche aus dem Schlafzimmer und dem Bad. Ansonsten dürfen sie hier nicht rein.«

»Aber früher war sie doch –« Ich stockte und kam mir dumm vor. Es war ja gerade der Gegensatz zwischen damals und heute, der Fara beunruhigte. Oder zumindest Teil dessen war, was Fara beunruhigte.

»Ich weiß.« Fara nickte. »Früher hat sie aufgeräumt, bevor die Zimmermädchen kamen, damit sie sie nicht für schludrig hielten. Sie hat immer einen Wutanfall gekriegt, wenn Jimmy oder ich zum Frühstück runterkamen, ohne unsere Betten gemacht zu haben. Jetzt – jetzt ist es ihr einfach *egal,* Deb.«

»Das ist seltsam –« setzte ich an.

Fara bückte sich und hob eine Stola aus langhaarigem grauen Pelz vom Boden auf. »Ich glaube, das trifft es nicht ganz«, unterbrach sie mich. »Egal ist vielleicht nicht das richtige Wort. Es ist – es ist, als ob sie das hier nicht mal *sieht.*«

»Wenn es immer so ist wie jetzt, sieht sie es wahrscheinlich auch nicht mehr«, sagte ich.

»Aber wie ist es so weit gekommen, daß sie dieses Chaos nicht sieht?« Fara schüttelte den Kopf, streichelte geistesabwesend die Stola mit ihren abgearbeiteten Händen und wickelte sie dann um einen dicken blauen Plastikbügel. »Schon gut, du hast darauf genausowenig eine Antwort wie ich.«

Abrupt beugte sie sich über den Safe, um das hervorlugende blaue Stück Stoff aufzuheben. »Das hat hier nichts zu suchen.« Sie hielt einen kleinen blauen Beutel aus Baumwollsamt hoch, wog ihn einen Moment in der Hand und warf ihn mir zu. »Sieh mal rein.«

Ich schüttete den Inhalt in meine Hand. Geschliffene, aber ungefaßte Edelsteine, funkelndes Rot, Grün, Blau, Weiß, Regenbogenfarben. »Himmel«, sagte ich unangemessenerweise. Ich konnte mir noch nicht mal annähernd vorstellen, was sie wohl wert sein mochten. Als ich das letzte Mal meinen Verlobungsring hatte reinigen lassen, sagte mir der Juwelier, der Stein sei nun um die 300 Dollar wert; er war nicht ein Zehntel so groß wie der kleinste dieser Diamanten, Rubine, Smaragde oder Saphire.

»Echt?« fragte ich Fara.

Sie nickte.

»Margalis?«

»Sams. Er nennt sie – warte – eine Absicherung gegen die Inflation oder so ähnlich. Er sagt – sie sind so gut transportfähig. Wenn es einen atomaren Angriff gibt oder eine Revolution oder so was in der Art, können wir mit einem Vermögen in der Tasche abhauen.«

Bei all den Rüstungsbetrieben in Fort Worth würde im Falle eines atomaren Angriffs wohl niemand mehr abhauen. Wir wären hier ein Hauptangriffsziel. Aber ich nickte bloß. »Da wärt ihr nicht die ersten.« Ich schüttete die Steine wieder in den Beutel und gab ihn ihr zurück.

Sie nahm ihn fast widerwillig entgegen. »Ich kapiere nicht, was sie uns in so einer Situation nützen könnten. Du kannst sie nicht essen. So, wie sie jetzt sind, kannst du sie nicht mal tragen. Und falls doch, würden sie dich nicht wärmen. Aber das ist typisch Sam. Ich weiß nicht, was sie hier drin zu suchen haben. Sie gehören eigentlich in Sams Safe. Aber Mutter ist eine diebische Elster.«

Sie tat den Beutel zurück in den Safe und holte einen Packen Papiere hervor, die in einen zerrissenen und blaßblauen Schutzumschlag eingebunden waren. Neugierig öffnete sie ihn. »Hab' ich's mir doch gedacht. Sie war an Sams Safe.«

»Ach ja?« fragte ich und stellte mir eine Ehe vor, in der Mann und Frau einen eigenen Safe brauchten; ich war froh, daß ich nicht so eine Ehe führte.

»Das ist Mutters Testament. Es liegt normalerweise in Sams Safe.« Mit diesen Worten klappte sie es wieder zu.

»Darf ich mal sehen?« fragte ich.

Fara reichte es mir, mit einem verdutzten Ausdruck im Gesicht. Ich öffnete es nicht; das hatte sie schon getan, und ich zweifelte nicht an ihrer Aussage, daß das hier Margalis Testament war. Oder zumindest ihr offizielles Testament, das, von dem ihre Familie wußte.

Aber es war nicht das, was sie mir gezeigt hatte. Um das zu wissen, mußte ich es mir nicht genauer ansehen. Es war vollkommen trocken, so trocken, daß es fast brüchig war. Und eines wußte ich mit absoluter Sicherheit: Das Testament, das Margali mir gezeigt hatte, wo immer es jetzt sein mochte, war noch immer naß. Nicht bloß feucht, sondern völlig durchnäßt. Und das verblaßte Blau des Umschlags von diesem Testament verglichen mit dem leuchtenden Blau des anderen sagte mir, welches neuer war.

Das hier war nicht Margalis Testament. Nicht mehr.

Fara saß jetzt vornübergebeugt auf dem Boden und wühlte in dem metallverkleideten Loch im Fußboden herum. »Sams Testament müßte eigentlich – ja – da ist es. Sie hat beide. Oder wie viele es zur Zeit gibt.«

Ich mußte erstaunt dreingeschaut haben, denn Fara verzog das Gesicht. »Sie schreibt ihr Testament ständig neu. Sie denkt, mit Geld kann man Menschen an sich binden, nicht mit Liebe, nicht mit Anstand. Nur mit Geld. Meist liegt das neue einen Tag oder so im Haus herum, und dann wirft sie es in den Papierkorb. Dasjenige, das Sam hat – oder eigentlich haben müßte –, soll wohl das offizielle sein. Sie dürfte eigentlich nur Sams haben, und er müßte eigentlich ihres haben. Na gut, ich sag's ihm später. Er kann es sich irgendwann wiederholen, wenn sie ihren Rausch ausschläft.« Sie richtete sich auf, und ich gab ihr das andere Testament zurück. Nachdem sie beide in den Safe geworfen hatte, schloß sie den Deckel und zog den Schlüssel ab. Ich folgte ihr zurück ins Schlafzimmer, wo sie den riesigen Schlüsselbund in die oberste Schublade von Margalis Kommode legte. »Das ist wirklich wahnsinnig sicher«, bemerkte sie, »den Schlüssel im Zimmer direkt neben dem Safe aufzubewahren.«

»Wieso hat sie kein Kombinationsschloß?« fragte ich. »Die meisten Safes haben überhaupt keinen Schlüssel.«

»Kannst du dir Mutter vorstellen, wie sie ein Kombinationsschloß öffnet? Es ist schon schlimm genug, wenn sie den Schlüssel verlegt – das hier ist der einzige, den wir haben, weil sie den anderen verloren hat. Weiß der Himmel, was wir machen, wenn sie den hier auch noch verliert. Wahrscheinlich einen Safeknacker engagieren. Könntest du da einen empfehlen?« Sie lachte gequält.

»Die Herstellerfirma könnte ihn öffnen.«

Fara knallte die Schublade zu und drehte sich zu mir um. »Aber verstehst du, was ich meine? Sie ist absolut unvorsichtig, und –«

»Aber das Haus hat doch bestimmt eine Alarmanlage?« War Fara deswegen besorgt, Einbruch? Irgendwie hatte ich nicht den Eindruck.

»O ja, es gibt eine Alarmanlage mit direkter Verbindung zu einem Sicherheitsdienst«, sagte Fara. Sie setzte sich unvermittelt auf eine Ecke des pelzbedeckten Bettes. »Die Alarmanlage ist erstklassig. Aber hier gehen auch ständig zahllose Hausangestellte ein und aus. Sie heuert sie von der Straße weg an – meistens Ausländer ohne Papiere, vermute ich – und zahlt ihnen Hungerlöhne.« Sie lächelte traurig. »Deshalb nennt Jimmy alle Frauen Maria und alle Männer José. Die meisten bleiben nur so kurz, daß wir nicht mal wissen, wie sie heißen. Ich meine, Mutter weiß nicht einmal, daß sie *wirkliche Menschen* sind. Sie behandelt sie, als wären sie Roboter, die keine Gefühle und keinerlei Bedürfnisse haben. Und Sam überläßt die Haushaltsführung ausschließlich Mutter. Und Sanchita natürlich.«

»Sanchita?«

»Die Haushälterin. Sie ist schon eine Ewigkeit hier. Sie hat eine kleine Wohnung über der Garage. Dolores ist ihre Tochter; deshalb nennt nicht mal Jimmy Dolores Maria.«

Ich setzte mich neben sie. »Dann engagiert wohl Sanchita das übrige Personal?«

»Manchmal. Aber ansonsten macht Mutter es selbst. Direkt von der Straße weg.«

»*Buchstäblich* von der Straße –«

Fara verzog das Gesicht. »Deb, ich bin dabeigewesen und habe miterlebt, wie sie mit dem Wagen bei einer Gruppe Männer angehalten hat, die an einer Straßenecke standen, und zu ihnen gesagt hat, sie sollen einsteigen, daß sie Arbeit für sie hat. Ehrlich, Deb, es war mir so peinlich, daß ich am liebsten im Boden versunken wäre – ich meine, sie hat schon versucht, Leute von der Straße anzuwerben, und es stellte sich heraus, daß es Geschäftsleute waren oder Lehrer, und einmal wollte sie einen Mann für die Gartenarbeit anheuern, und er hat vergeblich versucht, ihr zu sagen, daß er einen Radiosender hat, und sie hat ihm nicht mal *zugehört.* Und die, die sie bekommt, bleiben natürlich nicht lange; sie behandelt sie wie den letzten Dreck und meint noch, sie müßten ihr dankbar sein, daß sie für sie arbeiten dürfen.«

Sie verstummte.

Ich erwiderte nichts. Mir fiel nichts ein. Wir waren ohnehin schon ziemlich abgeschweift; wenn wir einen Einbruch untersucht hätten, wäre das Thema interessant gewesen, aber dem war nicht so. Soweit ich wußte, untersuchten wir eigentlich gar nichts.

Dann, verspätet, drang eine Bemerkung, die Fara gemacht hatte, in mein Bewußtsein. »Ich dachte, Margali würde nicht mehr selbst fahren.«

»Sie darf es nicht. Sam und Mike haben alle Autoschlüssel, außer die von Jimmys Wagen, und er soll darauf achten, daß sie nicht an seine Schlüssel rankommt. Aber hin und wieder bekommt sie welche in die Finger, und wenn das passiert, ist sie weg.«

Schweigend verdaute ich die Informationen. Margali hatte mir gegenüber behauptet, daß es ihre Entscheidung war, mit Chauffeur zu fahren, daß sie zu »nervös« war, um noch selbst zu fahren. Doch jetzt eröffnete Fara mir, daß Margali nicht fahren durfte und es trotzdem tat, sobald sich die Gelegenheit ergab.

Das war interessant.

Fara zuckte verlegen die Achseln. »Deb, ich weiß, es war gemein von mir, dich dieses Wochenende hierher einzuladen, wo ich doch wußte, wie es werden würde. Aber ich hatte Angst, du würdest mir nicht glauben, wenn ich es dir bloß erzählt hätte. Und ich weiß nicht, mit wem ich reden soll. Ich weiß einfach nicht, was ich machen soll. Ich glaube, sie ist verrückt. Ich glaube, meine Mutter ist verrückt, und niemandem außer mir scheint das etwas auszumachen!«

»Fara«, fragte ich, »willst du, daß ich dir einen Rat gebe, oder was?«

»Ich weiß nicht, mit wem ich sonst reden soll, Deb! Es tut mir leid, ich weiß, du hast viel zu tun, aber –«

»Das Problem ist nicht, daß ich viel zu tun habe«, sagte ich zu ihr. »Ich weiß einfach nicht, welchen Rat du von mir willst. Wenn es um Einbruchsicherung geht –«

Fara setzte sich etwas zurück und starrte mich an. »Einbruchsicherung? Deb, was um Gottes willen hätte ich –«

»Fara, was möchtest du von mir?« Ich konnte hören, daß meine Stimme extrem angespannt war; wenn ich nicht befürchtet hätte, daß es jemand mitbekam, hätte ich jetzt wahrscheinlich fast geschrieen.

»Mutter!« erwiderte sie und wischte sich mit dem Handrücken über die Augen. »Deb, was soll ich nur mit ihr machen? Wie ich dir gesagt habe, ich bin die einzige, die sich Sorgen macht!«

»Glaubst du, Sam macht sich keine Sorgen?«

Sie schüttelte den Kopf. »Sam möchte nicht behelligt werden.«

»Fara, er hat sich die Mühe gemacht, ihr eine sehr gute Psychiaterin zu besorgen.«

»Aber er gibt sich keine Mühe, den Alkohol von ihr fernzuhalten.«

»Das ist vielleicht nicht so einfach, wie du glaubst.«

»Natürlich nicht, aber – o Deb!« Sie fuhr sich mit den Fingern vorn durchs Haar, zog dabei ein paar Strähnen aus dem Knoten los. »Eine Psychiaterin, ja, er hat ihr eine Psychiaterin besorgt, aber wenn du sie an dem Tag erlebt hättest, als er das getan hat, wüßtest du, warum. Er hatte gehofft, er könnte sie in eine Klinik einweisen. Ich in gewisser Weise auch; zumindest wäre sie dort sicherer. Aber –« Sie schüttelte wieder den Kopf.

Es war nicht nötig, es näher zu erklären. In Texas, wie in den meisten anderen Staaten, ist es schwierig, wenn nicht gar unmöglich geworden, jemanden gegen seinen Willen in eine Klinik einzuweisen, außer es kann überzeugend nachgewiesen werden, daß die betreffende Person, so sie weiter in Freiheit bleibt, eine eindeutige und unmittelbare Gefahr für sich selbst und für andere darstellt.

Die Gerichte legen den Begriff »eindeutige und unmittelbare Gefahr« sehr streng aus. Jemand, der im Schneesturm an einer Straßenecke nächtigt, ist dieser Auslegung nach keine eindeutige und unmittelbare Gefahr für sich selbst. Letzten Endes läuft es darauf hinaus, daß in den meisten Fällen jemand bereits tot ist, bevor man eine eindeutige und unmittelbare Gefahr nachweisen kann.

Margali – solange Autoschlüssel von ihr ferngehalten werden konnten – war für niemanden außer für sich selbst eine Gefahr. Es gab nicht die geringsten Anzeichen dafür, daß sie gewalttätig werden würde. Und das Gesetz in seiner gegenwärtigen Fassung garantiert jedem erwachsenen Bürger das Recht, sich totzusaufen, solange er den Alkohol bezahlen kann und sich nicht in der Öffentlichkeit betrinkt.

Ergo konnte Margali nicht ohne ihre Zustimmung in eine psychiatrische Klinik eingewiesen werden, und diese Zustimmung würde sie zweifellos nicht geben.

Niemand wünscht sich die schlechten alten Zeiten wieder, als Minderjährige oder Frauen auf das Wort eines erwachsenen Mannes hin für unbestimmte Zeit in eine Anstalt eingewiesen werden konnten, aber es sollte doch eine Art Mittelweg geben.

Was mich auf eine andere Frage brachte – »Es ist gar keine Fernsehserie geplant, nicht wahr, Fara?« fragte ich.

Unglücklich schüttelte Fara den Kopf. »Sie hat nicht mal mehr einen Agenten. Als ihr letzter Agent starb, hat die Agentur sie abserviert, und Mutter konnte keinen neuen finden, der sie vertreten wollte.«

»Aber sie glaubt doch ernsthaft –«

»Ich weiß nicht, was sie glaubt! Ich weiß nicht, ob sie sich das alles einbildet oder ob ihr jemand was einflößt.«

»Was einflößt?« fragte ich. »Phencyclidine? Engelsstaub?«

Fara starrte mich an. »Wovon redest du?«

»Na ja, du hast gesagt – oh!« Jetzt schüttelte ich den Kopf. »Du meinst, jemand flößt ihr was ein im übertragenen Sinn, nicht im wörtlichen. Ihr was einreden –«

»Was hast *du* denn gedacht, wie ich es meine? Ach, dieses Märchen, daß jemand sie vergiften will?« Fara blickte mich nicht an; sie sah auf ihre Hände, die ziellos kleine Muster auf das dichte weiße Fell – Nerz? Hermelin? – malten, das das Bett bedeckte. »An dem Tag hat Sam die Psychiaterin geholt. Er hat wirklich versucht, sie einweisen zu lassen. Und sie hat pausenlos geschrieen und ein Theater gemacht –«

»Glaubst du, sie hat nur so getan?« unterbrach ich sie.

Fara schüttelte den Kopf. »Ich weiß nicht, was ich glaube. In dem Fall weiß ich einfach nicht, was ich glauben soll. Ich meine, sie war zweifellos wirklich krank, aber –« Sie brach ab, schüttelte weiter den Kopf. War das eine nervöse Angewohnheit? Merkte sie überhaupt, daß sie es tat?

»Aber was?« drängte ich schließlich.

»Wer sollte ihr was tun wollen? Und wieso?«

»Sie hat mir erzählt, es wäre wegen ihres Testaments. Sie hat ständig von ›sie‹ geredet. Und dann hat sie gesagt, ›sie‹ wären Sam und Jimmy und du. Aber als ich sie gefragt habe, ob sie glaubt, du und Sam und Jimmy würden versuchen, sie umzubringen, meinte sie nein. Und dann hat sie gesagt, nicht Fara.« Doch der Grund, warum sie Fara von der Liste gestrichen hatte, so erinnerte ich mich plötzlich, war nicht besonders überzeugend. Genaugenommen war ich dabei, einen Vertrauensbruch zu begehen. Aber –

Also schön. Ob es nun richtig war oder nicht, ich dachte, Fara hatte das Recht zu erfahren, was los war. Fara. Nicht Jimmy, dem ich absolut nicht über den Weg traute und vor dem ich eine vage und unbestimmbare Angst empfand, und auch nicht Sam, den ich nicht kannte, aber Fara. Zumal sie mich um meinen Rat bat. Ich konnte ihr zwar keinen Rat geben, aber zumindest konnte ich ihr das wenige sagen, was ich wußte.

»Sie hat gesagt, Sam und Jimmy und ich würden sie wegen des Testaments umbringen wollen? Oh, Deb, das ist doch absurd! Sie hat doch nichts zu vererben. Jedenfalls, wie ich dir schon erzählt habe, ändert sie dauernd ihr Testament.«

»Sie hat was nicht?« Unwillkürlich blickte ich mich in dem Zimmer um, blieb am vorletzten Satz hängen. »Was meinst du damit, sie hat nichts zu vererben?«

»Alles, was sie hat, gehört Sam. Sie hat zwar viel Geld verdient, damals und für die damalige Zeit, aber sie hat es genauso schnell wieder ausgegeben, wie es hereinkam, und dann noch mehr. Mein Vater hat sein Geld als Treuhandvermögen angelegt; die Erträge daraus gingen an sie, bis ich die High-School abgeschlossen hatte, und von da ab an mich. Das Ganze wurde vereinbart, gleich nachdem er und Mutter geheiratet hatten.«

Das war eine kleine Überraschung – die schlecht gekleidete, unterwürfige Fara als Alleinerbin eines arabischen Ölscheichs? Doch sie redete weiter.

»Jimmys Vater war wie Margali; er hat es also genauso schnell ausgegeben, wie er es verdient hat –«

»Wer war Jimmys Vater?« Ich erinnerte mich schwach an Jimmys Geburt, aber da war ich erst fünfzehn. Schon ein Weilchen her. Ich hatte nicht den leisesten Schimmer, mit wem Margali in dem Jahr verheiratet gewesen war. Jemand namens Messick, vermutete ich, aber damit hatte es sich auch schon.

Fara verzog wieder das Gesicht. »Oh, ich habe ihn gehaßt. Sunny Messick. Er war Rennfahrer. Mutter hat ihn geheiratet, als ich dreizehn war, und er hat mich immer begrapscht, wenn er mit mir allein war. Ich wußte nicht, was ich dagegen tun sollte.«

Natürlich nicht. Wenn Margali schon das geborene Opfer war, dann war Fara es erst recht.

»Sie trennte sich nach etwa einem Jahr von ihm. Dann kam es zu der wunderbaren Versöhnung kurz vor einem großen Rennen, und sie waren zusammen an der Rennstrecke und hingen aneinander wie die Kletten, und dann ist er in seinen Wagen gestiegen und hat ihr mit dem Daumen alles okay signalisiert, du weißt schon, und ist losgefahren, und er lag die ganze Zeit in Führung, und es sah so aus, als ob er gewinnen würde, und dann in der vorletzten Runde ist sein Wagen rausgeschleudert worden und hat sich zigmal überschlagen und ist dann in Brand geraten.« Sie schauderte. »Ich war dabei. Ich weiß es noch genau. Ich habe ihn gehaßt, aber so sehr auch wieder nicht. Es gab eine große Beerdigungsfeier in Forest Lawn. Weißt du nicht mehr, Deb? Du bist mit mir zusammen dagewesen.«

Und plötzlich erinnerte ich mich tatsächlich – sanfte Hügel mit unglaublich grünem Gras bedeckt, Gedenktafeln lagen flach auf dem Rasen, nirgendwo Grabsteine, nur hier und da eine einzelne Statue, und Margali ganz in Schwarz, weinend, gestützt von – »Gestützt von Sam!« sagte ich laut. »Sam war auf der Beerdigung? Oder habe ich das falsch in Erinnerung?«

Fara nickte. »Er war da. Soweit ich mich erinnere, war es das erste Mal, daß ich ihn gesehen habe. Und kurz darauf war Margali schwanger, und es wurde unheimlich viel Wirbel gemacht um das postume Kind des großartigen Sunny Messick. Keine Ahnung, was an ihm so großartig gewesen sein soll. Schließlich hat das Auto die ganze Arbeit gemacht.«

Da ich selbst so manches Mal schneller hatte fahren müssen, als mir lieb war, mußte ich darüber lachen. »Na ja, der Fahrer ist auch nicht ganz unbeteiligt, Fara. Aber auf alle Fälle –«

»Tja, von so was habe ich keine Ahnung. Ich weiß nur, Sunny hat ständig versucht, mich zu begrapschen, und dann war Sunny tot. Und das war das einzige Rennen, zu dem ich je gegangen bin, und ich werde nie wieder zu einem gehen.«

»Okay.« Ich versuchte, Ordnung in meinen Kopf zu bringen. Nicht, daß es da irgendeine Verbindung geben mußte, aber man kann nie wissen, welche verdrängten Traumata sonderbare Verhaltensweisen auslösen. Natürlich war das alles Susans Gebiet, nicht meins, aber –

Meinetwegen, dann bin ich eben neugierig. »Stimmt es, daß Sam und Margali nach Jimmys Geburt geheiratet haben?«

»Nein«, sagte Fara. »Erst, als ich mit der High-School fertig war.«

»Dann könnte Jimmy also unmöglich, äh, Sams –«

»Die Frage ist völlig abwegig.« Fara ließ sich nach hinten auf das Bett plumpsen, die Füße noch auf dem Boden und die Hände weit über den Kopf gestreckt. »Nein. Ich habe gesagt, kurz nach der Beerdigung, aber natürlich war sie schon vor dem Rennen schwanger. Es war ihr nur noch nicht anzusehen. Aber Jimmy wurde, Moment, etwa fünf Monate nach dem Rennen geboren. Und er war keine Frühgeburt. Das war aber nicht der Grund, warum sie Sam geheiratet hat, sondern weil ich mit der High-School fertig war.«

Das ergab für mich keinerlei Sinn. Ich sagte nichts, und nach einer Weile fragte Fara: »Du siehst da wohl keinen Zusammenhang, was?«

»Nein«, sagte ich.

»Zu der Zeit war sie schon fertig. Als Schauspielerin, meine ich. Sie machte keine Filme mehr, und von dem Vermögen, das sie verdient hatte, war kein Cent mehr übrig. Sie hatte auch das ganze Geld ausgegeben, das meine Treuhänder ihr auszahlten, aber sie bekam nichts mehr von dem Geld, weil ich mit der High-School fertig war und es von da an mir gehörte. Deb, ich habe ihr gesagt, daß ich für ein Haus und die Nebenkosten und ein Auto und Lebensmittel und Arztrechnungen und so was aufkommen würde, alle Kosten, die vernünftige Menschen vernünftigerweise haben. Aber ich war nicht gewillt, mein Geld so rauszuwerfen, wie sie es mit ihrem gemacht hatte, für vierzehn Hausangestellte und neunundzwanzig Wagen und jedes Jahr drei Pelzmäntel. Dafür gab es nicht den geringsten Grund.«

»Natürlich nicht.« Und ich fragte mich, wie aus dieser nüchtern denkenden Fara die Frau hatte werden können, die ich jetzt an der Seite von Edward Johnson erlebte.

»Ich meine, klar, es ist viel Geld, aber es hält nicht ewig. Und die Ölpreise, weißt du, man kann nie sagen, wie sie sich entwickeln. Es ist *mein* Geld. Es macht mir nichts aus, in einem vernünftigen Rahmen für sie zu sorgen, aber, na, du weißt schon, was ich meine.«

Ich überlegte, wieviel von dem Geld inzwischen in die Kirche des – wie auch immer – floß.

Ich fragte nicht.

Fara redete weiter, fast zwanghaft. »Sie hatte also genug, um wie ein normaler Mensch zu leben – darauf habe ich geachtet –, aber es reichte nicht. Nicht für sie. Ich meine, sie konnte 40 000 Dollar im Jahr nur für Blumen ausgeben, ohne daß sie auch nur mal dran roch oder sie sich ansah. Also hat sie Sam geheiratet. Sie haben sich noch einmal getrennt, aber sie kam sofort zurück. Damals hat er sie noch geliebt. Er hatte sie schon öfter gebeten, ihn zu heiraten, und er hatte jede Menge Geld. Hat er immer noch. Siehst du, Deb, sie hat nichts zu vererben. Für nichts und niemanden. Selbst der Schmuck, den sie trägt, gehört in Wirklichkeit Sam.«

Ich versuchte, einen Gedanken zu fassen, irgendeinen, der das Ganze in ein vernünftiges Licht rücken würde. In letzter Zeit hat es eine regelrechte Renaissance alter Filme gegeben. »Nebenrechte an den Filmen oder Gewinnbeteiligungen oder wie das heißt? Irgendwas in der Art?«

Fara schüttelte ungefähr zum zwanzigsten Mal den Kopf. »Nebenrechte, heißt das. Aber sie hat keine. Ich glaube fast, sie hatte einen miserablen Agenten, aber das kann ich nicht genau beurteilen. Jedenfalls hat sie keine. Ich sage dir, Deb, sie hat nichts zu vererben. Deshalb gibt es keinen Grund, sie wegen des Testaments zu vergiften, egal was für – Wahnvorstellungen sie hat. Es sind *ihre* Wahnvorstellungen. Das wissen alle hier. Sogar Jimmy – er ist zwar durchgedreht, aber er weiß, daß Margali nichts hat, das sie ihm vererben könnte. Er lebt auf Sams und meine Kosten. Bis auf das eine Mal, als er beschlossen hat, Schauspieler zu werden. Aber das war der reinste Witz. Das heißt, wäre es gewesen, wenn ich den Regisseur nicht hätte abfinden müssen.«

»Was?«

»Ach, ich möchte nicht darüber reden.« Sie setzte sich wieder auf. »Tut mir leid, Deb, du wolltest dich etwas hinlegen, und ich erzähle dir die ganze Zeit von meinen Problemen. Ich hätte damit warten sollen, bis –«

»Ach, ist schon okay«, sagte ich nicht sehr originell. »Wozu sind Freundinnen schließlich da?«

»Jedenfalls nicht dazu, daß sie sich gegenseitig wach halten, wenn sie sich schlecht fühlen, soviel steht fest. Ich lasse dich zum Essen rufen.«

Als sie gegangen war, legte ich mich schwungvoll nach hinten auf die Tagesdecke. Ich schaffte es nicht, mich so lässig hinzurekeln wie Fara. Irgendwie kam es mir nicht schicklich vor, auf Nerz zu liegen. Unschicklich, aber ungeheuer bequem, beschloß ich dann schläfrig.

Einen Moment später mußte ich daran denken, daß die Kinder, als sie klein waren, immer dachten, daß es ja keine Störung sein konnte, wenn sie mich mit einem geflüsterten »Hey, Mom!« aus dem Schlaf weckten, statt es zu schreien.

Es waren nicht die Kinder, die mich jetzt weckten. Es war Susan. Sie störte mich trotzdem. Sie sagte »Huhu« oder irgend etwas ähnlich Intelligentes.

»Bist du wach?«

»Nee.« Ich setzte mich nicht auf. Ich machte mir aber immerhin die Mühe, beide Augen zu öffnen statt nur eines, was ich normalerweise tue, wenn die Kinder mich beim Nickerchen stören.

»Wieviel hast du von der Cola, oder was das war, getrunken?«

»Ach, Susan, nicht schon wieder!« protestierte ich.

»Deb, ich muß es wissen.« Sie hörte sich etwas merkwürdig an, und ich tat ein wenig mehr, als nur die Augen zu öffnen. Ich blickte sie sogar an.

Sie sah nicht so kühl, nicht so gelassen aus wie normalerweise.

Ich setzte mich auf. »Was hast du getan, im Labor angerufen und ihnen Dampf gemacht?«

»Manchmal ist es besser, nicht zu warten.«

»Ganz so schlimm kann es ja nicht sein. Du hast schließlich nicht gleich den Krankenwagen gerufen oder so. Oder doch?«

»Nein. Deb, wieviel hast du davon getrunken?«

»Keine Ahnung. Vielleicht die Hälfte, vielleicht ein Drittel, vielleicht nicht soviel. Ich hab' dir ja gesagt, sie hat komisch geschmeckt. Was war drin, Susan?«

Eine ihrer Haarflechten rechts war auf dem Weg nach unten, und zerstreut fing sie an, weitere Haarnadeln herauszuziehen. »Spuren. Bloß Spuren.«

»Bloß Spuren von *was?* Was ist das hier, eine Quizsendung?«

»Spuren von Kupfer, Barium, Selen, Blei, Thallium, Arsen und Antimon.«

»*Was?* Susan, welche Folgen hat das für mein Baby? Was –«

»Keine. Sehr wahrscheinlich keine. Ich meine, du hast die Dose doch nicht geschüttelt oder so was in der Art –«

»Wozu in Gottes Namen sollte ich eine Dose mit Cola drin schütteln? Susan, worauf willst du –«

»Es ist Schwermetall. Es sind alles Schwermetalle. Sie lösen sich nicht auf. Und das hat – wer auch immer – nicht bedacht. Sie wurden Gott weiß wann hineingegeben; wie du schon gesagt hast, die Dose kann den ganzen Sommer da gestanden haben. Und sie haben sich abgesetzt. Sie haben sich auf dem Boden der Dose abgesetzt, und du hast bloß das getrunken, was oben war. Und die meisten – vor allem das Kupfer – reizen den Verdauungstrakt. Gewaltig. Wenn du noch was davon drin hättest, müßtest du dich immer noch übergeben. Du bist also alles losgeworden. Aber wir können absolut nicht sagen, wieviel in der Dose war, nicht anhand dessen, was wir bislang haben. Ich habe zwei Hilfssheriffs von Parker County zur Ranch geschickt; sie sollen die Dose suchen.«

»Ohne Durchsuchungsbefehl?«

»Na ja. Sie können doch bitte, bitte sagen, nicht?«

»Ja, und glaubst du, Lupe oder wer immer da draußen ist –«

»Die Haushälterin. Du hast sie nicht kennengelernt.«

»Glaubst du, die Haushälterin wird ihnen die Dose übergeben? Und alles ist prima, wenn sie das tut?«

»Wieso sollte sie nicht? Und was wäre nicht in Ordnung, wenn –«

»Susan. Sie ist nicht befugt, das zu tun.«

»Oh.« Susan steckte die Haarflechte wieder fest. Sie fummelte mehr an ihrer Frisur herum, als ich je einen Menschen an etwas habe herumfummeln sehen. »Daran habe ich nicht gedacht.«

»Natürlich nicht. Du bist keine Polizistin.«

»Aber wieso sollte sie dazu nicht befugt sein? Sie ist quasi Sams Stellvertreterin auf der Ranch, oder?«

»Ja. Na schön, vielleicht, aber –«

»Sieh mal«, fiel Susan mir energisch ins Wort, »du hast recht, ich bin keine Polizistin. Ich bin Ärztin und –«

»Und ich bin nicht deine Patientin.«

»Nein, verdammt, aber du bist meine *Freundin.* Und überhaupt, wenn das Zeug für Margali gedacht war – Margali *ist* meine Patientin.«

»Glaubst du, sie hat beim ersten Mal das gleiche geschluckt?«

»Ich weiß nicht. Möglich wäre es.«

»Was hast du gesagt, war da alles drin?« Ich war jetzt hellwach, wacher als seit Tagen, vielleicht seit Wochen. Das kam, wie ich sehr wohl wußte, von dem Adrenalinstoß. Wenn er vorüber war, würde ich noch müder sein als vorher.

»Spuren von Kupfer, Barium, Selen, Blei, Thallium, Arsen und Antimon.«

»Wieso hast du bei dem Test in deinem Labor kein Arsen feststellen können?«

»Es war nur eine geringe Menge. Zu wenig, als daß ich es mit dem Test, den ich gemacht habe, hätte feststellen können, und glaub mir, mit dem Test kann man auch eine Dosis feststellen, die *weit* davon entfernt ist, tödlich zu sein. Die von der Gerichtsmedizin haben die Neutronenaktivierungsanalyse angewandt. Und damit läßt sich *alles* feststellen.«

»Wo zum Teufel hat – wer auch immer – überhaupt so eine Mixtur auftreiben können?« fragte ich mit idiotischer Entrüstung.

»Der Mann vom Labor hat mir gesagt, die Mischung wird für Feuersalze benutzt.«

»Feuersalze? Was in aller Welt sind Feuersalze?«

»Ach, kennst du bestimmt«, sagte Susan. »Man streut sie ins Feuer, damit es heller brennt, mit allen möglichen hübschen Farben in der Flamme, grün für Kupfer, blau für – ach, ich weiß nicht. Und die nächste Frage ist wohl, wo kommt es her?«

»Mach die Augen auf«, sagte ich.

Der Kamin in Margalis Zimmer war, wie ich schon gesagt habe, noch nicht winterfertig. Statt der Holzscheite stand dort eine orientalische Vase mit Pfauenfedern. Aber die Streichhölzer lagen noch an Ort und Stelle – auf einer Ecke der Kaminplatte, eine hübsche, dekorative Dose gefüllt mit hübschen, langen, dekorativen Kaminstreichhölzern, die Sorte, die nichts taugt, weil sich die Streichhölzer nicht entzünden lassen, so daß man sie mit etwas anderem anzünden muß, bevor man sie zum Anzünden des Holzes im Kamin verwenden kann. Genauer gesagt zum Anzünden des Papiers, mit dem man das Holz anzündet.

Direkt neben den Streichhölzern stand eine hübsche blau-grüne Dose, die aussah wie die für die grobkörnige Sorte Talkumpuder. Eine runde Dose, schmaler als eine Salzdose und größer. In etwa die Form wie für Avon-Talkumpuder, der an Eltern verkauft wird für deren Kinder, die es dann ihren Lehrerinnen zu Weihnachten schenken.

Und auf der Dose stand »FireBrite – dekorative Feuersalze«.

Auf dem Etikett auf der Rückseite stand die Warnung: »Vorsicht giftig; bei Verschlucken sofort Erbrechen herbeiführen und Arzt verständigen.«

»Und es ist sogar ein Kinderspiel, es in die Dose zu bekommen«, sagte ich.

»Ja?« Susan ist nicht ständig mit Männern zusammen, die immer an irgendwas herumbasteln. »Ich meine, ich kann mir vorstellen, daß man eine Spritze nimmt oder so, um den Puder in das Getränk zu kriegen, aber dann hätte man doch eine undichte Stelle.«

»Nicht, wenn man das Loch wieder zulötet«, erwiderte ich. »Der Lötkolben ist in fünf Minuten heiß, und in zwei Sekunden hast du das Loch dicht.«

»Aber dann wird das Getränk schal.«

»Dem war auch so, Susan«, stellte ich klar. »Dem war auch so.«

»Das hat dir wahrscheinlich das Leben gerettet. Oh, verdammt«, sagte Susan, »ich hätte dich sofort ins Krankenhaus bringen sollen, als du angefangen hast zu kotzen.«

»Wenn du das mit jeder schwangeren Frau machen würdest, die anfängt zu kotzen, bräuchtest du aber ein großes Krankenhaus.«

»Ach, ich weiß«, sagte Susan und warf sich aufgebracht auf eine Seite des Bettes, mit Cowboystiefeln und allem. »Aber –«

»Kein aber. Okay. Am Tag, als es Margali schlecht wurde, weißt du, ob sie da auf der Ranch gewesen war? Ich meine, wir müssen wissen, ob das Zeug nur dort ist oder ob –«

»Sie war auf der Ranch. Sie hat auf dem Rückweg nach Fort Worth angefangen zu kotzen.«

»Was hatte sie getrunken? Weißt du das?«

»Ich weiß es. Ich habe gefragt. Rum mit Cola. Das gute alte Cuba Libre. Aber bei ihr immer nur mit Cola light.«

»Hat sonst noch jemand Rum mit Cola getrunken? Light oder normal? Hast du das gefragt?«

»Ich habe gefragt. Nein. Sie war ganz allein auf der Ranch gewesen, bis auf die Haushälterin.«

»Die Haushälterin wohnt dort. Es ist nicht Sanchita; es ist jemand anderes. Schön, wenn sie also allein da war, wie ist sie hingekommen?«

»Allein, abgesehen vom Chauffeur. Und du kennst sie erheblich länger als ich – hast du je erlebt, daß sie mit ihren Bediensteten getrunken hat?«

»Da ist was dran«, stimmte ich zu. »Aber Susan, wir müssen schnell was unternehmen, sonst klappt es vielleicht beim nächsten Mal.«

»Er ist so verdammt unvorsichtig«, grübelte Susan.

»Er? Giftmorde werden häufiger von Frauen begangen.«

»Aha? Wenn es eine Frau ist, wer war es dann? Dieser weibliche Waschlappen Fara Johnson?«

»Fara ist kein weiblicher Waschlappen.«

»Oh, das weiß ich doch, aber wenn ich sehe, wie sie bei ihrem fiesen Trottel von Ehemann aufs Wort pariert, werde ich einfach fuchsig.«

»Sie denkt, es ist ihre religiöse Pflicht. Glaube ich.«

»Egal, glaubst du, sie war es?«

»Nein, ich glaube nicht, daß Fara irgendwas tun würde, was sie nicht tun sollte. Aber –«

»Na gut, wer denn dann? Fara? Sam? Jimmy, verdammt noch mal?«

»Was ist eigentlich mit Jimmy?« fragte ich.

Susan zuckte mit den Schultern, was nicht leicht ist, wenn man auf dem Bauch auf einer Nerztagesdecke liegt. »Professionell oder persönlich?«

»Hä?«

»Wenn du meine professionelle Meinung hören willst, ernste und ungelöste Probleme mit – Probleme mit – Deb, wenn ich versuchen würde, es dir zu erzählen, würdest du kein Wort verstehen, und ich bin ohnehin nicht berechtigt, es dir zu erzählen.«

»Dann persönlich. In meiner Sprache.«

»In deiner Sprache – in deiner ganz eigenen Sprache – der Knabe ist ein gottverdammter Spinner. Und das heißt im Grunde gar nichts, und das weißt du so gut wie ich.«

»Ich habe noch nie jemanden einen *gottverdammten* Spinner genannt. Einen Spinner vielleicht, aber noch nie einen gottverdammten Spinner. Jedenfalls, könnte er deshalb imstande sein –«

»Wie soll man wissen, wozu jemand imstande ist? Möglicherweise ist er es. Wahrscheinlich sogar. Ich sehe bloß keinen Grund, was er davon hätte, das ist alles.«

»Du kennst doch die Familie, nicht?« fragte ich.

»O ja. Jimmy ist seit vierzehn Jahren immer mal wieder Patient in der Klinik.«

»Also kennst du die Situation einigermaßen.«

»Ich kenne die Situation einigermaßen.«

»Also, wie ist die Situation? Wie du sie siehst, meine ich. Nicht professionell«, fügte ich hastig hinzu, aus Angst, sie könnte wieder dichtmachen.

»Die Situation, wie ich sie sehe. Nicht professionell. Also schön. Sam verliebte sich Hals über Kopf in ein hübsches Gesicht. Er heiratete es, und es entheiratete sich von ihm, und bei der ersten Gelegenheit, die sich bot, heiratete er es erneut, nur, das Gesicht wurde mit der Zeit etwas unhübsch. Okay? Aber Sam ist katholisch, und er hält nicht viel von Scheidung, und ohnehin ist die Arbeit seine Geliebte; aber er hat niemanden in der Hinterhand, wenn du verstehst, was ich meine. Und Jimmy – für den Laien verständlich ausgedrückt – hat nicht mehr alle Tassen im Schrank, und meiner Ansicht nach, ob du nun der gleichen Meinung bist oder nicht, ist Fara ein weiblicher Waschlappen. Okay. Ich klinge unsensibel und unprofessionell, und das weiß ich, und ich würde es bei niemandem außer dir so formulieren, und wenn du mich bittest, es vor Gericht zu wiederholen, werde ich kategorisch jedes Wort davon abstreiten. Verdammt, Deb, diese Familie bräuchte etwa neunzehn verschiedene Medikamente plus etwa zehn Jahre Familientherapie, um auch nur ansatzweise als Familie zu funktionieren, und ganz offensichtlich stehen keine zehn Jahre mehr zur Verfügung, und jeder von ihnen denkt, das ganze Problem ist die Schuld der anderen, und keiner von ihnen ist bereit, Medikamente zu nehmen. Sie nehmen sie etwa drei Tage und setzen sie dann ab. Es könnte *mich* – fast – in den Alkoholismus treiben. Aber was du vorhin wissen wolltest – Fara und Sam haben das ganze Geld, es ist also niemand da, der Jimmy welches vererben könnte. Und – Deb, es gibt nicht den geringsten Grund, warum jemand versuchen sollte, Margali zu ermorden. Zumindest keiner, von dem ich wüßte. Und wer immer das auch getan hat, hat es verdammt unvorsichtig gemacht.«

»Ganz deiner Meinung.«

»Ich meine, das Zeug einfach in eine Cola-Dose zu tun, jeder hätte sie in die Finger bekommen können, sogar eins der Kinder –«

»Fara hätte daran gedacht«, sagte ich. »Fara hätte das Zeug nicht in die Dose getan. Aber –«

»Aber ob Edward daran gedacht hätte? Hast du dich das eben gefragt?«

»Ja, ich glaube. Zum Teil jedenfalls.«

»Vielleicht nicht«, sagte Susan, »aber warum sollte Edward Margali umbringen wollen?«

»Susan«, sagte ich, »warum sollte das überhaupt jemand wollen?« Plötzlich kam mir ein Gedanke. »Wäre Margali – deiner Ansicht nach – in der Lage, das Ganze selbst zu inszenieren, um Aufmerksamkeit zu bekommen?«

»Absolut«, antwortete Susan prompt.

Im selben Moment öffnete sich die Tür, und Fara kam herein. Sie blieb abrupt stehen, als sie sah, daß ich nicht allein war. »Oh, hallo Susan«, sagte sie. »Deb, ich wollte dir nur Bescheid sagen, daß das Essen fertig ist.«

Eigentlich war mir nicht nach essen. Susans Gesichtsausdruck ließ mich vermuten, daß es ihr ähnlich erging.

Aber es war bestimmt in Ordnung. Er würde uns doch nicht alle vergiften wollen. Oder? Oder sie – wer immer er oder sie war?

Und wieso machte ich nicht schon da offiziell Meldung?

Weil wir da, zu dem Zeitpunkt, solange wir die Cola-Dose nicht hatten, noch keinen Beweis in Händen hielten, daß eine Straftat begangen worden war. Sicher, ich hätte auf dem Revier anrufen und es meinem Captain erzählen können, und er hätte gefragt: »Wo sind Ihre Beweise?« und ich hätte gesagt: »Oh, ach, äh ...«

Ich würde warten, entschied ich, bis die Dose gefunden und untersucht war, so daß wir das Einstichloch und die Lötstelle hätten, die wir haben mußten, und das, was sich auf dem Boden der Dose abgesetzt hatte.

Und dann würde ich Margali aus dem Haus schaffen. Irgendwie, selbst wenn ich sie für eine Woche zu mir nach Hause einladen müßte (o Wonne, o Glück!), ich würde sie aus dem Haus schaffen, bis ich dahinterkam, wer versuchte, sie umzubringen.

In der Zwischenzeit, so fand auch Susan, sollte Darlene – eine sehr fähige Krankenschwester aus der Psychiatrie, die von der Braun Clinic abgestellt worden war, um sich um Margali zu kümmern – alles untersuchen, was Margali allein aß oder trank. Es würde Margali wahrscheinlich auf die Palme bringen, aber wenn die Krankenschwester ihr versicherte, daß es zum Schutz gegen einen Giftanschlag war, würde sie sich vielleicht geschmeichelt fühlen, statt sich zu ärgern.

Das beschlossen wir.

Es war nicht besonders klug.

Kapitel 5

Wieso war mir als Kind, als Teenager, nicht aufgefallen, was für einen schlechten Geschmack Margali hatte? Ich kannte die Antwort darauf. Es war mir deshalb nicht aufgefallen, weil sie reich und wir arm waren; sie war ein Filmstar, und mein Dad war Milchmann, und meine Mom war Hausfrau, und daher mußte alles, was Margali tat, was Margali kaufte, das einzig Wahre sein, was man tun oder kaufen konnte, denn Margali mußte es schließlich wissen.

Heute sah ich mir die Möbel an, die Margali für das Eßzimmer eines Stadthauses in Fort Worth als angemessen betrachtete, und fragte mich, wie Sam das aushielt. Fiel es ihm einfach nicht auf, oder ließ er den Anblick über sich ergehen, um keinen Streit mit ihr zu bekommen?

Kein Teil war billig. Alles nur vom Feinsten. Aber nicht ein einziges Stück paßte mit den anderen zusammen oder harmonierte mit ihnen, und absolut nichts entsprach dem Western-Image, das das Äußere des Hauses vermittelte.

Das reinste Möbelhaus, dachte ich. Kein Wunder, daß die Zeitschriften nur die Außenseite des Hauses zeigen.

Der Tisch war aus Mahagoni. Ich weiß nicht, wie man den Stil nennt; er sah ziemlich ausgefallen und kunstvoll und europäisch aus, mit Füßen wie Adlerklauen, geschmückt mit Trauben und Ananas. Margali hatte Sets aus irischem Leinen auf der glänzenden Tischplatte angeordnet.

Auch die Anrichte war aus Mahagoni, aber aus einer ganz anderen Epoche. Sie hatte die schlichte Eleganz von Shaker-Möbeln, so daß die schöne Maserung des roten Holzes weitaus besser zur Geltung kam als die Schnitzereien des Tisches.

Über der Anrichte war ein Ölbild im englischen Stil – sehr dunkel – von einem weißlichen Retriever mit bräunlichen Flecken, der stolz einen toten Fasan im Maul trug. Der Hund hatte große, braune, seelenvolle Augen, wie sie meine Pitbull-Dobermann-Mischung Pat bekommt, wenn er darüber nachdenkt, ob er den Briefträger fressen soll. Der Fasan blutete. Heftig. Blut tropfte von der Hundeschnauze und bildete eine Lache auf dem Boden.

Ekelhaft, dachte ich. Wie mein Sechzehnjähriger sagen würde, mega-eklig. Ich wandte den Blick ab, viel später, als ich es hätte tun sollen, und richtete ihn auf die verschiedenen Servierbestecke und Schüsseln aus Silber und Gold, die auf der Anrichte verteilt waren. Sie waren alle sehr sorgfältig poliert, ohne ein einziges mattes Fleckchen. Sie standen ohne erkennnbare Ordnung verstreut auf dem glänzenden Holz, und ein Teil – eine Art große Servierschüssel – enthielt, wie es auf den ersten Blick schien, einen riesigen Haufen Plastikfrüchte, aber wahrscheinlich handelte es sich in Wirklichkeit um sündhaft teures, aus Frankreich oder Italien importiertes Glas, und ich war bloß nicht reich genug, das zu erkennen.

Margali – oder Sam – oder wer auch immer das Geld hatte – war vermutlich nicht wesentlich wohlhabender als mein Schwiegersohn Olead Baker, der die zwei Millionen Dollar, die er von seinem Vater geerbt hatte, in den sieben Jahren seit seinem 21. Geburtstag irgendwie beträchtlich vermehrt hatte. Ich wußte nicht, um wieviel; ich fragte auch nicht, denn das ging mich auch nichts an. Aber ich war mir ziemlich sicher, daß er, ohne mit der Wimper zu zucken, alles hätte kaufen können, was Margali und Sam in diesem Haus hatten.

Aber Olead wohnte ganz anders. Sein und Beckys Haus wirkte vernünftig, harmonisch, angenehm.

Selbst Oleads Mutter und ihr zweiter Mann, die nicht annähernd so vernünftig gewesen waren wie Olead, hatten ganz anders gewohnt. Zum Teil war ihre Einrichtung allzu stilisiert gewesen, aber dennoch paßte alles zusammen und ergab ein einigermaßen angenehmes, wenngleich etwas steifes Ganzes.

Und wieso konzentrierte ich mich so angestrengt auf die Möbel, die Bilder an der Wand, die Anordnung von Metall auf der Anrichte? Weil ich, wenn ich mich darauf konzentrierte, vielleicht nicht hören mußte, was am Tisch an Gesprächen ablief. Sam attackierte Margali; Margali attackierte Jimmy; jeder attackierte jeden, außer Bob Campbell und Carl Hendricks, die das ganze Geplänkel zu ignorieren schienen, und Darlene Cooney und Susan Braun, die an ihrem Ende des Tisches eine Art Privatgespräch führten.

Oh, zugegeben, dieser kurze Überblick ist nicht ganz korrekt. Becky und Olead führten auch ein privates Gespräch, ganz leise; Harry starrte auf den Tisch; und die beiden kleinen Mädchen waren gnädigerweise von einem Hausmädchen weggebracht worden und aßen vermutlich in einem anderen Zimmer friedlich und angenehm zu Mittag, weit weg von ihren Großeltern und ihrem Vater.

Nicht, daß unser Essen nicht köstlich gewesen wäre. Es war sehr viel vernünftiger durchdacht und zubereitet als das Frühstück; das lag wahrscheinlich daran, daß die Haushälterin – wie hieß sie doch gleich, Sanchita? – eher zu vernünftiger Planung imstande war als Margali oder wen auch immer sie beauftragt hatte, sich dieses idiotische Western-Frühstück auszudenken. Es gab Hähnchen vom Spieß, ohne Knochen, das schmeckte, als wäre es in Ananassaft mariniert worden; einen leichten Avocado-Tomaten-Salat; einen asiatisch schmeckenden Reissalat, der wunderbar zu dem Hähnchen paßte, eine glückliche Wahl; und einen Vorspeisenteller. Zum erstenmal an diesem Tag hatte mein Magen nichts zu beanstanden.

Mein Magen – und der Reissalat – waren die einzigen, die glücklich waren.

Am Tisch war es zweifellos niemand.

»Warum ißt du denn nichts, Marjorie?« wollte Sam wissen. »Oder willst du damit etwa andeuten, daß das Essen vergiftet ist? Ansonsten scheint jeder hier ganz zufrieden zu sein.«

»*Bestimmte* Leute können einem *jedes* Essen vergiften«, konterte Margali mit einschmeichelnder Stimme. »Jimmy, Schatz, meinst du nicht, für den Reis wäre eine Gabel praktischer?«

»Ich bin keine drei mehr. Ich esse so, wie es mir gefällt.«

Ich sagte nichts. Diesmal jedoch fand ich, daß Margali recht hatte. Jimmy hielt den Löffel wie eine Schaufel, was kein schöner Anblick war.

Ich sah Harry an. Er sah mich nicht an.

Das war wohl verständlich. Schließlich waren es ja *meine* Freunde.

Edward Johnson sagte etwas zu Fara über eine Erweckungsversammlung, die sie verpassen würden, wenn sie abends mit ins Blue Owl gingen.

Fara sagte etwas über den Geburtstag ihrer Mutter, der nur einmal im Jahr sei, und wies darauf hin, daß sie fast jeden Abend zu einer Erweckungsversammlung gingen.

Sieh an, sieh an, Fara, bäumte sich da etwa der getretene Wurm auf? Hurra, hurra!

Edward brummte: »Laß die Toten ihre Toten begraben«, und Susan heftete abrupt ihren Blick auf ihn.

»Was haben Sie gesagt?« fragte sie.

»Es ist ein Zitat aus der Heiligen Schrift. Ich glaube kaum, daß Sie es kennen.«

»Das tue ich allerdings. Aber ich glaube nicht, daß Sie es richtig zitiert haben.«

»Meine verehrte Dame, ich habe mehrere akademische Titel in Theologie. Ich bin ganz sicher, daß ich weiß, was –«

»Aber lesen Sie Griechisch?«

»Ob ich was?«

»Lesen Sie Griechisch?«

»Nun, ich –«

»Susan, wie heißt es denn auf griechisch?« mußte ich fragen.

Susan lächelte zuckersüß. »Oh, es heißt ganz genau so. Aber ich glaube nicht, daß es irgend etwas damit zu tun hat, ob Fara ihr Versprechen halten sollte, bis zum Schluß auf der Geburtstagsparty ihrer Mutter zu bleiben, oder nicht.«

»Der Herr hat nicht –«

»Er hat sich mit Sündern und Zöllnern zu Tisch gesetzt. Er hat die Hochzeit zu Kana gesegnet. Edward Johnson, Ihre Kirche gefällt mir nicht.« Susan stand auf und rauschte von dannen.

Margali starrte ihr nach und wandte sich dann an mich. »Debra, Schatz, was hat Edward gesagt? Ich habe es nicht ganz mitbekommen –«

»Frag doch Edward!« fiel Jimmy ihr ins Wort und wischte sich mit dem Handrücken ein paar Reiskörner vom Mund.

»Edward, Schatz, was hast du gesagt?«

»Schon gut«, sagte Edward und stand abrupt auf. »Na schön, Fara, wir bleiben noch heute abend, aber länger nicht; wir müssen in Tyler sein, wenn –«

»Das sind wir«, sagte Fara, nun wieder die unterwürfige Dienerin des Dieners am Wort.

Auch Margali stand jetzt auf und brachte eine kleine, schlanke dunkle Frau durcheinander – diesmal asiatisch statt mexikanisch –, die mit einem Tablett voller Schälchen hereinkam, die offenbar mit Limonensorbet gefüllt waren. »Und nun habe ich eine ganz besondere Überraschung für euch«, säuselte Margali. »Im Fernsehzimmer – Schätzchen, würdest du das Dessert bitte im Fernsehzimmer servieren?«

Das Dienstmädchen blickte verwirrt. »Ma'am?«

»Im Fernsehzimmer«, sagte Margali etwas lauter.

»Marjorie, niemand versteht Englisch besser, wenn es geschrien statt gesprochen wird«, sagte Sam ungehalten. Er bedeutete dem Dienstmädchen, zurück in die Küche zu gehen. »Sanchita erklärt es dir.« Das Dienstmädchen blickte weiter verwirrt. »Sanchita«, wiederholte Sam.

Das Dienstmädchen nickte lebhaft. »Sanchita«, sagte sie beipflichtend, drehte sich schließlich um und trug das Sorbet zurück in die Küche.

»Was für eine Überraschung, Mutter?« fragte Fara. Ich hörte einen resignierten Ton in ihrer Stimme mitschwingen; bestimmt hatte sie das befürchtet, was nun kam.

»Mein Film, der den Oscar gewonnen hat –«

»Ach, Scheiße, Mutter!« sagte Jimmy laut und übertönte den Rest ihres Satzes. »Der Flop hat doch bloß einen Oscar für den besten Abspann bekommen!«

»Jimmy, es gibt keinen Oscar für –«

»Jimmy, sei bitte nicht so –«

Margali und Fara übertönten einander, und Sam rief: »Na schön, Marjorie, aber laß den Leuten die Wahl, ja? Ich meine, manche wollen nun mal nicht ihr ganzes Leben alte Filme gucken!«

»Ich könnte mir diese bezaubernde kleine Dame den ganzen Tag angucken«, sagte Carl Hendricks, »aber leider habe ich im Petroleum Club eine geschäftliche Besprechung, und ich bin schon viel zu spät dran.« Er blickte ostentativ – und verspätet – auf seine Armbanduhr und fügte hinzu: »Ich muß mich daher entschuldigen.«

Bob Campbell setzte sich gottergeben. Carl war Sams Geschäftspartner, aber Bob war Margalis Anwalt – wozu immer sie einen Anwalt brauchte –, und wahrscheinlich war es für ihn nicht ganz so einfach, sich zu verabschieden, wie für Carl.

Offenbar galt das Essen als beendet. Ich sah traurig meinem entschwindenden Hähnchen hinterher; ich hätte noch viel mehr davon essen können. Aber ich bin ein folgsamer Gast. Ich folgte Margali, als sie aus dem Zimmer marschierte.

Und während ich ihr folgte, bekam ich zum ersten Mal einen Gesamteindruck von ihrer Kleidung nach dem Schwimmen. Sie trug jetzt einen roten Minirock, eine weiße Matrosenbluse mit rotem Punktmuster und Puffärmeln und rote Ballettschuhe mit Bändern, die im Zickzack bis hinauf zu den Knien geschnürt waren.

Ihr Mann und ihre Kinder schienen an diesem Aufzug nichts ungewöhnlich zu finden, was wohl einiges über Margali aussagte. Oder über die anderen. Oder über alle.

Wenigstens das Fernsehzimmer war vernünftig eingerichtet, mit Sesseln, die eher bequem als elegant waren. Statt des Fernsehers und Videorecorders, wie am Abend zuvor auf der Ranch, hatten wir eine richtige Kinoleinwand und einen Projektor, der in einem kleinen Vorführraum hinter dem Fernsehzimmer stand. Ich konnte nicht sehen, wer den Projektor bediente – sehr wahrscheinlich wieder irgendein José oder eine Maria.

Das Limonensorbet, das etwa zur selben Zeit wie wir im Fernsehzimmer eintraf, war eiskalt, stillte aber nicht meinen Durst. In einer Ecke des Raumes stand ein kleiner Barkühlschrank, und Margali, die sich jetzt elegant auf einer seidenbezogenen Chaiselongue räkelte, zeigte träge darauf. »Etwas zu trinken?« fragte sie in den Raum hinein.

»Ja, danke«, sagte ich und bückte mich zum Kühlschrank hinunter. Das Bücken, merkte ich, ging nicht mehr so leicht wie früher. Der Kühlschrank enthielt jede Menge Cocktail-Zutaten, Chininwasser (mein Arzt hat mir Chininwasser während der Schwangerschaft strengstens verboten), jede Menge Bier und *cerveza,* was natürlich mexikanisches Bier ist, und hinten ein paar Dosen Cola light und Sprite light. Ich nahm eine Cola light. Sie war schön kalt; offenbar kühlte sie schon eine ganze Weile.

Ich war froh, daß sie kalt war. Ich fühlte mich langsam wieder schläfrig.

»Deb, laß mal sehen«, sagte Susan hinter mir.

Ich gab ihr die Dose, plötzlich etwas weniger schläfrig.

Sie drehte sie beiläufig in der Hand.

Beiläufig verließ sie den schwach beleuchteten Fernsehraum, als der Filmvorführer gerade die Ziffern auf der Leinwand scharf einstellte, und ging in die hell erleuchtete Diele dahinter.

Beiläufig folgte ich ihr.

Sie drehte die Dose so, daß ich sehen konnte, was sie entdeckt hatte.

Da war sie, an der unteren Schweißnaht – eine Lötstelle. Nicht besonders groß. Gerade groß genug. Gerade groß genug, um den Punkt zu verdecken, den eine Injektionsnadel beim Durchstechen der Naht hinterlassen könnte.

»Jetzt reicht's, Deb«, sagte Susan leise zu mir. »Übernimmst du, oder soll ich?«

»Wir haben es noch nicht untersuchen lassen. Und wenn wir eine Panik auslösen –«

»Wir müssen keine Panik auslösen. Wir müssen bloß dafür sorgen, daß niemand etwas trinkt, das –«

»Ich kümmere mich drum«, sagte ich. Ich ging zurück ins Fernsehzimmer und beugte mich zu Fara hinunter. »Fara«, sagte ich, »ich brauche deine Hilfe.«

»Was?«

»Kommst du mal bitte mit in die Diele?«

Sie folgte mir. Niemand achtete auf uns; der Film lief schon, und was ihm in qualitativer Hinsicht fehlte, machte er durch Lautstärke wett. Er hatte mitten in einer Schlacht zwischen der französischen Fremdenlegion und einer angreifenden berittenen arabischen Truppe begonnen, deren wiehernde Pferde aus unerfindlichen Gründen ständig zu Boden stürzten. Laut.

»Fara«, sagte ich, »es sieht wirklich so aus, als würde jemand versuchen, deine Mutter umzubringen.«

»Was?«

»Sieh mal.« Susan zeigte auf die Lötstelle auf der Dose.

Fara folgte ihrem Finger. »Ja und? Was hat das zu bedeuten, und wieso –«

»Das ist jetzt erst mal egal. Fest steht nur, daß es nicht dahingehört. Wir müssen jede Cola- oder Sprite-Dose aus dem Kühlschrank und aus jedem Versteck herausholen, wo deine Mutter normalerweise ihre Getränkevorräte aufbewahrt, und jede einzelne untersuchen.«

Fara war zwar unterwürfig, aber sie war nicht auf den Kopf gefallen, ganz gleich, was Susan dachte. »Deb«, sagte sie, »als dir heute schlecht geworden ist –«

»Als mir schlecht geworden ist, hatte ich eine von Margalis Cola light getrunken. Und Susan hat einige Tests durchführen lassen.«

»Aber Deb, müßtest du dann nicht ins Krankenhaus?«

»Susan sagt, die Menge war nicht gefährlich. Aber ich habe nicht soviel getrunken, wie deine Mutter trinken würde, weil ich – wenn ich Cola trinke, dann trinke ich eben nur Cola. Ich überdecke den Geschmack nicht. Sie schmeckte komisch. Ich habe sie nicht ausgetrunken. Aber –«

»Aber wenn du einen dreifachen Whiskey reingeschüttet hättest, wäre dir der Geschmack nicht aufgefallen. Aber – um Himmels willen –« Sie drehte sich langsam um und starrte ins Fernsehzimmer, ihr fahles Gesicht wurde noch fahler. »Da im Fernsehzimmer – könnte sein, daß die Mädchen –.«

In diesem Augenblick traf es mich wie ein Schlag. Sie trinken keinen Kaffee. Sie trinken keinen Tee. »Könnte es sein, daß die Mädchen eine Cola getrunken haben? Light oder normal?«

»O nein«, antwortete sie automatisch, »ich lasse sie nichts mit Koffein drin trinken, aber –«

»Du und Edward, trinkt ihr auch nichts mit Koffein?«

»Nein, aber die Sprites –«

»Trinkt Jimmy Cola light? Oder Sam?«

»Jimmy kann Cola light nicht ausstehen. Er sagt, ohne Zucker schmeckt sie nach nichts. Und Sam trinkt nur Scotch und Wasser.«

»Dann trinkt also kein Bewohner oder regelmäßiger Gast in diesem Haus außer Margali jemals Cola light.«

Fara starrte mich an. »Nein, ich habe früher viel Cola getrunken, aber dann habe ich aufgehört, Koffeinhaltiges zu trinken, und schließlich konnte ich auch nicht mehr soviel Zucker vertragen, und als dann die zuckerfreien, koffeinfreien Colas rauskamen, hatte ich mir das Cola-Trinken schon abgewöhnt und habe auch nie wieder damit angefangen. Aber ich erlaube den Mädchen, Sprite und 7-Up und Ginger Ale zu trinken –«

»Aber ich glaube nicht, daß in Sprite und 7-Up und Ginger Ale irgendwas drin ist«, sagte Susan bedächtig. »Nein. Ich verstehe, worauf du hinauswillst, Deb. Es ist clever – wer immer sich das ausgedacht hat – es ist clever. Margali trinkt ständig, also würden wir den Whiskey untersuchen, aber sie benutzt jede Menge verschiedene Cocktail-Zusätze, und würden wir auch daran denken, die zu untersuchen? Jeden einzelnen? Die Dosen oder die Reste in den Dosen?«

»Wir würden gar nicht dazu kommen«, antwortete ich. »Wir würden niemals dazu kommen, denn bis jemand hier ist, um die Dose zu untersuchen, wäre sie schon nicht mehr da. Das einzige, was man finden würde, wäre eine hübsche, unschuldige Dose, in der nie was drin gewesen ist – eine hübsche unschuldige Dose mit Margalis Fingerabdrücken drauf. Leicht dranzukommen.«

»Aber was können wir *tun*?« fragte Fara. »Wie können wir sie schützen?«

»Fürs erste, denk dir irgendeine Entschuldigung aus. Sag ihr, wir hätten festgestellt, daß eine ganze Getränkelieferung schlecht ist, und schaff alle Dosen Cola light aus dem Kühlschrank im Fernsehraum – das ist schon mal ein Anfang. Wenn Susan oder ich das machen, würde sie sich wundern, aber du kannst das tun.«

»Ja. Das wird fürs erste gehen. Im Augenblick. Aber was, wenn du dich irrst? Was, wenn die anderen Dosen auch vergiftet sind?«

Susan zeigte ihr, wonach sie suchen sollte.

»Aber trotzdem – wozu soll das gut sein? Ich meine, wer immer es getan hat, sitzt wahrscheinlich jetzt da in dem Zimmer, er weiß doch dann –«

»Das müssen wir natürlich herausfinden«, sagte ich. »Aber vorläufig wird Darlene aufpassen, und lange dürften wir eigentlich nicht brauchen. Es werden Fingerabdrücke da sein.«

Mit Sicherheit. Meine. Und Susans. Und Faras. Und vermutlich von niemandem sonst. Und ich hatte nicht die leiseste Ahnung, wie ich herausfinden konnte, wer die Dosen präpariert hatte. Aber ich würde es herausfinden müssen, und zwar schnell, bevor er – oder sie – beschloß, irgend etwas anderes zu präparieren.

Ja, wir würden den Möchtegern-Mörder warnen, wahrscheinlich, denn Fara hatte sicherlich recht, daß der Täter gerade im Fernsehraum war und sich Margalis Filme ansah. Aber ob wir ihn nun warnten oder nicht, wir mußten die präparierten Dosen aus dem Fernsehraum schaffen, bevor jemand – irgend jemand – eine davon trank.

Fara ließ sich von Margali nicht stören. Zuerst blickte sie sich kurz im Raum um und vergewisserte sich, daß niemand eine Cola light genommen hatte – es hatte niemand –, dann kniete sie sich gelassen vor den kleinen Kühlschrank, ignorierte das Gekreische auf der Leinwand, als die schöne Rothaarige – Margali vor vierzig Jahren – auf dem schönen weißen Hengst eines braungesichtigen, adlernasigen, mit einem Burnus bekleideten Anführers mit auffällig schönen, strahlend blauen Augen davongetragen wurde.

Einen Moment später sagte Margali, ungerührt von der Hysterie ihres Leinwandbildes, gereizt: »Fara, kannst du das Ding nicht zumachen? Es fällt zuviel Licht in den Raum.«

»Sofort, Mutter«, sagte Fara. »Ich suche was.«

»Dann such schneller.«

»Ich bin gleich soweit.«

Sie suchte weiter die Dosen ab.

»Traust du ihr?« fragte Susan mich, ganz leise. »Fara, meine ich?«

Ich nickte. »Ich kenne sie seit fünfunddreißig Jahren. In einer so langen Zeit lernst du jemanden sehr gut kennen.«

»Was ist mit ihrem Mann?«

Ich verzog das Gesicht und zuckte die Achseln. »Aber wenn er es wäre, würde er es ihr nicht erzählen«, fügte ich hinzu. »Fara liebt ihre Mutter. Der Himmel weiß warum – Margali behandelt die Hunde besser als Fara –, aber Fara liebt sie. Und er ist schlau genug, das zu wissen. Und er weiß, wer das Geld hat.«

Fara schloß die Tür des kleinen Kühlschranks und erhob sich, mit fünf Dosen Cola light in den Händen.

Margalis Augen folgten ihr, und in diesen Augen lag ein Blick, den jeder erfahrene Polizist mit der Zeit kennenlernt – der Blick von jemandem, der mit irgendwas ungestraft davonkommt. Der Schwindler, der es wieder mal geschafft hat.

Susan neben mir war so still wie ich. Diese Mimik war ihr sicherlich nicht entgangen.

»Was willst du damit?« fragte Edward gereizt, als er Fara mit den Dosen sah.

»Ich bringe sie Deb.«

»Wieso?« Sein wütender Blick schweifte zu mir.

»Weil sie mich darum gebeten hat.«

»Vielleicht er?« fragte Susan mich und blickte kurz in Edwards Richtung.

»Vielleicht«, pflichtete ich bei. »Aber ich glaube nicht.«

»Ich auch nicht.«

»Ich glaube, er hat bloß Angst, sie könnte die Kinder mit Koffein füttern.«

»Ich würde meine Kinder auch nicht mit Koffein füttern, wenn ich welche hätte«, entgegnete Susan. »Und ich wünschte bei Gott, du würdest aufhören, das Kleine mit Koffein zu füttern.«

»Welches Kleine? Meine Töchter sind verheiratet, und Hal ist über ein Meter achtzig.« Vermutlich waren seine koreanischen Vorfahren klein gewesen, wie Koreaner es meistens sind, aber irgendwo in seinen Genen muß ein Riese stecken. Sein Kinderarzt hat schon finster prophezeit, daß Hal so um die zwei Meter schaffen wird.

Ich freute mich nicht gerade darauf, für ihn Schuhe zu kaufen, wenn er zwei Meter groß ist. Sie waren jetzt schon teuer genug.

»*Das* Kleine.« Susan zeigte auf meinen Bauch.

Das bekam Fara mit. »Debra, bist du schwanger?«

»Ja, ich bin schwanger«, murmelte ich.

»Aber das ist ja wunderbar! Meinen Glückwunsch!« Als meine alte Freundin hatte Fara häufig mit gelitten, wenn sich wieder mal herausstellte, daß ich nicht schwanger war. »Oh, es ist doch alles in Ordnung, oder? Ich meine, bei deinem Alter und so?«

»Es ist alles in Ordnung. Und Fara, bitte sprich mit niemandem darüber; es ist noch ein Geheimnis, okay? Und im Moment müssen wir uns überlegen –«

»Ja, natürlich.« Fara blickte wieder auf die Dosen, die sie im Arm balancierte.

Ich nahm eine und drehte sie. Da war sie, an der Schweißnaht kurz über dem Boden der Dose, die kleine Lötstelle.

»Nur die Dosen Cola light?« fragte Susan.

Fara nickte. »Ihr hattet recht. Die anderen waren alle in Ordnung, zumindest soweit ich feststellen konnte.«

Plötzlich stand Sam hoch aufragend in der Tür. »Was hast du da eben gesagt? Wer war in Ordnung?«

Wir zuckten alle zusammen; wir müssen so schuldig dreingeblickt haben wie die drei Hexen von Macbeth. Susan fand ihre Stimme als erste wieder. »Deb. Sie fühlt sich noch immer nicht in Ordnung. Sie wissen ja, daß ihr schlecht war.«

Klar, wirf mich den Wölfen zum Fraß vor, dachte ich gereizt. Aber ich versuchte, schlapp auszusehen, was nicht leicht war bei meiner Anspannung, und sagte: »Ich bin wirklich okay, aber –« Ich ließ meine Stimme schwach klingen, damit ich mich nicht okay anhörte.

Manchmal denke ich, ich bin eine ziemlich gute Schauspielerin.

Sam blickte sehr verständnisvoll. »Tja, meine Damen, glaubt ihr wirklich, daß fünf Dosen Cola light da helfen? Oder sechs?« Er hatte gerade die Dose erspäht, die Susan in der Hand hielt.

Susan zuckte die Achseln. »Wer weiß?«

»Glaubt ihr nicht, es wäre besser, sie würde sich etwas hinlegen?«

»Ganz bestimmt«, sagte Susan. »Und falls es schlimmer wird, sollten wir vielleicht darüber nachdenken, ob wir nicht ein paar Tests durchführen.«

War das als Warnung an Sam gedacht, daß er, falls er die Dosen präpariert hatte, lieber verhindern sollte, daß ich eine trank? Das glaubte ich nicht. Falls doch, funktionierte es jedenfalls nicht. Er bot mir bloß etwas Eis an, was ich ablehnte, und sagte dann, er würde nachsehen, wo ich mich hinlegen könnte.

Ich ließ Susan und Fara stehen, die einander anstarrten und krampfhaft nach einem Gesprächsthema suchten, das erklärte, warum sie in der Diele standen und sechs Dosen Cola im Arm balancierten, und folgte Sam gehorsam. Ich drehte mich noch einmal um und blickte Susan fragend an; sie signalisierte mir mit erhobenem Daumen, daß alles okay sei. Sie hatte die Situation unter Kontrolle, vermutete ich.

Sam brachte mich nicht wieder in Margalis Schlafzimmer unter, sondern in seinem eigenen. Es war der bei weitem angenehmste Raum des Hauses, den ich bislang gesehen hatte. Es hatte, wie Margalis Zimmer, ein riesiges Doppelbett, auf dem jedoch eine karierte Tagesdecke lag, und statt schmuckvoller Vorhänge hingen vor seinen Fenstern nur Rollos. Sein begehbarer Wandschrank war kleiner und sehr viel ordentlicher als Margalis, sein Badezimmer hatte eine ganz normale Wanne und eine Dusche, kein in den Boden eingelassenes Becken, und seine Frisierkommode und Wäschekommode paßten zum Bett.

Ein Wandsafe über der Frisierkommode stand offen. Sam folgte meinem Blick, lachte leise und schloß ihn, so daß der Spiegel, der die Safetür außen bedeckte, wieder sichtbar wurde. »Ich kann mich einfach nicht daran gewöhnen, daß eine kleine Person wie Sie Polizistin ist«, sagte er. »Bestimmt denken Sie als erstes, wenn Sie sehen, daß so ein Ding offen steht, wie leicht es wäre, ihn auszuräumen.«

»Leider ja«, sagte ich bestätigend. »Ich meine, ich habe schon so viele Einbruchdiebstähle bearbeitet, und –«

»Wir schließen ihn eigentlich nie ab«, sagte Sam mit ausdrucksloser Stimme. »Der Mann, bei dem ich ihn gekauft habe, hat mir gesagt, der Safe würde nichts taugen. Er sagte, ein guter Safeknacker kriegt ihn schneller auf als ich mit einem Schlüssel.«

»Das kann ich leider nur bestätigen. Wieso machen Sie sich denn dann überhaupt die Mühe mit dem Ding?« Ich sagte ihm nicht, daß ein guter Safeknacker beinahe *jeden* Safe schneller aufbekommt, als der Besitzer es mit einem Schlüssel schafft. Ich habe schon aufgebrochene Spitzensafes gesehen, aus denen die Schamotte quoll und die aussahen wie eine Sardinenbüchse, die jemand mit einem altmodischen Dosenöffner geöffnet hatte, und es war klar, daß der Einbrecher keine zehn Minuten im Gebäude gewesen sein konnte.

Das, was einen Safe sinnvoll macht, ist natürlich der Umstand, daß die meisten Einbrecher *keine* erstklassigen Safeknacker sind, was Sam nicht bedacht zu haben schien.

»Feuerschutz«, erwiderte er. »Der Safe gilt als ziemlich feuersicher, solange die Tür geschlossen ist, und für gewöhnlich achte ich darauf. Ich habe es heute nicht für nötig gehalten, weil ich ohnehin im

Haus bin.« Er fügte nachdenklich hinzu: »Jedenfalls, das einzige darin, das verbrennen würde, ist wohl das Testament.«

»Testament?« fragte ich.

»Ja, wissen Sie, Testamente sollte man nicht im Tresorfach einer Bank aufbewahren.«

Das stimmte absolut, und es ist ein schwerwiegender Fehler, den viele Leute machen. Wenn ein Testament im Tresorfach einer Bank deponiert wird, ist es nicht mehr zugänglich, sobald die Bank von dem Todesfall erfährt, und Banken erfahren meist sehr schnell von einem Todesfall. Sie beschäftigen eigens Leute, die nichts anderes tun, als Todesanzeigen zu lesen. Und sobald ein Todesfall in der Zeitung steht, braucht man eine gerichtliche Verfügung, um das Tresorfach öffnen zu dürfen – und sehr häufig muß noch jemand vom Finanzamt dabeisein.

Aber ein Testament? Wessen Testament? Es war keine zwei Stunden her, daß ich erfahren hatte, daß sowohl Sams als auch Margalis Testament zur Zeit in Margalis Safe lagen.

Sam schien nichts zu vermissen; das heißt, falls doch, hatte er es nicht bemerkt. Er öffnete den Safe wieder und fischte einen braunen Umschlag heraus. »Margalis Testament«, erklärte er. »Sie hat meins, und ich habe ihres. Die Anwälte meinten, so wäre es am besten. Verstehen Sie? Nicht in einem Banktresor.«

»Ich denke, es wäre am besten, es bei den Anwälten zu deponieren.«

»Tja, also, ich deponiere einfach nicht gern was bei Anwälten.«

Sam schob den Umschlag – der sogar die richtige Größe und Form für ein Testament hatte – zurück in den Safe. »Fühlen Sie sich hier ganz wie zu Hause«, sagte er. »Ich muß vorerst nicht wieder hier rein. Schlafen Sie sich richtig aus, und wenn Sie sich meine Sammelalben ansehen möchten –«

»Sammelalben?«

»Ja, Sammelalben, Fotoalben und so weiter.« Er deutete mit einer ausladenden Geste auf eine Wand mit Regalen, auf denen sich die verschiedensten Alben stapelten. »Vielleicht möchten Sie sich ja ein paar davon ansehen. Früher, als Marjorie noch Schauspielerin war, habe ich alles Mögliche gesammelt.«

»Oh, wie interessant«, sagte ich. »Vielleicht später, aber ich denke, ich lege mich erst mal ein wenig hin.«

Das dachte ich wirklich. Das durch die Entdeckung der präparierten Cola-Dosen ausgestoßene Adrenalin war verbraucht, und jetzt machte sich wieder die altbekannte Lethargie in mir breit. Ich sollte wirklich Captain Millner anrufen. Ich hatte es hier mit einem Mordversuch zu tun. Ich sollte wirklich offiziell Meldung davon machen.

Aber Susan hatte alles unter Kontrolle. Ich würde Captain Millner später anrufen.

Später heute ... oder morgen wäre noch früh genug ...

Nein. Es ist sonst nicht meine Art, mich schlafen zu legen und zuzulassen, daß ein Mörder sich seelenruhig an sein Opfer heranmacht.

Aber ich glaubte inzwischen nicht mehr, daß es einen Mörder *gab.*

Oder besser gesagt, ich glaubte nicht, daß Margali Bowman das ausersehene Opfer war.

Ja, die Cola-light-Dosen enthielten eine Substanz, die die Abfüllfirma von Coca-Cola niemals dahinein getan hatte. Dessen war ich mir ganz sicher, ohne erst das Ergebnis einer Laboranalyse abwarten zu müssen.

Aber ich hatte – und Susan ebenfalls – das zufriedene Grinsen auf Margalis Gesicht gesehen, als sie verstohlen beobachtete, wie Susan, Fara und ich die Dosen untersuchten. Sie wußte, was vor sich ging. Sie wußte, was in den Dosen war.

Ja. Noch am Morgen auf der Veranda hatte sie den Eindruck gemacht, als habe sie panische Angst. Aber sie war Schauspielerin. Und genau das hatte ich eine Weile vergessen.

Wenn es eine vorsätzliche Mörderin gab, dann war es Margali, dachte ich dann.

Und das einzige ausersehene Opfer – bislang – war ich gewesen. Und nicht einmal dessen war ich mir sicher. Denn solange wir nicht das Ergebnis der Laboruntersuchungen hatten, wußte ich nicht, wieviel Gift in den einzelnen Dosen war. Margali wollte höchstwahrscheinlich niemanden vergiften – zumindest nicht tödlich. Zweifellos war sie bei der ersten Dosis, die sie selbst genommen hatte, auf Nummer Sicher gegangen.

Was nicht unbedingt hieß, daß es nicht passieren konnte. Es war möglich, daß sie so endete wie die Frau, die sich ständig mit ihrem Mann stritt und jedesmal in ein Motel flüchtete, ihr kunstvollstes Make-up auftrug und ihr hübschestes Negligé anzog, sich das Haar wunderschön frisierte, eine mäßige Überdosis nahm und dann dafür sorgte, daß ihr Mann sie rechtzeitig fand, um ihr Leben zu retten. Bis zu dem Tag, an dem sie eine Nachbarin anrief und ihr sagte, sie solle ihren Männe anrufen – sofort – und ihm sagen, der Wagen stehe am Holiday Inn und er wisse schon, wo er *sie* finden könne.

Die Nachbarin, die neu zugezogen war, sprach mit *ihrem* Mann darüber und beschloß, sich da nicht einzumischen.

Als eine Putzfrau sie drei Tage später fand, nützten ihr das hübscheste Negligé und die schönste Frisur und das sorgfältigste Make-up der Welt ganz und gar nichts mehr.

Es war Winter. Die Heizung war voll aufgedreht. Das Gesicht der Frau, schwärzlich-blau, war von den Körperflüssigkeiten angeschwollen, die ihr aus Mund, Nase und Ohren sickerten, und keine noch so große Menge Parfüm konnte den Gestank in dem Zimmer überdecken.

Nein, es war kein Selbstmord. Es war ein besonders gemeiner Versuch, einen anderen unter Druck zu setzen, und dieser Versuch war mißlungen. Da keine Versicherung beteiligt war, ließen wir es als Tod durch Unfall durchgehen, der Kinder wegen.

Falls Margalis Gift jemanden tötete, wäre es genauso ein Unfall. Sie hätte es nicht beabsichtigt.

Doch das Opfer wäre trotzdem tot. Wie vielleicht ich jetzt, wenn ich die Cola light am Morgen ausgetrunken hätte, und niemand wäre darüber erstaunter und bestürzter als Margali.

Aber vorerst würde sie nichts unternehmen. Sie würde abwarten, bis sich der ganze Trubel wegen der Cola-Dosen und ihres möglichen Inhalts gelegt hatte, und sie wäre sehr überrascht, wenn ich ihr einen Durchsuchungsbefehl unter die Nase hielte und dann die Spritze, die Nadel, das Lötzinn und den Lötkolben fände und das Feuersalz beschlagnahmen würde.

Aber morgen – nach ihrem Geburtstag – war dafür noch früh genug. Susan und ich würden uns dann darum kümmern. Und diesmal hätten wir ausreichende Gründe, um Margali Bowman/Marjorie Lang in eine Klinik einzuweisen, zumindest für eine Weile. Nein, sie würde niemals irgend jemandem absichtlich Schaden zufügen. Nicht mir, nicht meinem ungeborenen Baby. Aber wenn die Möglichkeit bestand, daß sie bei ihren Bemühungen um Aufmerksamkeit sogar jemanden versehentlich umbrachte, dann war es nicht mehr sicher, sie auf freiem Fuß zu lassen.

Deshalb würden wir uns morgen darum kümmern. Jetzt würde ich erst mal ein kleines Nickerchen machen. Ich hatte keine Angst mehr. Ich war nicht einmal wütend auf sie – nicht richtig. Denn ich wußte genau, daß sie mir nicht absichtlich schaden wollte; sie war bloß über jene Trennungslinie gerutscht, die zwischen Gesundheit und Wahnsinn verläuft, und vielleicht – vielleicht – konnte Susan sie ja wieder zurück auf die richtige Seite der Linie ziehen.

Und dann wäre da nur noch die Frage zu klären, warum in aller Welt sie vier oder Gott weiß wie viele Testamente hatte.

Kapitel 6

Ich erwachte jäh, ohne mich erinnern zu können, daß ich eingenickt war, und einen Moment lang fragte ich mich, was mich wach gemacht hatte. Es mußte irgendwas gewesen sein; mein Herz klopfte wie wild, was es normalerweise nicht tut, wenn ich aufwache. Nein, irgendwas hatte mich im Schlaf erschreckt, und jetzt, da ich wach war, konnte ich mich nicht erinnern, was es gewesen war.

Dann hörte ich es wieder – ein schleichender Schritt, der mich aufmerken ließ, wie es ein normaler vermutlich nicht getan hätte.

Ein rutschendes Geräusch – ein Buch, das flach gelegen hatte und unter anderen Büchern hervorgezogen wurde?

Jemand sagte, sehr leise: »Verdammt!«

Papier raschelte und hörte auf zu rascheln. Einen Moment war es still. Dann ging jemand leise durch den abgedunkelten Raum zu dem Bett, auf dem ich lag.

»He, Deb, sind Sie wach?«

Meine Augen waren offen. Aber Sams Rollos taten gute Dienste. Ich konnte sehen, daß jemand Großes und Schlankes neben dem Bett stand, aber das war auch alles, was ich erkennen konnte.

Na schön. Jetzt war logisches Denken angesagt. Groß. Schlank. Männliche Stimme. Nicht allzu männliche Stimme. Sie hatte den Stimmbruch hinter sich – sie war erwachsen –, doch sie hatte irgend etwas an sich, das nicht ganz männlich klang. Oder besser gesagt, es war weniger nicht ganz männlich als nicht ganz normal. In gewisser Weise nicht ganz menschlich.

»Jimmy?« sagte ich.

Er lachte leise. »Alles in Ordnung. Ich wußte nicht, ob ich das Licht anmachen sollte oder nicht. Ich wollte Ihnen keine Angst einjagen.«

Er trat zurück und griff nach dem Lichtschalter, und ich hielt mir automatisch einen Arm vor die Augen und setzte mich dann auf, vorsichtig, blinzelnd. »Ich habe geschlafen«, sagte ich zu ihm. »Bis Sie reingekommen sind.«

Er lachte wieder. Jimmy Messick lachte viel; er lachte soviel, wie seine Schwester den Kopf schüttelte. Das Lachen klang nie ganz echt. Auch diesmal nicht, als er sich neben mich auf die karierte Tagesdecke setzte.

»Haben Sie Lust, sich ein paar Bilder anzusehen?« fragte er.

»Nicht besonders.«

Das war unhöflich von mir. Ich bin nicht gern unhöflich, nicht einmal zu Leuten, die ich nicht mag, und Jimmy Messick mochte ich absolut nicht. »Was für Bilder?« murmelte ich.

Mein Mund fühlte sich an wie zugeklebt. Ohne auf Jimmys Antwort zu warten, krabbelte ich vom Bett und wankte zum angrenzenden Badezimmer, schloß die Tür hinter mir. An der Wand auf einer Seite des großen Spiegels war ein Pappbecherhalter, und ich trank einen Schluck Wasser und wusch mir das Gesicht, wobei ich schamlos Sam Langs Waschlappen und Seife benutzte und mir währenddessen überlegte, daß ich gar nicht sicher war, ob ich so ohne weiteres Margalis benutzt hätte. Nicht mehr. Es gab eine Zeit, da hätte ich es getan.

Als ich wieder herauskam, saß Jimmy Messick genau dort, wo er gesessen hatte, als ich ins Bad gegangen war, auf der Seite des Bettes. »Sammelalben«, sagte er. »Ausschnitte. Sie wissen schon.«

»Hä?«

»Sie haben gefragt, was für Bilder. Gerade habe ich es Ihnen gesagt. Sammelalben. Ausschnitte. Solche Bilder eben.« Sein Tonfall klang eigentlich bloß wie eine höfliche Erinnerung für jemanden, der bei einem Gespräch den Faden verloren hat, wäre da nicht der spöttische Unterton, der sich nie verlor.

Diesmal wartete er nicht, daß ich antwortete. Er öffnete den Deckel eines staubigen roten Sammelalbums. »Das ist meine Mutter«, sagte er zu mir. »Sie sah toll aus, nicht?«

»Wunderschön«, stimmte ich zu. Es war nicht gelogen. Das Bild war bestimmt über vierzig Jahre alt. Es war schwarzweiß, nicht in Farbe, aber das dicke, glänzende Papier war noch kein bißchen vergilbt, und obwohl ich das Rot ihres Haares nicht sehen konnte, war sein Glanz offensichtlich. Sie trug ein hautenges, kurvenbetontes Kleid, und darüber hielt sie so etwas wie einen weißen Pelzumhang mit ausgestreckten Armen vom Körper weg; sie wirkte fast wie ein strahlender Schmetterling mit einem exotischen, perlenverzierten Körper und dicken weißen Flügeln.

Das Zellophanklebeband, mit dem der Zeitungsausschnitt auf der Seite befestigt war, war gelb, rissig, und die sich ablösenden, schmutzigen Ränder klebten an meinen Fingern.

Er blätterte eine Seite um. Wie alt *waren* diese Bilder? Margali, in einer Art Freizeithose mit kurzen Beinen, die bis zur Mitte der Oberschenkel gingen, lag verführerisch ausgestreckt auf dem Flügel eines Bombers, in einer der typischen Pin-up-Posen während des Zweiten Weltkriegs.

Dann kam ein Hochzeitsbild – ein Foto diesmal, und kein Zeitungsausschnitt –, aber es war auch mit gelbem Zellophanklebeband befestigt, das sich ablöste.

Es konnte nicht Jimmys Album sein; er war nicht alt genug, und außerdem war es Sams Schlafzimmer – ja, und da auf dem Foto war Sam, Sam unglaublich jung, schlank, gutaussehend –, Sam in Uniform, Sam und Margali lachend, Margali, die mit der rechten Hand den Saum eines traditionellen Hochzeitskleides ein Stück anhob, während sie und Sam unter einem Bogen gekreuzter Schwerter hindurchliefen. Gekreuzte Säbel? War Sam in West Point gewesen?

Ich fragte nach, und Jimmy nickte. »Mit Geld kann man sich einiges kaufen«, sagte er.

»West Point kann man sich nicht mit Geld kaufen«, entgegnete ich.

Er zuckte die Achseln. »Es hilft. Selbst dabei hilft es.«

Ich schüttelte den Kopf. Jimmy blätterte schon weiter. Ich schnappte einige Schlagzeilen auf: »Bilderbuchehe gescheitert? – Margali in königlichem Liebesnest –«

Alles Zeitungsausschnitte jetzt. Alles Ausschnitte.

Wenn Sam Offizier war, mußte er an der Front gewesen sein. Vielleicht. Oder im Pentagon; gab es das damals überhaupt schon? Ich bin keine Historikerin, und zu der Zeit war ich noch ein Baby. Ich war ein Baby, und Jimmy Messick war noch gar nicht auf der Welt.

Wessen Album? Führte Sam es damals schon?

Ich wurde immer neugieriger. Na schön, ich bin neugierig. Was anderes habe ich nie behauptet. Ich fragte.

»Sams Mutter hat das Album geführt, während Sam in Übersee war. Übersee. Er war in London. Als Attaché. Schätze, es war nicht gerade ein Traumjob – London wurde bombardiert und so –, aber ich habe mir immer vorgestellt, daß es ein ziemlich ruhiger Job war. Aber jedenfalls hat Sams Mutter das Album geführt. Und dann hat sie es Sam geschickt. Lieb von ihr, nicht? Richtig lieb!«

Jimmy lachte. »Aber ob Sie's glauben oder nicht, es hat ihn gar nicht interessiert. Es war Margali, die die Scheidung eingereicht hat.«

Einen Moment lang blätterte Jimmy nicht weiter, so daß ich ein Bild sehen konnte – diesmal wieder ein Foto – von Margali an der Seite eines dunklen, gutaussehenden Mannes in westlicher Kleidung und darüber einen kunstvoll gearbeiteten Burnus. »Ali Hassan«, sagte Jimmy. »*Prinz* Ali Hassan.« Er lachte. »Prinz. Ja, klar. Hollywood hatte eine Vorliebe für Prinzen. Und der haben viele Leute Genüge getan. Ali Hassan war genauso ein Prinz, wie Michael Romanoff ein Prinz war.«

»Wer?«

»Michael Romanoff.« Jimmy blickte mich an. »Sie haben noch nie von Michael Romanoff gehört? Romanoff's? Das Restaurant, wissen Sie?«

Ich wußte nicht. Aber ich setzte mich und versuchte, so dreinzublicken, als wüßte ich, und Jimmy fuhr fort. »Aber Ali Hassan hatte Geld. Keine Krone, aber Gott, hatte der ein Heidengeld. Ich weiß nicht, woher er es hatte – Öl, soviel weiß ich, aber ich weiß nicht, wieso ihm das Land gehörte, in dem das Öl steckte. Er hatte es, mehr weiß ich nicht. Was er nicht hatte, war Vernunft.«

»Ach?«

»Nach dem, was ich gehört habe, war er so einer, der selbst, wenn er Grips im Kopf hätte, ihn rausholen und damit spielen würde. Blöd, gutaussehend und reich. Er und Margali waren wie füreinander geschaffen. Ihre Ehe hätte gut und gerne zwei bis drei Jahre halten können, wenn da nicht –«

Er blätterte die nächste Seite um und faltete einen Zeitungsausschnitt auseinander, die obere Hälfte einer Titelseite. Die Sensationsschlagzeile – »MARGALI BOWMAN UNVERLETZT!« Und der Untertitel – »Rätselhafter Unfall – Millionenschwerer Playboy tot!« Kleinere Schlagzeilen, knapp über der Faltstelle, berichteten über Neues in der Welt: Roosevelt kündigte neue Rationierungen an; im Pazifik hatten große Schlachten stattgefunden; im Nordatlantik wurden Schiffe vermißt.

»Es war alles andere als ein rätselhafter Unfall«, sagte Jimmy zu mir. »Folgendes war passiert, sie war betrunken und hat seinen Jaguar um einen Baum gewickelt. Ihn hat's erwischt. Der Baum war auf seiner Seite des Wagens.«

»Gab's damals schon Jaguars?«

»Was auch immer. Vielleicht war es ein Jaguar, vielleicht war es ein Stutz Bearcat, was spielt das für eine Rolle? Sie waren beide stinkbesoffen, und er ist draufgegangen und sie nicht. Und meine liebe, süße Schwester kam sieben Monate später zur Welt. Margali scheint eine Gabe dafür zu haben, postume Babys zu kriegen, meinen Sie nicht? Oder doch?«

»Also, ich –«

Jimmy stand auf und ging zurück zum Regal. Er zog ein anderes Sammelalbum heraus und legte das erste gleichgültig oben auf den schwankenden Stapel. »Der da ist Sunny Messick«, sagte er und ließ sich wieder neben mich plumpsen.

Wieder ein Bild von einer Galahochzeit. Wieder ein traditionelles Hochzeitskleid. Diesmal trug der Bräutigam einen Smoking; es gab keinen Bogen aus Säbeln. Margali sah erhitzt und aufgeregt aus. Sie wirkte auch etwas älter. Nicht viel älter. Bloß ein wenig.

Es war das erste Farbfoto, und die Farben wirkten nicht ganz echt. Ich war mir sogar nicht sicher, ob es ein echtes Farbfoto war oder ob das Foto mit der Hand koloriert worden war, wie es in den vierziger und fünfziger Jahren sehr häufig gemacht wurde.

Jimmys Fingerspitzen berührten leicht die Gesichter. »Meine Mutter hat blaue Augen«, sagte er zu mir.

»Ich weiß.«

»Natürlich wissen Sie das. Wie lange kennen Sie meine Mutter?«

»Etwa dreißig Jahre, wieso?«

»Sie kannten sie schon vor meiner Geburt.«

»Stimmt. Lange vor Ihrer Geburt. Fünf Jahre, um genau zu sein.«

»Haben Sie Sunny Messick mal kennengelernt?«

»Nein.«

Wieder berührten Jimmys Fingerspitzen die Gesichter. »Er hatte auch blaue Augen.«

Den Bildern nach zu urteilen, war das eindeutig der Fall. Sunny Messick hatte selbst auf seinen Hochzeitsfotos einen zerzausten Blondschopf, blaue Augen mit Lachfältchen, breite Autoschlosserhände mit tief in die Haut eingedrungenen Ölresten, die er auch nicht für diesen besonderen Anlaß ganz abbekommen hatte. Er sah sympathisch aus, unbeschwert – doch im Geiste konnte ich Faras Stimme hören: *Ich habe ihn gehaßt ... er hat ständig versucht, mich zu begrapschen ...*

»Verstehen Sie?« wiederholte Jimmy dicht neben mir. »Ich habe gesagt, er hatte auch blaue Augen.«

»Und?«

»Und?« Jimmy sah mir direkt ins Gesicht. »Und wozu macht mich das?«

»Ich weiß nicht, wozu macht es Sie denn? Tut mir leid, ich weiß nicht, worauf Sie hinauswollen?«

»Oh, verdammt, Deb Ralston, was hat man Ihnen eigentlich in der Schule über Vererbungslehre beigebracht?«

Ich konnte mich nicht erinnern, in der Schule überhaupt je Vererbungslehre gehabt zu haben. Das sagte ich ihm, und außerdem machte ich ihm klar, daß ich nicht die leiseste Ahnung hatte, worauf er hinauswollte.

»Ich werde Ihnen sagen, worauf ich hinauswill! Ich werde Ihnen sagen, wozu mich das macht! Das macht mich zum Bastard, jawohl. Haben Sie jemals gehört, daß zwei Menschen mit blauen Augen ein Kind mit braunen Augen bekommen? Haben Sie? Ganz bestimmt nicht, und zwar deshalb nicht, weil so was unmöglich ist, verdammt noch mal.«

Selbst ich, mit meinen äußerst begrenzten Kenntnissen in Vererbungslehre, wußte das. Aber – »Ihre Augen sind nicht braun. Sie sind grün.«

»Ach, verdammt, Deb, ich habe braune Augen. Sie sehen nur manchmal grün aus, das ist alles.«

»Richtig braune Augen sehen nicht grün aus. Hellbraune Augen sehen manchmal grün aus, und bei bestimmten Lichtverhältnissen sehen sie manchmal braun aus. Ich habe so hellbraune Augen, und meine Eltern haben beide blaue Augen, und sie sind ganz sicher meine ganz eigenen Eltern.«

Jimmy lachte bitter. »Denken Sie, was Sie wollen. Aber ich bin in keiner Weise mit Sunny Messick verwandt. Meine Mutter hat es mir sogar selbst gesagt.«

»Dann wird sie Ihnen wohl auch gesagt haben, mit wem Sie verwandt sind.«

»Hat sie. Oh, das hat sie allerdings.«

»Sagen Sie's mir?«

»Wie käme ich dazu?«

»Worauf wollen Sie denn dann hinaus?« fragte ich vorsichtig. Wieso nur kam jeder in diesem Irrenhaus in das Zimmer geschlichen, in dem ich gerade zu schlafen versuchte, um mir Sachen zu erzählen, die mich nichts angingen?

»Margali konnte weiß Gott von Glück sagen, daß Sunny genau zu dem Zeitpunkt gestorben ist. Sie hätte ihm nicht weismachen können, daß ich sein Sohn war, und nach dem, was man mir so alles erzählt, war Sunny, also, Sunny war ein unglaublicher Choleriker. Oh, zu der Zeit damals hat er ihr geglaubt. Deshalb waren sie ja noch wie die Turteltauben auf der Rennstrecke.« Er blätterte wieder weiter, so daß ich flüchtige Einblicke in Margalis Leben erhaschen konnte, wie die Klatschkolumnisten und die Illustrierten es gesehen hatten. »Aber nachdem ich geboren war – da hätte er es gewußt. Also konnte Margali Bowman da nicht von Glück sagen, daß Sunny Messick zu dem Zeitpunkt gestorben ist? Fara ist eindeutig Ali Hassans Kind; das ist unübersehbar – ihr Glück, bei dem ganzen Geld –, aber glauben Sie, daß Margali sich ganz sicher war, bevor Fara zur Welt kam? Glauben Sie, Margali war sich da ganz sicher?«

Er klappte das Album zu, ganz plötzlich, und blickte mich irgendwie dreist triumphierend an. »Also, der arme, alte Ali Hassan, der nicht mehr ein Prinz war, als ich einer bin, der aber den Stolz eines Arabers hatte, kennt man ja, starb vor der Geburt seines Kindes; und der arme, alte Sunny Messick starb vor der Geburt seines Kindes – und das eine war ein leibliches Kind, das andere nicht –, und konnte Margali da nicht von Glück sagen? Konnte sie da nicht richtig von Glück sagen?«

»Jimmy, selbst wenn Margali den Unfall hätte inszenieren können, bei dem Ali Hassan ums Leben kam, Sunny Messick ist beim Autorennen gestorben. Es ist absolut unmöglich, daß Margali auch da ihre Finger im Spiel gehabt hat.«

»Sind Sie sicher? Sind Sie da wirklich sicher?« Jimmy Messick beugte sich vor. »Einer von seiner Mechanikercrew starb etwa sechs Wochen später. Angeblich war der arme Kerl ein Fotofanatiker – hat selbst entwickelt und so. Und eines Morgens hat er aus Versehen statt Zucker Zyanitkristalle, die er zum Entwickeln brauchte, in seinen Kaffee getan. Armer Kerl. Niemand hat je herausgefunden, wie das passieren konnte. Er war zu der Zeit allein. Und er war ganz offensichtlich ein Fan von Margali Bowman. Überall in seiner Wohnung hingen Bilder von ihr. Oh, es war eindeutig ein Unfall. Er hat die Zyanitkristalle in einem alten Erdnußbutterglas in der Dunkelkammer aufbewahrt und den Zucker in einem alten Erdnußbutterglas in der Küche, und irgendwie muß er die beiden verwechselt haben. Komisch, wie ihm das passieren konnte, nicht? Vielleicht war er betrunken, als ihm das passiert ist? Oder vielleicht hat jemand nachgeholfen? Nur ein kleines bißchen nachgeholfen? Natürlich läßt sich nicht sagen, wer da nachgeholfen hat. Sein Bett war gemacht, als er gefunden wurde. Demnach ist er am Morgen aufgestanden und hat sein Bett gemacht, bevor er seinen Kaffee trank – schlau von ihm, nicht?«

»Jimmy, verdächtigen Sie etwa Ihre Mutter, drei Menschen ermordet zu haben?«

»Also wirklich, würde ich meiner Mutter so was antun? Sie hatte fünf Ehemänner. Sam war ihr erster. Er ist auch ihr fünfter und siebter, aber ich habe ihn nur einmal gezählt. Sie hat siebenmal geheiratet. Zwei von ihren Männern sind tot – nein, drei. Das heißt – nein, zum Donnerwetter, ich denke, es sind sogar vier. Moment, da war dieser Sänger, wie heißt er noch gleich, ich weiß nicht mehr. Ich könnte nachsehen, aber was soll's? Es hieß, er hätte das Zeug zum Star. Er war Ali Hassans Nachfolger, glaube ich – nein, ich bin mir nicht sicher. Oder doch? Ich denke ja. Das war vor meiner Zeit. Nach seiner Heirat mit Margali hat er keinen Finger mehr krumm gemacht – bloß noch rumgesessen und sich die gute alte kalifornische Sonne auf den Pelz brennen lassen. Dann hat Margali sich von ihm scheiden lassen, er hat sich erschossen, der arme Kerl. Und Cal, das war der letzte vor Sam, war irgend so ein kleiner Schauspieler oder so was; Cal hat sie geheiratet, als ich so um die fünfzehn war.«

»Ich dachte, da wäre sie mit Sam verheiratet gewesen«, unterbrach ich ihn. »Sie und Sam haben doch geheiratet, als Sie etwa drei waren, nicht?«

»Ja. Dann haben sie sich scheiden lassen. Dann hat sie Cal geheiratet. Dann hat sie sich von Cal scheiden lassen. Dann hat sie wieder Sam geheiratet. Ich dachte, das wüßten Sie?«

»Nein, wußte ich nicht –« Ich hielt inne. Wieso hatte ich es nicht gewußt? Ich hätte es wissen müssen. Offenbar hatte ich es gewußt; ich hatte gewußt, wie oft Margali verheiratet gewesen war, und das hieß doch, daß ich irgendwo in meinem Gedächtnis von diesem Hin und Her von Scheidungen und Wiederverheiratungen gewußt haben mußte.

Na gut, dachte ich. Offenbar spielte mir mein Gedächtnis einen Streich. Vermutlich hatte ich von Cal gehört, aber ich hatte ihn bestimmt nie persönlich kennengelernt, und ich hatte einfach nicht mehr auf die Reihe gekriegt, wann er auf der Bildfläche erschienen war. Kein Wunder – wahrscheinlich brauchte man einen Computer, um das Kommen und Gehen von Margalis Ehemännern nachhalten zu können.

Jimmy redete noch immer über Cal und Margali; offenbar hatte Cal in seiner Erinnerung einen tieferen Eindruck hinterlassen als in meiner. Was logisch war, dachte ich.

»Er war etwa neunundzwanzig. Sie war über fünfzig oder sechzig oder um den Dreh. Ihre Ehe hielt etwa eine Woche. Margali hat ihn vor die Tür gesetzt. Und die nächsten drei Tage hat sie eigenhändig seine Sachen weggeworfen. Wollte nicht, daß die Hausmädchen das machten. Wollte es selbst tun. Ich weiß noch, daß sie eine Flasche Aramis durch ein Spiegelglasfenster geworfen hat und jemand in der Nachbarschaft die Polizei gerufen hat.« Er lachte leise auf. »Armer Cal, er ist vor zwei Monaten an AIDS gestorben. Hat es nie zu mehr gebracht als zu einem kleinen Schauspieler. Verstehen Sie, er hat gedacht, Margali würde ihm zum großen Durchbruch verhelfen. Er hat geglaubt, sie müßte entzückt sein, von einem gutaussehenden Mann umschwärmt zu werden. Pech für ihn, daß er sich eine Hure ausgesucht hat, die mehr verlangte als nur galante Aufmerksamkeit. Also, Sam, der ist vorsichtig. Sam ist richtig vorsichtig – aber Margali will Sam auch behalten, deshalb steckt sie den Gärtnern heimlich was extra zu, für gewisse Dienste. Beim ersten Mal war es ihr egal. Aber beim ersten Mal mußte sie auch nicht dafür bezahlen, und sie wußte, wenn sie Sam verlieren würde, konnte sie ihn jederzeit ersetzen. Jetzt – von wegen.«

Ich hätte mir das alles eigentlich nicht anhören sollen. Aber auf eine kranke Art war es zu faszinierend, um nicht hinzuhören.

»Wie ich schon sagte, Margali will Sam behalten. Er ist reich. Er ist einigermaßen vorzeigbar, das heißt, wenn er nicht gerade auf Lyndon B. Johnson macht. Was ich mir einfach nicht erklären kann, ist, wieso Sam *sie* noch nicht abserviert hat. Bestimmt aus Mitleid. Ich meine, sie kann ihm doch nichts vormachen; er weiß das mit den Gärtnern und so, aber er – der gute Sam; er ist – anspruchsvoll, wissen Sie? Wer möchte schließlich mit so einem Schwein wie Margali schlafen? Sam nicht. Aber ich schätze, sie tut ihm leid. Er hat sie mal geliebt. Kann sich das einer vorstellen? Er hat sie wirklich mal geliebt?«

Jimmy saß schweigend neben mir, das Album geschlossen, und die Hände, die jetzt zum ersten Mal, seit ich ihn kannte, ruhig waren, lagen darauf, während das Wort »geliebt« im Zimmer nachhallte wie eine Geschmacklosigkeit.

Plötzlich sagte er: »Ich bin auch Schauspieler, wissen Sie.«

»Fara hat mal so was erwähnt«, sagte ich ausweichend. »Ich weiß nur nicht, warum ich noch von keinem Ihrer Film gehört habe. Ich – äh – habe wohl nicht richtig drauf geachtet –«

»Sie verkehren einfach nicht in den richtigen Kreisen. Natürlich hat Mutter keine Ahnung; meint bestimmt nach dem, was ich ihr erzählt habe, es sind ganz große Spielfilme; kann sich nicht erklären, warum sie nie nach Fort Worth oder Dallas kommen; kann sich nicht erklären, warum ich keine Video-Bänder davon habe, die sie zeigen kann. Ich habe natürlich Bänder, aber wenn sie die sieht, flippt sie aus.«

»Ach, so ein Schauspieler.«

»Ja. Ich bin wirklich gut.«

»Schön für Sie«, sagte ich schwach und wünschte, wir würden sofort das Thema wechseln.

»Meiner ist dreißig Zentimeter lang«, verkündete Jimmy. »Wollen Sie mal sehen?«

»Nein, danke. Äh – wie haben Sie Ihre Mutter überzeugen können, die Filme wären –«

»Das war ganz leicht. Ich habe sie zwei Monate lang nicht um Geld gebeten. Zwei *ganze* Monate. Und sie weiß, wieviel ich in zwei Monaten ausgebe.«

»Oh, verdient man mit Pornos so viel?«

»Mit einigen. Vor allem, wenn man eine Schwester hat, die nicht möchte, daß die Filme in den Verleih kommen. Er lachte wieder. »Eine Schwester, die Geld wie Heu hat. Wissen Sie was? Meine Mutter ist richtig stolz auf mich. Jedenfalls manchmal. Das ist ein Witz, was? Ein richtig guter Witz. Wieso lachen Sie nicht? Ich finde das zum Schreien, ehrlich.«

Er saß einen Moment still da. Dann klappte er das Album zu, schob es unter ein anderes Album und setzte sich wieder neben mich.

»Jimmy«, fragte ich, einem Gedanken folgend, der so flüchtig war, daß ich ihn nicht hatte zu Ende denken können: »Wenn Fara stirbt, wer bekommt dann ihr Geld? Ihr Mann? Die Mädchen?«

»Nee. Es geht alles zurück an die Familie vom guten alten Hassan, es sei denn, Fara bekommt noch einen Sohn; dann kriegt der alles. Nach Meinung der Araber haben Frauen ja noch nicht mal eine Seele. Wieso?«

Ich schüttelte den Kopf. Ich wußte nicht, wieso. Noch nicht. Nur – falls Margali die Cola light aufgepeppt hatte und sie nicht für mich gedacht war, für wen dann? Konnte es sein, daß sie für Fara gedacht war?

Ob Margali je bemerkt hatte, daß Fara gar keine Cola mehr trank?

Wußte Margali, wie Ali Hassans Erbe testamentarisch geregelt war? (Und vor allem, hatte Jimmy recht – bzw. sagte er die Wahrheit?)

War Margali so geldgierig, daß sie ihre Tochter ermorden würde, um, wie sie glaubte, deren Ölvermögen erben zu können?

»Haben Sie die Sprache verloren?« fragte Jimmy.

Ich fuhr zusammen. Dann fragte ich, nicht nur um seine Antwort zu hören, sondern auch, um zu sehen, wie er überhaupt reagierte: »Es wird gar keine Fernsehserie geben, nicht?«

Jimmy schüttelte den Kopf. »Sie will, daß es eine Fernsehserie gibt. Also muß es eine geben, wenn sie es so will. Sie fantasiert sich ihre Welt zusammen. Die alte Schachtel ist plemplem, merken Sie das denn nicht? Wieso interessiert es Sie überhaupt?«

Meine Mutter ist verrückt, und niemand außer mir scheint sich dafür zu interessieren – Fara hatte es etwas gemäßigter ausgedrückt.

Aber sie hatte das gleiche gesagt – oder fast das gleiche. Konnte es sein, daß Jimmy recht hatte, bestand vielleicht doch die abwegige Möglichkeit, daß Margali irgendwie für den Tod von Ali Hassan, Sunny Messick oder dem unbekannten Mitglied der Mechanikercrew verantwortlich war? Denn wenn dem so war – was trank Sam?

Trank Sam auch schon mal Cola light?

Waren noch andere Getränke außer Cola light präpariert worden?

Was stand in *Sams* Testament?

Ich kam nicht mehr dazu, mir weiter Fragen zu stellen oder Jimmy irgendwelche Fragen zu stellen, die vielleicht einiges von dem beantwortet hätten, was mir durch den Kopf ging – zum Beispiel, wieso in aller Welt erzählen Sie mir das alles? –, denn von der Diele her waren Schreie zu hören.

In einem Buch, das ich mal gelesen habe, stand, der größte Unterschied zwischen Polizisten und Normalbürgern ist der, daß Normalbürger weglaufen, wenn irgendwo etwas Schlimmes passiert, Polizisten laufen hin. In gewisser Weise stimmt das, aber andererseits hat man immer das Problem mit Schaulustigen, Leuten, die zwar nicht helfen können, aber kommen, um zu gaffen, und im Weg stehen. Bereits vier von den Hausbediensteten drängten sich in der Diele – sie hatten wohl ganz in der Nähe saubergemacht –, und ich mußte mich zwischen ihnen hindurchzwängen, um in Margalis Zimmer zu gelangen.

In dem Zimmer herrschte das absolute Chaos. Die weiße Pelztagesdecke, die noch zwei Stunden zuvor säuberlich auf dem Bett gelegen hatte, hing nun auf dem Boden, und das Bücherregal voller billiger Liebesromane und Modezeitschriften war aus der Wand gerissen.

Aber das fiel mir zuerst gar nicht auf. Das erste, was ich sah, war ein kämpfendes Menschenknäuel auf dem Fußboden – Margali auf Susan; Margali mit den Händen um Susans Hals; Susan, die nicht sehr erfolgreich versuchte, sie wegzustoßen.

Margali schrie wider Erwarten nicht: »Ich bring dich um!« Nein, sie schrie: »Ich streich' dich aus meinem Testament!«

Verständlicherweise nahm ich mir nicht die Zeit, die ganze Szene in Ruhe zu betrachten oder genau zuzuhören. Ich packte Margali einfach an ihren wehenden Haaren und zog ihren Kopf nicht allzu sanft nach hinten.

Auch nicht allzu heftig, natürlich. Mit einem kräftigen Ruck von hinten an den Haaren kann man jemandem genauso leicht das Genick brechen wie am Galgen. Ich wollte Margali nicht umbringen: Ich wollte sie bloß von Susan runterziehen.

Es gab da jedoch ein kleines Problem. Ich bin ein Meter achtundfünfzig. Margali war ein Meter siebzig. Ich war schwanger, und wie bei praktisch jeder schwangeren Frau war es mein stärkster Instinkt, mein Baby zu schützen. Margali war mindestens über siebzig, doch sie kämpfte mit der Kraft und Brutalität von Betrunkenen und Verrückten – denn sie war zweifellos beides. Höchstwahrscheinlich hätte sie auch dann mit Susan und mir auf einmal fertig werden und sich danach den nächsten Gegner vorknöpfen können, wenn ich nicht durch meine Schwangerschaft geschwächt gewesen wäre.

Ich konnte sie nicht besiegen. Also mußte ich sie überlisten. Und glücklicherweise sind Betrunkene häufig sehr leicht abzulenken.

Sie hatte gespürt, daß jemand sie an den Haaren gezogen hatte. Doch jetzt hatte ich wieder losgelassen, und sie war sich nicht sicher, was sie da gespürt hatte. Sie sah mich jetzt an, aber sie hatte noch immer die Hände um Susans Hals. »Margali«, sagte ich ernst, »du mußt mir helfen. Jemand hat meinen Koffer irgendwohin gebracht, und ich kann ihn nicht finden.«

Sie starrte mich an. Ihre Hände um Susans Hals lockerten sich langsam, und Susan war ohnehin noch weit vom Erstickungstod entfernt gewesen. »Ich weiß nicht«, sagte Margali unsicher. »Woher soll ich das wissen?«

»Es ist dein Haus«, sagte ich, »und du weißt doch, ich durfte in deinem schönen Zimmer schlafen. Kann er vielleicht hier irgendwo sein, was meinst du?«

Jetzt konzentrierte sie sich ganz auf mich. Sie blickte sich unschlüssig im Zimmer um. »Vielleicht –«

»Margali, bitte komm doch und hilf mir.«

Sie stand langsam auf, und Susan rollte sich schnell unter ihr weg und lief zur Tür, wo sie Darlene eine rasche Anweisung zukrächzte. Margali stöberte erfolglos in dem Durcheinander herum. »Nicht da«, sagte sie. »Vielleicht –«

Sie drehte sich um, und ihr Blick fiel auf das zerstörte Bücherregal. Sie schrie auf und ging darauf zu.

»Margali, was hast du denn? Was ist los?« Ich packte ihren Arm mit gespieltem Entsetzen.

Mag sein, daß ich keine besonders gute Schauspielerin bin. Aber andererseits war Margali betrunken. Das war eine Hilfe.

»Debra! Einbrecher!« kreischte sie.

»Einbrecher? Was haben sie mitgenommen?« Ich schnappte nach Luft, wich zurück, packte wieder ihren Arm und kämpfte gegen den übermächtigen Drang, in Lachen auszubrechen.

»Sie wollen mich vergiften!« jammerte sie. »Sieh doch! Sieh doch, Debra, sieh doch bloß!«

Mit völlig ungespielter Verblüffung ließ ich mich auf die Knie fallen und spähte hinter das Bücherregal.

Eine Spritze. Eine große Injektionsspritze. Ein komplettes elektrisches Lötbesteck, so neu, daß an dem Lötkolben noch das Preisschildchen war. Genau das Werkzeug, das ich vermutet hatte.

»Womit wollen sie dich vergiften, Margali?« fragte ich, noch immer auf den Knien hinter dem Regal.

»Sie haben es in die Colas getan. Es war doch in den Colas, nicht? Ich habe nämlich eine Cola getrunken, und mir ist schlecht geworden, und du hast eine Cola getrunken, und dir ist schlecht geworden. Also war es in der Cola. Cola light, meine ich; ich trinke keine normale Cola. In meiner Branche kann man es sich nicht erlauben, dick zu werden. Und du hast es rausgefunden – ich wußte, daß du es rausgefunden hast, als Fara für dich alle Cola-light-Dosen weggeschafft hat. Sie wollen mich vergiften –«

»Aber, Margali, hier ist nichts – ich meine, es ist kein Gift da. Auch wenn sie hiermit Gift in die Colas getan haben, wo haben sie dann das Gift her?«

Ich blickte erwartungsvoll hoch und fragte mich, ob sie mich auf das Feuersalz bringen würde.

Sie brachte mich nicht auf das Feuersalz. Sie drehte sich um, sah Darlene und Susan, sah die gefüllte Injektionsspritze in Darlenes Hand und fing wieder an zu kreischen: »Du willst mich vergiften!« kreischte sie und eilte entschlossen auf Susan zu. Ich wollte mich ihr in den Weg stellen, aber inzwischen war auch Olead ins Zimmer gekommen. Als Mediziner ist er zwar noch blutiger Anfänger – er steht kurz vor dem Abschluß des ersten Semesters seines Medizinstudiums –, aber er ist ein sehr großer, sehr starker Mann. Und er würde eher sterben, als zuzulassen, daß irgend jemand Susan oder mir ein Haar krümmt. Sie ist die Ärztin, die ihm seine geistige Gesundheit zurückgegeben hat, und ich bin es wohl, die ihn davor bewahrt hat, wegen Mordes hingerichtet zu werden. Daher packte er Margali von hinten und hielt sie fest, während Susan den fröhlich gepunkteten Puffärmel an dem schlaffen, blaugeäderten Arm hochschob und Darlene ihr die Injektion gab.

Olead hielt Margali weiter fest, während sie in seinen Händen allmählich erschlaffte. Dann hob er sie hoch und hielt sie so, während Darlene hastig das Bett in Ordnung brachte, und dann legte er sie darauf.

»Ganz eindeutig leidet sie nicht«, bemerkte Susan, »unter Osteoporose.«

Daraufhin lachte ich los. Ich konnte nicht anders.

»Und damit wäre die Party wohl zu Ende«, sagte Harry von der Tür aus, als Darlene mit der jetzt leeren Spritze in der Hand an ihm vorbeischlüpfte.

»O nein«, entgegnete Susan mit fast normaler Stimme und strich sich energisch die bestickte blaugemusterte Baumwollbluse glatt, während sie sprach. »Sie wird etwa zwei Stunden weggetreten sein. Wenn sie dann aufwacht, ist sie eine Weile schön ruhig. Und natürlich muß die Geburtstagsparty unserer lieben Margali weitergehen.« Sie verzog das Gesicht.

»Und ich will Psychiater werden?« sagte Olead und starrte dabei auf die ausgestreckte Gestalt auf dem Bett. »War ich auch mal so, Susan?«

»Nicht ganz.« Susan, die jetzt in den Trümmern auf dem Boden herumwühlte, hatte eine weiße Plastiktüte ausgegraben. Ich fragte mich, was sie damit vorhatte.

»Was heißt, nicht ganz?«

»Ich habe dich nie betrunken erlebt.«

»Da kannst du lange warten, bis du mich mal betrunken erlebst.«

Susan schritt jetzt über das Durcheinander auf dem Boden hinweg hinter das Bücherregal, und ganz plötzlich erwachte ich aus meiner Fast-Trance. »Nicht anfassen!« schrie ich.

Susan, Olead und mein Mann Harry, der noch immer in der Tür stand, drehten sich alle um und starrten mich an.

»Was nicht anfassen?« fragte Susan.

»Das da! Susan Braun, ich könnte dir den Hals umdrehen! Ich weiß, sie ist deine Patientin, aber es ist mein Tatort, und –«

»Dein was?« fragte Olead ziemlich vernünftig, wie ich rückblickend zugeben muß.

»Ich habe dir gesagt, wir würden morgen einen Durchsuchungsbefehl kriegen und die Sache ordentlich angehen, aber nein, du mußtest ja –«

»Glaubst du, sie wäre morgen ruhiger gewesen?« fiel Susan mir ins Wort.

»Nein, aber wir wären juristisch abgesichert gewesen und –«

»Sicher, wir wären juristisch abgesichert gewesen, aber in der Zwischenzeit –«

»Kann gut sein, daß du den Beweiswert vernichtet hast –«

»Zum Teufel mit dem Beweiswert! Und was, wenn noch jemand in der Zwischenzeit vergiftet worden wäre?«

»Vergiftet?« fragte Harry. »Worum geht's hier –«

»Stell dir vor, es wäre jemand gestorben!« tobte Susan weiter. »Was hätte dein Beweiswert dann noch genützt –«

»Susan, wir haben nicht das Recht, eine Durchsuchung vorzunehmen ohne einen –«

»Du nicht, aber ich. Sieh mal, Deb, du bist Polizistin, okay?«

»Du weißt verdammt gut, daß ich –«

»Hör mir bitte zu! Du bist Polizeibeamtin. Vom Gesetz her hast du nicht das Recht, ohne Durchsuchungsbefehl irgendeine Örtlichkeit zu durchsuchen. Aber ich bin Ärztin. Margali Bowman – Marjorie Lang – ist meine Patientin. Ich bin von ihrem Mann beauftragt worden. Meine Aufgabe ist es, alles zu tun, damit sie am Leben bleibt, und mein Bestes zu tun, damit sie wieder gesund wird oder zumindest so gesund wie möglich unter den gegebenen Umständen. Und damit habe ich das Recht – und sogar die Pflicht –, nach allem zu suchen, was irgendwie mit zu ihrer Krankheit beiträgt!«

»Wieso schaffst du dann nicht den verdammten Schnaps aus dem Haus?« Ich setzte mich schlapp auf den Boden und veränderte dann hastig meine Sitzpositon; ich war auf dem Pfennigabsatz einer Sandale gelandet, die sich unter einer Taftbluse versteckt hatte. »Hör mal, Susan, ich weiß, was meine Rechte und Pflichten und Grenzen sind. Ich weiß nicht, was deine Rechte und Pflichten und Grenzen sind. Das gebe ich zu. Aber sieh es doch mal so: Wir haben den Verdacht, daß Margali das Zeug dahingetan hat. Sicher, wir haben Gründe für diesen Verdacht. Aber es ist trotzdem bloß ein Verdacht, keine Tatsache. Mehr als eine Vermutung, aber noch lange keine Tatsache. Also mal angenommen, der Verdacht ist falsch. Mal angenommen, Margali hat das Zeug nicht dahingetan. Falls sie es nicht war, Susan, wer dann?«

Susan starrte mich an, stumm.

»Verstehst du, was ich meine?«

Susan setzte sich neben mich auf den Boden mitten im Zimmer. Entgegen meiner leicht maliziösen Hoffnung geriet sie nicht auf die zweite Sandale. »Vor einer Stunde warst du noch sicher, daß Margali es getan hat.«

»Ich war nicht sicher. Ich habe eine auf gewisse Fakten gestützte Vermutung angestellt. Susan, wieso mußtest du sie so reizen? Du hättest eigentlich wissen müssen, daß sie in die Luft geht wie eine Rakete. Wieso konntest du nicht warten, bis du dir sicher warst, daß sie dir nicht in die Quere kommen würde, wenn du schon unbedingt ohne offizielle Erlaubnis eine Durchsuchung machen mußtest?«

Susan fing an, die Nadeln aus einer ihrer Haarflechten zu fischen, die sich bei der Rangelei gelöst hatte. Mit Haarnadeln im Mund sagte sie: »Genau das wollte ich doch, abgesehen davon, daß ich, wie du ganz genau weißt, keine Durchsuchungsbefehle beantragen kann.«

»Ich kann es. Und was meinst du mit ›genau das wollte ich doch‹?«

»Ich meine, daß ich gedacht habe, sie könnte mir nicht in die Quere kommen, weil sie doch diesen scheußlichen Film geglotzt hat. Ich bin kurz wieder in den Fernsehraum gegangen, und sie saß da und flennte und jammerte darüber, wie sehr der Film sie an ihren armen, lieben Ali erinnerte, und Fara flatterte um sie herum und wischte der armen, lieben Mumsy das Gesicht ab, um sie abzulenken – ich hab' schon damit gerechnet, daß sie jeden Moment das Riechsalz rausholt –, und ich dachte, es wäre ein günstiger Zeitpunkt, mich in ihr Zimmer zu schleichen und das Zeug zu suchen und es beiseite zu schaffen. Sie hätte es erst gemerkt, wenn sie es das nächste Mal gebraucht hätte.

Wie sollte ich denn ahnen, daß der verdammte Film reißen würde und daß sie Fara beiseite stoßen und hier reingestürmt kommen würde?«

»Auch wenn er nicht gerissen wäre, hätte es sein können, daß sie zu früh zurück in ihr Zimmer kommt. Ich meine, ehrlich, Susan, in diesem Schweinestall hättest du eine Woche suchen können, ohne was zu finden.«

»In dem Fall hätte ich nicht weitergesucht. Aber es gibt immer die naheliegenden Plätze, wo du zuerst nachguckst – zwischen Matratze und Sprungfedern, hinter den Büchern im Bücherregal, in der Kommodenschublade unter der Unterwäsche, unten im Wäschekorb, in der Uhr –«

»In der Uhr?«

»Klar. Ich hatte mal eine Patientin, die noch drei Tage nach ihrer Einlieferung von irgendeiner Droge high war. Ich konnte mir einfach nicht erklären, wo sie das Zeug herbekam. Sie hatte von zu Hause nicht viel mitgebracht – nur ein paar Anziehsachen, einige Taschenbücher und so einen hübschen kleinen Wecker aus China, von dem sie sich partout nicht trennen wollte. Sie sagte, ihre liebe verstorbene Schwester hätte ihn ihr geschenkt oder so was in der Art. Und schließlich bekam ich von einer der anderen Patientinnen den Tip, daß sie den Wecker als Versteck benutzte, und so war es denn auch. Deb, du würdest dich wundern, wie viele Pillen in so einen kleinen, x-beliebigen Wecker reingehen.«

»Das muß ich mir merken.«

»Darf ich was sagen?« fragte Olead zaghaft.

Susan und ich drehten uns um und starrten ihn an; wir hatten vergessen, daß er da war, und Harry war jetzt offensichtlich nicht mehr da. »Sicher, was ist denn, Olead?« fragte ich.

»Ich wollte bloß sagen, wenn hier irgendeiner irgendwas in irgendwas reingetan hat, könnte es auch Jimmy gewesen sein.«

»Wie kommst du da drauf?« fragte Susan.

»Weiß du noch, wie wir einmal das Abführmittel im Eintopf hatten?«

»Ich weiß noch sehr gut, wie wir einmal das Abführmittel im Eintopf hatten«, erwiderte Susan. »War das Jimmy? Ich hatte ihn immer im Verdacht; deshalb habe ich ihm Küchenverbot erteilt.«

»Mir hast du auch Küchenverbot erteilt.«

»Du warst mir einfach zuviel mit Jimmy zusammen. Geht das mit dem Abführmittel auf der Weihnachtsfeier auch auf Jimmys Konto?«

»Ja, aber das fand ich selbst auch nicht komisch. Ich habe versucht, es zu verhindern.«

»Okay«, sagte ich, »ich schließe also daraus, daß Jimmy kein unbeschriebenes Blatt ist, wenn es darum geht – sagen wir –, Lebensmitteln Schadstoffe beizumischen?«

»Genau.«

»Aber von da bis zu einem richtigen Mordversuch ist es ein weiter Weg«, stellte Susan klar.

»Möglich, daß er das Etikett nicht gelesen hat«, gab Olead zu bedenken. »Vielleicht wollte er ja nur einen Scherz machen. So was macht er öfter, und mit Etiketten-Lesen hatte er es noch nie besonders.«

»Stimmt«, erwiderte Susan. »Danke, Olead. Wir denken darüber nach.«

»Dann bin ich jetzt weg.« Das war er zwar nicht, aber er ging aus dem Zimmer und schloß leise die Tür hinter sich.

Jetzt waren also Harry und Olead beide weg. Margali lag mit dem Gesicht nach unten auf dem Bett, was sie aber nicht daran hinderte, sehr laut zu schnarchen. Und Susan und ich saßen noch immer nebeneinander auf dem Fußboden inmitten des Schlachtfeldes.

»Das Chaos hier macht mich wahnsinnig«, sagte ich schließlich. »Meinst du, Margali wird böse, wenn wir ein kleines bißchen aufräumen?«

Susan zuckte die Achseln. »Soll sie doch. Ich persönlich bezweifle, daß sie es überhaupt merkt. Aber es macht mich auch wahnsinnig. Wir können es ja als therapeutische Maßnahme bezeichnen – es kann nicht gut für sie sein, mitten in diesem Durcheinander zu leben. Aber was machen wir mit dem Zeug da?« Sie deutete mit dem Kinn in Richtung auf das abgerückte Bücherregal. »Du willst es doch bestimmt nicht da liegenlassen?«

»Du hast es gefunden, und sie weiß, daß du es gefunden hast. Da können wir es genausogut einsammeln. Aber laß mich das machen.«

»Wieso?«

»Fingerabdrücke.«

»Was können Fingerabdrücke noch nützen? Wenn es ihr Zeug ist und sie es da hingelegt hat –«

»Wenn ihre Fingerabdrücke drauf sind, heißt das überhaupt nichts. Sie könnte selbst damit hantiert haben, oder jemand anders könnte es ihr in die Hand gedrückt haben, als sie gerade einen Rausch ausschlief. Aber wenn die Fingerabdrücke von jemand anderem drauf sind – oder auch wenn es saubergewischt wurde ...«

Nach einem Augenblick sagte Susan: »Oh.« Sie stand auf. »Ich geh' mal nachsehen, ob ich ein paar Müllbeutel oder Wäschekörbe finde.«

Wir begannen an entgegengesetzten Ecken des Zimmers und arbeiteten aufeinander zu, überwiegend sitzend oder sogar über den Boden kriechend, und stellten zwischendurch Müllbeutel voll mit leeren Flaschen und Dosen, zerrissenen Zeitschriften, leeren Konfekt-, Plätzchen- und Zigarettenschachteln oder Körbe mit schmutziger Unterwäsche und anderen Kleidungsstücken hinaus in die Diele, von wo sie leise weggeschafft wurden.

»Igitt«, sagte Susan einmal.

»Was ist?« fragte ich und versuchte festzustellen, wie viele Karten das Spiel, das ich gerade aufsammelte, inzwischen hatte. Es schienen dreiundvierzig zu sein, wenn ich mich nicht verzählt hatte.

»Sie hat einen Drink verschüttet. Oder so was. Kann ich nicht genau sagen. Ekelhaft. Widerlich. Das klebt.«

»Sie klingen richtig professionell, Frau Doktor.«

»Ich fühle mich richtig professionell. Ach, wenn der Ärzteverband mich doch jetzt sehen könnte. Der Teppich ist hin. Glaubst du, daß sie es hier gemacht hat? Ich meine, an den Cola-Dosen herumgebastelt hat?«

»Kann sein, daß wir Proben nehmen müssen, um es herauszufinden. Aber es wäre dumm.«

»Proben zu nehmen? Ich dachte, mit einem Durchsuchungsbefehl –«

»Proben zu nehmen ist kein Problem. Ich meine, es wäre dumm von ihr, wenn sie es hier gemacht hätte. Im Badezimmer hätte sie viel bequemer arbeiten können. Das heißt, falls sie es überhaupt war.«

Susan reckte sich, rieb sich den Nacken und starrte mich an. »Das wollte ich dich vorhin schon fragen und bin abgelenkt worden. Du warst sicher. Du warst sicher, daß Margali es war, und jetzt bist du es nicht. Wieso nicht?«

»Ich bin nicht sicher, wieso nicht.« Ich war es nicht. Da war dieses Grinsen auf Margalis Gesicht gewesen, als wir die Cola-Dosen aus dem Fernsehraum holten; in der Situation war ich mir hundertprozentig sicher, daß Margali wußte, was in den Dosen war, und das war ich auch jetzt noch. Aber wußte sie es, weil sie es selbst hineingetan hatte oder weil sie der gleichen Beweisspur gefolgt war wie wir und es sich allein zusammengereimt hatte? Sie war eine Trinkerin, wahrscheinlich war sie verrückt, aber nicht einmal ihre schlimmsten Feinde hatten Margali Bowman jemals als dumm bezeichnet.

Da war die Geschichte, die Jimmy mir erzählt hatte und der zufolge alles darauf hinzudeuten schien, daß Margali eine Mörderin war. Aber wieviel von Jimmys Geschichte stimmte, und wieviel war Jimmys Fantasie oder gar Hollywoodtratsch?

»Deb?« drängte Susan.

»Ich weiß nicht«, sagte ich wieder. »Es ist nur – Susan, kannst du mit einem elektrischen Lötkolben umgehen?«

»Ich? Nein, wieso?«

»Weil – woher sollte Margali das können?«

»Vielleicht hat sie es gelernt. So schwer kann das doch nicht sein. Werden die Dinger nicht mit Gebrauchsanweisung verkauft?«

»Oh, sicher, sie könnte es gelernt haben. Aber – überleg doch mal, Susan. Kommt man auf etwas, bloß weil es existiert?«

»Was –?«

»Man kommt nur dann auf etwas, wenn man es kennt. Ich habe an einen Lötkolben gedacht, weil ich Lötkolben gewohnt bin. Harry lötet ständig irgendwelche Sachen. Aber du hast nicht an Lötkolben gedacht, weil du nie damit zu tun hast. Susan, würde Margali darauf kommen, ein Loch in Metall mit einem Lötkolben dicht zu machen? Oder wäre es nicht wahrscheinlicher, daß sie einfach versuchen würde, es mit einem Stück Klebeband oder so abzudecken?«

»Mir ist da gerade was eingefallen«, sagte Susan. »Jetzt, in diesem Moment. Im Vietnam-Krieg haben die Vietcong mit Injektionsspritzen Batteriesäure in Colas getan. Wenn dann GIs die Cola ganz schnell runtergekippt haben –« Sie schüttelte den Kopf. »Ich war damals Assistentin im Krankenhaus. Ich habe mit einigen Fällen zu tun gehabt.«

»Wie haben sie die Löcher dicht gekriegt?«

»Das ist es ja gerade. Ich weiß es nicht.«

»Ob Margali das weiß?«

Susan schüttelte den Kopf. »Woher soll ich wissen, was Margali weiß? Vielleicht weiß sie es, wenn sie in einem Film darüber mitgespielt hat.«

»Ach komm, Susan«, sagte ich. »Margali hat während des Korea-Kriegs in Filmen mitgespielt. Sie hat während des Zweiten Weltkriegs in Filmen mitgespielt. Aber ich glaube nicht, daß sie zur Zeit des Vietnam-Kriegs viel gedreht hat. Das war in den sechziger Jahren.«

»Du hast doch gesagt, du hast sie damals noch in Hollywood besucht.«

»Nicht Mitte oder Ende der sechziger Jahre. Anfang der sechziger Jahre. Ich glaube nicht – ich kann es nicht mehr mit Sicherheit sagen. Aber ich glaube nicht, daß sie damals überhaupt einen Film gemacht hat. Egal, wir kommen etwas vom Thema ab. Die Frage ist, könnte Margali mit einem Lötkolben ein Loch in einer Cola-Dose flicken? Und das glaube ich nicht. Ich glaube, sie würde nicht mal auf die Idee kommen. Du etwa? Im Ernst?«

Susan warf einen kurzen Blick auf das Bett. Sie schüttelte den Kopf. »Wenn ich es bloß wüßte, Deb. Wenn ich es bloß wüßte.«

Margali war es vielleicht nicht gewesen, aber wir wußten es nicht.

Jimmy war es vielleicht gewesen, aber wir wußten es nicht.

Wie gefährlich war Jimmy Messick, der Pornoschauspieler und Witzbold – wirklich?

Wie gefährlich war seine Mutter – wirklich?

Kapitel 7

Wir saßen noch immer nebeneinander auf dem Boden. Margalis Schlafzimmer war sauber oder zumindest so sauber, wie es uns möglich war. Der Teppich mußte unbedingt schamponiert und abgesaugt werden, und es gab jede Menge Kleinkram, von dem ich einfach nicht wußte, wo ich ihn hintun sollte. In meiner Ratlosigkeit hatte ich soviel wie möglich davon in eine ansonsten völlig leere Truhe gestopft und den Rest auf dem niedrigen Bücherregal gestapelt, das wir inzwischen wieder an seinen ursprünglichen Platz gerückt hatten.

Schließlich fragte ich: »Susan, was fehlt Margali eigentlich?«

Susan seufzte, während sie nach und nach die Klammern entfernte, die ihre Haarflechten festgehalten hatten. »Ich will es mal so ausdrücken, ihre Wahrnehmung der Wirklichkeit ist, gelinde gesagt, gestört.«

»Ja, aber ich meine, was fehlt ihr? Susan, ich kenne sie, mit Unterbrechungen, seit meinem dreizehnten Lebensjahr. Sie ist nicht – das ist nicht die Margali, die ich kenne. Sie war schon immer ein bißchen verrückt, klar, aber nicht so wie jetzt. Was ist mit ihr passiert? Hat sie Alzheimer oder so was? Oder Syphilis? Ich habe mal gelesen, daß man davon richtig seltsam werden kann.«

»Sie hat weder Alzheimer noch syphilitische Parese«, sagte Susan präzise und löste währenddessen ihre Haarflechten. »Es gibt nicht den geringsten Verdacht auf Alzheimer, und syphilitische Parese kommt heute so gut wie gar nicht mehr vor. Jedenfalls ließe sie sich durch Labortests nachweisen. Syphilis, meine ich, nicht Alzheimer. Sie hat keine.«

»Aber hast du die Tests gemacht?«

»Ich habe sie gemacht. Nicht, daß ich den Verdacht gehabt hätte, sondern nur für den Fall, daß jemand diese Frage stellen würde. Jedenfalls, ihr Mann hat mir gesagt – o verdammt, Deb, ärztliche

Schweigepflicht, das weißt du doch. Sagen wir mal so, wenn bei einem meiner Patienten Ansteckungsgefahr bestehen könnte, möchte ich es wissen, okay?« Sie war dabei, ihre rechte Haarsträhne neu zu flechten.

»Das ist verständlich. Willst du damit sagen, daß du mir nicht verraten kannst, was ihr fehlt?«

»Also, ich dürfte es nicht. Aber abgesehen davon weißt du doch, daß ich starre Bezeichnungen nicht ausstehen kann.«

»Heißt das, du weißt es nicht?«

Susan schmunzelte und machte sich an die linke Flechte. »Drück es meinetwegen so aus, wenn du möchtest. Deb, es gibt alle möglichen Arten von Bezeichnungen, weißt du? Zum Teil sind es laienhafte Bezeichnungen, die in der Medizin nicht mehr verwendet werden. Zum Teil sind sie ziemlich präzise, zum Beispiel bei Formen des manisch-depressiven Syndroms, die wir heute kontrollieren können – nicht heilen, aber kontrollieren –, mit Lithium. Genauso wie Diabetes mit Insulin kontrolliert wird. Die Krankheit wird nicht geheilt; sie ist weiterhin da, schleichend, und richtet allerlei schlimme organische Schäden an, aber sie ist unter Kontrolle, und der Patient kann in gewissen Grenzen ein einigermaßen normales Leben führen.«

»Okay, ist Margali manisch-depressiv?«

»Vielleicht. Unter anderem.« Sie begann, mit der freien Hand, die nicht die Haarflechte festhielt, auf dem Boden herumzutasten.

»Hier.« Ich gab ihr ein grünes Gummiband, das wohl ursprünglich mal eine aufgerollte Zeitung zusammengehalten hatte. »Warum kannst du ihr dann nicht einfach Lithium geben?«

»Das ist das Problem«, sagte Susan. »Manche Formen des manisch-depressiven Syndroms sprechen nicht auf Lithium an. Und wir wissen nicht, warum, und wir wissen nicht, wo jeweils der Unterschied liegt. Ist es dieselbe Krankheit, bei der eine Behandlung manchmal anschlägt und manchmal nicht? Oder sind es zwei, drei oder noch mehr Krankheiten mit den gleichen oder mit ähnlichen offensichtlichen Symptomen? Das wissen wir eben nicht. Es zählt zumindest zu den Dingen, die wir nicht wissen. Wie bei der Schizophrenie.«

Jetzt hatte sie meine uneingeschränkte Aufmerksamkeit. Susans Vater, der auch Psychiater gewesen war, hatte vor vielen Jahren bei einem Teenager namens James Olead Baker Schizophrenie diagnostiziert. Er hatte ihn nach allen allgemein anerkannten Methoden behandelt, und Olead blieb schizophren. Dann starb der alte Mann, und Susan übernahm die Braun Clinic. Susan kam zu dem Schluß, daß Olead, mittlerweile sechsundzwanzig, nicht schizophren war und es vermutlich nie gewesen war; sie gab ihm Vitamine, sagte ihm, er sei gesund und entließ ihn. Und er war gesund.

»Schizophrenie ist ein wunderhübscher Sammelbegriff«, sagte sie, während sie sich Klammern kreuz und quer ins Haar steckte, um die Flechten oben auf dem Kopf halbwegs zu befestigen. »Manchmal läßt sie sich mit psychotropen Drogen behandeln. Manchmal läßt sie sich mit Megavitaminen behandeln. Manchmal, aber nicht sehr oft, läßt sie sich mit einer Psychotherapie behandeln.«

»Dabei liegt man dann auf der Couch und erzählt seine Träume, nicht?«

»Nicht ganz. Und manchmal läßt sie sich mit gar nichts behandeln, und manchmal hat man richtig schöne Fälle von spontaner Remission, und dann spaziert man herum und fühlt sich eine Zeitlang gottähnlich und denkt, daß just die Therapie, die man angewendet hat, zur Heilung geführt hat, bis man das nächste Mal haargenau das gleiche versucht und damit auf die Schnauze fällt. Vermutlich gibt es zwei Dutzend oder mehr unterschiedliche Krankheiten, die wir heute als Schizophrenie bezeichnen.«

»Wieso?«

»Weil wir nicht wissen, wie wir sie sonst bezeichnen sollen, schätze ich. Aber deshalb halte ich nichts von starren Bezeichnungen.«

»Also ist Margali nun schizophren?«

»Wie zum Teufel soll ich das wissen?«

»Du bist die Psychotante.«

»Schönheitschirurgen halten sich für gottähnlich. Sie können Gesichter und Hintern wieder aufbauen. Die sollten mal versuchen, Seelen wieder aufzubauen. Dann würden sie furchtbar schnell merken, wie machtlos wir Ärzte sind.«

»Es gibt auch Psychiater, die sich für gottähnlich halten«, wandte ich ein.

»Ich weiß«, sagte Susan finster. »Richtige Hirnies, was?«

»Hirnies?«

Susan blickte verlegen. »Ich habe eine sechzehnjährige Nichte. Manchmal schnappe ich etwas zuviel von ihrem Vokabular auf.«

Ich lachte leise und fragte dann: »Aber wenn du glaubst, daß sie manisch-depressiv sein könnte, kannst du es dann nicht einfach mal mit Lithium versuchen? Ich meine, es kann doch nicht schaden, oder?«

»O doch, das kann es. Selbst wenn es unbedingt erforderlich ist, muß man es ganz genau unter Beobachtung halten. Sieh mal, Deb, ich weiß nicht, was Margali alles fehlt. Aber eines weiß ich mit Sicherheit: Sie ist Alkoholikerin. Sie trinkt zum Frühstück, und sie trinkt zum Mittagessen, und sie trinkt zum Abendessen, und sie trinkt den ganzen Tag zwischendurch, und das muß ihr sämtliche wasserlöslichen Vitamine weitestgehend entzogen haben, so daß es ein Wunder ist, daß sie überhaupt noch gehen kann. Wahrscheinlich hat sie Skorbut und Beriberi und was weiß ich noch alles. Wenn ich sie jemals ins Krankenhaus kriege, werde ich ihr als erstes intravenös sämtliche wasserlöslichen Vitamine einflößen. Damit wäre schon einiges gewonnen. Sobald wir wieder ein halbwegs akzeptables Blutbild haben, werde ich mir ansehen, was vielleicht sonst noch im argen liegt. Und es ist durchaus möglich, daß es da sonst nichts gibt.« Sie blickte hinüber zum Bett. »Sie wacht bald auf. Wir wechseln besser das Thema.«

»Ob sie sich erinnert –« Ich deutete auf das Bücherregal.

»Das bezweifle ich. Falls doch, glaubt sie wahrscheinlich, daß es bloß ein schlechter Traum war. Deb, du weißt, daß ich dich vorladen lassen muß, um eine Einweisung zu erwirken.«

»Okay.«

»Kriegst du dann keinen Ärger mit deinen Freunden?«

»Fara möchte, daß sie in die Klinik geht. Die anderen sind ohnehin nicht meine Freunde – aber ich glaube, sie sähen sie alle lieber dort.«

Susan blickte wieder zum Bett hinüber. »Deb, ich bin davon überzeugt, daß ihre Fingerabdrücke auf dem Lötkolben und dem übrigen Zeug sind. Ich bin davon überzeugt, daß sie es selbst gemacht hat. Ich glaube nicht, daß jemand versucht hat, sie umzubringen.«

»Ich auch nicht. Aber ich muß auf Nummer Sicher gehen.«

In dem Moment erwachte Margali. Sie setzte sich auf, gähnte, streckte sich, lächelte Susan und mich selig an und sagte: »Wie nett von euch, daß ihr bei mir geblieben seid, während ich mich ein bißchen ausgeruht habe. Aber das wäre wirklich nicht nötig gewesen. Debra, Schatz, hol mir doch was zu trinken, ja? Da in der Ecke ist noch Ginger Ale, glaube ich, und, ach, Debra, Schatz, du könntest auch ein Tröpfchen von dem Scotch reintun, nur wegen des Geschmacks, weißt du.«

Susan warf mir einen vielsagenden Blick zu. Ich stand vom Boden auf, wusch mir die Hände, holte Eiswürfel aus dem kleinen Barkühlschrank in der Ecke und ließ sie in das Glas fallen, das darauf stand, goß Ginger Ale ein und gab etwa einen Teelöffel Scotch hinzu.

»Oh, Schatz, noch ein kleines bißchen mehr«, zwitscherte Margali.

Ich tat es.

Susan hatte wahrscheinlich recht. Niemand versuchte, Margali umzubringen, außer Margali, und sie machte ihre Sache sehr gut. Ginger Ale mit Scotch, igitt. Wir würden sie ins Krankenhaus bringen. Susan würde ihr den Alkohol wegnehmen und ihr Vitamine geben. Und am Ende hätten wir Margali wieder – die richtige Margali, mit ihrem Charme und ihren kleinen Schwächen.

Das dachte ich. Das dachte Susan. Das dachte wahrscheinlich auch Fara.

Und natürlich täuschten wir uns alle.

Immerhin ließ Margali sich überreden, ein geschmackvolles Kleid anzuziehen, und wir aßen geschmackvoll zu Abend und fuhren dann alle zum Blue Owl. Da es eine Privatvorstellung war, hätten wir natürlich direkt reingehen können. Aber Margali hatte sich das anders gedacht. Wenn man ins Blue Owl geht, geht man immer zuerst in den Buchladen zum Stöbern. Also mußten wir alle in den Buchladen zum Stöbern, und natürlich zahlte Margali alle Bücher, denn es war ja ihre Party, und das gehörte nun mal dazu.

Mir fiel auf, daß Sam leicht genervt darüber war, aber er überspielte es schnell und wiederholte Margalis Einladung.

In dem Buchladen verteilten sich alle. Ich wollte eigentlich kein Buch – na ja, vielleicht doch, aber ich wollte nicht, daß Margali mir ein Buch über Schwangerschaft und Geburt bei Frauen über vierzig kaufte –, daher blieb ich an der Kasse stehen und sah zu, wie alle mit Büchern und Zeitschriften in der Hand zurückkamen und mehr oder weniger verlegen dreinblickten. Susan, so bemerkte ich, hatte sich mit einem kleinen Gedichtband begnügt, und Harry hatte ein *Dragon Magazine* ausgesucht, daß er mit nach Hause nehmen und Hal schenken wollte.

Als Margali ihre Handtasche öffnete, sah ich darin den feuchten, prallen Umschlag, aus dem eine Ecke des blauen Testamenteinbandes herausguckte.

Na prima, dachte ich, zumindest würde sie – und es – eine Weile sicher sein.

Wie ich schon sagte, täuschte ich mich. Und jetzt, etwa vier Stunden später, wußten wir, wie sehr ich mich getäuscht hatte.

Ob Margali die Cola-Dosen nun selbst präpariert hatte oder nicht – ob Jimmy nun recht damit hatte oder nicht, daß Margali zwei ihrer Ehemänner und einen Mitarbeiter der Mechanikercrew ermordet hatte oder hatte ermorden lassen –, jetzt stand zweifelsfrei fest, daß jemand tatsächlich versucht hatte, Margali Bowman zu ermorden. Und wer auch immer es war, es war ihm gelungen – im Blue Owl, irgendwann zwischen acht Uhr und Mitternacht, mit einer Polizeibeamtin, nämlich mir, in nächster Nähe sitzend.

Wer hatte es also getan?

Weder Harry noch ich. Weder meine Tochter noch mein Schwiegersohn. Und bestimmt nicht Susan oder Darlene, denn, zwanzig Minuten nachdem wir das Kino betreten hatten, hatte sich Susans Piepser gemeldet, und als sie ging, hatte sie Darlene mitgenommen. Niemand war von draußen hereingekommen, denn die Filmvorführerin hatte das Kino abgeschlossen, damit keine normalen Kinobesucher herein konnten. Das war so üblich, wenn jemand das ganze Kino gemietet hatte; die Notausgänge blieben natürlich, wie gesetzlich vorgeschrieben, unverschlossen, aber sie ließen sich nicht von außen öffnen.

Daher kamen als Verdächtige Sam Lang, Jimmy Messick, Fara und Edward Johnson, Carl Hendricks (der sich mißmutig wieder zu uns gesellt hatte) und Bob Campbell in Frage.

Wenn Sam Lang den Wunsch gehabt hätte, Margali loszuwerden, hätte er sich bloß von ihr scheiden lassen müssen; das ist in Texas kein Problem, auch ohne Aushilfsgärtner, die für besondere Dienste eine Zulage bekommen. Jimmy hatte keinen Grund, sie zu ermorden; solange sie lebte und über Sams Konto verfügte, konnte er sie jederzeit anpumpen, doch jetzt, wo sie tot war – und selbst nichts besaß, was sie ihm vermachen konnte –, sah es so aus, daß er, der arme Kerl, auf seine eigenen Reserven zurückgreifen mußte, die, wie ich vermutete, nicht besonders üppig waren. Fara und Edward hatten Faras Geld, falls Geld ein Motiv war, was es ohnehin nicht sein konnte; und obwohl eine alkoholsüchtige Mutter/Schwiegermutter für zwei Erweckungsprediger von eigenen Gnaden eine peinliche Angelegenheit sein mochte, konnte sie keinesfalls auch nur annähernd so peinlich sein wie ein spektakulärer Mord in der Familie.

Welchen denkbaren Grund hätte Sam Langs Geschäftspartner haben können, Sam Langs Frau zu ermorden? Selbst meine Fantasie reichte soweit denn doch nicht.

Warum hätte Margalis eigener Anwalt sie ermorden wollen? Er konnte ja keine Betrügereien vertuscht haben, weil sie nichts besaß, um das er sie hätte betrügen können. Da war ich mir sicher. Es gab keinen denkbaren Grund, warum Fara mich deshalb hätte anlügen sollen.

Und welchen Grund hätte gar, was ziemlich weit hergeholt war, die Filmvorführerin haben können – ein siebzehnjähriges Mädchen, das sich im Blue Owl Geld fürs Studium verdiente –, eine sehr betagte ehemalige Schauspielerin zu ermorden, von der sie sehr wahrscheinlich vor heute abend nie etwas gehört hatte?

In einem Agatha-Christie-Krimi würde sich am Ende herausstellen, daß sie die seit langem verschollene Tochter des Mitglieds der Mechanikercrew war, die den Mord an ihrem Vater rächen wollte – nur, daß dieser Mechaniker natürlich, falls er überhaupt existiert hatte und ermordet worden war, seit rund sechsundzwanzig Jahren tot war, wodurch es ganz und gar unwahrscheinlich wurde, daß er eine siebzehnjährige Tochter hatte.

Ich wollte nach Hause und ins Bett und Schokoladenkonfekt essen und Agatha Christie lesen. Das Schöne an Kriminalromanen ist, daß ich mich nicht um die Verbrechen darin kümmern muß. Alles klärt sich auf wunderbare Weise auf, und meist ohne das ganze Getue wie Spurensicherung am Tatort oder Überprüfung von Alibis.

Ach verdammt, dachte ich, als die Filmvorführerin ihren Schlüsselbund herauszog und die Treppe hochlief, weil sie draußen auf der Straße eine Polizeisirene hörte, was spielte es überhaupt für eine Rolle, wer ein Motiv hatte? Betrachten wir es doch mal von der praktischen Seite. Wer hatte eine Waffe?

Zwei uniformierte Streifenpolizisten – ein Anglo-Amerikaner und eine Amerikanerin mexikanischer Abstammung – kamen die Treppe herab. Ihre Namensschildchen verrieten mir, daß sie Wilson bzw. Gutierrez waren. Hinter ihnen kam Captain Scott Millner.

Er blieb kurz stehen und schickte Wilson wieder die Treppe hoch. Die kleine Filmvorführerin kam ohne ihre Schlüssel herunter. Vermutlich hatte Wilson sie jetzt.

Captain Millner ist genau gesagt der Boß meines Bosses. Er ist Chef der gesamten Kriminalabteilung der Polizei von Fort Worth, und Lieutenant Gary Hollister, ein kleiner, verschlagen aussehender Mann mit lockigem rotem Haar und einer Vorliebe für grobe Scherze, leitet sowohl das Sonderdezernat als auch das Morddezernat. Doch in Wahrheit arbeitet Gary überwiegend für das Morddezernat, und Millner kümmert sich persönlich um das Sonderdezernat.

Ich gehöre dem Sonderdezernat an. Wir sind zwar ständig überlastet – der optimistische Plan, mit dem unsere Einheit angefangen hatte, pro Person ein Fall, ist längst im Arbeitsalltag einer Großstadtpolizei untergegangen –, aber längst nicht so überlastet wie das Morddezernat.

Das bedeutet natürlich, daß Mitarbeiter des Sonderdezernats häufig bei Mordfällen eingesetzt werden.

Es gibt noch eine andere kleine Regel. Und die besagt, daß der erste Detective, der bei einem Fall vor Ort ist, für den Fall zuständig ist, falls es nicht zwingende Gründe gibt, die dagegen sprechen.

Ich sah Millner an. Er ist ein Meter achtundachtzig und trägt sein graues Haar immer noch so militärisch geschnitten, wie er es schon dreißig Jahre zuvor in der Air Force getragen hatte. Er ist zweiundsechzig Jahre alt, und niemand, am wenigsten Millner, hat die Absicht, ihn in Pension zu schicken. Er sieht dermaßen wie ein typischer Fernsehpolizist aus, daß die Leute immer wieder ganz verblüfft sind, wenn sie hören, daß er ein waschechter Cop ist.

Ich sah Millner weiter an. Ich muß wohl ziemlich zerknirscht gewirkt haben. Ich fühlte mich auch ziemlich zerknirscht. Schließlich – seien wir ehrlich – war eine prominente Bürgerin von Fort Worth soeben ermordet worden, während ich keine vier Meter entfernt halb dösend, halb wach einen drittklassigen Film guckte und nicht das geringste unternommen hatte, um den Mord zu verhindern – und das, nachdem mir das Opfer erzählt hatte, daß irgend jemand versuchte, es umzubringen.

»Was ist passiert, Ralston«, fragte Millner mich.

Das hieß, er war zumindest leicht verärgert. Wenn er gute Laune hat, nennt er mich Deb. Ich sagte ihm, was passiert war.

Er nahm seine Brille ab und rieb sich den Nasenrücken. »Und wer war's?«

Ich sagte ihm, daß ich es nicht wußte.

»Was für eine Waffe?«

Ich sagte ihm, daß ich auch das nicht wußte.

»Scheiße«, sagte er.

Das fand ich auch.

Ich hörte, wie die Tür oben wieder geöffnet wurde. Vom Vorraum aus kann man die Tür nicht sehen. Das Blue Owl ist so angelegt, daß man es von der Straße aus durch eine Tür neben dem Buchladen betritt. Ich denke, der Buchladen gehört denselben Leuten, denen das Blue Owl gehört, denn er macht immer erst zu, nachdem die letzte Vorstellung im Blue Owl angefangen hat. So kann man sich eine Eintrittskarte kaufen und dann etwas in dem Buchladen schmökern, bis im Kino Einlaß ist.

Dann verläßt man die Buchhandlung durch die Tür an der Straße und betritt das Kino durch die Tür an der Straße, und man geht direkt nach hinten durch einen schäbigen kleinen Flur, vorbei an einer Treppe, die irgendwohin nach oben führt – ich glaube in einen Lagerraum, weil ich noch nie gesehen habe, daß jemand die Treppe raufgegangen ist. Man geht den Flur ganz durch und biegt nach rechts und kommt an zwei kleinen Türen vorbei; sie führen in die Herrentoilette, in der ich nie gewesen bin (ich wollte schon sagen »natürlich«, aber Tatsache ist, daß ich im Laufe meiner Arbeit zwangsläufig etliche Herrentoiletten von innen gesehen habe), und in die Damentoilette, die aus einem kleinen Vorraum besteht, der manchmal einen Spiegel hat und manchmal keinen, je nachdem, ob er gerade mal wieder gestohlen wurde, und aus einer einzigen Kabine mit einem Klo, bei dem meistens die Spülung funktioniert, und einem Abflußrohr, das meistens unverstopft ist.

Wenn man an den beiden Toiletten vorbei ist, biegt man wieder nach rechts und geht eine schmale Treppe runter, die, falls Sie inzwischen die Orientierung verloren haben sollten, wieder zum vorderen Teil des Gebäudes führt. Unten angekommen, biegt man wieder nach rechts und betritt den Vorraum, wo es die Eintrittskarten gibt, Limo, Kräutertee, Popcorn, selbstgebackene Plätzchen und manchmal Blue-Owl-T-Shirts, je nachdem, ob gerade welche vorrätig sind.

Ich glaube, das Kino liegt ganz knapp über der Rentabilitätsgrenze, aber es laufen sehr gute Filme, und ich gehe gern dorthin – meistens. Wenn Margali Bowman es nicht für den ganzen Abend gemietet hat.

Aber, wie jetzt klar geworden sein müßte, kann man die Tür zur Straße vom Vorraum aus nicht sehen. Man kann sie auch nicht hören, außer es ist furchtbar still im Kino.

Im Moment war es im Kino furchtbar still; nur Fara weinte, und sie weinte natürlich leise. Also konnten wir hören, wie die Tür aufging und zuging, und dann konnten wir mehrere Leute gehen hören. Sie kamen alle auf einmal herein, das heißt, soweit das bei der schmalen Treppe auf einmal möglich war: Doktor Andrew Habib, Pathologe, stellvertretender Gerichtsmediziner; Bob Castle und Irene Loukas,

Mitarbeiter des Erkennungsdienstes, was natürlich auch heißt der Spurensicherung; Gil Sanchez, Ermittler der Gerichtsmedizin.

Wir hatten jetzt ein volles Haus, nur, daß allem Anschein nach außer mir kein einziger Detective anwesend war.

Doktor Habib wippte auf den Fußballen vor und zurück – eine Angewohnheit, die mich absolut wahnsinnig macht –, blickte mich dabei erwartungsvoll an und fragte: »Wo ist es? Habt ihr diesmal was Anständiges für mich?«

»*Sie* ist im Kinosaal«, sagte ich zu ihm. »Und die Herrschaften dort sind ihr Mann, ihr Sohn und ihre Tochter.«

»Oh, tut mir leid«, sagte Habib. »Okay, auf in den Kampf.« Einen Moment später sagte er: »Verdammt, ist das dunkel hier drin, kann man denn nicht ein paar Lampen anmachen?«

Ich bat die Filmvorführerin – sie hieß Mary Fillmore, wie sie mir gesagt hatte –, die Saalbeleuchtung so hell wie möglich aufzudrehen.

Sie tat es. Danach war es etwa so hell wie in einer durchschnittlichen *Country-and-western*-Bar. Wer schon einmal in einer *Country-and-western*-Bar gewesen ist, weiß, daß das nicht sehr hell ist.

Nachdem Habib, was eigentlich unnötig war, Margali ordnungsgemäß für tot erklärt hatte, wartete er, bis Irene den Leichnam fotografiert hatte und sie und Bob angefangen hatten, sich systematisch durch die Gänge zwischen den Sitzreihen zu arbeiten, bevor er die Wunde im Nacken untersuchte. Wenn er eine Leiche untersucht, tastet er mit den Fingern herum; seit AIDS mehr und mehr in die Schlagzeilen geraten ist, ist er etwas vorsichtiger und trägt häufiger Handschuhe, aber längst nicht immer. Diesmal trug er keine.

Er summt auch vor sich hin. Mit summen meine ich nicht singen mit geschlossenem Mund. Ich meine, er sagt etwas, das sich anhört wie »hmmm« und »am-ham« und »hahhm« und »ah-hah«. Damit treibt er jeden Detective, der an dem Fall arbeitet, garantiert an den Rand des Nervenzusammenbruchs.

Manchmal redet er mit sich selbst. Hin und wieder redet er mit seinen Ermittlern, aber im Moment war Sanchez der einzige Ermittler, den er dabeihatte, und der war vorn im Saal bei Irene und Bob und kroch mit einer Taschenlampe bewaffnet über den Boden. Hin und wieder – aber nur ganz, ganz selten – redet er mit den Detectives, für die seine Ergebnisse von größter Wichtigkeit sind.

Er wäre absolut unerträglich, wenn er nicht ein hervorragender Pathologe wäre. Wenn er eine Meinung von sich gibt, kann man sie als Tatsache betrachten. Wenn er eine Tatsache von sich gibt, kann man sie als ewige Wahrheit betrachten.

Ich konnte es kaum erwarten, daß er mir etwas gab. Eine Tatsache. Oder eine Meinung. Oder einen Lutscher. Irgendwas. Ich war sogar drauf und dran, *ihm* einen Lutscher anzubieten, wenn er nur endlich mit dem gräßlichen *Summen* aufhören und mir irgendwas sagen würde.

Schließlich blickte er auf, blinzelte, als wäre er überrascht, mich zu sehen, und sagte: »Oh.«

»Das finde ich auch, *oh.* Was haben Sie festgestellt?«

Er blickte wieder auf die Wunde. Ich hoffte, er würde nicht wieder mit dem *hmmhmm* anfangen. Zum Glück tat er es nicht. Er sagte: »Es war so etwas wie ein Eispickel, womit man früher das Blockeis für die Cocktails zerhackte.«

»Ein Eispickel?« wiederholte ich. Ein Eispickel ist nicht gerade etwas, das ein Mann in der Hosentasche und eine Frau in der Handtasche mit sich herumträgt, und auch kein Gegenstand, den man für gewöhnlich in einem Kino – auch nicht einem kleinen, nicht sehr lukrativen Alternativkino – in der zweiten Hälfte des 20. Jahrhunderts in einer Großstadt der Vereinigten Staaten vermuten würde.

Tatsächlich konnte ich mich nicht erinnern, in den letzten paar Jahren einen Eispickel *gesehen* zu haben.

»Kein Eispickel«, sagte Dr. Habib ziemlich gereizt. »Ich habe gesagt, wie ein Eispickel. Irgendwas zwischen einem Eispickel und einem Stilett. Vom Durchmesser her etwas größer als ein Eispickel und etwas kleiner als ein Stilett.«

»Klasse«, sagte ich. »Ein Stilett ist doch ein Messer, nicht? Also was hat ein Stilett mit einem Eispickel zu tun?«

»Es ist so was Ähnliches wie ein Dolch, aber nicht ganz«, sagte er hilfreicherweise.

Ich rief mir ins Gedächtnis, daß mein Zahnarzt mir mit einer Vollprothese gedroht hatte, wenn ich nicht aufhörte, mit den Zähnen zu knirschen. »Was heißt das?«

»Also, es ist kein richtiges Messer. Es wurde ungefähr im letzten Viertel des 16. Jahrhunderts in Norditalien entwickelt, und es war wohl als Waffe für Adlige gedacht. Und für deren Frauen«, fügte er hinzu. »Manche von ihnen waren richtig prachtvoll verziert, mit Juwelen besetzt und so.«

»Was hat es mit einem Eispickel gemeinsam?«

»Es war keine Schneidewaffe. Die Klinge war dreieckig und zirka, na, etwas mehr als sechs Millimeter im Durchmesser.«

»Dreieckig?« Ich hatte noch nie eine dreieckige Klinge gesehen und konnte sie mir nicht so recht vorstellen.

»Ja. Das Stilett war also zum Stechen gedacht, ausschließlich zum Stechen, nicht zum Schneiden. Und wenn es etwas gedreht wurde, hinterließ es eine fast kreisrunde Wunde. Die hier ist noch etwas runder, mehr so, wie es bei einem Eispickel wäre. Nur, ein Eispickel, wissen Sie, hätte am Schaft weniger als sechs Millimeter Durchmesser, meistens, und an der Spitze noch viel weniger.«

»Also hat die Waffe hier einen Durchmesser von mehr als weniger als sechs Millimeter und weniger als mehr als sechs Millimeter?«

»Habe ich das gesagt?« Er klang leicht überrascht.

»Das haben Sie gesagt. Verständlich ausgedrückt, meinen Sie also, sie ist zirka sechs Millimeter im Durchmesser?«

»Ungefähr.«

»Vielleicht ein industrieller Eispickel?« Ich ging lieber von einem industriellen Eispickel aus als von einem kleinen, zierlichen, damenhaften, italienischen Stilett aus dem 16. Jahrhundert.

»Nein, weil der nicht so spitz zulaufen würde wie ein normaler Eispickel und zu dick wäre, besonders an der Spitze. Abgesehen davon ist ein Eispickel zu lang. Er wäre wieder ausgetreten, und zwar – na ja, bei dem Winkel der Wunde – an –«

»Schon gut«, unterbrach ich ihn hastig, »so anschaulich muß es nicht sein. Genügt, wenn sie das in Ihrem Bericht schreiben. Mein Magen ist zur Zeit ein wenig reizbar.« Zumal, so fügte ich im Geiste hinzu, die Toilette einen Vorraum und eine Treppe entfernt hoch lag.

»Ja, ist mir aufgefallen. Ich wollte Sie schon danach fragen. Sind Sie krank oder so?«

»Oder so.« Ich muß dem Captain unbedingt die glorreiche Neuigkeit beibringen, dachte ich. Dutch Van Flagg – der Detective, dessen Schreibtisch meinem direkt gegenüber steht – hatte schon mindestens dreimal zu mir gesagt, er könnte schwören, wenn er mich nicht besser kennen würde, daß ich schwanger sei; Susan hatte es an diesem Wochenende gemerkt (wenn nicht früher), und jetzt fing Habib an, Fragen zu stellen.

Zum Glück ging er der Sache nicht weiter nach. Er wandte sich einfach wieder der Leiche zu. Ich beschloß, ihm noch ein paar Fragen zu stellen. »Könnte es irgendein Farmerwerkzeug gewesen sein?«

»Von Farmerwerkzeugen habe ich keine Ahnung. Aber ich weiß nicht, was es gewesen sein sollte. Jedenfalls keine Ahle und auch kein Senkstift oder so.«

»Das sind außerdem Zimmermannswerkzeuge.«

»Oh. Na ja. Jedenfalls nichts in der Art. Oh, und Sie werden auch keine deutlich sichtbaren Blutspuren darauf finden«, sagte er weiter.

»Nein? Wieso nicht?«

»Tja, weil die Waffe abgewischt wurde. Sehen Sie.« Er zeigte mit der Taschenlampe, und ich konnte zerknitterten Stoff sehen, rötlichbraun beschmiert. Habib hatte recht. Margalis Mörder hatte seelenruhig hinter ihr gestanden – in einem Kino, in dem noch über ein halbes Dutzend andere Leute waren – und die Waffe an dem weißen Kragen des hübschen, maßgeschneiderten Kleides abgewischt, das sie auf mein Drängen hin angezogen hatte.

»Wann kann ich es abtransportieren lassen?« fragte Habib. Ein Leichnam – jeder Leichnam, außer vielleicht der von einem Mitglied seiner Familie – war für ihn »es«. Ich war noch nicht ganz an dem Punkt, Margali Bowman als ein »es« zu betrachten. Ich würde an den Punkt kommen, vermutlich, im Laufe der Ermittlungen. Aber ich war noch nicht soweit.

»Später«, sagte ich. »Ich möchte vorher die Familie aus dem Vorraum bringen.«

Aber das stellte ein weiteres Problem dar. Denn ob es mir gefiel oder nicht, die Familienmitglieder waren die Hauptverdächtigen – und praktisch die einzigen Verdächtigen. Was bedeutete, daß, selbst wenn ich beschloß, bis morgen mit der Befragung zu warten, alle durchsucht werden mußten, bevor sie gingen. Und ich wußte durchaus, daß ich dazu nicht den Hauch einer Befugnis hatte. Ohne entsprechenden Durchsuchungsbefehl konnte ich niemanden zwingen, schon gar nicht alle, sich mit der Durchsuchung einverstanden zu erklären, und das wußte der Täter wahrscheinlich sehr genau.

Selbst wenn nicht, es war ein Anwalt zugegen, der sie daran erinnern konnte. Natürlich war Bob Campbell Margalis Anwalt, was bedeutete, daß er zumindest theoretisch den Wunsch haben müßte, daß ihr Mörder gefaßt wurde, aber trotzdem würde er darauf achten, ob alles im Sinne des Gesetzes verlief – oder nicht.

Ich redete mir ein, es bestünde noch immer die Hoffnung, daß Millner zu dem Schluß kommen könnte, ich sei einfach zu tief in diesen Fall verstrickt, persönlich, um ihn zu bearbeiten. Es war eine verzweifelte Hoffnung, die sofort zunichte gemacht wurde, als ich wieder in den Vorraum ging. Millner nahm seine Brille ab, rieb sich den Nasenrücken, setzte die Brille wieder auf und blickte mich durch sie hindurch an. »Wie lange brauchen Sie, bis Sie den Bericht fertig haben?«

»Reicht es nicht, wenn ich ihn morgen schreibe?« Es war nach ein Uhr morgens. Wenn ich großes Glück hatte, kam ich gegen drei ins Bett, bevor ich um sechs wieder aufstehen mußte, aber wenn ich den Bericht noch diese Nacht schreiben mußte, war an Schlaf absolut nicht zu denken. Und es half auch gar nichts, mir zu sagen, daß ich das halbe Wochenende geschlafen hatte. Das interessierte meinen Körper nicht. Er verlangte jetzt nach mehr Ruhe.

»Ja, ich denke, das ist früh genug. Aber lassen Sie mich auf jeden Fall wissen, wie Sie weiter vorgehen wollen.«

Er ging in Richtung Treppe, und ich rief ihm nach: »He, sagen Sie bitte dem Streifenpolizisten da oben, er möchte runterkommen, ja?«

»Mach ich.« Er trabte weiter die Treppe hoch, und einen Moment später kam Officer Wilson – ich hatte seinen Namen vergessen, bis ich ihn wiedersah – herunter.

»Ich bitte um Ihre Aufmerksamkeit«, sagte ich. Das war, wie ich damals schon merkte, ein wenig lächerlich in Anbetracht dessen, daß außer mir nur zehn Personen im Vorraum waren – na ja, zwölf, die Streifenbeamten mitgezählt – und sie alle mich anblickten. Aber wie formuliert man eine Beschuldigung wegen Muttermordes oder Gattinnenmordes? Und das vor einer Gruppe von Leuten, von denen einige gar nicht unter Verdacht stehen?

Am besten gar nicht. Und ich würde es nicht tun. Noch nicht. Nicht so direkt jedenfalls.

»Ich muß Ihnen wohl nicht sagen, was passiert ist. Wir alle wissen, daß Margali tot ist.« Fara stöhnte leise auf und faßte Edwards Arm. Edward schien sie nicht wahrzunehmen.

»Ich hoffe«, fuhr ich fort, »Ihnen allen ist klar, daß mit fast hundertprozentiger Sicherheit niemand von draußen hereinkommen konnte. Die Filmvorführerin« – ich warf einen Blick zu Mary Fillmore hinüber, die nickte – »hat die Tür zur Straße gleich, nachdem wir hereingekommen waren, abgeschlossen. Und das bedeutet, daß jemand, der sich jetzt im Augenblick in diesem Raum befindet, es getan hat.«

Ich habe vorher noch nie so eine Ansprache gehalten. Es bestand kein Anlaß dazu. Und ich kam mir – ein ganz klein bißchen – wie Hercule Poirot vor, wenn er seine kleinen grauen Zellen anstrengt. Nur daß Poirot dann in der Lage wäre, sich die Reaktion jedes einzelnen anzusehen, dramatisch mit dem Finger auf jemanden zu zeigen und zu sagen: »*Sie* waren es.«

Meine kleinen grauen Zellen arbeiten nicht so. Ich sah bloß eine Gruppe unglücklicher Menschen, die sich unbehaglich fühlten und alle bemüht waren, einander nicht anzublicken. Und was die Frage betrifft, ob man jemandem seine Schuld ansehen kann, nun, es gibt Situationen, in denen ein Heiliger schuldig wirkt. Zum Beispiel bestreite ich, daß eine weibliche Person zwischen fünfzehn und fünfzig imstande wäre, in ihrem hautengsten Abendkleid allein die Eingangshalle eines piekfeinen Hotels zu durchqueren und den Fahrstuhlknopf zu drücken – in dem Wissen, daß der Hausdetektiv, den sie nicht kennt, jeden ihrer Schritte von hinten beobachtet –, ohne damit zu rechnen, zumindest in irgendeinem Winkel ihres Unterbewußtseins, daß jemand ihr jeden Augenblick eine Polizeimarke unter die Nase hält und fragt: »Na, Süße, wo soll's denn hingehen?« Es spielt keine Rolle, daß so etwas nicht sein sollte. Ich will damit nur sagen, daß es so ist. Um wieviel schuldiger meint dann wohl jemand zu wirken, der zu den ganz wenigen Personen gehört, die des Mordes an einer alten Frau verdächtig sind – auch wenn es eine nicht ganz unschuldige alte Frau war? Und natürlich, je schuldiger man meint, daß man wirkt, desto schuldiger wirkt man tatsächlich. »Der Schuldige flieht, auch wenn niemand ihn jagt« oder so ähnlich heißt es in der Bibel, aber dasselbe gilt ziemlich häufig auch für den Unschuldigen.

»Das einzig Vernünftige wäre jetzt, jeden einzelnen nach einer Waffe zu durchsuchen. Also, wie Mr. Campbell Ihnen sicherlich sagen wird, wenn *ich* es nicht tue, habe ich dazu keinerlei Befugnis. Wenn daher jemand die Durchsuchung verweigert, mit oder ohne Angabe von Gründen, dann hat er dazu durchaus das Recht, und ich werde aus dieser Weigerung sicher keinerlei Schlüsse ziehen. Falls dem nicht so ist, werde ich Officer Wilson bitten, alle Männer zu durchsuchen, und Officer Gutierrez, alle Frauen zu durchsuchen. Sie kann bei mir anfangen, während Officer Wilson mit den übrigen hierbleibt, und dann bleibe ich hier, während Officer Wilson die Männer einzeln in die Herrentoilette begleitet und wieder zurückbringt, und Officer Gutierrez begleitet die Frauen.«

»Volle Leibesvisitation?« fragte Gutierrez.

»Strip, auch die Handtaschen der Frauen und so weiter. Komplette Inventarliste.«

Bei einer solchen Durchsuchung stehen der Beamte und die Person, die durchsucht wird, auf Armeslänge voneinander entfernt. Die zu durchsuchende Person wird aufgefordert, alle Kleidungsstücke nacheinander auszuziehen und sie dem Beamten zu überreichen, der sämtliche Taschen, Nähte und Ärmel- und Hosenaufschläge durchsucht.

Es ist für beide Seiten unangenehm. Ich rechnete damit, daß beispielsweise Fara sich weigern oder mittendrin abbrechen würde.

Es stellte sich heraus, daß sie es nicht tat. Auch sonst niemand.

Überflüssig zu sagen, daß kein Eispickel, kein italienisches Stilett und nichts, das mit beidem eine entfernte Ähnlichkeit hatte, gefunden wurde. Mit Ausnahme meines eigenen .38er Dienstrevolvers, den ich ständig bei mir haben muß, wurde keine Waffe und nichts, das entfernte Ähnlichkeit mit einer Waffe hatte, gefunden, weder von Ray Wilson noch von Ramona Gutierrez und auch nicht von den beiden Mitarbeitern des Erkennungsdienstes und dem Ermittler der Gerichtsmedizin, die das Kino den Rest der Nacht bis in den Vormittag hinein durchsuchten.

Es war auch keine Hilfe, daß Susan, außer sich vor Wut, während der Leibesvisitation wiederkam und berichtete, daß sie und Darlene die halbe Nacht nach einer nicht existierenden Adresse am Rande von Arlington gesucht hatten, wo angeblich einer ihrer Patienten in ernsthafte Schwierigkeiten geraten war, sich im Badezimmer eingeschlossen und irgendwas geschluckt hatte und erst dann herauskommen und es wieder von sich geben wollte, wenn seine Psychiaterin eingetroffen war.

Sie wäre am liebsten direkt nach Hause gefahren, erklärte sie, aber Darlene sollte ja Margali nach Hause begleiten, um sie dort im Auge zu behalten. »Was«, fiel ihr verspätet ein zu fragen, »ist hier eigentlich los?«

»Du kannst nach Hause fahren«, sagte ich zu ihr. »Du kannst auch Darlene nach Hause bringen. Margali braucht sie oder dich nicht. Nicht mehr.«

In diesem Augenblick kamen die Träger von der Transportbereitschaft die Treppe herunter, mit einem Leichensack auf einer Trage, und gingen rasch an uns vorbei in den Kinosaal. Fara stöhnte erneut leise auf.

Susan blickte zu Fara hinüber. Sie blickte zur Tür, durch die die Träger gegangen waren. »Oh, Scheiße«, sagte sie zu mir.

»Das finde ich auch ›Oh, Scheiße‹«, pflichtete ich ihr bei.

Edward Johnson blickte uns beide mißbilligend an, sagte aber nichts.

Kapitel 8

Na, das war mal eine interessante Erfahrung, gelinde gesagt«, meinte Harry zu mir. Seine Stimme hatte einen leicht maliziösen Unterton.

»Was hätte ich denn tun sollen? Ihnen sagen, daß einige Leute durchsucht werden müssen und andere nicht?«

»Oh, ich beschwere mich ja nicht, ich sage bloß, es war eine interessante Erfahrung.«

Wir saßen an einem Tisch in einem kleinen Restaurant an der Belknap Street. Ich weiß nicht mehr, wie es zur Zeit heißt; es ist eins von den Lokalen, die alle drei bis vier Monate einen neuen Namen, eine neue Geschäftsführung und eine neue Speisekarte bekommen.

Ich war es, die beschlossen hatte anzuhalten. Nein, ich muß mich korrigieren. Ich war es, die gebeten hatte anzuhalten.

»Es ist fast drei Uhr morgens«, hatte Harry zu mir gesagt.

»Ich habe Hunger. Und habe nicht die geringste Lust, erst nach Hause zu fahren und was zu kochen. Außerdem weiß ich nicht, ob ich überhaupt was zum Kochen da habe.«

»Hast du nicht gesagt, du wärst müde?«

»Ich bin müde. Aber ich bin hungriger, als ich müde bin. Und du weißt, was passiert, wenn ich hungrig werde.«

Und schon bog Harry auf den Parkplatz des nächsten Restaurants, an dem wir vorbeikamen, wo ich jetzt auf ein Thunfischsandwich wartete mit Krautsalat und Pommes (die Pommes waren extra) und ein Glas Milch. Das Glas Milch sollte mein Gewissen beschwichtigen oder den Arzt oder beide; außerdem ist eine Cola um drei Uhr morgens ein wenig übertrieben.

Mein Sandwich kam wie bestellt; ebenso Harrys Omelett. »Ich begreife einfach nicht«, bemerkte Harry, »wie du direkt nach einem Mord essen gehen kannst.«

»Essen Soldaten nicht in der Schlacht?«

»Nur, wenn sie dazu kommen.«

»Tja dann. Jedenfalls habe ich Hunger.«

»Das habe ich inzwischen kapiert.« Harry widmete sich dem Omelett und fügte dann hinzu: »Nicht nur das Durchsuchtwerden war für mich völlig neu. Sondern auch die vielen Reporter.«

An die vielen Reporter wollte ich gar nicht denken. Als wir etwa eine halbe Stunde zuvor das Blue Owl verlassen wollten, konnten wir verschwommen durch die Scheibe erkennen, daß sich draußen Leute bewegten. Komisch, daß um diese Zeit überhaupt noch jemand unterwegs ist, dachte ich und öffnete die Tür – und schloß unwillkürlich die Augen, als das Sperrfeuer aus Blitzlichtern und Scheinwerfern plötzlich losbrach, so, als wäre in der Tür ein Stolperdraht gewesen. Und die Fragen – einige Reporter hielten uns für Angehörige der Familie, die etwas früher gegangen waren, aber ein paar erkannten mich. »Wie laufen die Ermittlungen? Ist schon in Kürze mit einer Verhaftung zu rechnen? Wer ist der Mann? War er es?«

»Kein Kommentar zum jetzigen Zeitpunkt«, antwortete ich automatisch am laufenden Band. »Es ist noch zu früh für einen konkreten Verdacht.«

Ein paar Reporter verfolgten uns bis zum Auto, doch selbst die machten dann rasch kehrt; früher oder später würde man die Leiche rausbringen, und dann konnten sie alle hübsche Aufnahmen von der abgedeckten Trage machen, um sie den Zuschauern in den Sechs-Uhr-Nachrichten zu präsentieren.

Zwei Fernseh-Übertragungswagen mit allem Drum und Dran, von den Leitern bis zu Hochfrequenzschüsseln, parkten auf der Straße.

Ein gewöhnlicher Mord in Fort Worth – ein gewöhnlicher Mord in jeder modernen Großstadt – verdient eine solche Berichterstattung nicht. Irgend jemand hatte wohl mitbekommen, wer Margali war. Hatte es mitbekommen und überall rumerzählt.

»Wie soll ich diesen Fall bloß je klären?« beklagte ich mich jetzt bei Harry. Klären – das macht man mit Fällen. Nicht lösen. Lösen heißt es in Krimis – in Romanen. Ich löse Kreuzworträtsel; das heißt, manchmal, wenn ich Zeit dafür habe, löse ich Kreuzworträtsel. Fälle kläre ich. Geklärt durch Verhaftung. Nur, ich wußte nicht, wie ich diesen klären sollte.

»Gott, wie soll ich das wissen?« entgegnete Harry. »Wir haben nur einen Detective in der Familie, und ich bin es ganz bestimmt nicht.«

Krimis. Durch sie war ich in diesen Schlamassel geraten. Als Kind habe ich sämtliche Bücher mit Nancy Drew und den Hardy Boys gelesen, die ich auftreiben konnte. Ich habe auch heimlich die Detektivromane aus dem Schlafzimmer meiner Eltern geholt, aus der Nachtkonsole meines Vaters. Ein paar davon waren eine Mischung aus Krimi und Western, und es ging um einen tollen Texas Ranger namens Jim Hatfield, der Einsame Wolf, der, was sehr verwirrend war, manchmal im 19. und manchmal im 20. Jahrhundert zu leben schien. Damals wußte ich nicht, was Fiktion war; ich nahm an, daß das alles wirklich passiert war.

Ich erzählte allen meinen Freundinnen, daß ich, wenn ich groß war, Texas Ranger werden wollte. Als man mich aufklärte, daß es bei den Texas Rangers keine Frauen gab, erwiderte ich, daß ich die erste sein würde.

Heute gibt es Frauen bei den Texas Rangers, glaube ich. Aber ich gehöre nicht dazu und will es jetzt auch gar nicht mehr. Mir gefällt es ganz gut da, wo ich bin – meistens. Außer wenn ich es mit einem Fall zu tun habe, den ich, belesen wie ich bin, nur als ›das Geheimnis des hermetisch verschlossenen Raumes‹ bezeichnen kann.

Wie würde Jim Hatfield an den Fall rangehen? Oder Henry Merrivale. Der hat ständig mit hermetisch verschlossenen Räumen zu tun. Ich hatte nicht die leiseste Ahnung. Ich bin nicht Jim Hatfield. Oder Henry Merrivale.

»Ich glaube, Carl Hendricks ist kein einziges Mal von seinem Platz aufgestanden«, sagte ich, nicht sicher, ob ich mit Harry sprach oder nur laut dachte.

»Ist er nicht«, stimmte Harry zu. »Er ist eingeschlafen. Er hat links vor mir gesessen, und ich konnte ihn schnarchen hören. Edward Johnson ist einmal aufgestanden, glaube ich.«

»Aber nicht, um Popcorn zu holen«, sagte ich mit Bestimmtheit. Margali – oder Sam – hatte für uns alle Popcorn, Kekse und Limo ausgegeben – soviel wir wollten. Aber Edward hatte von der Einladung keinen Gebrauch gemacht. Er war mit leeren Händen zu seinem Platz zurückgekommen. Ich erinnerte mich daran, erinnerte mich, daß ich mich gefragt hatte, wo er wohl gewesen sein mochte, denn er war nicht lange weggewesen, so daß er nicht nach oben zur Toilette gegangen sein konnte. Ich erinnerte mich allerdings nicht mehr daran, wie lange er im Gang gestanden haben mochte, direkt hinter Margali, bevor er ging oder nachdem er zurückgekommen war und bevor er sich hinsetzte. »Und Sam ist zweimal aufgestanden«, fügte ich hinzu.

»Stimmt. Einmal ist er mit Popcorn und etwas zu trinken zurückgekommen. Das weiß ich, weil er etwas von dem Getränk verschüttet und geflucht hat. Bei dem anderen Mal weiß ich nicht. Ich habe nicht drauf geachtet.«

»Ich auch nicht«, gab ich zu. »Es bestand auch kein Grund dazu. Jimmy ist wohl an die zwanzigmal hin und her, das ist mir aufgefallen.«

»Ja, etwa so oft wie du«, pflichtete Harry bei.

»Ich konnte nicht anders«, sagte ich mit soviel Würde, wie ich aufbringen konnte. Eine Schwangerschaft scheint tatsächlich ein paar eingebaute Unannehmlichkeiten zu haben.

»Vielleicht konnte Jimmy auch nicht anders«, gab Harry zu bedenken. »Ich meine, sieh es doch mal so. Wenn er sieben Frühstücke und drei Mittagessen und fünf Abendessen und neunundvierzig Imbisse pro Tag braucht, um dünn zu bleiben, was würde dann wohl passieren, wenn er wie ein normaler Mensch ißt? Vielleicht würde er austrocknen und weggeweht werden.«

»Das wäre kein großer Verlust für die Welt. Ist Bob Campbell nicht ein- oder zweimal aufgestanden?«

»Einmal mindestens. Bei zweimal bin ich nicht sicher. Und Fara ist mindestens einmal aufgestanden. Aber das sind wir doch alle, außer Hendricks. Vier Stunden und fünfzehn Minuten von dem Quatsch!«

»Harry, sei nett; sie ist tot«, protestierte ich automatisch.

»Ist Quatsch etwa kein Quatsch mehr, bloß weil eine von denen, die ihn verbrochen haben, abgemurkst wurde?«

»Nein, wohl nicht. Wenn ich mich bloß erinnern könnte, wer hinter Margali stehengeblieben ist, egal wie lange –«

»Deb, jeder ist hinter Margali stehengeblieben. Zwangsläufig, um sich an die Dunkelheit zu gewöhnen.«

Das war das Problem. Er hatte recht. Das Blue Owl ist anders angeordnet als die meisten Kinos, die in der Mitte und an den Seiten einen Gang haben. Es hat nur einen einzigen Gang; man kommt in den Saal, und der Gang verläuft rechts von einem; wenn man ihn hinuntergeht, liegen die Sitzreihen links. Margali hatte unbedingt auf dem äußersten Platz in der zweiten Reihe von hinten sitzen wollen und darauf bestanden, daß wir anderen vor ihr saßen. Ich hatte angenommen (aber jetzt war ich es, die schlecht von Toten dachte), sie wollte auf Nummer Sicher gehen, daß ihr gefesseltes Publikum auch gefesselt blieb.

Die Folge davon war jedenfalls, daß jeder, der rausging, an ihr vorbeimußte. Jeder, der wiederkam, mußte kurz stehenbleiben, neben ihr oder hinter ihr, um sich an das dunkle Licht zu gewöhnen.

Somit konnte theoretisch jeder im Saal sie getötet haben, außer Carl Hendricks, der sowohl den Mord als auch die Filme verschlafen hatte.

Praktisch hatte ich vier Verdächtige: Ich war sicher, daß Harry, Becky, Olead und ich es nicht waren. Ich hatte nicht den geringsten Grund, die kleine Filmvorführerin zu verdächtigen (obwohl sie den Kinosaal das eine oder andere Mal kurz betreten hatte); und ich weigerte mich, Fara zu verdächtigen. Nicht, weil sie eine alte Freundin war, sondern weil sie es war, die mich auf der Party dabeihaben wollte.

Wenn Sie Ihre Mutter umbringen wollten – oder sonst jemanden –, würden Sie wohl kaum jemanden von der Polizei dazu einladen. Oder? Na ja, es sei denn, Sie wollten sich eine richtig gute Tarnung verschaffen.

Ich konnte Fara nicht – ganz – ausschließen. Aber dennoch, ich hatte sie ausgeschlossen. Es war Sam Lang gewesen oder Edward Johnson oder Jimmy Messick oder Bob Campbell. Einer von den vieren.

Harry schwieg und beobachtete mich. Er kennt das, wenn ich unversehens in einen versonnen weggetretenen Zustand verfalle, eine Art Selbsthypnose, wobei mein Gehirn im Rechnermodus das zuvor Eingegebene verarbeitet. Er weiß auch, wann der Rechner abschaltet und es wieder möglich ist, Fragen zu stellen. »Überhaupt keine Waffen?« fragte er leise und blickte sich dann um. Er ist sich vollauf bewußt, wie wichtig Verschwiegenheit ist. Aber es bestand keine Gefahr; die einzige Kellnerin, die noch da war, befand sich am anderen Ende des Lokals, außer Hörweite.

Ich schob den leeren Teller aus dem Weg, legte meine Handtasche auf den Tisch und holte einen Stoß Notizblätter heraus, die Inventarliste. »Sam hatte ein Taschenmesser, eine Brieftasche mit Bargeld und Kreditkarten, einen Schlüsselbund, ein Scheckbuch, einen Terminkalender und ein Etui mit Füllfederhalter und Bleistift. Bob Campbell hatte ein Taschenmesser, eine Brieftasche mit Bargeld und Kreditkarten, einen Schlüsselbund, ein Scheckbuch, einen Terminkalender und zwei Filzstifte, die zu 89 Cent. Wilson hat beide Taschenmesser – selbstverständlich mit Einverständnis der Besitzer – behalten, aber die Chancen, daß eins davon die Waffe ist, sind gleich Null. Jimmy hatte kein Taschenmesser; Olead übrigens auch nicht. Offenbar sind Taschenmesser bei jüngeren Männern nicht so beliebt.«

»Ich vermute, sie haben es sich einfach nie angewöhnt«, entgegnete Harry. »Ich meine, ich nehme doch an, daß psychiatrische Kliniken in der Regel ja wohl keine –«

»Taschenmesser erlauben. Da hast du zweifellos recht. Jedenfalls, Jimmy hatte einen Kugelschreiber, eine Brieftasche mit Bargeld und Kreditkarten und einen Schlüsselbund. Edward hatte eine Taschenbibel, eine Brieftasche mit Bargeld und Kreditkarten, ein kleines Notizbuch, zwei billige Stifte mit Plastikkappe und einen Schlüsselbund. Fara«, sagte ich widerstrebend, da ich noch immer nicht bereit war, sie zu verdächtigen, »trug nur Kleidungsstücke ohne Taschen. In der Handtasche hatte sie Schlüssel, ein Portemonnaie mit Bargeld, Kreditkarten, ein Scheckbuch mit Stift, ein Mäppchen mit Coupons für den Supermarkt, ein Päckchen Kleenex, eine kleine Haarbürste und einen Stielkamm – Aluminium. Gutierrez hat den Kamm behalten, mit Faras Einverständnis. Und die Chancen, daß er die Waffe ist, sind gleich Null. Ißt du das Omelett noch auf?«

Harry sah auf seinen Teller. »Nein.«

»Können wir dann nach Hause? Ich bin müde.«

Harry erinnerte mich nicht daran, wessen Idee es war, hier anzuhalten.

Das war nett von ihm.

Sonntag hin, Sonntag her. Ich vermute, es gab ihn, aber er bekam keine Chance, mir ein Sonntagsgefühl zu geben. Ich vermute, Harry hat Hal zur Kirche gebracht oder jemand anders hat Hal mitgenommen; in letzter Zeit geht er regelmäßig in die Kirche, die an der Kreuzung vom Highway 121 und Interstate 820 liegt, und es ist ihm ziemlich wichtig, daß er keinen Gottesdienst versäumt. Manchmal gehe ich sogar mit. Allmählich gefällt es mir irgendwie.

Aber an dem Morgen ging ich nicht mit. Ich fuhr ins Büro und schrieb Berichte – diktierte sie, genauer gesagt, auf Band, damit sie später von einer Schreibkraft geschrieben werden konnten. Ich wich Reportern aus. Ich las keine Zeitung. Ich wollte keine Zeitung lesen.

Ich fuhr wieder ins Blue Owl und versuchte, mir vorzustellen, wo ich wäre, wenn ich ein Eispickel wäre. Das war das Standardrezept unserer Mutter, wenn eins von uns Kindern etwas verloren hatte, und es war meist ein genauso fruchtloses Unterfangen wie diesmal. Ich durchsuchte alle Mülleimer, falls es sonst noch niemand getan hatte, aber natürlich wußte ich genau, daß sie bereits durchsucht worden waren, mindestens einmal und eher zweimal.

Ich fuhr zu Fara und Edward, um mit ihnen zu sprechen (nach der Kirche natürlich), und auch das war ein fruchtloses Unterfangen. Edward teilte mir mit, daß die Wege des Herrn unergründlich seien und daß, wer das Schwert nehme, durch das Schwert umkomme.

»In welcher Hinsicht hat Margali das Schwert genommen?« fragte ich.

Ich werde gar nicht erst versuchen, mich an seine genauen Worte zu erinnern. Er war der Meinung, daß Kinofilme – vor allem Margalis Filme – an die Fleischeslust appellierten und sündiges Verhalten förderten. Er zitierte Jesaja, irgendwas über die Töchter Zions, die mit trippelnden Schritten und Schleiern daherstolzierten und dafür mit Schorf befallen werden sollten, und ich verabschiedete mich und ging.

Vielleicht hatte er ja sogar in gewisser Weise recht. Aber mußte er sich dabei wie ein Moralapostel aufspielen?

Jedenfalls war es inzwischen vier Uhr geworden, und alle Akten, die ich einsehen wollte, waren vermutlich ohnehin weggeschlossen, daher fuhr ich nach Hause und ging ins Bett. Ich glaube, ich habe noch zu Abend gegessen. Ganz sicher bin ich mir nicht.

Als ich aus dem Schlafzimmer gewandelt kam, lagen die Sonntags- und Montagsausgaben des *Star-Telegram* auf dem Frühstückstisch, und Hal hastete herum, um rechtzeitig seine Bücher zusammenzusuchen, damit er den Schulbus noch erwischte. Schlaftrunken hob ich die Zeitung hoch und fand die Bücher – ich würde ja gerne sagen können, daß Schulbücher kein fester Bestandteil meines Frühstückstisches sind, aber im Grunde gehören sie seit Vickies erstem Schultag dazu –, und dann sagte ich ihm Tschüß, während er die Bücher schnappte und zur Tür hinauslief. Der Busfahrer hupte schon. Aber er würde warten. Er kennt Hal.

Dann fiel mein Blick auf die Titelseite.

Harry brachte mir keinen Kaffee. Ich glaube, Kaffee ist für mich während der Schwangerschaft gestrichen, oder ich bin für den Kaffee gestrichen, je nachdem, wie man es sieht. Wer weiß? Vielleicht rühre ich ja nie wieder welchen an. Das wäre gar keine so schlechte Idee. Er ist sündhaft teuer geworden.

Bei uns hat es sich eingespielt, Ausnahmen vorbehalten, daß Harry, der morgens wenigstens halbwegs bei klarem Verstand ist, das Frühstück macht; Hal räumt das Geschirr nach der Schule in die Spülmaschine; ich mache das Abendessen, während Harry vor dem Fernseher schläft oder hektisch herumläuft, um sich für eine Versammlung in der Lodge fertig zu machen; und irgend jemand – meist ich – räumt das Geschirr vom Abendessen in die Spülmaschine. Möglich, daß die Regelung nicht für alle gerecht ist. Aber irgendwie funktioniert sie.

Ich blickte auf die Zeitung, und Harry brachte mir ein englisches Muffin mit Rosinen, getoastet und triefend vor Butter oder, genauer gesagt, Diät-Margarine, die ich zur Zeit esse. Er brachte mir auch ein Glas Milch.

Ich blickte weiter auf die Zeitung und wünschte, mir würde eine plausible Entschuldigung einfallen (für mich ebenso wie auch für Captain Millner), so daß ich zu Hause bleiben könnte. Ich wollte nicht ins Büro. Dort würden Reporter sein, und ich hatte nichts, was ich ihnen sagen konnte. Sie hatten die Geschichte beim Wickel – und wie sie die Geschichte beim Wickel hatten. Die alternde Schauspielerin kurz vor einem neuen Fernsehtriumph (vielleicht hatte jemand das Hauspersonal bestochen; wo sonst hätte das herkommen können?) – das von Tragödien überschattete Leben – der hübsche Jungstar, schwanger mit ihrem ersten Kind, bewußtlos aufgefunden in dem Autowrack neben dem leblosen Körper ihres Gatten aus königlichem Hause, dessen Hände noch immer das Lenkrad umklammerten – viele Jahre später, mit dem zweiten Kind schwanger, eine wunderbare Versöhnung, zunichte gemacht, als der Rennwagen ihres Mannes von der Bahn abkam, zerschellte und vor ihren entsetzten Augen ausbrannte – Fotos, alte Fotos, keine jüngeren Datums – Margali, ganz in Schwarz gehüllt in Forest Lawn; Margali, die Hände vor dem Gesicht, auf der Rennstrecke; Margali, wie sie in einem paillettenbesetzten Abendkleid tanzte –

Moment mal. Moment mal. Was hatte ich da eben gelesen?

Ali Hassan saß hinter dem Lenkrad, als er starb. Marjorie saß neben ihm, auf dem Beifahrersitz. Und das war kein Irrtum des Reporters, denn da war ein altes Nachrichtenfoto, auf dem zu sehen war, wie Margali, zusammengesackt gegen die Scheibe gesunken, von Helfern mit Brechstangen aus dem Autowrack befreit wurde. Das konnte niemand gestellt haben, weder Margali noch sonst irgendwer, denn so, wie sich der Baum vorn in den Wagen gebohrt hatte, wäre jeder am Steuer auf der Stelle tot gewesen. Ich hatte schon oft genug gesehen, wie es nach einem Unfall aussieht, um zu wissen, daß daran kein Zweifel bestehen konnte.

Also hatte Margali Ali Hassan nicht getötet. Also hatte Jimmy gelogen oder sich getäuscht. Und wie kann man sich bei so etwas täuschen? Nur dann, wenn jemand einem absichtlich etwas Falsches erzählt hat. Aber wer? Und warum?

Ich saß vor dem Schreibtisch von Captain Millner. »Verdammt«, sagte er schließlich, »das ist ja eine richtig rührende Geschichte.«

»Das habe ich auch gedacht. Und die Tatsache, daß Teile davon nicht stimmen, macht sie nicht insgesamt falsch.«

»Es könnte nicht schaden, der Sache nachzugehen. Ich weiß zwar nicht, wo man da anfangen sollte, aber –«

Aber. So was heißt bei uns angeln. Detectives gehen ziemlich oft angeln. Man weiß nicht immer – ehrlich gesagt, sogar nur selten –, was man an Land ziehen wird. Oft genug gar nichts. Aber hin und wieder wirft man ahnungslos einen Wurm als Köder aus und hat einen Wal am Haken.

Ich mußte soviel wie möglich über Margali Bowman in Erfahrung bringen, nicht wie ich sie gesehen hatte, als ich noch ein Kind war, als ein Stern, der auf wundersame Weise auf der Erde gelandet war, zu schön, um wahr zu sein, sondern als eine ganz gewöhnliche Sterbliche. Ich mußte alles wissen, jede winzige Kleinigkeit. Und ich wußte nicht, wen ich fragen sollte.

Ihren Agenten konnte ich nicht fragen. Ihr Agent war tot, zumindest hatte man mir das gesagt.

Sam konnte ich nicht fragen, weil er ein Verdächtiger war.

Wer ihre besten Freunde gewesen waren, wußte ich nicht; ob sie noch lebten oder schon tot waren, wußte ich auch nicht.

Fara war ein Kind, als ich ein Kind war. Jimmy war damals noch gar nicht auf der Welt.

Schließlich ging ich zur Redaktion des *Star-Telegram* und bat um ihr Archivmaterial über Margali Bowman und, falls sie welches hatten, über Sunny Messick.

Es war keine Überraschung für mich, daß beide Akten ausgeliehen waren, an einen Gesellschaftskolumnisten namens Everett MacCauley. Der Archivar sagte mir, wo ich MacCauley finden würde.

Es standen wohl an die zwanzig Schreibtische in dem langen, rechteckigen, schmalen Raum. Sie waren alle, ohne Ausnahme, unordentlich – die Körbe für Ein- und Ausgänge quollen über, auf den Schreibtischen stapelten sich alle möglichen Papiere, aus denen bestimmt niemand außer dem Besitzer schlau werden konnte. Genau wie man es sich dem Klischee nach vorstellt, außer daß statt einer Schreibmaschine jetzt jeder Schreibtisch einen Bildschirm und eine Tastatur hatte. Überall schlängelten sich Kabel, mit Klebeband befestigt, verschwanden hinter Papierkörben, wanden sich spiralförmig unter Schreibtischen – genau wie bei uns, bevor das neue Polizeipräsidium gebaut wurde, versuchte man hier, die Technologie des Computerzeitalters in einem vorsintflutlichen Gebäude unterzubringen.

Everett MacCauley, ein Mann von Mitte Vierzig, der aussah wie ein Professor und eine Kordhose und ein hellblaues Hemd trug, begrüßte mich. Es war natürlich keine Überraschung für mich, daß er mir die Akten nicht mitgeben konnte, aber er hatte nichts dagegen, wenn ich sie hier durchlesen würde. »Aber die Informationen müssen ja nicht nur in eine Richtung fließen, oder?« fragte er nur ein ganz klein bißchen zu ölig.

»Ich darf Ihnen über den Verlauf der Ermittlungen nichts sagen«, entgegnete ich. »Und selbst wenn, wir hatten bisher kaum Zeit, richtig anzufangen.«

»Aber es war doch Miss Bowmans Geburtstag«, sagte er. »Eine Geburtstagsparty. Sie war« – er sah in seinen Notizen nach – »Einundsiebzig.«

»Wirklich?« Ich hatte sie tatsächlich für etwas älter gehalten.

»Wirklich. Ich«, sagte er triumphierend, »habe ihre Geburtsurkunde.« Er schob sie mir hin.

Sie war eine geborene Marjorie Ruth Gorman, falls das hier wirklich ihre Geburtsurkunde war; und ja, er hatte recht, sie war letzten Freitag einundsiebzig geworden. Und das hier war vermutlich wirklich ihre Geburtsurkunde – ich erinnerte mich, daß ich Faras Großmutter »Mrs. Gorman« genannt hatte. Sie war zu Hause geboren worden; die Geburt war normal verlaufen; ihre Eltern – Frances Fay Lanham Gorman, Hausfrau, und Andrew Mellon Gorman, Maurer – hatten in Birdville, Tarrant County, Texas, gewohnt. Das mußte irgendwo in der Gegend gewesen sein, die heute Richland Hills und North Richland Hills hieß. Sie hatte 3259 g gewogen, und sie war das sechste Kind ihrer Mutter gewesen. Geboren und gestorben in Tarrant County, Texas. Aber in der Zeit dazwischen hatte sie viel erlebt. *Du kommst von weit her, Baby, um dort zu sterben, wo du geboren bist.*

Ich gab die Fotokopie zurück, nachdem ich ein paar wichtige Daten notiert hatte, die uns vielleicht von Nutzen sein könnten. »Danke«, sagte ich. »Jetzt zu der Akte –«

»Ich würde wirklich gern wissen«, sagte MacCauley, »wieso Sie auf der Party waren?«

»Ich bin eine alte Freundin der Familie.« Das war natürlich die Wahrheit. Nicht die ganze Wahrheit, aber soviel Wahrheit, wie ich preisgeben wollte.

Wir unterhielten uns noch ein Weilchen, er nach Informationen fischend, ich so wenig wie möglich preisgebend, und schließlich gab er es auf und reichte mir die beiden Aktenmappen. Das meiste darin war höchst uninteressant – aber nicht alles.

An dem Tag, als Sunny Messick beim Rennen in Indianapolis, Indiana, in einer Kurve die Kontrolle über seinen Wagen verlor, war in der Bremsleitung ein glatter Schnitt gewesen. Er konnte durch herumfliegende Wrackteile verursacht worden sein – der Rennwagen war regelrecht auseinandergebrochen –, doch genausogut hätte er auch schon vor dem Unfall dagewesen sein können. In dem Fall wäre Sunny Messick zweifelsfrei ermordet worden. Doch das Problem war, daß das niemand mit Sicherheit sagen konnte. Die Untersuchung, soweit ich es den Papieren entnehmen konnte, war ganz allmählich im Sande verlaufen.

Nun ja, ich – wie jeder andere Polizeibeamte – kann ein Lied davon singen, daß Ermittlungen ganz allmählich im Sande verlaufen. Meistens ist dann jede mögliche Spur bis zum Ende verfolgt worden, und man weiß nicht mehr, wo man noch suchen soll. Aber hin und wieder erlebt man eine noch frustrierendere Situation, dann muß man sich nämlich sagen: »Ich weiß, wer es war, aber ich kann es nicht beweisen.«

Wenn man zwischen den Zeilen las, gab es durchaus Anzeichen dafür, daß es in diesem Fall auch so gewesen war. Die Ermittlung war noch komplizierter geworden, als Messicks Chefmechaniker, ein Bursche namens Lew Mosier, durch einen Unfall ums Leben kam, der auch Selbstmord oder Mord gewesen sein konnte.

Was Jimmy über Lew Mosiers Tod erzählt hatte, stimmte fast – aber eben nicht ganz.

Lew Mosier lebte in einem Wohnwagen. Er entwickelte seine Fotos – meist pornographische Aufnahmen von seinen Freundinnen; damals konnte man es nicht riskieren, so etwas in einem Fotogeschäft in der Stadt entwickeln zu lassen – in seinem kleinen Badezimmer. Mit Ausnahme des Vergrößerungsgeräts bewahrte er seine gesamte Ausrüstung und sein Material in einem Schrank in der Küche auf. Die wenigen Lebensmittel – er ging meist essen – waren in dem Schrank daneben.

Der Zucker befand sich in einem leeren Erdnußbutterglas, dessen Etikett abgekratzt worden war; das Glas war am Deckel zu erkennen.

Das weiße kristalline Zyanid ebenfalls.

Jemand, der nicht ganz wach war, vielleicht nicht ganz nüchtern, könnte es – möglicherweise – fertigbringen, die beiden zu verwechseln. Es konnte ein Unfall gewesen sein. Aber ich glaubte es nicht.

Ebensowenig wie die Polizei, die damals Sunny Messicks Tod untersuchte.

Es konnte Selbstmord gewesen sein. Vielleicht hatte er sich die Schuld an Messicks Tod gegeben, berechtigterweise oder nicht, direkt oder indirekt. Aber falls es Selbstmord war, hatte er keinen Abschiedsbrief hinterlassen.

Es konnte Mord gewesen sein. Aber falls ja, war nicht der geringste Hinweis auf einen möglichen Verdächtigen je in die Zeitungen gelangt. Was absolut nicht ungewöhnlich war; die Polizei hält sich in solchen Dingen schon allein deshalb lieber bedeckt, weil sie dann nicht gerichtlich belangt werden kann.

Aber in meinem Hirn – meinem geschulten Polizistenhirn, das plötzlich wieder auf Hochtouren lief und jetzt Zuhause und Ehemann und Schwangerschaft aussperrte – zeichnete sich allmählich die ganz schwache Andeutung eines Musters ab.

Frage: Was hatte Ali Hassans tödlichen Unfall – wirklich – verursacht?

Ali Hassan war Muslim gewesen. Muslime dürfen eigentlich keinen Alkohol trinken. Die meisten Muslime trinken keinen Alkohol.

Damit ist natürlich nicht die Möglichkeit ausgeschlossen, daß ein einzelner Muslim – insbesondere einer, der üblicherweise sowohl in der sachlichen Nachrichtensprache als auch in der Boulevardpresse als »millionenschwerer Playboy« bezeichnet wurde – üblicherweise Alkohol trinkt, obwohl seine Religion es ihm verbietet. Aber die meisten Muslime, die ich kennengelernt habe, nehmen ihre Religion sehr ernst.

War Ali Hassan in der Nacht, als er gegen den Baum fuhr, wirklich betrunken? Oder stand er unter Drogen? Und falls ja, unter welchen? Und wer hatte sie ihm verabreicht? Die einzige Person, von der ich wußte, daß sie es nicht getan hatte, entgegen Jimmy Messicks Behauptungen, war Margali; denn, wenn Margali ihrem Mann irgendwelche Drogen verabreicht hätte, damit er einen tödlichen Unfall haben sollte, dann wäre sie bestimmt nicht zu ihm in den Wagen gestiegen.

Ich fragte MacCauley, ob er auch die Akte über Ali Hassan habe. Er hatte sie nicht und war sich auch nicht sicher, ob es überhaupt Material über ihn gab, außer natürlich, daß Hassan Margali geheiratet hatte, und dann noch, daß Hassan in Fort Worth gestorben war. Etwas, das ich auch erst aus der Akte über Margali erfahren hatte.

Ich dankte MacCauley und ging wieder zum Archiv, um mir die Akte über Ali Hassan geben zu lassen.

Es gab keine.

Aber wenn er in Fort Worth gestorben war, mußte es wenigstens eines geben: eine Sterbeurkunde. Ich beschloß, sie mir zu holen, doch zuvor kam mir der Gedanke, im Büro anzurufen. Was ein Glück war, denn Captain Millner war nicht gerade erbaut darüber, daß ich ohne mein Funkgerät losgezogen war. Er teilte mir mit, daß ich um ein Uhr einen Termin mit Bob Campbell in Sam Langs Villa hätte.

»Und wenn ich um ein Uhr beschäftigt bin?« fragte ich.

»Das sind Sie«, sagte Millner zu mir. »Mit Bob Campbell.«

Offenbar hatte ich keine andere Wahl. Zumindest hatte ich noch Zeit, mir die Sterbeurkunde zu besorgen, doch in Anbetracht dessen, daß der Todesfall, nach realer Zeit, noch gar nicht so weit zurücklag, dauerte es für meinen Geschmack ungebührlich lange, bis jemand das Dokument ausfindig gemacht und fotokopiert und mir ausgehändigt hatte.

Aber als ich es schließlich in Händen hielt, war es sehr, sehr interessant. Ali Hassan hatte bei seinem Tod den Magen nicht voller Alkohol, sondern voller Barbiturate gemischt mit Orangensaft.

Ich hatte ein Muster.

Ich hatte ein Muster, aber Susan Braun hatte noch immer den Lötkolben, die Spritze, die Schachtel Feuersalze und die Dosen Cola light. Ich ging in die nächste Telefonzelle und rief den Erkennungsdienst an, um festzustellen, wer Dienst hatte. Irene Loukas meldete sich. »Schläfst du denn nie?« fragte ich sie.

»Doch, etwa soviel wie du«, sagte Irene. »Was brauchst du? Du hast doch wohl nicht schon wieder 'ne Leiche?«

»Nicht ganz«, antwortete ich. »Hör mal, weißt du, wo die Braun Clinic ist?« Irene gab zu, daß sie es wußte, und ich sagte: »Ruf da an und laß dich mit Susan Braun verbinden. Sag ihr, du brauchst die Tüte mit dem Beweismaterial, das wir am Samstag in Margali Bowmans Schlafzimmer eingesammelt haben, und –«

»Am *Samstag* eingesammelt?« Ich konnte förmlich hören, wie Irene die Stirn runzelte. »Samstag war sie doch noch gar nicht tot.«

»Am Samstag eingesammelt haben«, wiederholte ich. »Frag, ob sie es dir selbst bringen kann oder ob du es abholen sollst. Sie soll niemanden sonst schicken; ich möchte, daß sowenig Leute wie möglich es in die Hände kriegen. Wenn du es hast, untersuch es auf Fingerabdrücke. Es geht um die von Margali, Sam Lang oder Robert Campbell.«

»Ich habe keine Abdrücke von Lang oder Campbell zum Vergleichen«, wandte Irene ein.

»Dann besorg sie dir. Sag ihnen, du brauchst ihre Fingerabdrücke, um sie auszuschließen oder so.«

»Und wenn sie's tun, tun sie's, und wenn nicht, dann nicht«, flötete Irene mir ins Ohr.

»Genau. Wenn ja, dann ja, und wenn nicht, dann nicht. Aber versuch's.« Irene hatte natürlich recht. Niemand, es sei denn, er wird tatsächlich eines Verbrechens beschuldigt oder er will einen Beruf ergreifen, bei dem vor der Einstellung Fingerabdrücke genommen und die Vergangenheit durchleuchtet werden muß, kann gezwungen werden, seine Fingerabdrücke abnehmen zu lassen.

Meine Überlegung war folgende: Falls Ali Hassan ermordet worden war, waren bei seinem Tod Drogen – eine so starke Überdosis, daß sie wie Gift wirkt – im Spiel gewesen. Falls Sunny Messick ermordet worden war, konnten bei seinem Tod Drogen im Spiel gewesen sein oder nicht; wer würde bei einer zerschnittenen Bremsleitung und einer bis zur Unkenntlichkeit verbrannten Leiche noch nach Drogen suchen? Falls Lew Mosier ermordet worden war, war er zweifelsfrei vergiftet worden.

Margali hatte mir vorgejammert, daß jemand sie vergiften wollte. Und so war es auch. Ja, wir hatten in ihrem Zimmer die entsprechenden Instrumente gefunden. Aber das mußte nicht zwangsläufig bedeuten, daß sie selbst die Sachen dort versteckt hatte.

Also – vielleicht versuchte es jemand zuerst mit Gift, und nur wenn es schwierig wurde, so, wie zum Beispiel Sunny Messick nicht leicht zu kriegen war, oder wenn es nicht funktionierte, wie bei Margali Bowman, ging er zu einer anderen Methode über – eine, die funktionieren würde, eine, die sicher war.

Von fünf Personen hätte jede Margali töten können. Aber es war ausgeschlossen, daß Fara oder Edward Johnson oder Jimmy Ali Hassan, Sunny Messick und/oder Lew Mosier getötet hatten. Damit blieben Sam Lang und Robert Campbell übrig. Und aus ganz offensichtlichen Gründen setzte ich jetzt auf Sam Lang.

Der ganze unsinnige Quatsch mit den Testamenten – diese Vielzahl von Testamenten, die angeblich alle von Margali waren – ergab jetzt einen gewissen Sinn, zumindest einen kleinen Hauch von Sinn. Falls sie Angst gehabt hatte, daß Sam sie töten würde; falls sie es darauf angelegt hatte, Sam im unklaren zu lassen –

Nein, ich hatte keine echten, unumstößlichen Fakten. Was ich hatte, war eine Menge guter, starker Hypothesen. Und jetzt wurde es Zeit, sie auf die Probe zu stellen.

Während ich nachdachte, war ich wieder zum neuen Polizeipräsidium gegangen und fuhr jetzt mit dem Aufzug hoch – in keinem der Aufzüge im neuen Polizeipräsidium sind Einschußlöcher, noch nicht – in einem meiner, wie Harry es nennt, »versonnen weggetretenen Zustände«. Ich setzte mich an meinen Schreibtisch und fing an, mir Notizen zu machen, um für mich selbst alles detailliert aufzuschreiben für den Fall, daß ich es vergaß.

Oder natürlich für den Fall, daß jemand da weitermachen mußte, wo ich – unbeabsichtigt – aufgehört hatte. Das kommt bei der Polizeiarbeit manchmal vor, und es ist einfach das Letzte, wenn man die ganze Arbeit von jemand anders noch einmal machen muß. Besonders, wenn man weiß, daß man vielleicht nicht das gleiche Hintergrundwissen oder die gleiche Intuition oder nicht einmal das gleiche Glück hat wie die Person, die vor einem die Arbeit gemacht hat.

Dann hielt ich inne, saß da und starrte in die Stratosphäre.

Niemand störte mich, ebensowenig wie ich einen Kollegen stören würde, der geistesabwesend in die Stratosphäre starrt, bis das Telefon klingelte. Dutch Van Flagg hob den Hörer ab und sagte dann: »Deb? Für dich.«

Es war Irene. »Ich dachte, du wüßtest vielleicht gern«, sagte sie, »daß nirgendwo auf dem Zeug irgendwelche Fingerabdrücke sind.«

»Gar keine? Was ist mit den Dosen?«

»Nicht einer.«

»Irene, drei von uns haben die Dosen in der Hand gehabt. Susan, Fara und ich. Und keine von uns hat Handschuhe angehabt oder besonders aufgepaßt. Unsere Abdrücke müssen drauf sein.«

»Irgend jemand hat die Dosen gründlich abgewischt, während sie noch ganz kalt waren, so daß auf ihnen mehr Wasser kondensieren konnte, nachdem sie abgewischt wurden. Dann ist das Wasser verdunstet, als die Dosen warm wurden. Die Wasserflecken haben das

Fingerabdruckpulver richtig gut angenommen. An ein paar Stellen konnte ich das Muster des Tuchs erkennen, so gut, daß ich sagen kann, es war Velours mit einem Jacquardmuster. Neu – noch nicht genug benutzt, um es eindeutig identifizieren zu können. Aber keine Fingerabdrücke, Deb. Nicht einer.«

»Danke«, sagte ich und legte den Hörer wieder auf die Gabel.

Das war unmöglich. Völlig unmöglich. Also, wie war das noch, Fara hat die Cola-Dosen herausgeholt. Sie hat sie Susan und mir gebracht, und wir beide haben sie untersucht. Und dann kam Sam dazu, und wir mußten uns schnell was einfallen lassen. Also bin ich mit Sam gegangen und habe mich etwas auf seinem Bett ausgeruht. Susan hat die Dosen behalten, aber sie hat sie kurz darauf zu mir gebracht und neben mir auf den Boden gestellt.

Susan hat sie neben das Bett gestellt und ist gegangen, und ich bin eingeschlafen. Ich habe geschlafen, bis Jimmy mich aufgeweckt hat. Irgend jemand – jeder – hätte hereinkommen können, ohne daß ich davon wach geworden wäre, wenn er ganz leise war, ganz vorsichtig, wenn er das Zimmer gut kannte.

Sam Langs Schlafzimmer gut kannte.

Und es hatte noch eine Gelegenheit gegeben. Jimmy und ich unterhielten uns gerade, und Margali fing an zu schreien. Ich bin in ihr Zimmer gerannt. Jimmy war direkt hinter mir. In dem Augenblick habe ich weiß Gott nicht daran gedacht, die Dosen mitzunehmen. Ich bin später natürlich zurückgegangen, um sie zu holen, aber wieviel später? Nicht mal ich konnte die Frage beantworten. Ich hatte sie unbeaufsichtigt in Sam Langs Schlafzimmer gelassen.

Fingerabdrücke sind ein guter, stichhaltiger Beweis. Aber das sind fehlende Fingerabdrücke – manchmal – auch. Margali hatte die Fingerabdrücke jedenfalls nicht abgewischt.

Ich stand auf. »Wohin gehen Sie?« fragte Millner.

»Zum Mittagessen. Dann zu meiner Verabredung mit Bob Campbell.«

Auf der Straße standen Ständer mit Zeitungen. Die Story prangte bei allen auf der Titelseite, sogar bei *USA Today*. Ich hatte gedacht, Margali wäre Schnee von gestern. Niemand würde sich an sie erinnern, außer die Leute, die sie persönlich kannten. Aber weit gefehlt. Ich hatte vergessen, daß es Videorecorder gab; ich hatte vergessen, daß alte Filme wieder große Mode waren.

Nicht um die grell geschminkte alte Schachtel, die sich mit schmutzigen, schwer beringten Händen an mir festkrallte und betrunken zum

Frühstückstisch wankte, trauerte die Nation heute, sondern um die kurvenreiche Schönheit, die im knappen Freizeitdress auf dem Flügel einer B-29 posiert hatte.

Und ich?

Margaret, betrauerst du/goldnes Laub verweht?

Du betrauerst Margaret!

Irgend jemand hatte mir das mal zu lesen gegeben, als ich noch zur Schule ging. Vielleicht habe ich die Passage nicht mehr richtig in Erinnerung. Vielleicht ging sie nicht ganz so.

Es hat mir überhaupt nicht gefallen, als ich es gelesen hatte. Ich konnte nichts damit anfangen. Und doch war es mir irgendwie nicht aus dem Kopf gegangen, irgendwie war es haftengeblieben und haften und haften, und jetzt, heute, verstand ich es. Die Tränen, die ich mir mit dem Handrücken abwischte, als ich halbblind in das Café ging, galten eigentlich – nicht – Margali.

Sie galten dem kleinen Mädchen, das geglaubt hatte, ein Filmstar, ein richtiger, echter Filmstar, wäre so etwas wie eine Göttin auf Erden. Das geglaubt hatte, es gäbe auf der Welt nichts Schöneres, als einen Filmstar zu Hause zu besuchen. Das Margali Bowman kindlich, blind, vorbehaltlos angehimmelt hatte, nicht weil sie so reich war, sondern weil sie so schön war und so gut roch und eine so hübsche Stimme hatte.

Aus dem kleinen Mädchen war irgendwie, auf rätselhafte Weise, eine erwachsene Frau geworden – ich.

Kapitel 9

Warum passiert mir so was?

Vor drei Tagen war ich zu einer Wochenend-Party gefahren – einer Party, wo ich mich entspannen und mit alten Freunden amüsieren wollte.

Und jetzt versuchte ich plötzlich, vier Morde aufzuklären – falls sie allesamt Morde waren –, von denen drei entweder vor meiner Geburt begangen worden waren oder als ich noch ein Kind war, falls sie überhaupt begangen worden waren. Hinzu kam, daß zwei von ihnen nicht nur außerhalb meines Zuständigkeitsbereichs von Fort Worth passiert waren, sondern sogar außerhalb des Staates Texas.

Nur für einen von ihnen war ich wirklich zuständig. Aber ich fürchtete, daß ich die ersten drei aufklären mußte – zumindest in meinem Kopf –, bevor ich die Chance hatte, auch den vierten aufzuklären.

Ach, Scheiße. Unmittelbar vor Sam Langs Einfahrt parkten drei Übertragungswagen von Fernsehsendern. Das bedeutete das reinste Spießrutenlaufen, um ins Haus zu kommen, aber zumindest würde ich es nicht zu Fuß absolvieren müssen. Zwei uniformierte Streifenpolizisten standen vor der Einfahrt Wache.

Nein, sie erkannten mich nicht. Die Polizei von Fort Worth zählt heute rund neunhundert Beamte, abgesehen von den zahllosen Sekretärinnen, dem Verwaltungspersonal und so weiter. Es war also keineswegs ungewöhnlich, daß die beiden mich nicht erkannten. Aber sie wußten, daß Sam Lang den Besuch von Detective Deb Ralston erwartete, und als ich mich auswies, winkten sie mich durch und widmeten sich dann wieder ihrer Aufgabe, den Nachrichtenleuten zumindest als Fotomotiv zu dienen, wenn schon sonst nichts passierte.

Bob Campbell und Sam Lang waren im Eßzimmer und hatten Unmengen von Papieren vor sich ausgebreitet. Als sie aufblickten und mich ansahen, hatten sie einen fast identischen Gesichtsausdruck, der zu verraten schien, daß sie selbst Dracula oder Jack the Ripper begeistert begrüßt hätten, wenn er ihnen bloß verraten würde, was sie mit all diesen Papieren machen sollten.

Aber das konnte ich ihnen nicht verraten. Das entsetzliche Bild von dem Jagdhund und dem Fasan zog meinen Blick auf sich. Am Sonntag war mir eher der Hund aufgefallen. Jetzt war es der Fasan – der Fasan mit den toten, ausdruckslosen Augen von Margali Bowman, nachdem ihre letzte Freundin sie im Stich gelassen hatte.

Ich sah weg, setzte mich hastig und erkannte dann den Grund für den Gesichtsausdruck der beiden Männer. Die Papiere auf dem Tisch waren Margalis Testamente.

Vier an der Zahl.

Ohne jede Einleitung fragte mich Campbell: »Haben Sie und Margali sich über ihr Testament unterhalten?«

»Wie kommen Sie darauf, daß ich mit ihr über ihr Testament gesprochen haben könnte?« sagte ich ausweichend.

»Sie hat Ihnen vertraut«, sagte Sam. »Ich glaube, auf der ganzen Welt hat es keine fünf Leute gegeben, denen Marjorie vertraut hat. Aber Sie gehörten dazu. Wenn sie mit jemandem darüber gesprochen hat, dann mit Ihnen.«

Meine beiden Verdächtigen. Aber immerhin war Bob Campbell ihr Anwalt, und Sam Lang war ihr Ehemann. Im Augenblick, solange ich keine stichhaltigen Beweise gegen einen von ihnen oder sie beide in der Hand hatte, wenn das überhaupt je der Fall sein würde, waren sie absolut berechtigt, sich über Margalis Testament zu informieren.

»Ja, das hat sie«, sagte ich.

»Was hat sie gesagt?«

»Sie war betrunken. Sie hat ziemlich unzusammenhängendes Zeug dahergeredet. Aber –« Ich erzählte ihnen, so gut ich konnte, was Margali im wesentlichen gesagt hatte.

Als ich fertig war, fragte Campbell: »Wissen Sie, welches von denen hier sie Ihnen gezeigt hat?«

»Keins davon«, antwortete ich prompt.

»Keins davon?« wiederholte Sam ungläubig.

Aber Bob – mittlerweile kann ich ihn ruhig Bob nennen; schließlich hatte ich ihn das ganze Wochenende über so genannt – sagte: »Das kann gut sein. Sieh mal, das hier ist das erste, das ich gleich nach der Hochzeit für sie aufgesetzt habe.«

»Das ist auch das einzige, von dem ich bis heute wußte«, warf Sam ein. »Abgesehen von diesen idiotischen Machwerken, die sie andauernd selbst verfaßt hat.«

»Aber im März dieses Jahres habe ich ein zweites aufgesetzt. Und das ist nicht dabei.«

»Okay, aber was ist mit den anderen drei?« wollte Sam wissen.

Bob schüttelte den Kopf. »Das erkläre ich dir jetzt schon die ganze Zeit, und du verstehst mich einfach nicht.«

»Stimmt. Ich verstehe dich nicht. Also versuch's noch mal.«

»Sie sind alle auf denselben Tag datiert, alle drei.« Er schob die drei neuer aussehenden Testamente auf einen Stapel. »Sie haben unterschiedliche Bestimmungen. Wir müßten schon die Anwälte ausfindig machen, die diese Testamente aufgesetzt haben, und die Vorlage ihrer Terminkalender erzwingen, um feststellen zu können, welches als letztes unterschrieben wurde. Aber selbst wenn das möglich wäre, könnten wir für keins von ihnen eine gerichtliche Testamentsbestätigung erwirken, weil sie mit dem Testament von März alle früheren widerrufen hat, und –«

»Aber wenn wir dasjenige, das sie im März unterschrieben hat, nicht finden können – hast du keine Fotokopie oder so was?«

»Oh, natürlich habe ich eine Kopie, aber die können wir dem Gericht nicht zur Testamentsbestätigung vorlegen, weil es kein ordnungsgemäßes juristisches Dokument ist, sondern bloß eine Kopie von –«

»Aber wenn du und die Zeugen – wer immer die Zeugen waren –«

»Das wird nicht klappen. Wir müssen das Testament finden, das Margali tatsächlich unterschrieben hat. Und dabei wird Deb uns helfen.« Er sah mich an. »Also. Sie haben keins von denen hier in die Hand genommen und wissen trotzdem, daß das, was Sie gesehen haben, nicht dabei ist. Wieso?«

»Ich habe Ihnen doch gesagt, daß es naß geworden ist.«

»Inzwischen könnte es ja wieder getrocknet sein«, bemerkte Sam.

»Es war nicht feucht. Naß«, wiederholte ich. »Und überhaupt, Sie gehen davon aus, daß das Testament, das sie mir gezeigt hat, dasselbe ist, das Sie im März für sie aufgesetzt haben. Aber sie hat mir etwas anderes erzählt.«

»Als sie von dem Anwalt aus dem Telefonbuch erzählt hat, sind Sie sicher, daß sie da nicht eins dieser früheren Testamente gemeint hat?«

»Ich bin sicher.«

»Also, was genau hat sie Ihnen erzählt?«

Ich erzählte es ihm. Noch einmal.

»Sie hatte ihn aus dem Telefonbuch«, wiederholte Bob. »Ach, zum Teufel.« Er wischte sich mit einem Taschentuch, das sein Monogramm trug, über die sommersprossige Stirn und stopfte es dann achtlos wieder in die Tasche. »Wissen Sie, wie viele Anwälte es im Telefonbuch von Fort Worth gibt?«

»Wie ich Marjorie kenne«, entgegnete Sam, »könnte ich mir denken, daß er eher Abbot als Zabrinskie heißt.«

»Wenn sie nicht in der Mitte angefangen hat. Das ist das Problem. Das war immer das Problem mit Margali. Man wußte einfach nie, was sie tun würde.«

»Was spielt das denn überhaupt für eine Rolle?« fragte ich in aller Unschuld. »Ich meine, Fara und Jimmy haben mir beide erzählt, sie hätte nichts zu vererben.«

Die beiden Männer starrten mich an, und in beiden Gesichtern stand absolute Ungläubigkeit. Bob Campbell fand als erster die Sprache wieder. »Wir sind hier in Texas!«

»Was hat das denn damit zu tun, daß –«

»Ich sehe, daß Sie sich mit dem texanischen Recht nicht sonderlich gut auskennen.«

»Nur mit dem Strafrecht. Mehr muß ich auch nicht wissen.«

»Tja, eines sollten Sie aber besser wissen, sonst kriegt Ihre Familie jede Menge Probleme, wenn Sie mal den Löffel abgeben.« Sam hörte sich einen Moment lang haargenau wie Jimmy an, und ich war leicht irritiert.

Bob schaltete sich ein. »Laß mich das erklären. Wissen Sie, was der Ausdruck ›Zugewinngemeinschaft‹ bedeutet?«

Ich sagte, ja, das wüßte ich, aber der Ton meiner Stimme und meine Miene müssen mich wohl verraten haben. »Er bedeutet«, sagte Bob, »daß das gesamte Eigentum, das ein Paar im Verlauf der Ehe erworben hat, jedem der beiden Ehepartner zur Hälfte gehört.«

»Und Marjorie und ich«, fügte Sam hinzu, »waren ungefähr zwölf Jahre verheiratet. Dieses Mal.« Er seufzte und wiederholte: »Dieses Mal.«

In den letzten zwölf Jahren haben die Ölpreise verrückt gespielt. Rauf und runter, Preisanstieg und -verfall, und – in manchen Ländern, aber diesmal nicht in Texas – erneuter Anstieg. Hier ging es um Ölmillionen, um die von Sam ebenso wie um die von Ali Hassan. Vor zwölf Jahren war Harry gerade aus der Armee entlassen worden. Ich wußte nicht mehr, wie die Preise damals gewesen waren; einige Jahre zuvor waren sie wie verrückt unaufhaltsam angestiegen, so daß zum Beispiel Lebensmittel, für die ich wöchentlich 35 Dollar ausgegeben hatte, plötzlich 65 kosteten; die Nebenkosten für das Haus, die ich mit monatlich 35 Dollar veranschlagt hatte, schossen plötzlich auf bis zu 100 Dollar in die Höhe, und Öl stand an der Spitze dieser Preisspirale.

Im Augenblick saßen wir in einer Zwei-Millionen-Dollar-Villa, die noch keine zehn Jahre alt war. Die Ranch in Weatherford – ich wußte, daß Margali sie mit Sams Geld innerhalb der letzten fünf Jahre gekauft hatte. Und plötzlich war Margalis Testament sehr, sehr wichtig, und plötzlich konnte ich gut zwei Drittel meiner schönen Überlegungen schlicht und ergreifend vergessen.

Denn schließlich konnte die Tatsache, daß ich etwas nicht wußte, keinesfalls als Beweis dafür herangezogen werden, daß jemand anders das auch nicht wußte – wobei dieser Jemand Sam war, der Margali offensichtlich nicht durch Tod oder Scheidung loswerden konnte, ohne gleichzeitig die Hälfte seines Vermögens zu verlieren (es sei denn, ihr Testament war nach seinen Angaben aufgesetzt worden); oder Jimmy, der vermutlich nie nennenswerte Summen in die Hand bekommen würde, es sei denn, Margali starb vor Sam; oder Edward, der offensichtlich in Margalis Gunst stand und beschlossen haben könnte, daß der Zweck die Mittel heiligt; oder sogar Bob Campbell, der möglicherweise (ich wußte es nicht, mußte es erst noch überprüfen) auf die saftigen Honorare angewiesen war, die bei der Abwicklung eines so großen Nachlasses anfielen. Ich glaubte es eigentlich nicht, aber erst vor wenigen Wochen hatte ich so was Ähnliches in einem Fernsehkrimi gesehen.

Meine Erkenntnisse vom Vormittag waren wohl doch nicht so bedeutsam, wie ich geglaubt hatte. »Bob«, fragte ich so beiläufig wie möglich, »was wissen Sie über Lew Mosier?«

Er kramte in den Papieren herum. Er hörte nicht auf; er stockte noch nicht mal. »Wer ist Lew Mosier? Muß ich den kennen?«

Damit war meine Frage beantwortet. »Was ist mit Ihnen, Sam?«

Es trat eine lange Stille ein. »Bob«, fragte Sam, »welche Verjährungsfrist hat Mord?«

»Tja, in Texas –«

»Nein, ich meine überall. Einfach überall.«

Bobs verwunderter Gesichtsausdruck war fast komisch. Aber er war nun mal Anwalt, und man hatte ihm eine juristische Frage gestellt. »Tja, so einheitlich ist das Strafrecht in den verschiedenen

Staaten nicht geregelt. Aber ganz allgemein gibt es bei Mord keine Verjährung. Und selbst wenn es sie gibt – die meisten Leute verstehen nicht richtig, was mit Verjährung eigentlich gemeint ist. Es ist nämlich so – und noch mal, das gilt für die meisten Staaten, aber nicht notwendigerweise für alle –, daß die Verjährungsfrist erst dann anläuft, wenn der Täter eindeutig identifiziert wurde und innerhalb des jeweiligen Zuständigkeitsbereiches der entsprechenden Strafverfolgungsbehörden ausfindig gemacht wurde.«

»Übersetz das mal.«

»Tja, nehmen wir an, in einem Staat ist die Verjährungsfrist für Einbruch sieben Jahre. Und ein John Miller bricht in den Laden von einem Jack Smith ein, und Jack Smith und ein paar Polizisten haben ihn dabei gesehen, und er hat einen erstklassigen Fingerabdruck hinterlassen, der auf der Stelle identifiziert wird, aber aus irgendeinem unerfindlichen Grund – vielleicht sind die Akten verlegt worden oder so – wird keine Anklage gegen John Miller erhoben. Tja, inzwischen hat er sein Leben völlig geändert, und zehn Jahre später kandidiert er für das Bürgermeisteramt, und sein Gegner gräbt die alten Akten aus, stößt auf den Fall und beschließt, ihn vor Gericht zu bringen. Tja, das geht aber nicht, weil die Verjährung abgelaufen ist. Aber jetzt nehmen wir mal an, der Fingerabdruck wäre der einzige Beweis, und er würde erst zehn Jahre später identifiziert – oder nehmen wir mal an, jeder weiß, daß John Miller es getan hat, aber er ist in ein anderes Land geflüchtet, mit dem es kein Auslieferungsabkommen gibt, und er ist gerade erst zurückgekommen – tja, *dann* kann er immer noch strafrechtlich verfolgt werden, selbst wenn inzwischen zehn Jahre vergangen sind. Denn wenn keiner weiß, wer es getan hat, oder wenn niemand an ihn rankommen konnte, um Anklage zu erheben, tja, dann läuft die Verjährungsfrist gar nicht erst an. Kapiert?«

Das dauernde »tja« ging mir auf die Nerven. Aber Sam hörte es gar nicht. Er achtete nur auf den Inhalt, und nun nickte er und sagte: »Jawohl.«

»Warum wolltest du das wissen?«

Sam antwortete nicht. Er starrte mich ernst an. »Nichts, ich weiß nichts über Lew Mosier.« Er starrte mich weiter an.

»Wieso«, fragte ich, »glauben Sie, ist ein Bursche wie Lew Mosier getötet worden?«

»Irgend jemand hat wohl was dagegen gehabt, daß er weiterlebt.« Er starrte mich immer noch an, und dann, völlig unerwartet, verzog sich sein Gesicht zu einem breiten Grinsen, das wieder genau wie Jimmys aussah.

In dem Augenblick wußte ich, so sicher wie das Amen in der Kirche, daß Sam Lang Lew Mosier dafür bezahlt hatte, Sunny Messick umzubringen, und Lew Mosier anschließend eigenhändig ermordet hatte, und ich war mir ziemlich sicher, daß ich auch den Grund dafür kannte. Sam Lang wußte, daß ich es wußte. Und ich würde nie im Leben in der Lage sein, es zu beweisen, und Sam Lang wußte, daß ich auch das wußte. Und es war ihm egal, daß ich es wußte.

Es sollte ihm nicht egal sein. Wenn er in jüngster Zeit einen Mord begangen hatte, auf dessen Spur mich der alte vermutlich bringen würde, sollte es ihm nicht egal sein, daß ich von dem alten wußte.

»Was war mit Ali Hassan?« fragte ich.

»Ali Hassan? Der verdammte Idiot war sturzbesoffen und hat sein Auto gegen den Baum gesetzt. Hat nicht viel gefehlt, und Marjorie hätte mit ihm dran glauben müssen – der Wagen war nur noch ein Schrotthaufen. Wieso wollen Sie eigentlich über den was wissen?«

Es war ihm egal, daß ich wußte, daß er zwei andere Morde begangen hatte. Falls es also nicht irgendeinen eindeutigen Beweis gab, von dem ich nichts wußte, wäre es ihm auch egal, wenn ich von diesem Mord erführe. Falls er ihn begangen hatte.

Ich glaubte nicht daran, daß es irgendeinen Beweis gab, weder eindeutig noch sonstwie. Ich war ziemlich sicher, daß Sam Lang die Wahrheit sagte. Er glaubte, daß Ali Hassan betrunken war. Er wußte nicht, daß Ali Hassan mit Barbituraten vollgepumpt gewesen war.

Was bedeutete, daß er ihm die Barbiturate nicht verabreicht hatte.

Was bedeutete, daß ich überhaupt kein Muster hatte. Ich hatte bloß gedacht, ich hätte eins.

Was bedeutete, daß ich wieder bei Null anfangen konnte, mit vier (oder fünf) möglichen Verdächtigen anstatt mit einem oder zwei.

»Ist die Diskussion jetzt beendet?« fragte Bob laut. »Wenn ja, würde ich nämlich gerne wieder auf Margalis Testament zu sprechen kommen. Deb, sind Sie sicher, daß Sie es erkennen würden?«

»Nein, bin ich nicht. Aber ich glaube kaum, daß es mehr als ein Testament mit Wasserflecken und Margalis Unterschrift gibt. Und sie hatte dieses Testament am Samstag abend in dem Buchladen in ihrer Handtasche.«

»Nein, hatte sie nicht«, sagte Sam mit Bestimmtheit.

»Ich habe es da drin gesehen«, antwortete ich.

»Das können Sie nicht, weil es nicht drin war.«

»Aber –«

»Gestern durfte ich ihre Handtasche durchsehen, unter Aufsicht einer Polizistin«, sagte Sam. »Es war eine Menge Zeugs drin, aber kein Testament.«

»Wir brauchen also Ihre Hilfe bei der Suche«, fügte Bob hinzu und betrachtete mich hoffnungsfroh. »Werden Sie uns helfen?« Bob hatte die Frage ausgesprochen, aber auch Sams Blick ruhte erwartungsvoll auf mir.

Ich zögerte und sagte dann langsam: »Sam, ich werde von der Stadt Fort Worth bezahlt. Und derzeit bezahlt mich die Stadt Fort Worth dafür, daß ich herausfinde, wer Margali getötet hat, nicht dafür, ihr Testament aufzuspüren. Aber ich kann Ihnen einen Kompromiß anbieten. Wenn Sie eine Erklärung unterschreiben, daß Sie sich mit einer Hausdurchsuchung einverstanden erklären, dann kann ich nach allem suchen, was möglicherweise als Beweismaterial in Frage kommt. Ich wäre dann gerne bereit, gleichzeitig nach ihrem Testament zu suchen.«

»Besorgen Sie die Erklärung, und ich werde sie unterschreiben.«

»Ich glaube eigentlich nicht, daß das Testament in ihrem Schlafzimmer ist«, sagte ich. »Ich sage Ihnen ganz ehrlich, ich könnte schwören, daß es in ihrer Handtasche ist. Aber ich habe meine Gründe dafür, daß ich trotzdem in ihrem Schlafzimmer mit der Durchsuchung anfangen möchte.« Mir war gerade das ganz besondere Versteck eingefallen, von dem sie geredet hatte.

»Ma'am«, beharrte Sam, »ich bin in Eurer Asservatenkammer gewesen und habe ihre Handtasche durchgesehen, und da war kein – aber auch gar kein – Testament drin. Durchsuchen Sie, was Sie wollen. Besorgen Sie die Erklärung, und ich unterschreibe sie.«

Er sah älter, viel älter aus als noch am Wochenende. Noch wirkte er ein bißchen wie Lyndon B. Johnson – obwohl er überhaupt nicht wie LBJ aussah; es war eher seine beeindruckende Größe, sein unverschämt selbstbewußtes Auftreten. Aber jetzt erinnerte er an LBJ, nachdem er das Weiße Haus verlassen hatte, an einen Mann, der den Gipfel des Erfolgs erklommen hatte, ihn verlassen mußte und nun bereit war zu sterben.

»Deb«, sagte er jetzt, »ich weiß, daß Sie mich auch verdächtigen. Das müssen Sie. Das weiß ich. Ich weiß, wie viele Ehefrauen und Ehemänner einander umbringen, und ich weiß, wie Marjorie und ich am letzten Wochenende gewirkt haben müssen. Aber ich möchte, daß

Sie noch etwas wissen. Zunächst mal, ich bin älter als Marjorie. Ich bin fünfundsiebzig.«

Er sah nicht aus wie fünfundsiebzig. Er sah höchstens aus wie sechzig. Das sagte ich ihm.

»Ich bin fünfundsiebzig«, wiederholte er. »Ich kenne Marjorie buchstäblich ihr ganzes Leben. Sie war ein süßes kleines Ding. Vielleicht, wenn ich ein Machtwort gesprochen und sie davon abgehalten hätte, zum Film zu gehen, wäre sie glücklich geworden, vielleicht aber auch nicht, das ist jetzt schwer zu sagen. Aber sie war wie ein Vogel, ein bunter kleiner Vogel, der überallhin flatterte, hübsch und ausgelassen, und man darf einem Vogel nicht die Flügel stutzen. Ich habe versucht, sie zu schützen, aber man kann einen Vogel nicht schützen, ohne ihn in einen Käfig zu stecken. Also habe ich sie fliegen lassen, und sie hat sich die Flügel verbrannt, und ich habe versucht, sie einzusperren, und sie hat sich die Schwingen gebrochen, weil sie gegen die Gitterstäbe anflog.«

»Was soll das heißen?« fragte ich, als Sam innehielt, um Luft zu holen.

Sam grinste verlegen. »Ich meine wohl, daß sie mit dem Schwanz in eine Schlinge geraten ist. Besser so? Bei allem, was sie getan hat, ist sie mit dem Schwanz in eine Schlinge geraten. Ich habe sie gehen lassen; ich habe in die Scheidung eingewilligt, die sie wollte oder glaubte zu wollen, und dann hat sie die ganze Zeit danach in Schwierigkeiten gesteckt, bis ich sie wieder geheiratet habe. Also habe ich sie wieder geheiratet, und sie hat mich wieder verlassen, und ich habe sie zurückgeholt und versucht, sie zu beschützen und sie vom Trinken abzuhalten, und sie ist Alkoholikerin geworden, weil sie so gottverdammt frustriert war, weil ich sie nicht mehr aus dem Haus gelassen habe, denn dann hat sie sich immer und immer wieder in Schwierigkeiten gebracht. Ich habe alles falsch gemacht. Wollen Sie wissen, warum ich Sunny Messick umgebracht habe?«

»Wollen Sie es mir erzählen?«

»Es ist mir egal, ob Sie es wissen. Niemand wird das je beweisen können, und selbst wenn Sie es könnten, was soll's, ich bin fünfundsiebzig. Es war nicht so, wie Sie glauben. Es war nicht wegen Jimmy – bloß wegen Jimmy. Das kam noch hinzu, klar, aber es war nicht alles. Sunny hat sie zum Trinken gebracht. Vorher – das feine damenhafte Nippen am Champagner, hin und wieder mal ein Bier an heißen Tagen, mehr wollte sie nicht. Sunny hat sie dazu gebracht, Whiskey zu trinken. Und Sunny hat sie dazu gebracht, richtig zu saufen; Sunny hat sie dazu gebracht, so zu trinken, wie sie trank. Ich habe erlebt, wie sie zusammen mit Sunny besoffen umgekippt ist. Ich habe gedacht – ich habe gedacht, wenn ich sie von Sunny wegbringen könnte, würde sie mit dem Trinken aufhören.«

»Und das war der einzige Grund?«

»Verdammt, nein, das war nicht der einzige Grund. Aber das war Grund genug. Ich dachte, sie würde mit dem Trinken aufhören. Natürlich habe ich mich geirrt.«

Ich sagte nichts. Ebensowenig wie Bob, und nach einem Moment redete Sam weiter.

»Sie hat nicht aufgehört. Sie wurde nur immer verrückter und verrückter und verrückter, – und – ich lüge Sie gerade an.«

»Sie lügen mich an? Was meinen Sie?«

»Ja. Es war gelogen. Ich habe Sunny Messick nicht umgebracht.« Und vor meinen Augen, vor den Augen von Bob Campbell, brach die große, harte Möchtegern-LBJ-Imitation in Tränen aus. »Ich erzähle Ihnen wohl besser die Wahrheit. Es könnte – ich weiß nicht, wie. Aber es könnte ja wichtig sein. Ich weiß nicht, wieso, aber es wäre ja möglich. Ich habe mir so viele Jahre lang geschworen, daß ich, falls je einer dahinterkäme, die Schuld auf mich nehmen würde. Aber jetzt spielt es ja keine Rolle mehr. Ich habe ihn nicht getötet, aber ich hätte es getan. Ich war bereit, ihn zu töten, ich hatte nur keine Gelegenheit mehr dazu. Lew Mosier, der Mechaniker, hat es getan. Natürlich. Marjorie – ich weiß nicht, wie Marjorie ihn dazu gebracht hat, aber irgendwie hat sie es geschafft. Und später ist sic dann zu mir gekommen. Er hat sie ausgepreßt wie eine Zitrone.«

»Erpressung?« fragte Bob. Ich brachte ihn mit einer Geste zum Schweigen.

»Erpressung. Er hatte schon alles bekommen, was sie hatte, alles, und er versuchte schon, an Faras Geld ranzukommen, und Marjorie hätte es ihm auch gegeben, sie wußte bloß nicht, wie sie es den Treuhändern abluchsen konnte. Also bin ich zu ihm und habe mich mal ein bißchen mit Lew Mosier unterhalten. Ich wußte nicht, was ich tun würde. Ich meine, ich wußte, was ich tun würde, aber ich wußte noch nicht, wie. Ich hatte mir überlegt, ihn zu erschießen oder so. Er hat mich auf eine bessere Idee gebracht. Er war nämlich betrunken. Er hatte die gesamte Ausrüstung aus seiner Dunkelkammer auf dem Küchentisch liegen und räumte sie gerade weg. Wir haben – wir haben uns unterhalten. Einfach unterhalten. Männergespräche. Ich habe schon immer gut Menschen zum Reden bringen können, das heißt Männer, meine ich. Na ja, auch die meisten Frauen, aber Männer ganz besonders, weil ich eben so aussehe wie ein echter Kumpel. Und dieser Lew wußte nicht, wer ich war. Und er hat mir die Bilder gezeigt, die er gerade abgezogen hatte. Bilder – von Marjorie. Er fand das richtig lustig. Ich habe ihn lachen lassen – damals –, weil ich meinen Revolver nicht dabeihatte und ich ihn nicht zusammenschlagen wollte, diesen kleinen, mickrigen Burschen; ich war doppelt so groß. Also habe ich ihm geholfen, seine Sachen wegzuräumen, und als ich dann das Glas gesehen habe, habe ich ihn gefragt, wozu er denn in der Dunkelkammer Zucker bräuchte, und er hat gelacht und gesagt, daß das kein Zucker wäre. Er hat mir gesagt, was es war. Er hat gesagt, daß er die beiden bloß nie verwechseln dürfte. Und er hat weiter getrunken. Mittlerweile war es ungefähr fünf Uhr morgens, und er trank noch immer und lachte und redete über Frauen, auch über Marjorie. Und dann ist er zum Klo gegangen. Er ist zum Klo gegangen, und ich habe die Gläser vertauscht. Das ist alles. Als er wieder kam, fing er an, Kaffee zu machen, und ich habe ihm gesagt, daß ich gehen müßte.«

Deshalb war das Bett gemacht. So einfach. Er hatte sich in dieser Nacht gar nicht schlafen gelegt.

»Wieso haben Sie gedacht, es wäre Zucker? Als Sie ihn gefragt haben, meine ich?«

»Für mich sah es aus wie Zucker. Und Sie wissen ja, viele Leute haben ihren Zucker in Ernußbuttergläsern.«

Das stimmte natürlich; ich hatte das auch, bis wir endlich eine Klimaanlage bekamen. Aber – »Warum um alles in der Welt hat er dann das Glas mit Entwicklungschemikalien und das Glas mit Zucker so dicht nebeneinander aufbewahrt, wo sie sich doch so ähnlich sahen? Er hätte sich auch ohne fremde – äh – Hilfe damit vertun können.«

»Wissen Sie, wie man Fotos entwickelt?«

»Nein, wieso?«

»Dazu braucht man eine Menge Zeugs – jede Menge Chemikalien und Material und eine Menge Geräte. Haben Sie mal versucht, in so einem Wohnwagen zu arbeiten?«

»Ich habe früher in einem Wohnwagen gewohnt.« Allmählich begriff ich, worauf er hinauswollte, aber viel Sinn ergab es für mich immer noch nicht.

»Er hat seine Fotos im Badezimmer entwickelt, weil das der einzige Ort war, wo es dunkel genug war. Aber er hat alles in dem einen

Schrank in der Küche aufbewahrt, weil das der einzige Stauraum war, den er hatte. Also habe ich zugesehen, wie er alles weggeräumt hat – ihm sogar geholfen, ein bißchen –, und dann hat er die Tür zugemacht, und da stand drauf VORSICHT CHEMIKALIEN! Dann ist er ins Badezimmer gegangen, und auf dem Tisch stand das Glas mit Zucker, nur einen Meter weit weg, und das Zyanidzeug in dem geschlossenen Schrank, und ich habe – sie einfach vertauscht. Das ist alles. Er hätte sich nicht vertan, wenn ich nicht nachgeholfen hätte. Und er hätte Marjorie bis zum bitteren Ende bluten lassen.«

»Sie wollten ihn nicht zusammenschlagen, weil er nur halb so groß war wie Sie, aber Sie haben ihn an Zyanidvergiftung sterben lassen.«

»Wenn man es so ausdrückt, klingt es irgendwie komisch, nicht? Aber ich glaube, ich war auch betrunken.« Sam rieb sich die Augen. »Ich glaube, ich war auch betrunken. Aber – die Frage, die Sie nicht gestellt haben: Nein. Ich habe Marjorie nicht getötet. Ich hätte Marjorie nichts antun können. In den letzten Jahren konnte ich sie nicht mehr besonders gut leiden, ich konnte sie nicht mehr gut leiden, nicht so, wie sie geworden war, aber ich habe sie immer geliebt.«

»Sam, Sie wissen, daß ich die Polizei in Indiana darüber informieren muß.«

»Bitte sehr. Bitte sehr, werte Dame. Aber Sie haben mich nicht über meine Rechte informiert.« Sein Weinen schlug unvermittelt in Lachen um. »Ich gucke auch manchmal Fernsehen. Ich weiß, wie so was ablaufen muß. Und Sie haben mich nicht über meine Rechte informiert.«

Er hatte recht. Ich hatte nicht daran gedacht, ihn über seine Rechte zu informieren. Ebensowenig wie Bob Campbell, der genau neben ihm saß und zugehört hatte, wie er einen Mord gestand.

»Sam«, sagte ich, »ich würde gerne noch auf etwas anderes zu sprechen kommen. Die Nacht, in der Ali Hassan seinen Wagen zu Schrott gefahren hat – Sie haben gesagt, er war betrunken. Wissen Sie das aus den Zeitungsberichten, oder hat Margali Ihnen das erzählt, oder haben Sie ihn selbst gesehen?«

»Ich habe ihn gesehen. Es war auf einer Party, und – na schön, ich kannte Ali Hassan bloß vom Sehen. Ich wollte ihn nicht kennen. Aber es war so eine Einladung nach dem Motto ›Wir sind doch alle zivilisierte Menschen‹, Sie wissen schon, Freunde von Marjorie und auch Freunde von mir, also hatten sie uns beide eingeladen, um zu zeigen, daß sie nicht parteiisch waren. Eigentlich ziemlich blöde, wenn Sie mich fragen, aber ich mußte ja unbedingt edel sein und bin also hingegangen. Und – ich weiß nicht, was Hassan getrunken hat. Am Anfang war es Orangensaft, und dann ist er zu was anderem übergegangen. Whiskey Soda denke ich. Es sah jedenfalls aus wie Whiskey Soda.«

»Oder wie Ginger Ale?« fragte ich. Muslime trinken – meistens – keinen Alkohol. Und bei der Autopsie hatte man keinen Alkohol in seinem Körper gefunden.

»Tja, wissen Sie, ein schwacher Whiskey Soda sieht wie Ginger Ale aus. Jedenfalls haben er und Marjorie sich prima verstanden. Einfach zu gut für meinen Geschmack. Und dann hat Hassan gesagt, daß er sich nicht wohl fühlte und nach Hause wollte, und Marjorie hat gesagt, sie wollte noch nicht weg, er sollte doch schon mal vorfahren und sie würde sich von jemandem mitnehmen lassen, und er hat gesagt, sie sollte sich wie eine gute Ehefrau benehmen und mit ihm kommen. Inzwischen standen sie an der Haustür und haben sich angeschrieen. Ich wurde einen Augenblick abgelenkt – jemand wollte mit mir reden, und ich mußte ihm sagen, daß er die Klappe halten soll –, und dann hat Marjorie aufgeschrieen, und als ich wieder hinsah, zerrte er sie gerade regelrecht zur Tür raus. Hatte sie beim Handgelenk gepackt, und sie hat ihn mit der anderen Hand gekratzt und ihn getreten, aber er hat überhaupt nicht drauf geachtet, sondern sie einfach weitergezerrt. Es war ein ziemliches Gedränge, und als ich endlich die Tür erreichte, waren die beiden schon nicht mehr zu sehen. Ich bin ihnen gefolgt – es war mir egal, ob er ihr Ehemann war oder nicht, er hatte kein Recht, sie so grob anzupacken –, und er hat den Wagen zu Schrott gefahren, noch bevor er überhaupt aus der Einfahrt raus war. Die Einfahrt war ziemlich lang, und er ist gefahren wie ein Irrer – hat die ganze Zeit beschleunigt –, und dann hat er die Kurve um den großen Baum einfach nicht mehr geschafft. Ich meine, ich habe gesehen, wie er den Wagen dagegen gesetzt hat. Und ich bin hin, und Hassan war mausetot, hatte die Lenkradsäule in der Brust stecken, so, wie Schmetterlingssammler Stecknadeln in die Schmetterlinge piksen, und Marjorie war bewußtlos. Ich habe versucht, sie aus dem Wagen zu kriegen, aber es ging nicht, und dann muß wohl jemand die Polizei verständigt haben, weil die plötzlich da war und –«

»Mehr wollte ich nicht wissen«, unterbrach ich ihn. »Danke, das war sehr aufschlußreich.«

Er grinste mich mit Jimmys schiefem Lächeln an. »Werden Sie die Polizei in Indiana wirklich benachrichtigen?«

»Wahrscheinlich. Ach, ich weiß es nicht. Vielleicht nicht. Schließlich habe ich Sie nicht über Ihre Rechte belehrt.« Rechte hin oder her, wer will denn einen Fünfundsiebzigjährigen noch dafür ins Gefängnis bringen, daß er vor siebenundzwanzig Jahren einen Erpresser getötet hat? Sicher, ich würde Indiana informieren, nur damit sie den Fall als geklärt abhaken konnten. Aber da würde niemand mehr irgendwas unternehmen. »Wo wir gerade von Rechten sprechen –«

Ich holte ein Formular mit der Einverständniserklärung aus der Aktentasche, die ich mit mir rumschleppen muß, wenn ich offiziell an einem Fall arbeite. Er unterschrieb sie, Bob fungierte als Zeuge, und dann, als ich sie wieder in die Aktentasche steckte, fragte ich so beiläufig, als ob es mir erst nachträglich eingefallen wäre: »Sam, was trinken Sie normalerweise?«

»Bourbon, meistens.«

»Ich meine, trinken Sie auch irgendwas aus Dosen?«

Er starrte mich an und schüttelte den Kopf.

»Keine Cola? Ginger Ale? Bier? Nichts in der Art?«

Er schüttelte wieder den Kopf. »Warum?«

Ich fing mit der Durchsuchung doch nicht in Margalis Zimmer an. Ich fing in Sams Zimmer an. Ja, Margali hatte was von einem besonderen Versteck geplappert. Aber wo konnte das sein? Sams Leben zu schützen hatte jetzt oberste Priorität. Wenn er nicht der Mörder war, dann bestand nämlich durchaus die Möglichkeit, daß jemand versuchte, ihn zu ermorden. Auf der Bar in scinem Schlafzimmer stand eine angebrochene Flasche Bourbon. Ich nahm sie in die Hand. Ganz behutsam, um keine Fingerabdrücke zu verwischen.

In seinem Wandschrank befand sich auf dem Boden unter den Hemden ein Pappkarton mit fünf weiteren Flaschen Bourbon. Vier von ihnen waren versiegelt. Ich nahm sie genau unter die Lupe und konnte nichts entdecken, was darauf hindeutete, daß sie geöffnet worden waren.

Die fünfte war nicht richtig versiegelt. Sie war geöffnet worden. Äußerst vorsichtig, so daß das Papiersiegel auf dem Verschluß nicht zerrissen war. Aber der Versuch, den unteren Teil des Siegels wieder anzukleben, war nicht ganz geglückt.

Auf dem Grund der Flasche hatte sich erkennbar etwas abgesetzt.

Margali hatte zwei ihrer Ehemänner getötet. Mindestens zwei. Hatte »dieser Sänger«, von dem Jimmy mir erzählt hatte, wirklich Selbstmord begangen? Hatte Margali die Flasche Aramis durch das

Spiegelglasfenster geschleudert, weil sie Cal – wer auch immer dieser Cal war – umbringen wollte und nicht mehr an ihn rankam, weil sie ihn schon rausgeworfen hatte?

Margali hatte versucht, Sam umzubringen, weil Sam versucht hatte, sie in sicherem Gewahrsam zu halten. In sicherem Gewahrsam. Eingesperrt. Sie hatte alles so sorgfältig inszeniert. Die Cola light. Die präparierten Dosen mit Cola light. »Jemand versucht, mich zu vergiften.« Früher oder später, wenn sie weiter genug Theater veranstaltet hätte, hätte irgendeiner die Dosen gefunden. Arme Margali. Jemand versucht, Margali zu ermorden. Bringt sie irgendwohin, wo sie sicher ist.

Währenddessen hätte Sam weiter seinen Bourbon getrunken, so wie immer, ein oder zwei Gläser am Abend, und eines Abends hätte er den letzten Rest der Flasche getrunken, mit dem Bodensatz darin, oder vielleicht hätte er sie auch mal heftig bewegt und so den Bodensatz aufgeschüttelt.

So oder so, armer Sam. Wer auch immer versucht hatte, Margali zu erwischen, hätte Sam erwischt.

Und Margali wäre noch nicht mal im Haus gewesen.

Meine gute alte Freundin Margali war die skrupelloseste Mörderin, die mir je untergekommen war ... falls ich recht hatte. Aber ich war noch nicht ganz sicher, daß ich recht hatte.

Aber dennoch, meine gute alte Freundin Margali war tot. Und ich war der Antwort auf die Frage, wer sie getötet hatte, noch keinen Schritt näher gekommen.

Margalis Zimmer. Nicht, daß ich erwartete, dort etwas Brauchbares zu finden.

Jimmys Zimmer. Denn woher hatte Jimmy von den langgehüteten Geheimnissen gewußt, die er mir erzählt hatte – in einer wirren Form erzählt hatte, nicht ganz, aber beinahe richtig erzählt hatte, aber immerhin erzählt hatte? Mir genug erzählt hatte, um mich auf die richtige Spur zu bringen.

Oder vielleicht nicht ganz die richtige Spur.

In Anbetracht dessen, daß ich erst zwei Tage zuvor mitgeholfen hatte, Margalis Zimmer aufzuräumen, bezweifelte ich stark, daß noch viel drin war, was ich noch nicht gesehen hatte. Aber andererseits war da noch dieser große Wandschrank, in dem ich nur kurz gewesen war; der Safe, den ich nur von oben gesehen hatte; dieses riesige Badezimmer mit einer Wand, die vollständig aus Schubladen und Türen bestand.

Wonach suchte ich? Ich sollte mir besser eine Liste machen, noch bevor ich mit Sams Zimmer fertig war.

Ich suchte: nach allem, was im Hinterkopf eines Menschen ein eispickelgroßes Loch hinterlassen würde; nach allem, was erklären konnte, wieso Margali glaubte, daß sie eine Hauptrolle in einer neuen Fernsehserie übernehmen würde – denn ich war sicher, daß sie wirklich daran geglaubt hatte; das war kein Theater gewesen; nach allem, das erklären konnte, wieso Jimmy eine zwar verzerrte, aber im wesentlichen richtige Vorstellung davon hatte, wie Hassan und Messick gestorben waren.

Sanchita? Die Haushälterin? Ich sollte mich wohl mit Sanchita unterhalten. Fara hatte gesagt, daß sie schon seit einer Ewigkeit da war. Meinte sie damit hier im Haus, was bedeutet hätte, daß die Ewigkeit kürzer als zehn Jahre war, oder meinte sie damit entweder bei Margali oder bei Sam, was bedeutet hätte, daß die Ewigkeit – tja, eine sehr lange Zeit war.

Ich konnte mich nicht erinnern, Sanchita kennengelernt zu haben, wenn ich als Kind bei Margali zu Besuch war. Aber das mußte nicht heißen, daß Sanchita nicht dort gewesen war. Es hatte Haushälterinnen gegeben; es hatte immer Haushälterinnen gegeben. Ich hatte bloß nie ihre Namen erfahren, zumindest erinnerte ich mich nicht.

Wonach suchte ich sonst noch? Ich wußte es nicht so recht. Nach allem, was mir helfen konnte, die immer seltsamere Lage zu begreifen.

Ich brauchte nicht lange, bis ich zum ersten Mal fündig wurde. Sie waren in einer Schublade im Badezimmer. Ein Packen Briefe, die angeblich von einem Agenten in Hollywood stammten. Und es war schon verwunderlich, daß selbst jemand wie Margali sich länger von ihnen hatte täuschen lassen.

Ich setzte mich auf den Boden und las die ersten paar. Der zweite enthielt eine umständliche Entschuldigung. »Ich bin gerade dabei, in ein neues Büro umzuziehen, und leider ist mein altes Telefon nicht mehr und das neue noch nicht angeschlossen. So bald wie möglich werde ich Ihnen meine neue Telefonnummer mitteilen. Ich möchte mich noch einmal für die Unannehmlichkeit entschuldigen, daß Sie meine Nummer über die Auskunft nicht in Erfahrung bringen konnten.«

Er hatte kein Telefon, aber er konnte ihr das Angebot einer großen Produktionsgesellschaft besorgen? So ein Quatsch.

Und das Durcheinander in den Briefen – das völlige Fehlen eines logischen Aufbaus – ließ mich ahnen, von wem sie stammten.

Sie stammten nicht von jemandem, der daran gewöhnt war, Geschäftsbriefe aufzusetzen. Sam war daran gewöhnt.

Sie stammten nicht von jemandem, der daran gewöhnt war, einen Gedankengang schlüssig zu entwickeln. Und ein Erweckungsprediger – ganz gleich, wie merkwürdig mir seine Kirche vorkam – mußte in der Lage sein, Predigten und Spendenaufrufe zu verfassen. Diese Briefe stammten nicht von Fara oder Edward Johnson.

Sie stammten ganz gewiß nicht von jemandem mit dem sicherlich präzisen Verstand eines Anwalts.

Aber sie stammten von jemandem, der sich zumindest ein wenig mit der Schauspielerei auskannte, mit Künstleragenturen, mit der Art, wie Fernsehserien vorbereitet wurden.

Das bedeutete, daß es nur eine Person auf meiner Verdächtigenliste gab, die diese Briefe geschrieben haben konnte. Und diese Person war Jimmy Messick.

Aber die Tatsache, daß er seine Mutter reingelegt hatte, mußte noch nicht bedeuten, daß er seine Mutter getötet hatte. Ich suchte weiter.

Ich fand nichts, das irgendwie mit dem Verbrechen in Verbindung zu bringen war, überhaupt nichts, und es wurde vier Uhr, und es wurde fünf Uhr, und es wurde sechs Uhr, und Captain Millner rief mich in Sam Langs Haus an.

»Deb, ich schlage vor, Sie gehen nach Hause.«

»Aber –«

»Deb, wenn Sie in dem Zustand sind, von dem ich stark annehme, daß Sie drin sind, dann brauchen Sie mehr Ruhe, als Sie im Moment bekommen. Ich will nicht, daß Sie länger beurlaubt werden müssen als nötig.«

»Was?«

»Sie haben mich schon verstanden. Deb, gehen Sie nach Hause.«

»Also gut«, sagte ich kleinlaut.

»Ach, übrigens«, und in seiner Stimme schwang ein leicht hämischer Unterton mit, »Ihr Sohn hat angerufen. Ich soll Ihnen ausrichten, daß Harry zur Lodge gefahren ist und daß Sie kein Klopapier mehr im Haus haben.«

»Was?«

»Sie haben schon verstanden.«

»Hat er denn noch nie was vom Kiosk an der Ecke gehört? Er gibt sein halbes Taschengeld da für die Videospiele aus. Er könnte sich aufs Fahrrad setzen und selbst Klopapier kaufen.«

»Das habe ich ihm auch vorgeschlagen. Er hat gesagt, er hätte sein Taschengeld bereits ausgegeben.«

»Wofür?« fragte ich mechanisch. »Er hat es doch gerade erst gekriegt?«

»Das habe ich ihn nicht gefragt, obwohl Ihre Andeutung mit den Videospielen nicht unwahrscheinlich klingt. Wie ich höre, gibt's bei K-Mart eine große Auswahl an Klopapier.«

Ich legte auf.

Aber ich fuhr nicht zu K-Mart. Wenn es gar nicht anders ging, sollte Hal doch Kleenex benutzen.

Weil ich nachdachte. Ich konnte nicht aufhören nachzudenken, und ich konnte keinen Sinn in meine Gedanken bringen.

Sam hatte Margali getötet.

Oder Jimmy hatte Margali getötet.

Oder Fara – meine alte Freundin Fara – hatte Margali getötet.

Oder Faras Gatte, der Erweckungsprediger Edward Johnson, hatte Margali getötet.

Alle vier kamen in Frage. Alle vier waren – seien wir ehrlich – sogar ziemlich wahrscheinlich.

Bloß weil Sam einen Mord sozusagen halb gestanden und einen weiteren gestanden und dann das Geständnis widerrufen hatte, war nicht auszuschließen, daß er nicht noch einen weiteren, frischeren Mord begangen hatte. Oder sogar noch einen vor den anderen.

Wenn ein und dieselbe Person Margalis zweiten und dritten Mann und einen Mechaniker getötet hatte, der an einem Rennwagen arbeitete (und somit gewissermaßen die Mordwaffe für einen dieser Morde war), und jetzt auch noch Margali, dann war diese Person nicht Fara oder Jimmy oder Edward. Aber ich konnte nicht nur von einem Mörder ausgehen.

Ebensowenig konnte ich davon ausgehen, daß, bloß weil ich nicht wußte, wie wichtig Margalis Testament war, andere Leute das auch nicht wußten – ganz gleich, wer diese anderen Leute waren, ganz gleich, was diese anderen Leute mir erzählt hatten.

Jimmy. Er könnte Sam Langs Sohn sein – oder auch nicht. Er könnte in Sam Langs Testament berücksichtigt sein – oder auch nicht. Er könnte in Margalis Testament berücksichtigt sein – oder auch nicht. Er könnte so wild auf Margalis (und auch auf Sams) Geld sein, daß er dafür töten würde – oder auch nicht.

Er hatte in jener Nacht im Blue Owl keine Waffe bei sich. Er hatte einen Kugelschreiber und einen Schlüsselring bei sich. Weder mit dem einen noch mit dem anderen konnte man jemanden umbringen. Na ja, genaugenommen ging das vermutlich doch, aber die dabei entstehende Wunde hätte nicht die entfernteste Ähnlichkeit mit einem Loch, das von einem Eispickel verursacht wurde.

Fara. Sie hatte heute genug Geld. Aber wenn sie sterben würde, wären ihre Kinder abhängig von den Klingelbeuteln der Kirche des wahren Gaubens an – egal. Faras Treuhandvermögen würde nämlich bei ihrem Tod zurück an die Verwandten ihres Vaters gehen. Das hatte sie mir erzählt.

Auch sie hatte keine Waffe dabei. Sie hatte einen langstieligen Kamm dabei. Vermutlich konnte man jemanden, wenn man entschlossen genug war, mit einem langstieligen Kamm erstechen. Aber es war nicht einfach. Und das Opfer hätte ganz sicher noch Zeit, einigen Lärm zu machen.

Edward. Er hatte Faras Geld – zur Zeit. Aber was, wenn seine herrische Art ihr irgendwann zuwider wurde – wenn sie ihn verlassen würde –, was dann?

Ob er in Margalis Testament berücksichtigt war?

Und selbst wenn er sich so sicher fühlte, daß er die Möglichkeit, Fara könnte ihn verlassen, noch nicht mal in Erwägung zog, waren seine beiden Töchter in Margalis Testament berücksichtigt?

War seine Kirche in Margalis Testament berücksichtigt?

Ob für Edward der Zweck die Mittel heiligte?

Ich fuhr zu Fara.

Nach exakt acht Minuten setzte Edward mich vor die Tür. Fara war da bereits wieder in Tränen aufgelöst; die beiden kleinen Mädchen, die bei meiner Ankunft auf ihre Zimmer geschickt worden waren, waren zurückgekommen, standen rechts und links von ihrer Mutter und starrten mich mit weit aufgerissenen Augen an; und Edward bombardierte mich wutentbrannt mit Bibelzitaten. Ich glaube, aus Jeremia.

Also ging ich und fuhr zu K-Mart. Es liegt schließlich auf dem Nachhauseweg. Ich kaufte ein neues Kissen, weil sich diese fürchterliche Katze – ich schwöre, ich bringe Olead noch dazu, daß er die Katze nimmt – auf Hals Kissen ausgesprochen taktlos benommen hatte.

Ich kaufte Schmierseife. Harry geht immer die Schmierseife aus. Manchmal glaube ich, er ißt sie.

Ich kaufte Nagellackentferner und Nagellack. Vielleicht lenkt knallroter Nagellack ja die Aufmerksamkeit der Leute von meiner Körpermitte ab.

Und ich sagte mir, ach, was soll's, und kaufte vier Umstandshosen und vier Oberteile und zwei Hängekleider.

Und, natürlich, das Klopapier.

An der Kasse gerieten der Kassierer und ich in eine ausgesprochen erbitterte Diskussion darüber, welches Kissen denn nun im Sonderangebot war. Nach einer fünfminütigen Debatte, in deren Verlauf wir beide zurück zu den Kissen gingen, stellte sich heraus, daß er recht damit hatte, daß das Kissen in meinem Einkaufswagen nicht im Sonderangebot war. Aber andererseits war meine extreme Verwirrung angesichts der Tatsache, daß das ANGEBOT-Schild klar und deutlich über dem falschen Kissenstapel angebracht war, durchaus verständlich.

Während er meine übrigen Artikel abrechnete und das reklamierte Kissen auf einen großen Berg anderer reklamierter Waren warf, wahrscheinlich die Ausbeute des ganzen Tages, unterhielten wir uns noch ein wenig. Ich versicherte ihm, daß es nicht sein Fehler sei und daß ich nicht böse auf ihn sei, sondern nur sehr aufgebracht über den Trottel, der das Schild falsch angebracht hatte.

Er warf noch etwas zu dem Haufen mit Reklamationen hinüber. Als es vorbeiflog, registrierte ich nicht, was es war, und ich glaube, er hat gar nicht richtig gemerkt, daß er es dorthin geworfen hatte anstatt zurück in meinen Einkaufswagen.

Als ich zu Hause ankam, hatte ich ein anderes neues Kissen dabei, Schmierseife, Nagellack und Nagellackentferner, vier Umstandshosen und vier Umstandsoberteile, zwei Hängekleider und – kein Klopapier. Erst da wurde mir klar, was das andere gewesen war, das er auf den Haufen geworfen hatte – nachdem er den Preis mit dem kleinen Scanner auf meiner Rechnung verbucht hatte.

Ich rief den Geschäftsführer von K-Mart an. Ich war weder freundlich noch höflich. Und dann ging ich zum Kiosk und kaufte Klopapier.

Wieso passiert mir so was immer, wenn ich weder die Zeit noch die Energie habe, mich damit abzugeben?

Kapitel 10

Natürlich beruhigte ich mich später und kam mir völlig idiotisch vor, daß ich wegen einer Viererpackung Klopapier so einen Aufstand veranstaltet hatte. Aber natürlich war ich eigentlich nicht wegen des Klopapiers aufgebracht; es lag an dem ganzen Druck der Ereignisse seit Freitag abend, und der unglückselige stellvertretende Geschäftsführer bei K-Mart war mir nur genau in dem Augenblick über den Weg gelaufen, als ich ohnehin schon kurz vor der Explosion stand.

Montagabend ist Bingoabend in der Lodge, aber Harry war nicht als Ausrufer eingeteilt, und er spielt es auch nicht gern, also dachte ich mir, daß er vermutlich nur auf einer Sitzung war und bald nach Hause kommen würde. Dann wäre es schön, wenn ich etwas zum Abendessen gekocht hätte. Aber was? Der Abend war recht kühl und schien irgendwie nach etwas Heißem, Scharfem zu verlangen, wie ... Chili. Selbstgemachtes Chili mit Maisbrot? Das geht schnell.

Und Hal würde mich auch nicht stören. Er war in seinem Zimmer und machte Hausaufgaben. Allmählich wird er, wenn auch mit sporadischen Rückfällen, etwas gewissenhafter, was die Schule angeht.

Ich hatte richtig vermutet. Noch bevor ich das Maisbrot in den Backofen schob, kam Harry hereinspaziert. Als ich die Backofenklappe schloß und ins Wohnzimmer ging, saß er auf dem Boden vor dem Tisch mit seinem Funkgerät und sortierte Zeitschriften und Kataloge. Das macht er ungefähr einmal alle sechs Monate. Aus irgendwelchen Gründen, die wir noch immer nicht herausgefunden haben, außer daß es vielleicht etwas mit seinem Abonnement von *Soldier of Fortune* zu tun haben könnte, steht er auf der Versandliste von zig Firmen, die Ausrüstung für Überlebenstraining, Waffen und was weiß ich noch alles vertreiben.

Wenn wir fast knöcheltief in Katalogen waten, sortiert er sie alle aus und gibt sie großzügig mir zum Lesen.

Normalerweise tue ich das nicht. Normalerweise warte ich, bis er es nicht mitbekommt, packe sie zusammen und schaffe sie gemeinsam mit den alten Zeitungen zu der Stelle, die gerade in dieser Woche eine Altpapiersammlung für karitative Zwecke durchführt. Aber an dem Tag beschloß ich, was soll's, ich habe sowieso schlechte Laune, da kann ich auch ein paar Kataloge durchblättern.

Damit eins klar ist, egal was Harry denkt, ich habe das Maisbrot nicht absichtlich anbrennen lassen. Ich bin gar nicht so wild darauf, essen zu gehen. Und schließlich bin ich es, die die Pfanne scheuern muß, und wer schon mal versucht hat, angebranntes Maisbrot aus einer gußeisernen Pfanne zu kratzen – egal.

Es lag einfach an dieser Anzeige. Ich werde Ihnen nicht verraten, in welchem Katalog sie war. Ich werde Ihnen nicht den Namen des Produktes verraten. Ich will nämlich nicht, daß Sie losziehen und es sich kaufen. Es sollte verboten werden. Es ist eine Mordwaffe, schlicht und ergreifend, und nichts anderes; es gibt sonst absolut keine Verwendung dafür, weder in der Selbstverteidigung noch im Sport.

Es sieht aus wie ein hübscher, kleiner, harmloser Kugelschreiber. Es ist leicht in der Jackett- oder Handtasche zu tragen – genau wie jener hübsche, kleine Kugelschreiber, den Jimmy Messick in der Nacht im Blue Owl bei sich hatte, ohne Notizbuch, Block, Scheckheft oder irgendwas anderes, um darin zu schreiben. Aber zuerst möchte ich Ihnen sagen, was sonst noch in der Beschreibung stand: »Sofortige Verteidigungsbereitschaft bei Druck auf den Clip, Edelstahlkonstruktion, 10 cm Springklinge, rastet bei Bedarf sofort voll ausgefahren ein.« Normalerweise kostete es 28,95 Dollar, doch im Angebot nur 22,95 Dollar. Prima, prima, dachte ich, Mord zum Billigtarif.

Denn nichts anderes war das, Mord im Sonderangebot. Es gab keine Möglichkeit, dieses Ding zur Selbstverteidigung zu nutzen, ganz gleich, was da in der Anzeige behauptet wurde.

Jetzt wußte ich also, wer. Zumindest glaubte ich zu wissen, wer.

Es paßte alles wunderhübsch zusammen. Da waren die Briefe – Jimmy war der einzige im Haus, der tatsächlich Kontakte zu Künstleragenturen gehabt hatte. Es gab ein gewisses Motiv, falls er glaubte (richtigerweise oder fälschlicherweise), entweder daß er Sams Sohn war oder daß Sam ihn dafür hielt, und falls er geglaubt hatte, daß Margali Sam verraten würde, daß er es nicht war.

Und jetzt gab es auch eine Waffe.

Vielleicht.

Vielleicht.

Aber ich wußte, daß er trotz seines ziemlich schwächlichen Aussehens so etwas wie ein Naturbursche war. Er und Olead waren früher zusammen zelten gefahren. Als alter Camper bekam er wahrscheinlich die gleichen Reklamesendungen wie Harry. Und so eine Waffe mußte jemanden faszinieren, der so verschlagen war, daß er eine hoffnungslose Alkoholikerin davon überzeugte, sie hätte eine Fernsehrolle in Aussicht – der es lustig fand, Abführmittel in den Weihnachtskuchen oder in den Eintopf zu geben.

Ja, ich spekulierte. Von Betrug zu Mord ist es ein weiter Weg. Aber andererseits ist es auch ein weiter Weg vom derben Scherz zum Betrug. Und diese Grenze hatte er überschritten, da war ich fast sicher.

Vielleicht irrte ich mich. Vielleicht aber auch nicht. Als nächstes mußte ich mir einen Weg überlegen, wie ich Jimmy dazu bringen konnte, mir seinen angeblichen Kugelschreiber zu zeigen. Und das würde vermutlich nicht einfach werden.

Ich war bei meinen Überlegungen gerade an dem Punkt angelangt, daß ich mich fragte, wie ich, falls ich richtig lag, je den Beweis dafür antreten sollte, als Hal hereingeschlendert kam, mich betrachtete, wie ich abwechselnd in den Katalog und wieder ins Leere starrte, einen Augenblick abwartete und dann sagte: »Mom, in der Küche riecht irgendwas echt komisch.«

»O nein!« jaulte ich auf, schoß von der Couch hoch und sauste in die Küche. Ein bißchen zu spät. Das Maisbrot war ein wenig dunkler, als es hätte sein sollen, und das Chili klebte irgendwie am Boden des Topfes fest.

Also zog ich eins meiner neuen Outfits an, und Harry lud Hal und mich ergeben zum Abendessen ins Red Lobster ein.

Ich weiß nicht mehr, was ich gegessen habe.

Als ich nach Hause kam, rief ich Susan an. Ich wollte sie zwei Sachen fragen. Bei der ersten war sie sich sicher. »Wenn du mich das gleich zu Anfang gefragt hättest«, sagte sie, »hätte ich dir viel Mühe ersparen können. Margali ist in den letzten sechs Monaten immer wieder als Patientin bei mir gewesen, und –«

»Wieso hast du mir das nicht schon längst gesagt?« unterbrach ich sie. »Zum Beispiel als sie noch am Leben war?«

»Das konnte ich nicht, Deb, das weißt du doch.« Natürlich wußte ich das. Susan und ich waren Freundinnen, aber diese Freundschaft durfte nicht dazu führen, daß eine von uns ihre beruflichen Pflichten vergaß.

»Okay, also was hat sie dir über ihre Testamente erzählt?«

»Können wir es dabei belassen, daß ich eine ganze Schublade voll mit Margalis Testamenten habe? Sie hat andauernd welche aufgesetzt, Deb. Die meisten davon waren handschriftlich verfaßt und entsprachen in keinster Weise den gesetzlichen Erfordernissen, und sie sind nichts wert. Hin und wieder hat sie sich einen Anwalt genommen, um eins aufsetzen zu lassen. Ich glaube trotzdem nicht, daß sie wußte – oder verstand –, was Zugewinngemeinschaft bedeutet. Es war einfach so, daß sie sich selbst immer noch für einen großen Star hielt. In ihrer Vorstellung waren die alten Filme, die sie gemacht hatte – von denen sie noch nicht mal Nebenrechte besaß –, noch immer wichtig, wertvoll. Und sie hat ihr Testament ständig umgeschrieben.«

»Wußte – weiß – Sam davon? Oder Jimmy?« Fara ja, das wußte ich. Sie hatte es erwähnt, und ich hatte dem nicht die Beachtung geschenkt, die es verdient hätte.

»Ich weiß nicht. Ich denke aber, daß sie es wahrscheinlich wußten.«

»Was ist mit dem anderen –«

»Ich kann nicht, Deb. Ich kann dir darüber nichts sagen.«

»Wieso kannst du nicht?«

»Weil Jimmy noch lebt. Er ist noch immer mein Patient. Hör mal, frag doch einfach Olead. Es gibt kaum jemanden, der Jimmy besser kennt.«

Ich rief Olead an. Er druckste herum; er wollte nicht sagen, daß Jimmy ein Mörder sein könnte. Er und Jimmy hatten zu viel gemeinsam durchgestanden. Hinzukam, daß Oleads Mutter vor nicht ganz einem Jahr ermordet worden war; jetzt war es Jimmys Mutter, und Olead hatte Mitleid mit ihm. Ich hakte immer weiter nach, und schließlich sagte er zögernd: »Also gut, Jimmy hat häufiger darüber gesprochen, wie man Leute töten kann. Er hat oft gesagt, stich sie ins Hirn, das geht schnell, das ist leise. Aber Deb, das muß nicht heißen, daß er es wirklich getan hat.«

»Aber du würdest es ihm zutrauen?«

Lange Stille. »Deb, ich weiß es nicht. Ich weiß es einfach nicht ... ja, ich glaube, er wäre dazu imstande. Wenn er es wollte. Wenn er es wirklich wollte.«

»Wie überzeugend müßten seine Gründe sein?«

Wieder lange Stille. »Er würde keine Gründe brauchen. Jimmy braucht nie irgendwelche Gründe. Er – er müßte bloß glauben, daß es ihm Spaß machen würde.«

Ich ging ins Bett. Ich schlief nicht sonderlich gut. Jemand, der seine Mutter umbringen könnte, weil es vielleicht Spaß macht ...

Demonstrativ trug ich am Dienstag im Büro eins meiner neuen Outfits. Niemand sagte auch nur einen Ton dazu. Sie machten noch nicht einmal blöde Bemerkungen. Die deutlichste Reaktion, die ich erntete, war die von Dutch Van Flagg, und der sagte auch nur: »Hab ich's mir doch gedacht.«

Wenn sie blöde Bemerkungen gemacht hätten, wäre ich wütend geworden. Warum war ich also enttäuscht – ja, irgendwie gekränkt –, daß sie es nicht taten? Na ja, was soll's, ich kann schließlich nicht ununterbrochen logisch sein. Es fällt mir schon schwer genug, bei der Arbeit logisch zu sein, wenn es wirklich drauf ankommt.

Captain Millner schien sich nicht ganz so sicher zu sein, daß ich bei der Arbeit logisch war. »Das erscheint mir alles ziemlich weit hergeholt«, sagte er zu mir. »Sie haben irgend so ein Trickding in einem Katalog gesehen. Messick hatte einen Kuli in der Tasche, aber nichts, um drauf zu schreiben. Das beweist, daß Messicks Kuli Ihr Trickding war und daß Messick seine Mutter getötet hat?«

»Das ist es nicht allein«, argumentierte ich. »Da sind auch noch die Briefe.«

»Trotzdem ist das alles weit hergeholt.«

Natürlich war es weit hergeholt. Ich hatte noch nichts bewiesen, noch nicht mal mir selbst. Aber es war eine Idee, eine Hypothese. Und zumindest war ich der Auffassung, daß es eine verdammt gute Idee war.

Eine so gute Idee, daß ich, als ich eine halbe Stunde später durch Sam Langs Tor fuhr, anhielt und einen der Streifenpolizisten – den größeren von beiden – aufforderte mitzukommen.

Inzwischen standen nur noch zwei Übertragungswagen vom Fernsehen dort und nur noch eine Handvoll weiterer Reporter. Aber alle, die noch da waren, machten eifrig Aufnahmen, als der stämmige Streifenpolizist in meinen Wagen stieg. Was sie mit den Aufnahmen vorhatten, ist mir ein absolutes Rätsel und wird es auch immer bleiben, denn an dem Abend habe ich keine Nachrichten geguckt.

Drinnen traf ich auf Sam Lang und Bob Campbell, die dabei waren, den Fernsehraum oder Filmvorführraum, oder wie man es nennen will, systematisch auseinanderzunehmen. Ich vermute, sie trauten den meisten Hausangestellten nicht zu, daß sie verstanden, wonach sie suchen sollten. Allerdings war Sanchita bei ihnen. Ich erkannte sie wieder. Erst in diesem Augenblick erinnerte ich mich wieder an sie;

ich hatte nicht gewußt, daß ich sie kannte, aber ich erkannte sie wieder. Unerschütterlich, gleichmütig, alterslos. Sie war dagewesen, genauso alt, wie sie es jetzt war, ein stille Figur im Hintergrund, die Geschirr spülte und wegräumte, als ich zwölf Jahre alt war. Wie konnte ich sie bloß vergessen haben?

»Hallo Sanchita«, sagte ich.

Sie nickte mir ernst zu.

Ich wartete einen Moment, während der Streifenpolizist hinter mir unruhig von einem Bein aufs andere trat, und fragte dann: »Sam, ist Jimmy zu Hause?«

»In seinem Zimmer, wieso?«

»Tja –« O nein, hatte ich mir auch schon das dauernde »tja« von Bob Campbell angewöhnt? Gerade erst hatte ich mir das ständige »und so« abgewöhnt. »Da er volljährig ist, muß ich auch von ihm eine Einverständniserklärung für die Durchsuchung haben, bevor ich mit seinem Zimmer anfangen kann. Ihre Einwilligung reicht da nicht, obwohl es Ihr Haus ist, weil dieser Raum seiner persönlichen Nutzung vorbehalten ist. Meinen Sie, er hat was dagegen?«

»Wieso um alles in der Welt sollte er was dagegen haben?«

»Dann brauche ich Sie, oder Bob, ist egal wer, als Zeugen, wenn er unterschreibt.«

Bob richtete sich auf und sah zu dem Streifenpolizisten hinüber. »Kann der das nicht machen?« wollte er wissen und faßte sich dabei mit der rechten Hand auf seinen offenbar schmerzenden Rücken.

»Tja, könnte er, aber es wäre besser, wenn Sie oder Sam dabei wären.«

Letztlich beschlossen sie beide mitzukommen. Das hatte ich auch in Wahrheit beabsichtigt.

Jimmy Messick lag auf dem Rücken auf einem ordentlich gemachten Doppelbett, die Hände unter dem Kopf und die Stereoanlage auf voller Lautstärke. Er starrte geistesabwesend an die Decke. Als die Tür aufging, wandte er den Kopf, und obwohl er sofort aufstand und die Anlage abstellte, hatte ich das schwache Aufflackern von Beklommenheit, von Angst in seinen Augen gesehen, als ich eintrat, dicht gefolgt von einem uniformierten Streifenpolizisten. Natürlich könnte jeder beunruhigt, sogar verängstigt reagieren, wenn zwei Polizisten um neun Uhr morgens in sein Schlafzimmer platzen. Aber trotzdem, ich glaubte nicht, daß ich mich irrte.

Der Kuli – der angebliche – steckte in der Brusttasche seines Hemdes.

Ich holte die Einverständniserklärung aus meiner Aktentasche und erläuterte, was das war und warum ich seine Unterschrift brauchte.

Jimmy starrte auf das Formular. »Was passiert, wenn ich nicht unterschreibe?«

»Dann besorge ich mir natürlich einen Durchsuchungsbefehl.« Das war geblufft. Ich hatte keine ausreichenden Gründe dafür, und das wußte ich. Wahrscheinlich wußte das auch Bob Campbell, selbst wenn er kein Anwalt für Strafrecht war. Aber er klärte Jimmy nicht auf.

Jimmy starrte mich weiter an. Seine Augen wanderten zu Sam, zu Bob und dann wieder zu mir. »Kann ich ins Bad?« fragte er.

Von seinem Zimmer ging kein eigenes Badezimmer ab; das wußte ich, weil es nur zwei Türen im Raum gab, und beide standen offen. Die eine führte in den Flur, die andere in einen überfüllten und unordentlichen begehbaren Wandschrank. »Klar, Sie können ins Bad, so oft Sie wollen«, sagte ich. »Ich werde sogar einen Streifenpolizisten im Flur postieren – Sam hat mir nämlich seine Einwilligung erteilt, das übrige Haus zu durchsuchen –, damit Sie sicher dorthin kommen.«

Er saß einen Augenblick ganz still. Schließlich sagte er: »Dann kann ich es wohl unterschreiben.«

»Das können Sie wohl«, stimmte ich liebenswürdig zu. Ich holte absichtlich keinen Kuli heraus. Statt dessen bat ich Jimmy, mir seinen zu borgen.

Wieder trat ein langes Schweigen ein. Bis er herausgebracht hatte: »Der schreibt im Moment nicht«, hatten mir schon Sam und Bob ihre Kulis angeboten.

Ich nahm Bobs und füllte das Formular aus. Jimmy unterschrieb es. Bob bezeugte es und steckte seinen Stift wieder in die Tasche.

Dann fragte ich: »Wenn Ihr Kuli doch nicht schreibt, wieso tragen Sie ihn dann mit sich herum?«

Diesmal kam die Antwort schneller. »Ich will schon die ganze Zeit in einen Schreibwarenladen und eine neue Mine kaufen, aber dauernd vergesse ich es, und da habe ich mir gedacht, wenn ich ihn mir in die Hemdtasche stecke –«

»Darf ich mal sehen?« fragte ich. »Vielleicht kriege ich ihn wieder hin.«

In dem Augenblick wußte er Bescheid. Vielleicht hatte er es schon früher gewußt oder zumindest vermutet, aber jetzt wußte er es ganz sicher. Er sah Sam an. Er sah den uniformierten Officer an, der hinter mir seinen Standort wechselte. Und dann nahm er den Kuli aus der Tasche und reichte ihn mir ganz ruhig.

Jetzt hatte er keine Zuckungen mehr. Er saß reglos auf dem Bett, völlig reglos, und betrachtete mich. Inzwischen war es im Raum ganz still geworden. Sie wußten alle, daß etwas nicht stimmte – etwas ernsthaft nicht stimmte –, doch nur Jimmy und ich wußten, was, bis ich den richtigen Druckpunkt fand und ihn drückte, und die schimmernde Zehn-Zentimeter-Klinge heraussprang.

Nein, Klinge ist nicht das richtige Wort. Bei Klinge denkt man an eine Schneide, und die gab es hier nicht. Das Ding hatte eine ungeheuer scharfe Spitze, und der Rest war glatt. Spiegelglatt. Aalglatt.

Und auch schimmernd ist nicht ganz das richtige Wort, weil der Schimmer hier und da von rötlichbraunen Flecken durchbrochen wurde.

Er hatte es doch nicht ganz sauber bekommen.

Ich weiß nicht, wie lange sich der Körper, der den Namen Sam Lang trägt, noch aufrecht halten wird. Vielleicht erlebt er seinen sechsundsiebzigsten Geburtstag, obwohl ich das bezweifle. Den siebenundsiebzigsten erlebt er jedenfalls nicht mehr. Denn just in dem Augenblick konnte ich mitansehen, wie die Kraft, die diesen Körper belebte, dahinwelkte und starb.

Ich war es schließlich, die die Frage stellte, die Sam Lang nicht herausbrachte, nachdem ich die absolut unvermeidliche Rechtsbelehrung abgegeben hatte. »Würden Sie mir sagen, warum?«

Jimmy Messick grinste mich an, aber dieses Lächeln wirkte nicht ganz echt. »Das müssen Sie schon selbst rausfinden«, sagte er.

»Ich meine, da irgendwo immer noch ein Testament rumschwirrt, hätte ich gedacht, daß eine lebendige Margali Ihnen mehr genützt hätte.« Das war ein Schuß ins Blaue; ich hoffte, daß er mir erzählen würde, was in diesem Testament stand – und wofür es sich gelohnt hatte zu morden.

Er tat es nicht.

»Es war nicht wahr. Aber sie hätte so getan –« Er hatte schon zuviel gesagt. Er brach ab, leckte sich über die Lippen, sah Sam an. »Es war nicht wahr. Aber sie hat so viele Testamente weggeschmissen. Ich dachte, das hätte sie auch weggeschmissen. Ich dachte, sie würde noch so eins aufsetzen. Hat sie nicht. Oder?«

»Falls ja, haben wir es noch nicht gefunden.«

Sam fand seine Sprache wieder. »Wovon redest du eigentlich?«

Jimmy antwortete nicht. Ich tat es, aber nicht so, wie er es sich gewünscht hätte. Ich sagte bloß: »Das spielt jetzt keine Rolle mehr. Das spielt jetzt überhaupt keine Rolle mehr, Sam.« Ich hoffte, daß dem so war. Vermutlich würden wir es am Ende doch herausfinden.

Ich weiß nicht, wann Sanchita dazukam. Aber da stand sie nun in der Tür hinter mir, und obwohl ich mich nicht erinnern kann, ihre Stimme je zuvor gehört zu haben, erkannte ich sie sofort, als sie das erste Wort aussprach. Ohne den starken Akzent, den ich eigentlich erwartet hätte, sagte sie: »Die Väter haben saure Trauben gegessen, und den Kindern sind die Zähne stumpf geworden.«

Ohne mich umzuwenden, fragte ich: »Sanchita, haben Sie Jimmy von seinem und von Faras Vater erzählt?«

Fast verächtlich antwortete sie: »Sunny Messick war nicht Jimmys Vater. Aber ja, ich habe es ihm erzählt. Er hatte das Recht, es zu wissen. Ich habe es auch Fara erzählt. Sie hat gesagt, das wäre nicht wahr. Aber Edward – Reverend Johnson –, er hat mir geglaubt. Das Blut des Auferstandenen Erlösers hat mich reingewaschen.«

»Soll das heißen, daß Sie in Edwards Kirche sind?«

»Ich lebe in der Gnade des Auferstandenen Erlösers, und Edward Johnson spricht für den Auferstandenen Erlöser, dessen Name allein Wahrheit ist.«

»Das heißt aber nicht, daß Edward Johnsons Name Wahrheit ist. Oder Ihrer. Nicht alles, was Sie Jimmy erzählt haben, war korrekt.«

»Genug davon war es.«

»Sie haben Jimmy erzählt, seine Mutter hätte Lew Mosier getötet.«

»Ich weiß, wer Lew Mosier getötet hat. Margali war es nicht.«

Jimmys Blick wanderte zwischen Sanchita und mir hin und her. Ich behielt ihn im Auge; ich drehte mich kein einziges Mal zu Sanchita um, daher weiß ich nicht, welchen Ausdruck sie im Gesicht hatte, als sie sagte: »Es waren nicht Margalis Hände, aber es war ihr sündiges Herz. Sie haßte Männer. Sie haßte alle Männer. Deshalb hat sie ihren Sohn gehaßt. Er würde auch erwachsen werden und ein Mann sein. Das hat sie verhindert. Der da wird nie ein Mann.«

»Das ist nicht wahr!« schrie Jimmy und sprang vom Bett auf Sanchita zu, die Hände ausgestreckt. Er schoß an mir vorbei, und der Streifenpolizist – auf seinem Namensschildchen stand Kent – packte ihn. Jimmy gab auf und blieb keuchend stehen. Kent drehte ihn um, legte ihm Handschellen an und tastete ihn auf Waffen ab.

»Das ist nicht wahr«, sagte Jimmy erneut, ruhiger.

»Genug davon war wahr«, sagte Sanchita.

Genug davon. Das war wahr. »Er steht unter Mordverdacht. Bringen Sie ihn ins Stadtgefängnis«, wies ich Kent an. »Ich komme später nach, um den Haftbefehl zu beantragen.«

Kent hörte auf, ihn abzuklopfen. Er hatte sonst keine Waffen. Der Kuli war die einzige gewesen.

»He, Campbell«, sagte Jimmy, »rufen Sie die Psychiaterin an, ja? Sie heißt Susan Braun.« Und diesmal war Jimmys breites Grinsen natürlich und echt. »Meinen Sie wirklich, ich werde verurteilt?« fragte er mich.

Ich hätte lachen können. Ich hätte heulen können.

Ich tat keines von beidem. Ich durchsuchte Jimmy Messicks Schlafzimmer, gründlich.

Ich fand einen Stapel von *Soldier of Fortune,* Jagdzeitschriften, Kataloge für Camping- und Survival-Ausrüstung. Es war nichts Illegales, Unschickliches oder, hier in Texas, Unerwartetes dabei; nichts, was ich nicht täglich unter dem Funkgerättisch meines eigenen Gatten hätte finden können.

Ich fand einen Stapel gedrucktes Briefpapier, mit demselben Briefkopf wie der von Margalis neuem Agenten, der ihr eine wundervolle neue Fernsehserie versprochen hatte, und dabei lag eine Rechnung von einem Nachsendedienst in Beverly Hills. Aber in allen seinen Briefen, die Margali aufbewahrt hatte, war nicht ein einziges Mal von Geld die Rede, also konnte ich selbst mit den Briefen nicht den Vorwurf des Betruges untermauern. Er würde die perfekte Verteidigung anführen. Er hatte nur versucht, eine etwas verwirrte Mutter bei guter Laune zu halten.

Margalis Briefe an ihn waren nirgends zu finden; er mußte sie vernichtet haben, sobald er sie beantwortet hatte.

Ansonsten fand ich nichts Belastenderes als ein halbes Kilo Marihuana und einen kleinen Kokainvorrat. Das war zwar Beweismaterial, aber sicherlich nicht für Mord. Ich hatte gewußt, daß etwas in der Art dasein mußte; er hatte nicht damit gerechnet, daß ich auf die Sache mit dem Kuli kommen würde, also ging ich davon aus, daß er auch noch anderes belastendes Material irgendwo versteckt hatte.

Das Kokain befand sich in einer zusammengerollten Plastiktüte vorne in der Spitze eines Stiefels unter zwei dreckigen Socken versteckt.

Das Marihuana befand sich in einem blauen Rucksack, der wie ein Schulranzen aussah und unter etlichen schmutzigen Unterhemden und Jockeyshorts lag, im Regal seines Wandschranks.

Ich habe in meinem Leben schon bessere Verstecke gesehen.

Ansonsten gab es nichts, was mir irgendwie nützen konnte. Ich ging wieder ins Fernsehzimmer.

Bob Campbell suchte noch immer nach dem Testament. Ich erfuhr, daß sie, falls es unauffindbar blieb, angeben mußten, daß Margali kein Testament hinterlassen hatte, und das würde für alle eine Menge Ärger mit sich bringen. Aber Bob suchte jetzt allein. Sam Lang, der eher wie fünfundachtzig denn wie fünfundsiebzig aussah, saß auf Margalis Chaiselongue. Die blauen Venen auf den Handrücken standen deutlich hervor.

»Ich habe gemerkt, daß Sie meinen Whiskey mitgenommen haben«, sagte er zu mir.

»Ja, Sir, das habe ich. Und eine Empfangsbestätigung dafür auf Ihren Schreibtisch gelegt.«

»Wieso haben Sie meinen Whiskey mitgenommen?«

»Ich habe Ihnen vier Flaschen dagelassen.«

»Sie haben anderthalb Flaschen mitgenommen. Wieso?«

»Ich hielt es für besser.«

»Hat meine Frau versucht, mich umzubringen? Hat Marjorie versucht, mich umzubringen? Oder war es Jimmy? War es mein Sohn? Wollte er mich auch umbringen?«

»Ich weiß es nicht.« Ich wußte es wirklich nicht. So weit war ich noch nicht.

Ich wußte, daß Margali ursprünglich die Cola-Dosen selbst – leicht – vergiftet hatte. Soviel war klar. Oh, vor Gericht hätte ich es nicht beweisen können, aber ich wußte es.

Ich wußte, daß sie Hilfe gehabt haben mußte, weil sie den Lötkolben nicht selbst gekauft hatte – geschweige denn auf die Idee gekommen war.

Aber Sam ... wer hatte versucht, Sam zu töten? Margali, weil er nicht zulassen wollte, daß sie selbst Auto fuhr, versucht hatte, sie am Trinken zu hindern, versucht hatte, sie unter psychiatrische Aufsicht zu stellen? Oder Jimmy, weil ...

Weil, falls das Testament, mit dem Margali ihm gedroht hatte, nicht verloren war – falls es je in Sams Hände gelangte –, dann mußte Sam sterben. Schnell. Bevor Sam Margalis Behauptung lesen konnte, daß Jimmy nicht, wie er immer geglaubt hatte, sein Sohn war, bevor Sam sein Testament ändern konnte, um den Unruhestifter zu enterben, der kein Blutsverwandter von ihm war.

Wenn ich an Jimmys Gesichtsausdruck dachte, als ich das verschollene Testament erwähnte, wußte ich, wer Sams Whiskey vergiftet hatte. Aber wer trug die eigentliche Verantwortung?

Die Antwort darauf würde ich wohl nie erfahren.

Und ich würde es Sam nicht verraten. Nicht, wenn ich nicht unbedingt mußte.

Also begnügte ich mich damit, seine Frage so ausweichend wie möglich zu beantworten.

»Ich weiß es wirklich nicht, Sam. Ich habe bloß – habe bloß gedacht, wir sollten lieber auf Nummer Sicher gehen.«

»Sicher?« Er starrte mich ungläubig an. »Sicher? Klar – sicher – ohne Marjorie, ohne Jimmy, ohne irgendwas – das nennen Sie sicher? Wozu? Falls Sie denken – falls Sie wirklich denken –, daß in meinem Whiskey irgendwas war, was nicht reingehörte, wieso haben Sie ihn nicht einfach dagelassen, damit ich ihn trinken kann?«

»Das kann ich nicht machen, Sam.«

»Wieso können Sie nicht? Ich habe Lew das Zyanid zum Trinken dagelassen, ging ganz leicht.«

»Das –« setzte ich an, »das waren Sie, nicht ich.« Aber ich brachte es nicht heraus. Statt dessen sagte ich matt: »Das kann ich einfach nicht machen.«

»Ich kann mir auch nicht mehr vorstellen, wie ich das tun konnte«, sagte Sam. »Aber das war zu einer anderen Zeit, und außerdem ist die Dirne tot.«

»Heißt das Zitat nicht etwas anders?« fragte ich automatisch.

»Ja. Etwas. Aber – so paßt's auch. Vorläufig paßt's auch so.« Er schwieg einen Moment. Dann, langsam, fügte er hinzu: »Früher bin ich oft ins Theater gegangen. Vor langer, langer Zeit – als Marjorie noch lebte – bin ich oft ins Theater gegangen.«

Ich wußte nicht, was ich zu Sam Lang sagen sollte. Es gab nichts mehr zu sagen. Sogar Mitleid war jetzt grausam. Also sagte ich forsch: »Ich habe noch ein paar Ideen, wo Margalis Testament sein könnte, und ich mach' mich mal auf den Weg, um zu sehen, ob da was dran ist. Ich komme später wieder.«

Zuerst fuhr ich zurück ins Büro, nicht um meinen offiziellen Bericht zu machen, das würde ziemlich lange dauern, sondern um Captain Millner einen inoffiziellen zu erstatten, denn die Reporter hatten gesehen, wie Jimmy in Handschellen weggebracht wurde, und sobald Millner seine Nase aus dem Büro steckte, würden sich die Presseleute auf ihn stürzen wie Fliegen auf einen Hundehaufen. So, wie sie sich auf mich stürzten, als ich das Langsche Anwesen verließ bzw. als ich das Polizeipräsidium betrat.

Nachdem ich Millner mitgeteilt hatte, was vor sich ging, fuhr ich runter in die Asservatenkammer und bat den diensthabenden Beamten, mir Margalis Handtasche zu zeigen.

Alles war ordentlich beschriftet, etikettiert, identifiziert. Ich mußte das entsprechende Formular abzeichnen, bevor ich auch nur einen Blick reinwerfen durfte, obwohl ich deutlich gesagt hatte, daß ich sie mir gleich an Ort und Stelle ansehen wollte.

Kosmetika, Kölnisch Wasser, Bargeld, ein zierlicher Flachmann für Damen aus ziseliertem Silber interessierten mich nicht. Ich interessierte mich nur für eines. Einen braunen Umschlag.

Denn am Samstag, in dem Buchladen neben dem Blue Owl, hatte Margali ihre Tasche geöffnet. Ich stand neben ihr, als sie sie aufmachte. Und ich hatte den prallen braunen Umschlag darin gesehen, und daraus hervor lugte der blaue Einband eines juristischen Dokuments – ein nasser blauer Einband.

Der Umschlag war noch da, aber er war nicht mehr prall; es steckte kein blaues Dokument mehr drin. Aber der Umschlag – besonders die Innenseite – hatte Wasserflecken.

Sie hatte ihr Testament dabei, bevor wir ins Blue Owl gegangen waren. Sie hatte es nicht mehr, als ihre Leiche entdeckt wurde.

Unsere Spurensicherung hatte das Kino gründlich durchsucht und nichts gefunden.

Was bedeuten konnte, daß Jimmy es aus ihrer Tasche genommen hatte; oder es bedeutete, das Testament war noch im Kino. Falls er es im Klo runtergespült hatte, hätte es den Abfluß verstopft. Wenn er es verbrannt hätte, hätten wir den Rauch bemerkt, und außerdem war es wahrscheinlich ohnehin zu naß dazu gewesen. Er konnte es nicht während des Films rausgeschafft haben; die Tür war abgeschlossen. Er konnte es nicht nach dem Film rausgeschafft haben, weil er durchsucht worden war.

Also mußte es noch irgendwo im Gebäude sein, und ich war fest entschlossen, es zu finden.

Am Ende war es lächerlich einfach zu finden. Ich fand es nicht, weil ich besonders clever war, weil ich mir überlegte, wo ich es versteckt hätte, wenn ich Margali gewesen wäre. Ich fand es, weil ich aufs Klo mußte.

Kennen Sie diese Akustikdecken, bei denen Platten in eine Art abgehängte Metallkonstruktion eingelegt werden? So was haben sie in den Toiletten vom Blue Owl. Und eine der Platten in der Damentoilette war ein bißchen versetzt – nur ein kleines bißchen, als ob sie aus ihrer Position gehoben und nicht ganz richtig wieder zurückgelegt worden wäre. Und wenn ich im richtigen Winkel schaute, konnte ich dahinter wasserfleckiges blaues Papier erahnen.

Margali war nicht viel größer, als ich es bin. Also mußte sie auf dieselbe Weise wie ich dort rangekommen sein, und zwar, indem ich den Klodeckel runterklappte, mich draufstellte und so hoch reckte wie möglich.

Wie mein Gatte später sagte, als er mich deswegen ausschimpfte, war Margali Bowman nicht schwanger. Aber andererseits, hielt ich ihm entgegen, war Margali um etliches älter als ich.

Jedenfalls habe ich es runtergeholt, und ich bin nicht dabei hingefallen, also wieso hat mich auch noch Captain Millner deswegen ausgeschimpft? Und Dutch Van Flagg?

Ich bin doch nicht aus mundgeblasenem Glas oder Seidenpapier.

Das erste, was ich fand, war ein schönes Smaragdarmband, drei Reihen von rechteckig geschliffenen Smaragden in schimmernder Goldfassung. Ich schätzte den Wert irgendwo über dem meines gesamten Hauses ein, und ich hatte es oft an Margali gesehen. Schon allein das verriet mir, daß ich jenes besondere Versteck gefunden hatte, von dem sie mir erzählen wollte.

Jeder andere außer Margali hätte sich gedacht, daß die Elektriker, die für das Gebäude zuständig waren, es bei Reparaturarbeiten im Nu entdeckt hätten.

Neben dem Armband lag einer dieser kleinen Samtbeutel mit ungefaßten Edelsteinen, ganz ähnlich wie der, den Fara mir gezeigt hatte. Das Armband und der Beutel waren einfach unverpackt auf die nächste Platte geschoben worden. Und hinter ihnen lag ein Packen gefalteter Papiere. Ein Testament. Ein leicht feuchtes Testament, unterschrieben »Marjorie Gorman Lang«, noch immer genau so gefaltet und geknickt, wie ich es zusammengelegt und Marjorie zurückgegeben hatte, als das Unwetter losbrach.

Ich hielt mich nicht damit auf, es zu lesen.

Als ich wieder in mein Büro kam, teilten mir die Sekretärinnen mit, daß jemand mich sprechen wollte. Ein gewisser Jerry Alsford. Sie hatten ihn im Besprechungszimmer Platz nehmen lassen. Nein, sie wußten nicht, was Jerry Alsford wollte. Er wollte bloß mit dem

Detective sprechen, der den Mord an Margali Bowman bearbeitete. Und mit sonst niemandem.

Auf diese Art haben wir es oft mit Irren zu tun, sehr oft. Vielleicht würde er mich davon in Kenntnis setzen, daß eine Bande Außerirdischer Margali Bowman mit Strahlenpistolen getötet hatte. Aber andererseits kriegen wir auf diese Art auch viel Hilfe. So habe ich Susan kennengelernt; sie wollte mit dem Detective reden, der den Baker-Fall bearbeitete.

Dennoch war ich etwas mißtrauisch, als ich zum Besprechungszimmer ging.

In den meisten Unternehmen haben Besprechungszimmer viele hübsche Tische und Stühle. An den Wänden hängen Bilder, und es gibt eine blendfreie Beleuchtung und vielleicht auch eine Kanne Kaffee.

Bei der Polizei ist ein Besprechungszimmer das, was wir früher Vernehmungsraum nannten, als ein Hausmeister noch ein Hausverwalter war, und Verhörraum, als ein Hausmeister noch ein Hausmeister war. Heutzutage ist aus dem Hausmeister ein Sanitärtechniker geworden und aus dem Verhörraum ein Besprechungszimmer. Aber der Sanitärtechniker leert immer noch den Müll aus und macht sauber, und im Besprechungszimmer stehen immer noch ein schwerer Tisch, der am Boden festgeschraubt ist, damit er nicht geworfen werden kann, ein paar unbequeme Stühle und der eine oder andere Aktenschrank, den man dort reingeschafft hat, damit er nicht anderswo Platz wegnimmt.

Jerry Alsford saß wohlerzogen gerade auf einem der Stühle, die Hände über der Aktentasche vor sich gefaltet – eine Aktentasche, die alles enthalten konnte, von seinem Lunchpaket bis zu einer zerlegten Uzi-Maschinenpistole.

Lachen Sie nicht. Als ich das letzte Mal auf dem Flohmarkt in Grand Prairie war, habe ich gesehen, wie dort eine Uzi zum Verkauf angeboten wurde. Der Händler, dessen Lizenz zum Verkauf von Schußwaffen ordentlich an der Wand seiner kleinen Bude hing, versicherte mir, daß sie ordnungsgemäß gebrauchsunfähig gemacht worden war. Ich erklärte ihm, daß sie binnen dreißig Minuten wieder gebrauchsfähig gemacht werden könnte.

»Wirklich?« sagte er mit großäugiger Unschuld. »Also ehrlich, das wußte ich gar nicht.«

Aber Jerry Alsford erhob sich mit altmodischer Höflichkeit, als ich den Raum betrat, und sagte: »Guten Morgen, Ms. – äh – Mrs.

Ralston. Ich hoffe, man hat Sie nicht von irgend etwas Wichtigem weggeholt.«

Gleichermaßen höflich bat ich ihn, wieder Platz zu nehmen, setzte mich selbst und sagte, daß er hoffentlich nicht zu lange habe warten müssen. (Ungefähr eine Stunde hatten die Sekretärinnen gesagt, die vor Neugier fast platzten.)

»O nein, ganz und gar nicht, ganz und gar nicht.« Trotz der europäischen Umgangsformen hatte er ein unüberhörbar westtexanisches Näseln in der Stimme, und er sah nicht älter aus als Anfang Dreißig. Aber diese Dreißig waren zeitlos; sein schlecht rasierter Hals leuchtete puterrot über dem gestärkten weißen Baumwollhemd, sein dunkler Anzug sah aus wie von der Stange eines Billigladens, und seine Krawatte war ein bißchen zu breit und hatte nicht ganz die richtige Farbe.

Was insgesamt bedeutete, daß er in fünf oder zehn Jahren ein erfolgreicher Prozeßanwalt sein würde, der sich ausgezeichnet darauf verstand, die gute alte »Ich-bin-doch-einer-von-euch-Masche« abzuziehen, die bei Geschworenen so gut ankam. Jerry Alsford war ein Name, den ich mir merken mußte.

Seine Kanzlei hieß Alsford, Webster & Alsford. Nicht gerade Abbott, dachte ich, als mir das Gespräch zwischen Sam und Bob einfiel, aber nahe dran.

Mr. Jerry Alsford hatte eine interessante Geschichte zu erzählen, doch zuerst wollte er ganz sichergehen, daß Marjorie Gorman Lang tatsächlich Margali Bowman war. Ich versicherte ihm, daß sie es war, und bot an, ihm ihre Geburtsurkunde zu zeigen, aber er meinte, das sei nicht nötig; unter den gegebenen Umständen sei mein Wort durchaus ausreichend.

Ich versicherte ihm erneut, daß Marjorie Gorman Lang tatsächlich Margali Bowman war, und er sagte: »Dann habe ich etwas, das Sie vermutlich interessieren wird.« Er öffnete seine Aktentasche und kramte auf dem Tisch darin herum, während ich nicht sonderlich geduldig wartete. »Sie kam letzten März zu mir, und zwar damit.«

Es war ein weiteres Testament. Dasjenige, das Bob Campbell aufgesetzt hatte, dasjenige, das verschwunden gewesen war? Höchstwahrscheinlich.

»Sie sagte, daß ihr Gatte und ihr Anwalt eng befreundet seien. Sie wollte ein neues Testament machen, aber sie wollte nicht, daß ihr Gatte erfuhr, was drinstand, und sie fürchtete, ihr Anwalt würde es ihm verraten. Ich versicherte ihr, daß das äußerst unwahrscheinlich sei, da es schließlich gegen unser Berufsethos verstoßen würde, und sie sagte – also, sie hatte wohl keine hohe Meinung vom anwaltlichen Berufsethos.« Ich versuchte nicht zu lachen, während er weitersprach. »Sie erzählte mir, daß ihr Anwalt ein Testament für sie aufgesetzt und sie es unterschrieben hatte. Das hier ist das Testament, das sie mir übergeben hat.«

»Gut«, sagte ich und überprüfte das Datum darauf. 14. März. Das in meiner Aktentasche war auf den 17. März datiert. Ich hatte es nicht gelesen, aber das Datum überprüft.

»Und dann tat sie etwas ganz Merkwürdiges. Sie ließ mich ein neues Testament für sie aufsetzen, und zwar nach äußerst genauen Angaben. Es enthielt einige – äh – irgendwie dubiose Klauseln, und sie war offensichtlich ein wenig berauscht, aber sie machte – äh – unmißverständlich klar, was sie wollte; sie hat sogar alles eigenhändig aufgeschrieben; und ich hatte keinen überzeugenden Grund, ihre Geschäftsfähigkeit anzuzweifeln. Am 17. März kam sie wieder, um das Testament zu unterschreiben.«

»Das hört sich nicht sonderlich merkwürdig an«, sagte ich.

»Oh, das war auch nicht das Merkwürdige daran. Sie kam also am 17. März wieder, unterzeichnete das Testament wie vorgesehen und steckte es in ihre Handtasche.«

»Ist es das hier?« Ich legte das wasserfleckige Dokument auf den Tisch.

»Das ist es«, sagte er, nachdem er es gründlich unter die Lupe genommen hatte. »Die beiden Zeugen, die unterschrieben haben, sind meine Sekretärin und mein Anwaltsgehilfe. Wie ich schon sagte, sie hat es unterschrieben und in ihre Handtasche gesteckt. Sie bat um meine Rechnung – sie hatte mir schon gesagt, sie wolle nicht, daß irgendwas per Post zu ihr nach Hause geschickt wurde –, und dann stellte sie einen Scheck aus und überreichte ihn mir. Und dann erklärte sie ganz kühl, daß ich ein weiteres Testament für sie aufsetzen sollte.«

»Was?« sagte ich.

»Genau das habe ich auch gesagt. Und dann hat sie mir gesagt, daß sie in dem Testament, das sie gerade unterschrieben hatte, einige Aussagen gemacht habe, die – äh – unwahr seien. Sie sagte, daß sie mit diesem Testament – äh – jemandem ›Angst einjagen‹ wolle. Ich glaube, das waren ihre Worte. Und nun wollte sie, daß ich ihr richtiges Testament aufsetzen sollte. Ich habe ihr gesagt, daß ich unter den gegebenen Umständen –«

»Welche Umstände?«

»Die Umstände, die sie mir zuvor erklärt hatte. Ich habe ihr gesagt, daß ich es unter diesen Umständen ablehnen würde, ein weiteres Testament aufzusetzen, wenn sie meiner Sekretärin nicht eine unterschriebene, beeidigte Erklärung aushändigte, in der sie genau das, was sie mir da erklärt hatte, bestätigte. Damit war sie einverstanden; in der darauffolgenden Stunde formulierten wir die Erklärung, und dann setzte ich ihr richtiges Testament auf, das zu meiner Verwunderung exakt dieselben Bestimmungen enthielt wie das Testament, das sie mir anfänglich vorgelegt hatte. Es ist nichts Besonderes – ihr Gatte, ihr Sohn und ihre Tochter sind gemeinschaftliche Erben; ihr Gatte und ihr Anwalt, Mr. Robert Campbell von Campbell, Blair & Whatley, sind als Testamentsvollstrecker vorgesehen. Das hier ist das Testament; sie hatte verlangt, daß ich die Todesanzeigen lesen sollte und das Testament zum entsprechenden Zeitpunkt entweder Mr. Campbell oder der Polizei übergebe, nach eigenem Ermessen, je nach Art ihres Todes. Es ist auf den 20. März datiert«, fügte er hinzu, »und das ist die Erklärung, die sie für mich unterschrieben hat.«

Margalis verrückte Gedanken sprangen mir auf den ersten Blick förmlich entgegen; vielleicht hatte Alsford mit seinen Fragen nachgeholfen, aber die Sekretärin hatte Margalis eigene Worte abgetippt:

> In meinem Testament vom 17. März habe ich behauptet, daß mein Sohn James Randolph Messick auf einer Party gezeugt wurde und daß ich nicht wisse, wer sein Vater sei, sondern meinen damaligen Gatten Sunny Messick – den Rennfahrer Garner Moody Messick – davon überzeugt hätte, daß er von ihm sei und nach unserer Versöhnung gezeugt wurde, aber nachdem Sunny beim Autorennen tödlich verunglückt war, hätte ich Samuel Clemens Lang, meinen jetzigen Gatten, davon überzeugt, daß das Baby von ihm sei, und vor der Versöhnung zwischen Sunny und mir gezeugt wurde. Das alles ist unwahr. Oder zumindest das meiste davon. Wahr ist, daß mein Sohn James Randolph Messick der leibliche Sohn meines jetzigen Gatten Samuel Clemens Lang ist. Dessen bin ich mir absolut sicher. Es gibt keine andere Möglichkeit. Ich glaube, Sunny hat wirklich geglaubt, daß er von ihm ist, aber ich habe ihm das nicht gesagt. Ich habe einfach nichts anderes gesagt, aber er ist ohnehin vorher gestorben.
>
> Der Grund, warum ich das behauptet habe, ist der, daß ich Jimmy angst machen wollte. Jimmy ist mein Sohn James Randolph Mes-

sick. Jimmy hat ein paar wirklich gute Freunde bei den großen Filmgesellschaften, die jetzt drüben in Las Colinas irgendwo zwischen Dallas und Fort Worth Filme produzieren, und Jimmy könnte sie dazu bringen, mir einen neuen Film oder eine Fernsehserie anzubieten, aber das will er nicht. Im Moment ist Jimmy Sams Erbe – Sam ist mein Gatte Samuel Clemens Lang –, nach mir, aber wenn Sam glauben würde, daß Jimmy nicht sein Sohn ist, dann würde er ihm nichts vermachen. Wenn Jimmy also glaubt, daß ich Sam das sage, dann bekommt er es mit der Angst und verhilft mir bestimmt zu einer guten Rolle.

Aber natürlich würde ich das Sam nie wirklich sagen, weil es gar nicht stimmt, und außerdem wäre es gemein. Es ist mir egal, ob ich zu Jimmy gemein bin, weil er gemein und böse zu mir ist, und Jungen sollten nicht gemein zu ihren Müttern sein, aber ich würde nie irgendwas tun, was Sam verletzen würde, weil Sam der einzige Mensch ist, der immer gut zu mir war.

Es war unterschrieben mit »Marjorie Gorman Lang, auch bekannt als Margali Bowman«.

»Ich habe ihr gesagt, daß das äußerst unklug sei«, sagte Alsford. »Ich bin sogar noch deutlicher geworden. Ich habe ihr gesagt, daß so ein Vorgehen tödliche Folgen haben kann.«

»Für sie hatte es tödliche Folgen, keine Frage«, stimmte ich zu und faltete die Erklärung wieder zusammen. Zum erstenmal empfand ich sogar Mitleid mit Jimmy. Sie hatte einen Menschen, dessen psychisches Gleichgewicht ohnehin schon gefährdet war, noch wesentlich mehr aus dem Gleichgewicht gebracht und gleichzeitig das Unmögliche von ihm verlangt.

»Ich würde sagen, Sie und ich rufen jetzt Bob Campbell an«, fügte ich hinzu.

Bevor alles vorbei war, hatten wir noch sechs weitere Anwälte aufgespürt, die Testamente für Margali aufgesetzt hatten. Nicht, daß es noch eine Rolle gespielt hätte. Soweit wir feststellen konnten, war das Testament mit den Wasserflecken ihr letztes gewesen.

Jimmy hatte daran gedacht, seine Fingerabdrücke von der Spritze, dem Lötkolben und der Whiskeyflasche zu entfernen. Aber die Quittung für den Lötkolben war in seinem Zimmer. Ich fand sie bei der zweiten Durchsuchung ganz hinten in einer Kommodenschublade.

Er hatte seine Fingerabdrücke von der Whiskeyflasche gewischt. Aber wenn man Fingerabdrücke auf Papier feststellen will, benutzt man dazu kein Fingerabdruckspulver. Und man kann Fingerabdrücke nicht von Papier abwischen, weil sie nämlich nicht auf dem Papier sind, sondern in das Papier eindringen. Der Papierring um den Hals der Whiskeyflasche war der letzte Nagel zu seinem Sarg. Ein wenig aufgesprühtes Ninhydrin – ein kurzer Strahl heißer Wasserdampf –, und da waren sie, so hübsch und deutlich, wie man es sich nur wünschen konnte, die Abdrücke von seinem linken Daumen und Zeigefinger und von seinem rechten Zeigefinger.

Nach all meiner Theoretisiererei hatten wir also endlich Fakten. Es war nicht Margali gewesen, die sich und mich halb vergiftet hatte, die versucht hatte, Sam zu vergiften; es war Jimmy gewesen – Jimmy, der durch die Drohungen, die er nicht mehr aushalten konnte, und die Forderungen, die er nicht erfüllen konnte, unter einen unerträglichen Druck geraten war. Und es war Jimmy gewesen, der Margali getötet hatte, weil er hoffte – vielleicht glaubte, sich vielleicht zwang zu glauben, weil er es glauben wollte –, daß das Testament, das sie zu einem Damoklesschwert über seinem Haupt gemacht hatte, nie gefunden werden würde.

Wahrscheinlich hatte Margali Ali Hassan getötet, aber es könnte auch Sam gewesen sein. Wahrscheinlich hatte Lew Mosier Sunny Messick getötet. Wahrscheinlich hatte Sam Lang Lew Mosier getötet, obwohl es auch Margali gewesen sein könnte. Aber das war alles zu einer anderen Zeit passiert, und außerdem ist die Dirne tot ... wie Sam es ausdrückte.

Ich weiß nicht, wo Sam Lang ist. Er wollte nicht bis zur Verhandlung in der Stadt bleiben. Er hat uns mitgeteilt, wir sollten ihn ruhig vorladen, falls wir ihn finden könnten. Aber wir werden uns keine große Mühe geben. Wozu auch?

Ich glaube, er ist in Mexiko, fischen; zumindest ist Bob Campbell dahin gefahren, sobald ein vorläufiger Prozeßtermin festgesetzt war.

Fara und Edward veranstalten gerade eine Erweckungsversammlung in Marshall. Ich weiß nicht, ob ich Fara je wiedersehen werde. Ich habe versucht, sie zu besuchen, einmal, aber Edward hat mir irgendwas von »Wind säen und Sturm ernten« erzählt, und Fara hat nur geweint, deshalb bin ich lieber wieder gegangen.

Ich glaube nicht, daß Edward Johnson und ich an denselben Gott glauben. Schließlich hat nicht Fara den Wind gesät. Aber ganz bestimmt ist sie es, die ernten muß.

Neulich hat Captain Millner den Einsatzplan gemacht. Er hat mich gefragt, ab wann ich ausfalle. Ich habe ihm gesagt, daß ich wahrscheinlich, falls mein Arzt mir nichts anderes sagt, Mitte oder Ende April in Mutterschaftsurlaub gehe.

Er hat mich gefragt, wann ich wiederkomme. Ich habe ihm gesagt, das wüßte ich noch nicht. Ich habe schließlich noch nie ein Kind bekommen.

Ach ja, K-Mart hat mir das Geld erstattet und ein nettes kleines Entschuldigungsschreiben geschickt.

Ich hatte schon gar nicht mehr an die Viererpackung Klopapier gedacht, die ich nicht mit nach Hause gebracht hatte. Ich war ganz damit beschäftigt, über einen sehr wichtigen Entschluß nachzudenken, den ich vor kurzem gefaßt habe.

Ich werde ihn nie, niemals vergessen oder in Frage stellen.

Mein Entschluß lautet: Ich werde nie wieder auf eine Wochenendparty gehen.

Nachwort

Der Detektivroman falle mit der Leiche ins Haus, hat der Philosoph Ernst Bloch einmal das von ihm geliebte Genre charakterisiert. Das ist auch in Deb Ralstons neuestem Abenteuer der Fall, wie auch bei ihren früheren (»Ein zu normaler Mord«, »Das Komplott der Unbekannten«, DuMont's Kriminal-Bibliothek Nr. 1053, 1055); nur ist es diesmal eine Folge des von der Polizeidetektivin, die ihre Fälle in der ersten Person selbst zu erzählen pflegt, gewählten Erzählarrangements: In einem »Prolog« berichtet sie von der Auffindung der Leiche ihrer mütterlichen Freundin, der einst recht berühmten Schauspielerin Margali Bowman, am späten Abend eines schier endlosen Tages. Dann erst blendet sie 15 Stunden zurück auf das gemeinsame Frühstück im Speisesaal der »Operettenranch«, wie Eigentümer Sam Lang, Margalis Ehemann, sie zu nennen pflegt; und erst nach zwei Dritteln des Buches wird sie im chronologischen Erzählen diesen Zeitpunkt, der schlagartig den Tag im nachhinein verändert, wieder erreicht haben.

Denn Deb Ralston, Mitglied einer Spezialeinheit für schwere Verbrechen, ist in der seltsamen – und für eine Polizistin an sich glücklichen – Lage, nicht nur unmittelbare Zeugin des Verbrechens gewesen zu sein, sondern auch mehr als 24 Stunden lang die familiäre Konstellation beobachtet zu haben, aus der der Mord erwachsen sein muß. Alles hatte damit angefangen, daß Fara, Margalis Tochter und eine alte Schulfreundin Debs, sie zu einer Wochenend-Party aus Anlaß des Geburtstags ihrer Mutter – des wievielten, weiß und sagt man bei einer Diva nie – eingeladen hatte. Dies war nicht weiter verwunderlich; Fara und Deb waren enge Freundinnen gewesen und geblieben, und Deb, selber aus kleinsten Verhältnissen kommend, hatte die Ferieneinladungen nach Hollywood ins Haus der schönen und gepflegten und natürlich von den kleinen Mädchen angehimmelten Schauspielerin stets genossen. Überrascht ist sie aber doch, unter den Gästen auch Dr. Susan Braun zu erblicken, deren hervorragende Fähigkeiten als Psychiaterin sie in ihrem ersten Fall kennen und schätzen gelernt hatte. Was ist das für eine Geburtstagsparty im kleinen Kreis, bei der eine Polizeidetektivin und eine Nervenärztin anwesend sind?

Getroffen hatte man sich am legendären Fort Worther Stadthaus der Schauspielerin und ihres Ehemanns, des schwerreichen Ölmagnaten Sam Lang, um dann gemeinsam auf die außerhalb gelegene Ranch zu fahren. Anwesend war die Familie Margalis: ihre Tochter Fara mit ihrem Mann Reverend Edward Johnson und den beiden kleinen Töchtern und ihr erheblich jüngerer Sohn Jimmy Messick. Da Margali mehr durch ihre spektakulären Eheschließungen mit Schauspielern, Rennfahrern und veritablen Ölscheichs als durch ihre B-Movies bekannt geworden ist, stammen Tochter und Sohn natürlich aus verschiedenen Ehen – der Ölscheich und der Rennfahrer – und auch nicht von Sam Lang, der den Reigen ihrer Ehemänner eröffnet und dann auch dauerhaft beschlossen hatte. Da Jimmy Messick unter anderem durch Aufenthalte in Nerven- und Entziehungskliniken mit Oleader Baker, Debs frischgebackenem Schwiegersohn, gut bekannt ist, ist neben Debs Ehemann auch das junge Paar Beckie-Olead mit von der Party. Des weiteren wurden noch Bob Campbell, Margalis Anwalt, und Carl Hendricks, ein Geschäftspartner, eingeladen. Und die sind auch noch beisammen, als am Ende einer Doppelvorführung mit Bowman-Filmen die Hauptdarstellerin erstochen aufgefunden wird – in einem Kino, das von außen verschlossen war und das niemand verlassen und betreten konnte.

Natürlich weiß Deb Ralston sofort, wo sie da hineingeraten ist, ist sie doch durch die übermäßige Lektüre populärster amerikanischer Kinderkrimis einst zu ihrem Berufswunsch gekommen: Was sie erlebt, ist ein klassischer britischer Landhaus-Krimi inclusive langer Gästeliste und ermordetem Hausherrn – wenn es auch in diesem Falle die Dame des Hauses ist. Hier wäre Hercule Poirot vonnöten. Noch genauer ist es die Variante des ›hermetisch verschlossenen Raumes‹: Zwar waren genügend Verdächtige mit dem Opfer fast vier Stunden im selben Raum, und außer dem die ganze Zeit fest schlafenden Hendricks hat jeder lange genug hinter der in der letzten Reihe sitzenden Margali gestanden, um den tödlichen Stich zu führen, aber bei keinem wird etwas gefunden, was auch nur entfernt als Mordwaffe gedient haben könnte, und auch die gründlichste Untersuchung des Kinos fördert dergleichen nicht zu Tage. Dies ist weniger ein Fall für

Poirot, als vielmehr für Henry Merryvale, einen der Experten John Dickson Carrs für solche Fälle (»Fünf tödliche Schachteln«, DuMont's Kriminal-Bibliothek Nr. 1034). Auch das fehlende Mordinstrument ist ein Zitat: Es muß so etwas wie ein Eispickel gewesen sein, ein handliches Instrument mit Holzgriff und kurzer kräftiger Spitze, das in den fünfziger Jahren, als das für Amerikaner in allen Lebenslagen unentbehrliche Eis noch von Blöcken losgeschlagen werden mußte, in amerikanischen Krimis als mörderisches Instrument äußerst populär war.

Da Deb selbstverständlich ihre Familie ausschließen kann und instinktiv nicht gewillt ist, ihre Jugendfreundin Fara zu verdächtigen, bleiben Gatte, Sohn, Schwiegersohn und Anwalt der Ermordeten als mögliche Täter übrig. Motive hat sie im Laufe des langen Tages so viele erfahren, daß sie sich zeitweilig wie Alice bei ihren Abenteuern in einer Welt jenseits des Kaninchenlochs fühlt. Die einstmals von ihr geradezu angehimmelte Margali hatte sich schnell als psychisch schwer geschädigtes alkoholisiertes Wrack erwiesen, das ohne die regelmäßige Äthanolzuführ in extremen Dosen überhaupt nicht mehr zu funktionieren schien – und mit ihr noch weniger. Immerhin hatte sie ihr anvertraut, daß »sie« ihr nach dem Leben trachteten, und von realen Giftanschlägen berichtet, für die Deb bald unerfreuliche Beweise – auch am eigenen Leibe – bekommt. Aber inszeniert sie diese nicht selber, um Aufmerksamkeit zu erreigen? Wer ist die jetzige Margali – gibt es sie noch jenseits der zahllosen alten Filmrollen, in die sie ständig zurückfällt? Wer würde ihr die Hauptrolle in einer Fernsehserie geben – Margali selbst schwebt das Vorbild von Joan Collins in »Dynasty« alias »Denver« vor –, wovon sie als von einer Gewißheit ununterbrochen faselt. Was sollen die Testamente, die sie ständig ändert, versteckt und dann doch damit herumfuchtelt? Hat sie überhaupt etwas zu vererben?

Die Testamentsfrage macht einerseits den Anwalt, andererseits den geistlichen Schwiegersohn verdächtig. Er ist ein Erweckungsprediger der, wie man in den USA sagt, ›Hölle und Schwefel‹-Oberservanz, ein Fundamentalist reinsten Wassers, der die alttestamentarische verhüllende Umschreibung des Verbots, mit der eigenen Schwester zu schlafen, so wörtlich nimmt, daß er seine beiden kleinen Töchter nicht gemeinsam baden läßt. Würde er für seine dubiose Kirche, deren Namen sich niemand merken will, eventuell morden? Während Fara sich aus dem Beziehungschaos, das sie bei ihrer Mutter von frühester Kindheit an miterleben mußte, in die Arme des Reverends und seiner strengen Spezialsekte geflüchtet hat, ist ihr Halbbruder Jimmy Messick mit seiner Drogen- und Psychokarriere offensichtlich ein wenig auf die schiefe Bahn geraten. Auch er vertraut sich im Laufe des Tages im Langschen Stadthaus, in das die Party verlagert wurde, der Detektivin an und macht sinistre Andeutungen hinsichtlich des Todes beider Väter von Margalis Kindern. Während Prinz Ali Hassan mit Margali auf dem Beifahrersitz betrunken gegen einen Baum gefahren war – ein alkoholisierter Mohammedaner? –, war Sunny Messick standesgemäß bei einem Autorennen umgekommen. Wieso vergiftete sich dann kurz darauf einer der Mechaniker seines Teams? Lag hier ein Motiv für Sam Lang, der Margil zeit seines Lebens geliebt und auf Sunny Messicks Beerdigung gestützt hatte? Sollte er sie immer noch lieben, kann er sie zumindest jetzt kaum noch leiden. Sollten die drei Unglücksfälle wirklich Morde gewesen sein, hat Deb Ralston statt des einen Verbrechens, bei dem sie Zeuge war, drei weitere auf dem Hals, zu deren Zeit sie nicht einmal geboren oder noch ein Kind war.

Sie klärt alle Fälle anhand klassischer ›Clues‹ auf, Hinweisen, die im Verlauf der polizeilichen Ermittlungen und der diversen vertraulichen Mitteilungen ans Licht kommen und doch dem Leser vermutlich verborgen bleiben. Hierin zeigen sich die Qualitäten, die der Autorin Anne Wingate alias Lee Martin aus ihrer Doppelqualifikation zugewachsen sind: Einerseits war sie lange Jahre Polizeidetektivin, andererseits hat sie Englische Literatur studiert und unterrichtet seit längerem ein Fach, das in Deutschland nahezu unbekannt, in den USA aber sehr geschätzt wird: Creative Writing, die Lehre vom professionellen Verfassen fiktionaler Texte. Dies ließ sie zu der überzeugenden Verbindung des realistischen Polizeiromans mit seinen der Wirklichkeit nachgestalteten Verbrechen mit dem Rätselkrimi finden, bei dem die Indizien, die dem Detektiv die Klärung des Falls ermöglichen, fair dem Leser mitgeteilt werden.

Und noch etwas Seltenes ist der Autorin gelungen. Da sie sich nach eigenem Bekunden weder primär als Ex-Polizistin noch als Autorin oder Dozentin sieht, sondern als Mutter zweier Kinder, war sie auch imstande, ihre Detektivin mit einem glaubwürdigen Privatleben auszustatten. Ein großes Haus mit Hund und Katze, einem hauswirtschaftlich unbegabten Mann, drei nach und nach adoptierten Kindern, die zum Teil schon das Haus verlassen haben, sind da nicht genug. Seit dem Ende ihres letzten Falles weiß sie auch, daß sie überraschenderweise doch noch schwanger geworden ist, wenn man auch noch nicht viel sieht und sie den Polizeichef auch noch nicht von ihrem Zustand unterrichtet hat. Und so hat sie nicht nur mit improvisierten und dann doch anbrennenden Mahlzeiten und Nachschubproblemen bei Toilettenpapier zu kämpfen, sondern auch mit der Umstellung ihrer Diät von Kartoffelchips und Coca-Cola auf gesündere Dinge und mit der Übelkeit, die eine Schwangerschaft häufig begleitet. Wie ihr all dies gelingt, macht sie zu einer der sympathischsten und intelligentesten Heldinnen im neueren Detektivroman – und noch dazu zu einer seiner witzigsten Erzählerinnen.

Volker Neuhaus

Inhalt